portakal

İSTANBUL 2017

www.portakalkitap.com

pórtakal

MELEKLERİN ATEŞİ
Bear Grylls

PORTAKAL KİTAP | 15
Roman | 13

EDİTÖR
Tuğçe İnceoğlu

KAPAK / İÇ TASARIM
Ravza Kızıltuğ / Tamer Turp

ISBN
ISBN: 978-605-9696-22-7

9 786059 696227

1. BASKI
Şubat 2017, İstanbul

PORTAKAL KİTAP
Cağaloğlu, Hocapaşa Mahallesi
Ankara Caddesi, Nº 18 Kat: 1 / C
Fatih / İstanbul
T. 0212 511 24 24
P.K. 50 Sirkeci / İstanbul

Kültür Bakanlığı Yayıncılık
Sertifika Nº 12755

BASKI VE CİLT
Sistem Matbaacılık
Yılanlı Ayazma Sok. No: 8
Davutpaşa-Topkapı/İstanbul
Telefon: (0212) 482 11 01
Matbaa Sertifika No: 16086

www.portakalkitap.com
portakal@portakalkitap.com
 /portakalkitap
 /KitapPortakal

WILL JAEGER
İÇİNDEKİ KARANLIK TARAFI KEŞFEDİYOR...

MELEKLERİN ATEŞİ

Çeviri: Cem Özdemir

ROMAN

BEAR GRYLLS

*"Bear Grylls, çok satan romanı **Hayalet Uçak**'a;
tüyler ürpertici ve adrenalin yüklü yeni bir macerayla devam ediyor."*

BEAR GRYLLS

Bear Grylls, hayatta kalma ve macera konularında dünyanın en ünlü isimlerinden biri hâline geldi. Merhum babasının tırmanma ve denize açılmayı öğrettiği Birleşik Krallık'ta başlayan yolculuğunda erken yaşlarda dövüş sanatlarıyla tanışan Grylls, üç yılını da 21 SAS ile İngiliz Özel Kuvvetleri'nde asker olarak geçirdi. Dünyanın dört bir yanındaki hayranlarının da kendisini doğa anaya karşı savaşırken görmeyi en sevdiği yeteneklerinin büyük bölümünü askerlikte edindi.

Bear Grylls'in televizyon dizisi *İnsan Doğaya Karşı*, tahmini 1.2 milyar seyircisi ile gezegenin en çok izlenen programlarından biri oldu. Emmy adaylığı da bulunan belgesel serisi heyecan dolu yedi sezonun ardından sona erdi. Bear Grylls ardından US Network TV'ye geçti ve NBC'de dünyanın en ünlü film yıldızlarını inanılmaz maceralara çıkardığı *Running Wild* isimli macera programını sundu. Kısa süre önce de ABD Başkanı Barack Obama, dünya çapında yayınlanacak bir *Running Wild* özel bölümü için programda yer aldı.

Bear Grylls aynı zamanda tüm dünyaya format şeklinde satılan, Channel 4'da yayınlanan, BAFTA ödüllü *The Island with Bear Grylls* programının da yapımcılığını ve sunuculuğunu üstlenmektedir. Ek olarak ITV'nin *Mission Survive with Bear Grylls*'i ile Çin'de oldukça popüler olan Dragon TV yapımı *Survivor Games*'in haklarına sahiptir.

Bunlarla birlikte Birleşik Krallık İzcilik Birliği'nin tarihindeki en genç baş izcisi olma unvanına erişmiş ve zorluğuyla ünlü Britanya Kraliyet Deniz Komandoları'nın fahri albaylığıyla ödüllendirilmiştir. Uluslararası çoksatar listelerine giren otobiyografisi *Mud, Sweat and Tears* ile birlikte on beş kitap yazmıştır. Otobiyografisi yakında Portakal Kitap etiketiyle Türkçeye çevrilecektir.

Meleklerin Ateşi, bir üçlemenin ikinci kitabıdır.

Daha fazla bilgi için www.beargrylls.com'u ziyaret edebilir veya kendisini Twitter'da @BearGrylls hesabından takip edebilirsiniz.

*Doğu Afrika'da doğal hayatı korumak adına devriye uçuşları
yaparken kaçak avcılar tarafından öldürülen Roger Gower ve
doğal hayatı koruma konusunda en önde gelen iki vakıf olan*
Roger Gower Memorial Fund *ile* Tusk Trust *için...*

TEŞEKKÜRLER

Aşağıdaki isimlere sonsuz teşekkürlerimle...

PFD'den yayıncı temsilcileri Caroline Michel, Annabel Merullo ve Laura Williams'a bu kitabın yayın sürecindeki yoğun çalışmaları ve çabaları için teşekkür borçlu olup bunun yanı sıra Jon Wood, Jemima Forrester ve Orion'daki herkese ve "Grylls Takımı"nı kuran Malcolm Edwards, Mark Rusher ve Leanne Oliver'a minnettarım. "Will Jaeger" macera dizisinin film kanadıyla ilgilenen BGV'ye de ayrıca teşekkür ederim.

Avon Protection'dan Hamish de Bretton-Gordon, Ollie Morton ve Iain Thompson'a kitabın kimyasal, biyolojik, radyolojik ve nükleer konularıyla savunma ve korunma önlemlerine dair sağladıkları katkılar için müteşekkirim. Hybrid Air Vehicles'tan Chris Daniels ve tüm çalışanlara, Airlander ile ilgili eşsiz bilgi ve uzmanlıklarına dair böylesi bir zeplinle mümkün olan her şeyi aktardıkları için çok teşekkür ederim. İkinci Dünya Savaşı'nın hemen ardından patlak veren Soğuk Savaş ile ilgili üstün bilgileri için Paul ve Anne Sherratt'ı; otizm ve yakın hastalıklarla ilgili sağladığı danışmanlık için Autism Wessex'ten Bob Lowndes'ı; kitabın ilk taslak metinleri üzerindeki dinç eleştirileri için Peter Message'ı; teknik askerî tavsiyeleri için Ash Alexander Cooper'ı da unutmamalıyım.

Son olarak da dedemin "Çok Gizli" yazan savaş sandığında birlikte keşfettiklerimizi temel alarak her şeyin ortaya çıkmasına yardımcı olan Damien Lewis'e çok özel bir teşekkür ederim. Bu İkinci Dünya Savaşı belgelerini, hatıratlarını ve eserlerini böylesi bir modern bağlamda hayata kavuşturmak inanılmaz bir zekâ örneğiydi.

YAZARIN NOTU

Bu kitap; Britanya İmparatorluk Nişanı sahibi, 15/19. Kral Süvari Eri ve İkinci Dünya Savaşı'nın sonlarına doğru Winston Churchill'in talebiyle kurulmuş gizli birim Hedef Kuvvetler Komutanı büyükbabam Tuğgeneral William Edward Harvey Grylls'in yaşanmış serüvenlerinden esinlenerek kaleme alınmıştır. Bu birim, Savaş Bakanlığı tarafından kurulan en gizli operasyon takımı olmakla birlikte, dünyanın yeni süper gücü ve düşmanı Sovyetler karşısında Müttefik kuvvetler davasına hizmet etmek amacıyla gizli teknolojileri, silahları, bilim insanlarını ve üst düzey Nazi yetkililerini bulmak ve korumakla görevlendirilmişti.

Ailemden hiç kimse, Resmî Sırlar Yasası kapsamındaki yetmiş yıl kuralı neticesinde büyükbabamın ölümünden çok uzun yıllar sonra açıklanan bilgilere kadar, kendisinin T-Force Komutanı olarak ne yaptığını bilmiyordu. Nitekim bu keşif elinizdeki kitabın yazılmasında en önemli ilham kaynağı oldu.

Büyükbabam pek konuşkan bir insan olmasa da kendisini çocukluğumdan büyük bir sevgiyle hatırlıyorum. Pipo içerdi, anlaşılmazdı, ince espriler yapardı ve liderliğini ettiği herkes tarafından çok sevilirdi. Ancak benim için her zaman Ted Dede oldu.

Daily Mail, Ağustos 2015

Nazi Altın Treni BULUNDU: Ölüm döşeğindeki itiraflar define avcılarını gizli bir konuma götürürken Polonyalı yetkililer de radar üzerinden kanıt gördüklerini iddia ediyor.

İkinci Dünya Savaşı'nın sonlarında saklanmasına bizzat yardımcı olan bir Polonyalının ölüm döşeğindeki itirafları neticesinde Polonya'da bir Nazi altın treni bulundu. Biri Alman, biri Polonyalı iki adam; geçen hafta Polonya'nın güneybatısındaki Walbrzych isminde küçük bir kasabanın yakınlarında, içerisinde hazinesiyle birlikte treni bulduklarını iddia etti.

Polonya Millî Mirası Koruma Müdürlüğü yetkilisi Piotr Zuchowski, konuyla ilgili açıklamalarda bulundu.

"Trenin içinde ne olduğunu bilmiyoruz. Yüksek ihtimalle askerî malzemeler vardır ancak mücevherler, sanat eserleri ve arşiv belgeleri de olduğunu tahmin ediyoruz. O dönemden kalan zırhlı trenler paha biçilemez değerde kargolar taşıyordu ve bu da zırhlı bir tren. Yerel efsanelerde ise Nazi Almanyası'nın muazzam Ksiaz Kalesi'ni dolaşan engin yeraltı demiryolu ağını Üçüncü Reich'ın değerli mallarını saklamak için inşa ettirdiği belirtiliyor. Müttefik güçlerinin hava saldırılarından korunacak bir bölgede stratejik silahların üretimi için kullanılacak *Riese* (Dev) kod adlı bu koca tünellerin inşasında ise toplama kamplarındaki tutsaklar çalıştırılmıştı."

....

Sun, Ekim 2015

Tarih kitaplarında SAS alayının 1942'de hizmete başladıktan sonra 1945'te dağıtıldığı yazar. Ancak ünlü tarihçi Damien Lewis'in yeni kitabına göre; çok gizli, yalnız bir otuz kişilik SAS birimi savaşı hiç bırakmadı. Savaşın ardından "karanlık tarafa" geçen bu grup, Nazi savaş suçlularını yakalamak için gayriresmî bir görev üstlendi.

Ele geçirilen komutanlarıyla yardım amaçlı kendilerine destek olan yüzlerce Fransız sivili katleden SS ve Gestapo canavarlarını bulma hedefiyle yola çıkan birim, 1948'e gelindiğinde büyük çoğunluğu

1945-1946 Nuremberg Duruşmaları'nda adaletten kaçan savaşın gördüğü en korkunç katillerden yüzün üzerinde suçluyu yakalamayı başardı.

"Gizli Avcılar" ismi verilen bu ufak SAS birimi, Londra'daki Hyde Park Oteli'nde gizli bir merkezden yönetiliyordu. Finansal desteğini İngiliz Savaş Bakanlığı için çalışan sürgün edilmiş eski bir Rus aristokratı Prens Yuti Galitzine sağlarken, Nazi toplama kamplarının ne denli dehşet verici yerler olduğunu ilk keşfeden de bu birimin üyeleri olmuştu.

Bu kamplardan Strasbourg yakınlarında Natzweiler Toplama Kampı Nazilerin korkunç deneylerine sahne olurken, Komutan Josef Kramer Yahudi tutsaklar üzerinde gaz kullanma denemelerini de burada gerçekleştirmişti.

....

BBC, Ocak 2016

ARAŞTIRMALARA GÖRE BUZ ADAM ÖTZİ'DE MİDE VİRÜSÜ VARDI

Yapılan son araştırmalara göre; 5.300 yıllık mumyanın iç organlarından çıkarılan mikroplar, adamın mide virüsüne sahip olduğunu ortaya çıkardı. 1991'de Alplerde bulunan donmuş cesede bölgeden esinlenerek verilen isimle Buz Adam Ötzi, günümüzde yaygın olan bir bakteriyel enfeksiyona maruz kaldı. *Helicobacter pylori* ismindeki bakteride yapılan genetik analiz neticesinde mikrobun tarihteki izini süren araştırmacılar, ilk insan göçleriyle arasında güçlü bir bağlantı buldu.

Bolzano'daki Avrupa Akademisi Mumyalar Enstitüsü Genel Müdürü Profesör Albert Zink, konuyla ilgili açıklamalarda bulundu.

"Karşılaştığımız en büyük güçlüklerden biri mumyaya zarar vermeden midesinden örnek almaktı. Bu yüzden önce mumyayı tamamen çözmemiz gerekti, ardından ise bir açıklıkla erişim sağlayabildik."

16 Ekim 1942, Helheim Buzulu-Grönland

SS Yüzbaşı Herman Wirth, görüşünü engelleyen kar tanelerini bir eliyle temizledi. Kendini zorlayarak da olsa iyice yaklaştı, kadının yüzüyle kendi yüzü arasında artık otuz santim bile kalmamıştı. Aradaki buz kütlesinin derinlerine bakmaya devam ettikçe soluğunu kesen boğuk bir ses çıkardı.

Kadının gözleri son nefesini verirken dahi sonuna kadar açık kalmıştı. Aynen beklediği, bildiği gibi gözleri gök mavisiydi. Ama tüm ümitleri o raddede ani ve yıkıcı bir şekilde kırıldı.

Kadının gözleri kendi gözlerini deliyordu. Delirmiş gibi... Cam gibi... Hortlak gibi... Onu tutan saydam buz kütlesini delip geçen, alevle kızmış iki tüfek namlusu benliğini tehdit ediyordu.

İnanılmaz bir şekilde bu kadın, nihayetinde mezarına dönüşecek buzulun içerisinde son nefesini verdiği sırada kandan gözyaşları döküyordu. Öyle ki Wirth, kadının gözlerinden sızan üzeri köpüklerle kaplı kanın yanaklarında sonsuza kadar donup kalacağı kırmızı yolu görebiliyordu.

Göz temasını büyük bir zorlukla kestikten sonra bakışlarını biraz daha aşağı, kadının dudaklarına çevirdi. O kapkalın kaz tüyü uyku tulumunun bile içine sızan kutup soğuğuyla titrediği birçok gecede onların hayalini kurmuştu.

Kendi zihninde elleriyle çizmişti kadının dudaklarını ve bir an olsun aklından çıkarmamıştı. Dolgun olacaktı, biraz bükülmüş ama güzeller güzeli bir pembeyle karşılayacaktı onu. Beş bin yıl boyunca beklemişti Germen kadın, nihayetinde o kusursuz dudaklarına konup kendisine yeniden can verecek öpücüğü; *Wirth'ün öpücüğünü.*

Ama bakmaya devam ettikçe midesinin derinlerinden yükselen bulantı dalgaları da hızlandı. Döndü ve kemiklerini donduran rüzgârın inleyip duvarlarını dövdüğü buzul yarığına öğürdü. Ama kusamadı.

Aslında, kadının dudaklarında ölümün öpücüğü, şeytanın kucaklaması vardı.

Kadının ağzı, kalınca bir kırmızı kabukla örtülüydü; donmuş kandan oluşmuş irice bir kalıntı. Hemen önündeki buz tabakasına dehşetle kirlenmiş bir kefen gibi yapışmıştı. Ağzının üzerinde kadının burnu da kırmızı bir dalgayla kaplanmış, tüyler ürpertici bir hâle bürünmüştü.

Wirth bakışlarını biraz daha indirdi; gözlerini sağa sola çevirerek kadının donmuş, çıplak bedeninde gezdirdi. Antik zamanlardan kalma kadın, nedendir bilinmez, buz tabakasının üzerinde sürünüp buzulu ortadan ikiye ayıran yarığa düşmeden önce tüm kıyafetlerini çıkarmıştı. Nihayetinde bir buz sahanlığında durmuş, birkaç saat içerisinde de donup kalmıştı.

Kusursuz bir şekilde korunmuştu. Ama kusursuz olmaktan çok uzaktı.

Wirth gördüklerine inanmakta güçlük çekiyordu. Buz kadının koltuk altları bile kalın, yol yol kan damlalarıyla kaplıydı. Ölmeden önce, -öldüğü sırada- bu sözde İskandinav tanrıça, can damarlarında akan kanı vücudundaki her gözenekten terleyerek atmıştı.

Wirth göreceği şeyden ne denli çekineceğini bile bile bakışlarını daha da aşağı indirdi. Nitekim tam da beklediği gibi çıktı. Kadının alt bölgesi de kalınca bir kırmızılıkla kaplanmıştı. Anlaşılan; orada uzanmış son nefeslerini aldığı sırada dahi kalbinin pompaladığı çürük kanı, bedeninde bulduğu her boşluktan dışarı çıkmıştı.

Wirth arkasını dönüp kustu. Midesinde ne varsa, kafesin tel örgüleri arasından dünyanın derinliklerine uzanan gölgelerin üzerine çıkardı.

İçinde hiçbir şey kalmayana kadar öğürdü; kuru öğürmeleri nihayetinde kısa, acı veren bir nefes alma mücadelesine dönmüştü.

Ellerini yapıştırdığı tel örgülerden güç alıp dizlerinin üzerine kalktı. Başını kaldırıp parlayan projektör ışığına baktı; gözlerini alan lamba gölgelerin koruduğu buzul yarığına acımasız ve öfke dolu bir parıltı yayıyor, her yanını saran donmuş renklere hayat veriyordu.

Kammler'in biricik Var'ı, o çok sevdiği İskandinav tanrıçası önünde uzanıyordu. General çok istiyorsa gelsin kendisi karşılasındı!

SS General Hans Kammler... Wirth ona ne söyleyeceğini, ne göstereceğini düşündükçe midesine giren kramplar daha da acı veriyordu. Ünlü SS komutanı, kadının buzlar arasından şanlı yükselişine tanıklık etmek için o kadar yol tepmiş; yeniden canlanacağının sözünü vermişti. Nihayetinde gelişmeleri Führer'e bizzat ileten kişi olmak istiyordu.

Hitler'in hayali sonunda meyvesini verecekti vermesine ama o meyve Wirth'ün önünde duruyordu işte.

Yeniden bakışlarını cesede çevirmeye çalıştı. Kadına ne kadar bakarsa içi de bir o kadar ürperiyordu. Sanki buz bakirenin vücudu kendiyle bir savaşa girmiş; sanki kendi organlarını reddetmiş, sanki her boşluktan kendini kusmuş gibiydi. Eğer bu şekilde öldüyse, yani kanı ve organları buzun içerisinde donduysa, uzunca bir süre hayatta kalmış ve kan kaybetmiş olmalıydı.

Wirth artık kadının yarığa düştüğü için öldüğüne inanmıyordu. Soğuk da değildi canını alan. Tarihin ne olduğu bilinmez korkunç, şeytani bir hastalığı, buzula düşüp süründüğü sırada kadını avuçları arasına almıştı.

Ama kan ağlamak neydi?

Kan kusmak?

Kan terlemek?

Hatta kan işemek?

Böyle bir şeye ne sebep olabilirdi ki? Bu kadını ne öldürmüş olabilirdi?

Önündeki ceset, herkesin rüyalarını süsleyen o Aryan anne figürünün yanına bile yaklaşamazdı. Bitmek bilmeyen gecelerde hayalini kurduğu, beş bin yıl öncesine dayanan görkemli Aryan soyunu kanıtlayacak İskandinav tanrıça bu değildi. Nazi *Übermensch*'in daha tarihin kaydedilmeye başlamasından bile öncesinde nefes almış sarı saçlı, mavi gözlü kusursuz Kuzeyli anne atası bu olamazdı.

Hâlbuki Hitler ne kadar zamandır böylesi bir kanıtı arzuluyordu. Şimdi ise karşılarında şeytanın doğurduğu bu kadın vardı.

Wirth, kadının can yakan simasına; o boş, o şişmiş, o donmuş kanla kaplı ölü bakışlarının ardındaki tüyler ürperten sırlarla dolu gözlerine bakmaya devam ettikçe bir anda kendi gözlerini kör eden bir farkındalık yaşadı.

Bunun nasıl olduğuna dair hiçbir fikri yoktu ama bir şekilde gözlerinin önünde cehennemin kapısının uzandığını biliyordu.

Buz cesetten bir adım uzaklaştı, başının üzerine uzandı ve sinyal halatını büyük bir hışımla çekti.

"Çekin! Çıkarın beni buradan! Çalıştırın şu vinci!"

Yukarıdan bir motorun çalışma sesleri geldi. Ardından Wirth kafesin hareketlendiğini hissetti. Ağır ağır buzların arasında yükselirken kanlı, korkunç buz kütlesi de yavaş yavaş görüşünden çıkıyordu.

Wirth'ün kamburlaşmış bedeni yüzeye çıkarken, şafak güneşi rüzgârla buzun altında yenik düşmüş karların üzerinde belli belirsiz bir parıldama için savaşıyordu. Bitap bir şekilde kafesinden çıktı ve taşlaşmış, donuk beyazlığa adımını attı. O geçerken iki yanındaki erler de topuklarını birbirine vuruyor; kürklerle kaplanmış koca botları sönük ve tok bir ses çıkarırken lastik tabanları kalın buzu eziyordu.

Wirth onlara yarım yamalak bir selamla karşılık verdi, aklında hâlâ biraz öncenin mide bulandıran düşünceleri dolanıyordu. Omuzlarını inleyen rüzgâra karşı dikleştirdi, kalın atkısını artık hissizleşmiş çehresine çekti ve yakınındaki çadıra ilerlemeye başladı.

O esnada sert bir rüzgâr, çadırın çatısındaki bacadan süzülen siyah dumanı kesti. Soba şimdiye kadar yakılmış olmalıydı, dolu dolu bir kahvaltı da içeride kendisini bekliyordu muhtemelen.

Tabii kendisini bekleyen sadece kahvaltı değildi. Üç SS subayı da çoktan uyanmış olmalıydı. Zaten hep erken kalkarlardı ama buz bakirenin mezarından kalkacağı bugün, şafağı bile beklemeyeceklerini düşündü.

Aslında yanında iki SS subayı olacaktı; Üsteğmen Otto Rahn ve General Richard Darre. Ama sonra hiçbir uyarı dahi olmadan SS General Hans Kammler, bu tarih kitaplarına yazılacak operasyonun son aşamasına tanıklık etmek için kızaklarla donatılmış uçağıyla bir anda iniş yapmıştı.

Keşfin asıl kumandanı olarak yetki de aslında General Darre'de olmalıydı. Ama esas gücün General Kammler'in ellerinde olduğunu inkâr edebilecek kimse yoktu. Kammler, Hitler'in adamıydı. Führer onun sözünü dinlerdi. Nitekim Wirth de General'in tarihteki en büyük zaferlerden birine bizzat tanıklık etmek için oraya kadar gelmesine heyecanlanmıştı.

O zaman, bundan sadece kırk sekiz saat önce her şey kusursuz görünüyordu; inanılmaz bir hırsla atılan ilk adım efsanevi bir şekilde son bulacaktı. Ama bu sabah... Wirth'ün artık ne şafakla ne kahvaltısıyla ne de SS asker arkadaşlarıyla yüzleşecek iştahı kalmıştı.

"Ne diye buraya geldi ki?" diye düşündü.

Wirth kendisini eski kültürler ve dinlere dair bir bilgin olarak yetiştirmiş, zaten Himmler ve Hitler'in ilgisini de bu sayede çekmişti. Nazi parti numarasını bizzat Führer'in ellerinden almış, ender rastlanan bir onura layık görülmüştü.

1936 senesinde, "atalarımızdan miras" anlamına gelen *Deutsche Ahnenerbe*'yi kurmuştu. Görevi ise efsanelerde yer alan bir İskandinav popülasyonun, o üstün Aryan ırkın bir zamanlar dünyaya hükmettiğini kanıtlamaktı. Efsaneye göre kuzey topraklarda, daha sonra Kuzey

Kutup Dairesi üzerinde olduğuna inanılan "Hyperboria" ismindeki bölgede sarı saçlı, mavi gözlü bir ırk yaşıyordu.

Finlandiya, İsveç ve Kuzey Kutup Bölgesi'ne çok sayıda keşif gezisi düzenlenmiş; ancak dünyayı yerinden oynatması bir tarafa, elle tutulur bir kanıt dahi bulunamamıştı. Ardından bir grup asker bir hava istasyonu kurmak için Grönland'a gönderilmiş ve onların ilettiği Grönland Buzulu'na defnedilmiş bir kadının bulunduğuna dair kışkırtıcı raporlar kulaklarına çalınmıştı. Böylece büyük umutlarla başlayan bu uğursuz görev doğmuştu.

İşin aslında Wirth bir arkeoloji meraklısı ve oportünistti. Hiçbir zaman fanatik bir Nazi olmamıştı. Tabii Deutsche Ahnenerbe'nin başkanı olarak, Hitler rejiminin en koyu müritleriyle haşır neşir olmak zorundaydı. Şimdi de bunlardan ikisi hemen önündeki çadırda onu bekliyordu.

Bu işin sonunda kendisi için mutlu bir son yazılmadığını biliyordu. O kadar fazla vaat verilmişti ki... Hatta bazıları bizzat Führer'e söylenmişti. Tam olarak o saniyenin ucunda sonsuz sayıda ulvi beklenti, bir o kadar imkânsız umut ve hırs yatıyordu.

Ama Wirth, kadının yüzünü görmüştü.

Ve buz kadının yüzü canavarları andırıyordu.

2

Wirth başını eğdi ve iki kat kalın kumaştan çadıra girdi. Katlardan biri, dışarıdaki amansız soğukla fırtınaların dövdüğü karı uzak tutmak; diğeriyle içerideki vücut ısısıyla harıl harıl yanan sobanın sıcaklığını muhafaza etmek içindi.

Taze demlenmiş kahvenin kokusu burnuna geldi. Üç çift göz beklentili bakışlarla Wirth'e dönmüştü.

"Wirth dostum, neden astın yüzünü?" diye ona laf attı General Kammler. "Bugün büyük gün!"

"Güzeller güzeli *frau*'muzu yarığın dibine düşürmedin, değil mi?" diye ekledi Otto Rahn. Çarpık bir gülümseme yüz hatlarındaki yerini almıştı. "Yoksa öpüp uyandırmaya çalıştın da suratına tokat mı yedin?"

Rahn ile Kammler kahkahalara boğuldu.

Fanatik SS generali ile efemine paleontolog arasında tuhaf ama sıkı bir dostluk varmış gibi görünüyordu. Reich'a dair birçok şeyde olduğu gibi, bu bağ da Wirth'e oldukça mantıksız geldi. Çadırda oturan üçüncü adam, SS General Richard Walter Darre ise her zamanki gibi ağzını açmıyor; düşmüş kaşlarının altındaki karanlık gözleriyle elindeki kahvesini seyrediyordu.

"Buz bakire diyorum," diye girdi Kammler. "Karşımıza çıkmaya hazır mı?" Bir elini hazırlanmış kahvaltının üzerinde gezdirdi. "Yoksa önce kutlama ziyafetimizi mi çekeceğiz?"

Wirth olduğu yerde irkildi. Hâlâ midesi bulanıyordu. Üç adamın Buz Leydi'yi herhangi bir şey yemeden önce görmesinin daha iyi olacağını düşündü.

"Bu işi kahvaltınızdan önce yapmak en iyisi olacaktır Herr General."

"Moralsiz gördüm seni Herr Üsteğmen," dedi Kammler. "Yoksa kadın beklediğimiz gibi değil mi? Kuzeyin sarı saçlı, mavi gözlü meleği…"

"Kadını buzdan kurtardın mı?" diye kesti General Darre. "Çehresi ortaya çıktı mı? Freyja'mızın yüzü sana ne anlatıyor?"

Darre buz kütlesine gömülmüş kadın için "leydi" anlamına gelen tarihî İskandinav tanrısının adını ödünç almıştı.

"Hariasa'mız olduğuna şüphe yok herhâlde," diye karşı çıktı Rahn. "Eski Kuzey'in Hariasa'sı…"

Hariasa da bir başka İskandinav ilahının ismiydi, "uzun saçlı tanrıça" anlamına geliyordu. Bundan üç gün önce ise bu tanım kadına çok yakışıyor gibiydi.

Haftalar boyunca oradaki takım daha yakından bakabilmek için özenle buzu yontmuştu. Sonunda çalışmaları bittiğinde buz bakirenin yarığın duvarına doğru döndüğü, yalnızca sırtının göründüğü ortaya çıkmıştı. Ama bu bile yetmişti. Kadının kalın kalın örülmüş ihtişamlı altın rengi saçlarını görmüşlerdi artık.

Bu keşifle birlikte Wirth, Rahn ve Darre midelerini yakan bir heyecan hissetmişti. Kadının yüzü de efsanelerdeki Aryan tanımına uyarsa, görevi alınlarının akıyla tamamlamış olacaklardı. Bu sayede Hitler'in inayeti de kendilerine bahşedilecekti. Artık tek yapmaları gereken; kadını yarığın duvarından kurtarmak, içinde bulunduğu buz kütlesini çevirmek ve adamakıllı bir bakış atmaktı.

O bakışı atma şanına ise Wirth erişmişti erişmesine ama sonuç en iyi ifadeyle mide bulandırıcı olmuştu.

"Kadın tam olarak beklediğimiz gibi değil sayın generallerim," diye kekeledi. "Gelip kendiniz görseniz daha iyi…"

Ayağa ilk kalkan Kammler oldu; yüzünde ortaya çıkan hoşnutsuzluk, alnında birkaç çizgi bırakmıştı.

SS General, donmuş ceset için farklı bir İskandinav tanrıçasının ismini uygun görmüş; "Onu görme şanına erişen herkesçe el üstünde tutulacak," diye duyurmuştu. "Bu yüzden Führer'e adını Var koyduğumuzu söyledim, yani 'sevgili'."

O bozulmuş, kanla boyanmış cesedi sevmek için bir evliya gerekecekti ama. Wirth'ün o an emin olduğu tek şey ise çadırda hiç evliya olmadığıydı.

Adamlara buzun üzerinde yolu gösterdi, sanki kendi cenaze alayının başını çekiyormuş gibi hissediyordu. Kafese girip ağır ağır alçalmaya başladılar; yüzeyden aşağı indikçe projektörler de birer birer aydınlandı. Wirth aşağıda biri çalışmıyorsa veya ceset incelenmiyorsa tüm ışıkların kapalı tutulmasını emretmişti. Güçlü lambaların yaydığı ısı yüzünden buzların erimesini, kurtarılmayı bekleyen leydilerinin çözülmesini istemiyordu. Deutsche Ahnenerbe'nin Berlin'deki genel merkezine sağ salim ulaştırılması için buzların arasında donuk kalması gerekiyordu.

Kafesin diğer yanındaki Rahn'a baktı. Yüzü karanlık gölgelerin arasında saklanmıştı. Nerede olursa olsun, Rahn geniş kenarlı fötr şapkasını başından çıkarmazdı. Kendince bir kemik avcısı ve arkeoloji maceraperestiydi, şapkasını da imzası olarak benimsemişti. Yine de Wirth, bu süslü Rahn'a karşı bir samimiyet besliyordu. Aynı umutları, tutkuları ve inançları paylaşıyorlardı. Tabii korkuları da aynıydı.

Kafes sallana sallana yavaşladı. Bozuk bir sarkaç gibi bir ileri bir geri gittikten sonra tepesindeki zincir sayesinde olduğu yerde durdu.

Dört çift göz, her yanında koyu kırmızının döne döne yolunu çizdiği buz kütlesinde yatan cansız bedenin yüzüne kilitlenmişti şimdi. Wirth, bu manzaranın SS subay dostlarındaki etkisini hissedebiliyordu. Afallamış, beklentileri suya düşmüş insanların sessizliği hâkimdi.

Nihayet bu rahatsız edici sessizliğe son veren General Kammler oldu. Bakışlarını Wirth'e çevirdi. Her zaman olduğu gibi bu sefer de yüzünden bir şey okumak mümkün değildi; gözlerinin ardında buz kesmiş, hissiz bir bakış vardı.

"Führer beklenti içerisinde," dedi sessizce. "Onu hayal kırıklığına uğratamayız." Duraksadı. "Adına, Var'a layık biri hâline getirin kadını."

Wirth duyduklarına inanamaz bir şekilde başını salladı.

"Planlandığı gibi mi ilerleyeceğiz? Ama Herr General, riskler..."

"Ne riski Herr Üsteğmen?"

"Kadını neyin öldürdüğünü bilmiyoruz." Wirth, cesedi işaret etti. "Tüm bunlara neyin sebep olduğu..."

"Risk falan yok!" diye kestirip attı Kammler. "Beş milenyum önce yas tutmak için bu buzula indi. Beş bin yıl yani... Temizleyeceksiniz. Yeniden güzelleştireceksiniz. İskandinav yapacaksınız. Aryan ve kusursuz olacak. Führer'e uygun hâle getireceksiniz!"

"Ama nasıl yapalım Herr General?" dedi Wirth. "Siz de görüyor..."

"Çözün buzunu be!" diye sözünü kesti Kammler. Buz kütlesini işaret ederek, "Deutsche Ahnenerbe'de canlı insanlar üzerinde deneyler yapıyor, yıllardır insanları dondurup çözüyorsunuz, değil mi?" dedi.

"Evet Herr General," diye kabul etti Wirth. "Şahsen yapmamışsam da insan dondurmaya yönelik deneyler gerçekleşti; ayrıca tuzlu su ile..."

"Ayrıntılar umurumda değil!" Kammler, eldiveninin ardındaki bir parmağını kanlı cesede doğru salladı. "Yeniden hayat verin kadına! Ne gerekiyorsa yapın! Suratındaki o kurukafa gülüşünü silin. Gözlerindeki şu bakıştan kurtulun. Führer'in en güzel rüyalarını süsleyecek hâle getirin!"

Wirth zar zor da olsa yanıt verdi.

"Emredersiniz Herr General."

Kammler, yüzünü Wirth'ten Rahn'a çevirdi.

"Başaramazsanız, yani bu görevi tamamlayamazsanız giden kelleleriniz olur!"

Ardından kafesin yeniden kaldırılması için yukarı bağırdı.

Dört adam sessizce yükselmeye başlamıştı. Yüzeye ulaştıklarında Kammler, başını Deutsche Ahnenerbe adamlarına çevirdi.

"Kahvaltı yapacak iştahım kalmadı!" Topuklarını birbirine vurup Nazi selamını verdi. *"Heil Hitler!"*

"Heil Hitler!" diye tekrarladı SS subayları.

Oradan arkasına bile bakmadan uzaklaşan General Hans Kammler önce uçağına, sonra Almanya'ya dönüşünü hızlandırdı.

Günümüz

C-130 Hercules kargo uçağının pilotu, yüzünü Will Jaeger'a çevirdi.

"Biraz abartmadın mı dostum? Koca bir C-130'u sırf sizin için kaldırıyorsun?" Adamın güçlü bir güneyli aksanı vardı, Teksaslı olması muhtemeldi. "Sadece üçünüzsünüz, değil mi?"

Ambar tarafına açılan koridordan Jaeger, iki savaşçı dostuna döndü; katlanmış bezden koltuklarda oturuyorlardı.

"Evet, sadece üçümüzüz."

"Bence biraz abartı gerçekten..."

Jaeger uçağa sanki yüksek irtifadan bir paraşüt atlayışı yapmaya hazırlanmışçasına binmişti. Üzerinde; tüm yüzünü kapatan bir kaskı, oksijen maskesi ve iri yarı da bir paraşüt takımı vardı. Pilotun onu tanıması ihtimal dâhilinde değildi.

En azından şimdilik...

Jaeger omuzlarını silkip, "Aslında daha fazla olacaktık. Ama sen de bilirsin bu işleri. Bazılarımız başaramadı," dedikten sonra duraksadı. "Amazon'da tuzağa düştüler."

Son cümlesinin uzunca birkaç saniye boyunca havada asılı kalmasına müsaade etmişti.

"Amazon mu?" diye sordu pilot. "Ormanı mı diyorsun? Ne oldu ki? Atlayışta mı sorun çıktı?"

"Daha da kötüsü!" Jaeger atlayış kaskını tutan kayışları gevşetti, biraz nefes almaya ihtiyacı varmış gibi görünüyordu. "Başaramadılar... Çünkü öldüler."

Pilot şansını biraz daha zorladı.

"Öldüler mi? Nasıl öldüler? Serbest düşüş sırasında bir kaza falan mı oldu?"

Jaeger çok yavaş konuşuyordu artık, her bir kelimesinin üzerine basa basa...

"Hayır, bir kaza falan olmadı. En azından benim gördüğüm öyle değildi. Çok iyi planlanmış, üzerinde saatler harcanmış bir cinayete kurban gittiler."

"Cinayet mi? Tüh be!" Pilot öne uzanıp uçağın hızını düşürdü. "Seyir irtifasına yaklaşıyoruz. Atlayışa yirmi dakika!" Duraksadı. "Cinayet diyorsun. Kim öldürüldü peki? Bir de neden yani?"

Bu sorunun cevabını kaskını başından tamamen çıkararak verdi Jaeger. Sıcak kalmak için taktığı ipekten kar maskesi hâlen yüzüne sıkıca sarılıydı ama. 30.000 feet yükseklikten atlayacağı zamanlarda kar maskesini ihmal etmezdi. O irtifada hava Everest'ten bile soğuk olabilirdi.

Pilotun hâlâ onu tanıması mümkün değildi. Ama artık Jaeger'ın gözlerindeki bakışı gayet net bir şekilde görebiliyordu. O bakışlar da şu an ölüm saçıyordu.

"Cinayete kurban gittiler," diye tekrarladı Jaeger. "Acımasız bir cinayet... İşin garip kısmı, her şey bir C-130'dan atladıktan sonra başladı." Gözlerini kokpitin üzerinde gezdirdi. "Hatta buna çok da benzeyen bir uçaktı."

Pilot başını iki yana salladı, gerginlik bedenine hücum ediyordu.

"Dostum ben seni anlamadım doğrusu. Ama sesin de tanıdık gelmiyor değil. Siz İngilizlerin olayı bu gerçi, kusura bakma ama hepinizin sesi aynı geliyor."

"Bakmıyorum." Jaeger gülümsedi ama gözleri gülümsemedi. O bakışlarla kanı bile dondurabilirdi. "Kesin SOAR'da hizmet vermişsindir diye düşünüyorum, değil mi? Tabii özel sektöre geçmeden önce..."

"SOAR mı?" Pilot şaşırmış görünüyordu. "Evet, hakikaten de oradaydım. Ama nasıl... Seni tanıyor muyum ki?"

Jaeger'ın gözleri daha da sertleşti.

"Bir kez Gece Takipçileri'ne girince insan çıkamıyor; böyle söylüyorsunuz, değil mi?"

"Evet, öyle söylenir." Pilotun sesinde panik havası vardı artık. "O değil de dostum, seni bir yerden tanıyor muyum?"

"Aslına bakarsan tanıyorsun. Tabii ben beni bir daha görmemek için dua edersin diye düşünüyordum. Çünkü tam olarak şu an *dostum*, en büyük kâbusun benim! Bir zamanlar takımımla beni Amazon'a uçurmuştun. Ama ne yazık ki ondan sonra hiç kimse sonsuza kadar mutlu yaşayamadı."

Bundan üç ay önce, Jaeger on kişilik bir takımla Amazon'da bir keşif görevine çıkmış; İkinci Dünya Savaşı'ndan kalan kaybolmuş bir uçağın peşine düşmüştü. O zaman da yine aynı özel uçak firmasıyla anlaşmışlardı. Yolculuk sırasında ise pilot zamanında Amerikan ordusunun "Gece Takipçileri" olarak da bilinen Özel Harekât Havacılık Alayı'nda [SOAR] görev aldığından bahsetmişti.

SOAR, Jaeger'ın çok yakından tanıdığı bir birimdi. Özel kuvvetlerde hizmet verdiği zamanlarda, birkaç sefer adamlarıyla birlikte kendisini beladan çekip çıkaran SOAR pilotları olmuştu. SOAR'ın ünlü sloganında, "Ölüm Karanlıkta Bekler" denirdi, ancak Jaeger bir kez olsun bunun hedefinde kendisi ile takımının yer alacağını düşünmemişti.

Jaeger uzanıp kar maskesini çıkardı.

"Ölüm karanlıkta bekler! Gerçekten de bekliyordu. Senin yardımlarına da minnettardı tabii. Hepimizi öldürmene çok az kalmıştı."

Pilot bir anlığına bakakaldı, gözlerine inanmakta güçlük çekiyordu. Sonra yanındaki koltukta oturan adama döndü.

"Uçak sende Dan!" dedi sessizce ve uçağın kontrolünü yardımcı pilota bıraktı. "Buradaki İngiliz dostumuzla biraz konuşmam lazım. Bir de Dan, telsizden Dalls/Fort Worth'a haber ver. Uçuş iptal, rotamızı değiştirip..."

"Ben olsam öyle yapmazdım!" diye sözünü kesti Jaeger. "Yerinde olsam yani..."

Hamlesi o kadar seriydi ki pilot karşı koymak bir yana, fark etmedi bile. Jaeger atlayış takımına gizlediği yerden ufak SIG Sauer P228 tabancasını çekip çıkarmıştı. Elit askerlerin tercih ettiği bir silahtı bu, şimdi de namlusu pilotun ensesine sertçe dayanmıştı. Adamın yüzündeki azıcık renk de bu saniyeden sonra ortadan kayboldu.

"Ne... Ne yapıyorsun be? Uçağımı mı kaçırıyorsun?"

Jaeger gülümseyip, "Aynen öyle!" dedikten sonra diğer cümlesini yardımcı pilota yöneltti. "Sen de eskiden Gece Takipçileri'nde miydin? Yoksa buradaki dostun gibi sen de hain bir şerefsizin teki miydin?"

"Ne diyeyim Jim?" diye homurdandı yardımcı pilot. "Nasıl cevap vereyim bu lavu..."

"Nasıl cevap vereceğini ben anlatayım!" diye adamın sözünü kesti Jaeger, pilotun koltuğunu kilitli konumundan çıkardı ve yüzü yüzüne bakana kadar hızla çevirip 9 mm silahını pilotun alnına dayadı. "Çabucak, dürüstçe ve yön değiştirmeden... Yoksa ilk mermiyle bunun beynini patlatırım!"

Pilotun gözleri yerinden çıkacak gibi oldu.

"Ne istiyorsa söyle işte Dan! Herif deli, yapar!"

"Evet, ikimiz de SOAR'daydık," dedi yardımcı pilot sinirli bir sesle. "Aynı birim."

"Harika, o zaman bana SOAR'ın neler yapabileceğini gösterin bakalım. Sizi en iyilerden biri olarak bilirdim. İngiliz Özel Kuvvetler'de herkes öyle bilir. Kanıtlayın! Rotayı Küba'ya çevirin. Amerika sahil şeridini geçip Amerikan hava sahasından çıktığımızda da irtifayı düşürün. Kimsenin yolda olduğumuzu bilmesini istemiyorum."

Yardımcı pilot, yüzünü pilota çevirdi. O da başını salladı.

"Yap dediğini!"

"Rotayı Küba'ya çeviriyorum," diye doğruladı yardımcı pilot istemeye istemeye. "Aklında belirli bir varış yeri var mı? Çünkü Küba'nın birkaç bin kilometrelik sahil şeridi var hani!"

"Bizi ufak bir adanın üzerinde paraşüt atlayışı için bırakacaksınız. Tam koordinatları yaklaşınca söyleyeceğim. Oraya hemen güneş battıktan sonra gitmemizi istiyorum. Karanlığın altında gizlenmemiz lazım. Uçuş hızını da buna göre ayarla."

"Çok bir şey istemiyormuşsun!" diye homurdandı yardımcı pilot.

"Güneydoğu rotasında sabit bir hızla götür yeter. Bu sırada arkadaşınla konuşacaklarım var."

Jaeger kokpitin arka tarafındaki rotacı koltuğunu katlayıp üzerine oturdu ve SIG'nin namlusunu pilotun hayalarına bakana kadar indirdi.

"Şimdi soru zamanı!" diye eğlenerek konuya girdi. "Bir sürü sorum var."

Pilot omuzlarını silkip, "Tamam, her neyse. Sık gitsin!" dedi.

Jaeger bir anlığına elindeki tabancaya baktı, sonra uğursuz bir şekilde gülümsedi.

"Cidden istiyor musun?"

Pilot kaşlarını çatıp, "Lafın gelişi..." dedi.

"İlk sorum, takımımı neden Amazon'da ölüme götürdün?"

"Bilmiyordum ki be! Kimse bana ölüm falan demedi."

Jaeger'ın tabancayı tutan eli daha da sıkılaştı.

"Soruma cevap ver!"

"Para!" diye fısıldadı pilot. "Her zaman bu değil mi zaten? Ama sizi öldürmeye çalışacaklarını hakikaten bilmiyordum."

Jaeger adamın iddialarını duymazdan gelip, "Ne kadar?" diye sordu.

"Yeteri kadar!"

"Ne kadar?"

"Yüz kırk bin dolar!"

"Tamam, o zaman biraz hesap yapalım. Yedi kişiyi kaybettik. Bir can başına yirmi bin dolar. Ucuza satmışsın bence bizi."

Pilot ellerini kaldırıp, "Dostum hiç bilmiyordum diyorum ya! Sizi yok etmeye mi çalıştılar? Ben nereden bileyim!" dedi.

"Paranı kim verdi?"

Pilot tereddüt etti.

"Brezilyalı bir tip. Bir barda buluştuk."

Jaeger homurdandı. Adamın söylediği tek bir kelimeye dahi inanmıyordu ama zorlamaya devam etmesi lazımdı. Ayrıntılara ihtiyacı vardı. Harekete geçebileceği bilgiler arıyordu. Gerçek düşmanlarının peşine düşmesini sağlayacak bir şey...

"İsim var mı?"

"Evet, Andrei."

"Andrei. Andrei adında bir Brezilyalıyla barda buluştun demek?"

"Yani çok Brezilyalı gibi konuşmuyordu aslında. Rus olabilir."

"Güzel! Hatırlamak çok sağlıklıdır. Özellikle de hayalarına çevrilmiş bir tabanca varken..."

"Unutmuyorum zaten!"

"Peki bu barda buluştuğun Rus Andrei'nin kim için çalıştığına dair bir fikrin var mı?"

"Tek bildiğim, işin başında Vladimir diye bir adamın olduğuydu." Duraksadı. "Sizinkileri kim öldürdüyse öldürsün, emirleri o veriyordur."

Vladimir. Jaeger bu ismi daha önce duymuştu. Çete liderinin o olduğunu düşünüyordu ama onun üzerinde çok daha güçlü insanlar bulunduğundan da emindi.

"Bu Vladimir ile tanıştın mı peki sen?"

Pilot başını iki yana salladı.

"Ama parayı aldın, değil mi?"

"Evet, aldım."

"Her bir adamım için yirmi bin dolar! Ne yaptın peki? Havuz partisi mi verdin? Çocukları Disney'e mi götürdün?"

Pilot yanıt vermedi. Çenesi küstahça öne çıkmıştı. Jaeger, elindeki tabancanın dipçiğini herifin kafasına geçirmeyi ne kadar istese de durdu; bilincinin ve aklının yerinde olmasına ihtiyacı vardı. Bu uçağı daha önce hiç uçurmadığı gibi uçurmasına ve onları hızla yaklaşan hedeflerine ulaştırmasına da...

4

"Tamam, adamlarımı ne kadar ucuza sattığını oturttuğumuza göre şimdi kefaletin üzerinde çalışabiliriz. Ya da en azından kefaletine açılacak kapıya bir bakabiliriz."

Pilot homurdandı.

"Ne düşünüyorsun?"

"Şimdi şöyle; Vladimir ile adamları keşif takımımdan birini kaçırdı, Leticia Santos. Brezilyalı eski bir asker. Genç bir kadın, boşanmış ve bakması gereken bir kızı var. Sevmiştim onu." Duraksadı. "Küba topraklarının dışında ücra bir adada tutuyorlar. Onu nasıl bulduğumuzu bilmene gerek yok. Ama onu kurtarmaya gittiğimizi bilmen lazım."

Pilot bir kahkaha patlattı.

"Kimsin sen ya? James Bond musun sanki? Üç kişisiniz. Üç kişilik bir takım! Ne yapacaksınız? Vladimir gibi tiplerin yanında kimsenin olmayacağını mı sanıyorsun?"

Jaeger griye kaçan mavi gözlerini pilotun gözlerine dikti. Bakışlarından, bir sükûnetin ardında alev alev parlayan şiddet de okunuyordu.

"Vladimir'in emrinde otuz silahlı adam var. Yani on katımız kadarlar. Ama yine de adaya gireceğiz. Senin de oraya mümkün olan en gizli ve beklenmedik şekilde ulaşmamızı sağlaman lazım."

Uzunca bıraktığı siyah saçları ve nispeten cılız, yırtıcı yüz hatlarıyla Jaeger, otuz sekiz yaşından daha genç görünüyordu. Ama ona bakan herkes, gereğinden çok daha fazlasına tanık olduğunu ve kendisine bulaşmaması gerektiğini anlıyordu. Özellikle de şimdiki gibi parmaklarının arasında bir silah varken...

C-130'un pilotu da bunu anlamıştı.

"Saldırı kuvveti, iyi savunulan bir hedefe karşı... Biz Amerikan Özel Kuvvetler'de üçe bir karşılaşmaları kendi avantajımıza düşünürdük."

Jaeger sırt çantasını didiklemeye başladı, tuhaf görünen bir şey çıkarmıştı. Etiketi çıkarılmış büyükçe bir fasulye konservesine benziyor, bir ucuna takılmış bir de kolu bulunuyordu. Pilota uzattı.

"Ama bizde bundan var."

Parmaklarını tenekenin bir tarafına kazınmış yazıların üzerinden geçirmişti; *Kolokol-1*.

Pilot omuzlarını silkip, "Hayatımda duymadım," dedi.

"Duymazsın zaten. Rusların... Sovyet döneminden... Şöyle açıklayayım, pini çekip buraya bırakırsam uçak ânında zehirli gazla dolar ve kaya gibi yere çakılır."

Pilot gözlerini Jaeger'a dikti, gerilim omuzlarına tırmanmıştı.

"Onu yaparsan hepimiz ölürüz!"

Jaeger adamı zorlamak istiyordu ama duracağı yeri de biliyordu.

"Pini burada çekecek hâlim yok!" Tenekeyi yeniden sırt çantasına bıraktı. "Ama inan bana, Kolokol-1'e bulaşmak istemezsin."

"Tamam, anladık!"

Üç yıl kadar önce Jaeger da bu gazla kâbus gibi bir deneyim yaşamıştı. Galler Dağları'nda karısı ve oğluyla kamp yapıyorlardı. Sonra kötü adamlar -şu an Leticia Santos'u tutanlarla aynı grup- gecenin bir yarısında gelip Kolokol-1 ile çadırı vurmuştu. Jaeger'ın bilinci ânında gitmiş, yaşam mücadelesi vermesine yol açmıştı. Karısı Ruth ile sekiz yaşındaki oğlu Luke'u son gördüğü zaman da bu olmuştu.

Ailesini alıkoyan gizemli güç burada da durmamış, Jaeger'a onların kaçırılmasıyla işkence etmeyi sürdürmüştü. Hatta sırf kendisine işkence edebilmek için hayatta bırakıldığından şüphesi yoktu.

Ama her insanın bir kırılma noktası oluyordu. Dünyanın dört bir yanında kaybolan ailesini aradıktan sonra, Jaeger o dehşet veren gerçeği kabul etmek zorunda kalmıştı. Artık yoklardı, arkalarında hiçbir iz bırakmamışlardı ve Jaeger'ın onları koruyacak gücü yoktu.

İşte bu raddeden itibaren dağılmıştı Jaeger, tesellisini unutana kadar içmekte bulmuştu. Onu yeniden hayata döndüren, yeniden kendisini bulmasını sağlayan ise çok özel bir arkadaşı ve karısıyla oğlunun hâlâ hayatta olduğuna dair ortaya çıkan yeni kanıtlardı. Fakat artık bambaşka bir adamdı Jaeger.

Daha karanlıktı. Daha akıllı... Daha şüpheciydi, kolay kolay güvenmiyordu artık.

Kendi refakati ile yetiniyordu. Yalnız bir kurttu hatta.

Ayrıca yeni Will Jaeger, hayatını paramparça edenler karşısında yazılı ne kural varsa düşünmeden çiğneyebileceğini göstermişti. Bu da mevcut görevin yolunu yapmıştı. Yolculuk süresince düşmanından karanlık sanatlara dair bir şeyler öğrenmeye de karşı değildi ayrıca.

Tarihin gördüğü en önemli savaş uzmanlarından Çinli Sun Tzu'nun ünlü sözünü hatırladı; "Düşmanını tanı." Verilmiş en basit mesajdı belki bu ama orduda geçirdiği zaman boyunca Jaeger bu sözü düstur edinmişti. *Düşmanını tanı*; her görevin ilk kuralıydı.

Son günlerde ise her görevin ikinci bir kuralı olması gerektiğini anlamıştı; *düşmanından öğren.*

Görev aldığı iki birim olan Kraliyet Deniz Piyadeleri ve SAS'ta, askerlere etraflıca düşünme gerekliliği üzerine basılarak öğretilirdi. Açık fikirli olmak zorundaydılar. Beklenmeyeni yapmaları gerekiyordu. Düşmandan öğrenmek de bunların zirvesi anlamına geliyordu.

Jaeger, o Küba adasında duran adamların, yıllar önce kendi kullandıkları gazla gecenin bir yarısında vurulmayı akıllarından bile geçirmeyeceklerini düşünmüştü.

Düşmanı aynısını ona yapmıştı.

Jaeger dersini almıştı. Artık intikam zamanıydı.

Kolokol-1, Rusların büyük bir özenle dünyadan sakladığı bir silahtı. Tam tarifini bilen hiç kimse yoktu ama 2002'de bir grup terörist, Moskova'da bir sinema salonunda yüzlerce insanı rehin aldığında kamuoyu da bundan haberdar olmuştu.

Ruslar bu konularda çok ciddiydi. Ülkenin özel kuvveti Spetsnaz tüm salonu Kolokol-1 ile doldurmuştu. Sonra kasırga gibi bir anda saldırmış, kuşatmayı kırmış ve tüm teröristleri öldürmüşlerdi. Ne yazık ki bunlar olana kadar rehinelerin büyük çoğunluğu da gazdan etkilenmişti.

Ruslar hiçbir zaman bu görevde ne kullandıklarını açıklamasa da Jaeger'ın Britanya'daki gizli savunma laboratuvarlarında çalışan arkadaşları bir örnek bulmayı başarmış ve Kolokol-1 olduğunu doğrulamışlardı. Gaz aslında etkisiz bırakan bir etmendi ama uzun süre maruz kalınması hâlinde, Moskova'daki o sinemada olduğu gibi, ölüme kadar götürebildiği anlaşılmıştı.

Yani kısacası, Jaeger'ın amacı için kusursuz bir silahtı.

Jaeger, Vladimir'in birkaç adamının yaşamasını istiyordu. Hatta hepsi bile yaşayabilirdi. Tüm grubu öldürmeleri hâlinde çok yüksek ihtimalle Küba polisi, ordusu ve hava kuvvetleri peşine takılırdı. Şu an ise takımıyla bir nevi doğaçlama hareket edeceklerdi; gizlice girip fark edilmeden çıkmaları gerekiyordu.

Hayatta kalanlar olsa bile, Kolokol-1 sersemletici bir etki gösterecek; iyileşmeleri haftalar alacak ve o zamana kadar Jaeger ile takımı, bir de Leticia Santos çoktan ortadan kaybolacaktı.

Jaeger'ın Vladimir'in hayatta kalmasını istemesinin bir sebebi daha vardı; kendisinin aklında çok fazla soru, Vladimir de ise onların cevapları yatıyordu.

"Nasıl ilerleyeceğimizi anlatıyorum," dedi pilota. "Saat tam 02.00'de altı haneli bir şebekenin üzerinde olmamız gerekiyor. Şebeke; hedef adanın biraz batısında, okyanusun üzerinde bir parça... Kıyıdan iki yüz metre uzakta... Sen ağaç tepesi yüksekliğinde uçacak, sonra 300 feet'e çıkıp bizi LLP için bırakacaksın."

Pilot bakakaldı.

"LLP mi? Cenazeniz olur."

LLP, yani düşük seviye paraşüt atlayışı; içerdiği riskler sebebiyle elit kuvvetler tarafından savaş sırasında neredeyse hiç kullanılmayan, çok ama çok gizli bir teknikti.

"Biz atladıktan sonra olabildiğince alçaktan devam edeceksin," diye sürdürdü Jaeger. "Adadan hemen uzaklaşacaksın. Uçağını izleyebilecek herhangi bir şeye karşı koru..."

"Öf be, Gece Takipçisi'yim ben!" diye kesti pilot. "İşimi biliyorum herhâlde, anlatmana gerek yok!"

"Duyduğum iyi oldu. Adadan uzaklaşıp evinize döneceksiniz. Oradan itibaren artık seninle bir işim kalmayacak. Bizden kurtulacaksın." Jaeger duraksadı. "Anladın mı?"

Pilot omuz silkti.

"Gibi gibi. Tek sıkıntı, epey rezil bir plan yapman..."

"Konuş bakalım!"

"Çok basit! Sana kazık atabileceğim çok fazla açık var. Sizi yanlış koordinatların üzerinde bırakabilirim mesela. Okyanusun ortasına inmeye ne dersin? Yüzersiniz. Ya da adanın hemen üzerinden geçebilirim. *Baksana Vladimir! Uyan! Süvariler geliyor! Hem de üç kişiler!* Dostum planında bir elekten bile fazla açık var!"

Jaeger başını salladı.

"Anlıyorum ama bunların hiçbirini yapmayacaksın. Sebebini söyleyeyim şimdi. Ölen yedi adamım için kendini köpek gibi suçlu hissediyorsun. İçini rahatlatmak için bir şansa ihtiyacın var, yoksa ölene kadar bunun azabını çekeceksin."

"Vicdanım olduğunu sanıyorsun demek?" diye homurdandı pilot. "Yanılıyorsun!"

"Olduğuna eminim," diye karşı çıktı Jaeger. "Ama ne olur ne olmaz diye ikinci bir sebebim daha var. Bize kazık atarsan dünyan kararacak."

"Kim demiş? Ne diye kararsın ki?"

"Şöyle; radar seviyesinin altında Küba'ya izinsiz bir uçuş gerçekleştireceksin. Sonra da dönecek başka yerin olmadığı için DFW Havalimanı'na ineceksin. Küba'da yakın dostlarımız var. Benden tek kelimelik bir sinyal bekliyorlar; *BAŞARILI*. Saat 05.00'e kadar o sinyali almazlarsa, ABD Gümrüğü ile iletişime geçip uyuşturucuyla dolu uçağının iki ülke arasında gidip geldiğini söyleyecekler."

Pilotun gözleri parladı.

"Ben öyle bir işe bulaşmam! Her yerinden pislik akıyor! Hem DFW'deki çocuklar bizi tanır, inanmaları mümkün değil."

"Bence inanacaklar. En azından kontrol etmeleri gerekecek. Küba Gümrük Bakanı'ndan gelen bir ihbarı göz ardı edemezler. Narkotik o güçlü burunlu köpeklerini getirdiğinde ise hayvanlar deliye dönecek. Uçağının arkasına biraz beyaz pudra saklamayı ihmal etmedim çünkü. Birkaç gram kokaini C-130'un ambarında saklayacak çok yer var."

Jaeger, şimdi pilotun çenesinin gerginlikle titrediğini görebiliyordu. Jaeger'ın elindeki tabancaya baktı. Üzerine atlamamak için zor duruyordu ama hamle yapması hâlinde mermi yiyeceğinden de emindi.

Her insanın bir kırılma noktası oluyordu. Bir adamı bir yere kadar zorlamak mümkündü.

"Ödülün ve cezan önünde Jim! Kazanırsan için rahat edecek. Kaybedersen uyuşturucu kaçakçılığından ömür boyu hapis yatacaksın. Bu görevi tamamına erdirirsen başaracak ve temizleneceksin. Hayatın normal seyrine dönecek, vicdanındaki yük azalacak. Yani ne tarafından bakarsan bak, görevi tamamlamak en mantıklısı!"

Pilot, bakışlarını Jaeger'ın gözlerine dikti.

"C-130'u atlayış noktasına uçuracağım."

Jaeger gülümsedi.

"O hâlde benimkilere atlayış için hazırlanmalarını söyleyeyim."

5

C-130 alçaktan hızlı uçuşunu sürdürürken gürledi, dalga tepelerini sallamıştı.

Jaeger ile takımı, açılmış rampanın önündeki yerlerini almıştı; uçağın pervane akımından yayılan şiddetli hava kulaklarında uğulduyordu. Dışarısı köpür köpür ve karanlık bir denizdi.

Alçaktan seyreden uçak arada sırada bir resifin üzerinden geçtiğinde Jaeger'ın gözüne, çarpıp kırılan dalgaların bıraktıkları beyazlık takılıyordu. İnmeleri gereken ada da benzer şekilde sivri mercanlarla çevrelenmişti, uzak durmaları gereken bir araziydi. Suyun üzerine nispeten yumuşak bir iniş gerçekleştirebilecek olsalar da mercanlar bedenlerini parçalara ayırabilirdi. Her şey yolunda giderse Jaeger'ın inmek istediği nokta, takımı en içerideki mercanlardan sonraki okyanusa ulaştıracaktı ve oradan da kıyıya kısa bir mesafe vardı.

C-130 pilotu, görevi tamamlamak haricinde bir seçeneği olmadığına razı geldikten sonra, az da olsa gönülden isteyerek uçağın kontrolünü devralmıştı. Şimdi ise Jaeger bu adamların gerçekten söyledikleri gibi birer Gece Takipçisi olduklarını anlıyordu.

Uçağın iki yanındaki sivri uçlu dört pervane durmaksızın dönerken serin gece havası da ambara doldu. Pilot dalga boyunun biraz üzerinden seyrediyor, dev makinesini sanki bir Formula 1 yarış arabası gibi uçuruyordu.

Uçuşun karanlık ve yankılı ambardaki etkisi ise Jaeger ile takımı böylesine bir uçuşa alışık olmasa midelerinde ne varsa alıp götürecek düzeydeydi.

Jaeger iki yakın savaşçı dostuna döndü. Takavesi "Raff" Raffara kocaman bir adamdı, kaya gibi bir Maori ve SAS yıllarından beri Jaeger'ın en yakın arkadaşlarından biriydi. Her şeyiyle kurşunge-çirmez bir askerdi. Olur da işler sarpa sararsa, Jaeger'ın sırt sırta dövüşmek isteyeceği adam Raff olurdu. Uzun saçlarını geleneksel Maori tarzında ören Raff'a hayatını teslim edecek kadar güvenirdi. Nitekim birlikte askerlik yaptıkları yıllar süresince güvenmişti ve çok daha yakın bir süre önce Jaeger'ı dünyanın bittiği yerde tükenmekten kurtaran da Raff olmuştu.

İkinci asker; ambarı parçalayan pervane akımında sarı saçları çi-zilmişçesine güzel yüzüne vuran, oldukça sessiz, perileri andıran bir kadındı. Eski bir Rus Özel Kuvvetler askeri olan Irina Narov, çarpıcı güzelliğini buz gibi tavırlarıyla süslüyordu. Amazon'daki keşif sırasında kendisini sayısız kez kanıtlamıştı. Ama o keşif bile Jaeger'ın kadını iyice tanımasını ya da baş belası olma özelliğinden sıyrılmasını sağlamamıştı.

Buna rağmen garip bir şekilde Jaeger ona her şeyiyle güvenebilirmiş gibi hissediyordu. Her zaman tuhaf ve kimi zaman da karşısındakini direkt deli eden davranışları olsa da en az Raff kadar kurşungeçirmez bir askerdi. Yeri geldiğinde ise bir o kadar ölümcül olabileceğini kanıtlamış; eşi benzeri olmayan, soğuk ve ölçülü bir katile dönüşe-bildiğini göstermişti.

Bugünlerde Narov New York'ta yaşıyordu ve Amerikan vatandaşlığı almıştı. Jaeger'a uluslararası bir oluşumla birlikte şebeke dışı çalış-tığını açıklamış, oluşumun kim olduğunu Jaeger'ın kavraması ise henüz mümkün olmamıştı. Aslında her yanıyla pis kokuyordu ama söz konusu Leticia Santos'un kurtarılması görevini finanse eden de o oluşum, yani Narov'un tanıdıklarıydı. Nitekim şu an için Jaeger'ın umurunda olan tek şey genç kadını kurtarmaktı.

Tabii bir de Narov'un, Jaeger'ın ailesiyle olan gizemli bağlantıları vardı. Özellikle de rahmetli dedesi William Edward "Ted" Jaeger ile... Ted Dede, İkinci Dünya Savaşı sırasında İngiliz Özel Kuvvetler'de hizmet vermiş; Jaeger'a orduya girmesi için ilham kaynağı olmuştu. Narov da Ted Dede'yi kendi büyükbabası gibi gördüğünü iddia etmiş ve onun adıyla hatırası için çalıştığını söylemişti.

Bunların hiçbiri Jaeger'a mantıklı gelmiyordu. Ted Dedesi de dâhil olmak üzere ailesinden bir kişinin bile daha önce Narov'un yakının-da bir şeyden bahsettiğini duymamıştı. Amazon keşfi sona erdikten sonra kadından aradığı cevapları alacağına yemin etmişti, gömdüğü sırları birer birer yerinden çıkaracaktı. Ama şu anki kurtarma görevi en büyük önceliğe sahipti.

Narov'un tanıdıkları ve onların Küba yeraltı dünyasındaki bağlantıları aracılığıyla, Jaeger'ın takımı Leticia Santos'un alıkonduğu yeri izleme imkânı bulmuştu. Oldukça faydalı istihbaratlara erişmiş ve bir de ödül olarak Vladimir'e dair ayrıntılı bir tarif almışlardı.

Ancak birkaç gün kadar önce endişe verici bir gelişme yaşanmış ve Leticia, nispeten güvenliği gevşek olan bir villadan, kıyıdan uzakta ücra bir adaya taşınmıştı. Gardiyanların sayısı da ikiye katlanmıştı ve Jaeger bir kez daha hareket etmeleri hâlinde kadını tamamen kay-bedebileceklerinden korkuyordu.

C-130'un ambarında dördüncü bir kişi daha vardı. Kabin görevlisi uçağın bir tarafına sıkıca bağlanmış, bu sayede kükreyen pervane akımı tarafından kapılmadan rampanın ucundaki yerini alabilmişti. Kulaklığını elleriyle iyice bastırıp pilottan gelen mesajı dinledi. An-ladığını gösterir şekilde başını aşağı yukarı salladı, ayağa kalktı ve takımın önünde beş parmağını gösterdi. Atlayışa beş dakika kalmıştı.

Jaeger, Raff ve Narov da işareti alınca ayağa kalktı. Yaklaşan görevin başarıya ulaşması üç ana faktöre bağlıydı; sürat, agresiflik ve sürpriz. Kısaca SAS. Özel kuvvetlerin gayriresmî sloganı. Bu sebeplerden ötürü takımın çevik bir şekilde hareket etmesi büyük öneme sahipti. Hızla hamlelerini gerçekleştirip adayı sessizce geçeceklerdi. Bunun için takımlarını da olabildiğince hafif hazırlamışlardı.

LLP paraşütleri dışında her takım üyesinin sırt çantasında Kolokol-1 el bombaları, patlayıcılar, su, acil durum erzakı, ilkyardım çantası ve keskin uçlu küçük bir balta vardı. Kalan yerin tamamını, CBRN koruyucu kıyafetleri ile solunum cihazları kaplıyordu.

Jaeger orduya ilk girdiği zamanlarda koruma daha çok NBC üzerineydi; nükleer, biyolojik ve kimyasal. Şimdi ise CBRN olmuştu; kimyasal, biyolojik, radyolojik ve nükleer. Yeni dünya düzenini yansıtan yeni bir terminoloji. Sovyetler Birliği, Batı dünyasının düşmanı olduğu sıralarda en büyük tehdit nükleerdi. Ancak haydut devletler ve terör örgütleriyle dolu bozuk bir dünyada, kimyasal ve biyolojik savaş ya da kısaca terörizm yeni tehdit hâlini aldı.

Jaeger, Raff ve Narov aynı zamanda genişletilmiş yirmi mermilik şarjörlere sahip SIG P228 tabancalarla altı şarjör yedek cephaneye sahipti. Her biri ayrıca birer bıçak taşıyordu. Narov'un bıçağı; savaş sırasında İngiliz komandolara özel olarak üretilmiş, görüldüğü gibi ayırt edilebilen ve yakın dövüşte öldürmek için tasarlanmış çok keskin bir Fairbairn-Sykes bıçağıydı. Kadının bıçağa olan bağlılığı ise Jaeger'ın ilgisini çeken ayrı bir gizemdi.

Yine de bu gece takımdan hiç kimsenin ne bir mermi ne de bıçak kullanmaya niyeti vardı. Bu işi ne kadar sessiz ve temiz hallederlerse o kadar iyi olacaktı. Kolokol-1'in süzülüp işini yapmasına müsaade edeceklerdi.

Jaeger saatini kontrol etti. Atlayışa üç dakika kalmıştı.

"Hazır mısınız?" diye bağırdı. "Unutmayın, gazın yerleşmesi için zaman tanıyın."

Biri başını aşağı yukarı sallarken, diğeri de başparmağını kaldırdı. Raff ve Narov tartışmasız birer profesyonel ve işinin ehliydi. Jaeger en ufak bir gerilim bile hissetmiyordu. Evet, karşılarında on kat daha fazla adam olacaktı ama Kolokol-1 ile ihtimalleri nispeten eşitlediğini düşünüyordu. Tabii hiçbiri gaz kullanma konusunda can atmıyordu ama Narov'un da dediği gibi bazen en kötüyle savaşırken biraz kötü olmak gerekiyordu.

Önündeki atlayışa hazırlandığı sırada, Jaeger ufak bir ayrıntıya takılarak endişelendi. Bir LLP atlayışı yaparken hiçbir garanti olmuyordu.

SAS'ta görev aldığı sıralarda, uzay çağına ait son teknoloji aletleri deneyerek önemli miktarda zaman geçirmişti. James Bond benzeri hava saldırı teknikleri üzerinde çalışan gizli birim Birleşik Hava Ulaşım Kurumu ile birlikte çalışırken, mümkün olan en yüksek irtifalardan atlayış gerçekleştirmişti.

Ama kısa süre önce, Britanya ordusu çok daha farklı bir konsept geliştirmişti. Dünya atmosferinin en tepesinden atlamak yerine, LLP ile paraşütçü neredeyse sıfır irtifadan atlayıp hayatta kalabiliyordu.

Teoride, LLP sayesinde yetmiş beş metre civarında bir yükseklikten atlayış gerçekleştirilebiliyor; bu sayede uçaklar radar seviyesinin ciddi şekilde altında seyredebiliyordu. Yani saldıran kuvvet, düşman bölgesine tespit edilme riski en düşük şekilde uçabiliyordu. Bu geceki görev için LLP'nin tercih edilme sebebi de buydu.

Açılacağı birkaç saniye içerisinde, LLP paraşütler en fazla havayı yakalayabilmek için düz ve geniş bir profile sahip olacak şekilde tasarlanmıştı. Ama buna rağmen paraşütçü yere çakılmadan önce tamamen açılabilmesi için roket destekli bir pakete ihtiyaç duyuyordu. Tabii özünde paraşütü havaya yükselten bir mekanizma olan roket paketiyle bile paraşütçünün düşüşünü yavaşlatıp iniş yapması için en fazla beş saniyesi oluyordu.

Yani işleri batırma gibi bir seçenekleri yoktu.

Aynı şekilde, düşmanın da onları belirleme veya bölgeye canlı bir şekilde iniş yapmalarını engelleme gibi bir imkânı yoktu.

6

Atlayış lambası yeşile döndü.

Yalnızca milisaniyelerle ölçülebilecek kadar kısa bir sürede Jaeger, Raff ve Narov C-130'un açık rampasından atladı. Birer çubuğa benzeyen figürleri uğuldayan boşluğa çekildi. Jaeger kendisini dev bir rüzgâr tüneline atılmış bir kedi gibi sarsılırken buldu. Hemen altında, kaynayan okyanusun büyük bir hızla yaklaştığını görebiliyordu; çarpışmaya artık saniyeler vardı.

Çok geçmeden paraşütünün roket destekli paketini çalıştırdı ve bir anda bir füzeye bağlanıp atmosfere fırlatılmış gibi hissetti. Hemen ardından roketin motoru söndü ve paraşütü üzerindeki karanlığa bir çiçek gibi açıldı.

Ani ve güçlü bir sesin ardından paraşüt şişmeye başladı. Roket paketi tırmanışının zirvesine ulaştıktan birkaç saniye sonra havayla doluyordu. Jaeger'ın midesi birkaç taklayla iyice bulandı. Saniyelerin ardından ise artık yükselmiş denize doğru hafif hafif iniyordu.

Ayağı suya değer değmez, Jaeger o ağır paraşüt takımını vücudundan ayıracak hızlı çözme mekanizmasına bastı. Okyanustaki baskın akım güneydoğu yönünü işaret ediyordu, yani paraşütleri bir daha hiçbir göz tarafından görülemeyecekleri Atlas Okyanusu'nun açık sularına sürükleyecekti. Tam da Jaeger'ın istediği gibiydi. Orada olduklarına dair tek bir iz bile bırakmadan girip çıkmaları gerekiyordu.

Hercules hızla ortadan kaybolurken, sakin ve açık gece hayalet uçağı yuttu. Artık Jaeger'ın dört bir yanında kükreyen bir karanlık vardı. Kulağına gelen tek ses, okyanus dalgalarının uğultusu; vücudundaki tek his de Karayip Denizi'nin ılık darbeleriydi. Tuzlu deniz suyunu ağzında ve burnunda sert bir şekilde hissedebiliyordu.

Sırt çantalarının her biri su geçirmez kano balonuyla desteklenmişti. Sert siyah balonlar, ağır çantaları kolaylıkla birer el yapımı yüzme aygıtına dönüştürüyordu. Çantaları önlerinde tutan üç figür, palmiye ağaçlarının dağınık bir görüntüyle çizdiği kıyı şeridine doğru ayaklarını çırparak yüzmeye başladı. Kırılan dalgaların arasından adaya yüzdüler. Suya dokunmalarının ardından henüz birkaç dakika geçmeden karaya ulaşmışlardı. Hiç ayak bile basmadan, kumların üzerinde sırılsıklam olmuş bedenlerini en yakında sığınacakları yere sürüklediler.

Beş dakika boyunca hiç kımıldamadan çevreye kulak verdiler, gölgeleri dinleyip şahin gözleriyle etraflarını taradılar.

Nitekim oldu da biri C-130'dan yapılan atlayışı gördüyse karşılamak için en uygun zaman orası olurdu. Ama Jaeger hiçbir şey sezmedi. Ne alışılmadık bir ses ne de beklenmedik bir hareket vardı. Sanki burada nefes alan hiçbir şey yok gibiydi. El değmemiş bembeyaz kumları döven dalgaların söylediği melodi dışında, ada her yanıyla kendini sessizliğe teslim etmişe benziyordu.

Jaeger yaklaşan saldırının pompaladığı adrenalinin damarlarındaki hareketini hissedebiliyordu artık. Harekete geçme zamanı gelmişti.

Taşınabilir Garmin GPS birimini çıkarıp mevcut koordinatlarını kontrol etti. Hava mürettebatının askerleri yanlış şebekelerde bıraktığı görülmemiş bir şey değildi ve bu geceki mürettebatın da böylesi bir davranış için çokça gerekçesi vardı.

Doğru şebekede olduklarını anladıktan sonra Jaeger ufak ve parlak bir pusula çıkardı ve kerteriz alıp gidecekleri yolu gösterdi. Arkasında Narov ve Raff ile ses çıkarmadan ormana adım attılar. Bu kadar fazla savaş görmüş profesyoneller söz konusu olduğunda herhangi bir kelimeye dahi ihtiyaç olmuyordu.

Yarım saatin ardından artık büyük çoğunlukla terk edilmiş kara kütlesini bir uçtan diğerine geçmişlerdi. Ada; aralara omuz boyunda fil otlarının serpiştirildiği, palmiye ağaçlarının yarattığı kalın örtünün altında kalıyordu. Bu örtüye sığınarak hiçbir şekilde görülmeden ve duyulmadan birer hayalet gibi hareket edebilirlerdi.

Jaeger takıma durmalarını işaret etti. Doğru hesapladıysa Leticia Santos'un tutulduğu villa kompleksine yüz metre uzakta olmaları gerekiyordu.

Eğildi, Raff ve Narov da ona yaklaştı.

"Giyinin," diye fısıldadı.

Kolokol-1 gibi bir gaz iki misli tehdit içeriyordu. Bunlardan ilki gazı solumak, ikincisi de deri gibi canlı ve gözenekli bir zar aracılığıyla vücuda almaktı. Bu yüzden çok hafif malzemeden üretilmesine rağmen içerisinde atmosferde süzülmeye devam edebilecek gaz parçalarını emecek aktif bir karbon mikrosfere sahip bir özel kuvvetler eşleniği olan Raptor 2 koruyucu kıyafetleri giyeceklerdi.

Raptor kıyafetlerin içi aşırı sıcak bir hâl alabildiği gibi, kullanıcısını klostrofobik hissettiriyordu. Jaeger ise Küba havasının en serin olduğu gece yarısında saldırıya geçecekleri için mutluydu.

Koruyucu kıyafetin dışında son teknoloji Avon FM54 gaz maskeleri de takımın yüzünü, gözlerini ve ciğerlerini koruyacaktı. Yalazla sertleştirilmiş bir dış yüzü, tek bir vizörü ve kullanıcısına tam uyması için geliştirilen oldukça esnek tasarımıyla dünya üzerindeki en üstün maskeydi.

Yine de Jaeger bu solunum cihazlarını takmaktan nefret ediyordu. O açık ve vahşi doğayla kendini bulan bir adamdı. Kapalı tutulmak, tuzağa düşmek ve doğal olmayan sebeplerle alıkonulmaktan tiksiniyordu.

Zihnen kendisini hazırladı ve başını öne çıkararak solunum cihazını yüzüne geçirdi, ardından kauçuk kısmın cildiyle buluşup hava geçirmez bir şekilde kapandığından emin oldu. Maskesini tutacak kayışları sıktı ve yüz hatlarındaki baskıyı hissetti.

Her biri kendi yüzlerine tam uyacak şekilde özel bir maske seçmişti ama Leticia Santos'un kaçış başlığının daha gevşek olması gerekmişti. Başlıklar boyut olarak evrensel olsa da zehirli gazlara karşı önemli bir süre koruma sağlamayı başarıyordu.

Jaeger eliyle solunum cihazının filtresini kapattı ve güçlü bir nefes çekti; maskeyi yüzüne daha da sıkı bir şekilde yapıştırırken tam olarak kapandığına dair bir emniyet kontrolü daha gerçekleşti. Ardından birkaç hızlı nefes alışverişi daha yaptı ve kendi nefesinin kulaklarında yankılanan yabancı emilme sesini dinledi.

Maske kontrol edildikten sonra hantal dış botlarına girdi ve CBRN kıyafetinin maskenin ön tarafını kapatacak elastik başlığını kafasına geçirdi. Son olarak da ellerini düzgünce korumak için önce ince kumaştan alt eldivenleri, ardından ağır kauçuk eldivenleri giydi.

Jaeger'ın dünyası artık maskesinin göz kısmındaki pencerenin imkân verdiği kadarıyla kısıtlanmıştı. Solunum cihazının kaba filtresi görüşünü kapatmasın diye sol alt tarafa yerleştirilmişti ama şimdiden klostrofobinin ağırlığını üzerinde hissediyordu.

"İçeri girip işi hızla bitirmek için başka bir sebep daha," diye düşündü.

"Mikrofon kontrolü!" diye duyurdu. Maskesinin kauçuğu içine monte edilmiş minik bir mikrofona konuşuyordu. Diyalog kurmak için herhangi bir düğmeye basmalarına gerek yoktu, alıcılar her daim açıktı. Sesi tuhaf bir şekilde kısılmış ve genizden geliyormuş gibi çıksa da kısa mesafe telsiz imkânı sayesinde yaklaşan macera boyunca iletişim kurabileceklerdi.

"Tamam!" dedi Raff.

"Tamamdır... Avcı!" diye ekledi Narov.

Jaeger gülümsemesine engel olamadı. "Avcı", Jaeger'ın Amazon'daki görev sırasında layık görüldüğü bir isimdi.

Jaeger'ın işaretiyle karanlığa bir adım daha attılar. Kısa süre içerisinde hedef binadaki ışıkların ağaçların arasından parladığı görüldü.

Villa girişinin tam karşısına gelene kadar atıklarla dolu bir araziden geçtiler. Artık bina ile aralarında yalnızca dar bir toprak yol kalmıştı.

Ağaçların sağladığı gizlilikle hedefi incelemeye koyuldular. Tüm güvenlik aydınlatmalarının yaydığı yoğun ışığın altında yıkanıyor gibiydi. Bu raddede gece görüş ekipmanlarını kullanmanın hiçbir manası olmazdı. Yoğun ışıklar bu malzemelere fazla yük binmesine sebep olur, etraflarını kör edici bir beyaza dönüştürürdü.

Serin geceye rağmen kıyafet ve maskelerin altı şimdiden çok sıcak ve yapış yapış olmuştu. Jaeger alnından akan ter damlalarını hissedebiliyordu. Bir anlık dalgınlıkla eldivenli elini vizörünün üzerinde gezdirip temizlemeye çalıştı.

Vıllanın etrafını kaplayan duvardan görebildikleri kadarıyla ikinci kattaki tüm odaların ışıkları yanıyordu. Arada sırada Jaeger pencerelerin önünden geçen siluetleri görebiliyordu. Bekledikleri üzere Vladimir'in adamları temkinli bir nöbet tutuyordu.

Villanın etrafını saran duvarın yanına park edilmiş birkaç 4x4 araç gördü. Olur da biri kaçmaya çalışırsa diye bunların hareket edemez hâle getirilmesi gerekiyordu. Gözlerini binanın üzerindeki terasa çevirdi. Nöbetçi yerleştirmek için kusursuz bir yerdi ama gözüne herhangi bir hareketlilik takılmadı. Terk edilmiş gibi duruyordu. Ama oraya erişim varsa, saldırmakta güçlük çekecekleri tek yer de çatı olurdu.

Jaeger mikrofonuna konuştu.

"Her şey hazır! Ama çatıya dikkat edin. Ayrıca araçları etkisiz hâle getirmemiz gerekiyor."

Onaylar tonda yanıtlar geldi.

Jaeger açık toprak yolda koşarak arkadaşlarına yol gösterdi. Araçların yanında durup harekete karşı duyarlı bombalar yerleştirerek tuzak kurdular. Biri araçlardan tekinin kapısını bile açsa patlayıcılar havaya uçacaktı.

Raff bu noktada takımdan ayrılıp ana elektrik hattına ilerledi. Portatif bir sabotaj cihazı kullanarak villayı aydınlatan elektrik akımına güçlü bir dalga gönderecek, böylece sigortaları attırıp tüm ampulleri yakacaktı. Vladimir'in acil durumlar için bir jeneratörü olduğuna eminlerdi ama devre sistemini yakacakları için hiçbir işe yaramayacaktı.

Jaeger, Narov'a döndü. Bir elinin avuç içini başının tepesine yerleştirdi. "Benimle," anlamına gelen bir işaretti bu. Sonra ayağa kalktı ve koşarak villanın ön tarafındaki girişe yöneldi, ilerledikçe nabzının kulaklarında attığını hissediyordu.

Görülebilecekleri bir an varsa bu, muhtemelen yüksek duvardan atlamaya hazırlandıkları şu andı. Jaeger ağır hareketlerle köşeye ilerledi ve ön kapının bir tarafında pozisyon aldı. Hemen ardından Narov da yanına gelmişti.

"Hazırız!" dedi mikrofonuna.

"Olumlu!" diye fısıldadı Raff. "Kararıyoruz!"

Raff'ın sesinin kesilmesiyle birlikte villanın içinden vızıltılı bir patlama sesi geldi. Her yana saçılıp yağan kıvılcımlar arasında bütün kompleks bir anda zifiri karanlığa bürünmüştü.

Jaeger, Narov'u bacaklarından tutup yukarı itti. Duvarın en üstüne uzanan Narov, kendisini yukarı çektikten sonra eğilip bir elini Jaeger'a uzattı. Saniyeler içerisinde duvarın diğer yanına geçmişlerdi.

Nereye bakarlarsa baksınlar zifiri karanlıktan başka bir şey görünmüyordu. Duvardan atlayalı daha birkaç saniye geçmişti ama Jaeger binanın içinden gelen boğuk sesleri duyabiliyordu.

Ön kapı bir hışımla açıldı ve bir adam sendeleyerek çıktı; elindeki fener kararan bölgeyi durmaksızın tarıyor, adamın sıkıca tuttuğu tüfeği parlatıyordu. Jaeger olduğu yerde kaldı. Adamın bir köşedeki kulübeye doğru ilerleyişini izledi, muhtemelen yedek jeneratör oradaydı.

Onun içeri girmesiyle birlikte hemen arkasından Narov ile Jaeger da öne atıldı. Villanın giriş kapısının bir yanındaki duvara sırtını dayadı, diğer tarafta Narov da aynısını yapmıştı. Jaeger bir cebine uzanıp kapsüllerden birini çıkarırken diğer eliyle de ufak baltasını çözüyordu.

Narov ile göz göze geldiler.

Kadın başparmağını kaldırarak onay verdi. Bakışları buz gibiydi.

Jaeger sabitleyici klipsi tutan pimi kavradı. Çektiği zaman bomba da gazını salmaya başlayacaktı. Artık geri dönüşü olmayan bir noktaya gelmişlerdi.

Usulca pimi serbest bıraktı, parmaklarıyla tetikleyici kolu kapalı tutuyordu. Yumruğunu rahatlatması hâlinde klips serbest kalır ve bomba da zehirli gazından kurtulmaya başlardı.

"Hazırız!" dedi sessizce.

"Hazırım!" diye karşılık verdi Raff. Villanın elektriğini kestikten sonra iri Maori binaya giriş veya çıkış için kullanılabilecek diğer tek bölge olan arka kapıya gitmişti.

Jaeger cesaretini toplayıp, "Giriyorum!" dedi.

Baltasını hızla pencereye salladı. Kırılan camın sesi, içeride karanlıktan dert yanan adamların sesini bastırmıştı. Baltasını dışarı çekerken tetikleyici kolu bırakıp el bombasını içeri attı.

Hemen karşı tarafında Narov da aynı hareketleri tekrarladı ve az önce kırdığı camdan içeri bir bomba bıraktı.

Jaeger içinden saniyeleri sayıyordu. *Üç. Dört. Beş...*

Kırılan camdan gelen yeni ses, patlayan kapsüllerin boğucu zehrini salmaya başladığını gösteren vahşi bir ıslıktı. Ardından kesik kesik nefes sesleri ve öğürtüler duyuldu; Kolokol-1 etkisini göstermeye, endişeli bedenler gizli engellere takılmaya başlamıştı.

Bir anda Jaeger'ın arkasından bir öksürükle gürleme sesi geldi, jeneratör devreye girmişti. Adam elektriğin gelip gelmediğini kontrol etmek için kulübeden çıktı ama zifiri karanlık varlığını sürdürüyordu. Fenerini bir o tarafa bir bu tarafa sallayarak kesintinin sebebini anlamaya çalıştı.

Jaeger'ın adamın işini bitirmek için sadece birkaç saniyesi vardı. SIG Sauer'ini göğsündeki kılıfından çıkardı. Tabancanın silüeti bu sefer farklı görünüyordu, daha uzun ve daha ağır namluluydu. Jaeger, Raff ve Narov P228 tabancalarının ucuna SWR Trident susturucu takmıştı. Aynı zamanda şarjörleri de ses hızının altında hareket eden mermilerle doldurmuşlardı. Bu sayede merminin ses hızını aştığında çıkardığı patlama sesini ortadan kaldırmışlardı.

Hızdaki eksikliği kapatmak adına tercihlerini daha ağır mermilerden yana kullanmışlardı. Ortaya çıkan sonuç ise neredeyse ses çıkarmayan ama ölümcül yapısından hiçbir şey kaybetmeyen bir silah olmuştu.

Jaeger P228'i kaldırdı. Tam ateş açacaktı ki gölgelerin arasından tanıdık bir figür belirdi. İki seri ateşi takip eden bir de güvence ateşiyle Raff, Jaeger'dan daha hızlı davranmış ve adamı olduğu yere yığmıştı.

On. On bir. On iki... Jaeger'ın kafasındaki ses saniyeleri saymaya devam ediyor, Kolokol-1 de bu sırada kendi işini yapıyordu.

Bir anlığına Jaeger, o an binanın içerisinde olmanın nasıl hissettireceğini düşünerek irkildi. Zifiri karanlık. Anlamsız bir karmaşa. Sonra Kolokol-1'in ilk dokunuşuyla ürperen tüyler. Dehşet yumruğunu indirmeden, zehirli gaz nefes borusundan geçip ciğerleri yakmadan önce olup bitene anlam vermeye çalışırken yaşanan anlık panik.

Jaeger böylesine bir gazın insanlara ne yaptığını, ne kadar korkunç bir yenilgi yaşattığını gayet iyi biliyordu. Hayatta kalmak mümkündü mümkün olmasına ama akıldan silinebilecek bir şey değildi.

Korkunç bir saniye için Jaeger kendini yine o Galler'deki dağın yamacında buldu. Çadırının ince kumaşını yırtıp geçen bir bıçak ve o delikten giren bir enjektör içeriyi boğucu gazdan bir buluta çevirmişti. Tanımadığı ellerin uzanıp karısı ile çocuğunu yakaladığını, onları karanlığa sürüklediğini izlemişti. Onları kurtarmak, savaşmak için kalkmaya çalışmış ama Kolokol-1 gözlerine kadar dolmuştu ve Jaeger vücudundaki hiçbir yeri hareket ettirememişti. Sonra eldivenli bir el sertçe saçlarından tutup kaldırmıştı onu. Yüzünü yukarı çevirmiş, maskenin ardındaki nefret dolu gözlere bakmasını sağlamıştı.

"Bu ânı beyninin en derinlerine kazı!" demişti bir ses. "Karın ve çocuğun artık bizim! Sakın unutma bunu, karını ve çocuğunu koruyamadın!"

Maskenin ardından karman çorman çıksa da Jaeger adamın saldırgan, nefretle dolu ses tonunu tanıdığını hissetmiş ama ne kadar uğraşırsa uğraşsın işkencecisinin sesini çıkaramamıştı. Onu tanıyordu ama aynı zamanda tanımıyordu. Bu da kaçıp saklanması imkânsız bir işkenceye dönüşmüştü.

Jaeger kendini bu düşünceleri zihninden çıkarmaya zorladı. Burada kime gaz verdiklerini hatırladı. Amazon'da takımının başına, sonrasında da zavallı Leticia Santos'a musallat olan tarifsiz ve sayısız dehşete ilk elden tanıklık etmişti. Tabii bir de içten içe burada karısı ve çocuğuna açılacak bir kapı bulacağına dair büyüyen umudu vardı.

Artık her saniye kıymetliydi. *On yedi. On sekiz. On dokuz. Yirmi!*

Jaeger bir adım geri attı, bir bacağını kaldırdı ve botlarıyla ön kapıya güçlü bir tekme attı. Zengin tropik ahşap neredeyse hiç kımıldamadı ama dandik kontrplaktan çerçevesi ânında dağıldı ve kapı da menteşelerinden içeri devrildi.

Jaeger, elinde SIG'i hazır bir şekilde karanlık villaya girdi. Namlusunun hemen altına yerleştirdiği fenerden çıkan ışınla odayı taradı. İçerideki hava, ışıkta dans eden yağlı bir beyaz sisle yoğunlaşmıştı. Çok sayıda adam yerde kıvranıyor, kendi gırtlaklarını söküp koparmak istermişçesine yüzlerini tırmalıyordu. Jaeger'ın orada olduğunu kimse fark etmemişti bile. Gözleri gazla kör olmuş, vücutları gazla alev almıştı.

Jaeger odanın derinlerine ilerledi. Yerde yatıp kıvranan bir figürün üzerinden atladı. Botlarıyla bir diğer figürü kenara yuvarladı ve geçerken hepsinin yüzlerine iyice baktı.

Hiçbiri Leticia Santos değildi.

Bir anlığına fenerinden çıkan ışığa, gölgelerin arasında kendi kusmuğu içinde kalarak kıvranan bir beden takıldı. Koku muhtemelen insanı bayıltacak düzeydeydi ama Jaeger'ın solunum cihazından geçmesi mümkün değildi.

Kendini devam etmeye, dehşeti görmezden gelmeye zorladı. Elindeki göreve odaklanmak, Leticia'yı bulmak zorundaydı.

Tüyleri ürperten, esrarengiz gaz bulutunun içinde ilerlemesini sürdürürken fenerinin ışığı, sönmekte olan beyaz bir püskürtü yakaladı; bir

Kolokol-1 kapsülü içindeki son gazı da kusuyordu. Onu da geçtikten sonra odanın en arkasına geldi. Önünde uzanan iki merdivene baktı; biri yukarı, diğeri aşağı açılıyordu. İçindeki ses, Leticia'nın yeraltında tutulduğunu söylüyordu.

Kıyafetinin içine elini uzatıp ikinci bir kapsül çıkardı. Ama pimini çekip bombayı merdivenden aşağı göndereceği sırada, klostrofobisi kör edici bir şekilde karnına bir yumruk indirir gibi vurdu. Hareket edemiyordu. Aklı dağın yamacındaki o karanlık anda takılıp kalmıştı. Yaşadıkları sonsuz bir döngüyle zihninde tekrar tekrar hayat buluyordu.

Böylesine bir saldırıda bir an olsun duraksamamak çok önemliydi. Ama Jaeger'ın midesindeki bulantı dalgalarının ardı arkası kesilmiyor, onu içine aldığı sıkı yumrukta çevirip duruyordu. Sanki yeniden o çadırdaymış, kendi beceriksizliğinde boğuluyormuş gibi hissediyordu. Kendi karısı ve çocuğunu bile korumaktan acizdi.

Jaeger kıpırdayamıyor, bombayı elinden bırakamıyordu.

8

"Fırlat!" diye bağırdı Narov. "FIRLAT ŞUNU! Santos orada bir yerde! At şu bombayı!"

Narov'un sözleri, Jaeger'ın felcini parçalayıp geçti. O an başaramayacak gibi hissetse de Jaeger bir şekilde yeniden kendine geldi ve avcunu gevşeterek bombayı aşağı uzanan karanlığa bıraktı. Saniyeler sonra bombanın peşinden ilerlemeye; önünde silahı, arkasında Narov ile bölgeyi taramaya başladı.

Elit birimlerde görev aldığı yıllar boyunca tüm tatbikatlar arasında en çok bina temizlemeyi tekrar ediyorlardı. Hızlı, doğal ve içgüdüsel bir süreçti.

Merdivenin sonunda iki tarafa açılan iki kapı belirdi. Jaeger sağdakine girerken Narov da sola gitti. Elindeki üçüncü Kolokol-1 kapsülün tetikleyici kolunu serbest bıraktı. Ağır botuyla ahşap kapıyı bir tekmede devirdi ve kapsülü içeri attı.

Kolokol-1'in gazı odaya dolmaya başladığında bir figür sendeleyerek üzerine geldi. Alabildiği az miktarda nefesin arasından Jaeger'ın anlamadığı bir dilde küfürler savuruyordu. Jaeger'a ateş etmeye çalıştı ama gazdan kör olmuş adamın nişanı odanın her yanına dağıldı. Hemen ardından dizlerinin üzerine çöktü ve bir tutam nefes için çıldırır şekilde kendi boğazına yapıştı.

Jaeger odada ilerleyişini sürdürdü, etrafa dağılmış pirinçten mermi kovanları dış botunun tabanı altında eziliyordu. Leticia Santos'u görme umuduyla etrafını taradı. Kadını hiçbir yerde göremediği için odadan çıkmak üzere yeltendi ama göğsüne bir hançer gibi saplanan bir hisle sarsıldı. *Bu odayı tanıyordu.*

Bir şekilde, bir yerde daha önce görmüştü.

Sonra hatırladı. Santos'u yakalayanlar, ona çok uzaklardan işkence etmek amacıyla, Jaeger'a bir e-posta ile tutsak hâlinin fotoğraflarını göndermişti. Birinde kadın yaralı bir şekilde elleri ve ayaklarından bağlanmış, kirli bir çarşafın önünde dizleri üzerine çökmüş hâlde görülüyordu. Çarşafın üzerine şu sözler karalanmıştı:

Bizim olanı teslim et.
Wir sind die Zukunft.

Wir sind die Zukunft; gelecek biziz.

Kaba saba yazılan sözlerin mürekkebi kan gibi görünüyordu.

Çarşaf Jaeger'ın gözleri önünde yeniden belirdi, duvarlardan birine asılmıştı. Hemen altındaki zeminde esaretin kalıntıları göze çarpıyordu; kirli bir yatak, bir tuvalet kovası, bitmek bilmeyen aşınmış halatlar ve birkaç adet köşesi kıvrılmış dergi. Bir de beyzbol sopası vardı, zavallı Santos'u sindirmek adına dövmek için kullanılmıştı.

Jaeger'ın tanıdık bulduğu ise oda değildi, Leticia Santos'un gördüğü işkenceler ve tutsaklığından kalan izlerdi.

Arkasını döndü. Narov da karşı taraftaki odayı temizlemişti ama hâlâ Santos'tan hiçbir iz yoktu. *Onu nereye götürmüşlerdi?*

İkili merdivenin dibinde bir saniyeliğine duraksadı. İkisi de kan ter içinde kalmış ve kesik kesik nefes almaya başlamıştı. Ellerine birer bomba aldıktan sonra basamağa adım attılar. Momentumun sürmesi gerekiyordu.

Üst kata çıkan merdivenleri büyük adımlarla geçtiler, etrafa kapsül bıraktıktan sonra aramaya koyuldular ama katta hiçbir şey yoktu. Birkaç saniye sonra Jaeger kulaklığında bir cızırtı işitti, ardından Raff'ın sesi duyuldu.

"Arka taraftaki merdiven çatıya çıkıyor."

Jaeger hemen dönüp o yana koşmaya başladı, artık eve hâkim olan kalın gaz bulutunu delip geçiyordu. Metal basamaklardan oluşan merdivenin dibinde Raff bekliyordu, çatıya açılan kapaktan yıldızları görebiliyordu.

Jaeger bir saniye bile düşünmeden tırmanmaya başladı. Leticia kesin yukarıda olmalıydı. Varlığını iliklerinde hissediyordu.

Başı merdivenin son basamaklarına yaklaştığında tabancasının ucundaki feneri kapattı. Etrafı görmek için yeterli miktarda ay ışığı vardı ve feneriyle birlikte çıkarsa çok kolay bir hedef hâline dönüşürdü. Bir eliyle merdivene tutunup kendini yukarı çekerken diğer eliyle tabancasını hazırda tuttu. Bu raddede gaz kullanmanın bir manası yoktu. Açık havada bir işe yaramıyordu.

Son birkaç santime yaklaştığında yavaşladı, Narov'un tırmanışını arkasında hissedebiliyordu. Başını ve omuzlarını açık kısımdan kaldırarak çatıda düşmanı aradı. Birkaç saniye boyunca hiç kıpırdamadan olduğu yerde durdu, izliyor ve dinliyordu.

En sonunda çevik bir hamleyle kendini çatıya çekti. Hemen ardından patlamaya yakın bir ses duydu. Etrafındaki kusursuz sessizliğin ortasında sağır edici ölçüdeydi. Harap olmuş bir televizyon seti çatının ortasına yerleştirilmiş, arkasına da eski mobilyalar yığılmıştı.

Kırık bir sandalye öne devrilirken, bir figür elinde silahıyla korunduğu yerden kalktı. Hemen sonrasında açılan ateşle ortalık cehenneme dönüştü.

Jaeger ayaklarının üzerine bastı; eğilerek ilerliyor, tabancasını yığına doğru tutuyordu. Her yanında çatının betonundan seken mermiler vardı. Ya hemen bu sorunla ilgilenecekti ya da saniyeler içerisinde ölecekti.

Ateşin çıktığı namluya hedef aldı ve hızla üç el ateş etti; *pzzzt, pzzzt, pzzzt!* Bu oyunda kazanmak için hızlı olduğu kadar ölümcül bir isabetle ateş etmek gerekiyordu.

Savaş alanında ölümle yaşamı ayıran çizgi buydu. Burada, çizgiyi ancak santimler ve milisaniyelerle ölçmek mümkündü. Jaeger'ın nişanı da bir o kadar hızlı ve başarılıydı.

Açtığı ateşin ardından hızla pozisyon aldı ve eğilip etrafını taradı. Narov ile Raff da merdivenden çıkıp iki yanına geçtiler. Aynı avını izleyen bir kedi gibi ayak parmaklarının ucunda kusursuz bir dengeyle ilerledi Jaeger. Silahıyla kırık eşya yığınını taradı. Düşmanların kalanı orada saklanıyordu, emindi.

Sonra bir anda saklananlardan biri olduğu yerden kalkıp koşmaya başladı. Jaeger koşan figüre silahını doğrulttu, işaret parmağıyla tetiğe basmak üzereydi ki karşısındakinin kadın olduğunu anladı; siyah saçlı bir kadın.

Leticia Santos! O olmalıydı!

Kadının hemen ardından ikinci bir figür saklandığı yerden çıkıp koşmaya başladı. Leticia'yı kaçıranlardan biri ve muhtemelen olası katiliydi ama kadına Jaeger'ın ateş açamayacağı kadar yakındı.

"At silahını!" diye bağırdı. "At silahını!"

FM54 maskesinin içerisinde dâhilî bir ses dağıtım sistemi vardı, yani konuştukları sanki bir megafondan çıkan robotsu bir ses tonuyla duyuluyordu.

"At silahını!"

Karşılık olarak silahlı adam bir kolunu kadının boynuna geçirdi ve onu çatının kenarına kadar sürükledi. Jaeger da silahını onlara doğrultarak ilerledi.

Oksijen maskesi ve koruyucu kıyafetiyle normalden iki kat daha iri görünüyordu. Leticia'nın bu kıyafetlerin ardında kim olduğuna dair hiçbir fikri olmayacağını düşündü. Maskesinin hoparlöründen çıkan ses de aynı şekilde tanınmasını imkânsız kılıyordu. Karşısındaki dost muydu, yoksa düşman mı? Bilmesine imkân yoktu.

Kötü adam, kadını kontrol altında tutmaya çalışırken korku dolu bir adımla geri gitti. Artık çatının köşesine gelmişlerdi. Ne geri çekilecek ne de kaçacak bir yer kalmıştı.

"At silahını!" diye tekrarladı Jaeger. "Bırak şu silahı dedim!"

İki eliyle sıkı sıkı tuttuğu SIG tabancasını vücuduna yapıştırmıştı. Ucuna taktığı susturucu, namludaki gazı nişancının yüzüne itebiliyordu; bu yüzden geri tepmesini olabildiğince yumuşatmak için mümkün mertebe sıkıca kavramak çok önemliydi. Kötü adam namlusunun ucunda, tabancasının horozu geride ve işaret parmağı tetikteydi ama ateş edemiyordu. Sönük ay ışığı altında nişanından emin olamıyor, kaba eldivenleri de atışı yapmayı daha zor hâle getiriyordu.

Kötü adamın silahı ise Leticia'nın boğazına dayalıydı. Çatışma çıkmaza girmişti.

Jaeger, hemen omzunda Narov'un hareketlendiğini hissetti. Onun da uzun namlulu P228'i hazır vaziyette duruyordu. Elleri bir kaya gibi sağlamdı; her zamanki gibi kendinden emin ve buz gibiydi. Jaeger'ın bir adım önüne geçerken, Jaeger da gözlerini Narov'a çevirdi. Hiçbir yanıt, en ufak bir tepki dahi yoktu. SIG'nin demir gövdesinden gözünü bir an olsun ayırmamıştı.

Ama duruşunda çok farklı bir şey vardı.

Narov oksijen maskesini çıkarmış, kayışlarından sarkacak şekilde bırakmıştı. Artık yüzünde AN/PVS-21 model gece görüş gözlüğü vardı. Gözlükle birlikte yüz hatları floresan yeşiliyle parlıyordu. Aynı zamanda ağır eldivenlerin yükünden de kurtulmuştu.

Korkunç bir farkındalıkla Jaeger ne yapmak üzere olduğunu anladı.

Bir eliyle uzanıp Narov'u durdurmaya çalıştı.

Çok geç kalmıştı.

Pzzzt, pzzzt, pzzzt!

Narov tetiği çekmişti bile. Hedefini bulmuştu.

9

9 mm'lik P228 için standart askerî mermi ağırlığı 7,5 gramdı. Narov'un az önce silahından ateşlediği üç sesaltı mermi ise ikişer gram daha ağırdı. Saniyede yüz metre daha yavaş hareket etseler de hedeflerini bulup ısırmaları göz açıp kapayıncaya kadar olmuştu bile.

Silahlı adamın yüzünü parçalayıp çatının kenarından ölüm dalışına itmişlerdi. İnanılmaz bir atış yeteneği söz konusuydu. Ama adam düşerken kolunu kadının boynundan çekmemişti.

Yırtıcı bir çığlıkla iki figür de gözden kayboldu.

Çatıdan düşüş en azından bir on beş metre vardı. Jaeger sert bir küfür savurdu.

Hemen dönüp merdivene koştu. Basamakları hızla inerken Kolokol-1 de dizlerinin etrafında ürpertici bir sis oluşturmuştu. Metal basamakların son birkaçını da atladıktan sonra bir hışımla her yanı şişmiş bedenlerle dolu koridoru geçti. Parçalanmış kapıyı koşarak aşıp sağına döndü ve binanın köşesine ilerledi. İki figürün cansız bir yığın hâlinde uzandığı yere gelip durduğunda nefesi kesilmişti.

Silahlı adam, başına aldığı üç mermiyle ânında can vermişti; Leticia ise düşüş neticesinde boynunu kırmış gibi görünüyordu.

Jaeger bir küfür daha savurdu. Her şey nasıl bir anda bu kadar sarpa sarmıştı? Cevap açık ve netti; *Narov'un aptalca, tetikte tavrı yüzündendi.*

Leticia'nın yığılmış bedenine eğildi. Yüzüstü yatıyor, hareket etmiyordu. Bir elini boynuna koyup nabzına baktı. Atmıyordu. Jaeger'a bir ürperti geldi. Yaşananlara inanmakta güçlük çekiyordu. Bedeni hâlâ sıcaktı ama Jaeger'ın en büyük korkusu gerçek olmuş, Leticia ölmüştü.

Hemen arkasında Narov belirdi. Jaeger öfke dolu gözleriyle döndü.

"Kahretsin Narov! Ne yaptığını..."

"Daha yakından bak!" diye sözünü kesti Narov. Sözlerinde artık kendisiyle özdeşleşmiş o soğuk, düz ve duygusuz tını vardı. Jaeger'ın içini gıcıklıyordu. "İyice bak!"

Öne eğildi, düşmüş kadını saçından yakaladı ve sürükleyerek başını çevirdi. *Ölüye bile saygısı yok!*

Jaeger, kadının yüzündeki soluk hatlara bakakaldı. Karşısında Latin bir kadın vardı ama Leticia Santos değildi.

"Nereden biliyor..." diye başladı.

"Ben bir kadınım!" dedi Narov. "Diğer kadınları duruşundan tanırım! Yürüme şeklinden... Bununki Leticia gibi değildi."

Bir anlığına Jaeger, Narov'un bu gizemli tutsağı öldürdüğü ya da en azından kadını ölüme götüren mermileri ateşlediği için azıcık dahi olsa pişmanlık duyup duymadığını merak etti.

"Bir şey daha!" dedi Narov. Kadının üzerindeki monta uzandı ve bir tabanca çıkarıp Jaeger'ın yüzüne tuttu. "Çete üyesiydi."

Jaeger aval aval bakıyordu.

"Tanrım! Çatıdaki o kaçış... Hepsi numaraymış!"

"Evet, bizi çekmek için..."

"Nereden anladın?"

Narov boş bakışlarını Jaeger'a dikti.

"Bir çıkıntı gördüm. Silaha benziyordu. Ama daha çok içgüdü ve sezgiyle hareket ettim. Bir askerin altıncı hissi..."

Jaeger kendine gelebilmek için başını salladı.

"İyi de o zaman Leticia nerede?" Bir anlık esinlenmeyle telsizine bağırdı. "Raff!"

İri Maori, hayatta kalanları kontrol etmek ve ipucu aramak adına binada kalmıştı.

"Raff! Vladimir'i buldun mu?"

"Evet, yanımda."

"Konuşabiliyor mu?"

"Evet, zar zor."

"Tamam, buraya getir!"

Otuz saniye sonra geniş omuzlarına attığı bir adamla Raff geldi. Onu Jaeger'ın ayaklarına attı.

"Vladimir... Ya da artık geride ne kaldıysa..."

Çetenin lideri Kolokol-1 saldırısının bariz semptomlarını gösteriyordu. Kalbi artık tehlikeli denecek düzeyde yavaş atıyor, güç bela nefes alıyor ve kasları tuhaf bir biçimde gevşek görünüyordu. Cildi sırılsıklam olmuş, ağzı ise kupkuru kalmıştı.

Az önce ilk sersemleme dalgasını yemişti. Yani kısa süre içerisinde kusmaya ve kriz geçirmeye başlayacaktı. Adam hiçbir işe yaramayacak hâle gelmeden Jaeger'ın aradığı cevapları alması gerekiyordu. Göğsündeki keseden bir şırınga çıkarıp adama gösterdi.

"İyi dinle şimdi!" diye başladı, sesi maskenin ses dağıtma sisteminden yankılanıyordu. "Sarin verdik size," diye yalan söyledi. "Sinir gazlarından haberin var mı? Korkunç bir ölüm! Birkaç dakikan kaldı diyebiliriz."

Adamın gözleri dehşetle ürperdi. Jaeger'ın söylediklerinden bir anlam çıkarabilecek kadar İngilizce bildiği anlaşılmıştı. Jaeger şırıngayı salladı.

"Bunu görüyor musun? Compoden, yani ilacı. Bunu alırsan hayatta kalırsın."

Adam olduğu yerde kıvrandı, şırıngaya uzanmaya çalışıyordu. Jaeger bir ayağıyla onu yeniden yere yapıştırdı.

"O zaman soracağım sorulara cevap vereceksin. Tutsağınız Leticia Santos nerede? Cevap karşılığında iğneyi alırsın. Yoksa kıvrana kıvrana ölürsün."

Adamın tüm kasları şiddetli bir şekilde kasılmaya başladı. Burnundan ve ağzından salyası akıyordu. Ama bir şekilde titreyen elini kaldırıp villayı gösterdi.

"Bodrumda! Halının altında, orada!"

Jaeger iğneyi kaldırıp adamın koluna batırdı. Kolokol-1'in bir ilaca ihtiyacı yoktu aslında ve şırıngada da zararsız bir miktarda tuzlu su solüsyonu vardı. Açık havada geçecek birkaç dakika hayatta kalmasını sağlamaya yeterdi ama tamamen iyileşmesi için daha çok uzun haftalar gerekecekti.

Narov ile Jaeger içeri girerken, Raff'ı Vladimir'in başında bıraktılar. Bodruma indiklerinde Jaeger'ın feneri bu sefer çıplak betonun üzerine serilmiş Latin işlemeli halıyı aydınlattı. Ayağıyla halıyı kenara sürükleyip ağır çelikten kapıyı ortaya çıkardı. Tutacağına asılıp çekse de kapı yerinden oynamadı. İçeriden kilitlenmiş olmalıydı.

Çantasından şekillendirilmiş bir patlayıcı çıkarıp paketini açtı. Yapışkan kısmını açığa çıkardıktan sonra kapının arka tarafında bir yer seçti ve patlayıcıyı yerleştirdi.

"Patlar patlamaz gazı gönder!" dediğinde Narov da başıyla onay verip bir Kolokol-1 kapsülü hazırladı.

Saklandılar. Jaeger fünyeyi patlattı ve bir anda meydana gelen patlamayla her taraf yoğun bir duman ve enkaza büründü. Gizli bölmenin kapağı artık yoktu.

Narov gaz kapsülünü dumanla dolu iç bölmeye attı. Jaeger saniyeleri saymaya, aşağı inmeden önce gazın etkisini göstermesini beklemeye başladı. Zemine bastı ve düşüşün ağırlığını dizlerine verdi. Ayakları yere değdiği gibi nişan aldı ve silahının altındaki fenerle odayı taramaya başladı. Yoğun gaz dumanı arasında bilinçsiz bir hâlde yatan iki figür gördü. Hemen ardından Narov da yanına düştü ve Jaeger fenerini baygın yatan iki adamın üzerinde gezdirdi.

"Kontrol et!"

Narov işe koyulurken Jaeger da duvardan destek alarak odanın arka tarafına ilerledi. Duvardaki ufak kameriyenin içerisinde oldukça ağır bir ahşap sandık vardı. Eldivenli eliyle uzanıp tutacağa asıldı ama sandık kilitliydi.

Anahtar aramakla uğraşamayacaktı.

İki elini de tutacağa yerleştirip bir ayağını sandığın ön yüzüne yapıştırdı, omuz kaslarını sıkılaştırdı ve var gücüyle birden çekti. Ahşabın eğilmesiyle sandığın kapağı menteşelerinden kurtuldu. Jaeger kapağı bir kenara atıp feneriyle içini aydınlattı.

Sandığın içinde eski bir çarşafa sarılmış şekilsiz bir kütle vardı. Kaldırıp kendine çekerken içindeki insan ağırlığını hissetti, ardından yavaşça yere bıraktı. Çarşafı açtıktan sonra Leticia Santos'un yüzüyle karşı karşıya geldi.

Bulmuşlardı. Kadın bilincini kaybetmişti ve harap olmuş yüzüne bakılırsa Vladimir ile adamları ona cehennemi yaşatmış olmalıydı. Jaeger ona ne yaptıklarını düşünmek bile istemiyordu. En azından hayattaydı.

Biraz arka tarafında Narov yerde yatan ikinci adamı kontrol ediyor, öldüğünden emin oluyordu. Vladimir'in diğer adamları gibi bu da vücudunu koruyan bir zırh giymişti; işini ciddiye alan askerler oldukları belliydi. Ancak Narov ağır adamı yuvarlayıp sırtüstü hâle getirirken fenerinin ucuna adamın altında kalan bir şey takıldı. Dairesel ve metalikti, bir adamın yumruğu boyutlarındaydı ve dış yüzeyi ufak karelere bölünmüştü.

"BOMBA!"

Jaeger bir anda arkasını döndü, tehdidi saniye bile geçmeden anlamıştı. Adam tuzak kurmuştu. Öleceğinden emin olduktan sonra el bombasının pimini çekmiş ve üzerine yatmıştı, klipsini ise vücut ağırlığıyla kapalı tutmuştu.

"SAKLAN!" diye bağırdı Jaeger.

Leticia'yı kucaklayıp kameriyeye sığınmak üzere hareket etti. Ona hiçbir şekilde aldırmayan Narov, adamı yeniden el bombasının üzerine yatırdı ve kendisini de patlamadan korumak amacıyla adamın üstüne attı.

Kulakları sağır eden, her yanı aleve bürüyen muazzam bir patlama oldu. Patlamanın etkisiyle Narov havaya fırlarken, güçlü etki Jaeger'ı kameriyenin içine savurdu ve başını duvara vurmasına yol açtı.

Bir anda bütün bedenini muazzam bir acı kaplamış ve saniyeler içinde tüm dünyası kararmıştı.

Jaeger sola dönüp Londra'nın en lüks bölgelerinden olan Harley Caddesi'ne açılan çıkışa yöneldi. Küba'daki görevlerinden bu yana üç hafta geçmişti ama villada aldığı yaraların ağrısı daha dinmemiş, hamlığını üzerinden atamamıştı. Patlayan el bombasının ardından geçirdiği baygınlık çok kısa sürmüş, maskesi sayesinde endişe verici yaralardan kurtulabilmişti.

Asıl darbeyi yiyen ise Narov olmuştu. Hiçbir açıklığı bulunmayan bodrumda el bombasının üzerine dalmaktan başka çaresi yoktu. Çete üyesinin vücuduna ek olarak zırhını patlamadan korunmak amacıyla kullanmış, bu sayede Jaeger'a da Leticia'yı koruması için zaman kazandırmıştı.

Jaeger, Biowell Klinik'in karşısına geldiğinde durdu; Triumph Tiger Explorer'ını motosikletler için ayrılmış ücretsiz park yerlerinden birine koydu. Explorer trafikte hızla ilerlemesini sağladığı gibi şimdiye kadar boş bir park yeri bulma sorunu da yaşatmamıştı. Şehri iki teker üzerinde gezmek ayrı keyifliydi. Yıpranmış Belstaff ceketini çıkarıp gömleğinin kolunu katladı.

Bahar kokusu her yanı sarmış, Londra caddelerinde sıralanmış çınar ağaçları yeşillenmişti. Kırsal bölgelerde vahşi yaşamın ortasında olmak yerine şehirde olması gerekecekse bu tam da yılın bu zamanında olmalıydı.

Kısa bir süre önce Narov'un bilincinin açıldığı ve ilk katı yemeğini yediğini öğrenmişti. Hatta cerrahı, onu bakım ünitesinden kısa zaman içerisinde çıkarma ihtimalleri bulunduğundan bahsetmişti.

Zaten hiç şüphe yoktu ama Narov çok çetin çıkmıştı.

Küba adasından kaçmak nispeten zorlu bir mücadele olmuştu. El bombasının patlamasının ardından kendine gelen Jaeger zar zor ayağa kalkmış ve hem Narov'u hem de Leticia Santos'u bodrumdan çıkarmıştı. Sonrasında Raff ile iki kadını gaz bulutuna dönmüş binadan taşımış, villa arazisinden kaçışa başlamışlardı.

Saldırı çok hızlı bir şekilde gereğinden fazla sesli bir hâl almıştı ve Jaeger o adada silah seslerini duyabilecek birilerinin olup olmadığını bilmiyordu. Muhtemelen gerekli yerlere tehlike sinyalleri ulaştırılmıştı ve tek öncelikleri oradan kaçıp kurtulmak olmalıydı. Yaşananları Kübalı yetkililere açıklama görevini Vladimir ile adamları rahatlıkla üstlenebilirdi.

Villanın yakınlarındaki rıhtıma ilerleyip suçluların okyanusta gidebilen şişirilebilir sağlam botunu buldular. Narov ile Santos'u yükledikten sonra, botun 350 beygir gücündeki ikiz motorlarını çalıştırıp aradaki 180 kilometrelik okyanusun ardından ulaşacakları İngiliz bölgesi olan Turks ve Caicos Adaları'na doğru doğuya yöneldiler. Jaeger adanın valisini bizzat tanıyordu ve vali de onları bekliyordu.

Açık denizlere çıkmalarıyla birlikte Jaeger ile Raff, Narov'un kanamasını durdurup kadını stabil hâle getirdi. Kurtarma pozisyonunda yatırıp, Leticia ile birlikte botun arka tarafında can yeleklerinden oluşan bir yığının üzerinde rahat ettiklerinden emin oldular.

Ardından, üzerlerinde ne varsa kurtulmaya başladılar. Silahlar, CBRN kıyafetleri, oksijen maskeleri, patlayıcılar, Kolokol-1 kapsülleri... Görevle bağ kurulabilecek ne varsa okyanusun derinlerine gönderdiler.

Karaya vardıkları zaman onları askerî herhangi bir eylemle bağdaştırabilecek hiçbir şey kalmamıştı. Keyifli bir akşam için okyanusa açılan ama ufak bir sorunla karşılaşan dört sivil gibi görünüyorlardı.

Ada üzerinde de takip edilmelerine sebep olabilecek en ufak bir iz dahi bırakmadıklarından emin olmuş, tüm Kolokol-1 kapsüllerini toplamışlardı. Sadece birkaç düzine takip edilemez 9 mm mermi kovanı kalmıştı. Ayak izleri bile CBRN üst botlarıyla kapanmıştı. Villada güvenlik kameraları olsa da Raff elektrik devrelerini yaktığı için güç almaları imkânsızdı. Hepsinden de öte, Jaeger kendisini ve takımını oksijen maskelerinin altından tanıyabilecek biri çıkarsa ödüllendirecek kadar emindi. Geriye sadece üç paraşüt bırakmışlardı ama onlar da hâkim dalgalar tarafından sürüklenmiş olmalıydı.

Neresinden bakarsa baksın, Jaeger'a göre pırıl pırıl bir görev olmuştu.

Gecenin kararttığı sakin okyanusta ilerlerken Jaeger, oradan hayatta çıktığı ve dahası tüm takımının canlı kaldığı üzerine birkaç saniye düşündü. Ölümcül bir bölgeye girip hayatta kaldıktan sonra tüm bedeni saran o inanılmaz, sıcacık coşkuyu hissetti.

Yaşam, insanın avcunun içinden alınmasına ramak kaldıktan sonra hiç olmadığı kadar gerçek görünüyordu.

Belki de bu yüzden davetsiz bir görüntü zihninde belirdi. Ruth'un görüntüsüydü bu; siyah saçları, yemyeşil gözleri, nazik ve kırılgan yüz hatlarıyla bir tutam da Kelt gizemi vardı duruşunda. Luke'un görüntüsüydü; sekiz yaşındaydı ve babasının burnundan düşmüş gibiydi.

Luke artık on bir yaşındaydı, on ikinci doğum gününe ise birkaç ay kalmıştı. Temmuz bebeğiydi Luke, hep yaz tatillerinin ortasına denk geldiği için de bütün doğum günlerini büyülü bir yerde kutlamaya özen göstermişlerdi.

Jaeger hafızasında sıkı sıkı sakladığı doğum günlerini düşündü; iki yaşındaki Luke'u İrlanda'nın vahşi batı kıyısındaki Devler Kaldırımı'nda taşımıştı, Luke altı yaşına geldiğinde Portekiz sahillerinde sörf yapmışlardı, sekiz yaşındayken Mont Blanc'ın karlı yamaçlarına tırmanmışlardı.

Ama ondan sonra, ondan sonrası aniden beliren bir karanlıktı. Upuzun bir asır gibi süren üç yıl tüyler ürpertici bir kayıptı. Kaçan doğum günlerinin her biri cehennemi yeniden yaşatmıştı Jaeger'a. Karısını ve çocuğunu kaçıranların, tutsaklık fotoğraflarıyla uzaktan işkenceleri de acısını katlamıştı. Ruth ile Luke'un zincirlenmiş, kaçıranların ayaklarına diz çökmüş ve kırmızı çizgilerle çevrelenmiş gözlerinden yaşadıkları kâbus okunabilen bir deri bir kemik fotoğrafları e-posta ile Jaeger'a gönderilmişti.

Hayatta olduklarını ve böylesine sert, küçük düşürücü bir sefalet ve çaresizlik içerisinde tutulduklarını bilmek Jaeger'ı delirmenin kıyısına getirmişti. Yeniden hayata dönmesini sağlayan ise bu av, yani kurtuluşlarına dair doğan umuttu.

Raff botun kontrolünü üstlenirken Jaeger da portatif GPS birimiyle gece karanlığında yol göstermişti. Boşta kalan eliyle de botlarından birini çözüp tabanından bir şey çıkarmıştı.

Başındaki fenerle kısa bir süre aydınlattı o ufak, neredeyse parçalanmış fotoğrafı. Gözleriyle kendisine bakan yüzleri seyre daldı. Nerede olursa olsun, her göreve götürürdü bunu. Birlikte çıktıkları son aile tatilinden, Afrika'daki safari yolculuğundandı. Ruth parlak bir Kenya eteğliğine sarılıydı; annesinin yanında gururla duran, iyice yanmış Luke ise şortunun üzerine "Gergedanı Kurtar" tişörtü giymişti.

Şişirilebilir bot gece denizini yarıp geçerken Jaeger, nerede olduklarını bilmediği ailesi için dua etti. Hayatta olduklarını kalben hissedebiliyordu ve Küba göreviyle onları bulmaya daha da yaklaşmıştı. Villayı aradıkları sırada Raff, bir iPad ile birkaç bilgisayar diski almış ve sırt çantasına koymuştu. Jaeger bunlardan önemli ipuçları edinebileceklerini umuyordu.

Ufak bot Turks ve Caicos Adaları'nın başkenti Cockburn Town'da kıyıya çıktığı gibi valilikten çeşitli aramalar yapıldı ve araya gerekli kişiler sokuldu. Leticia ile Narov oradan son teknoloji tıbbi gereçlerle donatılmış özel bir jetle direkt Birleşik Krallık'a uçuruldu.

Biowell Klinik oldukça üstün özellikte bir hastaneydi. Hastalara genellikle birkaç soru sorulurdu, ki biri şarapnel parçalarıyla delik deşik olmuş Kolokol-1 zehirlenmesi geçiren iki kadın geldiğinde sorulması da gayet mantıklıydı.

El bombası patladığı zaman saçılan çelik parçalar Narov'un kıyafetini parçalamış ve Kolokol-1 zehirlenmesine yol açmıştı. Ancak bottaki uzun yolculukta temiz deniz havası, zehirli gazın en baskın olacağı dönemi atlatmasını sağlamıştı.

Jaeger, Narov'u hastane odasında, bir yığın lekesiz yastığa yaslanmış şekilde buldu. Hafif açılmış pencerenin kenarından güneş ışığı odaya süzülüyordu.

Yaşananlar düşünüldüğünde oldukça iyi görünüyordu. Sadece biraz zayıflamış, biraz da rengi solmuş gibiydi. Gözlerinin etrafında büyük halkalar vardı. Şarapnelin vurduğu yerdeki tuhaf bandajı hâlâ üzerindeydi. Ama saldırıdan üç hafta geçmesine rağmen tamamen iyileşme yoluna girmiş durumdaydı.

Jaeger yatağının yanındaki koltuğa oturdu. Narov hiçbir şey söylemedi.

"Nasılsın?" diye söze başladı Jaeger.

Yüzüne bile bakmadı Narov.

"Hayattayım."

"Epey detaylı oldu, sağ ol," diye homurdandı Jaeger.

"Tamam, bu nasıl? Başım ağrıyor, çok sıkıldım ve buradan çıkmak için sabırsızlanıyorum!"

Jaeger istemeden de olsa güldü. Bu kadının ne kadar rahatsız edici olabildiğini görmek her seferinde onu şaşırtıyordu. O düz, ifadesiz ve gereğinden fazla resmî sözlerine bir tutam gözdağı eklemeyi eksik etmemişti. Ama kendini nasıl gözden çıkardığına ve ne denli cesur olduğuna söyleyecek tek bir söz bile yoktu. O adamın üzerine atlayıp bombanın etkisini hafifleterek hepsinin hayatını kurtarmıştı. Artık Narov'a bir can borçları vardı.

Jaeger ise böylesine gizemli birine borçlu olmaktan hiç hoşlanmamıştı.

11

"Doktorlar yakın zamanda bir yere gidemeyeceğini söylüyor," dedi Jaeger. "Daha yapmaları gereken testler varmış."

"Doktorlar gidip kendileriyle uğraşsın. Kimse beni zorla burada tutamaz!"

Jaeger da mevzubahis ava bir an önce başlamak istiyordu aslında ama bu esnada Narov'un da en zinde hâlinde olması gerektiğini düşünüyordu.

"Acele bir ağaçtır, meyvesi pişmanlık," dedi Jaeger. Narov'un bakışları ise hiçbir şey anlamadığını gösteriyordu. Sabırsız davranmaları hâlinde pişman olacaklarını söylemeye çalışıyordu aslında. "İyileşmen için ne kadar zaman gerekiyorsa önemli değil," dedikten sonra duraksadı. "Ondan *sonra* işimize bakacağız."

Narov homurdandı.

"Ama zamanımız yok ki! Amazon görevinden sonra, orada peşimize düşenler bizi yakalayacaklarına yemin etti. Şimdi ise iyice kararlılar. Ama sen diyorsun ki burada öylece yatıp şımarmam için istediğimiz kadar vaktimiz var!"

"Ölü gibi dolanırken kimseye faydan olmaz."

Narov kızgın bir bakış atıp, "Gayet hayattayım ben! Zamanımız da tükeniyor! Unuttun mu yoksa? Savaş uçağında keşfettiğimiz o belgeler... *Aktion Werewolf*. Dördüncü Reich'ın planları..." dedi.

Elbette Jaeger hiçbirini unutmamıştı.

İnanılmaz Amazon keşfinin başından beri hedefi olan İkinci Dünya Savaşı'ndan kalma dev savaş uçağını, ormanın ortasında güç bela yapılmış bir pistin üzerinde bulmuşlardı. Hitler'in en önde gelen bilim insanlarını taşıyan uçak, aynı zamanda Reich'ın *Wenderwaffe*'sini; yani en gizli son teknoloji silahlarını da savaştan yıllar sonra bile geliştirilmeye devam edebilecekleri bir yere taşımakla görevliydi.

Uçağı bulmak, ardından gelecek inanılması güç keşiflerin de önünü açmıştı. Jaeger ile takımını keşiften öğrendikleri neticesinde hayretlere düşüren ise Nazilerin bu çok gizli yeniden mevkilendirme uçuşlarını finanse eden tarafın başta Amerika ve Britanya olmak üzere Müttefik kuvvetler olmasıydı.

Savaşın artık son demleri yaşanırken, Müttefik güçler en başarılı Nazilerden oluşan bir grubun adaletten kaçması adına anlaşmalar yapmıştı. O raddede artık Almanya değildi düşman; Stalin'in Rusya'sıydı. Batı dünyası yeni bir tehditle karşı karşıya kalmıştı; komünizmin yükselişi ve Soğuk Savaş. Nitekim, "Düşmanımın düşmanı dostumdur," düsturuyla hareket eden Müttefik güçleri, Hitler'in Reich'ında en büyük söz sahibi olan Nazi mimarların güvenliğini sağlamak için elinden geleni yapmıştı.

Nihayetinde ise en kilit Nazilerle en önemli teknolojileri dünyanın gizli ve güvenli kalabilecekleri başka uçlarına taşınmıştı. İngiliz ve Amerikalılar ise bu baştan aşağı karanlık operasyonu farklı isimlerle adlandırmıştı. İngilizler "Darwin Operasyonu" derken, Amerikalılar adını "Güvenli Bölge Projesi" koymuştu. Tüm bunlar yaşanırken Naziler de kendi kod adlarını koymayı tercih etmiş ve diğer tarafları ağır bir şekilde yenmişti; *Aktion Werewolf*-Kurtadam Operasyonu.

Aktion Werewolf yetmiş yıllık bir sürece yayılmıştı ve Müttefik güçlerine olabilecek en ağır intikamı tattırmak üzere tasarlanmıştı. En büyük Nazileri dünya genelinde nüfuz sahibi olabilecekleri pozisyonlara getirirken, bir taraftan da *Wunderwaffe*'nin en korkunç parçalarını kendilerine alarak Dördüncü Reich'ın yükselişini bu operasyonla planlamışlardı.

İşin bu boyutu, Amazon'daki uçakta bulunan belgelerle keşfedilmişti. Ancak keşif görevi sırasında Jaeger, kendileri dışında uçağı arayan ve sakladığı sırları sonsuza kadar gömme niyetinde olan ürkütücü derecede güçlü başka bir kuvvet olduğunu fark etmişti.

Vladimir ile adamları Jaeger'ın takımını Amazon'un her yerinde kovalamıştı. Rehin aldıkları üyelerden sadece Leticia Santos sağ bırakılmıştı, o da Jaeger ile savaşçı arkadaşlarına baskı yapıp tuzağa düşürmek için uygulanmış bir taktikti. Ancak sonrasında Narov'un mucizevi başarısıyla Santos'un tutulduğu yeri keşfetmiş, kısa süre önce gerçekleştirdikleri ve büyük öneme sahip yeni deliller buldukları göreve gitmişlerdi.

"Bir gelişme oldu," dedi Jaeger. Birlikte zaman geçirdikçe Narov'un huysuzluğunu umursamamanın en faydalısı olacağını öğrenmişti. "Parolaları kırıp bilgisayarlara girmeyi başardık ve diskleri okuduk."

Narov'a bir kâğıt uzattı. Üzerinde karalanmış birkaç kelime yazıyordu.

Kammler H.
BV222
Katavi
Choma Malaika

"E-posta alışverişinden çıkarabildiğimiz sözcükler bunlar oldu," diye açıkladı Jaeger. "Vladimir, tabii gerçek adı buysa, yukarıdan biriyle iletişim hâlindeymiş. Sözü geçen adam o. Bu kelimeler de tüm diyaloglarda tekrar tekrar geçiyor."

Narov kâğıttaki kelimeleri birkaç kez okudu.

"Enteresan!" Ses tonu hafifçe yumuşadı. "Kammler H., SS General Hans Kammler'dir diye düşünüyorum ama onun epeydir ölü olduğunu sanıyorduk."

"BV222," diye devam etti. "Blohm&Voss BV222 *Wiking*. Çok eminim. İkinci Dünya Savaşı'ndan kalma deniz uçağı, neredeyse su olan her yere inebilecek inanılmaz bir makine."

"*Wiking* dediğin Vikingler herhâlde?" diye sordu Jaeger.

Narov homurdanarak, "Tebrik ederim!" dedi.

"Peki kalanı?" derken Narov'un kışkırtmasını görmezden gelmişti. Rus kadın omuzlarını silkti.

"Katavi. Choma Malaika. Afrika dilini andırıyor."

"Öyle zaten," diye doğruladı Jaeger.

"Baktın mı peki?"

"Baktım."

"Ee, nedir?" diye sorarken burnundan soluyordu Narov.

Jaeger gülümseyip, "Ne keşfettiğimi öğrenmek mi istiyorsun?" diye sordu.

Narov kaşlarını çattı. Jaeger'ın dalga geçtiğini anlamıştı.

"Nasıl diyordunuz siz; ayılar ormana pisler mi, öyle bir şeydi!"

Jaeger güldü.

"Choma Malaika, Doğu Afrika'da konuşulan Swahili dilinde 'Yanan Melekler' demek. Orada operasyondayken biraz öğrenmiştim. Bir de şu var tabii; Katavi'nin çevirisi de 'avcı' anlamına geliyor."

Narov sert bir bakış attı. Bu ismin anlamı gereken etkiyi uyandırmıştı.

Çocukluğundan bu yana, Jaeger kötü alametlere inanan biri olmuştu. Batıl inançları vardı ve özellikle bizzat kendisi için anlam ifade eden şeyleri düşünmeden edemezdi. "Avcı" ise Amazon'daki keşif sırasında kendisine verilmiş bir isimdi ve bunu çok ciddiye almıştı.

Amazon'daki bir Kızılderili kabilesi -Amahuaca- Jaeger ile takımına kayıp savaş uçağının bulunmasında çok yardımcı olmuş, en güvenilir ve sadık silah arkadaşları olduklarını kanıtlamışlardı. Kabile şefinin oğullarından biri olan Gwaihutiga da kaçışı olmayan bir felaketten kendilerini kurtardığı için Jaeger'a "Avcı" ismini uygun görmüştü. Ardından Gwaihutiga, Vladimir ile cinayet çetesinin ellerinde hayatını kaybetmiş; onun layık gördüğü ismin değeri Jaeger'da katbekat artmıştı. Öyle ki unutmak bir yana, tüm benliğiyle benimsemişti.

Şimdiyse farklı bir tarihî kıtadan başka bir avcı onu çağırıyordu.

12

Narov karalanmış listeye bir daha baktı.

"Bunu bahsettiğim ekibe iletmemiz lazım. O sonda yazanlar, Katavi ile Choma Malaika, bundan kesin bir anlam çıkarırlar."

"Onlardan çok eminsin, yeteneklerine çok güveniyorsun."

"Onlardan iyisi yok çünkü. Gerçekten her anlamıyla en iyisi onlar."

"Lafı açılmışken, onlar kim peki? Bir açıklamanın vakti gelip geçeli çok olmadı mı artık?"

Narov omuzlarını silkti.

"Haklısın. Bu yüzden tanışmak için seni davet ettiler."

"Tam olarak hangi amaçla?"

"Bizden biri olarak alınman amacıyla. Tabii gerçekten... Hazır olduğunu kanıtlayabilirsen..."

Jaeger'ın yüz hatları gerildi.

"Az kalsın *değer* diyecektin, değil mi?"

"Önemi yok. Benim düşündüklerim önemsiz... Neticede kararı veren ben değilim."

"Peki size, yani *onlara* katılmak istediğimi nereden çıkarıyorsun?"

"Çok basit!" Narov yüzünü Jaeger'a çevirdi. "Karınla çocuğun... Şu an için bu ekip onları bulma konusunda sahip olabileceğin en büyük şansı barındırıyor."

Jaeger midesinden başına kadar hızla hareket eden bir duygu patlaması hissetti. Kelimelerin yetmeyeceği bir üç yıl geçirmişti. İnsanın sevdiklerini araması için gereğinden de fazla bir süreydi bu. Bir de tüm deliller acımasız bir düşman tarafından alıkonulduklarını gösterirken katbekat daha acı veriyordu.

Jaeger henüz verecek uygun bir cevap düşünemeden telefonunun titrediğini hissetti. Bir mesaj gelmişti. Leticia Santos'un cerrahı onu sürekli mesaj atarak haberdar ediyordu ve yine onun durumuna dair bir mesaj alabileceğini düşündü.

Ucuz cep telefonunun ekranına baktı. Bu kontörlü telefonlar çoğu zaman gerekli güvenliği sağlıyordu. Bataryasını çıkarıp yalnızca kısa süreliğine mesajları kontrol etmek için açıldığında takip edilmeleri neredeyse imkânsızdı. Aksi takdirde telefonlar, insanın konumunu her seferinde açığa çıkarırdı.

Mesaj, normalde kısa konuşmayı tercih eden Raff'tan geliyordu.

Acil! Her zamanki yerde buluşalım. Bir de bunu oku.

Jaeger aşağı kayıp mesaja eklenen bağlantıya bastığında bir haber başlığı belirdi; "Londra'da kurgu stüdyosu bombalandı-terör endişesi var." Altında ise duman dalgalarının oluşturduğu bulutun arasında yutulmuş bir binanın fotoğrafı vardı.

Görüntü Jaeger'ın kalbine hançer gibi indi. Orayı gayet iyi biliyordu. Amazon'daki keşfin hikâyesini anlatan TV filmine son dokunuşların yapıldığı kurgu stüdyosu The Joint'ti burası.

"Aman Tanrım!" Uzanıp ekranı Narov'a gösterdi. "Başladılar! Dale'i vurdular!"

Narov kısa bir süre ekrana bakakaldı, gözle görülür pek bir tepki göstermemişti. Mike Dale, ekibin Amazon keşfindeki film yapımcısıydı. Kameramanlığının yanına maceraperestliği de ekleyen genç

Avustralyalı, dünyanın çeşitli yerlerinden çok sayıda TV kanalı için bu inanılmaz macerayı kameraya almıştı.

"Uyarmıştım seni!" dedi Narov. "Bunun olacağını söylemiştim! Bu işi bitirmezsek her birimizi tek tek avlayacaklar. Küba'dan sonra iş daha da ciddileşti."

Jaeger telefonu cebine atıp Belstaff ceketi ile motor kaskını aldı.

"Raff ile buluşacağım. Sakın bir yere ayrılma! Yeni haberler ve bir de cevapla geri döneceğim."

***

Göğsünde dalga dalga büyüyen öfkesini dindirmek için lastiklerini yakmak istese de Jaeger hafif bir yolculuk geçirmek için kendini zorladı. Takımdan bir üyeyi daha kaybetmeleri mümkünken, şu an bir de onun kazasıyla uğraşamazlardı.

İlk başlarda Jaeger ile Dale arasında huysuz ve sorunlu bir ilişki vardı. Ancak ormanda birlikte geçen birkaç haftanın ardından Jaeger, kameramanın yeteneğine saygı göstermeye ve dostluğundan keyif almaya başladı. Macera sona erdiğinde ise genç adam, Jaeger'ın yakın arkadaşı olarak nitelediği biri olmuştu.

"Her zamanki yer" derken Raff, merkez Londra'daki bir evin kilerine kurulmuş eski bir bar olan "Crusting Pipe"ı kastetmişti. Sigara dumanıyla sarmış alçak kubbeli tuğladan tavanı ve ayakaltına dağıtılmış talaşlarıyla mekânda korsanların, haydutların ve centilmen hırsızların buluşma yeriymiş gibi bir hava seziliyordu. Raff, Jaeger ve onlara benzeyenler için özenle tasarlanmış gibiydi.

Jaeger motorunu parke taşlı meydana park edip kalabalığın arasına karıştı. Taştan basamakları alt kata doğru ikişer ikişer atladıktan sonra Raff'ı, insanın arasa çok zor bulabileceği kadar özel ve gizli tarafta otururken buldu.

Yıpranmış, eskice masanın üzerinde bir şişe şarap duruyordu. Yanındaki mumun sağladığı ışığa bakılırsa Raff yarısını boşaltmış gibiydi.

Hiçbir şey söylemeden Jaeger'ın önüne de bir kadeh koyup şarapla doldurdu Raff. Sonra bitap düşmüş gözlerini ayırmadığı kadehini kaldırdı ve içtiler. İki adam da bir insan ömrüne çok fazla gelecek kadar kan görmüş, bu yolda çok sayıda arkadaşlarını ve savaşçı dostlarını kaybetmiş ve ölümün enselerinden ayrılmayan bir yoldaş olduğunu kabullenmişti. Seçtikleri hayatın olmazsa olmazıydı bu.

"Anlat," diye söze başladı Jaeger.

Raff ise cevap olarak masanın üzerinden bir kâğıt uzattı.

"Polislerden birinin ifadesi... Tanıdığım bir herif... Bir saat önce aldım." Jaeger metni gözden geçirirken, "Saldırı gece yarısından sonra olmuş," diye devam etti Raff, yüzü daha da çökmüştü. "Joint'in güvenliği çok sağlam; bir sürü pahalı kurgu aleti var zaten, olmak zorunda. Ama herif hiçbir alarmı tetiklemeden girip çıkmış. Dale ile takımın son dokunuşları yaptığı stüdyoda sıra sıra dizili harddisklerin arasına el yapımı patlayıcı yerleştirmiş." Raff kadehinden büyükçe bir yudum aldı. "Patlama birinin odaya girmesiyle tetiklenmiş gibi duruyor. Muhtemelen basınca duyarlı bir EYP. Neyse, bu iki amaca kusursuz hizmet etti; ilki, keşfe dair yapılan tüm çekimleri yok etmek; ikincisi ise çelikten diskleri bir şarapnel yağmuruna dönüştürmek."

Jaeger bariz soruyu sordu.

"Dale?"

Raff başını iki yana salladı.

"Hayır, Dale kahve almak için stüdyodan çıkmış. Takımdaki herkese getiriyormuş. Odaya ilk giren nişanlısı Hannah olmuş. Bir de onunla birlikte genç asistan." Sertçe duraksadı. "İkisi de öldü."

Jaeger dehşetle başını iki yana salladı. Dale'in bu filmi kesip kurguladığı haftalarda Jaeger da Hannah'yı yakından tanıma fırsatı bulmuştu. Birkaç gece birlikte dışarı çıkmışlardı ve kadının enerjik, neşeli dostluğuna çok ısınmıştı. Asistan Chrissy de bir o kadar tatlıydı. Şimdiyse ikisi birden ölmüş, el yapımı bir patlayıcıyla parçalara ayrılmışlardı. Kâbus devam ediyordu.

"Dale ne durumda?" diye araya girdi Jaeger.

Raff gözlerine baktı.

"Sence ne durumda? Hannah ile bu yaza evlenme planları yapıyorlardı. Bitik bir hâlde..."

"Güvenlik kameralarından bir şey çıkmamış mı?" diye sordu Jaeger.

"Söylenene göre hepsi temizlenmiş. İşi yapan herif tam bir profesyonel. Yine de kayıt diskini alacağız, bir şeyler kurtarabilme ihtimalimiz var. Ama boş yere umutlanma."

Jaeger kadehleri yeniden doldurdu. Birkaç saniye boyunca iki adam kasvetli bir sessizlik içinde oturdu. Sessizliği bozan, Raff'ın uzanıp Jaeger'ın kolunu sıkıca tutması oldu.

"Bunun anlamını biliyorsun, değil mi? Av başladı! Biz onları, onlar bizi... Artık ya öldürecek ya da öleceğiz. Başka yolu yok."

"Bende biraz iyi haberler var," dedi Jaeger. "Narov yeniden bizimle. Uyanık, karnı aç. Epey iyileşmiş görünüyor. Ayrıca Santos da bilincini yeniden kazanmaya çok yaklaşmış. İkisi de bu işi atlatacak gibi hissediyorum."

Raff eliyle işaret edip bir şişe daha şarap istedi. Ne olursa olsun, ölülerin arkasından içerlerdi. Barmen ikinci bir şişeyle geldi ve etiketini ona gösterdi. Raff onaylar bir şekilde başını eğdikten sonra mantarı çıkarıp şarabın kalitesini kontrol etmesi için tekrar Raff'a uzattı. O da eliyle bıkmış bir işaret yaptı. Burası "Crusting Pipe"tı. Burada şaraplara çok iyi bakılırdı.

"Frank dök gitsin şunu! Kaybettiğimiz dostlara içiyoruz!" dedikten sonra dikkatini yeniden Jaeger'a verdi. "Anlat bakalım, buz kraliçemiz ne durumda?"

"Narov mu? Yerinde duramıyor, hiç bu kadar sabırsız görmemiştim." Duraksadı. "Beni ekibiyle tanışmaya davet etti." Jaeger masada duran kâğıt parçasına baktı. "Bunu da gördükten sonra bence orada olmamız lazım."

Raff onaylar şekilde başını salladı.

"Bunu yapanları karşımıza çıkarabileceklerse hepimiz gitmeliyiz."

"Narov onlara tam manasıyla inanıp güveniyor gibi..."

"Sen ne durumdasın? Narov'a, söz konusu ekibe bu kadar güveniyor musun? Yoksa Amazon'daki gibi şüphelerin var mı hâlâ?"

Jaeger omuzlarını silkti.

"Çok zor bir kadın. Ketum. Kimseye güvenmiyor. Ama şu an onun tanıdığı bu ekip dışında bir çaremiz yok gibi... Ne bildiklerini öğrenmemiz lazım."

Raff homurdanarak, "Bana uyar," dedi.

"Tamam o zaman, bir mesaj gönderip herkesi uyar. Avlandığımızı söyle. Ardından da daha sonra karar vereceğimiz bir yer ve zamanda buluşmak için hazırlanmalarını söyle."

"Tamamdır."

"Bir de dikkatli olmalarını söyle. Bunu yapanlar... Bir an bile gaflete düşersek hepimiz ölürüz!"

Bahar yağmuru Jaeger'ın korunmasız cildine yumuşak ve serin bir dokunuş bıraktı. O anki ruh hâline kusursuz uyan, ıslak ve gri bir öpücüktü bu. Oyun sahasının biraz uzağındaki çam ağaçlarının arasında durdu, koyu motorcu pantolonu ve Belstaff ceketi sahnenin ıslaklığıyla bütünleşiyordu.

Uzaklardan bir bağırış duyuldu.

"Yardıma git! Onunla git Alex! Yardıma git!"

Jaeger'ın tanımadığı bir babanın sesiydi bu, muhtemelen yeni öğrencilerden birinin babasıydı. Uzaklarda geçirdiği üç yılın ardından sahanın etrafındaki yüzlerin birçoğu yabancıydı zaten.

Kendi yüzü de onlara yabancı geliyordu muhtemelen. Tuhaf, yabancı bir tip, ağaçların arkasına saklanmış, hiçbir şekilde ilgilenmediği bir lise rugby maçını izliyordu. Dahası destekleyecek çocuğu da yoktu.

Rahatsız edici bir yabancıydı; cılız suratlı, vakur, dertli.

Şimdiye kadar kimsenin polisi çağırmaması bile mucizeydi.

Jaeger başını kaldırıp bulutlara baktı. Alçak, öfkeli bulutlar, zorlu bir mücadele sonunda kazanılacak galibiyet için destek naraları atan gururlu babaların sesleri arasında gol çizgisine ulaşmaya çalışan ufak ama istekli figürlerle dalga geçer bir hızla süzülüyordu.

Jaeger neden buraya geldiğini merak etti.

İlerleyen günlerde burayı hatırlamak isteyeceği için olduğunu düşündü. Macerada yeni bir perde açılacak, Narov'un kim olduğu bilinmeyen o tanıdıklarıyla görüşecekti. Jaeger bu yağmurla dövülmüş rugby sahasına, karanlık kaçırmadan önce oğlunu özgür ve mutlu gördüğü son yer olduğu için gelmişti. O saf, göz alıcı, paha biçilemez sihrin bir kez daha tadına bakmak istediği için...

Gözleri sahneyi biraz daha izledi, Sherborne Abbey'nin boyutuna rağmen heybetli yapısını gördüğünde durdu. On üç yüzyılı aşkın bir süredir önce Sakson Katedrali, sonra Benedik Manastırı olan bu muazzam yapı, tarihî şehrin girişinde nöbetini tutmayı sürdürmüş ve oğlunun yetişip geliştiği okul olmuştu. O pırıl pırıl eğitimle geleneğin yükseldiği yer de bu rugby sahasıydı.

"KA MATE! KA MATE! KA ORA! KA ORA!" *Ölecek miyim? Ölecek miyim? Yaşayacak mıyım? Yaşayacak mıyım?*

Jaeger şimdi bile sahanın bir ucundan yükselen bu sözleri duyabiliyor, hafızasında yeniden canlandırıyordu. O eşsiz şarkı...

Raff ile Jaeger, SAS rugby takımının sağlam oyuncularından biri olmuş; birlikte rakip birimleri ölü gibi yere sere sere galibiyetlere uzanmışlardı. Her maç öncesinde ise tüm takımın desteğini alan Raff, geleneksel Maori savaş dansı olan Haka'ya önderlik eder; korkusuz ve durdurulamaz bir takım doğururdu. SAS'ta da birkaç Maori olduğu için alışılmadık bu dans çok uyumlu hissettirirdi.

Ne evlenmeye niyeti ne de bir çocuğu olan Raff, Luke'u kendi oğlu gibi benimsemişti. Okul zamanında düzenli bir ziyaretçi olmasının yanında, rugby takımının da fahri koçluğunu üstlenmişti. Aslında okul yönetimi takımın maçlardan önce Haka dansı yapmasına izin vermemişti ama diğer koçlar maç öncesi başlarını farklı tarafa çeviriyor, çocukların galibiyet serisinde önemli yeri olan dansa müsaade ediyordu.

Tarihî Maori savaş şarkısı da işte bu şekilde Sherborne'un oyun sahasında yankılanmaya başlamıştı.

"KA MATE! KA MATE! KA ORA! KA ORA!"

Jaeger gözünü maça çevirdi. Rakip takım, Sherborne çocuklarına nal toplatıyor gibi görünüyordu. Jaeger maçlardan önce öğrencilerin yine Haka dansı yaptığından şüpheliydi. Hem zaten Raff ile birlikte üç yıldır ortalıkta yoklardı.

Arkasını dönüp ağaçların arasına park ettiği Triumph'ına ilerlemeye başlayacaktı ki birinin kendisine yaklaştığını hissedip arkasını döndü.

"İnanamıyorum! William! Sen olduğunu anlamıştım! Ama nasıl... Yok artık! Çok uzun zaman oldu." Adam bir elini uzattı. "Nasılsın be adam?"

Jaeger onu nerede görse tanırdı. Aşırı kilosu, kırık dişleri, pörtlemiş gözleri ve arkasında at kuyruğu topladığı grileşen saçlarıyla Jules Holland'dı bu. Ancak herkes onu Ratcatcher ismiyle bilir, kısaca Rat diye seslenirdi.

İki adam el sıkıştı.

"Ben... Yani yaşıyoruz işte."

Holland yüzünü ekşitip, "Pek heyecanlı durmuyor," dedikten sonra duraksadı. "Bir anda ortadan kayboldun. O Noel zamanı yapılan Rugby-Yedi turnuvasını hatırlıyorum da sen, Luke ve Ruth sağlam etki bırakmıştınız. Ama yeni yılla birlikte yok oldunuz. Hiçbir haber alamadık."

Adamın sözleri kırgınlığın eşiklerindeydi. Jaeger ise sebebini gayet iyi biliyordu. Kimilerine göre ikisinin arkadaşlığı imkânsız olmasına rağmen Jaeger, zaman ilerledikçe Rat'in alışılmadık, başına buyruk ama bir o kadar da samimi tavırlarına ısınmıştı. Söz konusu Rat olduğu zaman insan ne görüyorsa onunla karşılaşıyordu.

O yılbaşı, Jaeger'ın Ruth'u bu rugby mevzusuna ısındırmayı başardığı ender etkinliklerden biriydi. Öncesinde, kendi deyişiyle Luke'un bu denli "dövülmesini" görmeye dayanamadığı için maçları seyretmeyi de hiç sevmiyordu.

Jaeger anlıyordu ama sekiz yaşındayken bile Luke oyuna kendini kaptırmış durumdaydı. Doğal koruyucu içgüdüleri ve eşsiz sadakatiyle savunma hattında muazzam iş çıkarıyordu. Bir kaya gibiydi, bir aslan gibi...

Müdahaleleri rakibe korku saldığı gibi onu geçebilen oyuncu sayısı da anca bir elin parmakları kadardı. Annesi bu kadar endişelense de Luke o yaralarını ve kesiklerini birer şeref madalyası gibi taşıyordu. "Seni öldürmeyen şey güçlendirir," sözüne doğuştan saygı duyuyormuş gibiydi.

O yılbaşının etkinliği Rugby-Yedi'de takımlar yedi kişiden oluşuyor ve normalin aksine yedi dakikalık yarılarda oynadıkları için daha hızlı ilerleyen mücadele nispeten daha az vahşilik içeriyordu. Jaeger da Ruth'u o maçlardan ilkine çekmeyi başarmış; annesi sahadaki oğlunu rüzgâr gibi koşup üst üste goller atarken seyrettikten sonra oyuna bağlanmıştı. Ondan sonraki her maçta Jaeger ile sahanın kenarında kol kola durmuş, Luke ve takımı için destek şarkıları söylemişti. Jaeger'a aile olmanın o basit ama muazzam keyfini en derinlerinde hissettiren ender ve değerli anlardan biriydi bu.

Jaeger en zor geçen maçlardan birini kaydetmiş, daha sonra çocuklarla baştan izleyip oyunlarını iyileştirmek üzere analiz etmişlerdi. O zaman dersler çıkarılmıştı ama şimdilerde Jaeger'da kayıp oğluna dair kalan son görüntülerden biri hâlini almıştı.

Dahası karısıyla oğlunu kaybettiği o karanlık üç sene boyunca tekrar tekrar izlemişti.

14

O sene bir anda karar verip Noel'i kamp yaparak geçirmek üzere bir sürü malzeme ve hediyelerle dolu arabalarıyla kuzey taraflarına, Galler'e yol almışlardı. Ruth doğaya dair her şeye gönülden bağlı, tam bir çevreciydi ve bu özelliklerinin bir kısmı oğluna da geçmişti. Üç kişilik çekirdek aileleriyle vahşi bir doğa gezisine çıkmak kadar sevdikleri tek bir şey dahi yoktu.

Ama Ruth ve Luke'u ellerinden alan o karanlık da Gal Dağları'nda çökmüştü. Yaşananların ardından bir türlü kendine gelemeyen ve acıdan yerinde duramayan Jaeger, bir zamanlar birlikte yaşadıkları dünyayla tüm bağlarını koparmıştı. Elbette Jules Holland ile oğlu Daniel da o eski dünyada kalmıştı.

Bir otizm türü olan Asperger sendromuyla mücadele eden Daniel, Luke'un okuldaki en yakın arkadaşıydı. Jaeger can dostunu böylesine ani bir şekilde kaybetmenin onu nasıl etkilediğini hayal dahi edemezdi.

Holland belli belirsiz şekilde bir elini oynanan maça doğru salladı.

"Sen de görmüşsündür, Dan'in tabanlar hâlâ dümdüz... Babasına çekmiş. Hiçbir sporda elinin ayarını tutturamıyor. Ama en azından bunda biraz yağla kas iş görüyor." Kocaman göbeğine baktı. "İlki fazlalaşınca da direkt benim oğlan oluyor."

"Kusura bakma," dedi Jaeger. "Ortadan kaybolduğum için... Tüm bu sessizlik için... Çok şey oldu." Yağmurla yıkanmaya devam eden sahaya baktı. "Belki duymuşsundur."

"Biraz." Holland omuzlarını silkti. "Anlıyorum seni. Özre gerek yok, hiçbir şey söylemene gerek yok."

Sükûnet vardı şimdi aralarında; samimi, anlayışlı, kabullenmiş bir sükûnet. Islak çimlerden gelen ayak sesleri ve saha kenarındaki anne-babaların bağırışları düşüncelerine nokta koydu.

"Daniel nasıl peki?" diye sordu nihayet Jaeger. "Luke'u kaybetmek ona çok ağır gelmiştir. İkisini birbirinden ayırmak mümkün değildi."

Holland gülümseyip, "Ben ikisini hep kardeş gibi gördüm zaten," dedi ve Jaeger'a döndü. "Dan yeni arkadaşlar edindi elbette. Ama 'Luke ne zaman geri dönecek?' diye sormayı hiç bırakmadı."

Jaeger boğazında büyüyen düğümü hissetti. Belki de buraya gelerek hata etmişti. Bedenini saran ağırlık her saniye katlanıyordu. Konuyu değiştirmeye çalıştı.

"Senin işler ne âlemde? Hâlâ aynı dalaverelere devam mı?"

"İşler hiç olmadığı kadar canlı... Bu işte belirli bir itibara kavuştun mu, tüm ajanslar ve başlarındakiler kapını çalmaya başlıyor. Hâlâ hiçbir yere bağlı değilim, en yüksek kim verirse onun işini yapıyorum. Rekabet arttıkça fiyatım da artıyor."

Holland, itibarını -ve takma adını- epey şüpheli bir alanda, bilgisayarlar ve internet korsanlığı dünyasında kazanmıştı. Nitekim daha çocuk yaştayken okul portalını ele geçirip sevmediği öğretmenlerin fotoğraflarını eşek resimleriyle değiştirmişti. Sonrasında üst düzey not değerlendirme kurulunun sitesini ele geçirmiş, kendine ve arkadaşlarına en yüksek notları vermişti. Doğuştan bir sosyal aktivist ve isyancı olan Rat, ardından kendisini suçlu çetelerin hesaplarından paraları çalıp direkt rakiplerine göndermeye adadı.

Bu örneklerden birinde, uyuşturucu ticareti yapan ve Amazon'da yasa dışı ağaç kesen Brezilyalı bir mafyanın banka hesaplarını ele geçirip oradaki birkaç milyon doları Greenpeace'in hesabına aktarmıştı.

Elbette para çevreci grubun elinde kalmamıştı ama. Paranın yasa dışı olması bir tarafa, direkt karşısında savaştıkları şeyden kâr ediyormuş gibi görünmeleri mümkün değildi. Ancak yaşananlar basında büyük yankı bulunca mafyayla pis işleri iyice göz önüne serildi ve bu da emniyet birimlerini hızlandırdı. Süreçten belki de en kârlı çıkan ise şöhretine şöhret katan *Ratcatcher* oldu.

Holland başarıya ulaşan her işin ardından aynı mesajı bırakıyordu; *Hacker Rat*. Bu sayede adamın eşsiz yetenekleri, görevi bunları bilmek olanların dikkatini çekmişti.

Bu noktada Rat kendini bir ikilemin tam ortasında buldu; ya bir sürü hack suçlamasıyla mahkemeye çıkacak ya da sesini çıkarmadan iyi adamlar için çalışacaktı. Olaylar bu şekilde gelişince Rat de dünyanın dört bir yanından her türlü kısaltmaya sahip istihbarat örgütlerinin aranan danışmanı ve imrenilecek düzeyde bir erişimin sahibi oldu.

"İşlerin canlı olmasına sevindim," dedi Jaeger. "Yine de aman diyeyim kötü adamlarla çalışma. Rat'in yanlış tarafa çalışmaya başladığı gün işimiz bitmiş demektir."

Holland dağınık saçlarını arkaya tarayıp homurdandı.

"İmkânsız!" Bakışlarını rugby sahasından Jaeger'a çevirdi. "Sana ne diyeceğim; zamanında sahaya çıktığında Dan'i ciddiye alan bir senle Raff vardı. Sayenizde kendisine inanmayı öğrendi. Ona tek şansı siz verdiniz. Çok ama çok özlüyor sizi."

Jaeger mahcup bir ifadeyle yüzünü buruşturdu.

"Özür dilerim. Gerçekten... Ama dünyam allak bullak oldu. Eminim anlarsın, çok uzunca bir süre kendi ayaklarımın üzerinde bile durumadım."

Holland sert bir mücadeleye girmek üzere olan uzun bacaklı oğlunu işaret ederek, "Will bir baksana şuna! Hâlâ iğrenç oynuyor ama en azından *oynuyor* be! Oğlanlardan biri oldu. Bu da sizin eseriniz, sizin mirasınız," deyip önce kendi ayaklarına, sonra Jaeger'a baktı. "Yani dediğim gibi hiçbir şekilde özre gerek yok. Hatta tam tersi, sana borçlu olan benim. Eşsiz hizmetlerime ihtiyacın olursa söylemen yeterli..."

Jaeger gülümseyip, "Sağ olasın," dedi.

"Ciddiyim bak! Her şeyi bırakırım." Holland pis pis sırıttı. "Duysan inanamayacağın kadar pahalı fiyatımı da kırarım. Senden para alacak hâlim yok!"

15

"Ne oluyor burası şimdi?" diye sordu Jaeger.

Okul ziyaretinden birkaç gün sonra, Berlin'in doğusundaki ormanlarla kaplı kırsal alanın ortasına inşa edilmiş betondan dev bir yapının içerisinde bulmuştu kendini. Amazon keşfinde yer alan takım üyeleri dünyanın farklı yerlerinden gelip orada buluşacaktı ve ilk gelen Jaeger olmuştu. Hepsi geldiği zaman; Jaeger, Raff ve Narov da dâhil olmak üzere yedi kişiyi bulacaklardı.

Jaeger'ın rehberi, özenle kesilip taranmış bir sakala ve gümüş rengi saçlara sahip adam, mat yeşil duvarları işaret etti. İki taraftan da en az üç buçuk metre yükseliyor, penceresiz uzun tüneli daha da muazzam gösteriyorlardı. Kocaman çelik kapılar iki yana dağıtılmış, tavandan da alçak bir boru geçirilmişti. Buranın askerî ihtiyaçlar düşünülerek tasarlandığı barizdi ama o boş, yankı yapan koridorlarında Jaeger'ın sinirlerini altüst eden uğursuz bir şey vardı.

"Buranın kimliği karşısındakinin milliyetine göre değişir," diye konuşmaya başladı yaşlı adam. "Örneğin bir Alman'san, burası yakınlardaki aynı isimli kasabadan adını alan 'Falkenhagen sığınağı' olur. Büyük bölümü yeraltında olduğu için bombardımanlardan etkilenmeyen bu devasa tesis, Hitler'in de Müttefik kuvvetleri nihayet mağlup edecek silahın geliştirilmesini emrettiği yerdir."

Griye kaçan kaşlarının altından Jaeger'a baktı. Atlantik ötesi aksanı nereli olduğunu anlamayı çok zorlaştırıyordu. İngiliz olabilirdi,

Amerikalı olabilirdi, hatta Avrupa'daki herhangi bir ülkeden bile olabilirdi. Ama öyle ya da böyle, adamdan oldukça sade ve saf bir dürüstlükle zarafet yayılıyordu. Bakışlarında sakin bir samimiyet vardı ama Jaeger, bunun derinlerde yatan çeliği gizlemek için olduğundan emindi. Bu adam, söylediği kadarıyla Peter Miles, Narov'un tanıdıkları arasında en üst düzey kişilerden biriydi. Yani Rus kadındaki o eşsiz katil içgüdülerden birkaçı bu adamda da olmalıydı.

"*N-stoff* diye bir şey duymuş olabilir misin?" diye sordu Miles.

"Maalesef."

"Duyan çok azdır zaten. Klor triflorit, *N-stoff* ya da İngilizceye çevirirsem N Maddesi. Dehşet bir çift yönlü silah, sinir gazlarıyla birleştirilmiş napalm; *N-stoff* bu işte. O kadar uçucu ki azıcık suya batırılsa bile yanar ve yanarken de ölümcül gazını salar. Hitler'in *Chemicplan*'ına göre, burada bunlardan her ay altı yüz ton üretilecekti." Kibar bir gülümseme belirdi yüzünde. "Neyse ki Stalin o miktarın çok çok az bir kısmı üretilmişken ordusuyla girmeyi başardı."

"Sonra ne oldu?" diye sordu Jaeger.

"Savaş sonrasında burası Sovyet rejiminin en önemli Soğuk Savaş savunma alanlarından birine dönüştürüldü. Sovyet liderleri yerden otuz metre derinde, aşılması imkânsız çelik ve betonla sarılmış bu kalede güven içerisinde oturup nükleer mahşerin planlarını yapardı."

Jaeger tavana baktı.

"O borular süzülmüş temiz havayı pompalamak için, değil mi? Yani tüm tesis dışarıdan kapatılabiliyordu."

Yaşlı adamın gözleri parıldadı.

"Kesinlikle! Genç ama zeki, fevkalade!"

Genç... Jaeger gülümsedi, gözlerinin etrafında çizgiler oluşmuştu. Kendisine en son ne zaman genç dendiğini hatırlayamıyordu bile. Peter Miles'a yavaş yavaş ısınıyordu.

"Peki biz... Siz nasıl buraya geldiniz?" diye sordu.

Miles bir köşeden dönüp Jaeger'ı sonu görünmeyen bir diğer koridora soktu.

"1990'da Doğu ve Batı Almanya yeniden birleşti. Sovyetler de bu tür üsleri Alman yetkililere devretmek durumunda kaldı." Gülümsedi. "Bize ise Alman hükümeti önerdi. Dilediğimiz sürece kullanabilmemiz için el altından bize bırakıldı. Karanlık geçmişine rağmen burası amaçlarımızla kusursuz bir şekilde örtüşüyor. Güvenliği had safhada... Hem de çok ama çok gizli... Ayrıca sizin bir deyiminiz var, bilirsin; *dilencilerin seçme şansı yoktur*."

Jaeger güldü. Adamın mütevazı tavrını ve üslubunu beğenmişti.

"Alman hükümeti eski bir Nazi sığınağını teslim etti yani. O nasıl oldu?"

Yaşlı adam omuzlarını silkip, "Aslına bakarsan bize göre gayet elverişli oldu. İşin içinde leziz bir ironi var. Hem sana şunu söyleyeyim, savaşın ne kadar korkunç bir şey olduğunu hiçbir zaman unutmayacak bir millet varsa o da Almanlardır. Daha bugün bile o zamanki suçluluklarından güç alıyor, bununla geleceğe bakıyorlar," dedi.

"Sanıyorum hiç bu şekilde düşünmemiştim," diye itiraf etti Jaeger.

"Düşünsen iyi olur," diye azarladı yaşlı adam, kibarlığından hiçbir şey kaybetmemişti. "Eğer güvende olmak istiyorsak belki de en rahat olacağımız yer Almanya'da eski bir Nazi sığınağı, yani her şeyin başladığı yerdir. Ama bugünlük bu kadar yeter. Bu konuları takımının kalanı da geldiği zaman açmak daha uygun olur."

Jaeger pek mobilyası olmayan sade odasına geçti. Yemeğini uçakta yemişti ve geçen üç haftanın ardından kendini bayılacak kadar yorgun hissediyordu. Küba görevi, kurgu stüdyosunun bombalanması ve şimdi de takımın buluşması onu bitap düşürmüştü ve yerin çok çok altında güvendeyken uzun bir uyku çekmeyi dört gözle bekliyordu.

Peter Miles gelip iyi geceler diledi. Dev çelik kapının kapanmasıyla Jaeger da insanı kulağından şüpheye düşürecek sessizlikle baş başa kaldı. Yerin bu kadar altında, metrelerce kalınlıkta betonun arasına gizlenmiş bu yerde duyacak hiçbir ses yoktu. Tek kelimeyle tüyler ürperticiydi.

Uzanıp nefesine odaklandı. Orduda görev aldığı sıralarda öğrendiği bir numaraydı bu. Derin bir nefes alıyor, birkaç saniye tutuyor, sonra uzunca bir süre bırakıyordu. Sonra tekrardan... Keza insan sadece nefes alma eylemine odaklandığında diğer tüm dertleri aklından uçardı.

Eski Nazi sığınağında, kusursuz bir karanlık ve sessizliğin arasında uykuya dalmadan önce aklından geçen son düşünceler, sanki kendi mezarına getirilmiş gibi hissettiğiydi.

Ama Jaeger yorgunluktan ölüyordu ve deliksiz bir uykuya dalması hiç uzun sürmedi.

16

"ÇIK! ÇIK DIŞARI! ÇIK!" diye bağırdı bir ses. "ÇIK DEDİM ULAN SANA! YÜRÜ HAYDİ!"

Jaeger aracın kapısının hızla açıldığını ve ellerinde silahları, yüzlerinde kar maskeleriyle kapalı bir grubun etrafını sardığını hissetti. İçeri uzanan eller onu sertçe çekerken, sürücü tarafında da Peter Miles aynı şekilde sürükleniyordu.

Sağlamından bir on dört saat uyuduktan sonra, Jaeger ile Miles takımdan gelecek iki kişiyi almak üzere havalimanına doğru yola çıkmıştı. Ancak ormanın içindeki Falkenhagen'dan çıkmalarını sağlayacak dar toprak yolu takip ederken önlerine düşen bir ağaçla yolları kesilmişti. Hiçbir şeyden şüphelenmeyen Miles yavaşlayıp durmuş, bunun hemen ardından ise kar maskeli bir grup silahlı adam ağaçların arasından fırlamıştı.

Jaeger yere itildi, yüzü ıslak toprağa değiyordu.

"SAKIN KALDIRMA! YAT ULAN YERE!"

Güçlü kolların ellerini bağladığını hissetti. Yüzünü toprağa o kadar sert bastırıyorlardı ki nefes alamayacak gibi oluyordu. Çürük kokusuyla öksürüp tıksırırken, ani gelişen bir paniğin kurbanı oldu.

Onu boğmaya çalışıyorlardı.

Bir tutam nefes alabilmek için başını kaldırmaya çalıştı ama üzerine yağan vahşi tekme ve yumruklardan fırsat bulamadı.

"KALKMA DEDİK SANA!" diye bağırdı bir ses. "O PİS, ÇİRKİN SIFATINI TOPRAKTAN ÇEKMEYECEKSİN!"

Jaeger kurtulmaya çalıştı; saldırganlarına karşılık vermeyi deniyor, küfürler savuruyordu. Eline geçen tek şey ise bu sefer bir tüfeğin dipçiğinden yediği korkunç darbeler oldu. Dayak yüzünden iyice yere battığı sırada ellerinin arkadan sertçe büküldüğünü hissetti. Sanki kolları omuzlarından sökülüp çıkarılacak gibiydi. Bilekleri sert bir bantla sıkıca bağlandı.

Hemen ardından ormandaki sükûnet silah sesleriyle bozuldu. *Güm! Güm! Güm!* Serseri atışlar, kalın orman örtüsünün gölgesinde kulakları sağır edercesine yankılandı. Jaeger'ın kalbi bu atışlarla bir anlığına durur gibi oldu.

Çok kötü! Çok çok kötü!

Kısa bir bakış yakalamak adına başını kaldırmayı başardı. Peter Miles'ın adamlardan kurtulup kaçmaya çalıştığını ve ormana koştuğunu gördü. Sonra silahlar bir kez daha bağırdı. Jaeger, Miles'ın bocalayıp sendelediğini, sonrasında da yüzüstü düşüp kımıldamadan uzandığını gördü. Silahlı adamlardan biri ona doğru koştu. Tabancasını doğrultup üç hızlı seferde tetiğini çekti.

Jaeger benliğinin titrediğini hissetti. O kibar yaşlı adamı, Peter Miles'ı acımasızca katletmişlerdi. *Kim vardı bunun arkasında?*

Birkaç saniye sonra biri Jaeger'ın saçlarından tutup başını geri yatırdı. Daha tek bir kelime edemeden güçlü bir siyah bant ağzına yapıştırıldı ve hemen sonrasında da siyah bir çuval başına geçirilip boynunda bağlandı. Bir anda her şey kararmıştı.

Kararan dünyasında sendeleyerek ayakta durmaya çalışan Jaeger, aniden çekilip ayaklarının üzerine getirildi ve ormanda paldır küldür yürütülmeye başlandı. Yerdeki bir dala takılıp sertçe düştüğünde, "KALK ULAN! KALK, HAYDİ KALK!" diye bağırdı bir ses.

Jaeger'ı çamurlu zemin üzerinde sürükleyerek yol aldılar, çürümüş yapraklardan yayılan koku duyularına hücum ediyordu. Öfkeli yürüyüş bir türlü bitmek bilmezken, Jaeger artık yer yön bilemez hâle gelmişti. Sonunda yukarılardan yeni bir ses kulağına çalındı, bir motorun ritmik nabzını duydu. Onu bir tür araca götürüyorlardı. Başına geçirilmiş çuvaldan, yalnızca gölgeleri delip geçen iki parlak noktayı seçebiliyordu; farlar.

İki adam Jaeger'ı koltuk altlarından tuttuğu gibi ışıklara doğru fırlattı, ayakları umarsızca sürüklendi. Hemen ardından yüzünü aracın ön kısmındaki ızgaraya yapıştırdılar, alnına hücum eden acıyı tarif edecek kelime bulamıyordu.

"ÇÖK ULAN! DİZLERİNİN ÜZERİNE ÇÖK!"

Dizlerinin üzerine çökecek şekilde itildi. Farların yüzüne vurduğu sıcaklığı hissedebiliyor, karanlık çuvala rağmen içeri kör edici bir ışık yağıyordu. Hiçbir uyarı olmadan çuvalı çekip çıkardılar. Başını ışıktan çevirmeye çalışsa da güçlü bir el saçından tutup gözlerini ışığın kaynağına tuttu.

"ADIN NE?" diye bağırdı aynı ses. Hemen kulağının arkasındaydı şimdi. "Söyle de adını duyalım!"

Adam, Jaeger'ın arkasındaydı ama sesindeki yabancılık barizdi; güçlü Doğu Avrupa aksanıyla konuşuyordu. Bir anlığına Jaeger, Kolokol-1 saldırısıyla vurdukları çetenin, Vladimir ile adamlarının kendisini esir aldığını düşündü. Ama onlar olamazdı, onu bulmaları imkânsızdı, değil mi?

Düşün Jaeger. Çabuk!

"ADIN NE?" diye bağırdı ses yeniden. "*ADIN!*"

Jaeger'ın boğazı korku ve şoktan kupkuru kalmıştı. Dudaklarının arasından tek bir kelime çıkarmayı başardı.

"Jaeger."

Saçından tutan adam yüzünü hemen önündeki fara vurdu, bütün hatlarında camın sıcaklığını hissedebiliyordu.

"Soyadını da söyle. *Tam olarak adını ver seni aşağılık!*"

Kanlı öksürükler arasında, "Will! William Jaeger!" diyebildi.

"Böyle daha iyi oldu William Jaeger!" O aynı ses, uğursuz ve yırtıcı ama bir nebze daha sakindi. "Şimdi anlat bakalım. Takımından gelecek diğer üyelerin isimleri ne?"

Jaeger hiçbir şey söylemedi. Buna cevap vermesine imkân yoktu. Ama öfke ve saldırganlığın yeniden yükseldiğini hissedebiliyordu.

"Bir daha sorayım, takımından gelecek diğer üyelerin isimleri ne?"

Jaeger bir şekilde sesini toparlamayı başarıp, "Neden bahsettiğinizi bilmiyorum," dedi.

Başının sertçe geri çekildiğini hissetti, ardından yüzü daha öncekinden bile güçlü bir şekilde hiç olmadığı kadar toprağa gömüldü. Ustaca hedeflenen tekme ve yumruklarla desteklenmiş küfür kıyamet yeniden başlamadan nefesini tutmayı denedi. Onu kaçıranlar her kimlerse insanın canını nasıl yakacaklarını iyi biliyorlardı.

Sonunda yerden kaldırıldı ve çuval bir kez daha başına geçirildi.

Sesten bir emir duyuldu.

"Kurtulun gitsin! Konuşmayacaksa işimize yaramaz. Ne yapacağınızı biliyorsunuz."

Jaeger, aracın arka tarafı olduğunu düşündüğü yere sürüklendi. Ardından kaldırılıp içeri atıldı. Eller zorla oturturken bacakları dümdüz ileri bakıyor, kolları da belinde bağlı duruyordu.

Sonrası sessizlik... Jaeger bir süre kendi can yakan nefesinden başka bir şey duymadı.

Dakikalar ilerledi. Vücuduna yayılan korkunun keskin tadını hissedebiliyordu. Ağrıyan vücudunu biraz olsun rahatlatmak için pozisyon değiştirmeye çalıştı.

Pat! Ânında karnına güçlü bir tekme yedi. Hiçbir şey söylenmemişti. Yeniden aynı şekilde oturmaya zorlandı. Artık çektiği onca acıya rağmen kımıldamaya izni olmadığını anlamış, merhametsiz ve dayanılmaz bir işkence için tasarlanmış bir stres pozisyonuna getirilmişti.

Yine hiçbir belirti olmadan araç bir anda sallandı ve harekete geçti. Beklenmedik hareket yüzünden Jaeger birkaç santim öne atıldı. Bu seferki tekme başına geldi. Kendini yeniden o pozisyona çekti ama kısa bir süre sonra kamyon bir delikten geçti ve sırtüstü düşmesine sebep oldu. Bir kez daha dirsekler ve yumruklar Jaeger'a yağdı, kafasını aracın soğuk metaline yapıştırdı.

Sonunda işkencecilerinden biri onu aynı stres pozisyonuna getirdi. Çektiği acının haddi hesabı yoktu. Başında davullar çalıyor, ciğeri alev alev yanıyor ve yediği dayaktan ötürü adamakıllı nefes alamıyordu. Kalbi patlayıp göğsünden çıkacakmış gibi hissediyordu. Korku ve panik bütün vücudunu sarmıştı.

Jaeger artık işini iyi bilen profesyoneller tarafından kaçırıldığından emindi. Ama beynini kurcalayan asıl soru, bu adamların kim olduğuydu.

Bir de onu *nereye* götürüyorlardı?

Kamyon yolculuğu, çürük toprak patikaların üzerinde bitmek bilmeyen sarsıntılar ve tıkırtılar arasında sanki hiç bitmeyecek gibi hissettirmişti. Çektiği inanılmaz acıya rağmen, Jaeger en azından kafasını toplayacak zaman bulmuştu. Biri onlara ihanet etmiş olmalıydı. Başka türlü Falkenhagen Sığınağı'nda kimsenin onları bulmasına imkân yoktu, orası kesindi.

Acaba Narov muydu? O değilse, nerede buluşacaklarını başka kim biliyordu? Takımdaki kimse nihayetinde ulaşacakları yerden haberdar değildi. Onlara sadece havalimanından alınacakları söylenmişti.

Peki neden? Yaşadıkları onca şeyden sonra, Narov neden Jaeger'ı satardı ki? Kime satardı?

Bir anda kamyon yavaşlamaya başladı ve kısa süre içerisinde durdu. Jaeger arka kapının menteşelerinden çekilip açıldığını duydu. Tüm kasları kasılmıştı. Bacaklarına uzanan eller onu dışarı çekip yere düşürdü. Kollarını kullanarak düşüşü yumuşatmaya çalışsa da kafası bir taş gibi yere çakılmıştı.

Of! Bu çok acıttı!

Sonra sürüklendi Jaeger; sanki bir hayvan ölüsü gibi ayaklarından çekildi, başı ve vücudu çamurlu toprağı yarıp geçti. Başındaki çuvala sızan aydınlıkla hâlâ gündüz olduğunu anladı. Yoksa zamana dair tüm algısını kaybetmişti.

Bir kapının sertçe çekilip açıldığını duydu ve ardından bir tür binaya alındı. Etraf bir anda yine karanlık olmuştu. Tüyler ürpertici bir karanlığa düşmüş gibi hissediyordu. Sonrasında bir kaldırma motorunun tanıdık vızıltısını duydu ve altındaki zeminin düşmeye başladığını hissetti. Bir asansörle derinlere iniyordu.

Sonunda asansörün hareketi durdu. Jaeger dışarı sürüklendi ve bir dizi keskin sağa dönüş süresince itildi. Muhtemelen kafa karıştırıcı bir koridordaydı. Ardından bir kapı açıldı ve kulakları sağır eden bir ses tüm vücudunu titretti. Sanki bir televizyon, var olmayan bir kanalda açık bırakılmış; beyaz gürültü denilen elektronik gıcırtısını son ses haykırmaya başlamıştı.

Koltuk altlarından tutulup beyaz gürültü odasına geri geri sürüklendi. Ellerindeki bağ çözülürken kıyafetleri de düğmeleri uçuracak bir güçle yırtılıp söküldü. Çamaşırı dışında hiçbir şeyi kalmamıştı, ayakkabılarını bile almışlardı.

Yüzünü duvara döneceği bir pozisyona getirildi, elleri soğuk tuğladan duvara koyulurken tüm dengesini parmak uçlarıyla sağlıyordu. İşkencecileri, bacaklarını tekmeleye tekmeleye iyice geri götürdü ve Jaeger sadece el ve ayak parmak uçlarıyla temas sağlayarak altmış derecelik bir açıyla olduğu yerde kaldı.

Ayak sesleri ağır ağır uzaklaştı. Geriye sadece sessizlik kalmıştı. Onu bozan tek şey ise acı veren o zar zor aldığı nefesiydi.

Başka kimse yok muydu orada artık?

Peki ona refakat eden biri var mıydı?

Söylemesine ve bilmesine imkân yoktu.

Bundan yıllar önce Jaeger, SAS'a seçim sürecinin bir parçası olarak kurgulanmış bir sorguya direnç eğitiminden geçmişti. Baskı altındaki dayanıklılığı ölçmek ve esir düşmeleri hâlinde nasıl mücadele edecekleri hususunda eğitmek üzere tasarlanmıştı bu. Otuz altı saat boyunca cehennemi yaşatmışlardı Jaeger'a ama her ânında hepsinin bir eğitim olduğunu biliyordu. Bu seferki ise ona hiç benzemiyordu. Gerçekti ve çok korkutuyordu.

Önce omuz kasları yanmaya başladı; parmaklarına kramplar giriyor, bir taraftan da sağır edici beyaz gürültü kafatasına güm güm vuruyordu. Çektiği acı yüzünden çığlık atmak istese de ağzı hâlâ bantla kapalıydı. Jaeger'ın elinden gelen tek şey içinden bağırıp çağırmaktı.

Nihayetinde dayanamamasına sebep olan parmağına giren kramplardı. Acısı ellerinin tamamında yankılanırken kasları öyle bir kasılmıştı ki sanki parmakları yuvalarından sökülüp çıkarılacak gibi hissediyordu. Bir anlığına gevşedi, duvara avuçlarını dayadı. Bütün ağırlığı onlara vermek hayal dahi edilemeyecek bir rahatlamayı da beraberinde getirmişti. Ama sonraki saniye omurgasına saplanan hiç beklenmedik bir acıyla iki büklüm oldu.

Jaeger bu sefer var gücüyle çığlık atsa da sesi boğuk bir ciyaklama olarak çıktı. Odada yalnız olmadığını anlamıştı ve biri sırtının en dar kısmına elektrik vermişti.

Korkunç bir vahşetle yeniden eski pozisyonunu almaya zorlandı. Yine tek bir kelime dahi edilmemişti ama içinde bulunduğu durumu net bir şekilde anlamıştı; hareket etmeye veya rahatlamaya çalışırsa omurgasına elektrik vereceklerdi.

Kolları ile bacaklarının önlenemez bir şekilde titremesi uzun sürmedi. Artık devam edemeyeceğini hissettiği an geldiğinde, iki taraftan ayaklarına yediği güçlü tekmelerle bir ceset gibi yere yapıştı. Ufacık bir dinlenmeye bile müsaade etmeyecekleri kesindi. Bir et parçası gibi bedenini yüklenen eller onu kamyonda aldığı oturma pozisyonuna getirdi. Ama bu sefer kolları önünde bağlı şekilde duruyordu.

Jaeger'ın işkencecileri yüzü ve sesi olmayan birer canavardı ama mesajları gayet açıktı; hareket ederse acı çekecekti.

Jaeger'a bitmek bilmeyen gücüyle saldıran tek şey artık beyaz gürültüydü. Zaman anlamını yitirmişti. Bilincini yitirip yere yığıldığı zamanlarda onu yeni bir stres pozisyonuna getiriyor ve işkenceyi sürdürüyorlardı.

Nihayetinde bir şeyler değişir gibi oldu.

Hiçbir uyarı olmadan, Jaeger ayaklarından sürüklendiğini hissetti. Elleri beline çekildi, bilekleri bağlandı ve kapıya yürütüldü. Bir kez daha koridorlarda sürükleniyor; bir sağa bir sola, yine sağa, sonra sola keskin dönüşlerle götürülüyordu.

Farklı bir kapının açıldığını duydu ve bir odaya alındı. Dizinin arka kısmı keskin bir kenara değdi. Ahşaptan bir sandalyeydi ve oturmadan edemedi. Çıt çıkarmadan olduğu yere çöktü.

Bu sefer nereye getirildiyse, içinde bulunduğu atmosferde bir tutam daha fazla ürpertiyle havasızlık ve nem kokusu vardı. Bir açıdan bakıldığında, yaşananlar arasında en korkuncu buydu. Jaeger beyaz karanlık odasını anlıyordu; onun amacını, kurallarını. İşkencecileri onu yormaya çalışıyordu; Jaeger'ı kırmaya, pes etmeye zorluyordu.

Ama bu? Bu belirsizdi. Hiçbir ses olmamasının yanı sıra kendisi hariç bir insan varlığına dair en ufak bir işaret de yoktu ve kemiklerine kadar titriyordu.

Jaeger korkunun bedenini sardığını hissetti; gerçek, içgüdüsel bir korkuydu bu. Nereye getirildiğine dair hiçbir fikri yoktu ama buradan iyi bir sonuç çıkmayacağını anlamıştı. Bunun dışında ne kendisini kaçıranlara ne de onunla şimdi ne yapacaklarına akıl sır erdirebiliyordu.

Bir anda oda gözlerini kör eden bir ışıkla doldu. Başındaki çuval çekilip çıkarılmış ve aynı anda çok güçlü bir ışık kaynağı açılmıştı. Sanki direkt gözlerine tutuluyormuş gibiydi. Kademe kademe gözleri ortama alıştı ve Jaeger da ayrıntıları seçebilmeye başladı.

Önünde yüzeyi camdan, boş, metal bir masa vardı. Masanın üzerinde yavan görünümlü beyaz bir porselen kupa duruyordu. Başka da bir şey yoktu, sadece buharı tüten bir sıvıyla dolu bir kupa. Masanın diğer yanında ise heybetli, sakalları yüzünü kaplamış ama saçları dökülen bir adam oturuyordu.

Altmışlı yaşlarının ortalarında gibi görünüyordu. Yırtık pırtık yünlü bir ceketle yıpranmış bir gömlek giymişti. Bu eski kıyafetleriyle tamamladığı görüntüsü, adama hayattan bezmiş bir üniversite hocası ya da hak ettiği maaşı alamayan bir müze küratörü havası katmıştı. Kendi temizliğini yapan, sebzelerini hep fazla pişiren ve kelebek saklamayı seven bir bekâr gibiydi. Adam sanki sıradanlığın tanımıydı. Yüzüne bakanlar dahi sonraki saniye onu unutur, bir daha da dönüp bakmazdı. Karşısında tam bir numune gri adam oturuyordu ve Jaeger'ın şu an karşılaşmayı bekleyeceği son şeydi.

Ellerinde birer kazma sapı ya da beyzbol sopası tutan, hepsi saçlarını kazıtmış Doğu Avrupalı çete üyelerini göreceğini sanıyordu. Bu karşısındaki ise en basitinden acayip olarak nitelendirilebilirdi. Düşündüğü her şeyde yanılmıştı ve aklını kaçıracakmış gibi hissediyordu.

Gri adam hiçbir şey söylemeden Jaeger'ı seyretti. Yüzündeki ifade adamın yaşananlarla hiç ilgilenmediği izlenimini veriyordu. Sıkılmıştı, hiçbir işine yaramayacak bir müze parçasını inceliyor gibiydi. Kupaya doğru başını salladı.

"Çay; beyazından, tek şekerli. *Cuppa.* Siz İngiltere'de böyle diyordunuz, değil mi?"

Jaeger'ın hiçbir şekilde çıkaramadığı oldukça hafif bir yabancı aksanla sakince konuşuyordu. Özellikle agresif veya düşmanca denilebilecek bir tavrı yoktu. Hatta nispeten yorulmuş bir hava çiziyor, sanki binlerce kez yaptığı bu işten bıkmış bir izlenim veriyordu.

"Güzel bir *cuppa*! Susamışsındır, biraz çay iç."

Orduda görev aldığı zamanlar Jaeger, kendisine önerilen her içecek veya yemeği almayı öğrenmişti. Evet, zehirlenmiş olabilirlerdi ama neden bununla uğraşacaklardı ki? Bir tutsağı nefesi kesilene kadar dövmek veya direkt vurup öldürmek çok daha kolay olurdu.

Beyaz porselen kupaya baktı. Sönmek üzere olan buhar gergin odaya süzülüyordu.

"Bir bardak çay," diye tekrarladı adam sessizce. "Beyaz çay. İçsene."

Jaeger bakışlarını gri adamın yüzüne diktikten sonra hızla yeniden bardağa döndü. Ardından uzanıp eline aldı. Kokusuna bakılırsa içinde sadece sıcak, tatlı ve sütlü bir çay vardı. Dudaklarına doğru kaldırıp koca bir yudum aldı.

Ters bir reaksiyon göstermedi. Bayılmadı, kusmadı ya da kasılmaya başlamadı. Kupayı yeniden masaya koydu.

Bir kez daha etrafı sessizlik sarmıştı.

Jaeger bir anlığına etrafına bakındı. Herhangi bir pencereden yoksun olan oda hiçbir özelliği olmayan düz bir küptü. Gri adamın bakışlarını üzerinde hissetti, dikkatle seyrediyordu. Kendi bakışlarını yere çevirdi.

"Üşüyorsun sanırım. Kesin üşümüşsündür. Isınmak ister misin?"

Jaeger'ın aklı hızla çalışmaya başladı. Şaşırtmacalı bir soru mu soruyordu adam? Olabilirdi. Ama Jaeger'a her şeyden çok zaman gerekiyordu ve orada sadece çamaşırlarıyla otururken de gerçekten iliklerine kadar üşüyordu.

"Daha sıcak hissettiğim zamanlar olmuştu efendim. Haklısınız, üşüdüm."

"Efendim" dokunuşları, Jaeger'a askerî eğitimi sırasında öğretilen bir başka dersti. Kendilerini ele geçiren kişilere sanki saygıyı hak ediyorlarmış gibi konuşmaları gerekiyordu. Bir ihtimal bunun karşılığını alabilir, kendilerini bir insan gibi göstermeyi sağlayabilirlerdi.

Ama şu an Jaeger'ın bu konuda hiç ümidi yoktu. Şimdiye kadar yaşadıkları, burasının onu savunmasız bir hayvanın seviyesine inene kadar yıkmak üzere tasarlandığı izlenimini veriyordu.

"Bence de ısınmak istersin," diye devam etti gri adam. "Yanına bak. Çantayı aç. İçinde kuru kıyafetler var."

Jaeger yüzünü aşağı çevirdi. Sandalyesinin hemen yanında ucuz görünümlü bir spor çanta vardı. Uzanıp kendisine söylendiği gibi çantayı açtı. İçten içe çantada Amazon'daki takımından bir üyenin parçalanmış, kanlı başını göreceğinden korkuyordu. Ama karşısına rengi solmuş turuncu bir tulum, bir çift yıpranmış çorap ve yine yırtık pırtık olmuş bez bir ayakkabı çıktı.

"Ne bekliyordun ki?" diye sordu gri adam, yüzüne belli belirsiz bir gülümseme yerleşmişti. "Önce sıcak bir çay. Şimdi kıyafetler. Kıyafetler seni sıcak tutar. Giyin. Giy hepsini."

Jaeger üzerine tulumu geçirdi ve üst tarafındaki düğmeleri bağladı. Ardından ayakkabılarını da giyip yerine oturdu.

"Isındın mı? Daha iyi misin?"

Jaeger onaylar şekilde başını salladı.

"O zaman artık anlamışsındır. Sana yardım etmek benim elimde. Gerçekten yardımcı olabilirim. Ama karşılığında da senden bir şeye ihtiyacım var. *Senin de bana* yardım etmen gerekiyor." Gri adam ağır bir ara verdi. "Senden sadece arkadaşlarının ne zaman geleceğini, kimleri beklememiz gerektiğini ve onları nasıl tanıyacağımızı söylemeni istiyorum."

"Bu soruya cevap veremem efendim." Jaeger'a öğretilen standart yanıttı bu; olumsuz ama mevcut durum karşısında olabildiği kadar kibar ve saygılı bir yanıt. "Neden bahsettiğiniz konusunda bir fikrim olmadığını da belirteyim," diye ekledi. Oyalaması gerektiğini biliyordu.

Gri adam sanki bu cevabı bekliyormuşçasına bir iç çekti.

"Önemi yok zaten. Eşyalarını bulduk bile; bilgisayarın, cep telefonun. Güvenlik kodlarınla şifrelerini kıracağız ve yakında tüm sırların açığa çıkacak."

Jaeger'ın beyni hızla çalıştı. Yanında bir bilgisayar getirmediğine emindi. Ucuz kontörlü telefonunu düşününce de hiçbir önemli bilginin ortaya çıkma imkânı yoktu.

"Madem soruma cevap veremiyorsun, en azından şunu söyle; burada ne işin var? Neden benim ülkemdesin?"

Jaeger'ın aklı fırıl fırıl döndü bu sefer. *Benim ülkem.* Ama burası Almanya'ydı. Doğu Avrupa'daki herhangi bir ülkeye geçecek kadar uzun bir kamyon yolculuğu olmamıştı. Kim kaçırmıştı onu? Alman istihbarat örgütünün başına buyruk bir kolu mu?

"Neden bahsettiğinizi bilmiyor..." diye başladı ama gri adam sözünü kesti.

"Çok üzücü! Sana yardım ettim Bay Will Jaeger. Ama sen bana yardım etmeye çalışmıyorsun bile. Bir katkın bulunmayacaksa gürültü ve acı dolu odaya geri döneceksin."

Gri adam daha konuşmasını bitirmeden görünmez eller bir kez daha siyah çuvalı Jaeger'ın başına geçirdi. Ani şok yüzünden kalbi duracaktı neredeyse. Sonra ayaklarının üzerine kaldırıldı, döndürüldü ve yine tek bir söz edilmeden yürütülmeye başladı.

18

Jaeger bir kez daha kendini beyaz gürültü odasında, tuğladan duvara acayip bir açıyla yaslanırken buldu. SAS seçmeleri sırasında bu tür yerlere "yumuşatıcı" derlerdi; yetişkin adamların bebek gibi ağladığı, zayıfladığı odalar. Jaeger'ın tek duyabildiği; karanlığı delip geçen boş, anlamsız uğultuydu. Burnuna gelen tek koku, derisinin üzerindeki soğuk ve nemli terinin kokusuydu. Boğazının en derinlerinde ise safrasının asidik tadını alıyordu.

Hırpalanmış, yıpranmış ve yapayalnız kalmış gibi hissediyor; bütün bedeni daha önce hiç acı duymamışçasına sızlıyordu. Başı zonkluyor, zihni çığlıklar savuruyordu.

Kafasında kendi kendine şarkılar mırıldanmaya başladı. Gençliğinden hatırladığı en sevdiği şarkılardan kupleler söyledi. Bu şarkılara devam ederse belki de beyaz gürültüyü, acıyı ve korkuyu uzak tutabilirdi.

Dalga dalga bitkinlik vurdu bedenine. Sınırlarının sonuna çok yaklaşmıştı ve bunu biliyordu.

Şarkılar bittiğinde kendi kendine çocukluğundan öyküler anlattı. Eskiden babasının okuduğu masallardaki kahramanların hikâyelerini düşündü. Hem çocukken hem de sonrasında orduda yüzleştiği en zorlu testler karşısında ona güç ve ilham veren o yiğitlikleri hatırladı.

Douglas Mawson'ın hikâyesini yaşadı baştan; cehenneme düşüp geri dönen, Antarktika'da aç ve açıkta kalmasına rağmen bir şekilde güvenliğe ulaşan Avustralyalı kâşifin. George Mallory'nin hikâyesini yaşadı; Everest Dağı'na tırmanan ilk kişinin, dünyanın en yüksek zirvesini fethetmek adına canını ortaya koyduğunu bilen adamın hikâyesini. O dağdan hiç inememişti Mallory, buzla kaplı yamaçlarında kaybolmuştu Everest'in. Ama hayatını o uğurda feda etmeyi kendisi seçmişti.

Jaeger insanoğlunun dışarıdan imkânsız görünen şeyleri başarabilecek kudrette olduğunu biliyordu. İnsanın vücudu daha fazlasını kaldıramayacağını haykırırken aklı kendisini devam etmeye zorlayabiliyordu. Tek bir insan mümkün olanların çok ötesinde şeyler başarabilirdi. Aynı şekilde Jaeger da yeterince inanırsa ihtimalleri boşa çıkarabilirdi. Bunu atlatabilirdi.

Saf irade gücü.

Aynı cümleyi tekrar tekrar kendine söylemeye başladı; *kaçma şansı için gözünü dört aç. Kaçma şansı...*

Ne bir zaman kavramı kaldı ne de gündüzle gece ayrımı. Bir raddede başındaki çuvalı ağzını açacak kadar kaldırdılar ve dudaklarına bir bardak dayadılar. Saçlarından tutup başını geri çekerek bardağın içindekileri boğazına döktüler.

Çay... Yine...

Hemen ardından bayat bir bisküvi geldi. Sonra bir tane daha, bir tane daha... Hepsini ağzına tıkıp çuvalı yeniden geçirdiler ve eski pozisyonunu aldırdılar.

Aynı bir hayvan gibi...

Ama en azından şimdilik onu hayatta tutmak istiyormuş gibi görünüyorlardı. Daha sonra bir ara kafasını taşıyamaz oldu, durduğu yerde uykuya dalıp çenesini göğsüne vurdu. Tabii hemen ardından korkunç bir şekilde uyandırılıp yeni bir stres pozisyonu almaya zorlandı.

Bu sefer çakıl taşlarıyla dolu bir alanda dizüstü oturtuldu. Dakikalar geçtikçe keskin ve pürüzlü taşlar da etine iyice batmaya başladı, kan dolaşımını kesiyor ve beynine dalga dalga acı sinyalleri gönderiyorlardı. Jaeger büyük acı içindeydi ama kendisine bunu atlatabileceğini söylemişti.

İrade gücü.

Ne kadar olmuştu acaba? Bir gün geçmiş miydi? İki mi, üç mü? Sanki hayatını burada geçirmiş gibiydi.

Bir noktada beyaz gürültü aniden kesildi ve yerine *Barney ile Arkadaşları* çizgi filminin aşırı derecede uygunsuz melodisi tam ses yankılanmaya başladı. Jaeger bu tür tekniklerin varlığını duymuştu; çocuklara yönelik çizgi film şarkılarını tekrar tekrar çalarak insanların akıl sağlığını bozuyor, iradesini kırıyorlardı. Bunların adına ise "psikolojik operasyonlar" deniyordu. Ama oradaki hiç kimse bunun Jaeger'da tam tersi etki yaratacağını bilmiyordu.

Barney, küçük yaşlardayken Luke'un en sevdiği çizgi film karakterlerinden biriydi. Bu şarkı da Jaeger'ın aklına sayısız hatıranın hücum etmesine yol açtı. Mutlu hatıraları ise sıkı sıkı tutunacağı, paramparça olmuş ruhunu dayayacağı sağlam bir kaya olmuştu.

Kendisine işte tam olarak bu yüzden burada olduğunu hatırlattı. Tüm gayelerinin de ötesinde, buraya kayıp karısı ve çocuğuna dair bir iz bulmak için gelmişti. Onu kaçıranların amaçlarına ulaşmasına izin verirse bu görevinden ve sevdiklerinden de feragat etmiş olurdu. Ama Jaeger asla Ruth ile Luke'a ihanet etmezdi.

Artık sıkıca tutunmak ve hiç bırakmamak zorundaydı.

Sonunda yeniden harekete geçirildiğini hissetti. Bu aşamada adım atacak hâli kalmadığı için yarı taşınarak kapıdan çıkarıldı. Yeniden dönemeçli koridoru geçtikten sonra bir önceki olduğunu düşündüğü odaya alındı. Sandalyeye oturtuldu, başındaki çuval çıkarıldı ve bir kez daha gözlerine ışık yağdı.

Karşısındaki sandalyede gri adam oturuyordu. Jaeger'ın oturduğu yerden, adamın kıyafetlerindeki bayat ter kokusu duyuluyordu. Gri adam sıkılmış vaziyette seyretme numarasını yaparken Jaeger da gözlerini zeminden ayırmadı.

Gri adam, "Bu sefer ne yazık ki çayımız yok," deyip omuzlarını silkti. "Bana yardımcı olursan bundan sonrası çok daha iyi geçecek. Herhâlde bunu anlamışsındır artık. Olur mu? Yardım edebilir misin?"

Jaeger sersemlemiş düşüncelerini toplamaya çalıştı. Kafası karışmıştı. Ne diyeceğini bilmiyordu. Nasıl yardımcı olacaktı ki?

Gri adam sorgular bir biçimde bir kaşını kaldırıp, "Bize yardımcı olacak mısın Bay Jaeger? Olamayacaksan seninle bir işimiz kalmayacak!" dedi.

Jaeger hiçbir şey söylemedi. Aklı ne kadar karışmış ve bitap düşmüş olsa dahi işin içinde başka bir iş seziyordu.

"O zaman bana saati söyler misin? Saat kaç? Çok bir şey istemiyorum senden bak. Bana sadece saati söyleyerek yardımcı olabilir misin?"

Bir anlığına Jaeger saatine bakmak için koluna yeltendi ama kaçırıldığı gibi o da sökülüp alınmıştı. Saat bir tarafa, hangi günde olduğunu bile bilmiyordu.

"Saat kaç?" diye tekrarladı gri adam. "Çok basit bir yardım bu. Sadece saati bilmek istiyorum."

Jaeger'ın nasıl yanıt vermesi gerektiğine dair en ufak bir fikri bile yoktu. Bir anda kulağının dibinde bir ses bağırdı.

"CEVAP VERSENE ULAN!"

Şakağının biraz altına güçlü bir yumruk inerken, Jaeger'ı da tuhaf bir açıyla sandalyesinden yere düşürdü. Odada başka birinin olduğundan dahi haberi yoktu. Ani gelen yumruğun şokuyla nabzı makineli tüfek gibi atmaya başladı.

Başını kaldırdığında siyah eşofmanlar giyen, asker tıraşlı üç iri adamın kendisine uzandığını gördü. Jaeger'ı yeniden sandalyesine oturttular ve bir kez daha sessizliğe çekildiler.

Gri adam esrarengiz tavrını sürdürüyordu. Kas yığını adamlardan birine bir işaret yaptı ve Jaeger'ın anlamadığı, gırtlaktan konuşulan bir dilde birkaç şey söyledi. Sonra gardiyanların başı telsizini çıkarıp kısaca konuştu.

Gri adam, Jaeger'a döndü. Sesi neredeyse özür diler gibiydi.

"Az önceki gibi nahoşluklara hiç lüzum yok. Kısa zaman içerisinde bize direnmemen gerektiğini fark edeceksin. Çünkü kozlar, bütün kozlar bizim elimizde... Bize yardım etmen, kendine yardım etmen anlamına gelir. Bir de ailene tabii..."

Jaeger kalbinin durduğunu hissetti.

Ne diyordu bu adam böyle? *Ailesine nasıl yardım edecekti?*

19

Jaeger midesinin derinlerinden yükselen bir bulantı hissetti. İradesini toplayarak onu geri itmeyi başardı. Eğer Ruth ve Luke'u kaçıran adamlar bunlarsa, kendisini öldürmeleri gerekecekti. Yoksa Jaeger buradan kurtulur ve her birinin başını gövdesinden ayırırdı!

Arka tarafındaki kapının açılma sesi duyuldu. Jaeger birinin odaya girip yanından geçtiğini gördü. Gördüklerine inanamayan gözleri yuvalarından çıkacak gibi oldu. Böyle bir ihtimalden her daim korkmuştu ama şu an gördükleri kesinlikle bir rüya olmalıydı. Bu kâbustan uyanmak için başını buz gibi soğuk gri duvarlara vurmak istedi.

Irina Narov, arkası ona dönük bir şekilde... Masanın diğer tarafındaki gri adama bir şey uzattı. Hiçbir şey söylemeden döndü. Oradan ayrılmak için alelacele arkasını döndü ama tam bu sırada Jaeger, kadının gözlerinde alev alev parlayan korku ve suçluluğu yakalamayı başardı.

"Teşekkür ederim Irina," dedi gri adam sessizce. Ardından boş, sıkılmış gözlerini Jaeger'a çevirdi. "Bir tanecik Irina Narov'umuz. Sen de yakından tanıyorsun onu."

Jaeger yanıt vermedi. Bir manası yoktu. Bundan sonra çok ama çok daha kötüleriyle karşılaşacağını hissediyordu.

Narov masaya bir yığın bırakmıştı. Oradaki bir parça Jaeger'a çok tanıdık geldi. Gri adam göstermek için uzattı.

"İyice bak. Bunu görmen lazım. Bize yardım etmek dışında bir çaren olmadığını anlaman için bunu görmek zorundasın."

Jaeger adama doğru uzanırken bile karşısına neyin çıkacağını adı gibi biliyor ve bundan tüyleri ürperiyordu. Birkaç sene önce Doğu Afrika'ya yaptıkları aile seyahatinde Luke'a alınan "Gergedanı Kurtar" tişörtüydü bu. Üçü birlikte mehtapla aydınlanan savanada zürafalar, antiloplar ve hepsinden de önemlisi ailenin en sevdiği hayvan olan gergedanlarla birlikte gezme imkânı bulmuştu. Kusursuz bir aile tatiliydi. Tişörtler de o tatilden kalan en değerli anılarından biriydi.

Şimdi ise elinde duruyordu.

Jaeger'ın kanlı, sızlayan parmakları ince kumaşı kavradı. Tişörtü kaldırıp yüzüne yakın bir mesafede tuttu, kendi nabzını kulaklarında duyabiliyordu. Sanki kalbi göğsünden fırlayacak gibiydi. Gözlerinden birkaç damla yaş süzüldü.

Ailesi onların elindeydi. Acımasız, katil, sapık heriflerin...

"Artık anlıyorsundur, bunlara hiçbir şekilde lüzum yok." Gri adamın sözleri Jaeger'ın acı dolu düşüncelerini kesti. "Bize sadece birkaç bilgi gerekiyor. Aradığımız cevapları bana verirsen, biz de seni ailene kavuşturacağız. Başka bir şey istemiyorum. Daha nasıl kolaylaştırabilirim?"

Jaeger dişlerinin gıcırdadığını hissetti. Çenesi kaskatı kesildi. Hemen orada karşısındaki iğrenç adama saldırmamak, karşı koymamak için göğsünde büyüyen kör arzusunu bastırmaya çalışırken kasları kımıldayamaz hâle geldi. Elleri yine bantla sıkıca bağlanmıştı ve katillerin gözlerini ona diktiğini hissedebiliyordu; ilk hamleyi yapmasını bekliyorlardı. Şansını beklemek zorundaydı. Er ya da geç bir hata yapacaklardı ve o zaman tüm gücüyle saldıracaktı.

Gri adam iki elini davetkâr bir şekilde açıp, "Evet Bay Jaeger, işin ucunda ailene yardım etmek var. Lütfen söyle, arkadaşların ne zaman gelecek? Tam olarak kimi beklemeliyiz ve onları nasıl tanıyacağız?" diye sordu.

Jaeger beyninde bir savaşın patlak verdiğini hissediyordu. Zıt yönlere doğru parçalarına ayrılıyordu. En yakın arkadaşlarını mı satacaktı?

Savaşçı kardeşlerine ihanet mi edecekti? Yoksa Ruth ve Luke'u bir daha görmek adına eline geçen tek şansı mı kaybedecekti?

"İnceldiği yerden kopsun," diye düşündü. Narov ona ihanet etmişti. Güya meleklerin tarafındaydı ama hepsinin numara olduğu ortaya çıkmıştı. Daha önce kimsenin satmadığı gibi satmıştı Jaeger'ı. Güvenebileceği kim kalmıştı ki?

Jaeger'ın ağzı açıldı. Tam konuşacağı sırada sözlerini yuttu. Şimdi kötü adamların yenmesine izin verirse en sevdiklerine ihanet etmiş olurdu. Jaeger asla karısı ile çocuğuna ihanet etmezdi.

Dayanmak zorundaydı.

"Neden bahsettiğinizi bilmiyorum."

Gri adam iki kaşını da kaldırdı. Jaeger belki de ilk kez adamın kendiliğinden bir tepki verdiğini görüyordu. Şaşırdığı ortadaydı.

Adam nefes verip, "Ben gayet sabırlı, makul bir insanım," dedi. "Sana bir şans daha vereceğim. *Ailene* bir şans daha vereceğim." Duraksadı. "Söyle lütfen, arkadaşların ne zaman gelecek? Tam olarak kimi beklemeliyiz ve onları nasıl tanıyacağız?"

"Bunlara cevap veremem."

"İyi dinle, bizimle iş birliği yapmazsan hayatın çok daha zor bir hâl alacak. Ailen için... Çok basit bir şey. Söyle şu cevapları! Arkadaşların ne zaman gelecek? Kim gelecek? Onları nasıl tanıyacağız?"

"Bunlara cecap..."

Gri adam, Jaeger'ı parmaklarını şaklatarak susturup kendi adamlarının olduğu tarafa baktı.

"Yeter! Bitti artık! Götürün şunu!"

Siyah çuval bir kez daha Jaeger'ın başına geçirildi. Çenesinin göğsüne yapıştırıldığını ve kollarının iki taraftan sıkıştırıldığını hissetti. Sonraki saniye ayağa kalkmış, paçavradan bir bez bebek gibi sürüklenerek götürülmeye başlamıştı.

Cam bölmenin arkasında Narov ürperdi. Jaeger'ın başına çuval geçirilerek odadan sürüklenmesini dehşete düşmüş bir ifadeyle izledi. Çift taraflı ayna, ona yaşananları izlemesi için kusursuz bir seyir imkânı sunuyordu.

"Bunlar hoşuna gitmiyor galiba?" dedi bir ses.

Konuşan Peter Miles'tı, Jaeger'ı kendisinin ormanda vurulup öldürüldüğüne inandıran yaşlı adam.

"Gitmiyor," diye mırıldandı Narov. "Gerekli olduğunu düşünüyordum ama... Böyle devam etmek zorunda mı? Sonuna kadar gidecek mi?"

Yaşlı adam ellerini iki yana açtı.

"Sınanması gerektiğini söyleyen sendin. Bu karısı ve çocuğunun sebep olduğu tıkanma, bitmek bilmeyen depresyon, suçluluk duygusu... Bir adama normal şartlar altında asla yapmayacağı şeyleri düşündürebilir. Sevgi çok güçlü bir duygudur; evlat sevgisi ise en güçlüsü..."

Narov koltuğunda iyice çöktü.

"Çok kalmadı artık," dedi Peter Miles. "En büyük sınavı geçti zaten. Bunda kalsaydı bize asla katılamazdı."

Narov suratı asık bir şekilde başını aşağı yukarı salladı, aklında sayısız karanlık düşünce dolaşıyordu.

Çok daha yaşlı, artık cildi buruşmuş bir adam kapıyı çalıp içeri girdi. Bastonunu sabırla kapının iç kısmına yerleştirdi, bakışları endişe doluydu. Doksanlı yaşlarındaymış gibi gösteriyordu ama kalın, yoğun kaşlarının altında gözleri fal taşı gibi açıktı.

"Burada işiniz bitti sanıyorum?"

Peter Miles yorgun bir biçimde alnını kaşıyıp, "Az kaldı. Şükürler olsun, çok kısa bir süre sonra hiçbir şüphe kalmayacak," dedi.

"Bu kadarı gerekli miydi ama?" diye sordu yaşlı adam. "Dedesinin kim olduğunu düşünün yani!"

Miles bakışlarını Narov'a çevirdi.

"Irina gerekli olduğunu düşündü. Sonuçta onunla çok gergin anlarda birlikte savaştı. Savaşın ortasında bile Jaeger'ın sinirlerinin kimi zaman nasıl bozulduğuna ilk elden tanıklık etti."

Yaşlı adamın gözlerinde anlık bir öfke okundu.

"Çocuğun yaşamadığı şey yok! Sinirleri bozulabilir ama hiçbir zaman tamamen kırılmaz. Asla! O benim yeğenim ve soyadı Jaeger!"

"Biliyorum," dedi Miles. "Ama siz de ne demek istediğimi anladınız."

Yaşlı adam başını iki yana sallayıp, "Onun son birkaç yılda yaşadıklarını hiç kimse yaşamamalı," dedi.

"Biz de uzun vadede bunların üzerinde nasıl bir etki yaratabileceğinden emin değiliz. Narov'un endişelerinin kaynağında da bu yatıyor. Şu anki... İşlemlerin sebebi de bu."

Yaşlı adam, Narov'a baktı. Şaşırtıcı bir şekilde, gözlerinde merhametli bir bakış vardı.

"Canım üzülme sen. Her şey olacağına varır."

"Çok üzgünüm Joe Amca," dedi Narov. "Belki de korkularım yersizdi."

Yaşlı adamın yüz hatları gevşedi.

"Bizimki sağlam bir soydan geliyor yavrum."

Narov, gümüş saçlı adama bakıp, "Şimdiye kadar hiçbir hatası olmadı amca. Sınavlar boyunca kimseyi yüzüstü bırakmadı. Ne yazık ki hata yaptım," dedi.

"Her şey olacağına varır," diye tekrarladı yaşlı adam. "Belki de Peter haklıdır. İçimizde hiçbir şüphe kalmaması için en iyisi budur." Odadan ayrılmak için arkasını döndü ama kapının önünde duraksadı. "Son engelde artık dayanamazsa bana bir şeyin sözünü verin. Ona sakın söylemeyin. Onu sınayanların biz olduğumuzu ve bizi yüzüstü bıraktığını bilmeden buradan ayrılmasını sağlayın."

Yaşlı adam gözlem odasından çıktı, son yorumu ise hiçbir tepki gerektirmiyordu.

"Yaşadığı onca şeyden sonra bir de bunu öğrenirse bu sefer biter."

21

Jaeger yeniden stres odasına götürüleceğini düşünüyordu. Onun yerine birkaç saniye boyunca sola doğru ilerleyip ardından ani bir şekilde durdular. Havada farklı bir koku vardı bu sefer, dezenfektanla bayat idrarın bariz kokusu.

"Tuvalet," diye inledi gardiyanı. "Tuvaleti kullan."

Tüm bu işkenceler başladığından beri Jaeger hep nerede duruyor veya oturuyorsa oraya idrarını yapmaya zorlanmıştı. Şimdiyse tulumunun düğmelerini bağlı elleriyle çözdü, duvara yaslandı ve pisuvara dönüp rahatlama fırsatı buldu. Başındaki siyah çuval çıkarılmadığı için önünü görmeden idrarını yapıyordu.

Bir anda uğursuz bir fısıltı duydu.

"Ben nasıl hissediyorsam, sen de öyle görünüyorsun dostum. Şerefsiz hepsi, değil mi?"

Sanki hemen arkasında bir hoparlör varmışçasına yakından gelmişti ses. Dost canlısıydı, hatta güvenilir bile denebilirdi.

"Benim adım Dave. Dave Horricks. Zaman kavramın kayboldu, değil mi? Aynen, benim de! Sanki hep buradaymışsın gibi, değil mi dostum?"

Jaeger cevap vermedi. Tuzak olduğunu seziyordu. Yeni bir akıl oyunu oynuyorlardı. İşini bitirdi ve tulumunun düğmelerini ilikledi.

"Dostum aileni kaçırdıklarını duydum. Yakınlarda tutuyorlar ha! Mesajın varsa onlara iletebilirim."

İnanılmaz bir iradeyle, Jaeger sessiz kalmayı sürdürdü. Ama ya gerçekten Ruth ile Luke'a bir mesaj göndermesini sağlayacak bir yol varsa?

"Çabuk dostum, gardiyan gelecek birazdan. Karınla çocuğuna ne söylememi istediğini söyle. Arkadaşların için bir mesajın varsa onu da her türlü iletirim. Kaç kişiler? Çabuk ol!"

Jaeger sanki kulağına bir şey fısıldamak istiyormuşçasına sesin geldiği tarafa eğildi. Adamın yaklaştığını hissedebiliyordu.

Hırıltılı bir ses tonuyla, "Mesajımı söyleyeyim Dave," dedi. "Defol git!"

Saniyeler sonra başına bir darbe aldı ve itip kakılmalar arasında tuvaletten çıkarıldı. Karmaşık koridorlarda birkaç dönüşün ardından bir kapının açıldığını duydu. Farklı bir odaya sokuldu ve bir sandalyeye oturtuldu. Başındaki çuval çekilip çıkarılırken gözlerine ışık yağdı.

Karşısında iki adam oturuyordu.

Zihninde bunu kaldırabilecek gücü bulamıyordu.

Oturanlar Takavesi Raffara ile Mike Dale'di. Genç adamın uzun saçları ciddi şekilde dağınık ve bakımsız görünüyor, gözlerinde uzaklara bakan karanlık bir bakış okunuyordu. Kısa süre önceki kaybının acısı olduğu ortadaydı.

Raff zorlama bir gülümsemeyle söze girdi.

"Oğlum sıfatın kamyon çarpmış gibi görünüyor. 'Crusting Pipe'ta bütün gece takılıp All Blacks'in sizinkileri tokatladığı gece daha kötü görünüyordun ama. Yine de..."

Jaeger hiçbir şey söylemedi.

"Dinle dostum," diyerek yeniden denedi Raff, mizahla işin üstesinden gelemeyeceğini anlamıştı. "İyi dinle beni. Seni hiç kimse kaçırmadı.

Hâlâ Falkenhagen Sığınağı'ndasın. Seni o kamyona atan adamlar vardı ya, aslında daire çizdiler sürekli."

Jaeger sessizliğini bozmadı. Şu an ellerindeki bağdan kurtulabilse ikisini de öldürürdü.

Raff iç çekti.

"Dostum beni dinlemen lazım. Burada olmak istemiyorum. Dale de istemiyor. Bu durumdan haberimiz yoktu, sana yapılanları buraya geldiğimizde öğrendik. Bizden oturup seni karşılayan ilk insanlar olmamızı istediler. Bize güveneceğini biliyorlardı. İnan bana. Bitti artık kardeşim, bitti!"

Jaeger başını iki yana salladı. *Neden bu iki şerefsize güvenecekti ki? Neden herhangi birine güvenecekti?*

"Benim. Gerçekten. Raff. Seni kandırmaya çalışmıyorum. Buraya kadardı. Bitti."

Jaeger yine başını salladı. *Defol git!*

Sessizlik...

Mike Dale öne eğilip dirseklerini masaya koydu. Adamın dünyası şaşmış bir yaratık gibi görünmesi Jaeger'da bir şeyler uyandırdı. Amazon'daki en kötü zamanlarını yaşarken bile Dale'in bu denli kötü bir hâlde olduğunu hiç görmemişti.

Dale o yorgun, şişmiş gözleriyle Jaeger'a baktı.

"Muhtemelen senin de anlayacağın üzere pek uyku uyuduğum söylenemez. Sevdiğim kadını yeni kaybettim. Sence Hannah'yı kaybettikten sonra buraya gelip böyle şeylerle uğraşır mıydım? Sence bunu yapabilecek bir adam mıyım?"

Jaeger irkildi. Hafifçe fısıldayarak, "Bence şu an herhangi biri herhangi bir şey yapabilir," dedi. Artık neye veya kime inanacağına dair en ufak bir fikri bile yoktu.

Hemen arkasından, kapıya güçsüzce vurulduğunu duydu. Raff ve Dale birbirlerine baktılar. *Sırada ne vardı?*

Davetsiz bir şekilde açılan kapıdan yaşlı, kamburlaşmış bir adam girdi; elindeki bastonuna sıkıca tutunmuştu. Jaeger'ın yanında durup buruşuk ellerini omzuna koydu. Sandalyede oturan, günlerdir aldığı darbelerle kana bulanmış Jaeger'ı gördüğünde acıyla yüzünü buruşturdu.

"Will, evladım. Bu yaşlı adamın sürece böyle davetsiz girmesine içerlemezsin umuyorum."

Jaeger kanlanmış, şişmiş gözleriyle yaşlı adama baktı.

"Joe Amca!" dedi. İnançsız sesi oldukça boğuk çıkmıştı. "Joe Amca?"

"Will, evladım buradayım. Arkadaşlarının da söylediği gibi artık bitti. Gerçekten bitti. Elbette bunların hiçbirine gerek duyulmamalıydı ama..."

Jaeger bağlı elleriyle uzanıp yaşlı adamın koluna sıkıca sarıldı. Joe Amca omzunu sıktı.

"Bitti evladım. İnan bana. Ama asıl işimiz yeni başlıyor!"

22

Başkan havanın kokusunu içine çekti. Bahar zamanı Washington bir başka oluyordu. Çok kısa bir süre sonra kiraz ağaçları çiçek açmaya başlayacak, şehir sokakları pembe çiçeklerle dolacak ve havayı da güçlü kokuları dolduracaktı.

Başkan Joseph Byrne için yılın en güzel zamanıydı; kasvetli kış soğuklarının doğu kıyı şeridinden uzaklaştığı, uzun ve sıcacık yaz aylarının kapıdan başını uzattığı bir zamandı. Ancak elbette, tarihini iyi bilenler, o kiraz ağaçlarının aynı zamanda karanlık ve nahoş bir gerçeği de sakladığını biliyordu.

En yaygın türler arasında ilk sırada Yoshino kirazı geliyordu; 1920'li yıllarda Japonya'dan iki ülke arasındaki ebedî dostluğun nişanesi olarak Amerika'ya üç bin fidan gönderilmişti. 1927 senesi geldiğinde şehir ilk Kiraz Çiçeği Festivali'ni gerçekleştirdi ve etkinlik kısa süre içerisinde Washington DC'nin takvimine kaydolmayı başardı.

Sonra, 1942'de durmaksızın saldıran Japon savaş uçakları Pearl Harbor'ı vurdu ve Kiraz Çiçeği Festivali bir gecede silindi. Ne yazık ki Japonların dostluk sözü ilk başta vurgulandığı gibi ebediyete ulaşmamıştı.

Üç sene boyunca Amerika ile Japonya arasında en şiddetli çatışmalar yaşandı. Ancak savaşın ardından iki ülke dostluklarını yeniden alevlendirdi. Gereklilikler neticesinde tuhaf ilişkilerin doğabileceği kanıtlanırken, 1947'de Kiraz Çiçeği Festivali bir kez daha hayat buldu ve sonrası da Başkan'ın sık sık dile getirdiği gibi tarihte kaldı.

Yanındaki iki adama dönüp nefes kesici manzarayı gösterdi, pembenin ilk dokunuşları şehrin gelgit havzasının yakınlarındaki ağaç tepelerini boyamaya başlamıştı.

"Muazzam bir görüntü bu beyler. Her yıl çiçeklerin açmayacağından endişelenirim, her yıl beni haksız çıkarırlar."

CIA Direktörü Daniel Brooks, Başkan'ı onaylar nitelikte övgü dolu birkaç uygun cümle söyledi. Başkan'ın, ne kadar büyüleyici olursa olsun, onları manzarayı seyretmek için çağırmadığını biliyordu. Bir an önce günün işine geçmek istiyordu.

Yanında ise ajansın direktör yardımcısı Hank Kammler, gözlerini süzülen güneş ışığından korumaya çalışıyordu. İki CIA adamının birbirinin varlığına katlanmakta ne kadar güçlük çektiği vücut dillerinden okunuyordu. Şu an olduğu gibi Başkan tarafından çağrılmadıkları veya benzer bir toplantı olmadığı sürece birlikte vakit geçirmemek adına büyük çaba sarf ediyorlardı.

Kendisi makamından ayrılmaya zorlandığı zaman Hank Kammler'in yeni CIA direktörü olacağı düşüncesi nispeten yaşlıca adamın iliklerini titretiyordu. Dünyanın en güçlü istihbarat örgütünün başına geçecek daha kötü bir insan olamayacağına inanıyordu.

Asıl sıkıntı ise anlaşılması güç bir şekilde Başkan'ın Kammler'e güvenmesiydi, adamın şaibeli yeteneklerine inanıyordu. Brooks ise buna anlam veremiyordu. Kammler'in Byrne üzerinde olağandışı bir nüfuzu var gibiydi, akıl sır ermeyen bir nüfuz.

"Evet beyler, işimize dönelim." Başkan iki adama eliyle rahat sandalyeleri gösterdi. "Görünüşe göre arka bahçemiz olarak düşündüğüm Güney Amerika'da bazı sıkıntılar çıkmış. Brezilya'da, daha net olmak gerekirse Amazon'da..."

"Neyle ilgili Sayın Başkanım?" diye sordu Brooks.

"İki ay önce Amazon'da yedi kişi öldürülmüş. Farklı milletlerden ama çoğunlukla Brezilyalı, içlerinde Amerikan vatandaşı yok." Byrne ellerini açtı. "Bizi neden ilgilendiriyor peki? Çünkü Brezilyalılar ölümlerin arkasında Amerikalıların ya da en azından perde arkasında bir Amerikan örgütünün olduğuna ikna olmuş durumda... Brezilya başkanı ile el sıkışıp böyle bir soruyla karşılaştığım zaman kadının neden bahsettiğini bilmiyormuşum gibi bir konumda kalmak hoşuma gitmedi." Başkan kısa ama dertli bir duraksamanın ardından devam etti. "O yedi kişi uluslararası bir keşif takımının üyesiymiş, keşfin amacı da İkinci Dünya Savaşı'ndan kalma bir savaş uçağını kurtarmakmış. Görünüşe göre takım hedefine yaklaştıkça gizemli bir güç de onları avlamaya başlamış. O gizemli gücün hikâyesi ise konuyu buraya kadar getirdi."

Byrne iki CIA adamına baktı.

"Avcı gücün elinde hatırı sayılır silahlar varmış, Brezilya başkanının iddiasına göre sadece bir Amerikan örgütünün sahip olabileceği silahlar. Predator İHA'lar, Kara Şahin helikopterler ve oldukça etkileyici tabanca ve tüfekler. Yani beyler bu yaşananlardan haberdar olanınız var mı? Brezilyalıların söylediği gibi bir Amerikan örgütünün işi olabilir mi bu?"

Brooks omuzlarını silkti.

"Bunun ihtimal dâhilinde olmadığını söyleyemeyiz Sayın Başkan. Ancak şu şekilde düşünebilirsiniz, benim haberdar olduğum bir mevzu değil. Kontrol edip kırk sekiz saat içerisinde size dönüş gerçekleştirebilirim ama şu an konuya dair hiçbir bilgim bulunmuyor. Arkadaşım adına konuşamam elbette," dedikten sonra yanındaki adama döndü.

"Efendim aslında benim konuya dair bilgim var." Kammler, Brooks'a utandırıcı bir bakış attı. "Zaten benim işim bunları bilmek... O savaş uçağı, zamanında çok çeşitli kod adları ile bilinen bir projenin parçasıydı. Yani demek istediğim şu Sayın Başkan, konu o zamanlar çok gizliydi ve şu an da bu şekilde kalması tamamen bizim faydamıza olacaktır."

Başkan kaşlarını çatıp, "Devam et, dinliyorum," dedi.

"Efendim seçim senesindeyiz. Her zaman olduğu gibi Yahudi lobisinin desteğini güvence altına almak büyük önem arz ediyor. 1945'te o savaş uçağı en önde gelen Nazi liderlerini Güney Amerika'daki güvenli bir bölgeye taşıyordu. Ancak bizi asıl ilgilendiren şey uçağın aynı zamanda Nazi ganimetleriyle de dolu olması... Yani bunun içerisinde de elbette hatırı sayılır miktarda Yahudi altını bulunuyor."

Başkan omuzlarını silkti.

"Endişe edecek bir durum göremiyorum. Yağmalanan Yahudi altınlarının öyküsü yıllardır anlatılıyor zaten."

"Evet efendim, anlatılıyor. Ama bu seferki farklı... Kimsenin bilmediği bir şey var. Bu yeniden mevzilendirme uçuşlarının finansmanını Amerikan hükümeti sağladı. Elbette zamanında bunu olabilecek en gizli düzeyde tuttuk." Kammler, Başkan'a kurnaz bir bakış gönderdi. "Bütün saygımla her şeyin aynı gizlilikte kalması gerektiğini düşünüyorum."

Başkan derin bir iç çekip, "Şeytanlarla bir anlaşma... Seçim senesinde utanç verici olacaktır, bunu mu ima ediyorsun?" diye sordu.

"Evet efendim, aynen öyle. Büyük utanç kaynağı olmanın yanında vereceği zarar da önemli miktarda olur. Elbette bunlar sizin yönetiminizde olmadı, 1945 baharı biterken yaşandı ama basın işin kokusunu aldığında bir an olsun peşini bırakmayacaktır."

Başkan bakışlarını Kammler'den Brooks'a çevirip, "Dan? Sen ne düşünüyorsun?" diye sordu.

CIA Direktörü'nün kaşları gerginlikle çatıldı.

"İlk kez olmamakla birlikte efendim, yardımcı direktörümü endişelendiren konuda ben karanlıktayım. Doğru ise evet, büyük utanç kaynağı olur. Ama aksi taraftan, her şey büyük bir palavra da olabilir."

Kammler oturduğu yerde dikildi. Sanki içinde bir şey uyanmış gibiydi.

"Ajans içerisinde yaşanan her şeyi bilmenin sizin işiniz olduğunu sanırdım!"

Brooks da oturduğu yerde yükselip, "Yani *gerçekten* CIA ile ilgiliydi? Ajansın işiydi yani! O pislik Brezilyalılar ulu orta yakaladı işte seni!" dedi.

"Beyler lütfen!" Başkan sessiz olmaları için ellerini kaldırdı. "Şu an itibariyle ısrarları bitmek bilmeyen bir Brezilya elçisi benden yanıt bekliyor. Mevcut durum hükümetler arası özel bir ilişki düzeyinde... Ancak bu şekilde kalacağının bir garantisi yok." Brooks ile Kammler'e baktı. "Haklıysan, elimizde gerçekten Yahudi altını taşıyan Amerikan destekli bir Nazi komplosu varsa... Çok kötü olur!"

Brooks ağzını açmadı. Ne kadar nefret etse de Başkan -ve Kammler- haklıydı. Bu olay basına sızarsa Başkan'ın yeniden seçilmesi de başka baharlara kalırdı. Byrne'ın zayıf olduğunu bilmesine rağmen ellerinde daha iyi bir seçenek olmadığının da farkındaydı.

Başkan sonraki sözlerini direkt Kammler'e yönelterek konuştu.

"Eğer Brezilyalıların söylediği gibi bu işin arkasında haydut bir ABD birimi varsa olaylar ciddi şekilde karışır. Var mı peki Hank? Bu yaşananlar bizim komutamızda veya kontrolümüzdeki insanların emriyle mi oldu?"

"Efendim bir önceki başkanımız bir kararname imzaladı," diye araya girdi Kammler, kendince yeterli bir cevaptı. "Amerika Birleşik Devletleri Başkanlık Emri'ydi bu. Belirli operasyonların herhangi bir onay gerektirmeden gerçekleştirilebilmesi sağlandı. Yani başka bir deyişle, başkan gözetimine gereklilik ortadan kaldırıldı. Bunun sebebi ise bazı durumlarda size bilgi iletilmemesinin gerçekten en iyi seçenek olması... Bu sayede olaylar karıştığı zaman bilginiz olduğunu inkâr edebilirsiniz."

Başkan Byrne tedirgin görünüyordu.

"Hank o kadarını anlıyorum. İnkâr edip etmemeyi bilirim ancak şu an senden mümkün olduğunca eksiksiz bir şekilde bana bilgi vermeni istiyorum!"

Kammler'in ifadesi sertleşti.

"Efendim bir de şu şekilde ifade edeyim; bazı zamanlarda belirli şeyler, arka tarafta bunun için canını dişine takarak çalışan örgütler olmadığı sürece gizli kalamaz."

Byrne şakaklarını ovuşturdu.

...ın parmak izine rastlanacaksa,
...lar iyi olur. Yansımanın nasıl

..., Brooks'a ters bir bakış attı.
... Nitekim bu mühim gizlilik
... mutlu etti. *Hepimizin* çıkar-
..."

..."Brezilyalılara bizimle ilgisi
...rada Hank gizlilik ihtiyacını
...anlıyoruz, gerçekten."

...ikte Beyaz Saray'dan uzak-
...retlerini sunup takvimi se-
...söylemişti. Kammler ise her
...k böylesi bir gıybet fırsatını

...kezinden güneye uzanan ana
...karıp bir arama yaptı.

...erçekten. Nasılsın?" Cevabı
...hatır sormak için aramadım.
...? Chesapeake Körfezi'nde
...l mi? Harika! O zaman ben
...e bana güzelinden bir midye
...laflayalım."

...en kiraz çiçeklerini seyretti.
...şündü. Herif en iyi ihtimalle
...ise adamlarıyla ellerindeki

...ks ne kadar derine inerse o
...an asıl gerçeği bulmak için

...kin olabiliyordu.

23

Falkenhagen kompleksini çevreleyen sık orman etrafa da ham bir vahşilik katıyordu. İnsan burada çığlık çığlığa dahi kalsa sesini duyurabileceği tek bir kişi bile olmazdı.

"Ne zamandır buradayım?" diye sordu Jaeger, bir taraftan da ellerini ovuşturup biraz can vermeye çalışıyordu.

En yakındaki sığınağın dışında duruyordu, acımasız sınavlarının ardından bitap düşmüş ve temiz havaya hasret kalmıştı. İçin için de öfkeyle yanıyordu tabii, alev almanın kıyısındaydı.

Raff saatine bakıp, "Saat 07.00, Mart'ın 8'indeyiz. Yetmiş iki saattir içerideydin," dedi.

Üç gün! *Piçler!*

"Kimin fikriydi peki bu?" diye irdeledi Jaeger.

Raff tam cevap vermek üzereydi ki yanından Joe Amca çıkageldi.

"Baş başa konuşalım mı evladım?" Jaeger'ı kolundan nazik ama güçlü bir şekilde çekip yanına aldı. "Bazı şeyler aile içinde açıklansa daha iyi..."

Jaeger'ın dedesi yirmi yıl kadar önce erken bir ölümle dünyadan ayrıldığında, büyük amcası Joe gelip fahri dedelik rolünü üstlenmişti. Kendi çocuğu olmadığı için Jaeger ile alışılmadık bir yakınlık kurmuş, ardından da Ruth ve Luke'u da kendi çocukları gibi bellemişti.

Joe Amca'nın Scottish Borders'daki gizli saklı Buccleuch Tepesi'nde yer alan kulübesine neredeyse her yaz uğrarlardı. Ailesi kaçırıldıktan sonra araları inanılmaz düzeyde yakın olmasına rağmen Jaeger, Joe Amcasını pek görmemişti.

Joe Amca ile Jaeger'ın dedesi SAS'ın ilk yıllarında birlikte askerlik yapmış ve Jaeger başarılarının arkasındaki cüret ve cesarete hayran kalmıştı. Şimdi ise yaşlı adam onu heybetli ağaçların gölgelerini düşürdüğü betondan bir yüzeye doğru yürütüyordu; yeraltındaki sayısız binadan birinin çatısı olduğu kesindi, hatta belki de Jaeger'ın işkence görüp sorgulandığı bir odanın üzerine gelmişlerdi.

"Bundan kimin sorumlu olduğunu bilmek istiyorsun," diye başladı Joe Amca. "İstediğin tüm cevapları almayı da hak ediyorsun elbette."

"Tahminlerim var," diye sözünü kesti Jaeger, sertti. "Narov kendi rolünü kusursuz oynadı. Her tarafta onun izleri var."

Joe Amca hafifçe başını iki yana sallayıp, "Aslında pek istekli değildi. Zaman geçtikçe durdurmaya bile çalıştı," dedikten sonra duraksadı. "Hatta bana kalırsa, Irina'nın sana karşı yumuşak bir karnı olduğundan eminim."

Jaeger bu ufak dokundurmayı umursamayıp, "Kimdi o zaman?" diye sordu.

"Peter Miles ile tanıştın, değil mi? Tüm bu oluşumda senin hayal dahi edemeyeceğin ölçüde önemli bir görev alıyor."

Jaeger'ın gözleri öfkeyle parladı.

"Neyi kanıtlayacak böyle?"

"Aileni kaybetmenin seni istikrarsız bir hâle soktuğundan, o sarsıntı ve suçluluk duygusuyla kırılma noktasına yaklaşabileceğinden endişelendi. Seni sınama konusunda da kararlıydı. Kendisinin -ve Narov'un- korkularının doğru ya da yanlış olduğunu kanıtlamak istedi."

Jaeger'ın öfkesi katlanmıştı.

"Peki ona, *onlara* bu hakkı kim veriyor?"

"Aslında bana sorarsan Peter'ın hakkı var." Joe Amca duraksadı. "*Kindertransport* diye bir şey duydun mu? 1938'de İngiliz bir diplomat, Nicholas Winton, Britanya'ya trenler ayarlayarak yüzlerce Yahudi çocuğun hayatını kurtardı. Peter Miles'ın adı da o zamanlar başkaydı. Pieter Friedman adında on bir yaşında bir Alman Yahudisiydi. Pieter'ın bir de taptığı bir abisi vardı, Oscar. Ama Winton'un trenlerine sadece on altı yaş ve altındaki çocuklar alınıyordu. Pieter trene binerken abisi binemedi; babası, annesi, teyzeleri, amcaları, hiçbir akrabası da... Hepsi ölüm kamplarında katledildi. Pieter ailesinden hayatta kalabilen tek kişi oldu ve bugün bile hayatının bir mucize, Tanrı'dan bir armağan olduğuna inanır." Joe Amca sesini düzeltti. "Yani bir aile kaybetmenin nasıl hissettirdiğini bilen biri varsa o da Peter'dır. Bir adamı nasıl paramparça edebileceğini, aklına neler yapabileceğini en iyi o bilir."

Jaeger'ın öfkesi bir şekilde kaybolmuştu. Böylesine bir öyküyü dinlemek daha geniş bir açıdan bakmasını sağlamıştı.

"Geçtim mi peki?" diye sordu sessizce. "Endişelerini haksız çıkardım mı? Her şey çok bulanık... Neler olduğunu hatırlayamıyorum bile."

"Testi geçip geçmediğini mi soruyorsun?" Joe Amca uzanıp sarıldı. "Evet evladım, tabii ki geçtin! Aynı onlara söylediğim gibi, kusursuz bir şekilde geçtin!" Duraksadı. "Hatta senin yaşadıklarına dayanabilecek başka birinin olup olmadığını bilmiyorum. Bundan sonra karşımıza ne çıkarsa çıksın, senin liderliğinde savaşmamız gerektiği de kesinleşti."

Jaeger gözlerine bakıp, "Bir şey daha var; tişört, Luke'un tişörtü. Nereden buldular?" diye sordu.

Yaşlı adamın yüzünden bir gölge geçti.

"Tanrım bilir, insanlar yapmamaları gereken çok şey yaptı. Wardour'daki evinizde bir dolap var. Ailenin kıyafetleriyle dolu, sanıyorum dönüşlerini bekliyor."

Jaeger'ın öfkesi yeniden parladı.

"Evime mi girdiler?"

Yaşlı adam iç çekip, "Evet; ölçüsüz zamanlar, ölçüsüz hareketleri haklı çıkarmıyor ama belki kalbinde onları affetmenin bir yolunu bulursun," dedi.

Jaeger omuzlarını silkti. Zaman geçtikçe bulabileceğini düşünmüştü.

"Luke ile Ruth geri dönecekler," diye fısıldadı Joe Amca, sözlerinde vahşetin sınırlarında dolaşan bir şiddetin esintileri vardı. "O tişörtü geri al Will. Yeniden dolaptaki yerine koy." Ardından Jaeger'ın kolunu şaşırtıcı bir güçle sıktı. "Ruth ile Luke eve dönecekler!"

24

Peter Miles ya da bir zamanlar olduğu gibi Pieter Friedman, Falkenhagen kompleksinin eski Sovyet kumanda sığınağında takımın önünde duruyordu. Yaklaşan toplantı için tuhaf bir ortam oluşmuştu.

Muazzam boyutlardaki sığınak, yerin metrelerce altına gizlenmişti. Oraya ulaşmak için Jaeger'ın altı kat dönemeçli basamağı inmesi gerekti. Yüksek, kubbeli tavanı, dev çelikten kirişlerden bir kafesle çapraz geçiyor; sanki dev bir robot kuşun yuvası dünyanın derinlerine batmış gibi bir görüntü çiziyordu.

Sol ve sağ taraflarında sürgülü çelikten merdivenler, duvarların içine gömülmüş geçitlerin ağızlarına yükseliyordu. O geçitlerin nereye açıldığı ise bilinmiyordu; çünkü ana odaların üzerinde tüneller, borular, düşey şaftlar, tüpler, kanallar ve yüksek ihtimalle Nazilerin *N-stoff* ürettiği kocaman çelikten silindirlerden oluşan labirentler dolanıyordu.

Çıplak, yankılı odada oturup rahat edecek pek bir yer yoktu. Jaeger ile takımı boş bir ahşap masanın etrafına yarım çember olacak şekilde dizilmiş ucuz plastik sandalyelerde oturuyordu. Raff ve Dale dışında Jaeger'ın Amazon takımından kalanlar da oradaydı. Bir bir hepsine baktı.

En yakınında Lewis Alonzo oturuyordu, siyahi bir Amerikalı ve eski ABD deniz komandosuydu. Amazon'daki keşif sırasında Jaeger onu yakından tanıma fırsatı bulmuş; iri, kaslı ve dayanıklı bir adam olarak olay çıkarmayı sevdiğini ama pek de kafasının çalışmadığını düşünmüştü.

Ancak düşündükleri hiç de doğru çıkmamıştı. Alonzo'nun zekâsı, muazzam fiziği gibi etkileyiciydi. Özetle Alonzo, Mike Tyson'ın boyu ve posu ile Will Smith'in görünüşü ve keskin zekâsının tek bir vücutta buluşmuş hâliydi. Aynı zamanda samimi, korkusuz ve gönlü oldukça geniş bir insandı. Jaeger ona güveniyordu.

Alonzo'dan sonra yanında nispeten ufak kalan, Japonya Özel Kuvvetler -Tokusha Sakusen Gun- eski üyesi Hiro Kamishi oturuyordu. Kamishi daha ulvi bir yolda ilerleyen bir asker olarak modern dünya samurayı şeklinde düşünülebilirdi. Doğu'nun esrarengiz savaşçı öğretisine kendini adamış bir adamdı ve Amazon'daki keşif süresince Jaeger ile yakın birer dost hâline gelmişlerdi.

Üçüncü sırada epeyce iri kıyım olan Joe James vardı, Jaeger'ın Amazon takımındaki en unutulmaz üyelerden biriydi. Uzun, dağınık saçları ve kocaman sakalı ile evsiz bir dilenciyle bir motorcunun karışımı gibi görünüyordu. Gerçekte ise Yeni Zelanda SAS biriminin eski bir üyesiydi ve komandolar arasında belki de en güçlü ve ünlü olan isimdi. Doğuştan bir orman sakini ve avcı olmasının yanında yarı da Maori olduğu için Takavesi Raffara'nın takım içerisindeki eşi olmuştu.

Sayısız SAS görevinde yer aldıktan sonra James, bu süreçte kaybettiği arkadaşlarının ardından dünyaya adapte olmakta zorluk çekmişti. Ancak Jaeger da yıllar boyunca karşısındakileri görünüşüne göre yargılamamayı öğrenmişti. James önündeki iş ne olursa olsun eşi benzeri olmayan bir gayret gösteriyordu. Bir bu kadar önemlisi de olağan dışı düşünme konusunda rakip tanımamasıydı. Jaeger bir asker olarak ona büyük saygı duyuyordu.

Sonra bir de Irina Narov vardı tabii. Ama Jaeger ile o korkunç testlerin ardından neredeyse hiç konuşmamışlardı.

Aradaki yirmi dört saatlik süreçte, Jaeger yaşananları büyük ölçüde kabullenmiş ve olduğu gibi, yani klasik bir sorguya dayanıklılık eğitimi gibi değerlendirebilmişti.

Her bir SAS adayı, ölümcül seçmelerin zirvesinde bu türden sorguya dayanıklılık testlerine maruz kalırdı. O da aşağı yukarı Jaeger'ın burada yaşadıklarına benziyordu; şok, sürpriz, yönelimde bozukluk ve korkunç akıl oyunları.

Temsilî fiziksel ve psikolojik testlerin devam ettiği günler boyunca, tüm adayların olası bir çözülmeye veya asker dostlarına ihanet etmeye yaklaşıp yaklaşmadığı özenle kontrol edilirdi. Kendilerine yöneltilen sorulardan herhangi birine görevi tehlikeye düşürecek bir cevap verirlerse ânında seçmelerden atılırlardı. Bu yüzden verecekleri cevabı, hayatlarını kurtaracak bir mantra gibi ezberlemişlerdi; *bu soruya cevap veremem efendim.*

Falkenhagen'da ise her şey o kadar ani olmuş ve o kadar acımasızca uygulanmıştı ki tüm bunların karanlık ve pis bir oyun olduğu Jaeger'ın aklının ucundan bile geçmemişti. Narov'un da kendi rolünü kusursuza yakın oynamasıyla Jaeger çok ağır bir ihanetle yüzleştiğine ikna olmuştu.

Kandırılmış, dövülmüş, sınırlarına kadar zorlanmıştı. Ama hayatta kalmış ve Ruth ile Luke'u bulmaya bir adım daha yaklaşmıştı. Şu an da başka hiçbir şey umurunda değildi.

"Beyler ve Irina, geldiğiniz için teşekkür ederim." Peter Miles'ın sözleri Jaeger'ın da aklını yeniden şimdiki zamana taşımasını sağladı. Yaşlı adam, beton ve çelikten örülmüş muazzam yapıya göz gezdirdi. "Bugün burada olma sebeplerimizden birçoğunun temeli burada atıldı. Buranın korkunç tarihinde... Bu karanlık duvarlarında..."

Tüm dikkatini artık konuklarına vermişti. Adamın gözlerinde Jaeger'ın daha önce görmediği bir yoğunluk vardı. Dikkat istiyordu.

"Almanya, 1945 baharı," diye duyurdu. "Vatan Müttefik kuvvetler tarafından istilaya uğramış, Alman direnişi hızla çözülmüştü. En önemli Nazi subayları çoktan Müttefiklerin eline düşmüştü. En rütbeli komutanlar, Frankfurt'un yakınlarındaki 'Dustbin' kod adlı bir sorgu merkezine götürülüyordu. Orada Reich'ın kitle imha silahları olduğunu veya savaşı kazanmak için bunları kullanmayı planladığını net ve kesin bir şekilde reddediyorlardı. Ancak nihayetinde tutsaklardan biri daha fazla dayanamadı ve her biri birbirinden inanılmaz olacak keşiflerden ilkini itiraf etti.

Yoğun sorgu altında, Nazilerin üç korkunç kimyasal silah geliştirdiğini açıkladı; tabun ve sarin sinir gazı ile *N-stoff* ya da N Maddesi olarak bilinen efsaneleşmiş Kampfsoffe, zehirli gaz. O tutsak aynı zamanda Hitler'in *Chemicplan*'ına, yani Müttefikleri yıkmak için binlerce ton kimyasal silah üretme projesine dair de tüm bildiklerini itiraf etti. Bunların böylesine olağanüstü olma sebebi ise hiçbirinin Müttefik devletler tarafından bir kez dahi duyulmamasıydı. Sonuç olarak böylesi silahlara karşı da hiçbir savunma mekanizmamız yoktu.

Peki bunlar nasıl gözden kaçmıştı? İlk olarak, sizin de fark edeceğiniz üzere Falkenhagen kompleksi yerin oldukça altında... Gökyüzünden bakıldığında görünmez bile diyebiliriz. Bu ve bunun gibi yerlerde dünyanın gördüğü en dehşet verici kimyasal silahlar üretildi. İkinci olarak ise Hitler kimyasal silah programını sivil bir şirkete ürettiriyordu; dev endüstri kompleksi IG Farben. Bu ölüm fabrikalarının kurulmasını onlar tezgâhladı. Nazilerin elinde sınırsız sayıda köle işçi olmasa, tüm bu süreç korkunç bir iş yüküne dönüşebilirdi. Ancak Falkenhagen gibi yeraltı tesisleri, Nazi toplama kamplarına gönderilen milyonlarca talihsiz insan tarafından inşa edildi. Daha da iyisi, tehlikeli üretim hatlarında yine o toplama kamplarındaki tutsaklar çalışıyordu. Çünkü zaten hepsinin kaderinde ölüm yazıyordu."

Miles sözlerinin bir süre havada kalmasına müsaade etti. Jaeger da sandalyesinde rahatsız bir şekilde yer değiştirdi.

Sanki tuhaf ve hayaletimsi bir varlık odaya girmiş; buz gibi parmaklarını, göğsünde kopacakmışçasına atan kalbinin etrafına dolamış gibi hissetmişti.

25

"Müttefik güçleri, Falkenhagen da dâhil olmak üzere birçok yerde akıl almaz boyutlarda kimyasal silah stokları buldu," diye devam etti Miles konuşmasına. "Hatta uzun menzilli V silahlardan bahsediliyordu. V-2 roketin bir gelişmişi olan V-4 ile Washington ve New York'a sinir etmenleri bırakılabilirdi. Müttefikler açısından genel olarak savaşı kıl payı farkla kazandığımız gibi bir değerlendirme yapıldı. Kimileri Nazi bilim adamlarının uzmanlığını Rusya ile yaklaşan Soğuk Savaş hazırlığı sürecinde kullanmanın mantıklı olduğuna karar verdi. Nazi V silah yapımında görev almış bilim adamlarının büyük çoğunluğu Sovyet tehdidine karşı füzeler geliştirmek üzere Amerika'ya gönderildi.

Ama sonra Ruslar kendi bombalarını patlattı. Nuremberg Savaş Suçları Duruşmaları'nın ortasında sürpriz bir tanık çıkardılar; Tuğgeneral Walter Schreiber, Wehrmacht'ın tıp hizmetlerinden. Schreiber orada daha önce adı duyulmamış bir SS doktoru olan Kurt Blome'un biyolojik -mikrop- savaşa odaklanmış çok gizli ötesi bir Nazi projesi üzerinde çalıştığını açıkladı."

Miles'ın gözleri kısıldı.

"Şimdi, hepinizin bildiği üzere mikrop silahları en önemli kitle imha araçlarıdır. New York'a atılacak bir nükleer bomba şehirdeki pek çok kişiyi öldürebilir. Bir Sarin başlığı da aynı şekilde... Ancak bubonik veba taşıyan tek bir füze Amerika'daki herkesi öldürebilir, çünkü mikrop silahları kendilerini yeniler. Bir kez ulaştığında insan konağında yavrular ve yayılarak herkesi öldürür. Hitler'in mikrop savaşı projesi *Blitzableiter* olarak adlandırılmıştı, yani yıldırımsavar. Kanser araştırma programı altında gizlenmiş ve tüm Müttefik devletlerden saklanmıştı. Orada geliştirilen gazlar yalnızca Führer'in direkt emri neticesinde kullanılarak nihai zaferin kapısını açacaktı.

Ancak Schreiber'ın açıklamaları arasında herkesin donup kalmasına sebep olan, savaş bittikten sonra Kurt Blome'un mikrop savaşı programını yeniden canlandırması gayesiyle Amerikalılar tarafından Batı için çalışmak üzere işe alınmasıydı. Savaş sırasında Blome'un elinden çok sayıda dehşet verici silah çıkmıştı; veba, tifo, kolera, şarbon ve daha fazlasını üretti. Japonların Birim 731'i ile yakından çalışarak yarım milyon Çinlinin ölümüne sebep olan mikrop silahlarının geliştirilmesine yardımcı olmuştu."

"Birim 731 tarihimizde kara bir lekedir," diyen alçak bir ses Miles'ı kesti. Jaeger'ın takımındaki Japon üye, Hiro Kamishi konuşuyordu. "Hükümetimiz hiçbir zaman samimi bir özür dilemedi. Kurbanlarla barışmak her bir bireye bırakıldı."

Kamishi'yi tanıdığı kadarıyla Jaeger, adamın Birim 731'in kurbanlarına ulaşıp barış yapmak için elinden geleni ardına koymadığına emindi.

"Blome mikrop savaşının tartışmasız en büyük ustasıydı." Miles dinleyicilerine baktı, gözleri parlıyordu. "Ama onun da *asla* açığa çıkarmayacağı şeyler vardı, Amerikalılara bile söylemeyeceği. *Blitzableiter* silahlarının Müttefik devletlere karşı kullanılmamasının tek bir basit sebebi vardı, Naziler dünyayı gerçekten fethetmelerini sağlayacak bir süper-silah üzerinde çalışıyordu. Hitler silahın hazır edilmesi emrini vermişti ama Müttefiklerin beklenmedik bir hızla ilerlemesi herkesin afallamasına yol açtı. Blome ile takımını mağlup eden zaman olmuştu." Miles, ince bastonuyla masanın diğer tarafında oturan birine yöneltti bakışlarını. "Şimdi sözü zamanında orada olan birine bırakmak istiyorum. 1945'te ben on sekiz yaşında bir delikanlıydım. Joe Jaeger tarihin bu en karanlık sayfalarından birini daha iyi aktaracaktır."

Miles, Joe Amca'yı ayağa kaldırmak için yardıma giderken Jaeger da kalbinin hızlandığını hissetti. Onu bu âna getirenin alın yazısı olduğunu en derinlerinde biliyordu. Kurtaracağı bir karısı ile çocuğu vardı ama az önce duyduklarına bakılırsa tehlikede olan sadece onların hayatı değildi.

Joe Amca öne çıkıp tüm ağırlığını bastonuna vererek konuşmaya başladı.

"Sizlerden bana sabır göstermenizi rica edeceğim, çünkü eminim bazılarınızın üç katı yaşındayım." Düşünceli gözlerle sığınağı etraflıca taradı. "Peki nereden başlasam? Belki Loyton Operasyonu uygun olur." Gözleri Jaeger'a geldiğinde durdu. "Savaşın büyük bölümünde bu genç adamın dedesiyle SAS'ta görev aldım. Muhtemelen söylememe gerek bile yok ama o adam, Ted Jaeger, benim kardeşimdi. 1944'ün sonlarına doğru, Loyton isminde bir görev için Fransa'nın kuzeydoğusuna gönderildik. Hedefimiz basitti. Hitler kendi kuvvetlerine son bir direniş göstermelerini emretmiş, Müttefik güçlerin ilerlemesini durdurmak istemişti. Biz ise işlerini bozacaktık.

Paraşütle atladıktan sonra düşman hatlarının arkasında sağlam bir karışıklığa yol açtık; demiryolu hatlarını patlatıyor, önemli Nazi kumandanlarını öldürüyorduk. Bunun karşılığı ise düşmanın bizi usanmadan avlaması oldu. Görev sona erdiğinde bizden otuz bir kişi yakalanmıştı. Biz de onlara ne olduğunu öğrenmeye karar verdik. Ancak SAS'ın savaştan kısa bir süre sonra dağıtılması gibi bir sorunumuz vardı. Artık bize ihtiyaç olmadığı düşünülüyordu ama biz aynı kanaatte değildik. İlk kez olmamakla birlikte emirlere karşı geldik. Tamamen kayıt dışı bir birim kurup kaybolan arkadaşlarımızı aramak için yola koyulduk. Hepsinin Naziler tarafından korkunç işkencelere maruz kaldıktan sonra öldürüldüklerini öğrenmemiz çok sürmedi. Biz de onların katillerini yakalamaya ant içtik. Kendimize asil bir isim de vermeyi ihmal etmedik; SAS Savaş Suçları Soruşturma Takımı. Ancak içeride bilindiği şekilde asıl adımız Gizli Avcılar'dı."

Joe Jaeger'ın dudaklarında özlem dolu bir gülümseme belirdi.

"Minicik bir blöfle insan neler başarıyor! Herkesin gözü önünde saklandığımız için hepsi bizim gerçek bir birim olduğumuzu sanıyordu. Ama değildik. Aslında doğru olduğuna inandığını yapan ve sonuçlarını hiçbir şekilde umursamayan, tamamen izinsiz, yasa dışı bir birimdik. Ah eski günler... Çok güzeldi!" Yaşlı adamın yüzünde duyguların yükü belirdi ama kendini toplayıp devam etti. "Sonraki birkaç yıl boyunca o Nazi katillerin her birini bulduk. Bu süreçte, adamlarımızdan birkaçının saf bir dehşet yerine düştüğünü öğrendik; Natzweiler adında bir toplama kampına."

Bir anlığına Joe Amca'nın gözleri Irina Narov'u aradı. Jaeger aralarında özel bir bağ olduğunu zaten biliyordu ama Narov'un kendisine tamamen açıklamasını beklediği çok sayıda şeyden biri de buydu.

"Natzweiler'da bir gaz odası bulunuyordu," diye devam etti Joe Amca. "Öncelikli görevi ise Nazi silahlarını canlı insanlar, yani kampın tutsakları üzerinde denemekti. August Hirt adında kıdemli bir SS doktoru bu testlerin yönetimini üstlenmişti. Biz de onunla konuşmamız gerektiğine karar verdik. Hirt ortadan kaybolmuştu ama Gizli Avcılar'dan saklanabilen pek kimse yoktu. Onun da gizli bir şekilde Amerikalılar için çalıştığını öğrendik. Savaş zamanında sinir gazlarını masum kadın ve çocuklar üzerinde test etmişti. İşkence, vahşet ve ölüm adamın özellikleriydi ama Amerikalılar onu seve seve koruyordu ve hiçbir şekilde mahkemeye çıkmasına izin vermeyeceklerini biliyorduk. Bu şartlar altında kritik bir karar aldık, onun ölmesi gerekiyordu. Ancak niyetimizi fark ettiği gibi bize olağanüstü bir takas önerdi. Canı karşılığında Nazilerin en büyük sırrını paylaşacaktı."

Yaşlı adam omuzlarını dikleştirdi.

"Hirt bize Nazilerin Weltplagverwustung, yani dünya veba yıkımı planlarını anlattı. Bunun yepyeni bir tür mikrop silahıyla başarılacağını iddia etti. Hiç kimse etmenin nereden geldiğini bilmiyordu ama öldürme oranı akıl almaz boyutlardaydı. Hirt, Natzweiler'da testlerini yaptığında yüzde 99.999 ölüm oranı yakalamıştı. Hiçbir insan buna karşı doğal bir bağışıklık geliştirmemiş görünüyordu. Sanki bu etmen bizim dünyamızdan değil gibiydi, en azından bizim zamanımızdan olmadığı kesindi. Onu öldürmeden önce, ki hiçbir şekilde yaşamasına izin vermemiz mümkün değildi, Hirt bize etmenin adını söyledi; bizzat Hitler tarafından koyulmuştu."

Joe Amca'nın öfke dolu bakışları Jaeger'a geldiğinde durdu.

"Adı Gottvirus'tü, yani Tanrı virüsü."

26

Joe Amca bir bardak su istedi. Veren Peter Miles oldu. Başka kimse yerinden kımıldayamıyordu. O yankı dolu sığınaktaki herkes, Joe Amca'nın hikâyesiyle olduğu yere çakılıp kalmıştı.

"Bulduklarımızı komuta zincirinde üst kademelere rapor ettik ama ilgilenen olmadı. Elimizde ne vardı ki? Bir isim, *Gottvirus;* o kadar..." Joe Amca boyun eğmiş bir biçimde omuzlarını önce kaldırıp sonra indirdi. "Dünya barışı sağlanmıştı. Halk savaştan bıkmıştı. Zaman geçtikçe her şey unutuldu. Yirmi yıl boyunca da öyle kaldı. Ama sonra... Sonra Marburg'dan haber geldi."

Zihni çok uzaklarda kalmış anılarda kaybolurken bakışlarını duvara dikti.

"Almanya'nın orta bölgesinde, Marburg adında ufak ve çok şeker bir kent vardır. 1967 baharında kentteki *Behringwerke* Laboratuvarı'nda açıklanamayan bir salgın çıktığı duyuldu. Otuz bir laboratuvar çalışanı hastalanmıştı, yedisi öldü. Bir şekilde yeni ve bilinmeyen bir patojen belirmişti. Adına 'Marburg virüsü' ya da *Filoviridae* dendi. Çünkü filament gibi ip benzeri bir yapısı vardı. Daha önce böyle bir şey görülmemişti."

Joe Amca bardağındaki suyu sonuna kadar içti.

"Ardından, virüsün Afrika'dan gelen maymunlar üzerinden laboratuvara sızdığı açıklandı. En azından resmî hikâye bu şekildeydi. Virüs avcılarından oluşan takımlar, virüsün kaynağını bulmak adına

Afrika'ya gönderildi. Doğal rezervini, vahşi yaşamdaki yuvasını arıyorlardı ama bulamadılar. Onu da geçtim; doğal konağını, normalde virüsü taşıyan hayvanı da bulamadılar. Yani maymunların geldiği Afrika yağmur ormanlarında virüse dair tek bir iz dahi yoktu. Şimdi, maymunlar laboratuvar deneylerinde sürekli kullanılır," diye devam etti. "Yeni ilaçların denenmesi için... Ama aynı zamanda biyolojik ve kimyasal silahların denenmesi için de kullanılırlar. Çünkü bir etmenle maymunlar öldürülebilirse yüksek ihtimalle insanlar da öldürülebilir."

Joe Amca'nın gözleri bir kez daha Jaeger'ı aradı.

"Deden, Tuğgeneral Ted Jaeger bunların ardından soruşturmaya başladı. Büyük bir takımla Gizli Avcılar'ın çalışmaları devam ediyordu. Sonrasında dehşet verici bir tabloyla karşılaştık. Behringwerke Laboratuvarı'nın savaş sırasında bir IG Farben Fabrikası olduğu ortaya çıktı. Bu da yetmezmiş gibi, laboratuvarın 1967'deki baş bilim adamı, Hitler'in eski mikrop savaşı uzmanı Kurt Blome'dan başkası değildi!"

Joe Amca dinleyicilerine tek tek baktı, gözleri alev alevdi.

"1960'ların başında Blome, bizim çok uzun süredir öldüğünü sandığımız bir adam tarafından tutuldu; eski SS General Hans Kammler. Kammler, Reich'taki en güçlü isimlerden ve Hitler'in en yakın yoldaşlarından biriydi. Ancak savaş sona erdiğinde âdeta yer yarılmış, o da içine girmişti. Ted Jaeger yıllarca onun peşindeydi. En sonunda ise Kammler'in CIA destekli bir istihbarat örgütü tarafından Ruslara casusluk yapma göreviyle işe alındığını öğrendi. Kötüye çıkan adı sebebiyle CIA, Kammler'i çeşitli isimler altında çalıştırdı; Harold Krauthammer, Hal Kramer, Horace Konig ve daha niceleri. 1960'ta CIA içerisinde oldukça kıdemli bir konuma yükseldi ve gizli hedefleri doğrultusunda Blome'u yanına aldı."

Joe Amca duraksadı, buruşuk yüzünde bir gölge belirmişti.

"Biz ise çeşitli yollarla Kurt Blome'un Marburg'daki evine girdik ve şahsi belgelerini bulduk. Günlüğünde tek kelimeyle olağanüstü diyebileceğim bir hikâyeyle karşılaştık. Başka hiçbir bağlamda inanılması mümkün olmayan bir hikâyeydi bu. Okumamızla birlikte çok sayıda olayın arkasındaki mantığı anlamıştık; korkunç, tüyler ürperten bir mantık. 1943 yazında, bizzat Führer'in emriyle Blome özellikle tek bir mikrop üzerine çalışmaya başladı. Hâlihazırda can almış bir etmendi bu. İki SS subayı buna maruz kaldığı için hayatını kaybetmiş, ikisi de dehşet verici bir şekilde ölmüştü. Vücutları içeriden çöküyordu. Organları, -karaciğerleri, böbrekleri ve akciğerleri- parçalara ayrılmış; daha ciltleri canlıyken bozulmaya başlamıştı. Çürümüş, erimiş organlarından kalanlar kalın, siyah kan damlaları şeklinde vücutlarındaki tüm boşluktan akarken yüzlerine dehşete kapılmış bir ifade yerleşmişti. Ölüm iki askeri yanına aldığında beyinleri çoktan lapa hâline gelmişti."

Yaşlı adam gözlerini kaldırıp dinleyicilerine baktı.

"İnsan merak ediyor, iki SS subayı nasıl olmuştu da böyle bir sinir etmenine bulaşmıştı? İkisi de eski tarihle uğraşan bir SS örgütünde hizmet veriyordu. Şimdi hatırlayın, Hitler'in sapık ideolojisine göre 'gerçek Almanlar' efsanevi bir kuzeyli ırktan geliyordu; uzun, sarı saçlı, mavi gözlü Aryanlar. Hitler'in kara kaşlı, kara gözlü ufacık bir adam olduğunu düşününce çok tuhaf..." Joe Amca dertli bir şekilde başını iki yana salladı. "O SS subayları, birer amatör arkeolog ve efsane avcıları olarak bu sözde üstün Aryan ırkının, tarihin kâğıda dökülmesinden çok uzun bir süre önce dünyaya hükmettiğini 'kanıtlamak' ile görevlendirilmişti. Elbette bu görevi tamamına erdirmeleri imkânsızdı ama çalışmaları devam ederken bir şekilde *Gottvirus*'a rastladılar. Ardından Blome'a bu gizemli patojeni ayrıştırıp yetiştirmesi emredildi. Kendine söyleneni yaptı ve elde ettiği sonuç inanılmazdı. Elinde kusursuz, Tanrı vergisi bir mikrop silahı vardı. Tam bir *Gottvirus*'tü. Günlüğüne şöyle yazmıştı; 'Bu patojen sanki başka bir gezegenden gelmiş gibi... Modern insanın bu dünyaya ayak basmasından çok daha öncesinden, tarih öncesinden geliyor.'"

Joe Amca duruşunu düzeltti.

"*Gottvirus*'ü dünyaya salmalarının önünde ise iki engel vardı. İlk olarak Nazilerin Alman nüfusunu koruma altına almak için seri üretilebilecek bir aşıyla tedaviye ihtiyacı vardı. İkinci olarak da virüsün enfeksiyon yöntemini değiştirip vücut sıvılarının alışverişiyle değil, havadan bulaşmasını sağlamaları gerekiyordu. Aynı grip virüsü gibi hareket etmeliydi, bir hapşırıkla birkaç gün içerisinde tüm nüfusa yayılmalıydı. Blome yorulmak bilmeden çalıştı. Zamana karşı yarışıyordu. Ama bizim şansımıza, bu seferkini kaybetti. Daha ne bir aşı geliştirebilmiş ne de virüsün enfeksiyon yöntemini yeniden tasarlayabilmişti ki Müttefik kuvvetleri laboratuvarını darmadağın etti. Ancak *Gottvirus*, Naziler tarafından atanmış en yüksek gizlilik ifadesi olan *Kriegsentscheidend* kategorisine alınmıştı. Savaş bittiğinde ise SS General Hans Kammler bunun Reich'ın en önemli sırrı olarak kalması konusunda kararlıydı."

Joe Amca bastonundan aldığı güçle ayakta durabiliyordu, çok uzun bir öykünün sonuna gelmiş eski bir askerdi artık.

"Hikâye aşağı yukarı burada bitiyor. Blome'un günlüğüne göre Kammler ile *Gottvirus*'ü güvenli bir yere taşımış ve 60'ların sonunda yeniden geliştirmeye başlamışlar. Son olarak da günlüğünde tek bir cümleyi tekrar tekrar yazdığını söyleyeyim; *Jadem das Seine*. Bunu tekrar tekrar yazmış; *Jadem das Seine*. Yani, 'herkes hak ettiğini bulur.'"

Joe Amca'nın bakışları uzaklara dalmıştı. Ancak bu sefer bakışlarında Jaeger'ın daha önce hiç görmediği bir şey vardı; korku.

27

"Londra'daki sonuç mükemmel! Anladığım kadarıyla neredeyse hiçbir şey kalmamış. Kimin yaptığına dair hiçbir iz de bulunamamış."

Hank Kammler bu yorumları bankta yanında oturan insanlıktan yoksun adama yöneltmişti. Kazınmış saçları, keçisakalı ve kambur omuzlarındaki dehşet kesiklerle Steve Jones ilk bakıştan itibaren ürkütücü bir adamdı.

Kammler ile Washington'daki West Potomac Parkı'nda oturuyorlardı. Etraflarındaki bütün kiraz ağaçları çiçek açmasına rağmen iri adamın yaralı yüzünde keyfi andıran en ufak bir ifade dahi yoktu. Altmış üç yaşındaki Kammler'in belki yarısı yaşında olan genç Jones'ta buz kesen bir ifadeyle ölü bir adamın gözleri vardı.

"Londra mı?" diye homurdandı Jones. "İki gözüm kapalı bile yapardım. Sırada ne var?"

Kammler açısından Jones'un korku salan fiziğiyle katil içgüdüleri gayet faydalıydı ama yine de onu takımının gerçekten güvenilir bir üyesi yapma konusunda şüpheye düşüyor, Jones'un sürekli çelikten bir kafeste tutulup yalnızca savaş zamanı çıkarılması gerektiğine inanıyordu. Ya da kısa süre önce olduğu gibi Londra'da bir kurgu stüdyosunun patlatılmasını istediği zaman...

"Merak ediyorum da neden ondan bu kadar nefret ediyorsun?"

"Kimden?" diye sordu Jones. "Jaeger'dan mı?"

"Evet, William Edward Jaeger'dan. Seni içten içe bitiren nefretin arkasında ne var?"

Jones öne eğilip dirseklerini dizlerinin üzerine koydu.

"Çünkü çok güzel nefret ederim ben, o yüzden."

Kammler bakışlarını gökyüzüne dikti, cildine değen ılık bahar havasının keyfini sürüyordu.

"Yine de sebebini öğrenmek isterim. Bu bilgi seni en yakın yoldaşlarım arasına katmama yardımcı olur."

Yüzünde karanlık bir ifadeyle, "Şöyle söyleyeyim o zaman," diye yanıtladı Jones. "Onu canlı bırakmamı emretmeseydin Jaeger şimdiye çoktan ölmüştü. Karısıyla çocuğunu ellerinden aldığım anda onu da öldürürdüm. Elimde fırsat varken işi bitirmeme izin verecektin."

"Olabilirdi ama ben ona olabildiğince işkence etmek istiyorum." Kammler gülümsedi. "İntikam, aynı söyledikleri gibi soğuk yenen bir yemek... Hem ailesi de ellerimdeyken yemeğimi sunmak için sonuna kadar bekleyebilirim. Ağır ağır, acı dolu ama büyük bir keyifle..."

İri adamdan güçlü bir gülme sesi geldi.

"Mantıklı!"

"O zaman soruma döneyim, seni bitiren nefretin arkasında ne var?"

Jones bakışlarını Kammler'e çevirdi. Sanki ruhu olmayan bir adamın gözlerine bakmak gibiydi bu.

"Gerçekten bilmek mi istiyorsun?"

"Evet, çok yardımı dokunur." Kammler duraksadı. "Doğu Avrupalı çalışanlarıma karşı neredeyse bütün güvenimi kaybettim. Küba kıyısında küçük bir adada halledilmesini istediğim bir işle meşgullerdi. Birkaç hafta önce Jaeger sağlam bir saldırı yaptı. Üç kişilik bir takım olarak geldiler, benim adamlarım ise otuz kişiydi. Güvenimi neden kaybettiğimi anlarsın şimdi, seni neden daha fazla kullanmak istediğimi..."

"Amatörler..."

Kammler başıyla onaylayıp, "Ben de aynı sonuca vardım. Ama Jaeger nefreti ayrı... Sebebi nedir?" diye ısrar etti.

İri adamın bakışları bu sefer geçmişe yöneldi.

"Birkaç sene önce SAS seçmelerine katılmıştım. Kraliyet Deniz Piyadeleri'nden Yüzbaşı William Jaeger adında bir asker de oradaydı. Takviyelerimi alırken beni gördü ve o saçma sapan etiğini benim şahsi meseleme bulaştırmaya karar verdi. Seçmelerde inanılmazdım. Yanıma yaklaşabilen yoktu. Sonra final testi geldi; dayanıklılık, sırılsıklam dağlarda altmış dört kilometre. Sondan bir önceki denetim noktasında kontrol karargâhı tarafından kenara çekildim ve üzerimi aradılar. Beni ispiyonlayanın Jaeger olduğuna emindim!"

"Ömürlük bir nefret için yeterli değil gibi," dedi Kammler. "Nasıl takviyelerden bahsediyoruz?"

"Sporcuların hız ve dayanıklılık için aldığı haplardan atıyordum. Güya SAS'ta etraflıca düşünmeyi teşvik ediyor, olağan dışı düşünenlerle başına buyruk takılanlara değer veriyorlar. Saçmalığa bak! Benimki etraflıca düşünme değilse daha ne olacak bilmiyorum. Beni sadece seçmelerden atmakla kalmadılar ama. Ana birliğime de rapor ettiler ve ordudan temelli atıldım."

Kammler başını eğip, "Performans artırıcı ilaçlar kullanırken yakalandın yani. Seni satan da Jaeger mıydı?" diye sordu.

"Kesin! Şerefsiz yılan!" Jones duraksadı. "Sabıkanda ordudan ilaç kullandığın için atıldığın yazarken iş bulmaya çalıştın mı hiç? Şu kadarını söyleyeyim, yılanlar kadar sevmediğim başka bir canlı yoktur ve Jaeger da içlerinde en küstah, en zehirli olanı..."

"Öyleyse yollarımızın kesişmesi büyük şans!" Kammler sıra sıra dizilmiş kiraz ağaçlarına göz gezdirdi. "Bay Jones sanıyorum senin için bir işim olabilir; Afrika'da. Orada devam eden bir işimle alakalı..."

"Afrika'nın neresi? Ben genel olarak her yerinden tiksiniyorum."

"Doğu Afrika'da bir vahşi yaşam çiftliğim var. Benim tutkum da büyük hayvanlar... Ama yerliler resmen yürek burkan bir hızla vahşi yaşamı katlediyor. Dişleri için filleri hedef alıyor, gergedanları da öldürüyorlar. Gergedan boynuzu artık altından bile değerli... Bana da oraya gidip işleri özenle yoluna koyacak bir adam lazım."

"Özen benim işim değil!" dedi Jones. Boğumlu, kocaman ellerini yumruk hâline getirdi; birer top mermisi gibi görünüyorlardı. "Benim işim bunları kullanmak... Ya da daha iyisi bir bıçak, biraz plastik patlayıcı, bir de Glock. Yaşamak için öldür, öldürmek için yaşa!"

"Eminim gideceğin yerde bunları kullanmaya çokça ihtiyacın olacak. Bana bir casus, bir infazcı ve bir de suikastçı lazım ya da hepsi bir arada olanından... Ne diyorsun?"

"Parasında sıkıntı yoksa olur, yaparım."

Kammler kımıldamadı. Steve Jones'a elini uzatmamıştı. Adamı pek sevmiyordu zaten. Babasının savaş yıllarında İngilizlere dair anlattıklarından sonra bir İngiliz'e güvenme düşüncesi bile midesini bulandırıyordu. Hitler savaş zamanında Britanya'nın Almanya'nın yanında yer almasını istemiş, Fransa düşüp ortak düşman olan Rusya ve komünizmle iş birliği yaptığında bir anlaşma yapmayı planlamıştı ama köküne kadar inatçı İngilizler reddetmişti.

Churchill'in kör, katır gibi liderliğinde mantıktan uzaklaşmış; Rusya'nın eninde sonunda tüm özgür düşünen insanların düşmanı olacağını anlamayı reddetmişlerdi. İngilizlerle İskoç ve Gal kardeşleri olmasa Hitler'in Reich'ı galip gelir ve kalanı tarih olurdu.

Ama bunun üzerinden yetmiş yıl geçmişti ve dünya sapkın ve anormallerle dolmuştu; sosyalistler, eşcinseller, Yahudiler, engelliler ve diğer tüm yabancılar. Kammler hepsinden nasıl da tiksiniyordu, nasıl da nefret ediyordu! Ama bir şekilde bu *Untermenschen*, bu alt insanlar toplumun en üst basamaklarına kadar çıkmayı başarmıştı. Şimdi ise tüm bu çılgınlığa Kammler ile onun gibi birkaç iyi adam son verecekti.

Hayır, Hank Kammler hiçbir İngiliz'e güvenini teslim edecek kadar alçalmamıştı ama Jones'u kullanabildiği kadar kullanacaktı. Bu yüzden ağzına bir parmak bal çalmakta sakınca görmedi.

"Her şey yolunda giderse Jaeger ile son bir görüşmen olabilir. Belki o zaman intikam açlığın diner."

Konuşmaya başladıklarından bu yana Steve Jones ilk kez gülümsedi ama gözleri buz kesmeye devam ediyordu.

"Madem öyle, adamın benim! Her şeyi yaparım!"

Kammler gitmek için ayağa kalktığında Jones bir elini kaldırıp onu durdurdu.

"Bir sorum var. Peki sen ondan neden nefret ediyorsun?"

Kammler somurtarak, "Ancak benim konumuma geldiğinde soru sorabilirsin Bay Jones!" dedi.

Ama Jones kolay kolay sinecek bir adam değildi.

"Ben sebebimi söyledim. Seninkini duymayı hak ediyorum bence."

Kammler hafifçe gülümsedi.

"Madem bilmek istiyorsun, o zaman söyleyeyim; Jaeger'dan nefret ediyorum, çünkü dedesi babamı öldürdü!"

28

Falkenhagen toplantısına yemek ve dinlenme için ara verildi ama Jaeger hiçbir zaman uykucu bir tip olmamıştı. Geçen altı yılda hiç gözünü açmadan, kesintisiz yedi saat uyku gördüğü geceleri bir elinin parmaklarıyla sayabilirdi.

Şimdi de uyumak, Joe Amca'nın anlattıklarından sonra zihninde dolaşan sayısız düşünce sebebiyle bir o kadar zordu.

***

Sığınakta bir kez daha toplanılırken sözü yeniden Peter Miles almıştı.

"Şu an 1967'deki Marburg salgınının, Blome'un maymunlar üzerinde *Gottvirus*'ü denemesi sonucu yaşandığına inanıyoruz. Virüsü hava yoluyla bulaştırma konusunda da başarılı olduğunu düşünüyoruz, laboratuvar çalışanları bu şekilde enfeksiyon kaptı ama aynı zamanda tesiri de ciddi oranda azaldı."

"Blome'u çok yakından izledik," diye devam etti Miles. "Birkaç farklı işbirlikçisi oldu, hepsi Führer zamanında onun altında çalışmış eski Nazilerdi. Ama Marburg salgınından sonra kılıflarının ortaya çıkma riski doğdu. Onlara bu ölüm içkilerini mayalayabilecekleri ücra bir yer gerekiyordu, hiçbir zaman bulunmayacakları bir yer... Sonraki on yılda izlerini kaybettik," deyip durakladı Miles. "Sonra, 1976'da dünya yeni bir dehşete merhaba dedi; Ebola. Bu virüs, *Filoviridae*'nin ikincisiydi. Aynı Marburg gibi onun da maymunlar tarafından taşındığı ve bir şekilde tür atlayarak insanlara bulaştığı söylendi. Aynı Marburg gibi o da Orta Afrika'da, adını aldığı Ebola Nehri'nin yakınlarında ortaya çıkmıştı."

Miles'ın gözleri Jaeger'ı aradı. Bulduğu anda da delip geçti.

"Bir etmenin tesirinden emin olmak için insanlar üzerinde test etmeniz gerekir. Biz primatlar gibi değiliz. Bir maymunu öldüren bir patojen, insanlara hiçbir etki göstermeyebilir. Bu yüzden Ebola'nın canlı insan testi amacıyla Blome tarafından kasten salındığını düşünüyoruz. Virüsün yüzde doksan öldürme oranı var, yakalanan on kişiden dokuzu hayatını kaybetti. Oldukça ölümcüldü, evet ama yine de orijinal *Gottvirus* kadar değildi. Ancak Blome ile takımının başarıya gitgide yaklaştığı da ortadaydı. Afrika'da bir yerde çalışmalarına devam ettiklerini düşünüyoruz ama dev kıtada sayısız vahşi ve keşfedilmemiş yer var." Miles ellerini iki yana açtı. "İzler de buradan itibaren bulanıklaşıyor."

"Neden Kammler'i sorgulamadınız?" diye araya girdi Jaeger. "Böyle bir yere getirip bildiklerini dökülmesini sağlayabilirdiniz."

"İki sebebi var. İlk olarak, CIA içerisinde ciddi şekilde güçlü bir pozisyondaydı; aynı onun gibi çok sayıda eski Nazi'de gördüğümüz üzere Amerikan ordusu ve istihbarat örgütlerine yerleştirilmişti. İkinci olarak ise dedenin onu öldürmekten başka çaresi yoktu. Kammler *Gottvirus*'e dair ilgisinden haberdar olmuş ve av başlamıştı. Ölümüne bir dövüş oldu. Neyse ki Kammler kaybetti."

"Dedemin peşine buna misilleme olarak mı düştüler yani?" diye sordu Jaeger.

"Evet," diye doğruladı Miles. "Resmî karar intihar olduğu yönündeydi ama biz her zaman Tuğgeneral Ted Jaeger'ın Kammler'e sadık kişiler tarafından öldürüldüğünü düşündük."

Jaeger başıyla onayladı.

"Kendi canını alması mümkün değildi. Uğruna yaşayacak çok şeyi vardı."

Jaeger daha yetişkinliğe adımını atmadan dedesi, camından içeri bir hortum sokulmuş arabasında ölü bulunmuştu. Nihai karar, savaş yıllarından beri büyüyen travma neticesinde gazla kendisini öldürdüğü yönündeydi ama ailesinden hiç kimse buna inanmamıştı.

"Her şey kaybolmuş gibi göründüğünde, çoğu zaman parayı izlemek en mantıklı seçenektir," diye devam etti Miles. "Biz de o izin peşine düştük ve nihayetinde bir ipucu bizi Afrika'ya götürdü. Nazizm dışında, eski SS General Kammler'in hayatta büyük bir tutkusu daha vardı; vahşi yaşamı korumak. Bu amaç doğrultusunda, sanıyoruz ki Nazilerin savaş sırasında yağmaladığı paraları kullanarak Afrika'da devasa bir özel vahşi yaşam çiftliği satın aldı. Deden, General Kammler'i öldürdükten sonra çiftlik de oğlu Hank Kammler'e kaldı. Babasının oradaki gizli işlerini onun devam ettirdiğinden endişe duyuyoruz. Yıllar boyunca izledik, gizli bir mikrop laboratuvarına dair en ufak bir iz için rezervi gözledik ama hiçbir şey bulamadık; hiçbir şey!"

Miles, dinleyicilerine göz gezdirdi; bakışları Irina Narov'un üzerindeyken durdu.

"Sonra Amazon'da yatan kayıp bir İkinci Dünya Savaşı uçağından haberimiz oldu. Ne tür bir uçak olduğunu öğrenmemizle birlikte bunun ilk etaptaki Nazileri güvenli bölgelere götüren uçuşlardan birini yaptığını anladık. Ardından Bayan Narov savaş uçağından bir şeyler öğrenme, bizi *Gottvirus*'e götürecek bir ipucu bulma umuduyla Amazon takımınıza dâhil oldu. Nitekim aradığımız ipuçlarını da bulduk. Ama daha da önemlisi; aramanız neticesinde düşman saklandığı yerden çıkmak, elini göstermek zorunda kaldı. Orada peşinize düşen gücün, yani hâlâ peşinizde olan gücün SS General Kammler'in oğlu Hank Kammler komutasında hareket ettiğine inanıyoruz. Kendisi şu an CIA direktör yardımcısı konumunda ve babasından kalan mirası, *Gottvirus*'ü hayata döndürme görevini devam ettirdiğini düşünüyoruz." Miles duraksadı. "Bundan birkaç hafta öncesine kadar bildiklerimiz bunlarla sınırlıydı. O zamandan bu yana Kammler'in adamları tarafından tutulan Leticia Santos'u kurtardınız ve bu görev neticesinde onu yakalayanların bilgisayarlarını ele geçirdiniz."

Klik. Şak. Miles sığınağın duvarına bir görüntü yansıtmıştı.

Kammler H.
BV222
Katavi
Choma Malaika

"Küba Adası'ndaki çetenin e-postalarından elde ettiğimiz anahtar kelimeler," diye devam etti. "Görüşmeyi analiz ettiğimizde, mesaj alışverişinin çete lideri Vladimir ile bizzat Hank Kammler arasında gerçekleştiğini anladık." Miles bir elini görüntüye doğru salladı. "Listedeki üçüncü kelimeyle başlayacağım. Amazon'daki savaş uçağında bulduğunuz belgeler arasında, 'Katavi' isminde bir yere yönlendirilmiş Nazi uçağına dair bir bilgi vardı. Kammler'in vahşi yaşam çiftliği de Afrika ülkesi Tanzanya'nın batı sınırlarında, Katavi Gölü'nün yakınlarında bulunuyor. Peki Nazi dönemine ait bir güvenli bölge uçuşu neden bir su birikintisine yönlendirilir? Bu da listedeki ikinci maddeye götürüyor bizi; BV222. Savaş sırasında Nazilerin Alman kıyısındaki Travemunde'de bir deniz uçağı araştırma merkezi bulunuyordu. Orada Blohm&Voss BV222'yi geliştirdiler; savaş sırasında havalanmış en büyük uçak.

Şu raddede olayların gidişatına dair aşağı yukarı bir fikrimiz var. Savaş bittiğinde Tanzanya bir İngiliz kolonisiydi. Kammler de İngilizlere, koruma karşılığında önemli Nazi sırları vadetti. Böylece olabilecek en güvenli bölge olan Katavi Gölü'ne bir BV222 ile gerçekleştirilecek uçuşa onay verildi. SS General Hans Kammler o uçaktaydı ve yanında da ya donmuş ya da kurutulmuş bir tür pudra hâlinde değerli virüsü vardı. Ama tabii ki bu sırrı hiçbir şekilde Müttefik güçleriyle paylaşmayacaktı. İngilizler Doğu Afrika'yı sömürgeden çıkardığında Kammler destekçilerini kaybetti ve Katavi Gölü'nü çevreleyen geniş araziyi satın almaya karar verdi. *Gottvirus*'ü eşi benzeri görülmemiş bir gizlilikle geliştirebileceği laboratuvarını da orada kurdu."

"Elbette şu an bu mikrop laboratuvarının varlığına dair bir kanıtımız yok," diye devam etti Miles. "Eğer gerçekten varsa mükemmel bir şekilde gizlenmiş durumda... Hank Kammler orada gerçek bir vahşi yaşam rezervi işletiyor. Ne ararsanız var; birinci sınıf bir koruma takımı, kolcular, lüks bir safari pansiyonu ve uçağıyla gelip giden müşteriler için de bir pist. Ama listedeki son madde, son bir ipucu sağlıyor. Choma Malaika, Doğu Afrika'da konuşulan Svahili dilinden bir ifade. 'Yanan Melekler' anlamına geliyor. Kammler'in çiftliği içerisinde de bir Yanan Melekler Tepesi bulunuyor; Katavi Gölü'nün doğusundaki Mbizi Sıradağları'nda. Bu dağlar da oldukça sık ağaçlarla kaplı ve şimdiye kadar neredeyse hiç keşfedilmemiş."

Miles duvara farklı bir görüntü yansıttı. Savanada yükselen çentik çentik sıradağlar görünüyordu.

"Şimdi elbette bahsi geçen e-posta mesajlaşmasındaki kelimelerle aynı isimde bir dağın varlığı oldukça tuhaf bir tesadüf olabilir. Ama deden bana hiçbir zaman tesadüflere inanmamam gerektiğini öğretti." Bir parmağını görüntüye koydu. "Kammler'in bir mikrop savaşı laboratuvarı varsa, onun buradaki Yanan Melekler Tepesi'nin derinlerinde saklı olduğuna inanıyoruz."

29

Peter Miles, toplantıyı, odadaki engin askerî tecrübeyi kullanmak amacıyla katılımcıları bir beyin fırtınası seansına davet ederek sonlandırdı.

"Saçma bir sorum var," diye araya girdi Lewis Alonzo, "ama en kötü ne olabilir?"

Miles meraklı gözlerle adamı süzdü.

"Kıyamet senaryosu mu? Karşımıza bir deli çıkarsa mı?"

Alonzo o kendisiyle özdeşleşen gülümsemesiyle karşılık verip, "Evet, tam bir manyak! Kafayı sıyırmış. Hiç lafınızı esirgemeden anlatın lütfen," dedi.

"Şu an karşımızda dünyada neredeyse hiç kimsenin kurtulamayacağı bir virüs olduğundan endişe ediyoruz," diye karanlık bir yanıt verdi Miles. "Ama ancak Kammler ile adamları onu nasıl silahlaştıracağını çözdüyse bu olur. Kâbus senaryosunda ise virüsün tüm dünyaya salınmasıyla eş zamanlı olmak kaydıyla yeterince salgın çıkarsa hiçbir devlet tedavi geliştirecek zamanı bulamaz. Daha önce eşi benzeri görülmemiş bir ölüm furyasına yol açacak evrensel bir salgın olur bu. Dünyayı değiştirecek, dünyayı *bitirecek* bir olay olur." Duraksadı, sözlerinin arkasındaki tüyler ürpertici etkinin yerleşmesini bekledi. "Ama Kammler ile çavuşlarının bununla ne yapma *niyetinde* oldukları konusu bambaşka... Böylesine bir silahın değerini parayla ölçmek mümkün değil. En yüksek teklifi yapana mı satarlar, yoksa bir şekilde dünya liderlerine şantaj mı yaparlar; orasını bilemiyoruz."

"Birkaç sene önce bazı önemli senaryoların savaş tatbikatını yap-
mıştık," dedi Alonzo. "ABD istihbaratının en tepesinden adamlar
gelmişti. Dünya refahına en büyük darbeyi vurabilecek üç tehditten
bahsettiler. Bunlar arasında tartışmasız bir numara, bir terör örgütünün
tamamen işlevsel bir kitle imha silahına erişim sağlamasıydı. Bunu
yapmalarının da üç yolu vardı. İlki, harap olmuş eski bir Sovyet bloku
ülkesi gibi bir haydut devletten nükleer bir cihaz almalarıydı. İkinci
olarak bir kimyasal silahın bir ülkeden diğerine taşınması sırasında
soygun yapmalarından bahsedildi, mesela Suriye'den imha edilmek
üzere taşınan Sarin gazı olabilir. Üçüncü olarak da kendi nükleer veya
kimyasal silahlarını geliştirecek teknolojiye sahip olmaları vardı."
Ardından Peter Miles'a baktı. "O adamlar kesinlikle işlerinde uzmandı
ama hiç kimse kafayı kırmış bir manyağın elinin altındaki bir mikrop
silahını en yüksek teklifi verene satmasından bahsetmedi."

Miles başıyla onayladı.

"Bunun da arkasında iyi bir sebep var. En büyük sıkıntı, virüsün tesli-
matında... Havadan bulaşma konusunu tamamladıklarını düşünürsek,
işleri bir uçağa binip bol miktarda kuru virüsle kaplı bir mendili sal-
lamak kadar kolay. Bununla birlikte yüz milyon kristalize virüs, -ki
bu rakam İngiltere ile İspanya nüfusunun toplamı kadar- tüm uçağa
daha normal bir cümlenizin sonuna gelmeden yayılır.

Adamımızın mendilini sallamasının ardından artık işin kalanını
yapmak için uçağın havalandırma sistemine güvenecekler. Uçak
yere indikten sonra ise -haydi ona da Airbus A380 diyelim- beş yüz
civarında kişiye virüs bulaşmış olacak. İşin güzel yanı ise biri bile
bunu bilmeyecek. Saatler geçecek ve Londra Heathrow'a dağılmaya
başlayacaklar. Dev bir havalimanı, tıklım tıklım... Oradan otobüslere,
trenlere ya da metrolara binip nefes yoluyla virüsü yayacaklar. Ki-
mileri New York'a, Rio'ya, Moskova'ya, Tokyo'ya, Sydney'e veya
Berlin'e geçen transit yolcular olacak. Daha kırk sekiz saat olmadan
virüs tüm şehirlere, ülkelere ve kıtalara yayılacak. İşte bu Bay Alonzo
tam bir kıyamet senaryosu!"

"Kuluçka dönemi ne kadar? İnsanlar bir sorun olduğunu ne zaman
anlamaya başlayacak?"

"Bilmiyoruz ama Ebola'ya benziyorsa yirmi bir gün civarında..."

Alonzo ıslık çaldı.

"Harbi acayip olaymış! Daha korkunç bir silah isteseniz yapamazsınız."

Peter Miles gülümseyip, "Aynen öyle," dedi. "Ama önemli de bir detay var. Yüz milyon virüsle kaplı mendiliyle A380'e binen adamı hatırladınız mı? Onun da sağlam bir adam olması gerekiyor. Uçaktaki insanlara virüsü bulaştırarak neticede kendisi de enfeksiyon kapıyor." Duraksadı. "Ama elbette belirli terör örgütlerinde bir dava uğruna ölmeye hazır ciddi miktarda genç adam da yok değil."

"IŞİD, El-Kaide, Mağrip El Kaidesi, Boko Haram," diye bilindik isimleri sıraladı Jaeger. "Aynı zihniyette bir sürü kafayı yemiş örgüt var."

Miles başıyla onaylayıp, "Bu yüzden Kammler'in etmeni en yüksek teklifi verene satabileceğini düşünüyoruz. Bu örgütlerden bazılarının elinde neredeyse sınırsız diyebileceğimiz yağma ve haraç geliri var. Aynı zamanda etmeni dünyaya yayabilecek intihara hazır insan araçlarına da sahipler," dedi.

Bir ses araya girdi.

"Hepsi tamam ama bir sorun var, tek bir kusur." Konuşan Narov'du. "Hiç kimse böylesine bir silahı elinde ilacı yokken satmaz. Aksi takdirde kendi ölüm fermanlarını da imzalarlar. Ancak ilacınız olursa mendili sallayan adam da virüsten etkilenmez ve hayatta kalır."

"Olabilir," diye kabullendi Miles. "Ama sen o insan olmak ister miydin? Sadece bir aşıya, şu âna kadar sadece farelerde, sıçanlarda ve maymunlarda test edilmiş bir aşıya güvenir miydin? Peki Kammler aşılarını deneyecek canlı insanları nereden bulacak?"

İnsan deneylerinden bahsettiği gibi Miles'ın gözleri Jaeger'a döndü, bakışları sanki karşı koyamadan ona kaymış gibiydi. Neredeyse suçluluk duyuyordu. Jaeger ise meraklanmıştı. İnsan deneylerinden her bahsettiğinde adamın gözlerini üzerine çevirmesine sebep olan şey neydi?

Bu alışkanlığı yavaş yavaş Jaeger'ı ürkütmeye başlıyordu.

30

Jaeger, Miles'ı insan deneyleri konusunda daha sonra sıkıştırmaya karar verip, "O zaman sadede gelelim," dedi. "Kammler bu *Gottvirus* ile ne yapmayı planlarsa planlasın, Katavi Çiftliği kayışın kopacağı yer, değil mi?"

"O şekilde düşünüyoruz, evet," diye doğruladı Miles.

"Planımız ne o zaman?"

Miles, Joe Amca'ya dönüp, "Tüm önerilere açığız diyebilirim," dedi.

"Neden direkt yetkililere gitmiyoruz?" diye sordu Alonzo. "Kammler'in kıçına bir SEAL takımı takalım, olsun bitsin!"

Miles ellerini iki yana açtı.

"Elimizde kışkırtıcı ipuçları var ama kanıt niteliğinde hiçbir şey yok. Aynı zamanda koşulsuz güvenebileceğimiz hiç kimse de yok. Güçleri en yüksek zümrelere dahi sızmış durumda... Şu anki CIA Direktörü Dan Brooks bize ulaştı ve kendisi oldukça iyi bir adam... Ancak endişeleri var, kendi başkanından bile şüphe duyuyor. Yani kendimizden ve bağlantılarımızdan başka güvenecek kimsemiz yok."

"Peki kim bu bağlantılar?" diye sordu Jaeger. "Ağzınızdan düşmeyen bu *biz* kim?"

"Gizli Avcılar," diye yanıtladı Miles. "İkinci Dünya Savaşı'ndan sonra kurulduğu hâliyle bugünlere kadar gelmesini sağladık." Joe Amca'yı işaret etti. "Ne yazık ki kuran ekipten yalnızca Joe Jaeger aramızda... O da bizimle olduğu için cidden şanslıyız. Sorumluluk artık başkalarının omuzlarında... Irina Narov da onlardan biri..." Gülümsedi. "Bugün ise aramıza altı yeni dostun daha katılmasını umuyoruz."

"Fonlama nasıl oluyor peki? Destek, üst düzey gizlilik?" diye üsteledi Jaeger.

Peter Miles yüzünü ekşitip, "İyi sorular... Kısa süre önce Polonya dağlarının altına gizlenmiş, birkaç define avcısı tarafından keşfedilen Nazi altın trenini duymuşsunuzdur. O trenlerden çok fazla vardı, büyük bölümü de Berlin Reichsbank'tan yağmalananlarla doluydu," dedi.

"Hitler'in hazinesi mi?" diye sordu Jaeger.

"Bin Yıllık Reich'ı için hazırladığı hazine... Savaş bittiğinde ulaştığı rakamlar dudak uçuklatıyordu. Berlin kaosa sürüklenirken altınlar da trenlere yüklenip saklanacakları yerlere götürüldü. Bu trenlerden biri ise Gizli Avcılar'ın dikkatini çekti. Kargosunun büyük bölümü çalınan mallarla doluydu ama altın eritildiği zaman takibi de imkânsız oluyor. Biz de işletme sermayemiz için elimizde tutmaya karar verdik." Omuzlarını silkti. "Dilencilerin seçme şansı yoktur."

Ardından, "Üst düzey gizlilik konusunda da birkaç hamlemiz oldu. Gizli Avcılar ilk etapta Savaş Ekonomisi Bakanlığı altında kuruldu. Churchill bu bakanlığı en gizli savaş operasyonlarını yönetmek için kurmuştu. Savaş bittikten sonra bakanlık da sözde kapatıldı. Ancak ufak bir yürütme organı çalışmalarını Londra'daki Eaton Meydanı'nda görseniz bir daha bakmayacağınız kadar sıradan bir evden devam ettiriyor. Bağışçılarımız onlar. Eylemlerimizi yönetip destekliyorlar," diye devam etti.

"Size burayı Alman hükümetinin verdiğini söylememiş miydiniz?"

"Eaton Meydanı'ndaki arkadaşlarımızın yüksek mevkilerden bağlantıları var elbette."

"Peki tam olarak siz kimsiniz?" diye üsteledi Jaeger. "Gizli Avcılar kim? Kaç kişi? Personeller kim? Askerler kim?"

"Hepimiz gönüllüyüz. Yalnızca ihtiyaç duyulduğunda çağrılırız. Burası bile sadece biz çalışırken çalışıyor. Onun dışında naftalin kokuyor."

"Tamam, diyelim ki kabul ettik," diye araya girdi Jaeger, "sırada ne var?"

Klik. Şak. Miles Yanan Melekler Tepesi'nin kuşbakışı çekilmiş bir fotoğrafını açtı.

"Choma Malaika gökyüzünden çekildi. Kammler'in vahşi yaşam rezervinin bir parçası ama yasak bölgede... Bir fil ve gergedan yetiştirme alanı olarak tasarlanmış ve kıdemli rezerv çalışanları dışında herkese kapalı... Girmeye çalışan diğer herkes için 'görüldüğü gibi öldürme' emri var. Bizim öncelikli derdimiz ise dağın *altında* yatanlar... İçeride ilk etapta suyla aşınmış ancak sonrasında hayvanların davranışları sebebiyle genişlemiş çok sayıda dev mağara var. Anlaşılan en iri memelilerin de tuza ihtiyacı varmış. Filler mağaraya tuz bulmak için giriyor ve dişlerini kullanarak kazıya kazıya büyütüyorlar. Mağaraları mamut boyutlarına getirmişler artık. Bölgedeki ana jeolojik yapının kaldera olduğunu fark etmişsinizdir, çökmüş bir eski volkan. Kendisini patlattığı zirvesi, ortasındaki devasa kraterin etrafına dağınık bir duvar örmüş. Kraterin baca kısmı çoğunlukla mevsimsel yağmurlarla yıkanmış ve burada sığ bir göl oluşmuş. Mağaralar da su birikintisine çıkıyor ve bahsettiklerimin hepsi Kammler'in görüldüğü yerde öldürme politikasının uygulandığı yerde..."

Miles gözleriyle odayı süzdü.

"O mağaralarda gizli gizli kötü niyetli bir şeyler yaşandığına dair hiçbir kanıtımız yok. Gidip bunu bulmamız lazım. İşte siz de bu noktada dâhil olacaksınız. Nihayetinde hepiniz birer profesyonelsiniz."

Jaeger gökten çekilen fotoğrafa birkaç saniye boyunca baktı.

"Krater duvarları sekiz yüz metre yüksekliğinde görünüyor. Doğrudan YİYA ile kratere inebilir, paraşütleri de duvarların korumasında açabiliriz. Zemine kadar görünmeden iner, oradan da mağaralara geçeriz. Asıl sorun, oraya indikten sonra da görülmememizin gerekmesi... Mağara girişlerinde kesinlikle hareket sensörü bulunuyordur. Ben olsam videolu gözetleme, kızılötesi kameralar, güvenlik aydınlatması, aydınlatma tuzakları kurardım. Mağaraların sıkıntısı da bu zaten, tek bir giriş olduğu için kolaylıkla korunabiliyor."

"O zaman çok basit!" diye araya girdi bir ses. "Görüleceğimizi bilerek girer, örümcek ağına çekilmemize müsaade ederiz. En kötü ihtimalle orada ne yaptıklarını görmüş oluruz."

Jaeger, bu sesin sahibi Narov'a bakıp, "Çok iyi ama bir sorun var. Nasıl çıkacağız?" diye sordu.

Narov kibirle başını yukarı kaldırıp, "Dövüşeceğiz. Ağır silahlanmış bir şekilde gireceğiz. Ne aradığımızı bulduğumuz zaman ise ateş ede ede çıkacağız," dedi.

"Ya da dövüşürken öleceğiz!" Jaeger başını iki yana salladı. "Hayır, daha iyi bir yolu olmalı..." Bir anlığına Narov'a kilitlendi ve dudaklarının kenarında haylaz bir gülümseme belirdi. "Aslında şu an bir yol bulmuş olabilirim. Hem de öyle bir yol ki eminim buna bayılacaksın."

31

"Burası tam donanımlı bir rezerv, değil mi?" diye sordu Jaeger. "Yani içinde safari gezileri, pansiyonlar falan her şey yok mu?"

Peter Miles başıyla onaylayıp, "Doğru, Katavi Oteli beş yıldızlı bir tesis," dedi.

"Tamam, diyelim ki otele bir ziyaretçi olarak gittiniz ama sağlıklı düşünemeyen tiplerdensiniz. Otele giderken orada gördüğünüz Yanan Melekler Tepesi'ne tırmanmaya karar verdiniz. Krater ağzının en yüksek noktası, koruma alanının sınırlarının dışında; yani görüldüğü gibi öldürme bölgesinde değil, doğru muyum?"

"Doğru, evet," dedi Miles.

"Şimdi otele giderken karşınıza bu müthiş tepe çıkıyor. Boş vaktiniz de var, ne olacak diyorsunuz. Dik bir tırmanış oluyor ama zirveye ulaşınca dipteki kratere inen dümdüz bir kayalık görüyorsunuz. Sonra da mağaranın ağzı karanlık, gizemli ve çok çekici... Oranın yasak bölge olduğunu bilmiyorsunuz, nereden bileceksiniz ki? Ardından iple aşağı salınarak keşfetmeye karar veriyorsunuz. Mağaraya girişimiz bu şekilde ve en azından sağlam bir hikâyemiz var."

"Neresi hoşuma gitmeyecek?" diye sordu Narov.

"Sağlıklı çalışmıyor kafan, unuttun mu? Olay burada! Hangi insanların kafası sağlıklı çalışmaz peki? Bizim gibi kaşarlanmış askerlerin değil herhâlde." Jaeger başını iki yana salladı. "Yeni evlilerin çalışmaz;

zengin, varlıklı yeni evli bir çift. Balayında beş yıldızlı bir vahşi yaşam çiftliğine gidecek insanlar..."

Jaeger bakışlarını Narov'dan James'e, sonra yeniden Narov'a çevirdi.

"Bu da siz oluyorsunuz Bay ve Bayan Bert Groves; cüzdanları parayla, beyinleri aşkla dolu bir çift."

Narov, dağınık sakalları ve dev gibi yapısıyla Joe James'e baktı.

"Benle o mu? Neden biz?"

"Sen, çünkü hiçbirimiz bir safari oteline başka bir adamla gidemeyiz," dedi Jaeger. "James, çünkü sakalını tıraş edip saçını kestiğinde çok yakışacaksınız."

James başını iki yana sallayıp gülümsedi.

"Biricik Irina ile ben Afrika'da gün batımı izlemeye giderken sen ne yapacaksın peki?"

"Hemen arkanızda olacağım," dedi Jaeger. "Silahlar ve destekle..."

James karışık dev sakallarını kaşıyıp, "Bir sıkıntım var, bunları tıraş etmek dışında tabii... Irina'ya dokunmayacağım konusunda bana güveniliyor mu? Yani bir bakınca..." dedi.

"Sus be Usame bin Lama!" diye sözünü kesti Narov. "Kendi başımın çaresine bakarım ben!"

James iyi huylu bir şekilde omuzlarını silkti.

"Ama cidden diyorum, bir sıkıntı var. Kamishi, Alonzo ve ben ciddi baskı altındayız, unuttun mu? Şark çıbanı çıktı bizde, yorucu aktivitede bulunmamız yasak. Şu işe baktığın zaman da ne kadar zor olacağı ortada..."

James hastalık konusunu kafasından atmıyordu. Amazon keşfi sona erdiğinde o, Alonzo ve Kamishi birkaç hafta boyunca ormanda sıkışıp kalmıştı. İnanılmaz kurtuluşlarının ardından bir toplu iğne başı kadarlık ufak tropik kurtlar olan yakarcalara ziyafet olmuşlardı. Yakarcalar canlı etten beslenmek için larvalarını askerlerin derisinin altına bırakmıştı. O ısırıklar ise açık, akıntılı yaralara dönüştü. Tek tedavi ise "Pentostam" isminde oldukça zehirli bir ilacın enjekte edilmesiyle uygulandı. Her bir iğne, damarlardan asit geçiyormuş gibi hissettirmişti. Pentostam o kadar güçlüydü ki kalp ve solunum sistemlerini zayıflatıyor, bu yüzden yorucu aktiviteler direkt yasaklanıyordu.

"O zaman Raff var," dedi Jaeger.

James başını iki yana sallayıp, "Kusura bakma dostum ama Raff olmaz. O kadar dövme ve saçıyla kimse evli olduklarına inanmaz. Bu yüzden," Jaeger'a baktı, "geride sadece sen kalıyorsun."

Jaeger, Narov'a baktı. Yüzünde az önceki öneriyle alakalı olarak en ufak bir kaygı dahi yoktu. Çok da şaşırmamış gibiydi. İnsanların, özellikle de farklı cinsiyetlerin nasıl etkileşime geçip geçmemesi gerektiği konusunda normal insan özelliklerinden birkaçını barındırıyor gibiydi.

"Kammler'in adamları bizi tanırsa ne olacak? Fotoğraflarımıza sahip olduklarını düşünüyoruz, en azından benim," diye karşı çıktı Jaeger. Zaten ilk etapta Narov ile eş olmasını önermemesinin öncelikli sebebi de buydu.

"İki seçeneğimiz var," diye araya girdi bir ses. Peter Miles konuşuyordu. "Öncelikle şunu belirteyim, planı oldukça beğendim. Kılık değiştireceksiniz. Buradaki en uç seçeneğimiz plastik cerrahi, daha normal olanı ise bıçak altına yatmadan mümkün olduğunca görünüşünüzü değiştirmek... Hangisi olursa olsun, yapabilecek bağlantılarımız var."

"Plastik cerrahi mi?" diye sordu Jaeger, inanamamıştı.

"Alışılmadık bir şey değil. Bayan Narov iki kez böyle bir duruma maruz kaldı bile. İki seferde de peşine düşeceği kişilerin nasıl göründüğünü bildiğinden şüphelendik. Hatta Gizli Avcılar'ın geçmişinde estetik ameliyatlar gayet sık başvurulan bir yöntemdir."

Jaeger ellerini havaya kaldırıp, "Tamam ama bunu yüzümüzü gerdirmeden, burnumuzu kırdırmadan da yapabiliriz," dedi.

"Evet, o zaman seni sarışın yapalım," dedi Miles. "Birbirinize yakışmanız için de karın büyüleyici bir esmer olacak."

"Ateşli bir kızıl olsa?" diye önerdi James. "Mizacına daha uyar bence."

"Bırak peşimi Obama!" diye tısladı Narov.

"Hayır hayır, sarışınla esmer." Peter Miles gülümsedi. "İnanın bana, mükemmel olacak."

Buna da karar verilmesiyle birlikte toplantı sona erdi. Herkes çok yorulmuştu. Yerin bu kadar altında kilitli kalmak Jaeger'ı garip bir şekilde asabi ve tedirgin bir ruh hâline sokmuştu. Bir nefes rüzgâr yakalamak, güneş ışığına dokunmak istiyordu. Ama öncesinde yapması gereken bir şey vardı. Odadaki kalabalık azalırken oyalandı ve bilgisayar malzemelerini toplamakla uğraşan Miles'a yaklaştı.

"Biraz konuşabilir miyiz?"

"Tabii ki!" Yaşlı adam sığınağa göz gezdirdi. "Sanırım yalnız kaldık zaten."

"Merak ediyorum da," diye söze başladı Jaeger, "insan deneylerini neden bu kadar vurguluyorsunuz? Arada olduğunu düşündüğünüz bağlantı direkt benimle mi ilgili?"

"Onu diyorsun. Evet, içime dert olan meseleleri saklamakta pek başarılı sayılmam." Miles bilgisayarını yeniden açtı. "Sana bir şey göstereyim."

Bir dosyaya tıkladıktan sonra ekrana bir resim geldi. Resimde; siyah beyaz çizgili bir pijama giymiş, saçı kazınmış bir adam düz kiremitten duvara yığılmıştı. Sımsıkı kapalı gözlerinin üzerinde kaşları çatılmış, ağzı sessiz bir çığlıkla açılmıştı.

Miles, Jaeger'a baktı.

"Natzweiler gaz odası. Birçok konuda olduğu gibi Naziler gaz deneylerini de en ince ayrıntısına kadar belgelemişti. Bu şekilde dört binin üzerinde görüntü var. Kimileri çok daha rahatsız edici, kadınlar ve çocuklar üzerinde yapılan deneyler gösteriliyor."

Jaeger'ın, Miles'ın konuyu getireceği yeri düşündükçe midesine kramplar girdi.

"Direkt söyleyin bana, bilmem lazım."

Yaşlı Miles'ın yüzü soldu.

"Bunu söylemek beni yaralıyor. Şuna da dikkat et, sadece benim şüphelerim bunlar. Ancak Hank Kammler karınla çocuğunu kaçırdı, elinde tutuyor. O veya adamları, ailenin kısa süre öncesine kadar hayatta olduğuna dair sana kanıt gönderdi."

Birkaç hafta önce Jaeger, bir ek dosyasıyla bir e-posta almıştı. Eki açtığı zaman, diz çökmüş Ruth ile Luke'un önlerinde o gün hayatta olduklarının kanıtı olarak aynı güne ait bir gazetenin ön sayfasını tutarken çekilmiş fotoğrafını görmüştü. Böylelikle Jaeger'a işkence edip onu çözme çabalarının yepyeni bir sayfası açılmıştı.

"Aileni kaçırdı ve nihayetinde tüm şüpheleri ortadan kaldırmak için kanıta ihtiyaç duyarsa *Gottvirus*'ünü canlı insanlar üzerinde denemesi..."

Yaşlı adamın sözleri sessizlikle buluştu. Gözlerinde karanlık bir acı belirdi. Cümlesini devam ettiremedi. Jaeger'ın devamını duymasına gerek yoktu zaten.

Keskin bir bakışla Jaeger'a dönüp, "Bir kez daha seni sınama ihtiyacı duyduğumuz için özür dilerim," dedi.

Jaeger yanıt vermedi. Şu an aklından geçen son şey buydu.

32

Jaeger botlarıyla sertçe itip bedenini boşluğa bıraktı ve görevin kalanını yerçekimine emanet etti. Her saniye kraterin zemini daha da yaklaşırken bağlama çeliğine sürtünen halatın ıslığı yankılandı.

Onun on beş metre kadar altında Narov da kendi tırmanış malzemelerinden sarkıyordu. D şeklinde bir karabinayı, sarp kayalık üzerinde uygun bir çatlağa sıkıştırdığı metal takoza takmış; güçlü bir çelik kancayla da desteklemişti. Jaeger'ın kendisine ulaşmasını beklerken sıkıca tutunuyordu, o da geldiğinde düşüşün bir sonraki ayağına geçecekti.

Yanan Melekler kraterinin iç yüzünü oluşturan sekiz yüz metre uzunluğundaki neredeyse dimdik kayalık, bir insanın taşıyabileceği en büyük miktar olan altmış metrelik tırmanma halatıyla ancak on dört ayrı alçalmayla aşılabiliyordu.

İşin ne denli zor olacağı, daha ilk saniyelerden anlaşılmıştı.

Bundan yetmiş iki saat önce Jaeger, sessizliğe gömülmüş bir şekilde kımıldamadan oturuyordu. Peter Miles'ın toplantısı hayal gücüne pek bir şey bırakmamıştı. Artık mesele sadece Ruth ve Luke olmaktan çıkmıştı. Artık mevzubahis olan bütün insan ırkının hayatta kalmasıydı.

Aynen balayına çıkan yeni evli çiftler gibi, Narov ile buraya direkt uluslararası havalimanına inen bir uçakla gelmiş; ardından kiraladıkları 4x4 ile güneşte kurumuş Afrika kırsallarında batıya ilerlemişlerdi.

On sekiz saatlik bir yolculuk sonunda Yanan Melekler Tepesi'ne ulaşmış, arabayı kenara çekip kilitleyerek inanılmaz tırmanışa geçmişlerdi.

Jaeger'ın botları bir daha kayalıklara dokundu, yine sert bir tekmeyle kendisini kayalıktan boşluğa bıraktı. Ancak tam bu sırada, tekmelediği yerden büyük kaya parçaları kopup Narov'un tırmanış malzemelerinden sarktığı yere doğru hızla düşmeye başladı.

"Kaya düşüyor!" diye bağırdı Jaeger. "Dikkat et!"

Narov yukarı bakmak gibi bir zahmete girmedi, buna zamanı yoktu. Onun yerine Jaeger, kadının çıplak parmaklarıyla kayalığa tutunduğunu gördü. Ardından tırmaladığı parmaklarıyla bedenini kayalık yüzeyle bir hâle getirip yüzünü güneşin ısıttığı sert zemine bastırdı. Kraterin muazzam genişliğine karşı, bir anda çok ufak ve kırılgan görünüyordu. Mini çığ hızla inerken Jaeger da nefesini tuttu.

Kaya parçaları yaklaşırken, Narov'un tam üstündeki krater duvarında bulunan dar bir çıkıntıya çarpıp ortaya sekti ve kadını birkaç santimle kaçırdı. Çok yakındı. Tek bir kaya dahi çarpsa Narov'un kafatası parçalanır ve Jaeger'ın da onu bir hastaneye yetiştirme gibi bir şansı olmazdı.

Jaeger, halatın son kısmı da parmakları arasında ıslığını çalarken alçaldı ve Narov'un yanında durdu.

Narov, bakışlarını Jaeger'a çevirip, "Bizi öldürmek isteyen yeterince şey var zaten, bir de sen çıkma!" derken gayet iyi görünüyordu. Az da olsa sarsılmamıştı.

Jaeger tırmanış malzemelerine kendisini bağladı, halattan ayrıldı ve Narov'a uzattı.

"Sıra sende. Bu arada kayalara da dikkat et, bazıları çok gevşemiş."

Artık adı gibi bildiği üzere Narov, onun bu içinde dalga barındıran espri anlayışından pek hoşnut değildi. Çoğu zaman umursamadan geçiyor, bu da her şeyi daha komik hâle getiriyordu.

Kaşlarını çatıp, "*Schwachkopf!*" dedi.

Jaeger'ın Amazon'da tekrar tekrar öğrendiği üzere, Rus kadın bu Alman küfrünü çok seviyordu; *salak!* Kadının Gizli Avcılar'da geçirdiği süre içerisinde diline takılan ve vazgeçemediği bir ifade olduğunu düşündü.

Narov hazırlanırken Jaeger da kraterin buharlı iç tarafından batıya doğru baktı. Devasa bir kemerin, hemen krater duvarında açıldığını görebiliyordu. Ortaya çıkan boşluk, tepenin batısındaki gölün sağanak yağmurlarda suyunu kratere akıtmasını mümkün kılıyor; sel sularını merkeze pompalıyordu. Burayı bu denli tehlikeli yapan da buydu.

Dünyanın en uzun tatlı su gölü olan Tanganyika, oradan birkaç yüz kilometre boyunca kuzeye uzanıyordu. Gölün izole olmasının yanında yirmi milyon yıldır yaşaması, etrafında eşsiz bir ekosistemin evrimleşmesine de olanak sağlamıştı. Gölde dev timsahlardan kocaman yengeçlere ve muazzam hipopotamlara kadar sayısız canlı yaşıyor, etrafını saran yemyeşil ormanlar vahşi fil sürülerine ev sahipliği yapıyordu. Yağmurlarla birlikte ise o yaşamın büyük kısmı gölden yıkanıp Yanan Melekler kraterine akıyordu.

Jaeger ile o heybetli kemer arasında kalderanın ana su birikintilerinden biri bulunuyordu. Sıkı ormandan ötürü görünmese de Jaeger'ın kulağına sesi geliyordu. Hipopotamların suyu çekip üflemeleri, eşsiz sesleriyle feryat etmeleri o sıcak ve nemli havadan rahatlıkla ona ulaşıyordu.

Yüz adet güçlü "şişko" orada toplanmış, su birikintisini dünyanın en güzel çamur banyosuna dönüştürmüştü. Acımasız Afrika güneşi suyu buharlaştırarak küçülttükçe koca hayvanlar birbirine daha da yaklaşmaya zorlanmış, sinirler gerilmişti.

Elbette böylesine bir araziden köşe bucak kaçmak en mantıklısıydı. Çamurlu suları birbirine bağlayan akarsular da aynı şekilde bulaşılmaması gereken yerlerdi. Neredeyse hepsi timsahlarla doluydu ve Jaeger ile Narov'un Amazon'daki en güçlü yırtıcılarla girdikleri ölüm mücadelesinden sonra birine daha gerek yoktu.

Mümkün olduğunca kurak bölgelerde kalacaklardı. Ama Afrika'da tehlike her köşedeydi.

Sarp kayalıkta alçalışın başlamasından yirmi dakika sonra, Jaeger'ın sert Salewa botları krater zemininin simsiyah volkanik toprağına değdi. Dengesini bulana kadar asılı olduğu halat birkaç kez aşağı yukarı sekti.

Aslında bu inanılmaz alçalış sürecinde hiçbir esnekliği bulunmayan statik halatlardan kullanmak daha iyi olabilirdi. Ancak olası bir takla ihtimaline karşı böylesi bir halatla tırmanmak da büyük sorun çıkarabilirdi. Tırmanış halatındaki esneklik, aynı bungee-jumping yapanların en son kademe kademe yavaşlaması gibi düşüşün yumuşamasına yardımcı oldu.

Ama düşüş yine de düşüştü ve can yaktı.

Jaeger kancasından çıktı, halatı yukarıda kalan son alçalış noktasından çekti ve belli belirsiz bir ıslıkla ayaklarına düşmesini izledi. Ardından tam ortasından başlayarak halatı sarıp omzuna astı. İleri deki yolu aramak için kısa bir süre durdu. Önündeki arazi; buraya tırmanış bir tarafa, en basit deyimiyle bu dünyadan değilmiş gibi görünüyordu.

Narov ile dağın eteklerinden yükselmeye başladıklarında zemin oldukça kırılgan ve aldatıcı olduğunu göstermişti. Mevsimsel yağmurlarla yıkanıp oldukça derin, batak kanallardan oluşan bir kafese dönmüştü.

Zirve noktasına tırmanış ise o sıcak altında çok zor ve insanı afallatan bir uğraş hâlini almıştı. Çoğu yerde tüm görüş açıları kapatılmış, hiçbir şekilde rahat hareket edilmeyen bir dağ geçidinin gölgesinde zar zor ilerlemişlerdi. Kuru ve çakıllı yüzeyde sağlam basacak bir yer bulmak imkânsızın sınırlarında olmuş, her adımda ciddi bir mesafe de geri gitmişlerdi.

Ama Jaeger'ı dağın zirvesine iten bir düşünce vardı; Ruth ve Luke'un aşağıdaki mağaralarda tutulmasıyla Peter Miles'ın ima ettiği korkunç kader. Söz konusu sohbetin üzerinden günler geçse de o korkunç görüntü Jaeger'ın aklına kazınmıştı.

Bu dağın altında bir yerlerde, Jaeger'ın ailesinin de son deneyler için kafeslerde tutulduğu gizlenmiş bir biyolojik savaş laboratuvarı varsa, etkisiz hâle getirmek için bütün takımca yapılacak bir saldırı gerekirdi. Mevcut görevle öyle ya da böyle tek amaç varlığını kanıtlamaktı.

Şimdilik takımın kalanını; Raff, James, Kamishi, Alonzo ve Dale'i Falkenhagen Sığınağı'nda hazırlıklarla ilgilenmeleri için bırakmışlardı. Daha sonrasına planlanan saldırı için seçenekleri inceliyor, aynı zamanda gerekecek silahları ve aletleri topluyorlardı.

Jaeger ailesini bulup Kammler'i durdurmak için yüreğinde alev alev yanan dürtüyle hareket ediyor ama aynı zamanda asıl mücadele için düzgünce hazırlanmanın ne denli önemli olduğunu da biliyordu. En ufak bir eksiklikte, asıl savaşı kazanma şansı dahi elde etmeden, ilk çarpışmada düşerlerdi.

Orduda hizmet verdiği sıralarda Jaeger'ın en sevdiği özdeyişlerden biri de dört H'ydi; *hakiki hazırlık hayra hasıl olur.* Ya da başka bir deyişle, düzgün hazırlanamazsan olabilecek her şeye hazırlan. İşte bu yüzden Falkenhagen'daki takım, Jaeger ile Narov mağaralarda Kammler'in mikrop laboratuvarını bulduğunda tamamen hazır vaziyette olacaklarını garanti altına almakla uğraşıyordu.

Jaeger için bir önceki akşam krater ağzının zirvesine ulaşmak iki kat rahatlık sağlamıştı. *Bir adım daha... Karanlık gerçeğin yakınında...* Solunda ve sağında çentik çentik sıradağlar uzanıyor; bir zamanların volkan ateşiyle magmasının geçtiği yolları şimdi güneşin erittiği, rüzgârın süpürdüğü kaba kayalık sivrilikler dolduruyordu.

Zirvenin on on beş metre aşağısındaki bir kaya çıkıntısının üzerinde kamp yapmışlardı. Sert, soğuk ve rahatsız edici kayalığa yalnızca yukarıdan alçalarak erişmek mümkündü; bu da olası bir vahşi hayvan saldırısı ihtimalini ortadan kaldırmıştı. Ancak Hank Kammler'in inindeki yırtıcı hayvan sayısı azımsanmayacak düzeydeydi. Bariz olan aslanlar, leoparlar ve sırtlanlar dışında kocaman Afrika mandaları ve diğer bütün etobur hayvanlar arasında her yıl en fazla insanı öldürmekten sorumlu hipopotamlar vardı.

Bölgesine hâkim, güçlü, cüssesine göre şaşırtıcı düzeyde hızlı ve yavrularına karşı şiddetli bir koruma içgüdüsüyle hareket eden hipopotamlar, Afrika'daki en tehlikeli hayvanlardı. Katavi'deki küçülen su kaynakları ise onları sıkış tıkış, asabi ve gergin sürüler hâline döndürmüştü.

Bir kafese çok fazla sıçan koyarsanız, nihayetinde birbirlerini yemeye başlarlar. Bir su birikintisine çok fazla hipopotam koyarsanız, görüp görebileceğiniz en muazzam ağır sıklet dövüşünü seyredersiniz.

Hepsinin arasında kalmış dünyanın en talihsiz insanı olursanız da saldıran bir hipopotamın ayakları altında yumuşacık kanlı bir püreye dönüşürsünüz.

Jaeger krater ağzında gözlerini açtığında nefes kesici bir manzarayla karşılaştı. Kaldera zemininin tamamı pofuduk beyaz bulutların denizine dönmüştü. Seher güneşinin yanan pembesiyle aydınlanan bulutlar, sanki kayalıktan bir adım atıp üstüne basarak kraterin diğer tarafına geçmelerine müsaade edebilirmiş gibi sıkı görünüyordu.

Aslında o bulutlar, kalderanın iç kısmını büyük ölçüde kaplayan zengin ormanın bir diğer meyvesi alçak sisten başka bir şey değildi. Gaz bulutunun altında kaldıktan sonra Jaeger'ın karşısına çıkan manzaraya vahşi yaşamın kokuları ile sesleri de eklendiğinde büyülenmemek elde değildi.

Halatı doladıktan sonra Jaeger ile Narov harekete geçti. Ancak buradaki ziyaretleri çoktan tehlike çanlarının çalmasına yol açmıştı bile. Yakınlardaki bir gölden havalanan flamingo sürüsü gökyüzünde kocaman pembe bir uçan halı görüntüsüne bürünürken, oldukça tiz ciyaklamaları ile çığlıkları krater duvarlarında yankılandı. Gözlerinin önündeki sahne tek kelimeyle büyüleyiciydi. Göldeki volkanik sularda birikmiş zengin minerallerle buraya çekilen bu kendine has kuşlardan binlercesi havalanmıştı.

Arada sırada Jaeger bir yerlerde bir gayzerin buharlı suyunu gökyüzüne fışkırttığını görebiliyordu. Önündeki yolu kontrol etmek için bir süre durdu, ardından takip etmesi için Narov'a eliyle bir işaret yaptı.

Bu yabancı topraklardan hızla ilerlerken gidilecek yolu tuhaf bir el hareketiyle gösteriyorlardı. Birbirlerini tek kelime etmeden, içgüdüsel olarak anlayabiliyorlardı. Adım attıkları her yer, gözlerine takılan her şey sanki bu dünyadan değilmiş gibi hissettiriyordu; zamanda kaybolmuş bir yerde gibiydiler, insanoğlunun hiçbir zaman ayak basmaması gereken bir dünyada.

Bu yüzden bir çıt dahi çıkarmadan geçip gitmek, onları avı yapacak hiçbir şeyin dikkatini çekmemek istiyorlardı.

34

Jaeger'ın botları, güneşin altında kupkuru kalmış çamuru delip geçti.

Önündeki gölcüğe geldiğinde durdu. Timsahların barınamayacağı kadar sığ ve billur gibiydi. Hatta birkaç yudum almakta hiçbir sakınca yokmuş gibi görünüyordu, yakan güneşin altında o kadar ilerledikten sonra boğazı zımpara kâğıdından hâlliceydi. Ancak parmaklarını hafifçe batırıp dilini değdirdikten sonra korktuğunun gerçek olduğunu anladı. *Bu su, içeni öldürürdü.*

Yerin metrelerce derinlerinden dolan ve magmanın neredeyse kaynama noktasına kadar ısıttığı su dokununca yakacak kadar sıcaktı. Daha da önemlisi, o kadar tuzluydu ki dili değdiği anda öğürmesine sebep olmuştu.

Krater zemini, etrafa dağılmış bu zehirli gazlarıyla köpüren, buharlı volkanik kaynaklarla doluydu. Güneşin pişirdiği tuzlu suların buharlaştığı kenar kısımlarda, kristalleşen tuzdan kalan ince bir katman oluşmuş; ekvatorun bu kadar yakınlarında krater zeminine kırağı düşmüş gibi tuhaf bir resmin çizilmesine yol açmıştı.

Narov'a bakıp, "Tuzlu," diye fısıldadı. "İşe yaramaz ama mağaralarda bol bol su buluruz."

Sıcaklık zor dayanılacak düzeydeydi. Su içmeleri gerekiyordu.

Narov başıyla onaylayıp, "İlerleyelim," dedi.

Jaeger tuzla dolu, kaynar gölcüğe adım attığında, beyaz kabuk çamurlu botlarının altında çatırdadı. Önlerinde, Jaeger'ın en sevdiği baobap ağaçlarından bir koru uzanıyordu. Devasa boyutlarda olmalarına rağmen bodur kalan gövdeleri, gümüşi rengi ve pürüzsüz yapısıyla ona güçlü fillerin bacaklarını anımsatıyordu.

Onlara doğru ilerledi, yanından geçtikleri birinin şiş gövdesini ancak bütün bir takımın kollarını birbirine bağlamasıyla sarabileceklerini düşündü. O muazzam kökten heybetli ve bombeli bir gövde yükseliyor, her biri bir tutam hava almak için uzanmış boğumlu parmaklara benzeyen kısa dalların yolunu açıyordu.

Jaeger'ın bir baobap ağacıyla ilk yakından etkileşimi asla unutamayacağı bir şekilde birkaç sene önce gerçekleşmişti. Ruth ve Luke ile çıkacakları safariye giderken, Güney Afrika'nın Limpopo bölgesindeki yüz elli metrelik çevresi ve bin yıla yakın yaşıyla ünlü Sunland Büyük Baobap Ağacı'na bir ziyaret gerçekleştirmişlerdi.

Birkaç yüz yaşına geldiğinde doğal olarak içerisinde oyuklar oluşan baobap ağaçlarından Limpopo'daki o kadar büyüktü ki içerisine bir bar inşa edilmişti. Jaeger, Ruth ve Luke ağacın mağarayı andıran kalbinde oturmuş; kamışlarla soğuk hindistancevizi sütü içmiş ve kendilerini bir Hobbit ailesi gibi hissetmişlerdi.

Sonrasında Jaeger, ağacın yumrulu ve budaklı iç tarafında Luke'u kovalayıp Gollum'un en sevdiği ifadeyi tekrar tekrar tıslamıştı; *Kıymetlim, kıymetlim!* Hatta sahneyi iyice gerçekçi kılmak için Ruth da nişan yüzüğünü Luke'a vermişti. Büyüleyici ve çok eğlenceli başlayan bu hatıra seneler sonra kalbinde yara açar hâle gelmişti. Şimdi ise ona benzer baobap ağaçlarından bir koru, Kammler'in inine, dağların altındaki krallığına açılan karanlık ve bilinmezlerle dolu bir yolda nöbet tutuyordu.

Jaeger kehanetlere inanırdı. Baobap ağaçlarının orada olmasının bir sebebi vardı. Onunla konuşuyorlardı; *doğru yoldasın, doğru yoldasın!*

Yere düşmüş bir düzine meyvenin önünde eğildi, her biri narin bir sarıya boyanmıştı ve toprakta yatan dinozor yumurtalarını andırıyordu.

"Buralarda baobap ağacına altüst ağaç derler," diye fısıldadı Narov'a. "Sanki bir dev gelip kökünden sökmüş ve ters tarafından toprağa geri saplamış gibi..." Jaeger Afrika'da asker olarak görev yaptığı sıralarda yerel dili öğrendiği kadar kültüre dair de bilgilenmişti. "Bu meyvede bolca antioksidan, C vitamini, potasyum ve kalsiyum var. Dünyada daha besleyici bir meyve yok. Hiçbiri yanına bile yaklaşamıyor."

Meyvelerden birkaçını toplayıp çantasına attı, Narov'a da aynısını yapmasını söyledi. Yanlarında azık paketleri getirmişlerdi ama orduda o kuru yemekler bir tarafa, biraz taze meyve toplama fırsatını kaçırmaması gerektiğini öğrenmişti. Kuru azıklar uzun ömürlü ve hafif oldukları için çok iyiydi ama bağırsaklarla aynı ölçüde iyi anlaşamıyorlardı.

O esnada baobap korusundan keskin bir çatlama sesi yankılandı. Jaeger etrafı taradı. Narov da aynı şekilde alarma geçmişti; gözleriyle ağaçların altındaki çalılıkları tarıyor, burnuyla rüzgârdan bir ipucu yakalamaya çalışıyordu.

Ses bir kez daha duyuldu. Görünüşe göre yakınlardaki Afrika "kokuşmuş" ağaç korusundan geliyordu, ağaçlara bu ismin verilmesinin arkasında ise gövdesi veya dalı kesildiğinde yaydığı iğrenç kokuydu. Jaeger sesin kaynağını sonunda tanıdı; bir fil sürüsü harekete geçmişti ve yolculuk sırasında ise en sulu, en yapraklı dallardan aşırarak keyif dolu inlemelerini duyurmaya kararlıydı.

Jaeger burada fillerle karşılaşacaklarından hep şüphelenmişti zaten. Dağların içindeki dev mağaralar yıllar süresince böyle sürülerin hareketleri sonucu genişlemişti. Ancak hiç kimse filleri buraya serin gölgenin mi, yoksa tuz kaynaklarının mı çektiğini bilmiyordu. Hangisi olursa olsun, bu muazzam hayvanlar günlerini yeraltında geçirmek gibi bir alışkanlık edinmiş; arada sırada ise ayaklarını yerlere sürtüp koca hortumlarını dozer gibi kullanarak mağara duvarlarını oymuşlardı. Hortumları ile kırılıp dökülmüş kayaları ağızlarına alıyor, dişleri arasında öğütüp tarihî tortulardaki tuzu çıkarıyorlardı.

Jaeger fil sürüsünün mağara girişine doğru yol aldığını anladı. Yani Narov ile onlardan önce varmaları gerekiyordu. İkilinin bakışları birbirine kilitlendi.

"Gidelim!"

Botları sıcak toprağa hızla basıp kalktı, krater duvarının gölgesinde büyüyen son yeşilliği de geçip gölgenin en karanlık tarafına koştular. Sarp kayalık önlerinde belirdi. Mağaranın ağzı; içine oyulmuş diş diş kenarlara sahip, en az yirmi metrelik devasa bir yarıktı. Fil sürüsünün de hızla yaklaştığını bilerek hiç vakit kaybetmeden içeri girdiler.

Jaeger etrafına bakmak için bir süre durdu. Hareket sensörü yerleştirmek için en mantıklı yer mağara girişinin daralan geçidiydi ama kameralar olmadan hiçbir işe yaramaları mümkün değildi. Çok çeşitli hareket sensörleri olsa da en basiti bir pompalı tüfek fişeği şeklinde ve boyutundaydı. Britanya ordu setlerinde sekiz sensöre ek olarak bir de ufak bir telsize benzeyen verici/alıcı cihazı bulunuyordu. Sensörler toprak seviyesinin hemen altına gömülüyor ve yirmi metrelik bir yarıçapta tüm sismik aktiviteleri tespit ederek alıcıya mesaj gönderiyordu.

Mağara girişinin yirmi metre olduğu düşünülürse sekiz sensörlü bir paket tüm genişliği rahatlıkla kapsayabilirdi. Ancak içeri girip çıkan vahşi hayvan sayısı sebebiyle burayı koruyanların güvenlik kameraları ile canlı yayın desteğine de ihtiyacı olurdu. Aksi takdirde hareketlerin davetsiz düşmanlardan mı, yoksa tuz arayışında olan sürülerden mi kaynaklandığını bilemezlerdi.

Yeraltına gömülü hareket sensörlerini bulmak imkânsıza yakın bir mücadeleydi. Jaeger'ın dört gözle aradığı gizli kameralarla antenler veya kablolardı. Bariz bir şey görememişti ama bunun bir şeyi değiştirdiğini söylemek mümkün değildi. Orduda görev aldığı sırada birer kaya veya köpek dışkısı hâline bürünmüş güvenlik kameralarıyla karşılaşmıştı.

Narov ile ilerlediler; önlerinde açılan mağara, katedrallere benzeyen muazzam bir mabet gibiydi. Ancak artık belirsizlikle dolu bir bölgeye girmişlerdi, karanlık hükmünü kabul ettirmeden önce süzülen son grilikler de dağın derinlerinde sönüyordu. Petzl kafa fenerlerini çıkardılar. Şu an gittikleri yerde gece görüş gözlükleri kullanmanın bir manası yoktu. O teknoloji tamamen ay ve yıldızlardan gelen ortam ışıklarını kuvvetlendirmeye dayanıyor ve kullanıcısına bu sayede karanlıkta görme imkânı sunuyordu. Jaeger ile Narov'un gittiği yerde ise hiçbir ışık olmayacaktı. Sadece karanlık...

Fenerler yerine termal görüntüleme kitlerini tercih edebilirlerdi ama olabildiğince yüksüz ve hızlı hareket etmeleri gerektiği için bu ağır ve kaba seçeneği elemişlerdi. Ayrıca yakalanma ihtimaline karşı çok hevesli ve maceraperest turist bir çiftten başka bir şey gibi görünmelerine sebep olabilecek hiçbir şey taşımamaları gerekiyordu.

Jaeger, Petzl fenerini başına geçirip eldivenli eliyle uzandıktan sonra lensin cam kısmını çevirdi. Mavimsi bir ışık fenerin ikiz ksenon ampullerinden yayılıp mağarada bir lazer gösterisine başladı. Yeni katılan aydınlıkla birlikte mağara zemininde eski, kurumuş gübre katmanı da göründü. Jaeger incelemek için eğildi.

Mağara zemininin tamamı fil dışkılarıyla kaplanmış, hayvanların çiğnediği kaya parçalarıyla süslenmişti. Âdeta koca hayvanların güç gösterisi gibiydi. Bir mağaranın duvarlarını söküp çiğneyerek toza dönüştürebiliyorlardı.

Birden sürünün gürleme sesleri iyice yaklaştı. Jaeger ve Narov için buradan kaçış hiç kolay olmayacaktı.

35

Jaeger sırtının en dar kısmına uzanıp köşeli çıkıntının orada olduğunu kontrol etmek için kemerine dokundu. Uzun saatler boyunca silahlı gidip gitmemeyi tartışmış, üzerine bir de olursa hangi silahın seçileceğini konuşmuşlardı.

Bir taraftan, silah taşımak yeni evli çiftlerin balayında pek tercih edeceği bir şey değildi. Diğer taraftan ise böylesine bir yere hiçbir koruma yöntemi olmadan inmek intihardan farksız olurdu.

Tartışma uzadıkça bölgeye hiçbir silah olmadan gitmenin tuhaf kaçacağı da iyice anlaşıldı. Burası vahşi Afrika'ydı nihayetinde, dişi de tırnağı da kırmızı. Hiç kimse böylesine bir araziye kendisini koruyacak bir tür silahı olmadan girmeye cesaret edemezdi.

En sonunda ikisinin de birer P228'e ek olarak birkaç şarjörle Afrika'ya gitmesine karar verildi. Ancak elbette profesyonel katillerle suikastçılara özel susturuculardan götürmeyeceklerdi.

Tabancasının uzun yolculukta gevşemediğinden emin olan Jaeger, Narov'a döndü. O da kendi silahını kontrol etmişti. Yeni evli bir çift gibi davranmaları gerekse de eski alışkanlıklar kolay kolay unutulmuyordu. Tatbikatlar yıllar boyunca o kadar merhametsizce akıllarına kazınmıştı ki bir gecede tecrübeli elit askerler olmayı bırakamamışlardı.

Jaeger askerliği bırakalı yedi sene olmuştu. Ayrılmasının sebeplerinden biri doğa gezileri düzenleyen Enduro Adventures adında bir şirket kurmaktı ama Luke ile Ruth ellerinden çalındıktan sonra o işini de bırakmıştı. Nihayetinde ise her şey mevcut göreve bağlanmıştı; ailesini ve hayatını kazanıp çok yüksek ihtimalle dengesiz bir şeytanı durdurmaya çalışacaktı.

Her yanı kapalı alana süzülen ışık, ilerledikçe daha da loş bir hâl alırken derinlerden gelen gırtlaksı horultular da mağarada yankılandı. Filler ikilinin arkasından mağaraya girmeye başlamıştı. Yükselen sesler, Jaeger ile Narov'un harekete devam etmeleri gerektiğini bildiren komut olmuştu.

Narov'a da aynısını yapmasını işaret ettikten sonra Jaeger, eğilip bir avuç gübreyi eline aldı ve sıradan görünümlü kargo pantolonuna sürdü. Onun ardından tişörtü, kollarındaki açık derisi, boynu, bacakları ve tişörtünü kaldırıp karnıyla beline de bunu uyguladı. Son olarak da fil dışkısını kısa süre önce boyanmış sarı saçlarına sürdü.

Dışkıda zayıf bir bayat idrarla mayalı yaprak kokusu vardı, Jaeger'ın burnu daha fazlasını alamamıştı. Ancak tüm dünyası her şeyden önce koku duyusuna bağlı olan bir fil için, Jaeger şu an başka bir kalın derili, dost bir fil olarak görülebilirdi.

En azından kendisi bu şekilde umuyordu.

Jaeger bu numarayı ilk olarak Afrika'nın en yüksek tepesi olan Kilimanjaro Dağı'nın eteklerinde öğrenmişti. Alayının efsaneleşmiş hayatta kalma uzmanlarından biriyle gerçekleştirilen eğitimde, adam tüm takıma ilk olarak baştan ayağa taze bufalo gübresine bürünmeleri hâlinde bir sürünün arasından hiçbir şey olmamış gibi geçebileceklerini anlatmıştı. Daha sonra ise Jaeger da dâhil olmak üzere tüm bölüğe direkt bunu yaptırarak tekniğinin ne kadar güçlü olduğunu kanıtlamıştı.

Aynı bufalolar gibi fillerin de yakın mesafe dışında görüş konusunda pek başarılı oldukları söylenemezdi. Jaeger ile Narov'un kafa fenerlerinden çıkan ışığın onları rahatsız etme ihtimali de çok düşüktü. Yemekleri, avcı hayvanları, güvenli alanları ve diğer tüm tehlikeleri hayvanlar âleminde eşine rastlanamayan koku duyularıyla tespit ediyorlardı. Burun delikleri hortumlarının en ucunda bulunuyordu ve on dokuz kilometreye kadar bir su kaynağını bulmalarını sağlayacak kadar hassastı.

Bunun yanında fillerin, insanların normal mesafesinin oldukça ötesinde, çok güçlü de bir duyma yeteneği vardı. Yani Jaeger ile Narov bir filin kokusuna bürünüp seslerini çıkarmazlarsa sürü orada olduklarını bile anlamazdı.

Kuru gübreyle kaplanmış düz bir kaya tabakasından karşıya geçerken botları da kaya parçalarını etrafa savuruyordu. Arada sırada karşılarına koyu yeşil serpintileriyle kurumuş dışkı yığınları çıkıyordu, sanki biri mağaraya parça parça boya fırlatmış gibiydi. Jaeger bunların yarasa dışkısı olduğunu tahmin etti.

Başını kaldırıp ikiz fener ışıklarıyla yükseklerdeki mağara çatısını taradı. Aynı beklediği gibi, tavandan ters bir şekilde sarkan iskelet gibi siyah kümeleri görünüyordu; yarasalar, tam ismiyle uçarköpekler. On binlercesi... Yeşil balçıklar, hayvanların sindirdiği meyve artıkları mağara duvarlarına bulaşmıştı.

"Harika!" dedi Jaeger kendi kendine. Tavandan yere kadar hayvan dışkısına bulanmış bir mağarada ilerliyorlardı.

Jaeger'ın kafa fenerinin ışığıyla, ufacık bir çift turuncu göz açıldı. Uyuyan bir yarasa aniden uyanmıştı. Petzl fenerin saçtığı ışık gitgide daha fazlasını uyandırıyor, mağaranın tavanında asılı hayvanlar arasında öfkeli bir rahatsızlık dalgalanıyordu.

Çoğu yarasa türünün aksine, büyük yarasa da denilen bu uçarköpekler; tiz ciyaklamaların duvardan sekerek yön sağladığı eko-lokasyon sistemini kullanmıyordu. Bunun yerine yarasalarda büyük, soğanlı gözler bulunuyor; bu sayede mağaraların karanlığında yollarını bulabiliyorlardı. Işık kaynakları ise onlar için çok çekiciydi.

İlk yarasa, mağara çatısında kemiksi kanatlarını pelerin gibi üzerine kapatıp pençeleriyle bağlandığı tünekten kopup uçuşa geçti. Toprağa doğru harekete geçmiş, hiç şüphesiz Jaeger'ın fenerinden yayılan ışığı mağaraya süzülen güneş sanmıştı. Hemen arkasında ise kanatlardan oluşan kapkara bir bulut alçalıyordu.

36

Bam! Bam! Bam! Bam! Bam!

Jaeger ışık kaynağına hücum eden karanlık sürüden ilk yarasanın bomba gibi başına çarpışını hissetti. Mağaranın tavanı en az otuz metre yükseklikteydi ve bu mesafeden yarasalar ufacık görünüyordu. Ama bu kadar yakından hepsi birer canavardı.

İki metreye kadar uzanabilen bir kanat genişliğine sahip olan hayvanlar en aşağı iki kilo geliyor olmalıydı. Böyle bir ağırlık, bu denli yüksek bir hızla çarptığında ciddi şekilde can yakıyordu ve öfkeyle kızıl kızıl parlayan kocaman gözlerine uzun, dar ve kemiksi kafataslarından çıkan parıltılı dişleri eklenince bir korku filminden çıkmış gibi görünüyorlardı.

Yukarıdan hızla süzülen hayaletlerin sayısının artmasıyla Jaeger da mağara zeminine yığıldı. Yumruk yaptığı elleriyle uzanıp başını darbelerden korumaya çalışırken feneri de söndürdü.

Işık kaynağının sönmesiyle birlikte yarasalar da bir anda ortadan kaybolup mağara girişinden süzülen güneş ışığına çekildi. Kara kanatlı dev fırtına bulutu mağarayı süpürüp geçerken, sürüye liderlik eden koca fil de borazan gibi sesiyle bir çığlık kopardıktan sonra öfkeli bir şekilde kulaklarını çırptı. Büyük yarasaları en az Jaeger kadar sevdiği ortadaydı.

"*Megachiropetra,*" diye fısıldadı Narov. "'Uçan tilki' de derler. Sebebini anlamışsındır."

"Uçan kurt desinler bence." Jaeger tiksintiyle başını iki yana salladı. "Kesinlikle en sevdiğim hayvan *değil.*"

Narov sessizce güldü.

"Keskin görüş ve koku duyularına güvenerek yemekleri bulurlar. Bu genelde meyve olur. Bugün seni meyve sandılar." Göstere göstere burnunu çekti. "Ama şaşırdım açıkçası. Berbat kokuyorsun sarı çocuk!"

"Çok komik!" diye söylendi Jaeger. "Sen müthiş kokuyorsun ya!"

Sarı çocuk! Kaçınılmaz bir takma isimdi. Kaşları ve kirpikleri dahi oksijenle sapsarı olduktan sonra görünüşünün bu kadar değişmesi Jaeger'ı şok etmişti. Kılık değiştirme söz konusu olduğunda etkisi inanılmazdı.

Mağaranın çamurundan kalkıp üzerlerini çırptıktan sonra sessizce ilerleyişi sürdürdüler. Yarasaların yukarıdan gelen hayaletimsi fısıltıları ağır ağır sona erdi. Artık arkadan gelen tek ses, mağaranın derinlerine doğru ilerleyen yüzü aşkın filin yeri titreten sağlam darbeleriydi.

Mağara zemininin bir tarafında, girişinden itibaren başlayan miskin bir kanal akıyordu. Suyun birkaç metre üzerine yükselmelerini sağlayacak bir dizi çıkıntıya tırmandılar. Sonunda yeterince yukarı çıktılar ve dudak uçuklatan bir manzara önlerine serildi.

Akarsu genişleyip büyükçe bir su birikintisine dönüşmüş, Yanan Melekler Dağı'nın altında engin bir göl oluşturmuştu. Jaeger'ın fenerinden yayılan ışık diğer taraftaki kıyıya ulaşamıyordu bile. Ama daha da büyüleyici olanı; suyun üzerinde tuhaf, donmuş bir görüntü çizen karmakarışık şekillerdi.

Jaeger birkaç saniye boyunca önündeki manzarayı hayretler içerisinde seyre daldı. Daha yeni yeni neyle karşılaştıklarını anlıyordu. Taş kesilmiş bir orman uzanıyordu önlerinde. Devasa palmiye ağaçlarının sivri uçlu iskeletimsi şekilleri garip açılarla sudan çıkıyor; meşe ağaçlarının güçlü gövdeleri, yıllar önce yok olmuş bir Roma tapınağının sütunları gibi suyu delip geçiyordu.

Tarih öncesi bir dönemde burası yemyeşil bir orman olmalıydı. Muhtemelen volkanik bir patlamadan yağan küller yeşilliği gömmüş; zaman geçtikçe yükselen volkan, ormanı taşa çevirmişti. Sonrasında ise dünyanın gördüğü en muhteşem minerallere dönüşmüştü; floresan mavi ve yeşillerle bezeli olağanüstü kırmızılıkta opalle bakırsı yeşillerin baş döndürücü güzellikteki buluşmasına eşlik eden pırıl pırıl siyahın süslediği malakite.

Jaeger orduda görev aldığı zamanlarda dünyanın büyük bir bölümünü görme fırsatına erişmiş, gezegenin sunduğu en insan yüzü görmemiş bölgelere gitmişti. Yine de dünya onu her seferinde şaşırtıp büyülemeyi başarıyordu. Bu sefer karşısına çıkanlar ise bu dünyadan değilmiş gibi görünüyordu. Yalnızca karanlık ve kötülükle karşılaşmayı beklediği bu yerde, aklına durgunluk veren bir güzellik ve görkeme denk gelmişti.

Narov'a dönüp, "Sakın balayında seni buraya getirdiğim için mızmızlandığını duymayayım," dedi.

Narov gülümsemesine engel olamadı.

Gölün diğer yakası en aşağı üç yüz metre ötedeydi, üç futbol sahası kadar ederdi. Uzunluğunu tahmin etmek ise mümkün değildi. Gölün güney tarafından bir kaya çıkıntısı uzanıyordu ve geçmeleri gereken yolun bu olduğu kesindi.

İlerlemeye başladıklarında Jaeger'ın aklı bir düşünceye takıldı. İleride bir yerlerde Kammler'in karanlık sırrı, ölüm fabrikası yatıyorsa bile bu taraftan varlığına dair pek bir işaret yoktu. Hatta buraya bir insanın ayak bastığını gösteren tek bir işaret dahi yoktu.

Ne bir ayak izi.

Ne bir patika.

Ne de bu tarafa giden bir aracın izi.

Ama mağara sisteminin ne denli muazzam olduğu ortadaydı. Başka girişleri, başka galerilere açılan sudan aşınmış yolları olmalıydı.

Devam ettiler. Kayalık, ikiliyi mağara duvarına iyice yaklaştırdı. Aldatıcı bir parıltısı vardı. Fener ışığında mavi-beyaz parlayan, uçları jilet gibi keskin on binlerce donmuş kuvars kristaliyle delinmişti. Örümcekler onların arasına ağlarını örmüş, tüm duvarı ince bir ipek yumağıyla sarmışlardı.

Ağlar ise cesetlerle doluydu. İri siyah güveler, olağanüstü renklerde dev kelebekler, her biri bir insanın parmağı kadar olan kocaman turuncu-sarı Afrika arıları ağa düşmüş ve ipekle mumyalanmıştı. Jaeger ne yöne bakarsa baksın, örümceklerin yakaladıkları hayvanlarla beslendiklerini görüyordu. Burada su, hayat demekti. Göl de her türden yaratığı çekiyordu. Burada avcılar -örümcekler- bekliyordu. Burada örümcekler, aynı diğer avcılar gibi avlarını tuzağa düşürmek için en doğru zamanı kolluyordu.

Jaeger ile Narov ilerlemeye devam etti ama bu düşünce onun aklından çıkmadı.

37

Jaeger tedbirini ikiye katladı. Yanan Melekler Mağarası'nda bu denli kalabalık bir vahşi yaşam beklemiyordu.

Pırıl pırıl kristallerle titreyen örümcek ağları dışında bir şey daha vardı burada; mağara duvarlarından acayip açılarla çıkan bir şey. Şimdilerde fosilleşmesine rağmen tarih öncesinde yemyeşil olan bu ormanın ev sahipliği yaptığı hayvanların taş kesilmiş kemikleriydi bunlar; kocaman zırhlı timsahlar, fillerin eski ceddi olan dev yaratıklar ve hipopotamların asırlık ağır sıklet ataları.

Üzerinde yürüdükleri kayalık iyice daralmıştı. Jaeger ile Narov artık kayaya yapışarak yürüyordu.

Birden duvarla kayalık arasında keskin bir yarık belirdi. Jaeger içeri baktı. *İçeride bir şey vardı.*

İyice yaklaştı. Karman çorman bir hâl almış sarımsı kahverengiden oluşan yığın, bir zamanlar nefes alan bir şeyin etiyle kemikleri gibi görünüyordu; hayvanın postu deri olacak kadar mumyalanmıştı.

Jaeger omzunda bir şey hissetti.

"Fil yavrusu," diye fısıldadı Narov, bir taraftan yarığa bakıyordu. "Hortumlarının ucunu kullanarak karanlıkta buraya kadar gelip kazara düşmüş gibiler..."

"Evet ama şu izlere baksana." Jaeger, fenerinin ikiz ışınlarını feci şekilde dişlenmiş gibi görünen bir kemiğe yöneltti. "Bunu bir şey yapmış; büyük ve güçlü bir şey, etçil bir hayvan."

Narov başıyla onayladı. Bu mağaranın bir yerinde et yiyen canavarlar vardı. Bir anlığına fenerini gölün yakın kıyısına tutup, "Bak," diye fısıldadı. "Geldiler."

Jaeger omzunun arkasından baktı. Kuvvetli fil taburları göle akın ediyordu. Su derinleştikçe sürünün nispeten küçükleri, genç filler başlarına kadar battı. Sonra hortumlarını kaldırıp sadece uçları görünecek şekilde suyun içinde kaldılar, burun deliklerini birer şnorkel gibi kullanıp oksijen çekiyorlardı.

Narov, Jaeger ile geldikleri yola bakmak için arkasını döndüğünde küçük gri bedenlerin alelacele geldiğini gördü. Sürünün en küçükleri, yavrular geliyordu. Sığ suyu geçemeyecek kadar ufaklardı, bu yüzden kurak bölgeden yürüyüp uzun yoldan gitmeleri gerekiyordu.

"Acele etmeliyiz!" diye fısıldadı, aciliyet ses tonuna yansımıştı.

Yavaş tempoda koşmaya başladılar.

Henüz pek mesafe alamadan Jaeger'ın kulağına bir ses geldi. Uzaklardan gelen alçak bir ses mağarada yankılandı; bir köpeğin homurtusu ile bir boğanın feryadı ve bir maymunun çığlık çığlığa gülüşü arasında bir sesti bu. Ardından yanıt veren başka bir feryat duyuldu.

Jaeger'ın tüyleri ürperdi.

Daha önce böyle bir feryat duymasa, mağaranın bir şeytan sürüsü tarafından ele geçirildiğine kalıbını basardı. Ama zaten öyleydi, sesin kaynağını tanımıştı; *sırtlanlar* geliyordu.

Yolun uzandığı tarafta, Jaeger'ın yakından tanıdığı sırtlanlar vardı. Bir leoparla kurt arasında denilebilecek, en büyükleri yetişkin bir erkek insan kadar ağır olabilen sırtlanlar... Eşi benzerine zor rastlanan güçlü çeneleriyle avlarının kemiklerini parçalayıp yiyebiliyorlardı. Normalde en zayıf, hasta ve yaşlılara saldırırlardı. Ama köşeye sıkıştıklarında bir aslan sürüsü kadar tehlikeli olabilirlerdi.

Belki de daha fazla...

Jaeger yolun devamında sürünün en küçüğünü tuzağa düşürmek için bekleyen sırtlanlar olduğuna emindi.

Korkularını doğrularmışçasına, arka taraftan bir filin, sırtlanın dehşetli feryadına verdiği yanıt duyuldu; kocaman hortumundan çığlık çığlığa bir uğultu yayıldı. Mağarada gök gürültüsünü andıran bir ses yankılanırken, fil dev kulaklarını çırptı ve başını tehdidin yöneltildiği tarafa çevirdi.

Sürünün lideri, yanına iki fil daha alarak rotasından ayrıldı. Sürünün ana grubu gölde ilerlemesini sürdürürken; üç koca hayvan, sırtlan ulumalarının geldiği taraf olan kayalıktaki çıkıntıya yöneldi.

Jaeger tehlikeyi hafife almıyordu. Fillerin karşısında bir sırtlan sürüsü vardı ve Narov ile iki grubun arasında kalmışlardı. Artık her saniye önemliydi. Sırtlanların çevresinden dolaşmalarını sağlayacak alternatif bir yol aramak için zaman yoktu. Biraz sonra yapacağı şey konusunda fikrini değiştirmek için tereddüt edecek zamanı da yoktu.

Jaeger beline uzanıp P228 tabancasını çıkardı, Narov'a gösterdi. Rus kadın çoktan nişan almıştı bile.

İleri doğru koşmaya başlayıp, "Kafalarından!" diye fısıldadı Jaeger. "*Kafalarından!* Yaralı bir sırtlan, katil bir sırtlandır."

Fenerlerinden çıkan ışık, koşarken sekip sıçradı; mağaranın duvarlarında tuhaf, hayalet gibi gölgeler yarattı. Hemen arkalarından filler mağarayı inletmeye devam ediyor, gitgide yaklaşıyorlardı.

Düşmanları ilk gören Jaeger oldu. İrice bir benekli sırtlan, ayak seslerine ve fenerlerden yayılan ışığa çekilmiş; korkutucu şekilde parlayan gözleriyle koşuyordu. Hayvanın karakteristik bodur arka ayakları, genişçe bir omzu, kısa boynu ve mermi gibi bir başı vardı. Kendine özgü o tüylü yelesi ise omurgasında süzülüyordu. Canavarın çenesi bir hırlamayla açıldı; kısa, kalın köpek dişleriyle arkasına sıralanmış kemik parçalayan kocaman azı dişlerini gösterirken âdeta hormonlu bir kurt gibi görünüyordu.

Benekli sırtlanın dişisi erkeklerden daha büyüktü ve sürüye hükme-diyordu. Başını alçaktan salladı ve iki tarafında parıldayan gözler belirdi. Jaeger toplam yedi hayvan sayarken, arka taraftan öfke dolu filler de gölün son sularını geçiyordu.

Jaeger'ın temposu yavaşlamadı. Koşmaya devam ederken iki eliyle hedef alıp tetiği çekti.

Pzzzt! Pzzzt! Pzzzt!

9 mm'lik üç mermi, kraliçe sırtlanın kafatasını parçalara ayırdı. Hay-van sertçe düşerken karnı kayalığın köşesine çarpmadan canından olmuştu bile.

Jaeger omzunda Narov'u hissetti, koşarken ateş ediyordu.

Kuduz sürüyle aralarındaki mesafe artık metrelerle ölçülüyordu.

38

Jaeger kanlı cesetlerden kaçmak için seke seke ilerlerken bile tabancası mermi kusuyordu.

Botları sertçe uzak tarafa indi, ileri doğru koşmaya başladı. Hemen arkasından üç kocaman fil arayı kapatıyor, dev ayaklarının altında sular fokurduyordu. Alev alev gözlerinin yanında kulakları durmadan iri cüsselerine çarpıyor, hortumları tehdidin kokusunu alıyordu.

Filler açısından bakıldığında önlerindeki yolda kan, ölüm ve savaş vardı ve o yol yavrularının geçeceği yoldu. Fillerin sahip oldukları en güçlü dürtü ise kendi türlerinden olanı korumaktı. O yüz güçlü filden oluşan sürünün tamamı aslında kocaman bir aileydi ve şimdi de yavruları ölümcül bir tehlike altındaydı.

Jaeger hayvanlardaki çaresizlikle öfkeyi gayet iyi anlıyor ama bunu düşmana karşı saldıklarında yakınlarda olmak istemiyordu.

İçgüdüsel olarak omzunun arkasına dönüp baktı, Narov'u arıyordu. Ancak orada olmadığını gördüğünde sırtından aşağı bir ürperti indi. Bir anda durdu. Arkasını döndü ve Narov'un bir sırtlanın üzerine eğilip hayvanı yoldan itmeye çalıştığını gördü.

"HAYDİ!" diye bağırdı Jaeger. "NE YAPIYORSUN? KOŞ!"

Narov'un verdiği karşılık, sırtlan ölüsünü yoldan çekme uğraşını ikiye katlamak oldu. Jaeger bir anlığına tereddütte kaldı, hemen ardından ise Narov'un yanına koşup hayvanın bir zamanlar çok güçlü omuzlarından tuttu ve ikisi birlikte cesedi patikanın kenarındaki yarığa bıraktı.

Daha sırtlan yere değmemişti ki fil sürüsünün lideri arkalarında belirdi. Hayvan yeri oynatan öfkesini gök gürültüsü misali kusarken, Jaeger'ın yüzüne çarpan ses dalgası içini dışına çıkaracak gibi oldu. Saniyeler sonra dişlerini içeri sapladı ve Jaeger ile Narov'u kayalık patikanın en dar kısmına sıkıştırdı.

Jaeger, Narov'u yeniden mağara tavanının kayalık patikanın iç kısmıyla birleştiği köşeye sürükledi. Kalın örümcek ağları ve sivri kristallere sıkışmış vaziyette, fenerlerini elleriyle kapatarak toprağın üzerinde hareket etmeden uzanıyorlardı.

Bu raddede en ufak bir hareket, koca filin gazabını üzerlerine yağdırmasına sebep olurdu. Ancak karanlıkta hiç ses çıkarmadan dururlarsa mağara katliamından da kurtulabilirlerdi.

Grubun önündeki lider fil, karşısına çıkan ilk sırtlanı dişleriyle kaldırıp hiçbir çaba sarf etmeden gölün soğuk sularına fırlattı. Hayvanın güç gösterisi tek kelimeyle tüyler ürperticiydi.

Sırtlan leşleri birer birer kaldırılıp göle atıldı. Kayalığın kenarı cesetlerden temizlendiğinde lider fil de bir miktar sakinleşmiş görünüyordu. Jaeger hem büyülenmiş hem de korkudan titrer bir hâlde dev hayvanın hortumunun yumuşak, düz ucuyla olanlardan bir anlam çıkarmaya çalışmasını seyretti.

Kokuyu alan dev burun deliklerinin açıldığını görebiliyordu. Her koku farklı bir hikâye anlatıyordu. Sırtlan kanı; fil açısından bu iyiye haberdi. Ama ona karışmış, hayvana yabancı gelebilecek başka bir koku daha vardı; barut dumanı. Jaeger ile Narov'un tabancalarından açılan ateş, mağaranın serin havasında bir sis bulutu olarak asılı kalmıştı.

Filin kafası karışmış görünüyordu, *neyin kokusuydu bu?*

Hortumu daha da derine uzandı. Jaeger nemli pembe ucunun kendisine doğru geldiğini görebiliyordu. Bir ağaç kadar kalın, iki yüz elli kilo kaldıracak kadar güçlü fil hortumu, tek bir dolamayla ikisini birden hiç zorlanmadan kaldırabilir; duvara vurarak parçalara ayırabilirdi.

Bir anlığına Jaeger, saldırgan bir tutum benimsemeyi düşündü. Filin kafası en fazla üç metre ötedeydi, kolay bir atış olurdu. Artık gözlerini rahatlıkla görebiliyordu; uzun, dağınık kirpikleri fenerden çıkan ışıkta parlıyordu.

Tuhaf bir şekilde, hortumu ilk teması yapmak için ilerlerken bile hayvanın kendi aklından geçeni okuduğunu hissetti. Bakışlarında o kadar insancıl bir şey vardı ki...

Jaeger ateş açma düşüncesini bütünüyle terk etti. Bunu yapabilecek gücü kendinde bulsa dahi -ki hiç sanmıyordu ama- ses hızının altında fırlayacak 9 mm'lik bir mermi zaten filin kafatasını parçalayamazdı.

Kendisini filin dokunuşlarına bıraktı. Filin hortumu, koluyla temas ettiğinde Jaeger donup kaldı. O kadar nazikti ki sanki kolundaki tüyler hafif bir meltemle dalgalanmış gibi hissetmişti. Dev hayvan kokusunu alırken burnundan gelen hırıltıyı duydu.

"Acaba ne kokusu alıyor?" diye merak etti Jaeger. Her yanına sürdüğü o kadar fil dışkısının işe yarayacağını umuyordu. Peki hayvanın hâlâ alabileceği, onun altındaki insan kokusu da duruyor muydu? *Kesin duruyordu.*

Ağır ağır, kendi türünün tanıdık kokusu büyük fili sakinleştirmiş gibi göründü. Birkaç ufak dokunuş ve koklamanın ardından hortum çekildi. Jaeger vücudunu Narov'un üzerine kapatarak kalkan olmuştu, bu yüzden hayvan da kadından ancak birkaç kez üstünkörü koku alabilmişti.

Tatmin olmuş gibi görünen fil, sıradaki görevini tamamlamak için döndü; yavrularını sırtlanlardan kalan kanla boyanmış yollardan geçirecekti. Ama tam dönerken Jaeger; filin o eski, derin, her şeyi gören gözlerinde bir bakış yakaladı. Sanki fil biliyordu. Burada neyle karşılaştığından haberi vardı ama onları hayatta bırakmaya karar vermişti. Jaeger buna emindi.

Fil, ufak yavruların korku ve belirsizlikle küme olup durduğu kayalığın kenarına ilerledi. Hortumuyla onları sakinleştirip rahatlattı, ardından öndekileri dürterek yeniden harekete geçirdi.

Jaeger ile Narov da yavru fillerin önünden hızla ilerlemek için açılan tırmanma fırsatını kaçırmadı, daha güvenli bir yere gidebilirlerdi artık.

Ya da öyle sanıyorlardı.

39

Kayalığın kenarında olabildiğince hızlı şekilde koştular. Yol nihayetinde genişleyip düz bir alana açılırken gölün sınırları da çiziliyordu. Sürünün kalanı burada toplanmıştı. Mağara duvarlarına çarpan dişlerinden çıkan seslere bakılırsa tuz madenleri için seçtikleri yer burasıydı. Bunun için mağaraya gelmişlerdi.

Jaeger mağara duvarının arkasına saklanıp eğildi. Nefesini düzene sokmak ve nabzını kontrol altına almak için biraz durmaya ihtiyacı vardı. Bir su şişesi çıkarıp kana kana içtikten sonra az önce geldikleri yola doğru bir elini salladı.

"O leşi taşıma olayı neydi? Sırtlanı diyorum. Nereye düştüğünün ne önemi var, öldüyse ölmüştür!"

"Yavru filler ölü bir sırtlanın kapattığı yolu geçmez. Ben de açmaya çalışıyordum."

"Evet ama yirmi tonluk baba filler bu işi yapmaya geliyordu zaten."

Narov omuzlarını silkip, "Öğrenmiş oldum. Benim en sevdiğim hayvan fil... Yavrularını öyle kapana kısılmış şekilde bırakamazdım," dedikten sonra Jaeger'a baktı. "Hem zaten baba fil saçının bir teline bile zarar vermedi, değil mi?"

Jaeger öfkeyle gözlerini devirdi. Ne diyecekti ki?

Narov'un hayvanlarla oldukça büyüleyici, hatta çocuksu bir ilişkisi vardı. Jaeger Amazon'daki keşif sırasında bunu tekrar tekrar gözlemlemişti. Hatta kimi zamanlar sanki hayvanlarla ilişkisi insanlara nazaran daha iyiymiş gibi hareket etmişti, onları kendi türünden çok daha iyi anlıyormuş gibi...

Hangi hayvan olduğu da Narov için fark etmiyordu. Zehirli örümcekler, kemik kıran yılanlar, insan yiyen balıklar... Bazen sadece dünyanın insan olmayan canlılarını umursuyor gibi görünüyordu. Büyük ya da küçük, hepsi Tanrı'nın varlıklarıydı. Biraz önceki sırtlanla yaşandığı gibi asker arkadaşlarını korumak için bir hayvan öldürmesi gerektiği zamanlarda ise pişmanlıkla tükeniyordu.

Jaeger su şişesini boşalttı ve çantasına geri koydu. Omuz kayışlarını sıkıp yeniden harekete geçmeye hazırlanıyordu ki fenerinden süzülen ışık bir anlığına çok aşağılarda yatan bir şeye takıldı.

Doğanın tasarımında, insanların aksine düz, sivri çizgiler görmek neredeyse imkânsızdır. Doğada düzen yoktur. Ama doğanın belki de en merkezinde, Jaeger'ın gözüne takılan kaba bir anormallik, doğaya aykırı bir fark vardı.

Mağaranın derinlerinden göle bir nehir akıyordu. Tam döküldüğü noktadan önce ise bir geçit oluşmuştu. Doğal bir yapıydı. O dar noktanın kenarında ise bir bina vardı.

Orada olması nispeten mantıklı gelebilecek bir jeneratör yuvası ya da pompalama istasyonundan ziyade, aynı Falkenhagen Sığınağı'ndakiler gibi İkinci Dünya Savaşı'ndan kalma bir sığınağa benziyordu. Ancak suyun bu kadar yakınında olması Jaeger'ın da tam olarak ne olduğunu anlamasını sağladı.

Suyun kenarından sürünerek ilerlediler. Jaeger kulağını betona dayadı ve içeriden gelen hafif, ritmik vızıltıyı duymasıyla birlikte neyle karşılaştıklarından emin oldu.

Suyun geçitten büyük bir güç ve süratle aktığı noktaya yerleştirilmiş bir hidroelektrik birimiydi bu. Nehrin bir kısmı bir kanal vasıtasıyla binaya akıyor, içeride de eski su çarklarının modern hâli olan rotor kanadı bulunuyordu. Akıntının baskısıyla kanat dönüyor, o da içerideki bir elektrik üreticiyi çalıştırıyordu. Yapının bu denli muazzam boyutlarda inşa edilmesinin arkasında ise teknik ekipmanları meraklı fil sürülerinden koruma düşüncesi vardı.

Jaeger'ın tüm şüpheleri bir anda yok oldu. Bu dağın altında bir şey olduğu kesindi artık; derinlere saklanmış, elektrik gerektiren insan üretimi bir şey. Bir parmağını karanlığa uzattı.

"Kabloyu takip edeceğiz. O da bizi elektriğe ihtiyaç duyan ne varsa ona götürecek. Dağın bu kadar altında da..."

"Tüm laboratuvarlar elektriğe ihtiyaç duyar," diye sözünü kesti Narov. "Burada! Yaklaştık!"

Jaeger'ın gözleri parladı.

"Haydi o zaman, gidelim!"

Hızlı bir tempoyla yeniden ilerlemeye koyuldular, mağaranın derinlerine doğru kabloyu izliyorlardı. Dışarıdan gelecek olası bir zarara karşı korumak için çelikten kaplamaya sarılmış kablo dağın derinliklerine uzanıyordu. Attıkları her adımda hedefe biraz daha yaklaşıyorlardı.

Kablo bir duvara geldiklerinde bitti. Dev duvar, mağaranın bütün genişliğini kaplıyordu. En büyük filden de uzun, metrelerce yükseklikteydi. Jaeger duvarın neden buraya yerleştirildiğini adı gibi biliyordu, fil sürülerinin ilerlemesini engellemek içindi.

Duvarın nehirle buluştuğu yerde, yapının üzerinde suyun fışkırmasını sağlayan oluklar vardı. Jaeger onların içinde daha da fazla türbin olacağını düşündü, böylece akıntı biriminin yedek bir güç kaynağı olarak kullanılması sağlanıyordu.

Duvarın soğuk gölgesinde durdular. Jaeger acımasız bir kararlılıkla hareket ediyordu. Artık her neyse dağın sakladığı sırlar açığa çıkmak üzereydi.

Az kalmıştı.

Yapıyı gözden geçirdi. Dümdüz uzanan, pürüzsüz bir betonarmeydi.

Bir sınır olduğu belliydi ama neyin sınırıydı?

Arkasında neler olabilirdi?

Hatta *kim* olabilirdi?

Ruth ile Luke'un zincirlenmiş ve kafeslenmiş bir görüntüsü zihninde belirdi.

Hiç durmadan, hep ileri! Kraliyet piyadelerinde hizmet verdiği zamanlar Jaeger'ın benimsediği bir mantraydı bu. *Her savaşta, mesafeyi kapa.* Ailesini bulmak için çıktığı bu avda olduğu gibi aklının hep en önünde bunlar vardı.

Gözleriyle duvardaki tutacakları aradı. Hiç yoktan birkaç tane vardı. Yine de tırmanmak mümkün değildi. Ama...

İnsan üretimi duvarla mağaranın doğal duvarının birleştiği kenara ilerledi. Zayıf bir hat olmalıydı. Burada pürüzsüz yapı, mağaranın kristal ve çıkıntılı duvarıyla bir araya getirilmişti; bir ihtimal tırmanabilirlerdi. Duvarı her kim inşa ettiyse bu sırada mağaradaki çıkıntıları parçaladığı yerler belli oluyordu. Ancak çıkıntılar o kadar engel olmuş, işin o kadar rastgele yapılmasına yol açmıştı ki tırmanmak için tutacak ve ayak basacak yerler oluşmuştu.

"İnsanları durdurmak için inşa edilmemiş bu," diye fısıldadı Jaeger, bir taraftan da tırmanış rotasını kafasında çiziyordu. "Sadece tuz arayan filleri durdurmak için yapmışlar. Diğer taraftakileri korumak için..."

"Elektrik gerektiren ne varsa artık," diye tısladı Narov, gözleri alev alevdi. "Yaklaştık artık, çok yaklaştık!"

Jaeger sırt çantasını çıkardı ve ayağına bıraktı.

"İlk ben tırmanayım. Çıktığımda çantaları bağla; ben çekerim, sen de kalanları getirirsin."

"Tamamdır. Sonuçta zaten sen şey değil misin... Nasıl diyordunuz? Kayacı?"

Çocukluğundan bu yana kaya tırmanışı Jaeger için apayrı bir tutkuydu. Okul zamanı bir arkadaşıyla girdiği iddia sonrasında hiçbir ip kullanmadan serbest tırmanışla çan kulesine çıkmıştı. SAS'ta ise dağda savaş üzerine tüm konularda özelleşmiş Dağ Birliği'nde görev almıştı. Kısa süre önceki Amazon keşfinde ise tehlikeli iniş ve çıkışları başarıyla tamamlamıştı. Yani tırmanılması gereken bir şey varsa ilk Jaeger tırmanırdı.

Birkaç deneme alsa da tırmanma ipinin bir ucuna bir taş parçası bağlayarak en yüksek noktadaki kemiksi çıkıntılardan birini tutturmayı başardı. Bunun sarılmasıyla birlikte bir nevi dayanak noktasına da sahip oldu ve nispeten güvenli denebilecek bir şartta tırmanmaya başladı.

Üzerindeki neredeyse her şeyi çıkarmış, tabancası dâhil tüm ağırlıkları çantasına doldurmuştu. Sol eliyle uzanıp parmaklarını yumrulu bir çıkıntının etrafında kapadı. Çok eskilerden kalma dev bir sırtlanın fosilleşmiş çene kemiği olabilir miydi? Şu an için Jaeger'ın hiç umurunda değildi.

Ayağı benzer yumrulara dokunurken, mağara duvarına gömülmüş tarih öncesi kalıntıları kullanarak ilk birkaç metre boyunca kendini yukarı çekti. Ardından halata asılıp bir sonraki sağlam tutacağa doğru kendini çekti.

Halatı sağlam kalmıştı ve iyi bir ilerleme kaydediyordu.

Şu an Jaeger'ın umurunda, o duvarın zirvesine ulaştıktan sonra burada neyi koruyup saklamaya çalıştıklarını öğrenmekten başka bir şey yoktu.

40

Jaeger üst yüzeyin kenarına tutundu. Parmakları santim santim duvarın üzerine yerleşirken yanan omuz kaslarını zorlayıp vücudunu yukarı çekti. Önce karnını koyduğu duvarın üst kısmına dizlerini de yerleştirdi ve zirveye ulaştı.

Birkaç saniye boyunca orada öylece uzanıp kesilen nefesinin geri gelmesi için bekledi. Duvarın üst kısmı geniş ve düzdü, âdeta inşasına harcanan emeğin gösterisi gibiydi. Aynı düşündüğü gibi, bu duvar insanları engellemek için koyulmamıştı. Üzerinde normalde görülebilecek dikenli tellerden yoktu. Buraya kimsenin davetsiz bir şekilde geleceği düşünülmemiş, tırmanılacağı ise akıllardan bile geçmemişti. O kadarı gayet açıktı.

Bu engeli kim inşa ettiyse, -Jaeger bu işten bir şekilde Kammler'in sorumlu olduğuna emindi- bölgenin bir şekilde keşfedileceğini hiç hesaba katmamıştı. Duvarın dışarıdan fark edilemez düzeyde olduğuna ve bu sayede güvenliği sağlayacağına inanmışlardı.

Jaeger uzak tarafa doğru bir bakış atmaya karar verdi. Kafa fenerinden çıkan ikiz ışınlar hiçbir hareket olmayan, siyah ve ayna benzeri bir yüzeyden geri döndü. Duvarın arkasında gizlenmiş geniş mağara galerisinin içinde ikinci bir göl daha vardı. Bütün bölge ürkütücü şekilde ıssız görünüyordu ama Jaeger'ın hayret içerisinde eliyle ağzını kapatmasına yol açan şey bu değildi.

Su birikintisinin merkezinde tek kelimeyle fantastik bir görüntü vardı. Gölün aynalı yüzeyinde süzülen şey insanın kalbine indirecek kadar beklenmedik ama aynı zamanda tuhaf bir şekilde tanıdıktı.

Jaeger o anki hislerini ve heyecanını bastırmaya çalışıyor, kalbi göğsünü parçalayacak gibi atıyordu. Tehlikeli bir şekilde asılı kaldığı kancadan halatı çıkardı ve duvarın üzerindeki ufak bir çıkıntı etrafına dolayarak güvenceye alıp Narov'a uzattı. Kadın ilk paketi bağladı ve Jaeger eşyaları yukarı çekti, sonra bir kez daha. Ardından Narov, bacaklarını duvarın üzerinde iki tarafa sallandırmış Jaeger'ı bir dayanak noktası olarak kullanıp tırmanmaya başladı.

O da çıktığında Jaeger fenerini göle tutup, "Baksana şuna!" diye tısladı. "Gözlerin bayram etsin!"

Narov kafasını çevirdi. Jaeger onu bu denli nutku tutulmuş görmemişti. Narov söyleyecek tek kelime dahi bulamıyordu.

"İlk gördüğümde kesin hayaldir dedim," dedi Jaeger. "Hayal olmadığını söyle bana, gerçek olduğunu söyle!"

Narov bakışlarını gölden ayıramıyordu.

"Görüyorum. Ama onu buraya nasıl getirdiklerini aklım almıyor."

Jaeger omuzlarını silkip, "Benim de en ufak bir fikrim yok," dedi.

Eşyalarını duvarın diğer tarafına indirdikten sonra hızla kendileri de alçalıp zemine yeniden ayak bastılar. Hiç hareket etmeden öylece durup önlerindeki bu yeni, çözülmesi imkânsız görünen sorunu düşünüyorlardı. Yüzmek dışında, -ki suyun içinde olanları hayal etmek bile istemiyorlardı- gölün ortasına gitmenin başka bir yolu yoktu. Bir şekilde gitseler bile oraya bağlı duran şeye nasıl bineceklerdi?

Jaeger bir taraftan bununla karşılaşmayı beklemeleri gerektiğini düşündü. Aslında Falkenhagen'daki toplantıda uyarılmışlardı. Yine de bu şekilde bulmak; ona böylesine el değmemiş, böylesine kusursuz bir şekilde çıplak gözle tanık olmak nefes kesiciydi.

Dev cüssesiyle Blohm&Voss BV222 deniz uçağı; dağın altındaki mağarada uzanan gölün tam ortasında, göle demirli bir şekilde süzülüyordu. Bu kadar uzaktan bile uçağın boyutları dehşet vericiydi; altı motorlu bir dev, sivri burnundan bir şamandıraya bağlanmıştı. Üzerindeki endamlı kanatların altında ufacık kalan antika görünümlü bir deniz motoru uçağın yan kısmına bağlanmış, akıl almaz cüssesini iyice ortaya çıkarmıştı.

Ancak savaş uçağının boyutu ve burada bulunması bir tarafa, Jaeger'ın bu kadar afallamasının arkasında nasıl böyle kusursuz bir şekilde korunduğu vardı. BV222'nin orijinal kamuflaj yeşiline boyanmış üst gövdesinde bir parça dahi yarasa dışkısı yoktu. Aynı şekilde; mavi-beyaz renklerle bezeli, V şeklinde bir hız teknesi gibi biçimlendirilmiş alt gövdesinde de herhangi bir yosuna ya da ota rastlamak mümkün değildi.

Savaş uçağının üst tarafından bir taret ormanı filizlenmişti ve bunlar sayesinde BV222 hiçbir yardımcıya ihtiyaç duymadan öfkesini kusabiliyordu. Muazzam boyutlarda bir uçan silah platformuydu ve Müttefik kuvvetleri vurmak için tasarlanmıştı.

Taretlerin üzerindeki plastik sanki uçak fabrikadan çıktığı günkü kadar berrak ve temiz görünüyordu. Yan tarafında birkaç adet gemi penceresi göze çarpıyor ancak bunlar da Luftwaffe'nin ikonlaşmış simgesine, beyaz haçın üzerinde çizilmiş siyah haçın olduğu yere geldiğinde son bulunuyordu. Tüyler ürpertici haç sanki dün boyanmış gibi görünüyordu.

Bu BV222 bir şekilde yetmiş yıl boyunca burada yatmış, özenle bakılmış ve korunmuştu. Ancak en büyük gizem, Jaeger'ın bir türlü aklının almadığı şey uçağın ilk başta buraya nasıl geldiğiydi. Çünkü yüz elli metrelik kanat genişliğiyle hiçbir mağara girişinden sığamayacak kadar büyüktü.

Bu kesin Kammler'in işiydi, bir şekilde buraya sokmayı başarmıştı.

Ama neden bununla uğraşmıştı?

Amacı neydi?

Jaeger bir anlığına Kammler'in gizli virüs laboratuvarını, dağın altında inanılmaz bir şekilde saklanmış bu uçağın içinde kurup kurmadığını merak etti. Ama düşündüğü gibi bu fikirden vazgeçti. Narov ile kendi başındaki fenerler olmasa BV222 burada zifiri bir karanlıkta uzanmaya devam ediyor olurdu. Jaeger terk edildiğinden emindi.

Artık yavaş yavaş heyecanını bastırıp kendine gelirken etrafın ne kadar sessiz olduğunu fark etti. Az önce tırmandıkları kocaman beton duvar, mağara sistemindeki diğer tüm sesleri; fillerin duvarları oyarken çıkardığı inlemeleri, kaya parçalarının ritmik gürültülerini, tanıdık tanımadık hayvan çığlıklarını engellemişti.

Burası kelimenin tam anlamıyla dingindi; yaşamdan yoksun, ruhani, terk edilmiş.

Burası hayatın durduğu bir yerdi.

41

Jaeger deniz uçağını işaret edip, "Başka yolu yok, yüzmek zorundayız," dedi.

Narov ses çıkarmadan başıyla onayladı. Üzerlerindeki yükleri birer birer bırakmaya başladılar. Yüz elli metrelik bir yüzüş olacaktı ve soğuk suda bir de çantaların, torbaların ve mühimmatın ağırlık yapmasına ihtiyaçları yoktu. Kıyafetleriyle ayakkabıları dışında her şeyi gölün kenarında bırakacaklardı.

Jaeger sıra tabancasını çıkarmaya geldiğinde tereddüt etti. Silahsız bir şekilde ilerleme fikrinden nefret ediyordu. Modern silahların büyük çoğunluğu suya girip çıksa dahi sorunsuz çalışıyordu ama şu an asıl önemli olan; önlerindeki ıslak, uzun ve dondurucu yolculuğu bir an önce tamamlamaktı.

P228'ini aletlerin yan tarafındaki ufak bir kayanın altına, Narov'un silahının yanına koydu. Yine de Narov'un bir tür silahı üzerinde tutmasına şaşırmamıştı. Amazon'da da kesin bir şekilde öğrendiği üzere Rus kadın, Fairbairn-Sykes dövüş bıçağı olmadan hiçbir yere gitmezdi. Anlattığına göre Jaeger'ın dedesinden hediye olan bıçak Narov için tılsımlı bir öneme sahipti.

Kadına bakıp, "Hazır mısın?" diye sordu.

Narov'un gözleri parladı.

"Yarışalım!"

Jaeger kafa fenerini söndürmeden önce savaş uçağının yerini aklına kaydedip zihnini ona sabitledi. Narov da aynısını yaptıktan sonra sadece dokunarak Petzl fenerleri su geçirmez Ziploc torbalara koydular. Artık her yer zifiri karanlıktı, acımasızca simsiyahtı.

Jaeger elini yüzünün önüne getirdi. Hiçbir şey göremiyordu. Avuç içi burnuna dokunana kadar yaklaştırdı ama hâlâ azıcık bile olsa bir şey görünmüyordu. Yerin bu kadar altına ışığın bir damlası bile ulaşamıyordu.

"Yakınımda kal," diye fısıldadı. "Bir de..."

Cümlesini bitirmedi. Onun yerine buz gibi göle atlayıp Narov'a karşı önde başlamayı ummuştu. Saniyeler sonra onun da suya girdiğini duydu, yakalamak için çılgın gibi kulaç atıyordu.

Hızla ilerlemek adına uzun, güçlü kulaçlar atarken, Jaeger'ın başı yalnızca çabuk nefesler almak için suyun dışına çıkıyordu. Eski bir deniz piyadesi olarak suyun içinde de dışında da inanılmaz rahattı. Uçağın çekiciliğine karşı koymak mümkün değildi ama zifiri karanlık da korkunç derecede kafa karıştırıyordu.

Tam yanlış yönde ilerlediğine dair umutsuzluğa kapılacaktı ki eli sert bir şeye çarptı; soğuk, sert metal. Savaş uçağının şamandıralarından biri olduğunu düşündü. Bedenini sudan çıkarıp düz yüzeyde dengesini sağladı. Sonra kafa fenerine uzandı, torbasından çıkardı ve yakıp karanlık gölün üzerine tuttu. Narov da birkaç saniye arkasındaydı ve fenerin ışığıyla kadına yol gösterdi.

"Ezik!" diye fısıldadı Narov'u yukarı çekerken. Laf sokmayı ihmal etmemişti.

Narov kaşlarını çatıp, "Hile yaptın!" dedi.

Jaeger omuzlarını silkip, "Aşkta ve savaşta her şey mübahtır," dedi.

Nefeslerini düzene koymak için çömelip birkaç saniye dinlendiler. Jaeger fenerini etrafa tuttu, yayılan ışık önlerinde uzanan dev kanadı parlatmıştı. Falkenhagen'deki toplantıdan, BV222'nin iki katlı olduğunu hatırladı. Üst kat yolcular ve kargo için kullanılırken, alt katta savaş uçağını savunmak için yerleştirilmiş sıra sıra makineli tüfekler vardı.

Uçağın gövdesine bu kadar yakınken artık inanıyordu Jaeger. Buradan uçağın muazzam cüssesiyle çetin zarafeti ve inanılmaz varlığını tam manasıyla takdir edebiliyordu. Ama içine girmesi lazımdı.

Ayağa kalkıp Narov'a da kalkması için yardım etti. Tam ikinci adımını atıyordu ki acı bir çığlık saf sessizliği parçaladı. Çok yüksek ve tiz, ritmik bir feryat gölü titretirken çevresindeki güçlü duvarlardan kulakları sağır edecek düzeyde yankılanmıştı.

Jaeger donup kaldı. Ne olduğunu ânında anlamıştı. BV222 savaş uçağı kesinlikle sensörlerle donatılmış olmalıydı. Hareket etmeye başladıkları anda sensörlerin görünmez ışınlarına kendilerini göstermiş, alarmı tetiklemişlerdi.

"Işığını söndür!" diye tısladı.

Saniyeler içerisinde yeniden kusursuz bir karanlığa gömüldüler ama bu da uzun sürmedi.

Gölün güney kıyısından güçlü bir ışın süzülürken, saklanan tüm gölgeleri ortaya çıkardı. Suyun üzerinde hızla ilerledikten sonra savaş uçağının yanında durdu ve Jaeger ile Narov'u neredeyse kör edecek şekilde aydınlattı.

Siper alıp savaşa hazırlanma güdüsüyle mücadele eden Jaeger, elleriyle gözünü ışıktan korumaya çalışıyordu.

"Sakın unutma," dedi, "biz yeni evli bir çiftiz. Turistiz. Kim gelirse gelsin burada savaşmayacağız."

Narov cevap vermedi. Gözleri etraflarını saran manzaraya kilitlenmişti, hipnotize olmuş gibiydi. Projektörün güçlü ışığı mağaranın büyük bölümünü aydınlatmış, BV222'nin insanı aklından şüpheye düşüren ihtişamını gözler önüne sermişti.

Sanki bir müzenin en değerli ürünü gibiydi.

Ve akıl almaz bir şekilde şimdi bile uçabilecek kadar sağlam görünüyordu.

42

Gölde boylu boyunca bir çığlık yankılandı.

"Olduğunuz yerde kalın! Sakın kımıldamayın!"

Jaeger olduğu yerde kaldı. Aksanda Avrupa tınısı almıştı. Anadilin İngilizce olmadığı kesindi, Alman gibi hissettiriyordu.

Kammler miydi yoksa? Olamazdı. Falkenhagen Sığınağı'ndaki takım onu çok yakından takip ediyor, CIA'deki bağlantılarından ustaca yardım alıyordu. Hem her hâlükârda gelen ses çok daha genç birine aitti. Aynı zamanda tonlamada da bir sıkıntı vardı. Kammler gibi birinden beklenecek o küstahlık eksikti.

"Olduğunuz yerde kalın!" diye emretti ses yeniden, sözlerinin ardında sert bir tehdit de hissediliyordu. "Size geliyoruz!"

Güçlü bir motorun hırıltısı duyuldu, ardından bir bot saklandığı yerden çıktı. Gölün yüzeyini kesip kısa süre içerisinde Jaeger ile Narov'un ayaklarına kadar gelmişti.

Geminin burnundaki adamın dağınık sakalları saman sarısı savruk saçlarına karışmıştı. Aşağı yukarı 1.90 boyundaydı ve teknedeki Afrika yerlisi diğer adamların aksine teni beyazdı. Sade yeşil rengi bir ceket giymişti ve taşıdığı saldırı tüfeği Jaeger'ın dikkatinden kaçmamıştı. Teknenin kalanı da aynı şekilde giyinmiş ve silahlanmıştı. Şimdiyse silahlarının ucunda Jaeger ile Narov vardı.

Uzun adam, ikiliyi dikkatlice süzüp, "Ne yapıyorsunuz burada? Bir hata sonucu oldu herhâlde?" dedi.

Jaeger aptalı oynamaya karar vermişti. Selamlamak maksadıyla bir elini uzattı. Teknedeki adam selamını almak için hareket etmedi. "Kimsiniz?" diye sordu sertçe. "Lütfen neden burada olduğunuzu da açıklayın!"

"Bert Groves, bu da karım Andrea. İngiliz turistiz. Yani maceraperest de denilebilir aslında. Krateri görünce dayanamadık, inip bakmamız lazımdı. Mağara da uzandıkça uzandı." Savaş uçağını gösterdi. "Sonra bu şey bizi buralara kadar getirdi. İnanılmaz gerçekten!"

Bottaki adam kaşlarını çattı, alnı şüpheyle buruşmuştu.

"Buradaki varlığınız en sade ifadesiyle sizin gibi turistler için olağanüstü düzeyde maceralı... Aynı zamanda birçok açıdan da tehlike dolu..." Adamlarını gösterdi. "Gardiyanlarım bana kaçak avcılar olduğunuzu söyledi."

"Avcı mı? İlgisi yok!" Jaeger, Narov'a döndü. "Yeni evlendik biz. Galiba Afrika maceramız aklımızı başımızdan aldı ve adamakıllı düşünme fırsatı bulamadık. Balayı ruhu diyelim." Ardından özür diler bir ifadeyle omuzlarını silkti. "Sıkıntı çıkardıysak özür dilerim."

Teknedeki adam tüfeği tutuşunu değiştirip, "Bay ve Bayan Groves, isim tanıdık geliyor. Katavi Oteli'nde yarın sabah için bir randevunuz var, değil mi?" diye sordu.

Jaeger gülümsedi.

"Aynen öyle! Biziz o. Yarın sabah 11'de... Beş günlüğüne buradayız." Narov'a baktı, dünyanın en aptal âşığı gibi görünmek için elinden geleni yapıyordu. "Hem yeni evli hem de hayatı çılgınlar gibi yaşamak isteyen bir çiftiz sadece!"

Teknedeki adamın bakışları buz gibi kalmaya devam etti.

"Elbette, kaçak avcı değilseniz kapılarımız sonuna kadar açık." Adamın sesinde ilgili bir karşılama vardı. "Ben Falk Konig. Katavi

Çiftliği'nin doğal hayatı koruma müdürüyüm. Ancak burası balayı safarisine başlamak ya da otele gitmek için tavsiye edilen bir yol değil."

Jaeger zoraki bir kahkaha atıp, "Evet, orasını anladık. Ama dediğim gibi Yanan Melekler Dağı çok çekiciydi. Zaten tepeye tırmandıktan sonra da insan duramıyor. Sanki Kayıp Dünya'yı gerçekten yaşıyor gibiydik. Sonra fillerin mağaraya doğru gittiğini gördük. İnanılmaz bir manzaraydı!" dedikten sonra omuzlarını silkti. "Devam etmek zorundaydık."

Konig başıyla onayladı.

"Evet, kaldera her türden hayvanla dolu bir ekosistemi koruyor. Gerçekten eşsiz bir habitat... Fillerle gergedanlarımızın yavrulama yeri... Bu yüzden de *tüm ziyaretçilere* kapalı." Duraksadı. "Sizi uyarayım, yavrulama bölgesinde ateş serbest politikamız var. Davetsiz girenler görüldüğü gibi vurulabilir."

Jaeger, "Anlıyoruz," deyip Narov'a baktı. "Gerçekten soruna yol açtıysak özür dileriz."

Konig hâlâ şüphenin eksik olmadığı bakışlarıyla Jaeger'ı süzdükten sonra, "Bay ve Bayan Groves açıkçası pek akıllıca bir şey yapmadınız. Bir dahaki sefere lütfen normal yoldan gelin, yoksa böyle barış dolu bir karşılama olmaz," dedi.

Narov, Konig'in elini sıkmak için uzandı.

"Hepsi kocamın suçu... Böyle inatçı biri olamaz. Hep en doğrusunu o biliyor! Ben caydırmaya çalıştım..." Sevgi dolu bir şekilde gülümsedi. "Ama zaten en çok bu yanını seviyorum."

Konig biraz rahatlamış görünüyordu, Jaeger ise Narov'a laf sokmak için hazırladığı cümlesini yutmaya çalıştı. Kadın kendi rolünü kusursuz oynuyordu. Hatta o kadar iyiydi ki Jaeger'da bu işten keyif aldığı gibi bir izlenim oluştu.

"Kesinlikle!" Konig, Narov'un elini hafifçe sıktı. "Ama siz pek İngiliz gibi durmuyorsunuz Bayan Groves."

"Andrea yeterli," diye yanıtladı Narov. "Hem bugünlerde sizin de bildiğiniz üzere İngiliz gibi durmayan bir sürü İngiliz var. Açıkçası siz de pek Tanzanyalı gibi durmuyorsunuz Bay Konig."

"Evet, Alman'ım ben." Konig suda süzülen muazzam savaş uçağına baktı. "Ben Afrika'da yaşayan, Tanzanya yerlileriyle birlikte çalışan Alman bir doğal yaşamı koruma uzmanıyım ve sorumluluklarımdan biri de bu uçağın güvenliğini sağlamak..."

"İkinci Dünya Savaşı'ndan, değil mi?" diye bilmiyormuş gibi sordu Jaeger. "Yani... Gerçekten inanılmaz! Nasıl oldu da dağın bu kadar altına geldi? Mağara girişinden sığamayacak kadar geniş sonuçta."

"Öyle," diye doğruladı Konig. Bakışlarında hâlâ bir ihtiyat saklıydı. "Kanatlarını çıkarıp uçağı yağmur sularının üzerinde yüzdürerek buraya getirdiler. Sanıyorum 1947'de oldu bu. Ardından Afrika yerlilerini tutup kanatları parça parça içeri taşıttılar."

"Muhteşem! Ama neden Afrika? Yani buraya nasıl ve neden indi?"

Bir anlığına Konig'in yüz hatları karanlık gölgelerle kaplandı.

"Orasını bilmiyorum. Hikâyenin o kısmı benden çok öncesine dayanıyor."

Jaeger, adamın yalan söylediğinden emindi.

43

Konig savaş uçağına doğru başıyla sertçe bir işaret yaptı.

"Merak ediyorsunuzdur, değil mi?"

"İçini mi? Tabii ki!" diye atladı Jaeger.

Konig başını iki yana sallayıp, "Ne yazık ki orası katı bir şekilde yasak... Aynı bu bölgeye olduğu gibi, uçağa giriş de engellenmiş durumda... Ama onu anlamışsınızdır artık, değil mi?" dedi.

"Anladık," diye doğruladı Jaeger. "Yine de insan üzülüyor. İzin vermeyen kim peki?"

"Buranın sahibi. Katavi özel bir çiftlik... Alman asıllı bir Amerikalı tarafından işletiliyor. Yabancılar için çekici olmasının bir sebebi de bu. Devletin işlettiği millî parkların aksine, Katavi'de tipik Alman verimliliği söz konusu."

"Yani işe yarayan bir koruma çiftliği mi?" diye sordu Narov. "Bunu mu demek istiyorsunuz?"

"Aşağı yukarı. Afrika'daki vahşi yaşama karşı açılmış bir savaş var ve ne yazık ki kaçak avcılar kazanıyor. Burada uygulanan öldürme politikası da bu yüzden. Savaşı kazanmak için aldığımız çaresiz bir tedbir..." Konig çifte göz gezdirdi. "Bugün az kalsın sizin de ölümünüze yol açacak bir tedbir..."

Jaeger son yorumu duymazdan gelmeyi seçip, "Bizim oyumuz size," dedi samimiyetle. "Bir fili dişleri, bir gergedanı boynuzları için öldürmek korkunç bir şey!"

Konig başını eğip, "Katılıyorum. Her gün ortalama bir fil ya da gergedan kaybediyoruz. Büyük kayıp," dedikten sonra duraksadı. "Ama artık bu kadar soru yeterli sanırım Bay ve Bayan Groves."

Bota binmelerini emretti. Başlarına silah dayamış bir şekilde değildi tam olarak ama uymaktan başka çareleri olmadığı da ortadaydı. Tekne savaş uçağından geriye açılırken, burun dalgası deniz uçağını sarstı. O cüsseye göre BV222'de inkâr edilemez bir zarafet ve güzellik vardı. Jaeger ise buraya dönüp sırlarını çözme fırsatı bulmaya kararlıydı.

Tekneyle mağara sisteminden çıkış yoluna açılan bir tünele ilerlediler. Konig duvardaki bir anahtar setini açtı ve tavana yerleştirilmiş elektrik aydınlatması sayesinde kayaların arasındaki geçit gözler önüne serildi.

"Burada bekleyin," diye emretti. "Eşyalarınızı getireceğiz."

"Teşekkür ederiz ama nerede olduklarını biliyor musunuz?" diye sordu Jaeger.

"Tabii ki. Adamlarım sizi bir süredir takip ediyordu."

"Öyle mi? Vay be! Bunu nasıl yapıyorsunuz?"

"Mağaralara yerleştirilmiş sensörlerimiz var. Ama tahmin edersiniz, sürekli girip çıkan hayvanlar yüzünden durmadan tetikleniyorlar. Hem zaten dağın bu kadar derinlerine kimse gelmiyor." Jaeger ile Narov'a anlamlı bir bakış attı. "Yani normalde... Bugün adamlarımı şaşırtan bir şey oldu. Hiç beklenmedik bir ses, silah sesleri duyuldu."

"Sırtlan vurduk," diye savunur bir şekilde araya girdi Narov. "Ufak bir sürü... Ama filleri korumak için yaptık. Yavrular vardı."

Konig onu susturmak adına bir elini kaldırdı.

"Sırtlanları öldürdüğünüzün farkındayım. O hayvanlar ciddi bir tehlike teşkil ediyor. Küçük filleri toplamak için buraya gelip izdiham oluşturuyorlar, yavrular arada çiğneniyor ve açıkçası ziyan edecek çok yavrumuz da yok. Sırtlanları ise arada biz de avlıyoruz, sayılarını düşük tutmak gerekiyor."

"Adamlarınız silah seslerini mi duydu yani?" diye sordu Jaeger.

"Evet, korkuyla beni aradılar. Kaçak avcıların mağaraya girdiğinden endişelenmişler. Sonra ben gelip kimi buldum? *Sizi!*" Duraksadı. "Dağlara tırmanan, mağaralara sızan ve bir benekli sırtlan sürüsünü öldüren yeni evliler... Böyle şeyler insanın karşısına kolay kolay çıkmaz Bayan Groves, değil mi?"

Narov'un çekinecek bir şeyi yoktu.

"Siz olsanız buraya silahsız bir şekilde inmezdiniz ama değil mi? Aksi delilik olur."

Konig'in yüzü ifadesiz kaldı.

"Muhtemelen ama yine de ne yazık ki silahlarınızı almak durumundayım. Bunun da iki sebebi var. İlk olarak kapalı bir bölgeye izinsiz giriş yaptınız. Burada ben ve adamlarım haricinde hiç kimse silah taşıyamaz." Ardından Narov ile Jaeger'a bakıp, "İkincisi de buranın sahibi olan adam bölgede bulunan herkesin tutuklanmasını emretti. Sanıyorum bu ikinci kural otel misafirleri için geçerli değil. Ama bu kararı henüz vermedim ve en azından onunla konuşana kadar silahlarınız bende kalacak," dedi.

Jaeger omuzlarını silkip, "Önemli değil. Zaten gideceğimiz yerde silahlarla bir işimiz olmayacak," dedi.

Konig zorla gülümsedi.

"Elbette, Katavi Oteli'nde hiçbir silaha ihtiyacınız yok."

Jaeger, Narov ile göl kıyısına sakladıkları eşyaları getirmek için ayrılan Konig'in adamlarına kısa bir bakış attı.

"Tabancalar eşyaların yanındaki ufak bir kayanın altında," diye bağırdı arkalarından. Sonra Konig'e döndü. "Herhâlde böyle yasak bir bölgede silah taşımak pek iyi karşılanmıyor?"

"Haklısınız Bay Groves," dedi Konig. "Hiç iyi karşılanmıyor hem de."

44

Jaeger, Narov'un bardağını yeniden doldurmak için yerinden kalktı. Aslında kadın içkisine hiç dokunmadığı için bir anlamı yoktu ama böyle görünmeleri gerekiyordu.

Narov kaşlarını çatıp, "Alkol... Tadını hiç sevmiyorum," dedi.

Jaeger iç çekip, "Bu akşam biraz gevşeyip rolünü oynaman lazım," dedi.

Soğuk bir şişe Saumur seçti Jaeger. Şampanyadan biraz daha az gösterişli, Fransız bir köpüklü şaraptı. Yeni evliliklerini kutlamak için yeterli ama çok da dikkat çekmeyecek bir şey sipariş etmek istemişti. Beyaz ve altın sarısı renklerle kabartılmış kraliyet mavisi rengindeki Saumur'un, bu isteğine tam uyduğunu düşünüyordu.

İhtişamlı Katavi Oteli'nde artık otuz altı saattir kalıyorlardı. Otel her biri duvarların keskin çizgilerini yumuşatmak için tasarlanmış hafif eğimlerle dışarıdan yontulmuş beyaz renkli safari bungalov kümelerinden oluşuyor ve Mbizi Dağları'nın yamacındaki çanak benzeri yokuşun üzerinde yer alıyordu. Tüm bungalovlarda geleneksel yüksek tavanlar, odaları nispeten soğuk tutmak için çatı fanlarına sahipti.

Benzer fanlar bu akşam da otelin Veranda Restoranı'ndaki masaların üzerinde tembelce dönüyor, ortama hafif bir esinti katıyordu. Bir su birikintisine bakacak şekilde özenle yerleştirilmiş restoran kusursuz bir görüş açısı sağlıyordu. Bu akşamın kalabalık manzarasında ise hipopotamların gürültülü burun çekmeleri ve fillerin gürlemeleri restoran sohbetlerine eşlik ediyordu.

Burada geçen her saatin ardından Jaeger ile Narov da o savaş uçağına bir daha ulaşmanın ne denli zor olacağını iyice fark ediyordu. Katavi Oteli'nde misafirler için her şey yapılıyordu; yemekler, çamaşır, temizlik, yataklar, ulaşım... Ek olarak safari turlarına dair günlük seyahat rehberleri de vardı. Buradaki insanların bir vahşi yaşam çiftliği yönetmekten anladığı belliydi ama misafirlerin mağaralara gizlice girmek gibi serbest aktivitelere ayıracak fırsatı kalmıyordu.

Jaeger'ın zihninin en uçlarında karanlık bir düşünce içini kemiriyordu; Ruth ile Luke da o dağın altında bir yerde saklı mıydı? Dünyanın en ölümcül virüsünün dokunuşunu bekleyen birer fare gibi laboratuvarın birinde tutsak mı tutuluyorlardı?

Jaeger, Narov ile birlikte ikna edici bir oyun sergilediklerinden emin olsa da içten içe tükeniyordu. Bir an önce harekete geçmeleri, bir sonuç almaları gerekiyordu. Ama Konig hâlâ onlardan şüpheleniyordu ve onun şüphelerini besleyecek en ufak bir şey yapma riskini göze alamazlardı.

Saumur'dan bir yudum aldı. Masanın kenarındaki buz kovasının içinde kusursuz soğukluğuna erişmişti, şarabın güzel olduğunu inkâr edemiyordu.

"Bunlarda bir gariplik bulmuyor musun sen?" diye sordu Jaeger, kulak misafirlerinden kaçınmak için sesini alçaltmıştı.

"Nasıl bir gariplik?"

"Bay ve Bayan Groves? Balayı çiftleri falan?"

Narov boş gözlerle Jaeger'a bakıp, "Neden bulayım ki? İkimiz de rolümüzü oynuyoruz. Neresi garip bunun?" dedi.

Ya Narov inkâr ediyordu ya da tüm bu olanları çok doğal karşılıyordu. Yine de her şeyiyle tuhaftı. Jaeger aylar boyunca bu kadını çözmeye, gerçekten tanımaya çalışmıştı. Ama bu süreçte adamakıllı bir yakınlık hissettiği söylenemezdi.

Falkenhagen Sığınağı'ndaki makyaj sonrası kazandığı simsiyah saçlı görünümü Narov'a Kelt bir güzellik de kazandırmıştı. Hatta bakışlarında karısı Ruth'u andıran bir şey olduğunu bile düşünmüştü. Bu fikir Jaeger'ı bütünüyle rahatsız etti. Neden böyle şeyler düşünüyordu ki? Kesin alkol yüzündendi. Düşünceleri bir sesle bölündü.

"Bay ve Bayan Groves rahatça yerleştiniz mi? Yemeğinizi beğendiniz mi?"

Konig gelmişti. Rezervin doğal hayatı koruma müdürü her şeyin yolunda gidip gitmediğini kontrol etmek için masaları dolaşıyordu. Sesinde hâlâ sıcak bir tını yoktu ama en azından dağın altına izinsiz bir şekilde girdikleri için ikiliyi tutuklatmamıştı.

"Hiçbir kusur yok," diye cevapladı Jaeger. "Her şey mükemmel!"

Konig manzarayı işaret edip, "Büyüleyici değil mi?" diye sordu.

"Uğruna ölünecek cinsten!" Jaeger, Saumur şişesini kaldırdı. "Kutlamamıza katılmak ister misiniz?"

"Teşekkür ederim ama almayayım. Yeni evli bir çiftin bana kalırsa bir üçüncüye ihtiyacı yok."

"Lütfen, çok hoşumuza gider," dedi Narov. "Rezerve dair her şeyi biliyorsunuzdur. Ağzımız açık kaldı gerçekten! Büyülendik, değil mi Benekli?"

O son yorumunu, sandalyesinin altına yayılıp yatmış kediye yöneltmişti. Otelin birkaç kedi sakini de vardı. Kendinden de bekleneceği üzere Narov, içlerinde en çirkinini, diğer misafirlerin masalarından kovduğu kediyi yanına almıştı.

Benekli, siyah lekeleri olan beyaz bir melezdi. Bir tırmık kadar zayıf kalmış ve bir zamanlar arka bacaklarından birini kaybetmişti. Narov'un yediği yerel bir balık olan Nil levreğinin bir parçası akşam boyunca kedinin karnını doyurmuş, kadın da ona iyice bağlanmıştı.

"Bakıyorum da Paca ile dost olmuşsunuz," dedi Falk, ses tonu bir nebze de olsa yumuşamıştı.

"Paca mı?" diye sordu Narov.

"Svahili dilinde 'kedi' demek." Omuz silkti. "Pek yaratıcı değil ama çalışanlar onu yakınlardaki bir köyde yarı ölü hâlde bulmuş. Üzerinden bir araç geçmiş. Ben de yanıma almaya karar verdim. Gerçek adını bilen de olmadığı için 'Paca' demeye başladık."

"Paca." Narov kısa bir süre ismin keyfini çıkarıp balığından kalanı kediye uzattı. "Gel Paca! Çok sesli çiğneme ama, insanlar yemek yiyor."

Kedi bir patisini uzatıp balık parçasına hafifçe vurarak düşürdü, sonra da üzerine atladı.

Konig'in yüzüne ufak bir gülümseme yerleşmişti.

"Sanıyorum iflah olmaz bir hayvan âşığısınız Bayan Groves."

"Hayvanlar..." dedi Narov. "İnsanlardan çok daha basit ve dürüstler. Ya sizi yemek istiyorlar ya onları sevip beslemenizi ya da size yüz kat fazlasını verecekleri sadakatle sevginizi istiyorlar. Hiçbir zaman da geçici heveslere kapılıp sizi başkası için terk etmiyorlar."

Konig kıkırdamasını tutamayıp, "Sanıyorum endişe etmeniz gerekebilir Bay Groves. Bir de size katılacağım. Ama sadece bir kadeh... Yarın günüm erken başlayacak," dedi.

Garsona işaret edip üçüncü bir kadeh istedi. Narov'un Katavi Oteli'ndeki en çirkin kediye olan sevgisi adamı yumuşatmış görünüyordu.

Jaeger, adama biraz Saumur koyarken, "Harika bir içki bu arada. Yemek için de şefe tebriklerimizi iletin," dedikten sonra duraksadı. "Ama şimdi merak ettiğim şey başka... Rezerv nasıl işliyor? Yani başarıya ulaşıyor mu?"

"Bir açıdan bakıldığında evet," diye yanıtladı Konig. "Otelde oldukça kârlı bir işletme yürütüyoruz. Ama ben her şeyden önce bir çevre âşığıyım. Benim için önemli olan tek şey hayvanları korumamız... O konuda ise ne yazık ki başarısız kalıyoruz."

"Nasıl başarısız?" diye sordu Narov.

"Açıkçası balayına uygun bir konu değil bu. Rahatsız edici olabilir. Özellikle de sizin için Bayan Groves..."

Narov, Jaeger'a doğru başını salladı.

"Sırf canı istedi diye beni Yanan Melekler Mağarası'na sokan bir adamla evlendim. Sanırım kaldırabilirim."

Konig omuzlarını silkip, "Öyle olsun madem. Ama uyarayım, burada çok karanlık ve kanlı bir savaş veriliyor," dedi.

45

"Buraya sizin gibi arabayla gelmeyi tercih eden misafirlerimiz pek olmaz," diye başladı Konig. "Çoğu Afrika'yı yoğun bir programa sıkıştırır. Kilimanjaro Uluslararası Havalimanı'na iner, oradan da hafif bir uçakla buraya getirilirler. Vardıkları gibi de hemen heyecanlı bir maceraya koşmak isterler. Büyük Yedili burada devreye girer; aslan, çita, gergedan, fil, zürafa, bufalo ve hipopotam. Bunun ardından yine büyük çoğunluğu Amani Tatil Köyü'ne gider. Hint Okyanusu kıyısında gerçekten büyüleyici bir yerdir. Amani, Svahili dilinde 'huzur' anlamına gelir ve inanın bana, hakikaten de eşsiz bir sükûnetle dünya dertlerinden uzaklaşmak için kusursuz bir yerdir." Konig'in yüzüne karanlık bir gölge indi. "Ama benim günlerim bambaşka geçer. Zamanımın çoğunu misafirlerimizi tatmin edecek kadar Büyük Yedili'nin hayatta kalmasını sağlamaya çalışarak geçiririm. Ben aslında bir pilotum ve kaçak avcılara karşı devriye uçuşları yapıyorum. Açıkçası 'devriye' kelimesi biraz fazla kaçıyor. Avcılar ağır bir şekilde silahlandığı için onlara karşı pek bir şey yapamıyoruz."

Yıpranmış bir harita çıkardı.

"Günlerim kesit uçuşlarıyla geçiyor. O uçuşlar videoya alınıp bilgisayar ortamındaki bir harita sistemine aktarılıyor. Bu sayede kaçak avların tam olarak yaşandıkları yerleri gösteren gerçek zamanlı bir video haritası oluşturabiliyoruz. Son teknoloji bir sistem kuruldu ve inanın bana, böyle bir şeyi karşılamamız yalnızca patronum Bay Kammler'in destekleriyle oldu."

Kammler. Sonunda söyledi. Tabii Jaeger başından beri buradaki kararları kimin aldığını biliyordu ama bu şekilde doğrulanması iyi hissettirmişti.

Konig sesini alçalttı.

"Geçtiğimiz sene burada üç bin iki yüz fil vardı. Gayet iyi duruyor, değil mi? Ama sadece o sene yedi yüz civarında fili kaybettik. Yani her gün iki fil öldürüldü. Kaçak avcılar onları saldırı tüfekleriyle vuruyor, testerelerle dişlerini kesiyor ve cesetleri de güneşte çürümesi için bırakıyor."

Narov dehşete düşmüştü.

"Ama böyle devam ederse beş yıla hiç fil kalmayacak!"

Konig umutsuzca başını iki yana sallayıp, "Çok daha kötü durumdayız. Daha bu yılın dördüncü ayındayız ama bir günüm bile bu katliama denk gelmeden geçmedi. Sadece bu dört ayda sekiz yüze yakın fil kaybettik. *Sadece dört ayda...* Facianın çok yakınındayız!" dedi.

Narov'un yüzü bembeyaz kesilmişti.

"*İğrenç!* Sürüyü o mağarada öyle gördükten sonra... Yani oradakiler ve daha yüzlercesinin böyle katledilmesi... İnanmak istemiyorum. Ama bu artışın sebebi ne? Bunu bilmeden karşı koymak da zor olur."

"Harita sisteminin en iyi tarafı, kaçak av faaliyetlerine odaklanmak gibi belirli şeyleri sonuca bağlamamızı sağlaması... Zaman içerisinde tüm faaliyeti bir köye, hatta tek bir kişiye bağlamayı başardık. Fil dişi alıcısı Lübnanlı bir adam... Onun bölgeye gelmesiyle faaliyetler de arttı."

"Bulduklarınızı polise götürün o zaman," diye önerdi Jaeger. "Ya da vahşi yaşamı koruma yetkililerine... Böyle şeylerle kim ilgileniyorsa ona götürün."

Konig'in yüzüne acı bir gülümseme yerleşti.

"Bay Groves burası Afrika... Kazanılan para o kadar fazla ki her adımda herkes payına düşeni alıyor. Bu Lübnanlı adama karşı bir işlem yapılma ihtimali söz konusu bile değil."

"İyi de bir Lübnanlının burada ne işi var?"

Konig omuzlarını silkip, "Afrika'nın her yanına yayılmış, çok tehlikeli Lübnanlı çeteler var. Sanıyorum bu adam kendini fil dişi ticaretinin Pablo Escobar'ı yapmaya karar verdi," dedi.

"Gergedanlar ne durumda peki?"

Ailecek en sevdikleri hayvan gergedandı ve Jaeger da bu görkemli hayvanlara ayrı bir yakınlık duyuyordu.

"Gergedanlarda durum daha da kötü... Yavrulama bölgesinde birileri görüldüğü gibi vurma politikamız büyük çoğunlukla gergedanlar için... Birkaç bin fille hâlen yaşayabilir sürüler yetiştirmek mümkün... Gergedanlarda ise sayıları yükseltmek için, yaşayabilmeleri için kimi zaman tam gelişmiş erkekleri uçurmamız gerektiği bile oldu."

Konig kadehine uzanıp bir yudumda bitirdi. Konuşulan konunun canını ciddi şekilde sıktığı ortadaydı. Hiç sormadan, Jaeger kadehini bir daha doldurdu.

"Avcılar bu kadar ağır silahlanıyorsa ilk hedefleri de sizsinizdir, değil mi?" diye sordu Jaeger.

Konig kederle gülümseyip, "Bunu bir iltifat olarak alıyorum. Ben çok alçaktan, çok hızlı uçarım. Ağaç tepelerinin hemen üzerinden... Onlar görüp silahlarını hazırlayana kadar ben çoktan geçmiş olurum. Bir ya da iki sefer uçağımda mermi delikleri açıldı," dedikten sonra omuzlarını silkti. "Ama ufak bir bedel..."

"Yani üzerlerinden uçuyor, yerlerini belirliyorsunuz. Sonra ne oluyor?" diye sordu Jaeger.

"Kaçak av faaliyeti görürsek zemindeki takımlara telsizle bildiriyoruz ve onlar da araçları kullanarak çetelere müdahale etmeye çalışıyor. Sorunlar da burada başlıyor; tepki süresi, personel, eğitim düzeyi ve sayı en basitleri, bir de silahlanma arasındaki fark var. Yani biz fil dişleriyle boynuzlara yaklaşana kadar avcılar çoktan kaçmış oluyor."

"Korkuyor olmalısınız," dedi Narov. "Hem kendiniz hem de hayvanlar için... Hem korkuyor hem de öfkeleniyor olmalısınız."

Sesinde samimi bir endişe ve gözlerinde bariz bir saygı vardı. Jaeger gördüklerine şaşırmaması gerektiğini hatırlattı kendine. Narov ile bu Alman doğal yaşam savaşçısı arasında açık bir bağ oluşmuştu, ikisi de hayvan âşığıydı. Bu durum yakınlaşmalarına yol açmıştı. Jaeger ise bu yakınlaşmadan kendini tuhaf bir şekilde dışlanmış hissediyordu.

"Bazen evet," diye yanıtladı Konig. "Ama korkmaktan ziyade daha çok öfkeliyim. Bu öfkem, katliamın boyutlarını da düşününce her gün kalkıp savaşmamı sağlayan şey..."

"Yerinizde olsam ben de öfkeden kudururdum!" dedi Narov. Keskin bakışlarını adamın gözlerine kilitledi. "Falk bu yaşananları ben de görmek istiyorum! Yarın seninle uçup devriyeye katılabilir miyiz?"

Konig'in yanıt vermesi birkaç saniye sürdü.

"Açıkçası mümkün olduğunu sanmıyorum. Şimdiye kadar uçuşlara hiçbir misafiri almadım. Dediğim gibi, çok alçaktan ve çok hızlı uçuyorum. Hız treni gibi ama çok daha kötüsü... Keyif alacağınızı sanmıyorum. Ayrıca çatışma riski de var."

"Yine de bizi uçurmaz mısın?" diye üsteledi Narov.

"Gerçekten hiç iyi bir fikir değil. Her isteyeni yanıma alamam. Hem güvenlik sebepleri var, böyle..."

"Biz sıradan insanlar değiliz," diye sözünü kesti Narov. "Mağarada sen de fark etmişsindir. Ayrıca yardımcı olabileceğimizi düşünüyorum. Gerçekten bu katliamı durdurmayı sağlayabiliriz. Kuralları çiğne Falk. Bir seferlik! Hayvanlar için..."

"Narov haklı," dedi Jaeger. "Gerçekten bu tehdide karşı sana yardımcı olabiliriz."

"Nasıl olacaksınız ki?" diye sordu Konig. Meraklandığı belliydi. "Böyle bir katliama karşı savaşmamıza nasıl yardım edebilirsiniz?"

Jaeger, Narov'a sert bir bakış attı. Aklında bir plan oturmaya başlamıştı, işe yarayabilecek bir plan.

46

Jaeger iri Alman'ı süzdü. Sağlam bir fiziği vardı ve hayatı başka bir yolda ilerlese iyisinden bir elit asker olabilirdi. İlk karşılaşmalarında hiçbir korku belirtisi göstermemişti.

"Falk seninle bir sırrımızı paylaşmak istiyoruz. İkimiz de eski askeriz. Özel kuvvetlerden... Birkaç ay kadar önce ordudan ayrılıp evlendik. Sanıyorum ikimiz de bir şey arıyoruz, kendimizden büyük bir şeye hizmet etmemizi sağlayacak bir amaç..."

"Bunu da bulmuş olabiliriz," diye ekledi Narov. "Bugün seninle birlikte Katavi'de bulduk. Kaçak avcıların durdurulmasına yardım edebilirsek aylar sürecek bir safariden bile daha anlamlı olur."

Konig bakışlarını Narov'dan Jaeger'a çevirdi. Onlara güvenip güvenmeme konusundaki şüpheleri gözlerinden okunuyordu.

"Kaybedecek neyin var ki?" diye üsteledi Narov. "Gerçekten diyorum, yardımcı olabiliriz. Bizi de havada yanına al, gidişatı ilk elden görelim." Jaeger'a baktı. "İnan bana, kocamla kaçak avcılardan çok daha kötülerin üstesinden geldik."

Bununla birlikte tartışma da sona erdi. Konig'in kendisini ayartmakta çok başarılı olan Narov'a karşı bir yumuşak karın geliştirdiği ortadaydı. Kuralları esnetmeye bu kadar istekli olmasının başka sebebi olamazdı. Zaten gökyüzündeki becerilerini göstermek de istiyordu. Ama kendi görevini iyileştirme şansı, buradaki doğal yaşamı kurtarma ihtimali son noktayı koymuştu.

Gitmek için ayaklanıp, "Tamam ama bağımsız katılım sağlayacaksınız. Katavi misafiri değilsiniz, anlaşıldı mı?" dedi.

"Elbette."

İkisiyle de el sıkıştı.

"Daha önce yapılmış bir şey değil, o yüzden siz de kimseye bahsetmeyin. Sabah tam yedide uçuş pistinde buluşuruz. Kalkıştan sonra kahvaltı verilecek, tabii o zamana iştahınız kalırsa..."

Tam o noktada, sanki sonradan aklına gelmiş gibi son sorusunu yöneltti Jaeger.

"Falk merak ediyorum da mağaradaki uçağa hiç girdin mi sen? İçini gördün mü?"

Bir anda savunmasız yakalanan Konig kaçamak bir yanıt vermeye çalıştı.

"Savaş uçağı mı? İçini mi gördüm? Neden göreyim ki? Dürüst olmak gerekirse hiç ilgimi çekmiyor."

Ardından iyi geceler dileyip yanlarından ayrıldı.

Jaeger, adam duyuş mesafesinden çıkar çıkmaz Narov'a dönüp, "Yalan söylüyor," dedi. "Uçağa hiç binmemiş güya!"

"Evet," diye doğruladı Narov. "Biri 'dürüst olmak gerekirse' dediği zaman kesin yalan söylüyordur."

Jaeger gülümsedi. Her zamanki Narov'du işte.

"Asıl sorum, neden yalan söylediği... Kalan her konuda gayet içten konuşuyor. Neden uçak mevzubahis olunca yalan söylüyor?"

"Bence Kammler'den korkuyor. Yaşadıklarımıza bakınca da korkmakta çok haklı..."

"Tamam, devriyeye biz de katılacağız," diye sesli düşündü Jaeger. "Peki dağın altına yeniden girip o uçağı bulmamızı nasıl sağlayacak bu?"

"Uçağa ulaşamıyorsak ikinci seçeneğimiz daha önce ulaşmış biriyle konuşmak... O da Konig. Orada olup biten her şeyden haberi var. Gösterişli ön yüzün arkasında karanlığın yattığını ve tüm sırları biliyor. Ama konuşmaya da korkuyor. Onu kendi tarafımıza çekmemiz lazım."

"Sevgisini ve güvenini mi kazanacağız yani?" diye sordu Jaeger.

"Önce sevgisi, sonra güveni. Bize anlatabilecek kadar kendisini güvende hissedeceği bir konuma çekmemiz lazım onu. Hatta anlatmak *zorunda* hissedeceği bir konuma... Buradaki kıymetli vahşi yaşamı kurtarmasına yardım ettiğimiz zaman da bunu yapabiliriz."

İyice açılmış kocaman bir mango ağacının altından geçip safari bungalovlarına doğru ilerlediler. Dallardaki bir grup maymun ikiliyi çığlık atarak selamladıktan sonra yedikleri mango çekirdeklerini aşağı fırlatmaya başladı.

"Arsız ve gıcıklar," diye düşündü Jaeger.

Buraya geldiklerinde, Narov ile ona maymunların etrafında sergilemeleri gereken davranışlara dair bir broşür verilmişti. İçlerinden biriyle karşılaşılması hâlinde göz temasından kesinlikle kaçınmak gerekiyordu. Maymunlar bunu bir gözdağı olarak değerlendiriyor ve ânında öfkeden kudurmaya başlıyordu. Bu durumda sakince geri çekilmek lazımdı. Bir maymun gelip misafirlerin bir eşyasını ya da yemeğini çaldığında ise gönüllü bir şekilde hayvana istediğini vermek ve hırsızlığı rezervdeki korumalardan birine bildirmek gerekiyordu.

Jaeger bu tavsiyelere pek katılmamıştı. Onun tecrübelerine göre; böyle şartlı teslim olmak, nihayetinde çok daha büyük saldırıların önünü açardı. Maymunların arasından bungalova yolculuk sona erdi ve Jaeger büyük camdan kapılar için perde görevi gören ahşaptan bölmeyi kenara çekip açtı. Ânında gardını almıştı. Odadan çıkarken bölmeyi açık bıraktıklarına yemin edebilirdi.

İçeri adım atmalarıyla birlikte birinin odaya girdiği de kesinleşti. Devasa yatağın sivrisinek ağı her yandan aşağı kadar indirilmişti. Odadaki hava da serindi, klima açılmıştı. Yatağın üzerindeki bembeyaz yastıkların etrafına kırmızı gül yaprakları dağıtılmıştı.

Jaeger bunu görünce hatırladı. Hepsi otel hizmetinin bir parçasıydı. Onlar yemek yerken görevlilerden biri de odaya gelip balayı dokunuşları yapmıştı. İlk gece de oda aynı bu şekilde görünüyordu. Jaeger klimayı kapattı. İkisi de klima açıkken uyumayı sevmiyordu.

"Yatağa sen geç," dedi Narov, banyoyu kullanmaya gidiyordu. "Kanepe benim."

Bir önceki gece kanepede yatan Jaeger olmuştu. Narov ile tartışmaması gerektiğini biliyordu. Sadece çamaşırı kalana kadar soyundu ve sabahlığını giydi. Narov'un işi bittiğinde dişlerini fırçalamak için banyoya girdi. Yeniden odaya döndüğü zaman kadını yatağın ince çarşafına sarılı bir hâlde yatarken buldu. Vücut hatları, nevresimin üzerinden rahatlıkla görünüyordu. Gözlerini kapatmış ve muhtemelen alkol yüzünden ânında uykuya dalmıştı.

"Kanepe *senindi* hani?" diye söylendi Jaeger, bir kez daha kanepede uyumaya hazırlanırken.

47

Narov'un akşamdan kalma olduğunu gösteren tek şey güneş gözlükleriydi. Sabahın bu kadar erken saatinde, güneş daha Afrika ovalarını yakmaya başlamamıştı. Antika gibi görünen helikopterin her yana kustuğu tozlardan gözlerini korumak için de takmış olabilirdi.

Konig bu sabah ikiz motorlu Otter hafif uçak yerine Katavi Rezervi'nin Rus üretimi Mi-17 HIP helikopterini almaya karar vermişti. Bu kararın arkasında ise yolcularının uçak tutması gibi bir sorunla karşılaşmasını istememesi yatıyordu; helikopter daha istikrarlı bir hava aracıydı. Ayrıca yeni misafirleri için bir de sürpriz hazırlamıştı ve bunu sadece helikopterle yapabilirdi.

Sürprizi ne olursa olsun, bir miktar risk içerdiği ortadaydı; çünkü Jaeger ile Narov'a SIG Sauer P228 tabancalarını geri verdi.

"Burası Afrika," diye açıkladı Konig, bir yandan tabancaları uzatıyordu. "Her şey olabilir. Ama ben de kuralları çiğniyorum, o yüzden silahları saklı tutun. Bugünkü çalışmalarımız sona erdiğinde geri isteyeceğim."

Helikopter çok kaba, çirkin ve gri bir canavardı ama Jaeger pek endişeli değildi. Daha önce böyle araçlarla sayısız göreve uçmuş ve dayanıklı Rus tasarımının özünde basitlik olduğunu öğrenmişti.

Helikopterin ne denli dayanıklı olduğu su götürmez bir gerçekti ve NATO kuvvetleri tarafından uygun görülen ismi hak ettiği ortadaydı. Buna "göklerin otobüsü" deniyordu. Kâğıt üzerinde İngiliz ve Amerikan orduları böyle eski Sovyet dönemi cihazlarla çalışmıyordu ama uygulamada vazgeçmeleri mümkün değildi. İz bırakmadan uçmak, inkâr edilebilir operasyonlar gerçekleştirmek için HIP kusursuz bir araçtı ve Jaeger da bu sayede makineyi yakından tanıma fırsatı bulmuştu.

Konig helikopterin beş pervanesini hızlandırmış, bulanık bir girdap oluşturmuştu. Artık bir an önce kalkışa geçmeleri gerekiyordu. Helikopter sabah serinliğinde mümkün olan en yüksek kalkış gücüne ulaşacaktı. Gün ilerledikçe artan sıcak sebebiyle hava incelecek, uçmak da gitgide zorlaşacaktı.

Konig kokpitten bir başparmağını kaldırdı. Artık kalkışa hazırlardı. Yanan yüksek oktanlı yakıtın sıcak esintisi bir duman olarak Jaeger'ın yüzüne çarparken, Narov ile koşup helikopterin yan tarafındaki açık kapıya atıldılar.

Gazın bıraktığı acı tat rahatsız ediciydi ama Jaeger'da eski görevlerinden kalan anıların canlanmasına yol açmıştı. Kendi kendine gülümsedi. Pervanelerin uçurduğu tozlar tanıdık Afrika kokusunu yayıyordu; sıcak, güneşte kurumuş toprak, milyonlarca yıl ve tarih öncesinin en uzaklarına dayanan bir tarih. Helikopter havayı kesip göğe yükselirken Jaeger da her yanında uzanan büyüleyici ve ebedî bölgeyi seyretme fırsatı buluyordu.

Sol -iskele- taraflarında Mbizi Dağları'nın kambur etekleri sarkmış bir katlı pasta gibi yükseliyor, şafak öncesi ışıkta çamur grisi bir renkte uzanıyordu. Kuzeybatı tarafında nispeten uzak bir mesafeden Yanan Melekler Tepesi'nin ikiz dudakları görünüyor, doğusundaki hafif yüksek nokta Jaeger ile Narov'un tırmanıp inişe geçtiği yeri gösteriyordu.

O dağın altında, gözlerden çok çok uzakta ise BV222 deniz uçağı gizlenmiş bir şekilde kaderini bekliyordu. Gökyüzünden baktığında Jaeger, uçağın yetmiş uzun yıl boyunca Mbizi Dağları'nın iz bırakmayan arazisinde nasıl böyle saklı kaldığını anlayabiliyordu.

Jaeger dönüp sağ -sancak- tarafına baktı. Doğu yönünde göz alabildiğine uzanan dağ ormanları; düz tepeli akasya ağaçlarından oluşan kümelerle süslenmiş kahverengi, sisli bir savana benzeri manzarayı gözler önüne seriyordu. Kurumuş su yolları, en uzaktaki ufka kadar dağılmış sayısız yılan gibi ormanı yaralamıştı.

Konig helikopterin burnunu daldırdı ve böyle uzun burunlu kaba bir makineye göre olağanüstü bir süratle helikopter öne atıldı. Saniyeler içerisinde pistin açıklığından kurtulmuş ve sıkı ormanın üzerinde neredeyse ağaç tepelerini kırpacak kadar alçaktan büyük bir hızla ilerlemeye başlamışlardı. Helikopterin açık kapısı Jaeger ile Narov'a mümkün olabilecek en güzel manzarayı sunuyordu.

Kalkıştan hemen önce Konig, bugünkü hedeflerini açıklamıştı. Büyük hayvanların birkaç geniş su birikintisi etrafında toplandığı Rukwa Gölü mevsimsel taşkın ovası üzerinde bir dizi kesit uçuşu yapacaklardı. Rukwa Gölü ise kaçak avcıların ilk adresiydi. Konig, Jaeger ile Narov'u helikopteri yılan karnından daha alçak uçuracağı konusunda uyarmış; olası bir ateş açılması durumunda ise kaçmaya hazır olmalarını söylemişti.

Jaeger beline uzanıp P228'in çıkıntısını hissetti. Sağ elinin başparmağını kullanarak şarjör salınım mekanizmasını bastırıp kemerinden çıkardı. Aslında Jaeger solaktı ama silahların büyük çoğunluğu sağ elini kullanan nişancılara göre tasarlandığı için o da sağ eliyle ateş etmeyi öğrenmişti.

Sırtlan sürüsüne karşı kullandığı, neredeyse boşalmış şarjörü tabancadan çıkarıp kargo pantolonunun yan tarafındaki cebe koydu. O derin cep, kullanılmış mühimmatı koymak için kusursuzdu. Ardından ceketinin bir cebine uzanıp dolu bir şarjör çıkardı ve silahına yerleştirdi. Daha önce hem eğitimlerde hem de operasyonlarda binlerce kez yapmıştı aynısını; şimdi de neredeyse hiç düşünmeden, elleri kendi kendine hareket ediyordu.

Silahını da hazırladıktan sonra direkt kokpite bağlanmasını sağlayan bir kulaklıkla helikopterin interkomuna dâhil oldu. Konig ile yardımcı pilotu Urio adındaki Afrika yerlisinin sınır işaretleri ve uçuş detaylarına dair konuşmalarını duyuyordu şimdi.

"Toprak yolda keskin açı," dedi Konig. "Helikopterin iskele tarafında, dört yüz metre."

Yardımcı pilot, "Anlaşıldı. Rukwa'ya elli kilometre," dedi.

Durdular. Sonra yeniden Konig konuştu.

"Hava sürati 95 knot. Yolculuk istikameti 085 derece."

Yardımcı pilot, "Anlaşıldı. Kameralara on beş dakika," dedi.

Saatte yüz elli kilometrenin üzerindeki bu hızla ilerlemeleri hâlinde Rukwa taşkın ovasına kısa süre içerisinde ulaşacaklardı, o zaman da kameralar kayda başlayacaktı.

Yardımcı pilot, "Zulu Alpha Mike Bravo Echo Zulu India su birikintisine tahminî varış on beş dakika. Tekrar ediyorum, Zambezi su birikintisine on beş dakika. Köpek başı tepesini ara, sonra oradan yüz metre doğuya..." dedi.

Konig, "Anlaşıldı," diye cevap verdi.

Jaeger, helikopterin açık kapısından akasyaların hızlı geçişlerini seyredebiliyordu. Konig dev makineyi inişli çıkışlı bir düzende ağaçların arasında savururken Jaeger da sanki uzansa tepelerine dokunabilecekmiş gibi hissediyordu. Konig'in pilotluğuna saygı duydu. Helikopteri biraz daha alçaltsa pervaneleri dalları tıraşlamaya başlardı.

İleri doğru yolculuk sürerken yoğun ses yüzünden herhangi bir sohbet imkânı kalmamıştı. Helikopterin eskimiş türbinleriyle rotor dişlilerinin curcunası kulakları sağır edecek düzeydeydi. Jaeger ve Narov dışında helikopterde üç kişi daha yolculuk ediyordu. İkisi, ellerinde AK-47 saldırı tüfekleriyle rezervin korumaları; üçüncüsü ise helikopterdeki kargo ve yolcularla ilgilenen kabin görevlisiydi.

Adam bakışlarını istikametten ayırmadan bir kapıdan diğerine sürekli hareket hâlindeydi. Jaeger ne yaptığını biliyordu; türbinlerden bir duman veya yağ çıkıp çıkmadığını kontrol ediyor, pervanelerin kopup parçalanmayacağından emin oluyordu. Jaeger arkasına yaslanıp yolculuğun keyfini çıkarmaya karar verdi.

Sayısız HIP uçuşu yapmıştı. Bu helikopterler dökülüp gidecekmiş gibi duran birer antikaya benziyordu ama şimdiye kadar birinin bile düştüğünü duymamıştı.

48

Jaeger, ordudayken "kafa torbası" ismini taktıkları, yemekle dolu kahverengi bir kesekâğıdına uzandı. Helikopterin zeminine bağlanmış bir portatif soğutucuda bunlardan bir sürü vardı.

Britanya ordusunda hizmet verirken, bir kafa torbasından beklenen en iyi şeyler kaşar ve salamdan oluşan bayat bir sandviç, ılık bir teneke kola, bir poşet cips ve bir de KitKat'tı. Ordunun yemek dağıtım şirketi sağ olsun, içerik hiçbir zaman değişmezdi.

Jaeger kafa torbasına baktı. Alüminyum folyoya sarılmış haşlanmış yumurtalar dokunulduğunda hâlâ sıcaktı. Daha o sabah taze taze pişirilmiş krepler akçaağaç şurubuyla süslenmişti. Izgara sosislerle pastırmalar, yağla kızartılmış iki dilim ekmeğin arasına yerleştirilmişti. Çıtır çıtır birkaç kruvasanın yanında bir poşet dolusu da taze dilimlenmiş ananas, karpuz ve mango vardı.

Bunlar yetmiyormuş gibi bir termosta demlenmiş kahve, çay yapmak için sıcak su ve çeşit çeşit soğuk içecek vardı. Katavi Oteli'nde misafirlerle çalışanlara gösterilen özeni düşündüğünde böyle olacağını tahmin etmesi gerekiyordu.

Yemeklere gömülmeye başladı. Hemen yanında, akşamdan kalma olsun olmasın, Narov da aynı şekilde keyifle yemeğini yiyordu.

Kahvaltı bittiği sıralarda ilk sorun belirtileri de kendini gösterdi. Kuşluk vakti yaklaşıyordu ve Konig şimdiden Rukwa Gölü bölgesinde birkaç kesit uçuşu gerçekleştirmiş ve hiçbir şey bulamamıştı.

Pilot bir anda helikopteri bir dizi keskin manevrayla döndürmek zorunda kaldı; haykıran türbinlerden çıkan ses, helikopter neredeyse toprağı öpecek kadar alçaldığında kulakları sağır edecek şekilde yerden sekti.

Kabin görevlisi kapı aralığından bakıp bir başparmağını arka tarafa doğru tutarak, "Avcılar!" diye bağırdı.

Jaeger hemen kafasını hırçın pervane akımına uzattı. Çubuk adamlar gibi görünen bir grubun yerden kalkan toz duman arkasında kaybolduğunu gördü. Kaldırılan bir silahın parlamasını yakaladı ama ateş açılsa bile artık hedefi bulamayacak kadar geç kalmışlardı. Çok alçaktan uçmalarının sebebi tam olarak buydu; kötü adamlar helikopteri fark edene kadar çoktan gitmiş olacaklardı.

"Kameralar açık mı?" diyen Konig'in sesi duyuldu interkomdan.

"Açık," diye doğruladı yardımcı pilot.

"Yolcularımız için açıklamak gerekirse," diye duyurdu Konig, "bunlar bir kaçak avcı çetesiydi. Bir düzine civarı... Hepsinde AK-47 ve bir de sanıyorum roketatarları vardı. Bizi havaya uçurmak için yeter de artar. Umarım kahvaltınız hâlâ midenizde duruyordur."

Jaeger kaçak avcıların bu denli donanımlı olmasına şaşırdı. AK-47 saldırı tüfekleri helikoptere ciddi bir zarar verebilirdi. Roketatardan gelecek olası bir isabet ise direkt gökyüzünde parçalara ayrılmalarına yol açardı.

"Şu an ilerledikleri hattın haritasını çiziyoruz ve görünüşe göre bir avdan geliyorlar." İnterkom üzerinden bile Konig'in sesindeki gerginlik barizdi. "Fil dişi taşıyormuş gibi görünüyorlardı. Ama mevcut konumumuzu da anlamışsınızdır. Hem adam hem silah olarak eksiğiz ve onlar böyle güçlü bir konumdayken ne tutuklama ne de dişleri ele geçirme şansımız var."

Bir süre sonra, "Avın gerçekleştiği bölgeye, su birikintisine birkaç saniye sonra ulaşacağız," diye ekledi. "Hazırlanın!"

Saniyeler sonra Konig, sesi can yakan bir dönüşle birlikte helikopteri yavaşlattı ve su birikintisinin üzerinde tur atmaya başladılar. Jaeger helikopterin sancak tarafındaki yan penceresinden dışarı baktığında oradan neredeyse direkt zemini gördüğünü fark etti. Çamurlu suyun parıltısından en fazla on metre yukarıdayken, iki adet biçimsiz gri kütle gördü.

Filler artık o güçlü duruşlarıyla büyülü zarafetlerini kaybetmişti. Narov ile birlikte Yanan Melekler Mağarası'nın en derinlerinde karşılaştıkları olağanüstü hayvanlarla kıyasladığında, burada hareketsiz uzanan iki fil cansız birer et parçasına dönüşmüştü.

"Gördüğünüz gibi bir yavru fili yakalayıp bağlamışlar," diye duyurdu Konig, sesindeki duygu yoğunluğu had safhadaydı. "Bunu da ebeveynleri çekmek için kullanıyorlar. Hem yavru hem de annesi vurulup kesilmiş ve dişleri çalınmış. Ben buradaki hayvanların çoğunu ismen tanırım," diye devam etti. "Büyük olanı Kubwa-Kubwa'ya benziyor. Svahili dilinde 'Koca-Koca' demek. Fillerin çoğu yetmiş yıldan uzun yaşamaz ama Kubwa-Kubwa seksen bir yaşındaydı. Sürünün en yaşlısı, rezervin de en eski üyelerinden biriydi. Yavrusu hâlâ hayatta ama feci şekilde travma geçirmiş durumda olacak. Ona ulaşıp sakinleştirebilirsek bir ihtimal yaşayabilir. Şansımız yaver giderse diğer sürü liderleri ona kol kanat gerer."

Konig'in sesi yaşananlara nazaran beklenmedik ölçüde sakindi. Ama Jaeger'ın da iyi bildiği gibi her gün her gün böylesi bir baskı ve travmayla mücadele etmek insanda etkisini gösteriyordu.

"Tamam, şimdi de sıra sürprize geldi," diye duyurdu Konig katı bir ses tonuyla. "Bunu görmek istediğinizi söylemiştiniz, ben de sizi aşağı indireceğim. Bu dehşete yakından tanık olmanız için yerde birkaç dakika! Korumalar size eşlik edecek."

Konig'in cümlesi daha sona ermemişti ki Jaeger helikopterin zaten çok düşük olan irtifasını kaybetmeye başladığını hissetti. Arka ucu dar bir açıklığa doğru alçalırken helikopterin sesi iyice gürledi ve kabin görevlisi açık kapıdan sarkıp pervanelerle arka kuyruğun akasya ağaçlarına dokunmadığından emin oldu.

Tekerlerin sıcak Afrika toprağına dokunmasıyla sert bir sarsıntı hissedildi ve görevli bir başparmağını kaldırıp inişi onayladı.

"Yere değdik!" diye bağırdı. "İnin!"

Jaeger ile Narov kapıdan atladı. Başları eğik, yarı kambur bir şekilde hızla yürüyüp parçaladığı bitkilerle topraktan ufak bir fırtına yaratan pervanelerin etkilemediği alana geçtiler. Bölgede hâlâ kalmış olabilecek avcılara karşı ellerinde tabancalarıyla bir dizlerinin üzerine çöktüler. Rezervin iki koruması da hemen koşarak Jaeger ile Narov'a katıldı. Biri kokpite dönüp başparmağıyla işaret yaptı, Konig de aynısını tekrarladı ve hemen ardından helikopter dikey bir şekilde yükselerek görüntüden kayboldu.

Saniyeler geçti. Pervanelerin yeri titreten vuruşları ağır ağır söndü. Kısa süre sonra helikopterin sesi tamamen yok oldu.

Rezervin güvenlik görevlileri alelacele Konig'in bir koşum takımı getirmek üzere Katavi'ye döndüğünü açıkladı. Yavru file iğne yapıp uyutabilirlerse helikopterin altına bağlayıp rezerve uçurabilir, sonra orada hayvanı travmasını atlatana kadar biberonla besleyip hazır hissettiğinde sürüye dâhil edebilirlerdi.

Jaeger bunun mantığını anlayabiliyordu ama mevcut durumdan memnun olduğu söylenemezdi. Etrafı kısa süre önce kesilmiş fil gövdeleriyle kaplıydı ve ellerinde sadece bir çift tabanca vardı. Korumalar gayet sakin görünüyordu ama işler sarpa sardığında ne kadar yetenekli olacakları büyük bir soru işaretiydi.

Jaeger ayaklarının üzerine kalkıp Narov'a baktı. Kelimelerle tarif edilemeyecek kıyım bölgesine ilerledikçe kadının gözlerinde alev alev büyüyen öfkeyi görebiliyordu.

49

Olabildiğince dikkatli bir şekilde, tir tir titreyen şok içindeki yavru file yaklaştılar. Ayakta bile duramayacak kadar bitap görünen hayvan yan tarafına uzanmıştı. Verdiği mücadelenin izleri topraktan okunuyordu; yavruyu ağaca bağlayan halat, kurtulmak için savaştıkça bacağında derin bir kesik açmıştı.

Narov zavallı yavrunun yanında dizinin üzerine çöktü. Başını eğip filin kulağına sakinleştirici sözler fısıldadı. O küçük, insan boyutundaki gözleri korkuyla titriyordu ama bir süre sonra Narov'un sesi işe yaramış gibi göründü. Saatler geçmiş gibi hissettiren bir süre boyunca hayvanın yanından ayrılmamıştı. Sonunda arkasını döndü. Gözleri yaşlıydı.

"Peşlerine düşeceğiz! Bunu kim yaptıysa yakalayacağız!"

Jaeger başını iki yana sallayıp, "Yapma... Sadece bu tabancalarla ikimiz varız. Cesaret değil bu, aptallık!" dedi.

Narov ayağa kalktı. Acımasız bir bakışla gözlerini Jaeger'a kilitledi.

"Tek başıma giderim o zaman!"

"Ama yavru..." Jaeger, bebek fili işaret etti. "Korunması gerekiyor. Bakıma ihtiyacı var."

Narov bir parmağını korumaların olduğu yere tutup, "Onlar korusun! Bizden daha iyi silahları var zaten," dedi. Kafasını kaçak avcıların ilerlediği batı tarafına çevirmişti. "Biri onların peşine düşmezse son hayvan ölene kadar bu böyle devam edecek." Yüzünde soğuk ve kararlı bir öfkenin ifadesi vardı. "Hiç acımadan, çok sert vurmamız; buradaki vahşeti aynı şekilde onlara yaşatmamız lazım!"

"Irina seni anlıyorum. Ama en azından en iyi seçeneklerimizi değerlendirelim. Konig yirmi dakika uzaklıkta... Helikopterde yedek AK-47'ler var. Hiçbir şey olmasa bile adamakıllı silahlanalım. Hem helikopterde bir sürü yemek ve su da var. Onlar olmadan burada yola çıktığımız gibi biteriz."

Narov boş boş baktı. Bir şey söylemedi ama tereddütte kaldığı belliydi.

Jaeger saatine bakıp, "Saat 13.00 oldu. 13.30'da yola çıkmış oluruz. Avcılar bizden iki saat önde olacak. Hızlıca ilerlersek başarabiliriz ama, yakalayabiliriz onları," dedi.

Narov, Jaeger'ın mantıklı konuştuğunu kabul etmek zorunda kalmıştı.

Jaeger cesetleri kontrol etmeye karar verdi. Tam olarak ne bulmayı beklediğini bilmiyordu ama yine de ilerledi. Suç mahallini bir asker gibi incelemeye, soğukkanlı bir şekilde davranmaya çalıştı ama yine de duyguları büyük bir hızla hücum ediyordu.

Hatasız ve profesyonel bir saldırı olduğu söylenemezdi. Jaeger fillerin yavrularını korumak için harekete geçtiklerini ve avcıların da panik yaptığını düşündü. Bir zamanların kudretli canavarlarını ayrım gözetmeksizin ateş altına almış, saldırı tüfekleri ve makineli silahlarla indirmişlerdi.

Kesin olan tek bir şey vardı; hayvanlar ne hızlı ne de acısız bir ölüm yaşamıştı. Tehlikeyi sezmiş, kendi felaketlerine çekildiklerini bile bile yine de ilerlemişlerdi. Ailelerini korumak, yavrularını savunmak için arkalarına bile bakmamışlardı.

Kendi evladını üç uzun yıl boyunca görmeyen Jaeger, filleri anlayabiliyordu. Beklemediği duygularla mücadele verdi ve gözlerine dolan damlaları geri itti.

Jaeger oradan ayrılmak için arkasını döndü ama bir sebepten olduğu yerde kaldı. Bir hareket gördüğünü sanmıştı. Karşısına çıkacak şeyden korka korka bir kez daha baktı. İnanılmaz bir şekilde, kudretli hayvanlardan biri hâlâ nefes alıyordu. Bunu fark etmesiyle birlikte karnına da bir yumruk yemiş gibi hissetti. Kaçak avcılar dev fili indirmiş, dişlerini sökmüş ve kendi kanından oluşan bir havuzda bırakıp gitmişti. Mermilerle delik deşik olmuş hayvan, korkunç Afrika güneşinin altında ağır ve acı dolu bir ölüme doğru yol alıyordu. Jaeger tüm benliğini saran öfkeyi hissetti. Bu muazzam hayvanı kurtarma şansı ortadan kaybolalı çok olmuştu.

Midesi bulansa da ne yapması gerektiğini biliyordu. Yan tarafa dönüp korumalardan birine doğru ilerledi ve elindeki AK-47'yi aldı. Öfke ve duyguların titrettiği ellerinde tuttuğu silahı bir zamanlar büyüleyici olan hayvanın başına doğrulttu. Bir anlığına filin gözlerini açtığını sandı. Gözyaşları bakışlarına perde indirirken Jaeger ateş etti ve yaralı hayvan son nefesini verdi. Sersemlemiş bir hâlde Narov'un yanına ilerledi. Kadın hâlâ yavru fili sakinleştirmeye çalışıyordu ama gözündeki acı dolu bakışlar, Jaeger'ın az önce yapmak zorunda kaldığı şeyi bildiğini gösteriyordu. İkisi için de bu mesele artık kişiseldi.

Jaeger, Narov'un yanında dizlerinin üzerine çöküp, "Haklısın, peşlerine düşmek zorundayız! Helikopterden malzemeleri aldığımız gibi yola çıkıyoruz!" dedi.

Dakikalar sonra helikopter pervanelerinin güçlü sesi sıcak havada yankılandı. Konig planlanandan önce gelmişti. Helikopteri açık alana indirirken pervaneler de toz ve topraktan bir bulut kustu. İri tekerler yere temas etti ve Konig türbinleri kapatmaya başladı. Jaeger yükleri indirmeye yardım etmek için koşmak üzereydi ki kalbi bir an atmadı.

Uzaktaki çalılıklarda anlık bir hareket sezdi, güneş ışığının metal üzerindeki anlık yansıması yeterince bilgi vermişti bile. Çalılıkların arasından yükselen bir adam gördü, omzunda kalkmış bir roketatar vardı. En az üç yüz metre uzaktaydı ve Jaeger'ın bir tabancayla yapabileceği pek bir şey yoktu.

"RPG! RPG!" diye haykırdı.

Bir saniye sonra zırh delici füzenin kulağına nerede gelse tanıyacağı ateşlenme sesini duydu. Normalde RPG'ler hedefi bulamamalarıyla ünlüydü ama yakın mesafeden cehennemi yaşatabilirlerdi. Bu seferki çalılıklardan fırladı, peşinde ateşli bir ejderha nefesi bırakıp bir lobut gibi helikoptere doğru uçtu.

Bir anlığına Jaeger füzenin hedefini bulamayacağını sandı ama son saniyede kuyruk pervanesinden vurarak helikopteri yarıp geçti. Kör edici bir alev topuyla helikopterin bütün kuyruk bölümü patladı ve koca hava aracı doksan derece döndü.

Jaeger tereddüt bile etmedi. Bir taraftan helikoptere koşuyor; bir taraftan da Narov ile rezerv korumalarına, saldırganlarla aralarına metal koyarak bir savunma hattı oluşturmaları için emirler yağdırıyordu. Şimdiden silahlardan fırlayan mermilerin kızgın seslerini duyabiliyor ve kaçak avcıların katliamı sonlandırmak için yaklaştığını hissediyordu.

Helikopterin paramparça olmuş kuyruk tarafından alevler püskürse de Jaeger hiç düşünmeden kopmuş ve dağılmış kokpite atladı. Yoğun, acı duman dalga dalga yayılırken hayatta kalanları arıyordu. Konig fazladan dört korumayla birlikte uçmuştu ve Jaeger üçünün şarapnel parçalarıyla delik deşik olduğunu ve çoktan hayatlarını kaybettiklerini gördü. Hâlâ hayatta olan ama ağır yaralanmış dördüncü korumayı kucakladı, kanlı bedenini kaldırıp mahvolmuş helikopterden çıkardı ve çalılıklara bıraktıktan sonra Konig ile yardımcı pilotu için geri döndü.

Helikopterin her yanını saran alevler kokpiti esir almak üzereydi. Jaeger'ın çok hızlı hareket etmesi lazımdı, yoksa Konig ile Urio canlı canlı yanacaktı. Ama o alevlerin arasına hiçbir koruma olmadan girerse de bir daha çıkamazdı.

Çantasını yere attı, uzanıp mat siyah dış cephesinde COLDFIRE yazan büyükçe bir teneke sprey çıkardı. Ağzını çevirip baştan aşağı kendini spreye buladı ve tenekeyi elinden ayırmadan helikoptere koştu. Soğukateş mucize bir araçtı. Askerlerin ellerine sıktıktan sonra çıplak elleriyle lehim lambalarını alıp oynadıklarını ve hiçbir şey hissetmediklerini görmüştü.

Derin ve güçlü bir nefes aldı, duman bulutunu yarıp alevlerin merkezine daldı. İnanılmaz bir şekilde hiçbir yanma hissi yoktu, hatta sıcaklık bile hissetmiyordu. Tenekeyi kaldırıp sıkmaya başladı, fışkıran köpük zehirli dumanı yarıp geçti ve saniyeler içinde alevleri söndürdü.

Kokpite bu şekilde ilerledikten sonra bilinçsiz yatan Konig'in kemerini çözdü ve helikopterden çıkardı. Konig başına sert bir darbe almış gibi görünüyordu ama onun dışında pek yara almadığı söylenebilirdi. Jaeger artık terden sırılsıklam olmuştu ve dumandan boğulmak üzereydi ama bir saniye bile durmadan arkasını dönüp helikopterin diğer kapısını açtı. Kalan son damla enerjisiyle yardımcı pilotu kucakladı ve güvenli bölgeye doğru sürüklemeye başladı.

50

Jaeger ve Narov en az üç saattir büyük bir hızla yol alıyordu. Kurumuş bir dere yolundan gizli gizli ilerleyerek kaçak avcı çetesine yetişip geçmiş ve görüldüklerine dair hiçbir izle karşılaşmamışlardı.

Akasya ağaçlarından oluşan sıkı bir koruya yerleştiler. Buradan, yakında geçecek avcıları gözlemleyeceklerdi. Kaç kişi olduklarını, silahlarını, güçlü ve zayıf yanlarını değerlendirip onlara saldırmanın en iyi yolunu belirleyeceklerdi.

Helikopterin orada, avcılar savunma hattının güçlü karşı ateşiyle uzaklaştırılmış; yaralılar da stabil bir hâle getirilmişti. Daha sonra Katavi Oteli'nden bir tahliye helikopteri istenmişti. Yavru fil de yaralılar alınırken helikoptere bağlanıp götürülecekti. Ama Jaeger ile Narov bunlar olmadan çok önce yola koyulmuş, kaçak avcıların peşine düşmüştü.

Akasya korusunun sağladığı perdenin arkasından çetenin yaklaştığını gördüler. Silahlı on adam vardı. Arkadan takip eden helikopteri vuran RPG operatörü ile onun roket doldurucusu da sayıldığında toplam on iki kişi ediyorlardı. Jaeger'ın eğitimli gözüyle bile adamlar baştan aşağı silahla donanmış gibi görünüyordu. Uzun mühimmat kayışları gövdelerinden sarkıyor, kocaman ceplerinden şarjörler taşıyor ve fırlatıcılar için sıra sıra el bombası dizili duruyordu.

Minyatür bir savaş ekipmanına sahip on iki kaçak avcı... Jaeger'ın umduğu türden bir karşılaşma olmayacaktı bu.

Çetenin geçişini izlerken fil dişlerini gördüler. Dört adet kan kaplı koca diş avcılar arasında el değiştiriyordu. Her adam sırası geldiğinde bir dişi omzuna takıp güç bela ilerliyor, sonra yanındakine veriyordu.

Jaeger bu iş için sarf edilen gayreti kafasında canlandıramadı bile. Narov ile çok az sayıda yük taşıyarak hareket etmelerine rağmen terden sırılsıklam olmuşlardı. İnce pamuklu gömleği sırtına yapışmıştı. Helikopterden birkaç şişe su almış ama daha şimdiden bitirmeye yaklaşmışlardı. Bu herifler, kaçak avcılar ise çok daha ağır yükler taşıyordu.

Jaeger her bir fil dişinin en aşağı kırk kilo geleceğini tahmin etti, yani küçük bir insan kadar vardı. Kısa süre içerisinde yürüyüşü sonlandırıp kamp yapacaklarını anladı. Mecburlardı. Havanın kararmasına az kalmıştı ve çetenin yemeye, içmeye ve dinlenmeye ihtiyacı vardı. Bu da kafasında kurmaya başladığı planın uygulanabilir olacağı anlamına geliyordu.

Kurumuş derenin arkasına geçip Narov'u da yanına çağırdı.

"Yeterince görmedin mi?" diye fısıldadı.

"Hepsini öldürmek isteyecek kadar gördüm!" diye karşılık verdi Narov, öfkeliydi.

"Aynı şekilde düşünüyorum. Ama heriflerle açık alanda savaşırsak bu bir intihar olur."

"Daha iyi bir fikrin var mı?" diye sinirle sordu.

"Olabilir." Jaeger çantasına uzanıp ufak Thuraya uydu telefonunu çıkardı. "Konig'in bize söylediğine göre fil dişi oldukça katı, sağlam bir taş gibi... Ama tüm dişlerde olduğu gibi kök kısmında bir boşluk var, diş çukuru. Orası da yumuşak doku, hücreler ve damarlarla dolu..."

"Dinliyorum," diye fısıldadı Narov. Jaeger, kadının her şeye rağmen o an orada saldırmak istediğini görebiliyordu.

"Er ya da geç çetenin mola vermesi gerekecek. Gece için kamp kuracaklar ve biz de orada harekete geçeceğiz. Ama saldırmayacağız. Daha değil." Thuraya telefonu kaldırdı. "Bunu diş çukurlarından birine yerleştireceğiz. Sonra Falkenhagen sinyali takip edecek. Bu da bizi üslerine götürecek. Aynı süreçte adamakıllı silahlar toplayacağız. Sonra da kendi istediğimiz bir yer ve zamanda tüm gücümüzle onlara saldıracağız."

"O kadar yakına nasıl gireceğiz peki?" diye sordu Narov. "Telefonu nasıl yerleştireceğiz?"

"Bilmiyorum ama elimizden geleni yapacağız. Gözlemleyeceğiz, çalışacağız ve mutlaka bir yol bulacağız."

Narov'un gözleri parladı.

"Peki biri telefonu ararsa ne olacak?"

"Titreşim moduna alırız. Sessiz kalır."

"Peki çok titreyip dişten düşerse ne olacak?"

Jaeger yorgun bir nefes verip, "Zorluyorsun ama!" dedi.

"Zorladığım için hayattayım." Narov kendi çantasına elini daldırıp bozuk para boyutlarında ufak bir cihaz çıkardı. "Buna ne dersin? GPS takip cihazı, güneş enerjili Retrievor. Bir buçuk metreye kadar kusursuz konum sağlıyor. Kammler'in adamlarını takip etmemiz gerekirse diye getirmiştim."

Jaeger incelemek için elini uzattı. Bunu fil dişindeki çukura yerleştirmek çok daha kolaydı ama yeterince yaklaşmaları gerekiyordu.

Narov cihazı uzatıp geri çekti.

"Bir şartım var ama, ben yerleştireceğim."

Jaeger bir saniye kadını izledi. Hafif, çevik ve akıllıydı; o kadarını adı gibi biliyordu. Aynı zamanda kendisinden çok daha sessiz bir şekilde hareket edebileceğinden de emindi.

Gülümseyip, "Yapalım bu işi!" dedi.

Acı verici üç saat daha yola devam ettiler. Nihayet çete yürüyüşe son verdi. Kan kırmızısına boyanmış dev Afrika güneşi ufukta ağır ağır batıyordu. Jaeger ile Narov dar bir sel çukurunda karınlarının üzerinde sürünerek onlara daha da yaklaştı. Çukur, bir su birikintisinin sınırlarını çizen karanlık ve pis kokan bir çamur deryasına gelince kayboldu.

Avcılar su birikintisinin diğer kıyısında kamp kurmuştu. Uzun ve yorucu bir günün ardından suya ihtiyaç duyacakları için gayet mantıklı bir seçimdi. Ama su birikintisi cerahatli bir bataklık gibi görünüyordu. Sıcaklık nispeten hafiflemiş olsa da aynı ölçüde boğucuydu ve görünüşe göre ne kadar sürünen, vızıldayan ve sokan yaratık varsa buraya çekilmişti. Ortalık fare kadar büyük sinekler, kedi kadar büyük fareler ve acımasız sivrisineklerle dolup taşmıştı.

Ancak Jaeger'ı susuzluk kadar rahatsız eden başka bir şey yoktu. Kalan son damla sularını da bir saat kadar önce tüketmişlerdi ve artık vücudunda terle çıkacak kadar bile sıvı kalmamıştı. Şiddetli baş ağrısının ilk dalgalarını hissedebiliyordu. Hiç kımıldamadan olduğu yerde yatıp avcıları seyrederken bile susuzluk dayanılmaz düzeydeydi. İkisinin de su içmeye ihtiyacı vardı, hem de hızlıca!

Bölge kendini karanlığa tamamen teslim etti. Hafif bir rüzgâr esti ve Jaeger'ın cildindeki son damla ter de kurudu. Yanında Narov, toprakta bir kaya gibi kımıldamadan uzanmış; karanlık duvarını seyrediyordu.

Gökyüzündeki yıldızların ürkek ışığı akasya ağaçlarının tepesinde kayboluyor, ayın ufacık bir parçası zemine ulaşıyordu. Bir ateşböceği karanlıkta bir sola bir sağa kaydı, mavi-yeşil parıltısı suyun üzerinde büyülü bir şekilde süzülüyordu.

Etrafta hiçbir ışık olmaması büyük memnuniyet sebebiydi. Böylesi bir görevde en yakın dostları karanlıktı.

Jaeger karanlığı seyrettikçe, ne kadar iğrenç olursa olsun sudan geçmenin en makul yol olduğunu fark ediyordu.

51

Ne Jaeger ne de Narov suyun ne kadar derin olduğunu biliyordu ama bu yol direkt düşman kampının ortasına açılıyordu. Su birikintisinin uzak kıyısında, kaçak avcıların yaktığı pişirme ateşinin ışığı durgun yüzeyden yansıyordu.

Bir ayağıyla Narov'un botuna hafifçe vurup fısıldayarak, "Çalışmaya hazır mısın?" dedi Jaeger.

Narov başıyla onaylayıp, "Haydi gidelim," dedi.

Gece yarısı geçilmiş ve kamp aşağı yukarı üç saattir hareketsiz kalmaya devam etmişti. Yerleşimi gözlemledikleri süre boyunca sudan geçen bir timsah da görmemişlerdi.

Artık zaman gelmişti.

Jaeger dönüp suya kaydı, botlarıyla katı bir şey arıyordu. Suyun dibini gösteren kalın, yapış yapış bir kaya parçasına değdiğinde durdu. Beline kadar suya batmıştı ama en azından kıyının yüksekliği görünmesini engelliyordu.

İki tarafında da görünmez, isimsiz yaratıklar sürünüp sular sıçratıyordu. Aynı beklediği gibi, suda en ufak bir hareket dahi yoktu. Durgun, yapış yapış ve mide bulandırıcıydı. Hayvan dışkısı, hastalık ve ölüm kokuyordu. Yani kaçak avcılar asla buradan bir saldırı beklemeyeceği için kusursuz bir araçtı.

SAS'ta görev aldığı zamanlarda Jaeger'a normal ruhların korktuğu şeyleri benimsemesi öğretilmişti; geceyi dost bilmeyi, karanlığı yaşamayı öğrenmişti. Onu ve savaşçı kardeşlerini düşman gözlerden saklayacak bir pelerindi karanlık. Şimdi de görevini layığıyla yerine getiriyordu.

Jaeger'a askerdeyken normal insanların kaçınmayı yeğleyeceği güneşte yanmış çöller, insan eli değmemiş ormanlar ve çürümüş bataklıklar gibi ortamları bulması öğretilmişti. Aklı başında kimse oraya gitmezken elit askerlerden oluşan ufak bir bölük hiç fark edilmeden istediği yere sızabilirdi.

Hiçbir kaçak avcı Jaeger ile Narov'a bu leş gibi, iğrenç su birikintisinde katılmayacaktı. Muhtemelen sonsuz sayıda kötü yanına rağmen saldırı noktası olarak burayı benimsemek de bu yüzden mükemmeldi.

Jaeger dizlerinin üzerine çöktü; bir elinde tabancası, gözleri ve burnu suyun hemen üzerinde duracak şekilde ilerlemeye başladı. Bu pozisyonda sessizce sürünüp dolanırken olabildiğince kendini de gizleyecekti. Ama P228'i suyun dışında tutmaya özen gösteriyordu. Modern tabancaların büyük çoğunluğu ıslakken iş görmesine rağmen, pis suyun silaha zarar vermesi ihtimaline karşı onu kuru tutmak en doğrusu olacaktı.

Narov'a bakıp, "Mutlu musun?" diye sordu.

Kadın başıyla onayladı, gözleri ay ışığında tehlikeli bir biçimde parlıyordu.

Ayakları her bir adımın önüne bir diğerini koyarken, Jaeger'ın sol elinin parmak uçları vıcık vıcık olmuş lapayı kavradı. İğrenç kokan çürümüş bitkileri bir sağa bir sola itiyor, eli her adımda bileğine kadar batıyordu. Burada bir yılanla karşılaşmamak için dua etti, sonra bu fikri aklından çıkardı.

Üç dakika boyunca ilerledi; her adımını eli ve ayağıyla sayıyor, bu sayede katettikleri mesafeye dair aşağı yukarı bir tahmin yürütebiliyordu. Narov ile birlikte hiçbir şey görmeden yol alıyorlardı ve avcıların nerede kamp kurduğuna dair bir algıya ihtiyacı vardı. Yetmiş beş metre kadar ilerlediklerini hesapladığında Narov'a durmasını işaret etti.

Su birikintisinin sol taraftaki kıyısına yaklaştı ve toprağın birkaç santim üzerine doğru başını kaldırdı. Narov'u hemen dibinde hissediyordu, başı neredeyse omzundaydı. Ellerinde tabancaları, birlikte bataklıktan çıktılar. İkisi de önlerindeki bölgenin birer yarısını üstlendi ve düşman kampını olabildiğince hızlı şekilde kafalarında canlandırabilmek için ayrıntıları birbiriyle paylaştı.

"Kamp ateşi," diye fısıldadı Jaeger. "Yanında iki adam var, nöbetçi."

"Görüş istikameti?"

"Güneydoğu. Suyun diğer tarafı."

"Işık?"

"Gördüğüm kadarıyla yok."

"Silahlar?"

"AK-47'leri var. Ayrıca ateşin sağ ve sol tarafında uyuyan adamlar görüyorum. Toplam... Sekiz tane."

"Yani on ediyor. İkisi kayıp..." Narov gözlerini bir o tarafa bir bu tarafa çevirip kendi kanadını taradı. "Fil dişlerini görüyorum. Başlarında bir adam nöbet tutuyor."

"Silah?"

"Omzuna asılı saldırı tüfeği."

"Saymadığımız bir adam kaldı. Biri kayıp..."

İkisi de geçen zamanın farkındaydı ama o son avcıyı bulmak da gayet önemliydi. Birkaç dakika daha izlemeyi sürdürdüler ama kalan adamı göremediler.

"Başka güvenlik önlemi var mı? Tetikleyici kablo? Bubi tuzağı? Hareket sensörü?"

Narov başını iki yana sallayıp, "Görünürde bir şey yok. Otuz metre daha ilerleyelim. Dişlerin hemen yanına geçmiş olacağız," dedi.

Jaeger yeniden karanlığa doğru kayıp ilerledi. Bu sırada zifiri karanlıkta uçup geçen gizemli yaratıkların sesini duyabiliyordu. Gözleri neredeyse suyla aynı seviyedeydi ve her yanındaki hareketleri hissedebiliyordu. En kötüsü ise kayıp gelen şeyleri de hissetmesiydi.

Gömleğinin altında, boynunun etrafında, hatta kasıklarında bile dişlerini geçirip açgözlü bir şekilde emmeye başlayan, karnını Jaeger'ın kanıyla doyuran sülüklerin belli belirsiz ısırıklarını hissediyordu.

Mide bulandırıcıydı. İğrençti. Ama şu an bu konuda yapabileceği pek bir şey yoktu.

Bir sebepten, muhtemelen dalga dalga pompalanan heyecan verici adrenalin yüzünden Jaeger aynı zamanda çişini yapmak için de ölüyordu. Ama bu dürtüyle savaşmak zorundaydı. Böylesi bir suyun içindeyken uygulanması gereken en önemli kural asla ihtiyaç gidermemekti. Bu tarz bir hataya düşmesi hâlinde idrar yolu açılır ve bir bataklık dolusu mikrop, bakteri ve parazitin boşaltım sistemine giriş kapısını da ardına kadar aralamış olurdu.

Hatta kendisini idrar yoluna sokup bir daha çıkmamak için iğnelerini etrafına batırmayı seven çok ufak bir *balık*, kandiru ya da "kürdan balığı" denen bir canavar da vardı. Bunu düşünmek bile Jaeger'ın ürpermesine sebep oldu. Şu an tuvaletini yapması mümkün değildi. Görev bitene kadar tutmak zorundaydı.

Nihayet ilerleme sona erdi ve ikinci kez kamp alanını taradılar. Hemen sol taraflarında, en fazla otuz metre ötede dört kocaman fil dişi ay ışığında esrarengiz bir şekilde parıldıyordu. Yalnız nöbetçinin sırtı dönüktü, olası bir tehdidin belirebileceği tek mantıklı yer olan çalılıklara bakıyordu.

Narov takip cihazını kaldırıp, "Giriyorum," diye fısıldadı.

Bir anlığına Jaeger karşı çıkma dürtüsüyle savaştı. Ama zamanı değildi. Hem yüksek ihtimalle Narov ondan çok daha iyi bir iş çıkarırdı.

"Ben buradayım, seni kolluyorum."

Narov bir saniye duraksadı, sonra kıyıdan bir avuç dolusu yapış yapış dışkıyı alıp yüzüne ve saçlarına sürüp Jaeger'a döndü.

"Nasıl görünüyorum?"

"Enfes!"

Ardından suyun kıyısına doğru bir yılan gibi süzüldü ve ortadan kayboldu.

52

Jaeger saniyeleri saydı. Hesabına göre yedi dakika geçmişti ve hâlâ Narov'dan bir iz yoktu. Artık her an ortaya çıkmasını bekliyordu. Gözlerini ateşin yanındaki nöbetçilerden ayırmıyordu ama henüz hiçbir sorun belirtisi yoktu.

Yine de gerilim had safhadaydı.

Bir anda fil dişlerinin olduğu taraftan tuhaf, boğuk bir gürüldeme sesi duyuldu. Bir saniyeliğine bakışlarını o tarafa çevirip kontrol etti. Yalnız nöbetçi artık ortada görünmüyordu.

Ateşin yanındaki nöbetçilerin hareketlendiğini gördü. Adamları tabancasının namlusunda tutarken kalbi de makineli tüfek gibi atmaya başlamıştı.

"Hüseyin?" diye bağırdı biri. "Hüseyin!"

Adamlar da sesi duymuştu belli ki. Yalnız nöbetçiden bir yanıt gelmedi ve Jaeger bunun sebebini gayet iyi biliyordu.

Ateşin yanındaki adamlardan biri ayağa kalktı. Svahili dilinde söyledikleri Jaeger'a kadar geldi.

"Ben gidip bakacağım, işemeye çıktı herhâlde."

Adam çalılığa doğru hareketlendi; fil dişlerinin olduğu tarafa, Narov'a doğru yürüyordu.

Jaeger suyun kenarından yükselip Narov'un yardımına koşmak için hazırlanırken bir şey gördü. Çalılıkların arasından yüzüstü sürünerek gelen biri vardı; Narov yaklaşıyordu ama hareketinde bir tuhaflık söz konusuydu.

İyice yaklaştığında, Jaeger da ne olduğunu anladı. Kadın arkasında bir fil dişi sürüklüyordu. Böyle bir yükü omuzlayarak yetişmesine imkân yoktu. Jaeger saklandığı yerden çıktı, çömelerek hızla ilerledi ve ağır fil dişini Narov'dan alıp bocalayarak geldiği yere döndü.

Çabucak suya girip alçaldı, fil dişini de yanında batırdı. Ardından Narov da yanına geldi. Görülmediklerine zar zor inanıyordu.

Tek kelime etmeden, ikisi de ağır ağır ilerlemeye başladı. Zaten bir şey söylemeye gerek yoktu. Narov görevi tamamlayamamış olsa söylerdi. Ama dişlerden birini ne diye getirmişti ki?

Bir anda gece silah sesleriyle yankılandı. *PAT! PAT! PAT!*

Jaeger ve Narov olduğu yerde kaldı. Bir AK-47'den üç el ateş edilmişti ve sesler fil dişlerinin kümelendiği yerden geliyordu. Narov'un eseri keşfedilmişti belli ki.

"Uyarı atışı," diye duyurdu Jaeger. "Alarm çalıyorlar."

Kampın her yanında adamlar uyanıp koşuştururken öfke dolu bağırışlar duyuldu. Jaeger ile Narov suda daha da derine battı, öyle ki yüzleri çamurla bir oldu. O raddede hiç kımıldamadan durup sadece seslere göre ne olduğunu çözmekten başka çareleri yoktu.

Çığlık çığlığa seslere, toprakta yankılanan botlar eklendi. Silahların hazırlandığı duyuluyordu. Kaçak avcıların kafası karışmıştı. Jaeger saklandıkları yerden birkaç metre öteye bir adamın yaklaştığını hissetti.

Silahlı adamın gözleri suyu taradı; Jaeger bakışların kendilerine doğru geldiğini hissedebiliyordu. Saldırıya hazırlandı; çatışmaya, mermilerin etle kemiği yarıp geçmesine...

Sonra bir ses, emir veren bir tonla bağırdı.

"Kimse o bok çukuruna girmez geri zekâlı! Gel buraya!"

Adam arkasını dönüp açık çalılıklara doğru ilerledi. Jaeger, avcılar etrafa yayılırken arama odağının kamp yakınlarından uzaklaştığını tahmin edebiliyordu. Bu iğrenç, hastalık ve pislikle dolu su birikintisinde saklanmak onları kurtarmıştı.

Çömelerek ağır ağır ilerlemeyi sürdürdüler ve nihayet başladıkları yere geldiler. Yakınlarda kaçak av çetesinden biri olmadığından emin olduktan sonra kurak bölgeye çıkıp sakladıkları yerden sırt çantalarını aldılar.

Narov bir anlığına duraksadı. Bıçağını çıkarıp kırmızı lekeli metalini suda temizledi.

"Birinin ölmesi gerekiyordu. Ben de kılıf olarak bunu aldım." Fil dişini gösterdi. "Hırsızlık gibi göstermek için..."

Jaeger başını aşağı yukarı sallayıp, "İyi düşünmüşsün," dedi.

Karanlığın derinlerinden yankılanan tek tük bağrışmalarla ara sıra patlak veren silah seslerini duyabiliyorlardı. Arama çalışmaları, su birikintisinden uzaklaşıp güney ve doğu yönlerine dağılmış gibi görünüyordu. Kaçak avcıların paniklediği belliydi, hayalet ve gölgelerin peşine düşmüşlerdi.

Jaeger ve Narov, fil dişini sığlıkta sakladıkları yere bırakıp çalılara ilerledi. Önlerinde uzun bir yürüyüş vardı ve susuzluk artık can yakmaya başlamıştı. Ama şu an sudan da önemli bir öncelikleri vardı.

Çete tarafından görülmeyecek kadar uzaklaştıklarını hissettiğinde Jaeger durma sinyali verdi.

"Çok sıkıştım. Ayrıca sülüklere de bakmamız lazım."

Narov başıyla onayladı.

Protokole uygun davranılacak bir yerde değillerdi. Jaeger arkasını dönüp pantolonunu indirdi. Beklediği üzere kasıkları kıvranan karanlık gövdelerle doluydu.

Bu pislik sülüklerden hep nefret etmişti Jaeger. Yarasalardan bile bu kadar tiksinmiyordu. Bir saati aşkın bir süre boyunca kanıyla beslendikten sonra kanlı siyah gövdelerin her biri normal boyutlarının birkaç katına çıkmıştı. Onları birer birer vücudundan çekip uzağa fırlatırken bacaklarından süzülen kan bir nehir çiziyordu.

Narov da arkasını dönüp kendi pantolonunu indirdi.

"Yardım lazım mı?" diye sordu Jaeger şaka yollu.

Narov homurdanarak, "Rüyanda görürsün! Her yanım sülüklerle dolu, biri de sen!" dedi.

Jaeger omuzlarını silkti.

"Sen bilirsin, kanaya kanaya öl!"

Sülüklerden kurtulma işi bittiğinde ikisi de silahlarını temizlemek için bir dakikasını ayırdı. Çamur ve nem, silahın mekanizmasına girmiş olabileceği için bunu yapmaları çok önemliydi. Bu da tamamlanınca nihayet doğuya dönüp uzun yolculuklarına başladılar.

Yanlarında ne bir yudum su ne de bir lokma yemek kalmıştı ama helikopter enkazında bir sürü olmalıydı.

Tabii oraya ulaşabilirlerse...

53

Jaeger ile Narov, matarayı elden ele geçirdi. Helikopterin enkazında bunu bulmak ayrı bir sürpriz olmuştu. Narov çok ender içmesine rağmen ikisi de çok yorgundu ve zihnen ayakta durmak için içkiye ihtiyaçları vardı.

Gece yarısına yakın bir saatte dönmüş, kaza mahallini aşırı derecede tenha bulmuşlardı. Yavru fil bile gitmişti ama tabii ki bu iyi haberdi. En azından bir hayvanı kurtarmış olma ümitleri canlıydı. Helikopterden ne kadar su, gazlı içecek ve yemek varsa çıkarıp aç ve susuz geçen saatlerin acısını çıkardılar.

Bunun ardından Jaeger, Thuraya telefonuyla birkaç arama yaptı. İlkinde Katavi'yi aradı ve telefonun diğer ucunda Konig'i bulduğuna çok sevindi. Rezervin Koruma Müdürü sapasağlam köklere dayanıyordu, orası kesindi. Kısa süre içerisinde bilincini geri kazanmış ve işinin başına dönmüştü.

Jaeger, adama Narov ile çizdikleri planın ana başlıklarını aktardı. Gelip onları alması için bir uçuş istedi ve Konig de hava aydınlanır aydınlanmaz yola çıkacağına söz verdi. Jaeger aynı zamanda adama oraya inecek bir kargo uçağını beklemesini ve içindeki sandıkları onlar gelmeden açmamasını söyledi.

İkinci aramasını, Falkenhagen'da bekleyen Raff'a yaptı ve ona istediği teçhizat ve silahlardan oluşan bir alışveriş listesi verdi. Raff, İngiliz diplomatik paket sayesinde yirmi dört saat içerisinde istediklerinin

Katavi'ye varacağına söz verdi. Jaeger son olarak ona takip cihazından bahsetti ve gözünü ayırmamasını söyledi. Statik hâle geldiği anda Jaeger'le Narov'un haberdar olması gerekiyordu, çünkü o zaman kaçak av çetesi üssüne dönmüş olacaktı.

Aramalar sona erdiğinde, bir akasya ağacına yaslanıp matarayı tekrar elden ele dolaştırmaya başladılar. Uzunca bir saat boyunca oturup içkiyi paylaştılar ve planlar yaptılar. Jaeger, mataranın neredeyse boşaldığını fark ettiğinde gece yarısını çoktan geçmişti.

Sallayıp içinde kalan son içki damlalarının çalkalanışını duydu.

"Son yudumlar Rus yoldaşım. Şimdi ne konuşalım?"

"Konuşmak zorunda mıyız? Doğayı dinlesene. Senfoni gibi âdeta... Hem gökyüzünün büyüsü de var."

Arkasına yaslandı ve Jaeger da aynısını yaptı. Gece böceklerinin ritmik ötüşleri hipnotize edici bir ahenkle işitiliyor, göz alabildiğine uzanan olağanüstü gökyüzü yıldızlarını sergiliyordu.

"Yine de böyle bir fırsat bulamıyoruz pek," diye söze girdi Jaeger. "Sadece ikimiz... Kilometreler boyunca tek bir ruh bile yok."

"Ne konuşmak istiyorsun peki?" diye mırıldandı Narov.

"Madem öyle, bence seni konuşalım."

Jaeger'ın Narov'a sorma fırsatı bulamadığı binlerce soru vardı ve olabilecek en iyi zamanlardan biri de buydu.

Narov omuzlarını silkip, "Pek ilgi çekici değil. Ne anlatayım ki?" dedi.

"Mesela dedemi nasıl tanıdığını anlatarak başlayabilirsin. Öz deden gibi olduğunu söylüyorsun, biz ne oluyoruz o zaman? Yıllardır kavuşamamış birer kardeş falan mı?"

Narov gülerek, "İlgisi yok. Çok uzun hikâye ama kısa tutmaya çalışacağım," dedi. Yüzündeki ifade ciddileşmişti. "1944 senesinin yazında genç bir Rus kadın, Sonia Olschanevsky, Fransa'da esir alındı. Gerillalarla birlikte savaşıyor ve onların Londra ile telsiz bağlantısı olarak hizmet veriyordu. Almanlar onu bir toplama kampına götürdü. Sen de biliyorsun orayı, Natzweiler. Orası *Nacht und Nebel* tutsaklarının toplandığı, Hitler'in gece ve siste kaybolmasını hükmettiği kişilerin kampıydı. Almanlar, Sonia Olschanevsky'nin bir özel operasyonlar askeri olduğunu anlasaydı, diğer ajanlara yaptıkları gibi ona da işkence edip öldürürlerdi. Neyse ki anlamadılar.

"Kadını kampta çalışmaya zorladılar. Köle işçiydi. Kıdemli bir SS subayı kampı ziyarete geldi. Sonia da çok güzel bir kadındı. Subay onu cariyesi olarak seçti." Narov duraksadı. "Bir süre sonra Sonia bir kaçış yolu buldu. Bir domuz ahırının ahşap suntalarını söküp kendine bir kaçış merdiveni yapmayı başarmıştı. Onu kullanarak, yanında iki kişiyle birlikte elektrikli tellerin üzerine tırmandılar. Sonia Amerikan tarafına geçmeyi başardı. Orada yine kendisi gibi özel operasyonlarda çalışan Amerikan kuvvetlerine yerleştirilmiş iki İngiliz subayıyla tanıştı. Onlara Natzweiler'ı anlattı ve Müttefik güçler ilerlemeye geçtiğinde onları kampa götürdü. Natzweiler, Müttefikler tarafından bulunan ilk toplama kampıydı. O zamana kadar kimse böylesi korkunç dehşetlerin varlığını hayal dahi etmemişti. O kampın özgürleştirilmesi iki İngiliz subayı için ölçülemez etki yarattı."

Narov'un yüzüne karanlık bir gölge inmişti.

"Ama Sonia o sırada dört aylık hamileydi. Kendisine tecavüz eden SS subayının çocuğunu taşıyordu."

Bir süre duraksadı, gözleri gökyüzüne dalmıştı.

"Sonia benim büyükannemdi. Büyükbaban Ted Dede ise o iki askerden biriydi. Gördüklerinden ve Sonia'nın cesaretinden o kadar etkilenmişti ki doğmamış çocuğun manevi babası olmayı önerdi. O çocuk benim annemdi. Yani dedenle böyle tanıştım. Evet, ben bir Nazi tecavüzünün torunuyum," dedi Narov sessizce. "Tüm bunların benim için neden bu kadar kişisel olduğunu anlamışsındır artık. Deden daha çok küçükken bende bir şeyler gördü. Beni kendi koltuğunu dolduracak şekilde biledi, şekillendirdi." Ardından Jaeger'a döndü. "Beni Gizli Avcılar'ın en güçlü askeri olacak şekilde yetiştirdi."

Bir ömür gibi geçen süre boyunca ses çıkarmadan oturdular. Jaeger'ın kafasında o kadar fazla soru vardı ki nereden başlayacağını bile bilmiyordu. Ted Dede'yi ne kadar iyi tanıyordu? Jaeger aile evine ziyarete gelmiş miydi? Birlikte çalışmışlar mıydı? Ve neden Jaeger da dâhil olmak üzere tüm aileden bunu bir sır gibi saklanmıştı?

Jaeger, dedesiyle oldukça yakındı. Ona hayranlık duyuyordu ve orduya katılmak için ilhamını dedesinden almıştı. Ama şu an canının yandığını hissediyordu, bir kez bile kendisiyle bunları paylaşmamıştı.

Nihayetinde soğuk hava ikisini de yenik düşürdü.

Narov, Jaeger'a yaklaşıp, "Tamamen hayatta kalmak için, başka bir sebebi yok," diye mırıldandı.

Jaeger başıyla onaylayıp, "Yetişkin insanlarız. En kötü ne olabilir ki?" dedi.

Uykuya dalacağı sırada, Narov'un başının omzuna düştüğünü ve daha da sıkıca sokulurken kollarının gövdesini sarışını hissetti.

"Hâlâ üşüyorum," dedi Narov uykulu bir sesle.

Kadının nefesindeki içki kokusunu alabiliyordu. Ama aynı zamanda bu kadar yakından vücudunun o ılık, terli ve çekici kokusu da burnuna geliyordu. Jaeger başının döndüğünü hissediyordu.

"Afrika burası... O kadar soğuk değil," derken bir kolunu Narov'a sardı. "Şimdi daha iyi oldu mu?"

"Biraz." Narov daha sıkı sarıldı. "Sakın unutma ama, ben buz kraliçesiyim."

Jaeger kahkahasını bastırdı. Şu an bu kolay, sıcak ve aklını başından alan akışa kendini bırakmak o kadar çekiciydi.

Bir yanı gergin ve diken üstünde hissediyordu ama. Bir şekilde bulup kurtaracağı Ruth ve Luke vardı. Ama diğer yanı, hafifmeşrep tarafı uzunca bir süre sonra ilk kez bir kadının dokunuşunu hissetmenin nasıl olduğunu hatırlıyordu. Öyle ki aynı tarafı, çok derinlerde karşılık vermek istiyordu.

Şu an kollarına sardığı alelade bir kadın değildi sonuçta. Narov'un güzelliği dillere destandı. Ay ışığının altında ise hiç olmadığı kadar dudak uçuklatıcı görünüyordu.

"Ne düşünüyorum biliyor musun Bay Bert Groves?" diye sessizliği bozdu Narov. "Yeterince uzun bir süre boyunca bir role girersen, arada onun gerçek olduğuna inanmaya başlıyorsun. Özellikle de gerçekten çok istediğin ama hiçbir zaman sahip olamayacağını bildiğin şeyin yakınında bu kadar uzun süre geçirdiğinde..."

"Yapamayız," dedi Jaeger kendini zorlayarak. "Ruth ve Luke var. O dağın altında bir yerdeler. Hayatta olduklarını biliyorum, bundan eminim. Artık çok yaklaştık."

Narov homurdanıp, "Soğuktan ölelim mi o zaman? *Schwachkopf!*" dedi.

Ama ağzından düşürmediği küfrüne rağmen sarılmasını hiç gevşetmemişti Narov.

Jaeger da farksız değildi.

54

Son yirmi dört saat fırtına gibi gelip geçmişti. Raff'tan sipariş ettikleri paketler tam istendiği gibi gelmiş ve şu an taşıdıkları sırt çantalarındaki yerini çoktan almıştı.

Ancak alışveriş listesine eklemeyi unuttukları bir şey vardı, yüzlerini saklayacak iki ipek kar maskesi eksik kalmıştı. Bu da doğaçlamanın yolunu açtı. Balayı senaryosu gereği Narov, yanında simsiyah külotlu çoraplardan getirmişti. Kafalarına geçirip birer de göz deliği açmalarıyla kar maskesi bir ihtiyaç olmaktan çıktı.

Raff'tan gelen takip cihazının hareketsizleştiği haberiyle birlikte kaçak avcı çetesi, Jaeger ile Narov'un avuçlarına düşmüştü. Daha da iyisi, fil dişlerinin götürüldüğü bina Konig'in bildiği bir yer çıkmıştı. Lübnanlı satıcının üs olarak kullandığı düşünülen ve özenle seçilmiş korumalarla donatılmış bir yerdi burası.

Konig, o satıcının küresel bir kaçakçılık zincirinin ilk halkası olduğunu anlatmıştı. Kaçak avcılar fil dişlerini o adama satıyor, alışveriş tamamlandığında ise mallar bu tür yasa dışı eşyaların asıl piyasasının döndüğü Çin'e doğru bitmek bilmeyen bir kaçakçılık hattına dâhil oluyordu.

Jaeger ile Narov, ülkeye ilk girdiklerinde sahte isimlerle kiraladıkları beyaz bir Land Rover Defender ile Katavi'den ayrılmıştı. Aracın kapılarında, kiralayan şirket Wild Africa Safaris'in ismi yapıştırılmıştı. Katavi Oteli'nin Toyota araçlarında ise rezervin kendine özgü logosu vardı.

Yayan devam edecekleri yere geldikleri zaman araçla kalacak güvenilir birine ihtiyaçları vardı. Burada yardımı mantıklı olan tek bir isim öne çıkıyordu, Konig. Planlardan haberdar olduğunda ve yapılacakların hiçbir şekilde Katavi'ye bağlanmayacağına güvendiğinde o da yerini almıştı.

Havanın kararmasına yakın, kurumuş bir dereye özenle sakladıkları Land Rover'ı Konig ile bırakıp kuru savana ve makiler arasında bir GPS ve pusulayla yönlerini bularak yolculuğa başladılar. Yanlarında SELEX Personal Role telsizler ve kulaklıklar vardı. Beş kilometrenin üzerinde bir menzilde SELEX cihazlar sayesinde hem birbirleri hem de Konig ile sürekli iletişim hâlinde kalabileceklerdi.

Ellerindeki asıl silahlarla deneme atışı yapmak için bir fırsat bulamamışlardı ama nişangâhları iki yüz elli metreye sıfırlanmıştı, yani bu akşam için gayet yeterliydi.

Jaeger ve Narov takip cihazının hareketsiz kaldığı binanın üç yüz metre ötesine geldiklerinde durdu. Yirmi dakika boyunca hafif yüksek bir bölgenin kenarında yüzüstü yatarak ses çıkarmadan mekânı gözlemlediler. Jaeger, toprakta kalan günün sıcaklığını karnında hissedebiliyordu.

Güneş daha yeni batmıştı ama önlerinde duran binanın pencereleri sanki bir Noel ağacı gibi aydınlatılmıştı. *Epey güvenli...* Belli ki avcılar ve kaçakçılar burada herhangi bir tehlikeyle karşılaşacaklarına inanmıyor, tehdit görmüyorlardı. Kendilerini yasaların üzerinde tuttukları belliydi ama bu akşam öyle olmadığını öğreneceklerdi.

Bu görev için Jaeger ile Narov, yüzde yüz haydut moduna girmişti; yasaları bir süreliğine onlar belirleyecekti.

Jaeger binayı taradı, saldırı tüfekleriyle donanmış altı koruma görünüyordu. Ön tarafta bir oyun masasının etrafında oturmuş adamlar, silahlarını ya duvara dayamış ya da özensiz bir şekilde omuzlarından sarkıtmıştı.

Yüzleri, bir gemici fenerinin sıcak parıltısıyla aydınlanıyordu.

Öldürüp geçmek için yeter de artar bile!

Jaeger'ın çıkarabildiği kadarıyla bir hafif makineli tüfek, binanın düz çatısının kenarında, meraklı gözlerden saklanmak için battaniyelerle örtülmüştü. Ama her şey planlandığı gibi giderse, düşman daha o silahın yakınına yaklaşamadan taş kesilip ölmüş olacaktı.

Jaeger hafif termal görüntüleme teleskobunu çıkarıp binayı baştan aşağı gözden geçirdi, nerelerde insan olduğunu zihnine kazımıştı. İnsanlar parlak sarı lekeler olarak görünüyordu; vücutlarından yayılan ısı, teleskobun karanlık ekranında hepsini yanan birer insanmış gibi gösteriyordu.

Kulağına belli belirsiz bir müzik çalındı. Oyun masasının bir tarafına koyulmuş eskilerden kalma taşınabilir bir teyp vardı. Hoparlörlerinden çıkan inlemeye benzer oransız Arap pop türündeki şarkı, Jaeger'a oradakilerin büyük çoğunlukla Lübnanlı satıcının adamları olduğunu hatırlattı. Yani "eh işte" denebilecek güçte askerlerle karşılaşacaklardı.

"On iki saydım," diye fısıldadı Jaeger mikrofona. Cihaz sürekli açık olacak şekilde ayarlanmıştı, yani her seferinde saçma sapan bir tuşa basmaya gerek yoktu.

"On iki insan," diye doğruladı Narov. "Ayrıca altı keçi, biraz tavuk ve iki de köpek var."

Mantıklı... O hayvanlara da dikkat etmesi gerekebilirdi. Ne kadar evcil olsalar da yabancı bir insanın varlığını hissedip adamları uyarabilirlerdi.

"Öndeki altı taneyi sen halledebilir misin?" diye sordu Jaeger.

"Evet."

"Tamam, ben yerimi aldığım zaman işaretimle saldır. Peşimden gelmeye hazır olduğunda telsizden haber ver."

"Tamamdır."

Jaeger, sırt çantasına dalıp siyah renkte, uzun ince bir kutu çıkardı. Kutunun içerisinde VSS Vintorez "Thread Cutter" model keskin nişancı tüfeğinin parçaları özenle dizilmişti. Hemen yanında, Narov kendinde bulunan aynı silahı birleştirmeye başlamıştı bile.

Rus yapımı VSS'yi seçmelerinin ardında, silahın çok hızlı ve sessizce hareket etmelerini sağlayan hafif yapısı vardı. Kesin menzili çoğu keskin nişancı tüfeğinin yarısı olan beş yüz metreydi ama sadece 2.6 kg ağırlığındaydı. Aynı zamanda her merminin ayrı ayrı yerleştirilmesi gereken sürgülü mekanizmaya sahip diğer keskin nişancı silahların aksine yirmi mermi taşıyabilen bir şarjörü vardı.

Thread Cutter ile yakın hedefleri hızlı bir şekilde vurmak mümkündü.

Daha da önemlisi, tüfek özellikle sessiz bir silah olarak tasarlanmıştı. Etrafını saran susturucuları olmadan ateşlenemiyordu. Aynı P228 gibi bunda da ağır, ses hızının altında hareket eden 9 mm mermilerden kullanılıyordu. Her atışında ses duvarını aşıp kulakları sağır edecek bir patlama sesi çıkaracaksa sessiz bir keskin nişancı silahını kullanmanın da manası olmazdı.

9 mm kurşunlar, hafif zırhları ya da şimdiki görevde olduğu gibi ince duvarları delip geçmelerini sağlayan volfram uçlara sahipti. Düşük namlu hızı sebebiyle enerjilerini daha yavaş kaybediyor, böylece silah da ağırlığı ve boyutundan beklenmeyecek düzeyde olağanüstü bir menzil ve güç sağlıyordu.

Jaeger, Narov'dan ayrılıp doğu yönünde bir daire çizdi; eğilerek ama hızlı bir şekilde ilerliyordu. Rüzgârın binadan uzağa estiği tarafta kalmaya özen gösterdi, bu sayede hayvanların da esintiden kokusunu alıp ürkmelerini engelleyecekti. Etraftaki hareketle tetiklenebilecek olası tüm güvenlik aydınlatmalarıyla arasına mesafe koyarak alçak zeminde gizlice yaklaşmasını sürdürdü.

Binaya altmış metre kala durdu. Termal görüntüleme teleskobuyla hedefi iyice çalışıp içerideki adamların nerelerde durduğunu aklına not etti. Bunun da ardından toprağın üzerinde yüzüstü bir şekilde uzandığı pozisyonunu aldı ve susturulmuş kalın namlusunu bir dirseğiyle desteklediği VSS'nin borumsu gövdesini omzunun çukuruna yerleştirdi.

VSS gibi sessiz bir gece katili olabilen pek fazla silah yoktu. Ama bir keskin nişancı tüfeği de ancak nişancısı kadar iyiydi. Neyse ki karanlıkta avlandığı gizli bir görev sırasında Jaeger kadar iyi nişan alabilen pek fazla kimse yoktu.

Ve Jaeger bu akşam kendini gösterecekti.

55

Batıdan süzülen hafif bir rüzgâr Mbizi Dağları'na çarptı.

Silahın nişangâhı, Jaeger'ın mermi düşüşü ve rüzgâr hızını telafi etmesine olanak sağlıyordu. Esintinin takribi 5 knot hızında olduğunu hesapladı, ardından nişanını hedefin bir çizgi soluna ateşleyecek şekilde ayarladı.

Sırt hattı tarafında Narov da neredeyse menzilinin sınırlarında kullanacağı silahının nişangâhını iki çizgi sola ve bir çizgi yukarı ayarlamıştı.

Jaeger nefesini yavaşlatıp o an bürünmesi gereken keskin nişancı rolü için ihtiyaç duyduğu odağa kavuşmak amacıyla kendi kendine konuşup sakinleşmeye çalıştı. Önlerinde uzanan zorlu mücadeleyi hiçbir şekilde hafife almıyordu. Narov ile çok hızlı bir şekilde birden fazla hedefi indirmeleri gerekiyordu. Yaralı bir adam bile sürprizi mahvederdi.

Ama içlerinde bir adamı, Lübnanlı Patron Bey'i hayatta ele geçirmek istiyordu.

VSS tüfek, görülür hiçbir namlu alevi çıkarmadığı için mermiler düşmana hiçbir karşılık ateşi fırsatı vermeden karanlıkta bir anda delip geçecekti. Ancak tek bir uyarı çığlığıyla saldırı yarıda kalabilirdi.

"Tamam, binayı tarıyorum," diye fısıldadı Jaeger. "Dışarıda oturan yedi kişi sayıyorum şimdi, altı da içeride var. On üç etti. On üç hedef!"

"Tamamdır, yedisi bende!"

Narov'un sesinde kusursuz bir profesyonelin buz gibi sakinliği vardı. Jaeger'ın dünyada kendinden daha üstün tutacağı bir nişancı varsa o da Narov'du. Amazon'da bile silah olarak keskin nişan alanını seçmiş ve Jaeger da bu tercihin arkasındaki sebebi ilk elden öğrenmişti.

"Dışarıdaki hedefler masanın etrafında oturuyor, başları ve omuzları çoğunlukla görünüyor," diye fısıldadı Jaeger. "Hepsini kafadan alman lazım, uyar mı?"

"Ölü her türlü ölüdür."

"Fark ettiysen dışarıdaki adamlar sigara içiyor," diye ekledi Jaeger.

Adamlar her nefes çektiğinde, izmaritlerin ucundaki kül de ateşli birer iğne deliği gibi parlıyordu. Yüzleri güzelce aydınlanıyor, böylece kolay hedefler hâline geliyorlardı.

"Birinin bunlara söylemesi lazım, sigara içmek öldürür," dedi Narov.

Jaeger son birkaç saniyesini binanın içindekileri vurmak için yapacağı hareketleri prova ederek geçirdi. Bulunduğu yerden, altı adamın üçünü duvarı delecek atışlarla vurabileceğini düşündü. O üç adamı inceledi, televizyon izlediklerini tahmin etti. Adamların düz ekran TV'nin yaydığı dikdörtgen parlamanın etrafında bir tür koltukta oturduklarını kestirmişti.

Televizyonda ne olduğunu merak etti. Futbol maçı mıydı? Yoksa bir savaş filmi mi? Ne olursa olsun, onlar için film neredeyse bitmek üzereydi.

Kafalarını hedef almaya karar verdi. Gövdeden vurmak, hedef alınacak daha büyük bir alan sağladığı için daha kolaydı ama ânında öldürmeme gibi bir riski vardı. Keskin nişancılığın temelleri ise Jaeger'ın beynine işlemişti. En önemlisi, her atışın nişanda bir farklılık olmadan sıkılması ve hemen takip edilmesiydi. Eskiden, çişini yaparken Luke'a da aynı şeyi söylerdi.

Jaeger hafifçe gülümsedi. Derin bir nefes aldı ve uzun uzun bıraktı.

"Saldırıya geçiyorum!"

Hafif bir *bzzzt* sesi duyuldu. Jaeger hiç durmadan silahını biraz sağa çevirdi, bir daha ateş etti. Sola çevirdi, üçüncü mermiyi gönderdi. Tüm hareketi sadece iki saniye sürmüştü.

Kurşunlar saplanırken iki adamın titrediğini, ardından hareketsiz bir yığın olarak devrildiklerini gördü. Birkaç saniye boyunca gözünü teleskoptan çekmedi. Çıt çıkarmadan, avını tartıp biçen bir kedi gibi izlemeyi sürdürdü.

Son mermi de duvarı delip geçerken zar zor duyulabilecek bir *bzzzt* sesi çıktı. Volfram uçlu mermiden çıkan kıvılcımlar, Jaeger'ın nişangâhının tam ortasında parlak bir beyazlık şeklinde aydınlandı. Jaeger, duvarlardan geçen bir tür boru ya da elektrik hattı gibi metal bir şey olduğunu düşündü.

Saniyeler geçti, ne vurduğu adamlardan herhangi bir hareket ne de sesin duyulduğuna dair bir işaret vardı. Büyük teypten yankılanan Arap ritimleri muhtemelen tüm sesleri bastırmıştı.

Narov'un konuşmasıyla sessizlik dağıldı.

"Yedisi öldü. Tepeden binanın önüne geçiyorum."

"Tamamdır, ben de geliyorum."

Çevik bir hamleyle Jaeger, tek seferde ayaklarının üzerindeydi ve hiç beklemeden omzunda silahıyla karanlık arazide koşmaya başladı. Aynısını daha önce sonsuz kez yapmıştı. "Ara ve öldür" görevlerinde varlığını belli etmeden süratle hareket etmek onun işiydi. Birçok açıdan kendini en rahat hissettiği yer de burasıydı zaten.

Karanlığın ortasında...

Bir başına...

Avının peşinde...

Binanın ön tarafını dolaşıp Narov'un eserinin üzerinden atladı, giriş kapısına doğru yolunu kapatan bir sandalyeyi tekmeleyerek uzaklaştırdı. Teypten hâlâ Arap ritimleri yükselse de yedi çete üyesinin hiçbiri artık dinleyebilecek durumda değildi.

Jaeger binaya dalmak için harekete geçtiği sırada kapı içeriden açıldı ve süzülen ışığın önünde bir silüet belirdi. Adamlardan biri sesleri duyup şüphelenmiş ve araştırmak için dışarı çıkmaya karar vermişti. Esmer görünümlü adamın kalıplı ve güçlü olduğu da söylenebilirdi. Elindeki AK-47'sini karşıya doğru tutuyordu ama parmakları nişan alamayacak kadar gevşekti.

Jaeger koşarken ateş açtı. *Bzzzt! Bzzzt! Bzzzt!* Saniyeler içerisinde Thread Cutter'ın namlusundan fırlayan 9 mm'lik üç mermi, adamın göğsüne saplandı ve onu yere devirdi.

Jaeger, düşen adamın üzerine eğilip Narov'a haber verdi.

"İçerideyim!"

Jaeger'ın aklında şu an iki farklı ses aynı anda sayım yapıyordu. Biri altıya ulaşmıştı, yirmi mermilik şarjöründe altı mermi kalmıştı. Bunun sayısını tutmak ise çok önemliydi. Yoksa farkında olmadan şarjörünü boşaltabilir ve tetiği çekince hiçbir şeyin yaşanmadığı o can alıcı "ölü adam kliğini" duyabilirdi. Kafasındaki diğer ses ise cesetleri sayıyordu, *on bir ölü.*

Hafif loş bir aydınlatmaya sahip koridora adımını attı. Kirli beyaz duvarların üzerinde rastgele sürülmüş toprakla tanımlanması imkânsız sürünme izleri vardı. Jaeger, zihninde ağır fil dişlerinin bu koridorda sürüklendiğini, kurumuş kan pıhtılarının duvarlara sürüldüğünü canlandırabiliyordu. Akıl almaz bir ölüm ve katliamın seri üretim bandı gibi yüzlerce, binlerce fil dişi buradan geçiyordu. Şimdiyse bu kanlı katliamın hayaletleri, o korkunç gölgeleri ziyarete gelmiş gibiydi.

Jaeger yavaşladı; ayak parmaklarının üzerinde, aynı maksatla olmasa da bir balerin zarafetiyle çıt çıkarmadan hareket ediyordu. Sağ tarafındaki açık bir kapıdan, bir buzdolabının kapandığını duydu. Şişeler birbirine çarpmıştı.

Ardından bir ses, Lübnan Arapçası olduğunu düşündüğü bir dilde konuştu. Jaeger'ın çıkarabildiği tek kelime ise bir isim olmuştu, Georges.

Konig, Lübnanlı fil dişi tüccarının ismini onlara söylemişti; Georges Hanna. Jaeger, adamlardan birinin patrona soğuk bir bira götürdüğünü düşündü.

Koridora bir adam çıktı, ellerinde sıkıca tuttuğu bira şişeleri vardı. Adam daha ne Jaeger'ın varlığını kavrayabilecek ne de korku ve şaşkınlığını hissedecek vakit bulabilmişti ki VSS bir kez daha öfkesini kustu.

İki mermi, kalbinin hemen üzerinden sol omzuna girerken, adamı da olduğu yerde döndürüp duvara yapıştırdı. Düşüp kırılan bira şişelerinin sesi koridorda yankılanmıştı.

Yukarıdaki odadan bir ses yükseldi. Kelimeler dalga geçer bir tınıdaydı. Ardından ise güçlü bir kahkaha geldi. Hâlâ görülür bir tehlike bulunmuyordu. Bağıran adam muhtemelen bira getirenin sarhoş olduğunu ve şişeleri yanlışlıkla düşürdüğünü düşünmüştü.

Kırmızı bir leke, biraz önce ölen adamın düşüşünü takip ederek duvardan aşağı süzüldü. Ağır ağır çöken ceset, ıslak ve hafif bir *güm* sesiyle yere kapaklandı.

On iki, diye rahat bir nefes verdi Jaeger'ın kafasındaki ses. Hesaplarına göre artık sadece bir adam kalmıştı, Lübnanlı Patron Bey. Konig, adamın bir fotoğrafını da göstermiş ve Jaeger tüm hatlarıyla aklına kazımıştı.

"Beyrut'u almak için harekete geçiyorum," diye fısıldadı.

Saldırının dilini oldukça basit tutmuşlardı. Sadece ana hedefleri için bir kod adı belirlemiş, onda da Lübnan'ın başkentini seçmişlerdi.

"Otuz saniye," diye yanıtladı Narov. Binanın girişine doğru koşarken hızlıca nefes alıp veriyordu.

Bir anlığına Jaeger onu beklemeyi düşündü. İki beyin, iki silah her zaman bir taneden daha üstündü. Ama artık her saniyenin değeri büyüktü. Görevleri bütün çeteyi öldürmek ve operasyonlarını sona erdirmekti.

Geriye ise sadece yılanın başını kesmek kalmıştı.

56

Jaeger bir saniye duraksadı; keskin nişancı tüfeğinin yarı kullanılmış şarjörünü çıkarıp yenisini taktı, ne olur ne olmaz.

Evin içinde yoluna devam ederken sağ tarafından gelen televizyonun boğuk sesini duydu. Garip bir şekilde televizyonda konuşulan dil İngilizceydi. Bir Premier League futbol maçı oynanıyordu. Kesin öyle olmalıydı. O odada duvarın arkasından vurduğu üç adam yatıyordu. Daha sonra Narov'a hepsinin ölüp ölmediğini kontrol ettirmeyi unutmamalıydı.

Hemen karşısındaki yarı açık kapıya sessizce ilerledi, bir adım kala durdu. İçeriden hafif de olsa konuşma sesleri geliyordu. Bir sohbet vardı. Pazarlık dönüyormuş gibiydi, hem de İngilizce. Yani içeride Lübnanlı Patron Bey'den başkalarının olduğu kesindi. Sağ bacağını kaldırıp güçlü bir tekmeyle kapıyı ardına kadar araladı.

Dövüş ânındaki adrenalin dolu yoğun heyecanla zaman sanki durma noktasına gelmiş gibi hissettiriyor ve bir saniye, bir ömür gibi geçiyordu.

Jaeger'ın gözleri odayı taradı, bir saniye bile sürmeden ana hatlarıyla kafasında kurmuştu bile.

Dört kişi vardı, ikisi masada oturuyordu. Kendisinin sağında, uzak tarafta Lübnanlı satıcı oturuyordu. Bileğinde altın bir Rolex saat vardı. Şişmiş göbeği, bir ömürlük müsamahanın sergisi gibiydi. Haki renginde bir safari ceketi giymişti ama Jaeger, adamın gerçekten vahşi yaşamı gördüğünü hiç sanmıyordu.

Onun karşısında; ucuz görünümlü gömleği, gri pantolonu ve kösele ayakkabılarıyla siyahi bir adam oturuyordu. Jaeger kaçak av operasyonlarını yöneten adamın bu olduğunu düşündü.

Ama camın önünde, direkt Jaeger'ın karşısında asıl tehdit yatıyordu; ciddi şekilde silahlanmış, acımasız görünümlü iki adam. Tecrübeli avcılar, fil ve gergedan katilleri oldukları her hâllerinden belliydi.

Birinin üzerinde, aynı Rambo gibi asılı duran makineli tüfek mermileriyle dolu bir kemer vardı. İngilizlerin genel amaçlı makineli tüfeğinin Rus muadili olan PKM'nin kendine özgü cüssesini sıkıca tutmuştu. Ardına kadar açık ovalarda filleri paramparça etmek için kusursuz bir silahtı ama yakın mesafe dövüşte pek başarılı olacağı söylenemezdi.

İkinci adamın elinde ise Rus yapımı roketatar RPG7 vardı. Araçları patlatmak ya da helikopterleri yere çakmak için mükemmeldi. Ama bu sıkışık odanın ufak sınırlarında Will Jaeger'ı durduramazdı.

Odada bu kadar az yer olmasının bir sebebi de bir köşeye yığılmış fil dişleriydi. Kaçak avcıların katlettikleri hayvanlardan söküp aldıkları yerde biriken kanlı rozetleriyle onlarca dev fil dişi orada duruyordu.

Bzzzt! Bzzzt!

Jaeger, silahlı iki avcıyı tam gözlerinin arasından vurarak öldürdü. Adamlar düşerken üçer tane de gövdelerine olmak üzere altı el daha ateş etti. Öldüklerinden emin olma isteği bir tarafa, atışların arkasında büyük de bir öfke vardı.

İri Lübnanlının silahına hamle yapmak için hareketlendiğini gördü. *Bzzzt!*

Jaeger'ın şişko adamın elinden bir mermi geçirip avuç içinde korkunç bir delik açmasıyla güçlü bir çığlık yankılandı. Sonra tek ayağının üzerinde bir anda dönüp karşısındaki Afrikalıya da namlusunu neredeyse değdirerek aynı şekilde bir avuç deliği hediye etti.

Adamın o eli masanın üzerinde geziniyor, artık kanla yıkanmaya başlayan Amerikan dolarlarından oluşan bir yığını toplayıp saklamaya çalışıyordu.

"Beyrut bende! Tekrar ediyorum, Beyrut bende!" diye rapor verdi Jaeger. "Tüm düşmanlar öldü ama televizyonun olduğu sağdaki ikinci odaya bir bak. Üç düşman var, kontrol et."

"Tamamdır, koridora giriyorum."

"Orada işin bitince binanın girişini sağlama al. Kaçırdığımız biri olup olmadığını ya da yardım çağırıp çağırmadıklarını kontrol et."

Jaeger, silahının namlusunu, şok ve korkuyla ardına kadar açılmış gözlere sahip iki adama tuttu. İşaret parmağını hazırda tutup Thread Cutter'ı bir eliyle kontrol ederken diğer eliyle arkasına uzanıp belindeki tabancayı çıkardı. Keskin nişancı tüfeğinin omzundaki askısını gevşetip önünde sallanmasına müsaade etti, sonra P228 ile nişan aldı. Biraz sonra yapacakları için bir eline ihtiyacı olacaktı.

Cebine uzanıp dikdörtgen biçiminde ufacık siyah bir cihaz çıkardı. SpyChest marka profesyonel bir mini kameraydı; çok ufak, rahatlıkla taşınabilir, kullanımı aşırı kolay bir video kayıt cihazı. Masaya koyup adamlara göstere göstere kaydı başlattı. Çoğu Lübnanlı iş adamı gibi satıcının da anlaşılır düzeyde İngilizce konuşacağı kesindi.

Jaeger gülümsedi ama külotlu çoraptan maskesi ifadelerini saklıyordu.

"Gösteri başlıyor beyler! Bütün sorularıma cevap verirseniz bir ihtimal yaşayabilirsiniz. Elleriniz de bu güzel kanamayı görebileceğim şekilde masanın üzerinde kalacak."

Şişko Lübnanlı gördüklerine inanamayarak başını iki yana salladı. Gözleri acıyla dolmuş ve endişeden cam gibi bir hâl almıştı. Ama Jaeger, adamdaki direniş ruhunun, kendi konumunun gücüne olan küstah inancının hâlâ tam olarak kırılmadığını görebiliyordu.

"Ne oluyor ulan?" Acıdan birbirine geçmiş dişlerinin arasından zar zor konuşabildi. Aksanı koyu, İngilizcesi bozuktu ama yine de rahatlıkla anlaşılabiliyordu. "Kimsin sen be?"

Durduğu yerde homurdanıp, "Kim miyim?" dedi Jaeger. "Ben gö-rüp görebileceğin en kötü kâbusum! Yargıcın, jürin ve muhtemelen celladınım! Şunu iyi anlaman lazım Bay Georges Hanna, yaşayıp yaşamayacağına ben karar vereceğim!"

Jaeger bu raddede biraz role girmişti, bunu da düşmanlarına saf bir korku aşılama amacıyla düşünmüşlerdi. Ama aynı zamanda bu insan-ların yaptıkları ve döktükleri kan yüzünden içini yakan bir öfkeyle de doluyordu.

"Adımı mı biliyorsun?" Lübnanlı satıcının gözleri şişti. "Deli misin sen? Adamlarım, korumalarım buradan canlı ayrılmana izin verirler mi sanıyorsun?"

"Cesetler genelde pek bir karşılık veremiyor. Yanlarına katılmak istemiyorsan konuşmaya başlayacaksın!"

Satıcının yüzü iğrenir bir ifadeye bürünüp, "Haydi oradan be!" dedi.

Jaeger biraz sonra yapacakları konusunda pek de iyi hissetmiyor-du ama bu şerefsizi bir an önce konuşmaya zorlaması gerekiyordu. Adamdaki direniş arzusunu yıkmak zorundaydı ve bunu yapmanın da tek bir yolu vardı.

P228'in namlusunu hızlıca aşağı çevirdi, istediği yere geldiği gibi ateş edip satıcıyı dizkapağından vurdu. Adam sandalyesinden devrilirken kan ve paramparça olmuş kemikler de safari ceketine sıçradı. Jaeger daha da yaklaştı, eğilip P228'in dipçiğini şişko adamın burnuna geçir-di. Kırılan kemiğin keskin çatırdaması duyuldu ve ânında fışkırmaya başlayan kanlar adamın beyaz gömleğini kırmızıya boyadı.

Onu saçından tutarak ayağa kaldırdı ve yeniden sandalyesine oturttu. Sonra Gerber bıçağını çıkarıp adamın kalan sağlam eline sapladı ve masaya çaktı.

Bakışlarını Lübnanlıdan çekip yerli kaçak avcıya çevirdi, başındaki maskenin oransız açıklığından ölüm saçan bakışları görünüyordu.

"İyi izledin mi?" diye tısladı. "Saçma sapan konuşursan aynısı senin de başına gelir."

Kaçak avcı dehşetle donup kalmıştı. Jaeger, adamın altına yaptığını görebiliyordu. Artık ikisini de tam olarak istediği konumda tuttuğundan emindi.

Namlunun karanlık ağzı satıcının alnıyla aynı hizaya gelene kadar silahını yükseltip, "Yaşamak istiyorsan, konuşmaya başla!" dedi.

Jaeger, adama bir sürü soru sordu; fil dişi kaçakçılığı işinin en ince detaylarına kadar sorguladı. Aldığı cevaplar ise her şeyi açığa çıkarmıştı. Ülkeden çıkış rotaları, yurtdışı istikametler ve alıcılar; havalimanlarında, gümrükte, poliste kaçaklığa kolaylık sağlayan yozlaşmış yetkililer ve hatta birkaç bakanın da ismi... Son olarak en önemlisi ise banka hesap bilgileri...

Lübnanlı adamdan öğrenebileceği her şeyi öğrendikten sonra uzanıp masada duran SpyChest kamerayı kapattı ve cebine koydu. Sonra arkasını dönüp Georges Hanna'yı gözlerinin arasından iki kez vurdu.

İri Lübnanlı birden devrildi ama eli hâlâ bıçakla masaya çakılı durumdaydı. Ağırlığıyla masa da çekildi ve tersine döndü. Adamın cansız bedeni masanın altında, yağmalanmış fil dişi yığınının üzerine kapaklandı.

Jaeger döndü. Afrikalı avcı lideri tam bir adrenal donması yaşıyordu. Vücudunda bir damla dahi enerji kalmamış ve zihni de bedenini kontrol edemez hâle gelmişti. Korkudan beyni bütünüyle kapanmıştı.

Jaeger neredeyse burnu burnuna değene kadar eğilip, "En yakın dostunun kaderini çıplak gözle izledin. Dediğim gibi en kötü kâbusunuz benim! Sana ne yapacağımı biliyor musun peki? Seni ellemeyeceğim. Senin ne bir gergedana ne de bir file tanıdığın şansı ben sana tanıyacağım!"

Tabancasının dipçiğini adamın yüzüne geçirdi, iki kez. İsrail ordusu tarafından geliştirilen savunma sanatı Krav Maga ustası olarak, Jaeger kendi eliyle vuracağı bir darbenin neredeyse düşmanı kadar kendi canını yakacağını gayet iyi biliyordu.

Parmak eklemlerine saplanan dişler ya da düşmanın kafatası gibi sert bir bölgesine vurulacak bir tekmeyle kırılan parmaklar... Bu yüzden vücudu darbenin etkisinden koruyacak bir silah kullanmak her seferinde daha iyiydi. Jaeger da bunu bilerek tabancasıyla vuruyordu.

"İyi dinle şimdi!" dedi, sesinde uğursuz bir sükûnet vardı. "Seni hayatta bırakacağım, çünkü gidip diğer arkadaşlarını uyaracak ve onlara beni anlatacaksın." Bir parmağını Lübnanlı adamın cesedine doğru tuttu. "Bir fil daha ölürse *hepinizin* sonu böyle olur!"

Jaeger, adamı ayağa kaldırıp Narov'un girişinde güvenliği sağladığı koridordan yürüttü. Korkudan bitap düşmüş adamın yüzünü Narov'a çevirdi.

"Tanrı'nın yarattığı en güzel varlıklardan yüzlercesini katleden sapıkların başı bu!"

Narov buz gibi gözleriyle adama dönüp, "Fil katili bu adam mı?" diye sordu.

Jaeger başıyla onaylarken, "Bu! Yolun bir kısmında da bize arkadaş olacak," dedi.

Narov bıçağını çekti.

"Hatalı bir nefes dahi alırsan, en ufak bir yanlışa düşersen seni delik deşik ederim!"

Jaeger yeniden içeri adım atıp binanın mutfağına girdi. Mutfakta tüpe bağlanmış bir tür ocak gördü. Uzanıp gazı "açık" konumuna getirdi ve o rahatlatıcı tıslama sesini duydu. Sonra yine dışarı çıktı ve yanan gemici fenerini alıp koridorun ortasına yerleştirdi.

Hızla yola koyulup karanlığa doğru ilerlerken bir düşünce zihnini kurcalamaya başlamıştı. Az önce yaptıkları her şeyin hukuk kurallarına tamamen aykırı olduğunun farkındaydı. Bu durumun onu neden hiç rahatsız etmediğini merak etti. Ama fil katliamına ilk elden tanık olduktan sonra doğruyla yanlış arasındaki sınırlar geri alınamaz bir şekilde bulanık bir hâle gelmişti.

Bunun iyi bir şey olup olmadığını anlamaya çalıştı. Yoksa hedefinden şaşan ahlak pusulasının bir yansıması mıydı?

Şu raddede ahlak tanımı birçok açıdan bulanıklaşmıştı. Belki de apaçıktı. Belki de daha önce hiç bu kadar açık görmemişti. Yanından ayrılmayan acıların çok derinlerine gömülmüş kalbini dinlediği takdirde, yaptığı şeyin doğrusu olduğuna dair neredeyse hiç şüphesi kalmamıştı.

Şeytan ile güç birleştirip bu kaçak av çeteleri gibi savunmasız yaratıkları hedef aldığınızda karşılığını görmeyi de beklemeniz gerekiyordu.

57

Jaeger uzanıp SpyChest kamerayı kapattı. Narov ve Konig ile birlikte, Rezerv Müdürü'nün bungalovunda oturuyorlardı. Georges Hanna'nın itiraflarını başından sonuna kadar henüz izlemişlerdi.

"İşte böyle," dedi Jaeger kamerayı Konig'e uzatırken. "Hepsi sende! Bununla ne yapacağın ise tamamen sana kalmış. Ama neye karar verirsen ver, Afrika'daki bir kaçak av çetesi yok oldu."

Konig hayretler içerisinde başını iki yana sallayıp, "Şaka yapmıyor-muşsunuz. Bütün çeteyi çökerttiniz! Doğal yaşamı koruma konusun-da dönüm noktası olacak bu. Bölgedeki yerel toplulukların da bize yardım edecek çalışmalar yapmasının önü açılacak," dedi.

Jaeger gülümseyip, "Kapıyı sen açtın, biz sadece menteşeleri yağ-ladık," dedi.

"Falk senin rolün paha biçilemezdi!" diye ekledi Narov. "Sen de kusursuz oynadın."

Bir anlamda Konig *cidden* önemli bir rol üstlenmişti. Jaeger ile Narov'un arkasını kollamış, kaçış araçlarının başında durmuştu. Onlar uzaklaşırken de gazla dolu bina dev bir alev topuna dönüşmüş, bütün delilleri de yakıp kül etmişti.

Konig, SpyChest'i özenle alıp, "Bu... Bu her şeyi değiştirecek," derken bir saniye çifte baktı. "Bir şekilde bunun karşılığını vermem gere-kiyormuş gibi hissediyorum. Bu sizin savaşınız, sizin mücadeleniz değil."

Tam zamanıydı.

"Aslında bir şey var," diye araya girdi Jaeger. "BV222, dağın altındaki şu savaş uçağı... Onun içine bakmak istiyoruz."

Konig'in yüzü düştü, başını iki yana salladı.

"Onu diyorsun... İmkânı yok." Duraksadı. "Hatta patronla konuşalı da çok olmadı. Bay Kammler arada sırada arayıp kontrol eder. Ben de ona işlediğiniz suçu, dağın altındaki bölgesine girdiğinizi rapor etmek zorunda kaldım. Pek hoşuna gitmedi."

"Bizi tutuklayıp tutuklamadığını sordu mu?" diye sordu Jaeger.

"Sordu. Ona imkânsız olduğunu söyledim. Suç bile olmayan bir şey için yabancı uyruklu iki kişiyi nasıl tutuklayabilirdim ki? Hem de otelin müşterileri yani... Kabul edilemez bir şey!"

"Nasıl karşılık verdi peki?"

Konig omuzlarını silkip, "Her zamanki gibi... Çok sinirlendi. Bir süre durmadan bağırıp çağırdı," dedi.

"Sonra?"

"Sonra ona kaçak av çetesine saldırmak için bir plan yaptığınızı, sizin de vahşi doğa dostu olduğunuzu anlattım. 'Gerçek yeşilciler,' dedim. Bununla birlikte o da biraz rahatlar gibi oldu. Ama bir kez daha söyledi, 'BV222 kesinlikle herkese yasak!' O ve birkaç kişi hariç..."

Jaeger, Konig'e meraklı bir bakış atıp, "Hangi birkaç kişi Falk? Kim onlar?" diye sordu.

Konig gözlerini kaçırdı.

"Birileri işte... Kim olduğu önemsiz..."

"Uçağa *sen* girebiliyorsun, değil mi Falk?" diye sordu Narov. "Giriyorsun tabii!"

Konig omuzlarını silkti.

"Tamam! Evet, doğru. Yani en azından girdim. Geçmişte..."

"O zaman bizim için de kısa bir ziyaret ayarlarsın," diye üsteledi. "Karşılık olarak yani..."

Buna cevap olarak, uzanıp masasından bir şey çıkardı Falk. Eski bir ayakkabı kutusuydu. Bir saniye tereddüt etse de sonra Narov'a uzattı.

"Bunu alın. Video kasetler; hepsi BV222'nin içinde çekildi. Onlarca var. Sanıyorum o uçağın kayda alınmayan bir santimi bile yok." Özür diler bir ifadeyle tek omzunu kaldırdı. "Siz bana inanılmaz bir video verdiniz, benim de karşılığında önerebileceğim en iyi şey bu..." Duraksadı, sonra Narov'a kederli bir bakış attı. "Ama bir şey rica edeceğim. Lütfen buradan gidene kadar izlemeyin."

Narov bakışlarını Konig'in üzerinde tuttu. Jaeger, kadının gözlerindeki o samimi şefkati görebiliyordu.

"Öyle olsun Falk ama neden?"

"Onlar... Uçağı gösterdiği kadar, benim için kişisel bir tarafı da var." Omuz silkti. "Gidene kadar izlemeyin. Başka bir şey istemiyorum."

Jaeger ile Narov onaylar şekilde başlarını salladı. Jaeger'ın adamın dürüstlüğünden şüphesi yoktu ve o videolarda ne olduğunu görmek için meraktan ölüyordu. Muhtemelen gidiş yolunda bir mola verip birkaçını izleyeceklerdi.

Ne olursa olsun, artık dağın altında ne yattığını biliyorlardı. İstedikleri zaman geri dönebilir, gerekirse kuvvet kullanarak paraşütle buraya inebilir ve savaşa savaşa uçağa girebilirlerdi.

Ama önce uyku vardı. Jaeger dinlenmek için yanıp tutuşuyordu. Vücudu kısa süre önceki inanılmaz telaştan, saldırının verdiği güçten düşerken yorgunluğun da dalga dalga çarptığını hissedebiliyordu.

Ama gece kesinlikle ölü gibi uyuyacaktı.

58

İlk uyanan Narov oldu. İçgüdüyle bir anda yastığın altındaki P228'e sarıldı. Çaresiz bir kapı çalma sesi duyuyordu.

Saat sabah üç buçuktu. Böylesi derin ve ağır bir uykudan uyandırılmak için en iyi vakit olduğu söylenemezdi. Narov odayı geçip kapıyı sertçe açtı, silahını direkt başına doğrulttuğu kişi... Falk Konig'di.

Ne kadar dertli olduğu her hâlinden belli olan Konig neden geldiğini anlatırken Narov da kahve demledi. Anlaşılan, Jaeger ile Narov'un mağaralara girdiğini rapor ettikten sonra, Kammler güvenlik kamerası görüntülerini görmek istemişti. Konig ise üzerine hiç düşünmeden birkaç klibi e-posta ile göndermişti. Az önce ise Kammler aramıştı.

"Yaşlı adamın sesi çok telaşlı geliyordu, aşırı heyecanlanmış gibiydi. Sizin en az yirmi dört saat gözetim altında tutulmanızı istedi. Kaçak avcılar karşısında başardıklarınızdan sonra işine yarayabilecek türde insanlar olduğunuzu ve sizi kendi adamı yapmak istediğini söyledi. Buradan ayrılmamanız için gereken ne varsa yapmamı da ekledi. Gerekirse aracınızı alıkoymamı da..."

Jaeger, Kammler'in bir şekilde kendisini tanıdığından emindi. Görünüşe göre sarışınlığı, Falkenhagen'dakilerin düşündüğü kadar sağlam olmamıştı.

"Ne yapacağımı bilmiyorum. Size söylemek zorundaydım." Konig sanki acı çekiyormuş gibi dizlerinin üzerine çöktü. Jaeger gerilim ve sinir yüzünden karnına ağrılar girdiğini düşündü. Konig başını hafifçe kaldırıp ikisine baktı. "Sizi burada iyi bir sebep için tutmak istediğine inanmıyorum. Sanırım yalan söylüyor. Sesinde bir şey vardı. Nasıl desem? Yırtıcı bir şey..."

"Peki Falk ne yapmamızı öneriyorsun?" diye sordu Narov.

"Gitmeniz lazım. Bay Kammler'in kolunun ne kadar uzaklara erişebildiğini sık sık gördüm. Gidin buradan. Ama Katavi Toyota'larından birini alın. Adamlarımdan ikisini sizin Land Rover ile farklı bir tarafa göndereceğim. Bu sayede tuzak bir aracımız olacak."

"O adamlar yem olacak ama, değil mi?" diye sordu Jaeger. "Direkt tuzağa düşecekler."

Falk omuzlarını silkti.

"Olabilir ama şöyle de bir şey var, burada çalışan herkes göründüğü gibi değil. Kaçak av çeteleri neredeyse hepimize rüşvet önerdi ama herkes dirayetini koruyamadı. Bazıları için para çok cezbediciydi. Göndereceğim adamlar da bizim bir sürü sırrımızı sattı. Ellerinde sayısız masumun kanı var. Bu yüzden bir şey olursa..."

"İlahî adalet olacak," diye cümlesini tamamladı Narov.

Konig hafifçe gülümseyip, "Öyle bir şey, evet," dedi.

"Bize anlatmadığın çok şey var, değil mi Falk?" diye sordu Narov. "Bu Kammler, dağın altındaki savaş uçağı... Ondan korkuyorsun." Duraksadı. "İnsan sırtındaki yükü paylaşırsa rahatlar. Belki yardımcı olabiliriz."

"Bazı şeyler hiçbir zaman değiştirilemez," diye fısıldadı Falk. "Ya da düzeltilemez."

"Tamam ama korkularınla başlamayı denedin mi hiç?" diye üsteledi Narov.

Konig gergin gözlerle etrafa baktı.

"Tamam, anlatacağım ama burada olmaz. Aracınızın yanında bekliyor olacağım." Odadan ayrılmak için ayağa kalktı. "Çıkarken de yardım çağırmayın. Çantaları taşıtmayın. Kime güvenebileceğimizi bilmiyorum. Sizin gece vakti bir araba çalarak kaçtığınızı anlatacağım. Lütfen inandırıcı olsun."

On beş dakika sonra Jaeger ile Narov eşyalarını toplamıştı bile. Zaten pek bir şey taşımıyorlardı ve saldırıda kullandıkları tüm aletlerle silahları da Falk'a bırakmışlardı. Yakında Tanganyika Gölü'ne gidip bir daha kimsenin bulamaması için hepsini atacaktı.

Otelin otoparkına doğru yürüdüler. Konig yanında bir adamla bekliyordu, yardımcı pilotu Urio.

"Urio'yu tanıyorsunuz," dedi Konig. "Ona canımı emanet edecek kadar güveniyorum. Sizi Makongolosi'ye doğru güneye götürecek. Kimse o yoldan gitmez. Sonra uçağa bindirip araçla geri dönecek."

Urio, eşyaları Toyota'nın bagajına yerleştirirken yardıma koştu; sonra Jaeger'ın koluna yapıştı.

"Hayatımı sana borçluyum! Sizi buradan çıkaracağım. Direksiyonda ben varken size hiçbir şey olmayacak."

Jaeger, adama teşekkür etti. Ardından Konig, Jaeger ile Narov'u gölgelere doğru götürürken konuşmaya başladı. Sesi fısıltıdan bir ton daha yüksekti. Duymak için eğilip yaklaşmaları gerekti.

"Şimdi, bu işin hiç duymadığınız bir tarafı daha var; Katavi Rezervi Primat Limitet Şirketi, kısaca KRP. Bu şirket maymun ihracatı yapıyor ve Bay Kammler'in yavrusu gibi... Gördüğünüz gibi burada maymunlar böcek gibi türüyor ve her toplama işlemi sanki nimet gibi geliyor."

"Evet?" diye üsteledi Narov.

"İlk olarak, KRP'nin yaptığı işlerde eşi benzeri görülmemiş bir gizlilik söz konusu... Toplama işlemleri burada yapılıyor ama ihraç hayvanları başka bir yere götürülüyor, benim görmediğim bir yere. Adını bile bilmiyorum. Buradaki yerli çalışanlar gözleri bağlanarak oraya uçuruluyor. Tek gördükleri, hayvan sandıklarını indirdikleri toprak bir uçuş pisti... İşler böyle olunca ben de başından beri merak ediyordum, bu kadar gizliliğe ne gerek var?"

"Hiç sordun mu?" diye sordu Jaeger.

"Sordum. Kammler bu ticarette büyük bir rekabet olduğunu ve rakiplerinin, maymunların taşınma öncesi nerede tutulduğunu bilmesini istemediğini söyledi. Öğrenirlerse, dediğine göre hayvanlara bir tür hastalık bulaştırabilirlermiş. Hasta primatları ihraç etmek de iş için çok kötü olurmuş."

"Hayvanlar nereye gidiyor?" diye sordu Jaeger.

"Amerika, Avrupa, Asya, Güney Amerika... Dünyadaki tüm büyük şehirlere... Nerede primatlarla ilaç test eden tıp laboratuvarı varsa oraya..."

Konig bir saniye sessiz kaldı. Sönük ışıkta bile Jaeger adamın ne kadar dertli göründüğünü anlayabiliyordu.

"Yıllar boyunca ona inandım, bunun doğru düzgün bir iş olduğundan şüphe etmedim. Ama sonra... Çocuk olayı yaşandı. Maymunlar sözleşmeli bir uçakla ihracat firmasına uçuruluyor. Buffalo deniyor, belki duymuşsunuzdur?"

Jaeger başıyla onayladı.

"Zor yerlere kargo getirip götürmekte kullanılır. Amerikan ordusu onlarla uçuyor. Dokuz bin kilograma yakın yük taşıyabiliyor."

"Aynen o! Ama primat hesabına göre yüz sandık maymun yapıyor. Buffalo servisler primatları buradan ihracat firmasına götürüyor. Her seferinde dolu kalkıp boş iniyor. Ancak altı ay önce uçağın içinde hiç beklenmedik bir şey vardı, kaçak bir insan yolcu." Konig artık konuşmaya başladığı için bu yükten bir an önce kurtulmak istermişçesine hızlı hızlı anlatıyordu. "O kaçak yolcu bir çocuktu; on iki yaşında Kenyalı bir çocuk, Nairobi varoşlarından. Oraları bilir misiniz?"

"Biraz," dedi Jaeger. "Oldukça geniş bir arazi... Birkaç milyon insan yaşıyormuş diye duydum."

"En az bir milyon." Konig duraksadı. "Ben o zaman burada değildim. İzindeydim. Çocuk uçaktan kaçıp saklanmış. Buradaki çalışanlar onu bulduğunda ölüme daha yakınmış. Ama o varoşlardan çıkan çocuklar sağlam oluyor işte. On iki yaşına kadar sağ kalmak bile onlar için başarı sayılıyor. Çocuk tam olarak yaşını bilmiyormuş. O varoşlarda pek bilmezler zaten. Doğum günü kutlamak için pek bir gerekçeleri yok."

Konig sanki biraz sonra söyleyecekleri midesini bulandırıyormuş gibi ürperdi.

"Adamlarıma inanılmaz bir hikâye anlatıp kaçırılan bir grup çocuktan biri olduğunu söylemiş. Bu gayet mümkün bir şey... Varoş mahalle çocukları eşya gibi satılıyor, her zaman olan bir durum bu... Ama bu çocuğun hikâyesi gerçek olamayacak düzeydeydi." Konig bir elini dağınık sarı saçlarının arasında gezdirdi. "Kaçırıldıktan sonra gizemli bir yere uçuruldularını anlatmış. Onlarca çocuk... İlk başta işler o kadar da kötü değilmiş. Yemek vermişler, bakmışlar. Ama sonra bir gün çocuklara bir tür iğne yapılmış. Kocaman kapalı bir odaya koymuşlar. İnsanlar, çocuğun uzay kıyafeti diye tarif ettiği şeyler olmadan odaya girmiyormuş. Çocuklara duvarlardaki aralıklardan yemek verilmiş. Ayrıca yarısına iğne yapılırken yarısına yapılmamış. İğne yapılmayan yarıdaki çocuklar bir süre sonra hastalanmaya başlamış. İlk başlarda sadece hapşırık ve burun akıntısı olmuş."

Konig kuru bir öğürme sesi çıkardı.

"Ama sonra gözleri cam gibi olmuş ve kızarmış. Bir hortlak gibi, yaşayan bir ölü gibi görünmeye başlamışlar. Ama en kötüsü de neymiş biliyor musunuz?"

Konig yeniden ürperdi.

"O çocuklar... Hepsi kan ağlayarak ölmüş!"

59

İri Alman koruma müdürü bir elini cebine soktu. Çıkardığı şeyi Narov'a uzattı.

"Flaş bellek, içinde çocuğun fotoğrafları var. Bizle kaldığı zaman çalışanlarım fotoğraflarını çekmiş." Bakışlarını Narov'dan Jaeger'a çevirdi. "Benim bir şey yapacak gücüm yok. Bu iş benim boyumu çok aşıyor."

"Devam et, anlat," diye rahatlattı adamı Narov.

"Anlatacak fazla bir şey kalmadı. İğne yapılmayan tüm çocuklar ölmüş. İğne yapılanlar, hayatta kalanlar ise dışarı çıkarılıp etraftaki ormanlık alana götürülmüş. Büyükçe bir çukur kazılmış. Sonra çocukları vurarak söz konusu çukura atmışlar. Bu çocuk vurulmamış ama diğerleriyle birlikte o da düşmüş."

Konig'in sesi fısıltı seviyesine inmişti şimdi.

"Düşünsenize... Canlı canlı gömülmüş. Sonra bir şekilde yukarı doğru kazarak çukurdan çıkmış. Gece vaktiymiş. Uçuş pistine geri dönüp Buffalo'ya tırmanmış. Uçak da onu buraya getirmiş. Gerisini biliyorsunuz."

Narov bir elini Konig'in koluna koydu.

"Falk daha fazlası olmak zorunda... *Düşün*. Çok önemli! Hatırlayabildiğin en ufak ayrıntı bile çok işimize yarar."

"Belki bir şey olabilir. Çocuk oraya giderken denizin üzerinden uçtuklarını söylemiş. Yani her şeyin ada gibi bir yerde olduğunu düşünmüş. Oradan kurtulmak için tek şansının uçak olduğunu da bu sayede biliyormuş."

"Ada nerede?" diye sordu Jaeger. "Düşün Falk. Ne olursa, ne hatırlarsan..."

"Çocuk, Nairobi'den götürüldükleri uçuşun iki saat civarında sürdüğünü söylemiş."

"Bir Buffalo uçağı saatte üç yüz mil hızla uçar," diye sesli düşündü Jaeger. "Yani Nairobi'nin altı yüz mil çevresinde, Hint Okyanusu'nda bir yer olmalı." Duraksadı. "İsim var mı? Çocuğun adını biliyor musun?"

"Simon Chucks Bello. Simon, İngilizce ilk ismi; Chucks da Afrikalı. Svahili dilinde, 'Tanrı'nın büyük hayırları' demek."

"Tamam, peki çocuğa ne oldu? Şu an nerede?"

Konig omuzlarını silkip, "Varoşlara geri döndü. Güvende hissedeceği tek yerin orası olduğunu, ailesinin orada yaşadığını söyledi; yani varoştaki ailesinin," dedi.

"Tamam, peki Nairobi varoşlarında kaç tane Simon Chucks Bello var?" diye sordu Jaeger. Konig'e olduğu kadar kendine de yönelttiği bir soruydu bu. "Bu isimde on iki yaşında bir çocuk... Bulabilir miyiz onu?"

"Muhtemelen yüzlerce vardır. Varoşlarda yaşayanlar birbirlerini çok sıkı kollar. Çocukları toplayan da Kenya polisi zaten... Birkaç bin dolara satıyorlar. Bu yüzden varoşların tek bir kuralı vardır: kimseye, özellikle de yetkililere güvenme."

Jaeger bakışlarını Narov'a çevirdi, sonra yeniden Konig'e döndü.

"Tamam, peki ikimiz Külkedisi harekâtına geçmeden önce bilmemiz gereken başka bir şey var mı?"

Konig suratsız bir şekilde başını iki yana sallayıp, "Hayır, sanıyorum bu kadar. Yeter ama değil mi?" dedi.

Üçü birlikte arabaya ilerlediler. Yanına geldiklerinde Narov bir adım geri çekilip iri Alman'a sıkıca sarıldı. Kadının başka bir insana fiziksel bir yaklaşım sergilemesini gören Jaeger çok şaşırmıştı. Gelişigüzel bir sarılmaydı bu. İlk kez görüyordu.

"Teşekkür ederiz Falk, her şey için!" dedi Narov. "Özellikle de burada yaptıkların için... Benim gözümde sen... Bir kahramansın."

Narov, adama tuhaf bir veda öpücüğü verirken başları çarpıştı.

Jaeger Toyota'ya bindi. Urio çoktan motoru çalıştırmış, direksiyonun arkasında bekliyordu. Biraz sonra Narov da yanlarına geldi.

Tam yola çıkacakları sırada, Narov bir elini kaldırıp arabayı durdurdu. Yandaki açık pencereden Konig'e baktı.

"Endişelisin Falk, değil mi? Dahası da mı var? Anlatmadıkların mı var?"

Konig tereddüt etti. Kararsızlığı her hâlinden belliydi. Sonra içinde bir şey hareket etti.

"Bir şey var aslında, tuhaf bir şey. Son bir senedir aklımdan çıkmıyor. Kammler bana vahşi yaşamı artık umursamadığını söyledi. 'Falk bin fili hayatta tut. Bin fil bize yeter.'"

Duraksadı. Narov ile Jaeger sessizliğin sürmesine izin verdi. *Çok az kaldı.* Toyota'nın dizel motoru sabit bir ritimle atarken rezervin koruma müdürü devam edecek cesareti buldu.

"Buraya geldiği zamanlar içmeyi çok sever. Sanırım buranın tenhalığı ona güvende ve huzurlu hissettiriyor. Değerli savaş uçağının yanı başında oluyor." Konig omuzlarını silkti. "Buraya son geldiğinde şöyle söylemişti; 'Endişe edecek hiçbir şey yok Falk evladım. Bütün sorunlarımızın nihai çözümü ellerimde duruyor. Son ve yeni bir başlangıç.'"

Bir süre durduktan sonra, "Aslında birçok açıdan Bay Kammler iyi bir insan," diye devam etti Konig, hafiften savunur bir pozisyon almıştı. "Vahşi yaşam sevgisi gerçekten samimi... Ya da en azından samimiydi. Kendisi dünyayla ilgili endişelerinden, nesillerin tükenmesinden bahseden bir adam... Aşırı nüfus patlamasını, bizlerin veba gibi olduğumuzu anlatır. İnsanoğlunun çoğalmasının durdurulması gerektiğini söyler. Bir açıdan bakıldığında da söyledikleri gayet mantıklı... Ama aynı zamanda beni çileden çıkarıyor işte. Buradaki insanlara, Afrikalılara 'yabani' diyor. Çalışanlarım onlar ama, *arkadaşlarım*! Cennetin siyahi insanlara miras kalmasına ve onların da tüm hayvanları katletmesine sövüyor. Ama fil dişlerini kimin aldığını biliyor musunuz? Gergedan boynuzlarını? Katliamı kimin sürdürdüğünü... *Yabancılar*! Her şey yurtdışına kaçırılıyor."

Konig kaşlarını çattı.

"Hatta buradaki insanlara *Untermenschen* diyor. Onun ağzından duyana kadar bu kelimeyi dünyada kullanan başka kimse kalmadı sanıyordum. Reich ile birlikte bunun da tarihe karıştığını sanıyordum. Ama sarhoş olduğunda böyle söylüyor. Bu kelimenin anlamını biliyorsunuzdur tabii?"

"*Untermenschen*, alt insanlar," diye doğruladı Jaeger.

"Aslında her şeyin ciddi şekilde zor bir hâl alabildiği burada, Afrika'da böyle bir yer yaptığı için ona minnettarım. Doğal hayatı koruma konusundaki fikirlerini, kör bir cehalet ve açgözlülükle dünyayı mahvettiğimiz düşüncesini de çok beğeniyorum. Ama aynı zamanda o korkunç, o *Nazi* görüşleri midemi bulandırıyor."

"Buradan gitmen lazım," dedi Jaeger sessizce. "Şu an yaptığın işi yapabileceğin ama iyi insanlarla çalışacağın bir yer bulman lazım. Burası, bu *Kammler* seni tüketiyor. Çiğneyip çiğneyip yere tükürüyor."

Konig başıyla onaylayıp, "Haklısın aslında. Ama burayı da çok seviyorum. Dünyada bunun gibi başka bir yer var mı?" diye sordu.

"Yok," diye doğruladı Jaeger. "Ama yine de gitmek zorundasın."

"Falk bu cennette bir şeytan var!" diye ekledi Narov. "O şeytanın başı da Kammler!"

Konig omuzlarını silkip, "Olabilir ama hayatımı ve kalbimi ben buraya adadım," dedi.

Narov uzunca bir saniye boyunca adamı süzdükten sonra, "Falk neden Kammler sana güvenip bu kadar şey paylaşıyor?" diye sordu.

Konig omuzlarını silkti.

"Ben de Alman'ım ve aynı kendisi gibi vahşi doğayı çok seviyorum. Onun koruma alanını, burayı ben yönetiyorum. Onun savaşlarını ben veriyorum." Sesi titremeye başladı. Konunun can alıcı noktasına gelmek üzere olduğu belliydi. "Ama en önemlisi... En önemlisi de biz aileyiz. Damarlarımda onun kanı akıyor."

Uzun ve cılız Alman bakışlarını yukarı kaldırdı. Çukur gözleri acı içindeydi.

"Hank Kammler benim babam!"

60

Afrika ovalarının çok üzerinde, Predator'ün bir gelişmişi General Dynamics MQ9 Reaper ölümcül hasadını toplamaya hazırlanıyordu. İnsansız Hava Aracı İHA'nın bombeli başlığından görünmez bir ışın gökyüzüne doğru ateşlenirken drone da hedefini lazerinin noktasıyla "boyamaya" başladı.

Bunlardan 25.000 feet aşağıda ise kapılarında Wild Africa Safaris etiketleri olan beyaz bir Land Rover, içinde tehditlerden bihaber iki kişiyle yoluna devam ediyordu.

Sabahın çok erken saatlerinde uyandırılıp acil bir işi halletmek için gönderilmişlerdi. Rezerve en yakın havalimanı olan Katavi'nin üç yüz kilometre kuzeyindeki Kigoma'ya sürüp yeni helikopter için yedek parça getireceklerdi.

Ya da en azından Konig onlara böyle söylemişti.

Güneş doğalı daha çok olmamıştı ve havalimanından bir saat mesafe uzaklıktaydılar. Dönüş yolu için planladıkları programsız bir mola için olabildiğince hızlı şekilde işi halledip yeniden yola koyulmak istiyorlardı. Yerel kaçak avcı çetesine iletip karşılığında güzel bir para kazanabilecekleri önemli bir bilgiye sahiptiler.

Reaper'ın lazer ışını Land Rover'a "kilitlenmeyi" onayladığında, GBU-12 Paveway lazer destekli bombayı tutan kumpaslar da serbest kaldı. Top metali grisinde parlak roket, İHA'nın kanadından düşüp dünyaya doğru yolculuğuna başlarken, uçuş sistemi de Land Rover'ın tavanından yansıyan lazerin sıcak noktasına kilitlendi.

Arka tarafındaki kanatçıklar, "yok etme" rehber özelliğini daha iyi uygulayabilmek için katlandı. Aracın yaptığı her harekete göre özenle ayarladıkları akıllı bombayı, sürekli yolunu değiştirerek dalgalı bir uçuş rotasına oturttular.

Paveway akıllı bombanın üreticisi Raytheon'un iddiasına göre, GBU-12'nin dairesel sapma miktarı bir metreydi. Yani sıradan bir Paveway, lazerin sıcak noktasından sadece bir metre şaşıyordu. Afrika yeşilliğinde tozu dumana katıp ilerleyen Land Rover Defender da bir buçuk metreye on üç metre olduğu için hata yapma lüksleri yoktu.

Salındıktan saniyeler sonra Paveway, aracın arkasındaki toz bulutunu kesti.

Tesadüf o ki bu bomba kardeş mühimmatlarının büyük çoğunluğu kadar akıllı değildi. Afrika toprağına Land Rover'ın yetmiş santim gerisinde, sol arka tamponunun biraz ötesinde ulaşmıştı.

Yine de ölüm görevinin sonucu değişmedi.

Paveway, muazzam bir patlamayla infilak ederken, basınç dalgası keskin şarapnel fırtınasını Land Rover'a sürdü ve sanki dev bir el uzanıp yakaladıktan sonra yere bırakmış gibi aracın takla ata ata uzaklaşmasına sebep oldu.

Araç birkaç sefer takla attıktan sonra yan yatarak durdu. Şimdiden aracın kırık dökük kalıntıları aç alevler tarafından sarılmış, içinde gidecek kadar talihsiz olanları yutmaya başlamıştı.

***

Buradan on üç bin kilometre uzaklıktaki Washington DC'deki ofisinde parıl parıl bir bilgisayar ekranına eğilmiş Hank Kammler, Reaper saldırısının canlı yayınını izliyordu.

"Güle güle Bay William Jaeger," diye fısıldadı. "Anca gidersin!"

Klavyesine uzanıp birkaç tuşa bastı, ardından şifrelenmiş e-posta sistemi açıldı. Hellfire saldırısının videosunu düşük çözünürlüklü bir ek hâlinde paylaştığı bir mesaj yazıp gönderdi. Ardından faresine tıklayıp Amerikan ordusunun güvenli ve şifrelenmiş Skype benzeri programı IntelCom'u açtı. Kammler bu programla dünya üzerinde istediği herkese takip edilemez aramalar gerçekleştirebilirdi.

IntelCom'un kendine has çalma sesinin ardından bir ses yanıt verdi.

"Steve Jones."

"Reaper saldırısı gerçekleşti," diye duyurdu Kammler. "Sana bir video kliple görüntüye eklenmiş GPS koordinatlarını e-posta ile gönderdim. Katavi Oteli'nden bir araç al ve gidip kontrol et. Onlardan kalan ne varsa bul ve doğru cesetler olduğundan emin ol."

Steve Jones kaşlarını çatıp, "Hani ona olabildiğince işkence etmek istiyordun? Bu iş senin, *biz*im intikam planlarımızı suya düşürüyor," dedi.

Kammler'in ifadesi sertleşmişti.

"Evet ama yaklaşıyordu. Jaeger ile o güzel yardımcısı Katavi'ye kadar gelmişler. Gereğinden fazla yakın... Bu yüzden tekrar ediyorum, onlardan kalan her şeyin o aracın enkazında olduğunu bilmek istiyorum. Bir şekilde kaçtıysalar peşlerine düşüp işlerini bitireceksin!"

"Tamamdır," diye onayladı Jones.

Kammler bağlantıyı sonlandırdı ve sandalyesine yaslandı. Bir açıdan baktığında, William Jaeger'a ettiği işkencenin bitmesi üzüyordu ama kimi zaman kendisi bile bu oyundan sıkılıyordu. Hem Jaeger'ın Katavi'de, Hank Kammler'in bütün dünyada en sevdiği yerde ölmesi de ayrı değerliydi.

Gelecek olayların da sığınağıydı Katavi.

***

Steve Jones cep telefonuna bakakaldı; o koca, kaba yüzünde sinirden çizgiler belirmişti. Twin Otter hafif uçak Afrika savanasında süzülürken sıcak, gürültülü hava akımı da her yandan esiyordu.

Jones küfretti.

"Jaeger ölmüş... O zaman ne diye buraya geldim be? Kül olmuş ceset parçalarını kazımaya mı gönderildim?"

O esnada birinin kendisini izlediğini fark etti. Bakışlarını kokpite çevirdi. Pilot, kılıksız hippilere benzeyen Falk Konig adındaki bu Alman, dikkatle onu izliyordu. Telefon konuşmasını dinlediği de her hâlinden belliydi.

Jones'un boynundaki damarlar atmaya başladı, gömleğinin altındaki kasları sinirle şişti.

"Ne var?" diye bağırdı. "Ne bakıyorsun? İşini yap da uçur şu uçağı!"

61

Jaeger hayretle başını iki yana salladı. Hâlâ aklından çıkaramamıştı.

"Bunu tahmin etmiş miydin?"

Narov koltuğunda arkasına yaslanıp gözlerini kapattı.

"Neyi? Geçen son birkaç günde çok sayıda sürprizle karşılaştık. Çok yoruldum. Önümüzde uzun bir uçuş var, şimdi uyumak istiyorum."

"Falk'ı diyorum, Kammler'in oğlu olması?"

Narov iç çekti.

"Tahmin etmemiz lazımdı. Falkenhagen'daki toplantıyı düzgünce dinlememişiz demek ki. SS General Hans Kammler, Amerikalılar tarafından işe ilk alındığında adını değiştirmeye zorlanmıştı. Çok sayıda isim arasında Horace Konig de vardı. Oğlu, ailesinin şanlı mirasını devam ettirmek için soyadını yeniden Kammler yapmış. General Kammler'in torunu ise o kadar şanlı hissetmemiş olacak ki yeniden Konig'e dönmüş, Falk Konig." Jaeger'a utandırıcı bir bakış attı. "Kendini tanıttığı andan itibaren anlamamız lazımdı. O yüzden boş ver, uyumana bak. Belki biraz kafan açılır."

Jaeger yüzünü ekşitti. Eski Irina Narov geri gelmişti. Bir açıdan pişman olmuştu aslında. Katavi'deki Narov'u daha çok sevmişti.

Makongolosi'nin ufak il havalimanından direkt Nairobi'ye geçiş yapacak hafif bir uçak kiralamışlardı. İniş yapar yapmaz Simon Chucks

Bello'nun peşine düşmeyi planlıyorlardı. Yani Nairobi'nin hukuktan yoksun ve karmakarışık varoşlarına gireceklerdi.

Narov havayolunun verdiği battaniyenin altında dönüp oturuşunu düzeltti. Küçük uçak türbülanstan dolayı bir türlü sabit ilerlemiyor, bu da uyumayı imkânsız bir hâle sokuyordu. Okuma ışığını açıp görevliyi çağırma düğmesine bastı. Hostes hemen yanına geldi. Özel bir uçak kiraladıkları için tek yolcu da onlardı zaten.

"Kahveniz var mı?"

Hostes gülümsedi.

"Elbette, nasıl isterdiniz?"

"Sıcak, sade, sert ve şekersiz." Narov uyumaya çalışan Jaeger'a döndü. "İki bardak getirin."

"Derhâl efendim."

Narov, Jaeger'ı dirseğiyle dürttü.

"Sanırım sen de uyumuyorsun."

Jaeger söylenip, "Artık uyumuyorum. Hani dinlenmek istiyordun?" dedi.

Narov kaşlarını çatmıştı.

"Beynimde dönüp duran çok fazla şey var. Rahatlamak için hostesten..."

"Kahve istedin." Jaeger cümlesini tamamladı. "Duydum."

Bu sefer daha sert bir dirsek darbesi geldi.

"Uyan o zaman!"

Jaeger, dinlenme çabalarına bir son verip, "Tamam be, tamam!" dedi.

"Şimdi söyle bakalım, Kammler neyin peşinde? Parçaları bir araya getirip bakalım elimizde ne kalıyor."

Jaeger deliksiz bir uyku düşüncesini kafasından atmaya çalıştı.

"İlk olarak gidip çocuğu bulmamız ve hikâyesini doğrulamamız gerekiyor. Ondan sonra Falkenhagen'a gidip oradaki kaynaklar ve uzmanlıktan faydalanmalıyız. Bu işi sonraki adıma taşımamızı sağlayacak her şey ve herkes orada..."

Kahveler geldi. Pek konuşmadan yeni demlenmiş kahvenin tadını çıkardılar. Sessizliği bozan Narov oldu.

"Peki bu çocuğu nasıl bulacağız?"

"Dale'in mesajını sen de gördün. Varoşlarda yaşayan insanları tanıyor. Bizimle orada buluşacak ve birlikte çocuğu bulacağız." Duraksadı. "Tabii hâlâ hayattaysa, hâlâ konuşmak istiyorsa ve gerçekten öyle biri varsa... Çok fazla bilinmezlik var."

"Dale'in varoşlarla bağlantısı nereden geliyor?"

"Bundan birkaç sene önce varoşlardaki çocuklara kamera kullanımını öğretmek için gönüllü olmuş. Varoşlarda büyüyen Julius Mburu diye bir adamla birlikte çalışmışlar. Adam ufak çaplı bir gangstermiş ama sonra doğru yolu bulmuş. Şu sıralar ise yetimlere video ve fotoğrafçılık dersleri verdiği Mburu Vakfı'nın başında... Dale, adamın yeraltı bağlantılarını kullanarak çocuğu aramaya başlamış bile."

"Bulabileceğimizden emin mi peki?"

"Umutlu ama emin değil."

"O da bir şey." Narov duraksadı. "Falk'ın videolarına ne diyorsun?"

"Amatör filmleri mi?" Jaeger başını iki yana salladı. "Babası cidden sapık herifin teki! Oğlunun onuncu doğum gününü dağın altına saklanmış bir BV222'de kutlamak nedir? Bir sürü yaşlı adam gelmiş ve Falk ile arkadaşlarına Hitler selamını öğretiyor. Çocuklar saçma sapan gömleklerle deri tulumlar giymiş. Duvarlar Nazi bayraklarıyla dolu... Falk'ın babasına düşman olması çok doğal yani!"

"BV222... Kammler'in tapınağı gibi," diye sessiz bir yorumda bulundu Narov. "Bin Yıllık Reich'ın tapınağı; hem hiç var olmayan hem de yaratmak istediği Reich'ın..."

"Öyle göründüğü kesin..."

"Kammler'in adasını bulma konusuna ne diyorsun? Gerçekten öyle bir çocuk varsa adanın yerini nasıl bulacağız?"

Jaeger bir yudum kahve alıp, "Zor soru," dedi. "Nairobi'nin altı yüz mil yarıçapında yüzlerce farklı ada vardır. Belki de binlerce... Ama adamım Jules Holland o işle ilgileniyor. Onu da Falkenhagen'a getirecekler ve kurcalamaya başlayacak. İnan bana, o adanın yerini bulabilecek biri varsa o da Ratcatcher'dır."

"Çocuğun hikâyesi doğru çıkarsa peki?" diye üsteledi Narov. "O zaman ne olacak?"

Jaeger uzaklara, geleceğe bakmaya başladı. Ne kadar belli etmemeye çalışsa da sesindeki endişe ve gerginliği saklayamadı.

"Çocuk haklıysa, Kammler *Gottvirus*'ü saflaştırıp test etmiş demektir. Aşı verilmeyen tüm çocuklar ölmüş. Yani yüzde yüze yakın bir öldürme oranı yakalamışlar. *Bir kez daha* Tanrı Virüsü olmuş. Aşı yapılan çocukların tamamı hayatta kaldıysa da ilacını bulmuş gibi görünüyor. Şimdi sadece silahını yayma sistemine ihtiyacı var."

"Tabii kullanma niyeti varsa..."

"Falk'ın bize anlattıklarına göre tüm işaretler kullanacağını gösteriyor."

"Peki bu ne kadar yakın sence?"

"Falk, çocuğun altı ay önce kaçtığını söyledi. Yani Kammler'in yayma üzerine çalışmak için en az bu kadar süresi vardı. Virüsün mümkün olan en hızlı şekilde en uzaklara ulaşması için hava yoluyla bulaşmasını sağlamak zorunda... Bunu da hallettiyse hayali sonunda gerçek olmaya çok yakın..."

Narov'un yüzüne karanlık bir perde indi.

"O adayı bir an önce bulmamız lazım. Ama çok geç kaldık!"

62

Uçuş sırasında bir havayolu yemeği söylediler ve hiç beklemedikleri kadar iyi çıktı. Önceden hazırlanmış, dondurulmuş ve mikrodalga fırında ısıtılmış yemek son derece lezzetliydi. Narov menüden deniz mahsullerini tercih ederken; avokado salsa ile servis edilen bir tabak somon füme, büyük karides ve tarak yedi.

Kadın, yemeklerini tabakta bir oraya bir buraya itip oldukça sıkıcı ve yorucu görünen titiz bir süreç sonunda yeniden düzene koyarken merakla seyretti Jaeger. Bu ayrımcılığı yaptığına ilk kez tanık olmuyordu. Narov tabağındaki tüm yemekler diğerlerine dokunamayacak bir yere getirilene kadar yemeğine başlayamıyordu.

Tabağa başıyla onay verdi Jaeger.

"Güzel görünüyor. Ama somon fümeyi salsadan uzaklaştırıp karantinaya niye aldın? Kavga ederler diye mi?"

"Farklı renkteki yemekler asla birbirine dokunmamalı," diye yanıtladı Narov. "En kötüsü de yeşille kırmızı. Somon ile avokado gibi..."

"Peki... Ama neden?"

Narov kısa bir bakış attı. Paylaştıkları görev ve son birkaç günün yoğun duygusallığı sert tarafını biraz da olsa yumuşatmış gibiydi.

"Uzmanlar benim otistik olduğumu söylüyor, yüksek işlevli ama yine de otistik. Bazı insanlar da 'Asperger' diyor. Ben 'spektrum üzerindeymişim.' Beynimin farklı bağlandığını söylüyorlar. Bu yüzden kırmızıyla yeşil yemekler birbirine değemez." Jaeger'ın tabağına baktı. "Ama ben etiketleri pek umursamıyorum ve açıkçası yemeğini çimento mikseri gibi birbirine karıştırman midemi bulandırıyor. Az pişmiş etle fasulyeler aynı çatalda... Yani *nasıl yapabilirsin böyle bir şeyi?*"

Jaeger güldü. Konuyu çevirip kendisine sataşması çok hoşuna gitmişti.

"Luke'un bir arkadaşı vardı, kankası. Daniel, o da otistikti. Az önce bahsettiğim Ratcatcher'ın oğlu hatta. Harika çocuk!" Suçlu bir ifadeyle duraksadı. "'Arkadaşı vardı,' dedim. 'Var,' olacak o. Luke'un bir arkadaşı *var*. Şu anda, bizimle..."

Narov omuz silkip, "Yanlış zaman ekini kullanmak oğlunun kaderini etkilemeyecek. Yaşayıp yaşamadığına bu karar vermeyecek," dedi.

Jaeger, Narov'a bu kadar alışmasa, suratına bir yumruk indirirdi. Son yorumu tam Narov'luktu; empatiden yoksun, orman kibarı bir ifade.

"Yorumun için sağ ol," diye karşılık verdi. "Anlayışın için de tabii!"

"Bak işte bunu anlamıyorum ben. Sana bilmeye ihtiyaç duyduğun bir şey söylediğimi sanıyordum. Bunun yardımcı olabileceğini düşündüm. Ama senin açından sonuç ne oldu? Kabalık mı ettim?"

"Ona yakın, evet."

"Otistik insanların çoğu bir şeyde çok iyi olur. İstisnai bir şekilde yeteneklilerdir. 'Dahi' derler hatta, 'otistik dahi'. Çoğu zaman matematik, fizik ya da olağanüstü bir hafıza, hatta artistik yaratıcılık olur bu. Ama çoğu zaman da diğer şeylerde başarısız kalırız. Normal denilen insanların nasıl düşündüklerini okuma konusunda pek güçlü değiliz."

"Senin yeteneğin ne peki? İncelik ve ilişkilerde ustalık dışında?"

Narov gülümsedi.

"İlgisi yok. Zor olduğumu biliyorum. Bunu anlıyorum. Bu yüzden bu kadar savunmacı görünebiliyorum. Ama unutma, benim gözümde *sen* de çok zorsun. Örneğin oğlunla ilgili tavsiyeme neden sinirlendiğini anlamıyorum. Bana kalırsa söylenecek en bariz şeydi. Gayet mantıklıydı ve yardımcı olmaya çalışıyordum."

"Tamam, anladım. Ama hâlâ söylemedin, yeteneğin ne?"

"Bir konuda sivriliyorum ben, takıntılıyım hatta. O da avcılık, yani mevcut görevimiz... Hatta en temelde *öldürme* diyebilirsin. Ama ben o şekilde bakmıyorum. Bunu dünyayı ağza alınmayacak kötülerden kurtarmak olarak görüyorum."

"Bir soru daha sorabilir miyim?" diye araya girdi Jaeger. "Biraz kişisel olacak ama."

"Benim için zaten başından beri kişisel bir sohbet oluyor. Normalde insanlarla 'yeteneğim' hakkında konuşmam. Bu şekilde görüyorum ben. Gerçekten de yetenekliyim. İstisnayım. Benim kadar yetenekli olan bir kişi, bir avcı daha görmedim." Duraksayıp Jaeger'a baktı. "Seninle tanışana kadar..."

Jaeger kahvesini kaldırıp, "Buna içilir işte! Avcı biraderlere!" dedi.

"Kardeşler diyelim," diye düzeltti Narov. "Soru neydi?"

"Neden bu kadar tuhaf konuşuyorsun? Yani sesinde garip, düz ve robot gibi bir ton var. Sanki hissizmişsin gibi..."

"Ekolali diye bir şey duydun mu? Duymadın mı? Duyan çok az zaten... Şimdi bir çocuk olduğunu düşün, insanların konuştuğunu duyuyorsun ama *tek* duyduğun kelimeler... Ne vurguları ne ritmi ne şiirselliği ne de duyguları duyuyorsun. Çünkü *sesteki* duygusal perde değişikliklerini anlamıyorsun, çünkü beynin o şekilde çalışmıyor. Ben de öyleyim. Ekolali, yani kelimeleri anlamadan tekrar etmek sayesinde konuşmayı öğrendim. Çocukken kimse söylediklerimi anlamazdı. Annemler beni televizyonun önüne oturturdu. Kraliyet İngilizcesini, Amerikan İngilizcesini duyardım. Annem ayrıca Rus filmleri açardı. Aksanlar arasında bir fark göremezdim ama. Ekrandakileri tekrar etmemeyi anlayamazdım. Bu yüzden benim aksanım da birçok farklı konuşma tarzının karışımı oldu. Yani bir aksanım yok."

Jaeger, çatalına bir parça sulu et daha batırırken, akıl almaz olanı yapıp biraz da fasulye ekleme isteğine karşı geldi.

"Peki Spetsnaz konusu ne? Rus Özel Kuvvetler'de görev aldığını söylemiştin."

"Anneannem, Sonia Olschanevsky, savaştan sonra Britanya'ya taşındı. Ben de orada büyüdüm ama ailem anavatanımın Rusya olduğunu hiçbir zaman unutmadı. Sovyetler Birliği dağıldığı zaman annem beni oraya götürdü. Eğitimimin büyük kısmını orada tamamladım ve sonra da Rus ordusuna katıldım. Yapacak başka neyim vardı ki? Ama hiçbir zaman evimde gibi hissetmedim, Spetsnaz'da bile. Çok fazla aptalca kural vardı. Kendimi gerçekten evimde hissettiğim tek bir yer oldu, Gizli Avcılar."

"Buna da içilir!" dedi Jaeger. "Gizli Avcılar'a, işimizin bir gün sona ermesi umuduyla!"

***

Yemek sonrası gelen ağırlıkla ikisi de uykuya daldı. Jaeger bir ara uyanıp Narov'un kendisine sokulduğunu gördü. Kolunu Jaeger'ın koluna geçirmiş, başını da omzuna yaslamıştı. Saçlarının kokusunu alabiliyor, nefesindeki yumuşak dokunuşu cildinde hissedebiliyordu.

Kadını hareket ettirmek istemediğini fark etti. Aralarındaki bu yakınlığa alışmaya başlamıştı. Sonra bir kez daha suçluluk duygusu ağır bastı.

Katavi'ye balayında bir çift rolü yaparak gitmişlerdi. Şimdiyse buradan gerçekten bir çift gibi görünerek ayrılıyorlardı.

63

Neredeyse hurdaya dönmüş Boeing 747, Londra Heathrow Havalimanı'nın kargo terminaline doğru pistte ilerliyordu. Uçağın göze çarpan tek noktası, normalde kenarlara dizilmiş kamara pencerelerine benzeyen camların olmamasıydı. Bu da uçak yüklerinin çoğu zaman canlı olmamasından kaynaklanıyordu. Pencereye ihtiyaç yoktu zaten.

Ama bugünkü kargo istisnaydı. Canlı olduğu kadar, çok sayıda sinirli ve gergin hayvandan oluşuyordu.

Dokuz saatlik uçuş boyunca hayvanlar güneş ışığından mahrum bırakılmıştı ve bunu da hiç iyi karşılamamışlardı. Öfkeli çığlıklar ve bağırışlar 747'nin yankı yapan ambarında hiç eksilmemişti. Küçük ama güçlü parmaklar kafes kapılarına saldırıyordu. Sarı halkaların arasındaki kahverengi gözbebekleriyle parlayan iri, akıllı primat gözler bir o yana bir bu yana dönüyor; kaçacak bir yol arıyordu.

Ama yoktu.

Jim Seaflower, Heathrow Terminal 4'ün karantina müdürü, bunu garanti altına almıştı. Yağmurla yıkanmış pistin bir kenarına sıkıştırılmış büyük karantina merkezinde bu primat kargosunun taşınması için emirler yağdırıyordu. Bugünlerde primat karantinası işi çok ciddiye alınıyordu ve Seaflower da arkasındaki sebepleri çok iyi biliyordu.

1989'da, yine maymunlardan oluşan bir kargo, benzer bir uçakla Afrika'dan çıkıp Washington DC'deki Dulles Havalimanı'na inmişti.

Vardıktan kısa bir süre sonra kafesler dolusu hayvan, kamyonlarla havalimanından alınıp şehrin zengin kesime hitap eden bölgelerinden Reston'da bir laboratuvara, işin içindekilerin taktığı isimle "maymun evine" götürülmüştü.

O zamanlar karantina yasaları bu denli sıkı değildi. Maymunlar sürüler hâlinde ölmeye başladı. Laboratuvar çalışanları hastalandı. Sonrasında tüm kargonun Ebola taşıdığı ortaya çıktı.

Nihayetinde ABD ordusunun kimyasal ve biyolojik savunma uzmanları el atıp bütün bölgeye "nükleer" bir temizlik uyguladı ve bütün hayvanları öldürdü. Yüzlerce, binlerce hastalıklı maymun öldürüldü. Reston'daki maymun evi ölü bir bölge hâline geldi. Orada en ufak mikroorganizmasına kadar hiçbir canlının yaşamasına izin verilmemişti. Ardından bölge kapatıldı ve sonsuza kadar terk edildi.

Virüsün binlerce, belki milyonlarca insanı öldürmemesinin tek sebebi ise hava yoluyla bulaşmamasıydı. Biraz daha grip benzeri bir virüs olsa, sonraları bilinen adıyla Reston Ebolası, insan popülasyonunu dünyaya yayılan bir kasırga gibi silip süpürebilirdi.

Ancak şans insanoğlunun yanındaydı ve Reston Ebolası salgını durduruldu. Sonrasında ise Jim Seaflower'ın bugün Heathrow Havalimanı'nda uygulanmasını sağlamak zorunda olduğu çok daha güçlü, çok daha sıkı karantina yasaları gündeme alındı.

Açıkçası kendisi altı haftalık bir karantina süresinin acımasızca olduğunu düşünüyordu ama mevcut riskler yasaları haklı çıkarıyordu. Hem ne olursa olsun, bunlar sayesinde çalışanlarıyla birlikte gayet düzgün, güvenilir ve iyi maaşlı bir işi olmuştu; şikâyet edecek bir şey yoktu.

Her birinin kenarında "Katavi Rezervi Primat Limitet Şirketi" yazılı sandıklar dolusu hayvanın uçaktan indirilmesini denetlerken bu partinin alışılmışın dışında sağlıklı olduğunu anladı. Normalde taşıma sırasında yolculuğun gerginliği sebebiyle birkaç hayvan telef olurdu. Ama bu ufaklıkların hiçbiri boyun eğmemişti. Hepsi hayat dolu görünüyordu.

Hem zaten Katavi Rezervi'nden de farklı bir şey beklemezdi. Şimdiye kadar onlarca KRP sevkiyatını denetlemişti ve şirketin ne denli kaliteli olduğunu biliyordu.

Kafeslerden birine bakmak için eğildi. Teslimatın genel olarak sağlığına dair bir fikir edinmek her zaman faydalıydı, bu sayede karantina sürecini daha iyi yönetebiliyordu. İçlerinde bir hasta primat olduğunda, diğer hayvanların da yakalanmaması için onun hemen izole edilmesi gerekiyordu.

Kafesin içindeki gümüş saçlı, siyah yüzlü eski dünya maymunu uzak köşeye kadar çekildi. İnsanlarla yakından göz teması kurmayı hiç sevmeyen primatlar bunu tehditkâr bir hareket olarak görürdü.

Ama bu ufaklık gayet sağlıklı görünüyordu.

Seaflower başka bir kafese yöneldi. Bu sefer içeri bakmasıyla birlikte kafesin sakini parmaklıklara hücum etti, yumruklarıyla öfkeli darbeler sallarken köpek dişlerini gösteriyordu. Seaflower gülümsedi. Bu ufaklık savaşçı çıkmıştı.

Tam arkasını dönerken hayvan tam suratına hapşırdı.

Durdu. Bir kez daha hayvanı baştan aşağı taradı ama bir hapşırık haricinde tamamen sağlıklı görünüyordu. Bunu muhtemelen Londra'nın soğuk, nemli ve rutubetli havasına verdiği bir tepki olarak düşündü.

Yedi yüz primatın karantina bölümlerine taşınmasıyla birlikte Jim'in mesaisi de sona erdi. Hatta son sevkiyatların da ulaşmasını denetlemek için iki saat fazladan bile kalmıştı.

Havalimanından ayrılıp arabasını eve sürerken müdavim olduğu barda bir bira içmek için durmaya karar verdi. Yine her zamanki müşteriler, her zamanki gibi içkileri ve çerezleriyle sohbetlerinin keyfini çıkarıyordu.

Her şey yolundaydı.

Jim, arkadaşlarına birer içki ısmarladı. Sakalında kalan bira köpüğünü elinin arkasıyla sildi ve önündeki cipsle tuzlu fıstığı arkadaşlarıyla paylaştı.

Sonra bardan çıkıp evine, ailesinin yanına gitti. Kapıyı açan karısına hafifmeşrep bir şekilde sarıldıktan sonra üç çocuğuna iyi geceler öpücüğü verip uyuttu.

Londra'nın dört bir yanındaki evlerine dağılan Jim'in Heathrow'daki çalışanları da aynılarını yapıyordu.

Sonraki gün çocukları okula gitti. Eşleri ve kız arkadaşları sokağa çıkıp alışveriş yaptı, işine gitti, arkadaşlarını ve akrabalarını ziyaret etti. Hepsi, her yerde, her zaman nefes aldı. Durmadan...

Jim'in bardan arkadaşları metroya, trene ve otobüse binerek bu muazzam büyüklükteki tıklım tıklım metropolde işlerine zamanında varmaya çalıştı. Hepsi, her yerde, her zaman nefes aldı. Durmadan...

Sekiz buçuk milyon ruhun nefes aldığı Londra'nın her yanına bir kıyamet yayılıyordu.

64

Steve Jones böylesi bir cüsseye sahip bir adama göre şaşırtıcı derecede hızlı hareket ediyordu. Yumruk ve tekmelerini kullanarak, makineli tüfek gibi seri darbeleriyle karşısındaki düşmana korku salan bir kuvvetle saldırıyor; ne toparlanmak ne de karşı koymak için bir fırsat tanıyordu.

Yarı çıplak gövdesinden ter damlaları süzülürken hızlı hareketlerle zikzaklar çiziyor, başını eğiyor, olduğu yerde dönüyor ve can acıtan sıcağa rağmen tekrar tekrar acımadan saldırıyordu. Her darbesini bir öncekinden daha şiddetli savuruyor, insanın kemiğini kırıp iç organlarını parçalayacak bir gaddarlıkla hücum ediyordu.

Yumruğu veya tekmesini her savurduğunda Jones, kendini Jaeger'ın kemiklerini kırarken ya da daha iyisi, o soylu güzel suratını kan çanağına çevirirken hayal ediyordu.

Çalışmak için gölgelik bir alan seçmişti ama buna rağmen öğlen sıcağı böylesi bir fiziksel etkinliği iki katı yorucu hâle getiriyordu. Ancak bu zorluklar Jones'u asıl heyecanlandıran şeydi. Kendini sınırlarına kadar zorlamak ona benliğini hissettiriyor, endamıyla övünmesini sağlıyordu. Her daim böyle olmuştu.

Şu an üstlendiği düzeyde uç ve devamlı bir fiziksel etkinliği uygulayabilecek ya da kaldırabilecek pek insan yoktu. Jaeger onu temelli kovdurmadan önce orduda öğrendiği gibi her şey tek bir cümleye bakıyordu; *sıkı çalış, kolay dövüş.*

Sonunda durmaya karar verdi. Sağlam bir ağaca astığı ağır RDX kum torbasına sarılıp sabit durana kadar bekledi. Bir saniye torbaya sarılı kalıp nefesini topladıktan sonra astığı yerden aldı ve safari bungalovuna doğru ilerledi.

Odasına vardığında ayakkabılarını çıkardığı gibi terle kaplı vücudunu yatağa bıraktı. Hiç şüphe yok ki Katavi Oteli'nde lüksten anlıyorlardı. Üzücü olan işletme kısmıydı. O hippi salağı Falk ile ağaç sevici orman âşığı yerli çalışanlarına sinir olmuştu. Ağrıyan kaslarını gevşetti. Bu akşam içerken ona kim eşlik edecekti?

Yatağın yanındaki komodine uzandı, bir kutu aldı ve içinden çıkardığı birkaç hapı yuttu. Performans artırıcı ilaçlar almayı bırakmamıştı. Neden bırakacaktı ki zaten? Onu istisna kılıyorlardı. Durdurulamaz oluyordu. Yenilmez oluyordu. Ordu yanılmıştı, çok yanılmıştı. SAS onun lafını dinlese, şimdiye tüm askerler bunlardan alır ve ilaçlar sayesinde her biri bir süper kahramana dönüşürdü.

Aynı Jones gibi... Ya da kendini kandırdığı gibi...

Sırtını yastıklara dayadı, dizüstü bilgisayarında birkaç tuşa bastı ve IntelCom'u açıp Hank Kammler'in bilgilerini girdi.

Kammler'in yanıtı hızlı oldu.

"Söyle!"

"Buldum," dedi Jones. "Bir Land Rover'ın ezilmiş bir konserve tenekesine bu kadar benzeyebileceği ölsem aklıma gelmezdi. Tamamen yanıp kül olmuştu."

"Mükemmel!"

"Bu iyi haberdi." Jones dev ellerinden birini kısa kesilmiş saçlarında gezdirdi. "Kötü haber, içeride sadece iki ceset vardı ve ikisi de kızarmış yerlilerdi. Jaeger ile kadını şayet o arabadaysa kaçmış olmaları lazım. Ama kimse ondan kaçamaz."

"Emin misin?"

"İkiyle iki dört ettiği kadar."

"Evet mi yani?" diye çıkıştı Kammler. Kimi zaman bu İngilizlerin deyimleriyle görgüsüz tavırlarını dayanılmaz buluyordu.

"Eminim, olumlu, evet."

Kammler bu neredeyse saklanmamış iğnelemeyi başka zaman duysa çileden çıkardı ama şimdi elindeki askerler söz konusu olduğunda bu adamdan daha iyisini bulması mümkün değildi. Hem ona çok da ihtiyacı vardı.

"Orada olan sensin, ne olduğunu düşünüyorsun?"

"Çok basit! Jaeger ile kadını o arabayla ayrılmadı. Öyle olsa vücut parçaları Afrika yeşilliğine dağılırdı. Ama dağılmamış."

"Kontrol ettin mi? Otelin araçlarından kaybolan var mı?"

"Bir Toyota gitmiş. Konig ufak bir havalimanına park edilmiş hâlde bulduklarını söylüyor. Adamlarından biri yola çıktı, yarına getirmiş olacak."

"Demek ki Jaeger bir araba çalıp kaçtı."

Helal olsun Einstein, diye düşündü Jones. Kammler'in aklındakini anlamamasını umuyordu. Dikkatli olması gerekiyordu. Yaşlı adam şu sıralar tek işvereniydi ve burada olmak için sağlam paralar alıyordu. Bunu hemen mahvetmek istemiyordu.

Steve Jones gözüne cennetten ufak bir parça dikmişti, Macaristan'da göl kıyısında bir ev. O ülkedekilerin de yabancılardan -beyaz olma-yanlar- en az kendisi kadar nefret ettiğini biliyordu. Kammler'in küçük oyunu sonrasında hayaline kavuşabilecek paraya sahip olacaktı.

Daha da önemlisi, Jaeger'ın Reaper füzesinden kurtulmasıyla bir-likte, onu öldürecek kişinin Jones olma ihtimali de hâlâ canlılığını koruyordu. Bir de kadın vardı tabii. Jaeger'ın gözleri önünde onu paramparça etmeyi nasıl da istiyordu!

"Tamam o zaman, Jaeger yaşıyor," dedi Kammler. "Bunu kendi le-himize çevirmemiz lazım. Psikolojik savaşı hızlandıralım diyorum. Ailesinden birkaç görüntüyle saldıralım. Her yanını saralım ve yanı-mıza çekelim. Yeterince ağır yaraladığımız zaman da işini bitirelim!"

"İyi duruyor," dedi Jones. "Ama bir şey diyeceğim, son kısım bana kalsın."

"Sen işini böyle yapmaya devam edersen Bay Jones, ben de bu şerefi sana bırakabilirim." Duraksadı. "Söylesene, Jaeger'ın ailesini ziyaret etmek ister misin? Şu an bulunduğun yerden pek de uzak olmayan bir adada tutuluyorlar. Oradan direkt uçurabiliriz seni. Biricik dostun Jaeger, yanında karısı ve çocuğuyla çekilmiş fotoğrafını görürse ne der? 'Eski bir arkadaştan sevgilerle,' gibi bir şey de yazarız."

Jones korkunç bir kahkaha patlattı.

"Harika! Görürse mahvolur!"

"Bir durum var ama. O adada bir maymun ihracat işi yürütüyorum ve nispeten pis diyebileceğim primat hastalıklarının araştırıldığı yüksek güvenlikli bir laboratuvarım var. Bazı bölgelere giriş kesinlikle yasak. Laboratuvarlar o patojenlere çare geliştirmek için kullanılıyor."

Jones omuzlarını silkti.

"Afrikalı bebek organlarını dondurup saklasan bile umurumda olmaz. Oraya götür beni yeter."

"Bu girişimin konumunu şimdiye kadar katı bir sır olarak sakladım," diye ekledi Kammler. "Bu sayede olası rakip firmaları da engelledim. Senden de aynısını bekliyorum."

"Tamamdır," diye onayladı Jones. "Sen Jaeger'ın ailesi neredeyse beni oraya götür. Şu gösteri başlasın artık!"

65

Yıllar ilerledikçe Nairobi'nin ismi, haklı da bir gerekçeden ötürü, "Nairoygun" hâlini aldı. Ülke gerçekten de hak ile hukukun uğramadığı, her an her şeyin yaşanabileceği kaotik bir bölge olmuştu.

Jaeger, Narov ve Dale, tamponların birbirinin dibinde kornalara asıldığı; çok sayıda arabanın yanında hurdaya dönmüş, parlak bir şekilde boyalı minibüs-taksi *matatus*lar ve ağır el arabalarını iten insanlarla tıklım tıklım dolmuş caddelerden kaosun şehir merkezine ilerliyordu. Bir şekilde, bu dehşetli karmaşanın içinde insan ve makinelerden oluşan gürültücü kalabalık işlevini sürdürmeye devam ediyordu.

Kıl payıyla...

Jaeger, burası İngiliz ordusunun çöl, dağ ve orman savaşları için eğitim bölgelerine geçiş noktası olduğu için şehirde epey bir zaman geçirmişti. Yine de Nairobi'nin insan dolu varoşlarına bir kez bile uğramamıştı, bunun da geçerli bir sebebi vardı. Yasak şehirde dolanacak kadar aptal olan tüm yabancılar, -*mzungu*lar- ortadan kayboluyordu. Gettonun bu kadar merkezinde beyaz derili bir insanın pek şansı kalmıyordu.

Asfalt yol bir anda tekerlek izleriyle dolu bir patikaya evrildi, gittikleri arabanın arkasında tozdan bir bulut oluştu. Nitekim çevre de büyük ölçüde değişti. Şehir merkezindeki beton ve camdan ofis binaları yerini çürük barakalarla yol kenarındaki tezgâhlara bıraktı.

Tozlu yolun yanına çökmüş insanlar eşyalarını satıyordu. Yakan güneşin altında kan kırmızısı domates kasaları; sıra sıra dizilmiş mor soğanlar; üst üste yığılmış, pulları altın kahvesi parlayan kurutulmuş balıklar; topukları parçalanmış, toz toprak içinde dağ gibi yükselmiş ayakkabılar; hepsi satılıyordu.

Jaeger'ın önünde bir manzara açıldı; ateşle yakılan yığınlar dolusu atıkların pusuyla boğulmuş, engin ve dar bir vadi görünmüştü. Çaresiz bir karmaşayla dört bir yana dağılmış ahşap ve plastikten gecekondular birbiri üzerinde yükseliyor, dar geçitler kaosun ortasında yılan gibi süzülüyordu. Arada sırada kokmuş, zehirli dumanın arasında kurumaya bırakılmış çamaşırların çizdiği renkli yamalar Jaeger'ın gözüne takılıyordu. Hem gördüğü gibi büyüleniyor, hem de tuhaf bir şekilde rahatsız hissediyordu.

İnsanlar burada nasıl *yaşıyordu*?

Böyle kanunsuz bir mahrumiyetin içinde nasıl hayatta kalabiliyorlardı?

İlerledikleri araç, yılların aşındırmasıyla pürüzsüz bir hâl almış ahşaptan saplarına sıkı sıkı sarıldığı el arabasını iten bir adamın yanından geçti. Adam yalınayak koşuyor; bacaklarını yırtık pırtık bir şort, gövdesini de eski bir tişörtle kapatıyordu. Jaeger, adamın terden parlayan yüzüne baktı. Bakışları buluştuğunda aralarındaki uçurumu bütünüyle fark etmişti.

Arabacı, şehrin doyumsuz açlığını besleyen kalabalık varoş sakinlerinden biriydi. Burası Jaeger'ın dünyası değildi ve o da bunu açık bir şekilde anlamıştı. Daha önce bu kadar yabancı bir bölgede bulunmamasına rağmen, nasıl olduğunu anlamadığı bir şekilde, aynı bir güvenin mum ateşine çekildiği gibi içine çekiliyordu.

Jaeger'ın en sevdiği bölge her zaman orman olmuştu. Ormandaki o tarihî, vahşi ve ilkel özgünlüğe bayılıyordu. Burası ise nihai şehir ormanıydı. Burada onca çete; uyuşturucu, gecekondu ve yasa dışı içki odaları *changaa*lar arasında hayatta kalabilirse her yerden dimdik ayakta ayrılırdı.

Önünde uzanan boş araziyi seyrederken bölgenin çiğ çiğ atan nabzını hissetti ve varoşların haykırdığı uyarıyı dinledi. Girilen her yeni ve düşman bölgede, ilk olarak orada nasıl dövüşüp hayatta kalacağını bilenlerden öğrenmek gerekiyordu ve Jaeger'ın da bunu yapması lazımdı. Burası lafı edilmeyen kurallarla, kâğıda dökülmemiş hiyerarşilerle yönetiliyordu. Gettonun kendine has yasaları, kendi türlerini koruyor; bu yüzden yabancılar yakınına bile yaklaşamıyordu.

Oteldeyken Dale kapsamlı bir şekilde ikisine de gerekli bilgileri vermişti. Kenya'nın daha varlıklı kesimi asla gettoda görülmezdi. Orası utancın merkeziydi, kimseye gösterilmemesi gerekiyordu. Orası umutsuzluğun, gaddarlığın ve çaresizliğin merkeziydi. Bu yüzden Simon Chucks Bello ile aynı kaderi paylaşan yetim arkadaşları hiçbir iz olmadan kolaylıkla ortadan kaybolabiliyor, birkaç bin dolara satılabiliyordu.

Araç yol kenarında bir barın önünde durdu.

"Burası," dedi Dale. "Geldik."

Getto sakinleri gözlerini dikip seyre daldı. Arabayı izliyorlardı. Şehrin bu bölgesinde yeni Land Rover Discovery model araba pek yoktu, hatta neredeyse hiç araba yoktu. Dale'i izliyorlardı, kendi bölgelerine girmeye cüret etmiş bu zengin *mzungu*'yu. Jaeger ve Narov'u izliyorlardı, Discovery'den inen diğer yabancı düşmanları.

Jaeger burada kendini çok yabancı hissediyordu; çok uyumsuz, çok ayrı. Şimdiye kadar hissetmediği kadar farklı hissediyordu. Garip ve endişe verici bir şekilde savunmasızdı. Savaşmak için eğitilmediği bir ormandı burası; hiçbir kamuflajın mümkün olmadığı, olsa bile işe yaramayacağı bir orman.

Narov ve Dale ile birlikte yol kenarındaki bara doğru hareket edip bir leş gibi kokan açık ve pullanmış betondan kanalizasyonun üzerinden geçerken sırtına bir hedef tahtası çizilmiş gibi hissediyordu.

Kırık dökük bir yol kenarı tezgâhında ahşaptan bir tabureye oturmuş bir kadının yanından geçti. Kadının ayak ucunda bir kömür sobası yanıyor, üzerinde hilal şeklinde dökülmüş yağda balık kızarıyordu. İsyankâr gözlerle hayatına daldı, müşteri bekliyordu.

Kaldırımda ise kendine özgü bir figür bekliyordu; bodur olmasına karşın genişçe bir göğsü ve kocaman omuzları vardı. Jaeger, adamın son derece güçlü olduğunu ve çok sayıda savaş gördüğünü anlamıştı; doğuştan bir sokak dövüşçüsüydü. Yassı yüzü yaralarla kaplıydı ama ifadesi tuhaf bir şekilde açık ve netti, kaosun ortasında bir sükûneti temsil ediyordu.

Üzerindeki tişörtte kocaman harflerle bir slogan yazılıydı, *"BEN KANUNLA SAVAŞTIM."*

Jaeger bu cümleyi gençlik yıllarından hatırlamıştı. O zamanlar büyük bir Clash hayranıydı. Bir anlığına, şarkının sözleri zihninde yeniden canlandı.

Kızgın güneşin altında kayalar parçaladım,
ben kanunla savaştım ama kanun kazandı.

Bekleyenin kim olduğuna adı gibi emindi.

Varoşlara giriş anahtarı, Julius Mburu'ydu o.

66

Jaeger'ın gerginlik ve tedirginlikle kasılmış parmakları buz gibi şişenin etrafına dolandı. Gözleriyle barı taradı; yağlı, duman lekeli duvarları ve yıpranmış plastik mobilyaları gördü. Bozuk bir betondan balkon; aşağıdaki gürültülü, dumanlı sokağa açılıyordu.

Masaların etrafında toplanmış adamlar, kendilerinden geçmişçesine televizyona kilitlenmişti. Sıra sıra içki şişelerinin kalınca bir metalden kafesin ardına saklandığı barın üzerindeki ufak ekrandan yorumcunun sesi yükseliyordu. Televizyonda İngiltere Prömiyer Ligi'nden bir maç oynanıyordu. Afrika'da futbol sevgisi inanılmaz boyutlardaydı, varoşlarda ise âdeta bir din kabul ediliyordu.

Ama Jaeger'ın aklı tamamen Simon Chucks Bello'daydı.

"Buldum onu," diye söze girdi Mburu, sesi derinden ve pürüzlü çıkıyordu. "Kolay olmadı. Çocuk iyi saklanmış, hem de bayağı iyi." Dale'e baktı. "Ayrıca korkuyor. Yaşadıklarından sonra, *mzungu*lara ısınmaya pek yatkın olacağını sanmıyorum."

Dale başıyla onayladı.

"Gayet haklı... Ama asıl soru, sen ona inanıyor musun?"

"İnanıyorum." Mburu'nun bakışları Jaeger ile Narov'a döndü, sonra yine Dale'i karşısına aldı. "Siz aksini düşünseniz bile, buradaki çocuklar doğruyla yanlış arasındaki farkı iyi bilir. Yalan söylemezler, hem de böyle bir konuda asla." Gözleri cüretkâr bir şekilde parladı.

"Burada, gettoda bir kardeşlik var; hem de başka hiçbir yerde bulamayacağınız bir kardeşlik."

Mburu'nun zor bir hayat geçirdiği her hâlinden belli oluyordu. Jaeger, onları karşıladıkları sırada elini sıkan sert, nasırlı ellerde hissetmişti bunu. Adamın yüzündeki çizgilerde, karanlık gözlerinin etrafını saran dumanlı sarılıkta acının izleri görünüyordu.

Jaeger bara doğru bir işaret yapıp, "Görüşebilir miyiz yani?" diye sordu.

Mburu belli belirsiz bir şekilde başını salladı.

"Çocuk burada. Ama bir şartımız var. Çocuk ne derse o olacak. Sizinle top oynamak istemezse, yani gelmek istemezse burada kalır."

"Tamamdır, anlaştık."

Mburu arkasını dönüp gölgelere seslendi.

"Alex! Frank! Getirin."

Üç kişi belirdi. İrice, kaslı iki delikanlının arasında nispeten küçük kalan bir çocuk vardı.

"Ben hayır işi yapıyorum. Mburu Vakfı ile varoşlarda eğitim veriyoruz," diye açıkladı Mburu. "Alex ile Frank benim çocuklardan... Bu da," daha küçük olan çocuğu gösterdi, "Mburu Vakfı'nın en akıllı çocuklarından biri... Tahmin edeceğiniz üzere Simon Chucks Bello."

Simon Chucks Bello oldukça çarpıcı görünen bir arkadaştı. Fırça gibi kuru saçları tuhaf açılarla kafasından çıkmış, daha az önce elektrik yemiş gibi görünmesine yol açmıştı. Üzerinde Eyfel Kulesi'nin basıldığı ve altına *PARIS* yazılmış kırmızı bir tişört vardı. Birkaç beden büyük olduğu belliydi ve çocuğun cılız, kemikli gövdesinden sarkıyordu.

İki ön dişi arasındaki boşluk, aksi hâlde belli olmayacak tatlı bir küstahlıkla işini bildiği izlenimini yüzüne yansıtıyordu. Yırtık pırtık şortunun altında görünen dizleri kabuk bağlamış yaralarla doluydu ve çıplak ayakları da çatlak, kırık tırnaklara sahipti. Ama bir şekilde tüm bunlar çocuğun tanımlanamaz sevimliliğini tamamlıyor gibiydi.

Yine de Simon Bello'nun şu an gülümsediği söylenemezdi.

Jaeger ilk adımı atmaya çalıştı. Bakışlarını TV'ye çevirip, "Man U'yu mu tutuyorsun? Doğrusu sağlam tokat yediler," dedi.

Çocuk, Jaeger'ı süzdü.

"Futbol konuşmak istiyorsun, çünkü kilidi onun çözeceğini sanıyorsun. Ben Man U tutuyorum. Sen Man U tutuyorsun. Hop, arkadaş olduk!" Duraksadı. "Bayım neden geldiğinizi adamakıllı söylesenize!"

Jaeger şakadan teslim oluyormuş gibi ellerini kaldırdı. Çocuk tavrını koymuştu, bu hoşuna gitmişti.

"Bize bir hikâye anlatıldı. Her şeyden önce o hikâyenin doğru olup olmadığını öğrenmek istiyoruz."

Simon Bello gözlerini devirip, "Bin kez anlattım aynısını. Bir daha mı?" dedi.

Mburu'nun yardımlarıyla, çocuğu hikâyenin kısaltılmış bir hâlini anlatmaya ikna ettiler. Falk Konig nasıl anlattıysa tam olarak aynılarını söylemişti ama önemli bir istisnası vardı. Çocuk kendi deyimiyle "patron" diye birinden bahsediyordu; adada tüm kararları veren, oradaki dehşetin arkasındaki *mzungu*.

Jaeger, çocuğun bahsettiği bu kişinin, yani patronun Hank Kammler olduğuna emindi.

Narov mırıldanarak, "Kammler oradaydı demek," dedi.

Jaeger başıyla onayladı.

"Öyle anlaşılıyor. Falk'ın bu ayrıntıyı atlamasına şaşırmamak gerek. İnsan babasını orada görmek istemez."

Jaeger teklif ettikleri anlaşmayı çocuğa özetledi. Onu güvende kalacağından emin olacakları bir süre boyunca varoşlardan götürmek istiyorlardı. Çocuğu daha önce kaçıranların, özellikle de hayatta olduğunu öğrendiyseler, geri gelebileceklerinden endişe ediyorlardı.

Simon Bello'nun yanıtı bir içecek isteyerek oldu. Jaeger tüm masaya bir şeyler söyledi. Oğlanın Fanta şişesine nasıl sarıldığını görmesiyle, bunun ne kadar ender tadabildiği bir zevk olduğunu da anlamıştı.

"Yardımınızı istiyorum," diye söze başladı Simon, şişeyi sonuna kadar boşalttıktan sonra.

"Bunun için geldik zaten," dedi Jaeger. "Buradan çıktığımız gibi..."

"Hayır, ben şimdi istiyorum!" diye sözünü kesti çocuk. Ardından Jaeger'a baktı. "Siz bana, ben size... Şimdi yardımınıza ihtiyacım var."

"Nasıl bir yardım istiyorsun?"

"Benim bir kardeşim var ve çok hasta. Ona yardım etmenizi istiyorum. *Mzungu*sunuz siz. Paranız yeter. Dediğim gibi siz bana, ben size..."

Jaeger sorgulayan gözlerle Mburu'ya baktı. Yanıt olarak ise Mburu ayağa kalktı.

"Gelin. Beni izleyin, göstereyim."

Ekibi caddenin karşısında, yol kenarındaki bir tezgâhın yanına götürdü. En fazla dokuz yaşlarında genç bir oğlan tek başına oturmuş, istemeye istemeye mercimek yemeğini kaşıklıyordu. Tığ gibi inceydi ve kaşığı tutan eli korkunç bir biçimde titriyordu. İskelet gibi görünen bedeninden siyah bir Mburu Vakfı tişörtü sarkıyordu.

Simon Bello'nun çocukla konuşup rahatlatmasıyla birlikte Jaeger da kardeşinin o olduğunu anladı.

"Sıtması var," dedi Jaeger. "Öyle olmalı. Bu titremeyi nerede görsem tanırım."

Mburu, çocuğun hikâyesini anlattı. Adı Peter'dı. Birkaç haftadır hastaydı. Onu bir doktora götürmeye çalışmışlardı ama parası yetmemişti. Annesi ölmüştü ve babası da varoşlarda mayalanan yasa dışı ve ölümcül bir uyuşturucu içki olan *changaa* bağımlısıydı.

Yani Peter'ın kendisine bakacak kimsesi yoktu ve Jaeger, çocuğun yardıma ne kadar muhtaç olduğunu görebiliyordu. Aynı zamanda

Peter'ın, Luke'un ortadan kaybolduğu zamanki yaşlarında olduğu da dikkatinden kaçmamıştı.

Simon Bello'ya bakıp, "Tamam, haydi yapalım. Çocuğu doktora götürelim. En yakın klinik nerede?" diye sordu.

Simon Bello ilk kez gülümseyip, "Göstereyim," dedi.

Yola çıkmak üzere harekete geçerken Julius Mburu ekibe veda etti.

"Alex ve Frank ile güvende olursunuz. Ama gitmeden önce bir hoşça kal demeye uğrayın."

Jaeger, adama teşekkür etti ve ardından Narov ve Dale ile Simon Bello, Peter ve diğer Mburu çocuklarını, varoşların dar, dolambaçlı ara sokaklarının çizdiği labirente doğru takip etti. Nairobi'nin kenar mahallelerinde daha derinlere indikçe, açık kanalizasyonun kokusuyla böylesi ufak bir alana sıkıştırılmış sayısız insanın çıkardığı gürültü üstlerine hücum etti. Burası kadar klostrofobik bir yer görmemişlerdi ve Jaeger da sersemlediğini hissedebiliyordu.

Arada sırada ilerleyiş, dövülmüş demirlerden yapılma ve üzerine getto sakinlerinin verebileceği ne kadar kullanılmayan tahta varsa çakılmış ağır kapılar yüzünden duruyordu. Hepsinin üzeri grafitiyle kaplıydı.

Simon Bello, ekibin geçmesi için kapılardan birini açtı. Jaeger neden yapıldıklarını sordu.

"Kapılar mı?" Simon'ın yüzüne bir karanlık indi. "Toplamaya geldiklerinde polisleri durdurmak için... Beni de o toplamalarda kaçırdılar."

Batı standartlarına göre Mucize Tıp Merkezi merdiven altı gibi görünen pis bir yerden ibaretti. Ama buradaki insanlar için olabilecek en iyi hizmeti veriyordu. Doktoru görmek için sıraya girdiklerinde, Jaeger, Narov ve Dale çok tuhaf bakışlara maruz kaldı. Kalabalık bir çocuk grubu önlerine toplanıp parmakla göstererek onları izliyordu.

Alex gidip biraz kızarmış mısır koçanı getirdi. Yumruk boyutunda parçalara ayırdıktan sonra ilkini Jaeger'a uzattı. Çocuklar sulu mısır tanelerini yedikten sonra koçanları alıp sırayla havaya atıp tutmaya, bunu yaparken de kahkahalarla gülmeye başladı. İçlerinde en komiği ise Simon Chucks Bello çıktı. Jonglör gösterisini çılgınca bir dansla tamamlarken odadaki herkesi kırıp geçirmişti. Hatta çıkardıkları curcuna o kadar gürültülüydü ki doktor, penceresinden kafasını uzatıp susmalarını söyledi.

Hiç kimse Peter konusunda pek endişeli görünmüyordu. Jaeger da o zaman anladı; bu şekilde hastalanmak, hatta ölüm döşeğinde olmak bile buradakiler için sıradandı. Bu her zaman oluyordu. Doktora yetecek kadar para mı yoktu? Kimin vardı ki zaten? Bir anda ortaya çıkan beyaz bir adamın onları hastaneye götürüp kurtarma olasılığı neydi peki? Koca bir sıfır.

Basit birkaç test yaptıktan sonra doktor, onlara Peter'ın yüksek ihtimalle sıtma ve tifo olduğunu söyledi. Süreci atlatması için bir hafta boyunca onu muayenehanede tutmaları gerekiyordu. Jaeger, doktorun lafı nereye getirdiğini biliyordu. Pahalı olabilirdi.

"Ne kadar?" diye sordu.

"Dokuz yüz elli Kenya şilini," diye yanıtladı doktor.

Jaeger hızlıca kafasından hesap yaptı. İstediği para, on beş Amerikan dolarından daha azdı. Doktora bin şilinlik bir banknot uzattı ve yaptıkları için teşekkür etti.

Tam çıkmak üzereyken genç hemşire koşarak peşlerinden geldi. Jaeger bir sorun çıkmış olabileceğini düşünüyordu. Belki ilk ödemeyi bu kadar kolay yaptıktan sonra biraz daha fazlasını isteyeceklerdi.

Kadın bir elini uzattı. Elli şilinlik bir banknot veriyordu. Para üstü için koşmuştu.

Jaeger paraya büyülenmiş bir şekilde baktı. Mburu haklı çıkmıştı. Böylesi bir kargaşanın içinde bu denli bir dürüstlük gerçekten insanı mahcup bırakıyordu. Jaeger parayı Simon Bello'ya verdi.

"Al bakalım. Arkadaşlarınla birer gazoz daha içersiniz." Çocuğun saçlarını kaşıdı. "Tamam mıyız şimdi? Biraz daha bizimle takılmaya var mısın? Yoksa gidip babandan izin almamız mı gerekecek?"

Simon kaşlarını çatıp, "Babam mı?" diye sordu.

"Senle Peter'ın babası."

Çocuk, Jaeger'a tuhaf bir bakış attı.

"Peter benim *gerçek* kardeşim değil ki, getto kardeşim. Benim kimsem yok. Yetimim ben. Biliyorsunuz sanıyordum. Julius Mburu ailem diyebileceğim tek kişi..."

Jaeger gülerek, "Tamam, öyle olsun," dedi. Çocuk akıllıydı ve tavrını koyuyordu. "Peki o zaman, artık *getto* kardeşinin işini hallettiğimize göre bizimle gelecek misin?"

"Evet, olur yani. Julius için bir sorun yoksa gelirim."

Arabaya doğru yürümeye başladıklarında Jaeger, Narov ve Dale'in yanına yaklaştı.

"Çocuğun ifadesi, Kammler'in işini bitirme konusunda çok önemli... Ama çocuğu her şeyden çok uzağa götürüp saklamamız gerekiyor."

Dale omuz silkti.

"Ne pasaportu var ne kimliği. Doğum belgesi bile yok. Kaç yaşında olduğunu, ne zaman doğduğunu bilmiyor. Kısa sürede uzak bir yere götürmemiz imkânsız..."

Zamanında Konig'in laf arasında bahsettiği bir şey Jaeger'ın zihninde belirdi. Narov'a baktı.

"Konig'in söylediği yeri hatırlıyor musun? Amani; uzakta, kimselerin uğramadığı bir sahil... Tamamen gizli..." Dale'e döndü. "Amani Tatil Köyü; Nairobi'nin tam güneyinde, Hint Okyanusu kıyısında... Oraya bir bakabilir misin? Düzgün görünüyorsa en azından biz belgeleri halledene kadar onu oraya götürebilir misin?"

"Buradan daha iyi olur, orası kesin."

Dar bir geçitten dönüp toprak yola yöneldiler. Bir anda Jaeger'ın kulağına bir sirenin çınlaması çalındı. Her yanını saran insanların kaskatı kesildiğini, gözlerinin korkuyla açıldığını gördü. Saniyeler sonra bir tabanca atışının keskin patlama sesi duyuldu. Yakınlardan bir el ateş açılmış, dolambaçlı sokaklarda yankı yapmıştı. Her yöne koşuşturan insanlar gördü; kimileri beladan uzaklaşmak için kaçarken, çoğu genç olan diğerleri belaya koşuyordu.

"Polisler!" diye haykırdı Simon Bello.

Hızla sokağın uzak tarafına doğru gidip kenara çömeldikten sonra Jaeger ve diğerlerine eliyle bir işaret yapıp yanına gelmelerini istedi.

"Size anlattıklarıma inanmadıysanız, polislerin bana yaptıklarını yapmayacağını sanıyorsanız izleyin." Toplanan kalabalığa doğru bir parmağını uzatmıştı.

Jaeger, elinde tabancasıyla Kenyalı bir polis gördü. Ayaklarının önünde genç bir çocuk uzanıyordu. Bacağından vurulmuştu ve canı için yalvarıyordu.

Simon orada yaşananları gergin ve endişeli bir fısıltıyla anlattı. Yerdeki genç çocuğu tanımıştı. O da getto gangsterlerinden biri olmaya çalışmış ama bu dünya için yeterince güçlü olmadığı anlaşılmıştı. Serserinin teki, silik bir gençti. Polis ise varoşlarda nam salmıştı. Getto sakinleri onu takma ismiyle tanıyordu, "Kelleci". Simon ile diğer yetimlerin kaçırıldığı toplamanın başındaki isim de Kelleci'ydi.

Saniyeler geçtikçe getto kalabalığı da artıyordu. Ama herkes Kelleci'den korkuyordu. Tabancasını sağa sola savurup yaralı çocuğa kalkması için bağırdı. Çocuk bir ayağının üzerinde sendelerken kanlı bacağını sürüyor, yüzünden acı ve dehşetin emareleri okunuyordu. Kelleci, genci yakınlardaki bir sokak arasına doğru itti; yolun sonunda daha fazla polis arabasının, daha fazla silahlı adamla beklediği bir tepe vardı.

Kalabalıktan vahşi bir öfke uğultusu koptu. Kelleci dört bir yanında bir nabız gibi atan tehdidi hissedebiliyordu. Polislerin iyi bildiği gibi, sınırları zorlandığı zaman varoşlar bir anda şiddet krizleri geçirebiliyordu.

Kelleci, yaralı oğlanı tabancasıyla dövmeye ve hızlı yürümesi için bağırıp çağırmaya başladı. Getto kalabalığının nefesini boynunda hisseden Kelleci bir anda kendini kaybetmişti. Tabancasını kaldırıp çocuğu sağlam bacağından vurdu. Acıyla inleyen oğlan ânında yere kapaklandı.

Kalabalığın bir kısmı iyice yakınlaştı ama Kelleci tabancasını onların yüzüne doğru savurdu.

Yaralı çocuk iki elini kaldırmış, canı için yalvarmaya başlamıştı. Jaeger acıklı merhamet yakarışlarını duyabiliyordu ama silahının verdiği güçle sarhoş olmuş Kelleci kana susamış bir şekilde başladığı işi bitirmeye kararlı görünüyordu. Öne eğilip silahının namlusunu çocuğun alnına dayadı.

"Öldü!" dedi Simon Bello, dişlerini birbirine sürtüyordu. "Her an olabilir artık, kesin öldü!"

Bir anlığına bütün getto nefesini tuttu, sonra bir silah sesi kalabalık güruhun arasından yükselip öfkeyle dolu sokaklarda yankılandı.

Kalabalık da artık kontrolünü kaybetmişti. Bir sürü genç öfke kusarak hücum etmeye başladı. Kelleci silahını bir kez daha kaldırıp havaya ateş açarak onları uzak tutmaya çalışıyordu. Aynı anda telsizine bağırıp destek çağırdı.

Polis kuvvetleri kalabalığın toplandığı yere doğru yukarıdaki sokak arasından koşmaya başladı. Jaeger gettonun patlamak üzere olduğunu hissedebiliyordu. Şu an bir de tüm bunların arasında kalmayı kaldıramazlardı. Jaeger'ın öğrendiği gibi kimi zaman saklanmak *en büyük* kahramanlıktı.

Simon Bello'yu kurtarmak zorundaydılar. En büyük öncelik buydu.

Çocuğu yakaladığı gibi diğerlerine takip etmeleri için bağırdı ve koşmaya başladı.

68

Kocaman, güçlü Audi otobanda tehlikeli denecek hızla ilerliyordu. Raff onları havalimanından almıştı ve çok acelesi olduğu belliydi. Aslında hepsinin acelesi vardı ve Raff'ın ne kadar iyi bir sürücü olduğunu bilen Jaeger, hız konusunda endişe etmiyordu.

"Çocuğu buldunuz mu yani?" diye sordu Raff, gözlerini karanlık yoldan ayırmamıştı.

"Bulduk."

"Gerçek miymiş?"

"Bize anlattığı hikâyeyi kimsenin uydurması mümkün değil. O varoşlardan yetim bir çocuğun uydurması zaten imkânsız..."

"Ne öğrendiniz peki? Ne anlattı?"

"Konig'in bize anlattıkları aşağı yukarı hikâyenin tamamını kapsıyor zaten. Çocuk sadece birkaç ufak ayrıntı ekledi. Çok önemli bir şey değil. O adayı bulmaya yaklaştık mı peki? Kammler'in adasını?"

Raff gülümseyip, "Evet, olabilir," dedi.

"Nasıl?" diye üsteledi Jaeger.

"Toplantıyı bekle, Falkenhagen'a vardığımız gibi öğreneceksin. Sabret. Çocuk nerede şimdi? Güvende mi?"

"Dale onu oteline götürdü. Bitişik odalardalar. Serena'yı hatırladın mı?"

Raff başıyla onayladı. İngiliz ordusuyla Nairobi'den geçtikleri sırada bir ya da iki sefer Jaeger ile orada kalmışlardı. Şehrin tam merkezinde bir otele göre huzur ve sükûnet için bulunabilecek ender bir yerdi.

"Orada kalamazlar," diye yorum yaptı Raff. "Kesin fark edilirler."

"Evet, biz de öyle düşündük. Dale, çocuğu uzaktaki bir otele götürecek; Nairobi'nin birkaç saat güneyinde, Amani Tatil Köyü'ne. Şimdilik bulabildiğimiz en iyi çözüm bu oldu."

Yirmi dakika sonra Falkenhagen Sığınağı'nın karanlık ve terk edilmiş arazisine gelip durdular. Tuhaf bir şekilde, burada maruz kaldığı korkunç işkencelere rağmen, geri dönmek Jaeger'a iyi hissettirmişti.

Narov'u uyandırdı. Yolculuk boyunca Audi'nin arka koltuğunda gözünü açmadan uyumuştu. Önceki yirmi dört saatte ise gözlerini kapatacak vakitleri olmamıştı. Çocukla birlikte varoşların diken üstündeki kaosundan kaçtıktan sonra kendilerini baş döndürücü bir yolculuğun ortasında bulmuşlardı.

Raff saatine baktı.

"Toplantı 01.00'de. Yirmi dakikanız var, size odalarınızı göstereyim."

Odasına geçmesiyle Jaeger yüzüne biraz su sıçrattı. Duş alacak vakit yoktu. Afrika'ya gitmeden önce bazı özel eşyalarını Falkenhagen'da bırakmıştı; pasaportu, telefonu ve cüzdanı. Katavi'ye takma isimle gittiği için, Will Jaeger olduğunu gösterecek hiçbir şeyin yanında olmadığını garanti altına alması gerekmişti.

Ama Peter Miles sağ olsun, odasına bir MacBook Air laptop koymuştu ve Jaeger da bir an önce e-postalarına bakmak istiyordu. Aşırı güvenli e-posta hizmeti olan ProtonMail aracılığıyla, Kammler ve adamlarının kendisini izleme riskini mümkün olan en düşük seviyeye indirip kontrol edebileceğini biliyordu.

ProtonMail'i keşfetmeden önce eski iletişim sistemlerinin tamamı ele geçirilmişti. Mesajların hiçbir zaman gönderilmediği bir taslak e-posta hesabı kullanıyorlardı. Ortak parolayı kullanarak hesaba giriş yapıyor ve taslakları okuyorlardı.

Hiçbir mesaj gönderilmediği için hepsinin güvenli olması gerekiyordu.

Ama değildi.

Kammler'in adamları hesabı ele geçirmiş ve onu kullanarak Jaeger'a ilk önce Leticia Santos'un tutsaklık fotoğrafları, ardından da ailesinin görüntüleriyle işkence etmişlerdi.

Jaeger duraksadı. O karanlık cazibeye karşı koyamıyordu, postalarını kontrol edecekti. Bir şekilde Kammler'in adamlarının işi batırmasını umuyor; ailesinin yerine dair bir ipucu çıkarabileceği bir şey, bir görüntü göndermelerini istiyordu. Hem onların hem de ailesinin izini sürebileceği bir şey için âdeta kıvranıyordu.

Taslak klasöründe bekleyen bir mesaj vardı. Her zamanki gibi yine boştu. İçerisinde sadece çevrimiçi veri depolama sistemi Dropbox'taki bir dosyaya yönlenen bir bağlantı vardı. Bunun Kammler'in bir türlü peşini bırakmadığı psikolojik savaşının bir parçası olduğuna emindi.

Jaeger derin bir nefes aldı. Simsiyah bir bulut gibi karanlık çöktü tüm bedenine. Titreyen ellerle bağlantıya tıkladı ve bir görüntü inmeye başladı. Satır satır ekranı dolduruyordu.

Fotoğrafta koyu saçlı, bir deri bir kemik kalmış bir kadın, yanında bir erkek çocuğuyla dizlerinin üzerine çökmüştü. İkisi de sadece çamaşırlarıyla duruyordu. Kadının bir kolu koruma içgüdüsüyle çocuğa sarılmıştı.

Çocuk, elbette Jaeger'ın oğlu Luke'tan başkası değildi. Annesinin korumacı duruşuna rağmen sanki tüm dünyanın yükü sırtına binmişçesine kambur duruyordu. Elinde bir afiş gibi yırtılmış bir çarşaf parçası tutuyordu.

Üzerinde şunlar yazıyordu; *BABACIĞIM KURTAR BİZİ.*

Görüntü ortadan kayboldu. Boş bir beyaz sayfa ekranı kaplarken üzerinde siyah harflerle bir mesaj belirdi.

Gel de aileni bul.
Wir sind die Zukunft.

Wir sind die Zukunft, gelecek biziz.

Hank Kammler, Jaeger'ı çağırıyordu.

Jaeger ellerini yumruk yapıp titremesini durdurmaya çalıştı. Başarılı olamayınca ikisiyle birden duvarları dövmeye başladı.

Devam edip edemeyeceğinden emin değildi.

Artık bu savaşı sürdüremezdi.

Her insanın bir kırılma noktası vardı.

69

Kenya'daki Jomo Kenyatta Havalimanı'nda bir Boeing 747 kargo uçağına taşıyacağı yükler dolduruluyordu. Bir forklift, üzerinde KRP logoları olan kafesleri birbiri ardına kaldırıyor; ambar kısmına yerleştiriyordu.

Yükleme işlemi tamamlandığında bu uçak, Amerika Birleşik Devletleri'nin doğu kıyısına, Washington'daki Dulles Havalimanı'na uçacaktı. Amerika her yıl tıbbi testler amacıyla 17.000 dolaylarında primat ithal ediyordu. Zaman ilerledikçe KRP'de bu pazardan aslan payını kapmayı başarmıştı.

Bir diğer KRP uçağı kısa süre içerisinde Pekin'e, üçüncüsü Sydney'e, dördüncüsü de Rio de Janerio'ya uçacaktı. Sadece kırk sekiz saat içerisinde bu uçakların hepsi hedeflerine varacak ve kıyamet tamamlanacaktı.

Yetmiyormuş gibi, kendisinin haberi olmasa da Kammler hiç beklenmedik bir destekle de karşılaşmak üzereydi.

Kammler'in İngilizlerden sonra en sevmediği millet Ruslardı. Hitler'in kudretli *Wehrmacht*'ı, yani savaş makinesi karların altında kalmış Doğu Cephesi'nde ancak durdurulabilmişti. Rusların Kızıl Ordusu bunu takip eden Nazi mağlubiyetinde önemli bir rol oynamıştı.

Doğal olarak Moskova da Kammler'in Londra'dan sonra ikinci büyük hedefi hâlini almıştı. Bir 747 kargo uçağı şehrin Vnukovo Havalimanı'na iniş yapalı çok olmamıştı. Daha şimdiden, havalimanının karantina müdürü Sergei Kalenko, kafesler dolusu primatların yakınlardaki karantina bölümlerine taşınmasını yönetmeye başlamıştı bile.

Ama burası Vladimir Putin'in Rusya'sıydı ve her şey öyle ya da böyle pazarlığa açıktı. Kalenko toplamda otuz altı eski dünya maymunu içeren birkaç kafesin farklı bir köşeye konulmasını emretti.

Rusya'nın en büyük ilaç test şirketi Centrium, hâlihazırda devam eden bir deneme sürecinde tüm hayvanlarını kaybetmişti. Ertelenmeye yol açan her gün şirkete 50.000 dolara mal oluyordu. Rusya'da ise sözü en çok geçenler arasında para vardı ve Kalenko birkaç kafes dolusu maymunun karantinaya girmemesine karşı çıkmamaya karar verdi. Riskin göz ardı edilebileceğini düşünüyordu. Hem zaten KRP şimdiye kadar bir kez bile sağlıksız bir parti göndermemişti, bundan sonra da göndermelerini beklemezdi.

Kafesler hızla açık kasalı bir kamyonun arkasına yüklendi ve üzerleri düz, yeşil bir branda ile örtüldü. Bunun ardından Kolenko cebine yüklü miktarda nakdi indirirken araç da buzla parlamış Moskova gecesine doğru yol aldı.

Kamyonun arkasındaki kırmızı lambaların ağır ağır uzaklaşıp ortadan kaybolduğunu izledikten sonra paltosunun iç kısmındaki büyük cebe uzandı. Havalimanında çalışan neredeyse tüm işçiler gibi Kalenko da insanın beynini donduran soğuğa karşı arada sırada bir yudum votka içiyordu. Şimdiyse başına konan talih kuşunu kutlamak maksadıyla her zamankinden büyük bir yudumu kendine layık görmüştü.

**

Centrium kamyonundaki kalorifer arızalıydı. Direksiyonun başındaki adam da bütün gün boyunca dondurucu soğukla mücadele etmiş, çoğu zaman cebindeki mataradan yardım almıştı. Centrium'un devasa tesislerine kamyonu sürerken şehrin güneydoğu tarafındaki rüzgârı eksik olmayan banliyö bölgesi çıkışına doğru direksiyonu çevirdi.

Moskova'da gizli buzlanma şehrin her yanında görülebiliyordu. Şoförün tepkisi biraz da alkolün etkisiyle bir saniye gecikti. Her şey bir saniye içinde olup bitmişti. Kamyon bir anda otoyoldan savrulup büyükçe bir kar birikintisinin üzerine devrildi ve kasasını örten branda yırtılıp kargosunu karlı zemine bıraktı.

Korku ve öfkeyle ne yapacağını şaşıran primatlar çığlık çığlığaydı. Kamyonun kapısı çarpışma sonrasında ardına kadar açılmış ve sersemlemiş sürücünün kanlı gövdesi oradan karların üzerine düşmüştü.

Kafeslerden ilkinin kapısı ise korku dolu bir el tarafından itildi. Ufak ama güçlü parmaklar; parlayan soğuğun örtüsünü, bu yabancı beyazlığı sınıyordu. Kafası karışmış hayvan özgürlüğü hissetti ama bu donmuş yüzeyde gerçekten hareket edebilir miydi?

Biraz yukarıda, kazayı gören araçlar kenara çekip durmuştu. Eğimli bölgenin tepesinde yüzler belirdi. Ne olduğunu gören insanlardan bazıları yaşananları akıllı telefonlarına kaydetmeye karar verirken bir ya da ikisi yardım etmek için harekete geçti. Buzlu yokuştan ağır ağır inmeye başladıkları anda maymunlar da geldiklerini duydu.

Artık ya şimdi ya da hiçbir zamandı.

İlk maymun kafesinden kurtuldu, en yakında gördüğü gölgelere doğru atılırken altında kalan kar bulutunu her yanına saçtı. Diğer kafesler de benzer şekilde açılmış ve kalan maymunlar ilkinin açtığı yolda ilerlemeye karar vermişti.

Sersemlemiş sürücü kendine gelip de zayiatı kontrol edene kadar on iki primat ortadan kaybolmuştu. Bir düzine eski dünya maymunu; üşümüş, aç ve korkmuş bir vaziyette Moskova'nın karla kaplı uzak mahallelerine kaçmıştı. Sürücünün herhangi birine haber vermek gibi bir imkânı yoktu. Çok katı karantina yasalarını çiğnemişlerdi. Kalenko, Centrium ve polislerin haberi olursa başı büyük belaya bulaşırdı.

Maymunlar kendi başlarının çaresine bakmak zorundaydı.

Ancak kazanın yaşandığı yer sağ olsun, primatlar Moskova Nehri'nin kenarında uzanan bir yola inmiş ve kendilerini geçici bir sürü hâline getirerek nehir kenarında toplanıp ısınmak için birbirlerine sokulmuşlardı.

Nehrin kenarında ise yaşlıca bir kadın hızla yürüyordu. Maymunları görmüş ama gaipten şeyler gördüğünü sanarak korkup koşmaya başlamıştı. Buzlu yolda kayıp düşmesiyle, alışveriş torbasındaki taze pişmiş ekmekler de etrafa dağıldı. Açlıktan kudurmuş maymunlar yıldırım hızıyla oraya koştu. Kafası iyice karışan kadın, eldivenli elleriyle hayvanları kovmaya çalıştı.

Bir maymun hırladı. Kadın uyarıya kulak asmamıştı. Maymun köpek dişleriyle saldırıya geçip eldivenlerini parçaladı ve elinin üst kısmında kanlı bir yol çizdi. Kadın çığlık çığlığaydı. Yarasından koyu kırmızı kanla birlikte maymun salyası damlıyordu.

Sürünün kendi kendini lider ilan eden maymunu bir feryat kopardı, diğerleri ellerine geçen ne kadar ekmek varsa aldı ve bir kez daha koşup tırmanacakları, yemek için avlanacakları gece karanlığına karıştılar.

Nehrin birkaç yüz metre ilerisinde, okul sonrası toplanan bir kulüp dağılmak üzereydi. Moskovalı çocuklar; şimdilerde artan bir şekilde popüler olsa da ilk olarak KGB tarafından uygulanmış, Sovyet zamanından kalma dövüş sanatı Sambo öğreniyordu.

Maymunlar oradan yükselen ses ve sıcaklığa çekildi. Anlık bir tereddüdün ardından lider maymun, sürüsünü açık bir pencereden içeri yönlendirdi. Elektrikli bir ısıtıcının yaydığı sıcak hava, gençlerin o akşam için son provalarını gerçekleştirdikleri salonu dolduruyordu.

Maymunlardan biri hapşırdı. Mikroskobik damlalar atmosfere karıştı ve sıcak havayla salonun dört köşesine taşındı. Terli, nefes nefese kalmış öğrenciler, oksijen için savaşırcasına bu havayla ciğerlerini doldurdu.

Hiçbir şeyden haberi olmayan on bir milyon ruhun nefes aldığı Moskova'nın her yanında kıyamet yayılıyordu.

70

Peter Miles konuşmak için öne çıktı. Odadaki herkesin ne kadar stres altında olduğu düşünülünce kendisi dikkat çekecek kadar sakin görünüyordu. Jaeger ise sakinliğe çok uzaktı. Şu an önündekilere odaklanabilmesi için çok zor bir görev üstlenmişti, karısı ve çocuğunun o korkunç fotoğrafını *-BABACIĞIM KURTAR BİZİ-* aklından çıkarmak zorundaydı.

Ama en azından *bu sefer*, görüntüden faydalı olma ihtimali bulunan bir şey seçebilmişti; ailesi ve onu kaçıranları bulmasını sağlayacak bir şey.

"Hepiniz hoş geldiniz," diye başladı Miles. "Özellikle de yeniden aramıza katılan William Jaeger ile Irina Narov. Odada ayrıca birkaç yeni yüz de görüyoruz. Ancak içiniz rahat olsun, hepsi şebekemizin güvenilir üyeleridir. Konuşmamın ilerisinde kendilerini tanıtacağım, sizler de aklınıza gelen her soruda araya girebilirsiniz."

Birkaç dakikasını Jaeger ile Narov'un hem Katavi Rezervi'nde hem de Nairobi varoşlarında gerçekleştirdikleri keşifleri özetleyerek geçirdi, ardından meselenin can alıcı noktasına geldi.

"Falk Konig babası Hank Kammler'in Doğu Afrika kıyılarında bir adada, Katavi Rezervi Primat LTD isminde oldukça gizli bir primat ithalat işine sahip olduğunu ifşa etti. Adadaki primatları, tıbbi araştırma gerekçesiyle dünyanın dört bir yanına uçaklarla taşıyor. Bu ada operasyonunu çevreleyen gizlilik ise eşi benzeri görülmemiş düzeyde... Peki bu maymun ithalat tesisinin aynı zamanda Kammler'in biyolojik savaş laboratuvarı olma ihtimali ne kadar yüksek? Oldukça! Savaş zamanında *Gottvirus*'ün yaratıcısı Kurt Blome, Almanya'nın Baltık kıyısındaki Riems Adası'nda mikrop savaşı deneme tesisini kurdu. Bunun arkasındaki sebep ise, bir patojeni, kaçma ihtimalini minimuma indirerek bir adada test etmenin mümkün olmasıydı. Yani bir ada, kusursuz bir kuvöz olarak hizmet veriyordu."

"Ama hâlâ Kammler'in virüsle ne yapma niyetinde olduğunu bilmiyoruz," diye kesti bir ses. Her zamanki gibi ölçülü mantığın sesi Hiro Kamishi'ydi bu.

"Bilmiyoruz, evet," diye doğruladı Miles. "Ama *Gottvirus* Kammler'in ellerindeyken, Hitler'in Reich'ını dünyanın en korkutucu silahıyla birlikte geri getirebilecek bir komplonun mimarı da karşımızda oluyor. Sadece bu bile, Kammler'in virüsle tam olarak ne yapacağı bir kenara, insanı titretecek kadar ürkütücü bir senaryo..."

"*Gottvirus*'ün ne olduğuna dair adamakıllı bir fikrimiz var mı?" diye böldü başka bir ses. Bu sefer Joe James'ti konuşan. "Nereden gelmiş? Nasıl durdurulacak?"

Miles başını iki yana salladı.

"Ne yazık ki yok. Yaptığımız onca araştırmaya rağmen var olduğuna dair hiçbir kayıt bulamadık. Virüsü keşfeden iki SS subayı, Yüzbaşı Herman Wirth ile Otto Rahn, resmî kayıtlara göre 'kaza sonucu öldü'. Oradaki bilgiye göre iki asker Alman Alplerinde yürüyüş yapmaya çıkmış, sonrasında kaybolup karların arasında donarak ölmüş. Ancak Blome'un yazdıklarına göre o iki adam *Gottvirus*'ün kâşifleriydi ve bunu buldukları için öldüler. Yani Naziler, *Gottvirus*'ü tüm resmî kaynaklardan temizledi."

"Milyon dolarlık soru da benden gelsin öyleyse," diye araya girdi Jaeger. "Kammler'in adası nerede? Duyduğuma göre gözler artık tek bir konuma çevrilmiş."

"Bu tür bir iş için ciddi miktarda araziye ihtiyaç duyulmaz," diye farklı bir şekilde cevapladı Miles. "Riems boyutlarında bir kara kütlesini baz aldığımızda, Doğu Afrika kıyısında yaklaşık bin olası aday karşımıza çıktı. Bu da aradığımız adayı bulmayı ciddi bir zorluk hâline getirdi. Ama sonra..." Bakışlarıyla odadakileri hızla tararken gözleri kendine özgü bir adamın üzerinde durdu. "Bu raddede sözü Jules Holland'a bırakayım. Kendisini en iyi o tanıtır zaten."

Saçları birbirine girmiş bir adam öne çıktı. Pasaklı bir şekilde giyinmiş ve beyazlayan saçlarını dağınık bir atkuyruğu şeklinde arkadan bağlamış aşırı kilolu adam, Sovyetler Birliği'nin eski nükleer komuta sığınağına çok abes kaçan bir görüntü çiziyordu.

Salonu dolduranlara yüzünü dönüp kırık dişlerinin arasından gülümsedi.

"Ben Jules Holland ama şahsımı yakından tanıyanlar için Ratcatcher'ım. Kısaca da Rat. Bilgisayar hacker'ıyım ama iyi adamlar için çalışıyorum. Çoğu zaman. Açıkçası bu hususta epey de başarılıyım. Genellikle de yüksek bir fiyatım vardır. Bugün burada olma sebebim ise Will Jaeger'ın arabuluculuğu sayesinde..." Hafifçe başını eğdi. "Şunu da belirteyim, sizlerin hizmetinde olmaktan oldukça memnunum."

Nereden başlayacağını kestiremeyen Rat, bakışlarını Peter Miles'a çevirdi bu sefer.

"Bu beyefendi bana bir bilgi verdi ama pek detaylı değildi; bu manyak Nazi'nin mikrop savaşı laboratuvarını kurmuş olabileceği, posta pulu boyutlarında bir ada bulmamı istedi." Duraksadı. "Daha kolay ipuçları almıştım tabii. Sonra biraz etraflıca düşündüm. Mikrop savaşı laboratuvarı olsun olmasın, *tam olarak* bildiğimiz tek şey adanın maymun ithalat tesisi olduğuydu. İşi çözen de bu oldu. Kilit maymunlardaydı."

Holland cansız saçlarını arkaya atarken birkaç tel kopup yere düştü.

"Maymunlar Katavi Rezervi ve çevresinde yakalanıyor, sonra da adaya uçuruluyor. Şimdi, her uçuş ardında bir iz bırakır. Çok sayıda uçuş çok sayıda iz bırakır. Ben de... Ondan sonra... Tanzanya Hava Trafik Kontrol Birimi'nin bilgisayarlarına habersiz bir ziyaret gerçekleştireyim dedim. Meğer gayet yardımsever tiplermiş. Bilgisayarlarda, geçtiğimiz birkaç sene boyunca hepsi aynı yere yapılmış otuz küsur KRP uçuş kaydı buldum." Duraksadı. "Neyse, Tanzanya'nın yüz mil açıklarında Mafya Adası isminde bir ada yatıyor. Evet, Sicilyalı kötü adamlardan bildiğimiz mafya... Bir ada zincirinin, takımadanın parçası olan bu Mafya Adası; oldukça popüler, üst kesime hitap eden bir turist merkezi... O zincirin en güney ucunda ise ufacık, izole bir ada olan Küçük Mafya Adası yer alıyor.

Bundan yirmi sene öncesine kadar Küçük Mafya ıssız bir adaydı. Tek ziyaretçileri, tahtadan teknelerini tamir etmek için orada duran yerel balıkçılardı. Kara tarafı yemyeşil adanın ormanı çok sıkıydı ama doğal bir su kaynağı olmadığı için kimse uzun süre orada kalamıyordu. Ama yirmi sene önce, ismi verilmeyen yabancı bir müşteri tarafından satın alındı. Hemen ardından ise balıkçılar bile oraya uğramayı bıraktı. Adaya yeni yerleşenler pek dost canlısı değildi çünkü. Daha da önemlisi, insanların yanında kalabalık bir maymun nüfusu da adaya taşındı ve onların yanında silahlı adamlar dost canlısı kaldı. Hayvanların çoğu korkunç şekilde hastalıklıydı. Cam gibi gözler, hortlak gibi katil bakışlar.., Bir de çokça kanama görülüyordu."

Bir süre soluklanan Holland, karanlık gözlerle seyircilerine baktı.

"Bölgenin yerlileri ada için yeni bir isim bulmuş, ben de çok yerinde olduğunu düşünüyorum. Oraya artık 'Veba Adası' diyorlar."

"Küçük Mafya, yani Veba Adası, Kammler'in primat ihracat tesisi," diye açıkladı Holland. "Sadece hava trafik kontrol kayıtları bile bunu kanıtlıyor. Başka ne olabilir ve bu konuda ne yapabiliriz? Sanıyorum işin orasına karar vermek, odadaki siz aksiyon adamları ve kadınlarına kalıyor." Gözleri Jaeger'ı aradı. "Sen sormadan söyleyeyim dostum. Evet, her zamanki imzamı bıraktım; 'Hacker Rat'. İnsanın onca yılın ardından ne kadar olgun olması gerekse bile, karşı koyamıyorum valla!"

Jaeger gülümsedi. Her zamanki Ratcatcher'dı karşısındaki, hayatını anarşiyle kuralları yıkmaya adamış başına buyruk bir dâhi.

Holland yerine geçerken sözü tekrar Peter Miles aldı.

"Jules her şeyi çok kolaymış gibi anlattı. Ama hiç öyle olmadı. Kendisi sayesinde adanın yerini belirleyebildik. Şimdi en kötü senaryoyu düşünelim. Kammler bir şekilde virüsünü adadan çıkarıp tüm dünyaya yayıyor. Yakınındakilerle birlikte aşılanmış durumdalar. Yaklaşan küresel kıyameti güvenli bir yerde bekliyorlar. Şüphesiz ki burası yeraltında olacaktır. Hatta buna çok benzeyen bir yer olacaktır.

Bu sırada *Gottvirus* kendi işini yapmaya başlıyor. Ona en yakın etkiler göstereceğini düşündüğümüz patojen ise Ebola... Ebola Zaire'nin ölümcül dozu, beş yüz bulaşıcı virüs molekülünden oluşuyor. O sayı tek bir insan hücresinde meydana gelebilir. Yani başka bir deyişle, kanı virüs çorbasına dönüştürülmüş tek bir hastalıklı insan *milyarlarca* başka insana hastalığı bulaştırabilir. Havadan bulaşması sağlanırsa çok düşük miktarda Ebola bütün bir bölgeyi yok edebilir. Havadan bulaşan Ebola, plütonyum gibi olur. Hatta plütonyumun aksine, *canlı* olduğu için çok daha tehlikeli olabilir. Kendini kopyalar, ürer ve katlana katlana sayısını artırır.

Otuz yıldır yakından çalışma fırsatı bulduğumuz bir virüs olan Ebola'nın kıyamet senaryosu bu şekilde... Bu ise koca bir bilinmez, tahayyül etmenin mümkün olmadığı bir vahşetin bir numaralı katili... Yüzde yüz ölüm oranı var. İnsanların bağışıklığı sıfır..."

Miles duraksadı. Artık gözlerindeki endişeyi saklayamıyordu.

"*Gottvirus* insan popülasyonuna bulaşırsa eşi benzeri görülmemiş bir yıkıma sebep olacak. Şu an bildiğimiz dünya ortadan kaybolacak. Kammler bir şekilde salmayı başarırsa, virüs kendi kıyametini dünyaya yaşatırken oturup bekleyebilir; sonra da bağışıklık kazanmış bir şekilde cesur yeni dünyaya gelebilir. Lütfen melodramı maruz görün bayanlar ve baylar ama insanoğlunun varlığını sürdürebilmesi için Kammler ile bu virüsün durdurulması gerekiyor." Dinleyiciler arasında oturan, saçları kırlaşmış yaşlıca bir adamı işaret etti. "Evet, şimdi sözü CIA Direktörü Daniel Brooks'a bırakacağım. Ancak takdim maksadıyla, en üst düzey bağlantımızın çok ciddi bir hâl aldığını belirtmek istiyorum."

"Beyler, bayanlar," diye kısık sesle söze başladı Brooks. "Lafı kısa tutacağım. Harika işler çıkardınız. Ancak ajansımın direktör yardımcısı Hank Kammler'i yakalamak için yeterli değil. Bunun için kesin kanıtlara ihtiyacımız var ve şu raddede adadaki tesis rahatlıkla maymun ithalat işi için iyi niyetli bir hastalık kontrol merkezi olarak gösterilebilir."

Brooks'ın bakışları sertleşti.

"Ne kadar rahatsız olsam da ihtiyatlı hareket etmek durumundayım. Kammler'in çok güçlü dostları var, eli Amerikan başkanına kadar uzanıyor. Kesin bir kanıtımız olmadan peşine düşemem. Bana o kanıtı sağlayın; ben de ABD ordusuyla istihbarat örgütlerinin sahip olduğu bütün desteği, bütün varlıkları ayaklarınıza sereyim. Bu uğurda, resmî olmayan yollarla birkaç karanlık varlığı da yardım amacıyla kullanımınıza sunabilirim."

Brooks yerine oturduktan sonra Miles kendisine teşekkür etti.

"Son bir şey daha... Jaeger ile Narov, Katavi Rezervi'nden ayrılırken otelin Toyota 4x4 araçlarından birini aldı. Kiraladıkları Land Rover ise aynı anda otelin iki çalışanı tarafından başka bir tarafa götürüldü. Yola çıktıktan birkaç saat sonra bir Reaper drone ile araç vuruldu. Hank Kammler'in, içinde Jaeger ve Narov'un olacağı bilgisiyle ölüm emrini verdiğine şüphe yok. Yani anlayacağınız, peşinde olduğumuzu biliyor. Av başladı. Siz onu, o sizi!

Şunu da hatırlatayım, herhangi bir kişisel iletişim cihazı kullanırsanız sizi bulacağına emin olabilirsiniz. CIA'in teknoloji alanında en gelişmiş çalışanları onun hizmetinde... Güvenliği olmayan bir e-posta kullanırsanız işiniz bitmiş demektir. Ev adreslerinize dönerseniz oradan bir daha çıkamayabilirsiniz. Bundan sonra ya öldürecek ya da öleceğiz. Bu yüzden sadece size sağlanan iletişim sistemlerini kullanın. Güvenli ve şifrelenmiş yöntemlere başvurun."

Miles sırayla her birine göz gezdirdi.

"Hiç şüpheniz olmasın, gizli olmayan şekillerde konuşur ve açık ağlar üzerinden e-posta alışverişi yaparsanız ölürsünüz!"

Atlas Okyanusu'nun beş bin mil ötesinde, kıyametin mimarı oldukça önemli bir mesajın son dokunuşlarını kaleme alıyordu. Kammler'in Kurtadamları, Reich'ın asıl evlatları, yetmiş yılı aşkın süredir sarsılmadan inanmaya devam edenler artık ödüllerini almaya hazırdı.

Muazzam ödüller...

Onların zamanı gelmişti artık.

Hank Kammler, kapanış paragrafına son bir kez göz gezdirip iyice süsledi.

Toplayın ailelerinizi. Sığınacağınız yerlere yol alın. Başladık. Zincirleri koptu. Altı hafta sonra ısırmaya başlayacak. Bizimle olmayanlar kasırgaya kapılıp yok olmadan önce bu kadarlık bir süreniz var. Biz; yani seçilenler, yani kıymetli azınlık, yeni bir çağın başlangıcında yükseleceğiz. Yeni bir şafak bizimle sökecek.

Reich'ın evlatlarının, Aryanların hakkı olan mirası ilk ve son olarak üstleneceği yeni bir milenyum başlayacak.

Bu andan itibaren, Führer'in namına bu dünyayı yeniden kuracağız. Yenisini yaratmak için yok edeceğiz.

Reich'ın ihtişamı bizim olacak!

Wir sind die Zukunft.

HK.

Kammler bir kez daha okudu ve beğendi.

Parmağı "gönder" tuşuna uzandı.

Deri koltuğunda arkasına yaslandığında, gözleri masasındaki çerçevede duran fotoğrafa kaydı. İnce çizgili bir takım elbise giymiş orta yaşlı adam çarpıcı bir şekilde Kammler'i andırıyordu. Aynı cilde, aynı şahin gibi burna, aynı küstahlıkla dolu buz mavisi gözlere sahipti. İkisinde de ilk görüşte kendini gösteren, tarihin ilk günlerinden beri elde etmeyi bekledikleri o doğuştan hakları olan güç ve imtiyaz sanrısına ihanet eden aynı bakış vardı. Onları baba ve oğul olarak hayal etmek hiç zor değildi.

"Nihayet," diye fısıldadı oturan adam, sanki fotoğrafla konuşuyordu. *"Wir sind die Zukunft."*

Bakışları çerçeveli fotoğrafın üzerinde birkaç saniye daha gezinse de gözleri aslında içeri bakıyor, bütün iyiliği söküp alan tehditkâr karanlıkta kayboluyordu. Tüm yaşam, tüm masumiyet oraya çekiliyor; acımasızca boğulup yokluğa karışıyordu.

Londra, diye düşündü Kammler. Londra; İngiliz hükümetinin can damarı, merhum Winston Churchill'in tüm çabalar nafileyken Hitler'in ihtişamlı Reich'ına karşı başlayan direnişi planladığı Savaş Odaları'nın merkezi...

O huysuz İngilizler, Amerikalıları da savaşa çekecek kadar direnmişti. Elbette onlar olmasa Üçüncü Reich muzaffer gelecek ve Führer'in buyurduğu gibi binlerce yıl hüküm sürecekti.

Londra... Karanlığın yayılmaya oradan başlaması en doğrusuydu.

Kammler klavyesinde birkaç tuşa bastıktan sonra IntelCom bağlantısını çıkardı. Aramasını yaptı ve bir ses yanıtladı.

"Söyle bakalım, hayvanlarım nasıl?" diye sordu Kammler. "Katavi nasıl? Yerlilerin açgözlülüğü fillerimizin gelişimini durduramıyormuş diye duydum."

"Fil popülasyonu her geçen gün artıyor," diye yanıtladı Falk Konig. "Zayiatlar azaldı, özellikle de dostlarımız Bert ve Andrea..."

"Unut onları!" diye sözünü kesti Kammler. "Lübnanlı satıcıyla çetesini bitirdiyseler ne olmuş? İnan bana, motivasyonları göründüğü kadar fedakârca değildi."

"Merak ediyorum da..." diye başladığı cümlesi sona ermedi Falk'ın. "Ne olursa olsun, çok iyi bir iş çıkardılar."

Kammler homurdandı.

"Benim planlarımın yanında hiç kalır! Hepsini öldüreceğim ben. Bütün kaçak avcıları, bütün tüccarları, bütün alıcıları... Hepsini öldüreceğim!"

"Bert ve Andrea'yı yanına alsana o zaman," diye üsteledi Konig. "Çok iyi insanlar ve üstelik profesyoneller... Özellikle de Andrea tam bir vahşi doğa âşığı... Dahası eski askerler ve işe ihtiyaçları var. Kaçak avcıları yenmek istiyorsan onları kullanıp av karşıtı bir kampanya başlatabilirsin."

"Gerek kalmayacak!" diye çıkıştı Kammler. "Çok sevdin onları, değil mi?" Sesinde yoğun bir iğneleme vardı artık. "Yeni arkadaşlar mı edindin?"

"Bir anlamda evet," diye cüretkâr bir yanıt verdi Konig. "Evet, edindim."

Kammler'in sesi yumuşadı ama çok daha uğursuz bir havası vardı şimdi.

"Bana anlatmadığın bir şey mi var oğlum? Fikirlerimizin farklılaşabileceğini biliyorum ama en önemli çıkarlarımız kesişmeye devam ediyor. Hayvanları, vahşi yaşamı korumak; sürülere bakmak istiyoruz. Önemli olan bu. Katavi'ye tehdit oluşturabilecek başka bir şey yok, değil mi?"

Kammler, oğlunun sesindeki tereddüdü sezdi. Kendisinden korktuğunun ya da en azından şimdiki misafir, korkutucu görünümlü dazlak Jones gibi Katavi'ye gönderdiği adamlarından korktuğunun farkındaydı.

"Dinle beni, sakladığın bir şey varsa çekinmene hiç gerek yok," diye tatlı dille onu yumuşatmaya çalıştı Kammler. "Acıyı vahşi yaşam çekecek. Fillerin, gergedanların çekecek. Biricik hayvanlarımız... Bunu biliyorsun, değil mi?"

"Sadece... Çocuktan bahsettim onlara."

"Ne çocuğu?"

"Varoş çocuktan, birkaç ay önce burada ortaya çıkan... Önemli bir şey değil."

Konig bir kez daha sessizliğe büründü.

"Önemli bir şey değilse benimle paylaşmaman için de hiçbir sebep yoktur, değil mi?" diye yine yumuşak bir ifade takınmaya çalışsa da Kammler'in sesindeki gözdağı çok barizdi bu sefer.

"Uçaklardan birine saklanıp yolu buraya düşen çocuğa dair bir hikâye... Kimse bir şey anlamamıştı zaten."

"*Varoş* bir çocuk mu dedin?" Kammler uzunca bir saniye boyunca sessiz kaldı. "Bu işin detaylarına inmemiz lazım. Yakında oraya geleceğim zaten. Kırk sekiz saat içerisinde oradayım. O zaman her şeyi anlatırsın bana. Öncesinde burada halletmem gereken birkaç ufak iş var. Bu sırada bir hemşire oraya gelecek. Sana bir iğne yapması gerekiyor. Çocukluktan kalma bir hastalığın için takviye olacak. Sen o zamanları hatırlayamazsın ama inan bana, kesinlikle almamız gereken bir önlem bu..."

"Baba otuz dört yaşına geldim," diye itiraz etti Konig. "Bakıma ihtiyacım yok."

"Hemşire yola çıktı bile," diyerek konuya nokta koydu Kammler. "Kısa süre sonra da ben sığınağıma geri döneceğim. Oraya geldiğimde bana bu varoş çocuğun hikâyesini anlatmanı merakla bekliyorum. Arayı kapatmamız lazım."

Kammler vedasını ettikten sonra aramayı sonlandırdı.

Falk aslında hayalindeki evlat değildi ama aynı zamanda çok kötü olduğunu da söyleyemezdi. Ortak bir tutkuları vardı, doğal yaşamı koruma. Kammler'in yeni cesur dünyasında ise doğal yaşamla çevre, yani gezegenin sağlığı bir kez daha şaha kalkacaktı. Küresel ısınma, aşırı nüfus yoğunluğu, nesli tükenen hayvanlar, doğal yaşam alanlarının tahrip edilmesi gibi dünyanın yüzleştiği tüm tehlikeler bir anda ortadan kaybolacaktı.

Kammler bilgisayar simülasyonları kullanarak yaklaşan salgın sonucu oluşacak zayiatı tahmin etmişti. Dünya nüfusu neredeyse tamamen yok olacak, sadece birkaç yüz bin ruh nefes almaya devam edecekti.

Hem zaten dünyanın başındaki en büyük veba insan ırkıydı.

Şimdiyse tüm vebaların en büyüğüyle tarihten silinip gideceklerdi.

Her şey kusursuzdu.

İzole yaşayan bir grup insanın hayatta kalması bekleniyordu; o kimsenin ayak basmadığı uzak adalarda yaşayanlar, ormandan çıkmayan kabileler. Hem zaten böyle de olması gerekiyordu. Nihayetinde Dördüncü Reich'ın köle olarak çalıştıracağı böyle yerlilere, *Untermenschen*'e ihtiyacı olacaktı.

Kammler salgın sona erdikten sonra Falk'ın da ışığı göreceğini umuyordu. Her hâlükârda Kammler'in başka kimsesi yoktu. Karısı doğum sırasında hayatını kaybetmişti ve Falk da ilk ve tek evladıydı. Dördüncü Reich'ın yükselişiyle birlikte Kammler, onu bu davaya layık bir varis yapmaya kararlıydı.

IntelCom'da yeni bir numara girdi. Yanıt hızlı gelmişti.

"Jones."

"Yeni bir görevin var," diye duyurdu Kammler. "Varoşlardan çıkan bir çocuk Katavi Oteli'nde görülmüş, onun hikâyesi. Buna karşı özel bir ilgim var. Birkaç bira karşılığında istediğin her şeyi yapacak çalışanlar var. Önce Andrew Asoko'yu dene. Ondan bir şey çıkmazsa Frank Kikeye ile konuş. Öğrendiklerini hemen bana ilet."

"Tamamdır."

"Bir şey daha var. Bugün bir hemşire gelip Koruma Müdürü Falk Konig'e bir iğne yapacak. Kadının işini yapmasına izin verdiğinden emin ol. Adamı zorla tutman gerekse bile umurumda değil, o iğneyi olacak. Anlaşıldı mı?"

"Tamamdır; iğne olacak, bir de varoş çocuk hikâyesi öğrenilecek." Duraksadı. "Ama şunu da merak etmiyor değilim, adamakıllı keyif alacağım bir şeyi ne zaman yapacağım? Jaeger'ı öldürmek gibi mesela..."

"Az önce verdiğim iki görev şu an için en önemli olanlar," diye çıkıştı Kammler. "Önce onları hallet!"

Aramayı sonlandırdı.

Jones'u hiç sevmiyordu ama adam çok etkili bir savaşçıydı, önemli olan da buydu zaten. Anlaşmadaki o dolgun maaşını alacağı zaman geldiğindeyse seçilen azınlık haricinde insanlığın kalanıyla birlikte çoktan ölmüş olacaktı.

Yine de bu varoş çocuk hikâyesi endişe vericiydi. Birkaç ay kadar önce Kammler'e adadaki mezarlardan birinin bozulduğu rapor edilmişti. O zaman bunu hayvanlardan birinin yaptığı düşünülmüştü. Çocuklardan birinin hayatta kalıp kaçması mümkün müydü?

Ne olursa olsun, Jones meseleyi etraflıca öğrenecekti. Kammler endişelerini şimdilik bir kenara bıraktı ve önündeki işe odaklandı.

Reich'ın yeniden dirilişine çok az kalmıştı.

73

Jaeger'ın gayet iyi bildiği gibi, elit askerlerden oluşan küçük bir kuvveti uzaktaki bir hedefe çok hızlı ve hiç belli etmeden götürmenin tek yolu sivil bir yolcu uçağı kullanmaktı.

Takım bu sayede ülkelerin ve kıtaların üzerinden sıradan bir uçakla geçebilir, ticari havayollarının kullandığı rotalarla irtifaları kullanabilir ve bunu o havayollarından birinin gayet gerçekçi bir uçuşu gibi gösterebilirdi. Hedefin üzerine geldikleri zaman ise uçaktan yüksek irtifalı paraşüt atlayışı yapabilir, uçak sanki hiçbir şey olmamış gibi yolculuğuna devam ederken radarlara hiç yakalanmadan gizli kalabilirdi.

CIA Direktörü Daniel Brooks'un üstü kapalı destek teklifinden faydalanan Jaeger ile takımı, Berlin Schonefeld Havalimanı'ndan Perth, Avustralya'ya uçacak 987 numaralı British Havayolları uçağının yolcu listesine son dakikada dâhil oldu. Ancak hedef noktasına vardığında BA 987'nin altı yolcusu eksik olacaktı. Yerel saatle 04.00'te Doğu Afrika kıyısında bir yerde uçaktan atlayacaklardı.

Bir yolcu uçağının kapılarını uçuş sırasında açmak, uçağın içi ve dışında oluşacak muazzam fark basıncı sebebiyle mümkün değildi. Çıkışlar, içeriden kapatılan ve kabindeki yüksek basınçla kapalı kalan "tıkaç kapıları" aracılığıyla yapılacaktı. Biri uçuş sırasında kilidini çözmeyi başarsa bile, fark basıncı hiçbir şekilde içeri çekilip açılmasına müsaade etmezdi.

Ancak özenle tasarlanmış bir ambar ağzıyla "atlama kafesleri" olan bu Boeing yolcu uçağı için aynıları geçerli değildi.

Birleşik Krallık Özel Kuvvetleri ile yapılan çok gizli bir anlaşma neticesinde, British Havayolları'nın bir ya da iki standart yolcu uçağı böylesi yüksek irtifadan paraşüt atlayışlarına müsaade edecek şekilde değiştirilmişti. Gövde kısmının izole bir bölümüne sağlamlaştırılmış bir çelik kabin kurulmuş, insan boyutunda bir de atlama ağzı eklenmişti. 987 numaralı uçuş bu özel olarak tasarlanmış uçaklardan biriyle yapılacaktı ve Jaeger ile takımı da haykıran maviliklere bu sayede kendilerini bırakacaktı.

Uçağın farklı koltuklarına dağılan takım içerisinde Jaeger ile Narov'un şansı yaver gitmiş ve Brooks'un ekibi uçağa yerleştirmek için elinde olan kısa sürede yapılan rezervasyonlar yüzünden yalnızca iki adet kalan birinci sınıf koltuklar onların olmuştu. CIA Direktörü, üst düzey holdinglerle yapılan sessiz anlaşmalardan bir diğerini daha tamamlamıştı. Onun nüfuzuna sahip biri rica ettiğinde insanlar genelde rıza gösteriyordu.

BA 987'nin eski bir hava kuvvetleri savaş pilotu olan pilotu, daha önce belirlenmiş GPS koordinatlarının üzerine geldiğinde atlama ağzını açacaktı. Tüm uyarı sistemlerini bu süreçte kapatırken, kapı sadece birkaç saniye açık kalacağı için hiçbir yolcunun hayatını da tehlikeye atmayacaktı.

Jaeger ile takımı, yüksek irtifada hayatta kalma kıyafetleriyle paraşüt takımlarını uçağın mürettebat odalarında, yolcuların göremeyeceği bir yerde giyecekti. Boeing 747-400'ün uçağın kalanından bağımsız bir şekilde basıncı alınmış atlama kabininde, paraşüt takımları ve silahlarla birlikte altı adet ağır sırt çantası bir tarafa dizilmişti.

Jaeger ile takımı uçaktan boşluğa düştükten sonra atlama ağzı kendiliğinden kapanacak, BA 987 de yolculardan hiçbiri plansız bir iniş gerçekleştirmemiş gibi kendi yoluna devam edecekti.

Böylesi hızlı ve çok gizli bir ilave yapmanın sebebi ise oldukça basitti. Kaybedecek vakit yoktu ve Küçük Mafya Adası beklendiği gibi çıkarsa Kammler'in gözetim ve güvenlik önlemleri üst düzey olacaktı. Ada üzerinde kesintisiz nöbet rotasyonları gerçekleştirecek uydular, İHA'lar, casus uçaklar gibi CIA donanımlarını kendi emrine aldığından kimsenin şüphesi yoktu. Bir de direkt adaya yerleştirdiği güvenlik sistemleri olacaktı tabii.

Ormanda meydana gelecek herhangi bir saldırı, görüş açısının en iyi ihtimalle birkaç metreyi bulmasından ötürü çok yakından gerçekleşecekti. 747'nin atlama kabinine gizlenmiş yarım düzine çok kısa namlulu yarı otomatik Hechler&Koch MP7 silahlar vardı. Toplam altmış santimlik uzunluğuyla, yakın dövüşler ve orman savaşı için kusursuz bir ekipmandı.

Her silaha bir de kendine özgü sesini susturmak için supresör takılmıştı. Kırk mermili şarjörleri ve özellikle sipariş edilen zırh delici mermileriyle birlikte MP7 ölüm saçmaya hazırdı. DM11 Ultimate Combat mermiler, alaşımla kaplanmış çelik koçanıyla Kammler'in adaya inşa etmiş olabileceği bina veya sığınaklara giriş için de kusursuz bir seçimdi.

Jaeger'ın takımı altı kişiden oluşuyordu ve sayıca çok az kalacaklarını biliyorlardı. Burada alışılmadık bir şey yoktu tabii.

Lewis Alonzo ile Joe James atlama takımıyla paraşütleri ayarlamıştı. 40.000 feet irtifada seyreden bir yolcu uçağından atlamak, ciddi şekilde özelleştirilmiş yüksek irtifa ekipmanı gerektiriyordu. CBRN konusunda uzman olan Hiro Kamishi de aynı süreçte ihtiyaç duyacakları koruyucu kıyafetleri çözmüştü.

Böylesi bir yere yapılacak herhangi bir saldırı kelimenin tam anlamıyla göz korkutucu bir girişimdi. Zaten orman hâlihazırda savaşmak için en zorlu bölgelerden biri olma özelliğini taşırken bir de Kammler'in koruma kuvvetleri ve laboratuvar çalışanlarıyla dolu bu olağanüstü ormanda dövüşmek zorunda kalacaklardı.

Hepsi yetmiyormuş gibi, ada aynı zamanda hasta ve enfeksiyon taşıyan primatlarla kaplıydı. Yani dördüncü seviye biyolojik tehlike bölgesi olarak değerlendirilmesi gerekiyordu. Eşi benzeri görülmemiş öldürücülük gücü bulunan bir patojenin varlığını simgeleyen dördüncü bölge ise olabilecek en büyük tehlikeyi ifade ediyordu.

Ellerindeki tüm deliller Küçük Mafya Adası'nın, bu Veba Adası'nın bahsi geçen tehditlerle kaynadığını gösteriyordu. Jaeger ile takımı sadece orman ve Kammler'in güvenlik güçleriyle değil, orada yer alan ölümcül hastalıklarla da savaşmak zorunda kalacaktı.

Hastalık kapmış bir maymunun ısırığı; eldivenleri, maskeleri ya da botları yırtacak kadar sivri bir ağaç dalı; koruyucu kıyafetlerde en ufak bir açıklığa sebep olabilecek bir mermi ya da şarapnel darbesi ilacı olmayan bir patojene karşı hepsini savunmasız bir hâle getirirdi.

Böylesi bir tehdide karşı koymak içinse astronotların giydiğine benzer dördüncü seviye biyolojik tehlike kıyafetleri giyeceklerdi. Filtrelenmiş temiz hava sürekli içeri pompalanacak, kıyafetin içindeki pozitif basıncı koruyacaktı.

Kıyafette bir yırtık oluşması hâlinde dışarı pompalanacak hava ölümcül patojenin içeri girişini engelleyecekti. En azından giyen kişi yırtığı kapatana kadar... Tüm takım üyeleri, dördüncü seviye biyolojik tehlike bölgeleri söz konusu olduğunda olmazsa olmaz kabul edilen sert siyah bantları sürekli el altında tutacaktı.

Jaeger uçaktaki lüks koltuğuna iyice yerleşti ve bu gibi korkuları zihninin arkalarına atmaya çalıştı. Rahatlamaya, odaklanmaya ve yeniden şarj olmaya ihtiyacı vardı.

Tam uykuya dalacaktı ki Narov'un sesi bir anda tamamen ayılmasına sebep oldu.

"Umarım onları bulursun," dedi sessizce. "İkisini de... Henüz hayattalarken..."

"Sağ ol," diye mırıldandı Jaeger. "Ama bu görev... Ailemden daha büyük..." Narov'a baktı. "Hepimizi ilgilendiriyor."

"Orasını biliyorum. Ama senin için aileni bulmak... Sevgi en güçlü insan duygusudur." Gözlerinde alev alev yanan bir yoğunlukla Jaeger'a baktı. "İyi biliyorum."

Aralarındaki artan yakınlığı Jaeger da hissetmişti. Geçen birkaç hafta sonrasında sanki artık ayrılmaz bir ikili hâline gelmişlerdi. Diğeri olmadan savaşamayacak, çalışamayacak birer parça gibiydiler. Ancak Jaeger, Ruth ile Luke'u kurtarmanın hepsini değiştireceğini adı gibi biliyordu.

Narov dalgın bir şekilde gülümsedi.

"Neyse, zaten çok konuştum. Her zamanki gibi..." Omuzlarını silkti. "İmkânsız tabii ki. O yüzden unutalım. *Bizi* unutalım ve savaşalım."

74

Bir Boeing 747-300, 40.000 feet irtifada uçar. Everest Dağı'ndan 11.000 feet daha yüksek olan böylesi bir mesafeden atlamak ve hayatta kalmak içinse son teknoloji ekipmanın yanında sağlam da bir eğitim gerekir.

Özel kuvvetlerin en özel birimlerinde hizmet verenler bu atlamalar için yepyeni bir yaklaşım geliştirdi; Yüksek İrtifa Paraşütçüsü Yaşam Destek Sistemi, YİPYAD.

40.000 feet'te atmosfer o kadar ince bir hâl alır ki atlayıcıların bir hava tüpünden nefes alması gerekir. Aksi takdirde ânında boğularak ölürler. Ancak gazların doğru bir kombinasyonu kullanılmazsa atlayıcı bu sefer de derinlerden yükselen dalgıçların sık sık maruz kaldığı ve "vurgun" olarak bilinen irtifada basınç düşmesinden kaynaklı hastalığa yakalanabilir.

30.000 feet gibi normal bir yüksek irtifa atlayışında, serbest düşüşün ulaşabileceği en yüksek hız saatte 320 kilometre olur. Ancak hava inceldikçe çakılma hızı da artar. İrtifa 40.000 feet'e çıktığında son hız da takribi 440 km/s saat düzeylerine çıkar.

Jaeger ile takımı, bu hıza ulaştığı zaman paraşütünü açmaya kalkarsa, ya darbe sonucu ağır yaralanmalar geçirir ya da paraşüt patlaması yaşarlar. Paraşüt çantadan çıktıktan sonra kulaklarına parçalanan ceplerin bitmek bilmeyen seslerinden başka bir şey gelmez ve üzerlerinde çaresizce çırpınan ipek kumaştan başka bir şey kalmaz.

Yani paraşütlerini 35.000 feet'in üzerinde herhangi bir noktada veya son hıza ulaştıklarında açarlarsa aşağı indiklerinde nefes alma ihtimalleri de ortadan kaybolur. Bu yüzden YİPYAD ile geliştirilmiş standart prosedüre göre 20.000 feet'e kadar serbest düşüşün ardından hızı kesecek daha kalın hava beklenir.

Tüm tehlikeleri göz önünde bulunduran Jaeger, hedefin üzerinde gökyüzünde onları takip edecek birilerinin olması konusunda ısrar etmiş; Veba Adası'nı durmaksızın gözleyen bir birim istemişti. Bu amaçla Peter Miles da dünyanın en büyük hava aracı Airlander 50'nin operatörü olan Hybrid Hava Araçları ile iletişime geçmişti.

Modern bir zeplin olan Airlander, hidrojenin aksine helyumla dolu olduğu için tesirsizdi. Birinci Dünya Savaşı'yla ünlenen zeplinlerin aksine patlayıp bir alev topuna dönüşmesi imkânsızdı. Yüz metreye varan uzunluğu ve altmış metre genişliğiyle, belirlenen hedefler üzerinde uzun süreli gözleme olanak sağlayan kalıcı geniş alan taraması yapmak için tasarlanmış ve son teknoloji radar ve kızılötesi tarayıcılarla donatılmıştı.

105 knot seyir hızı ve 2.320 deniz mili menzili sayesinde, Doğu Afrika kıyısına uçuş gerçekleştirebilecek kapasitedeydi. Ek olarak, zeplinin mürettebatıyla Jaeger ve takımı bir önceki görev olan Amazon'da birlikte çalışmıştı.

Doğu Afrika kıyısının üzerine geldiğinde Airlander, görev süresi boyunca aynı yörüngede kalmayı sürdürecekti. Gözlem yapması için direkt olarak Küçük Mafya Adası'nın üzerinde olmasına gerek de yoktu, görevini yetmiş kilometre öteden bile rahatlıkla yapabilirdi.

Kammler'in ilgisini çekmesi hâlinde ise kusursuz bir bahanesi olacaktı. Hint Okyanusu'nun bu bölgesindeki suların altında, dünyanın en zengin gaz rezervleri yer alıyordu. Çin Ulusal Açık Denizler Petrol Şirketi adı altında Çinliler bölgede zaten çeşitli çalışmalar sürdürüyordu. Airlander da kayıtlara göre bu şirketin isteğiyle orada havadan gözlem çalışması için bulunacaktı.

Zeplin yolculuktan otuz altı saat önce Küçük Mafya Adası'na ulaşmış ve o zamandan beri çok sayıda gözetim fotoğrafı göndermişti. Orman, ancak bir Buffalo veya benzer bir uçağa yetecek kadar uzunlukta kurulmuş bir toprak pist dışında balta girmemiş görünüyordu.

Görünüşe göre Kammler; adadaki maymun evlerini, laboratuvarları ve konaklama tesislerini kurnazca saklamıştı. Hepsi ya kalın orman örtüsünün ya da direkt yerin altındaydı. Bu da takımın görevini iki katı zor hâle getiriyor ve aynı şekilde Airlander'ın eşsiz kabiliyetlerini bir o kadar faydalı kılıyordu.

Doğu Afrika'daki yerini alan Airlander 50, aslında hava aracının hâlâ geliştirilme safhasında olan çok gizli bir modeliydi. Zeplinin şişkin, dev gövdesinin altındaki uçuş kapsülünün kıç tarafında, normalde aracın taşıyacağı ağır yükler için saklanmış kargo bölmesi yer alıyordu. Ancak bu Airlander biraz farklıydı. Özünde uçabilen bir uçak gemisi ve ciddi şekilde ölümcül olabilen bir silah platformuydu. Son teknolojiyle üretilmiş hayalet uçaklar olan iki İngiliz Taranis drone, tam teçhizatlı bir uçuş güvertesi olarak da hizmet verebilen o kargo bölmesinde bekliyordu.

On metreye varan kanat genişliği ve biraz daha fazla uzunluğuyla Kelt mitolojisindeki yıldırım tanrısından ismini alan Taranis, Amerikan Reaper drone'ların üçte biri boyutundaydı. Saatte 767 mile denk gelen Mach 1 hızı da uçağı gökyüzünde iki katı süratli kılıyordu. Üzerindeki iki füze bölmesiyle tamamlanan Taranis, üstün teknolojisi sayesinde düşmana tamamen görünmez olurken kusursuz bir ölüm makinesi olarak hizmet veriyordu.

Bir zepline böyle bir taşıma özelliği eklenmesinin arkasındaki ilham ise İkinci Dünya Savaşı öncesinde üretilen ve şimdiye kadar dünyanın ilk ve tek uçan uçak gemisi olan zeplin USS *Macon*'dan geliyordu. Şimdilerde onlarca yıl eskimiş teknolojiler kullanılarak *Macon*'un puro şeklindeki gövdesinin altına bir dizi trapez asılmıştı. Sparrowhawk çift kanatlı uçaklar bu zeplinin altında uçabiliyor ve bu trapezlere bağlanabiliyordu. Ardından zeplin o uçakları vinçle çekiyordu.

Macon'dan alınan ilhamla Airlander 50 de benzer şekilde çok hızlı ve yüksek manevra kabiliyetine sahip, sekiz kişiye kadar yolcu alabilen İngiliz AW-159 model Wildcat helikopter taşıyordu. Wildcat'i getirmenin arkasındaki gerekçe ise Jaeger ile takımını görev tamamlandıktan sonra Küçük Mafya Adası'ndan çekip kurtarmaktı.

Bu noktada Jaeger bütün benliğiyle yolcu sayısının, Ruth ve Luke da aralarına katılacağı için, sekiz olmasını umuyordu.

Karısıyla oğlunun o adada tutulduğuna artık emindi. Hatta hiç kimseye söylemese de böyle olduğuna dair bir kanıtı bile vardı. Paylaşmaya hazır değildi ama. Çok büyük tehlikeler söz konusuydu ve hiç kimsenin onu asıl görevinden caydırması riskini almak istemiyordu.

Kammler'in gönderdiği e-postadaki fotoğrafta, Ruth ile Luke bir kafesin önünde diz çökmüştü. Kafesin bir tarafında ise nispeten solmuş bir damga görünüyordu, Katavi Rezervi Primatları.

Jaeger yaklaşıyordu.

Avcı, avını gözüne kestirmişti.

75

747'nin karanlık atlama ağzından çıkış bir tabuta çakılır gibi hissettirmişti ama başka çareleri yoktu. Jaeger kendini gürültülü, boş siyahlığa bıraktığı gibi 747'nin kasırga gücündeki pervane akımına girdi. Pilot belirlenen koordinatta 747'nin hızını düşürmüştü ama yine de uçağın devasa jet motorları hemen üzerindeki bir ejderha gibi kükrerken Jaeger da kendisini döndürüp duran hava akımını hissediyordu.

Saniyeler sonra en kötü kısım sona erdi ve insan şeklinde bir füze gibi dünyaya doğru çakılmaya başladı.

Tam altında, kendisinden hemen önce atlayan Lewis Alonzo'nun karanlık gece semalarındaki hayalet gibi silüetini zar zor çıkarıyordu. Jaeger kendi pozisyonunu sabitledikten sonra kafa üstü dalar şekilde hızlanarak Alonzo'yu yakalamaya çalıştı.

Kolları iki yanına yapışmış, arkasında bacakları dümdüz bir hâlde girdiği delta şekliyle okyanusa dalan bir ok başı gibi görünüyordu. Alonzo'nun on beş metre yakınına yaklaşana kadar bu pozisyonda kaldı, sonra uzuvlarını açarak bir yıldız şekline büründü. Açılmayla birlikte hızı yavaşladı ve konumunu dengeledi.

Bu da tamamlandıktan sonra, başını öfkeli pervane akımına çevirip karanlık gökyüzünde beşinci sırada atlayan Narov'u aradı. Altmış metre kadar geride kalmıştı ama hızla yaklaşıyordu. Hemen arkasında insan şeklinde bir diğer ok başı görünümlü figür belirdi, son paraşütçü Hiro Kamishi.

Kamishi'nin üzerinde ise BA 987 numaralı uçuşun karanlıkta kaybolmaya yakın kütlesini gördü, uçağın ışıkları güven verircesine yanıp sönüyordu. Bir anlığına aklı uçaktaki yolculara kaydı. Gelişen bu macerada oynadıkları rolden habersiz bir şekilde uyuyor, bir şeyler atıştırıyor ya da önlerinde açılan filmi izliyorlardı.

Ama bu macera hepsinin hayatına karar verecekti.

40.000 feet'ten atladıktan sonra Jaeger ile takımı artık serbest düşüşün altmış saniyesini geride bırakmıştı. Jaeger hızla yükseklikölçerine baktı. Hangi irtifada olduklarını sürekli kontrol etmesi gerekiyordu, yoksa düşünmek bile istemediği sonuçlara gebe olabilecek paraşüt açma yüksekliğini kaçırabilirlerdi.

Tüm bunlar olurken Jaeger bir taraftan da ışık hızıyla saldırı planını gözden geçiriyordu. Atlayış noktalarını hedefin on kilometre doğusunda, açık okyanusun üzerinde seçmişlerdi. Bu sayede paraşütlerinin altında görülmeden süzülebilir, aynı anda Veba Adası'nın menzili içerisinde kalabilirlerdi.

Atlayış lideri Raff'tı ve iniş noktasını seçme görevi de ona aitti. Ağaç ve diğer engellerin bulunmadığı, bariz düşman pozisyonlarından uzak bir bölge arayıp bulacaktı. Ancak şu an en büyük öncelik grubu bir arada tutmaktı. Serbest düşüş sırasında kaybolacak birini bir daha bulmak imkânsız olurdu.

En aşağılarda Jaeger, ilk paraşütün karanlıkta dalgalandığını gördü.

Çabucak yükseklikölçerine baktı. Paraşütünü açması gerekiyordu. Göğsüne yerleştirilmiş paraşüt açma ipinin tutacağına uzandı ve çekti. Hemen ardından yaylı kılavuz paraşütü üzerinde dalgalandı ve peşinden asıl tente seyretti.

Asıl paraşüt gereken havayı yakalarken Jaeger da şiddetli hız düşüşüyle hemen ardından gelecek sağır edici kükremeye kendini hazırladı. Ondan sonrasını ise iple çekiyordu, kendisine saldırı planını zihninde bir kez daha canlandırabileceği zamanı tanıyacak sakin ve huzurlu inişe geçecekti.

Ama hiçbir şey olmadı. Üzerindeki karanlıkta açılıp serpilecek bir paraşütün olması gerektiği yerde bomboş bir gökyüzüyle pervane akımında gürleyen, birbirine girmiş bir yığın vardı.

Paraşütü eğildi ve öfkeyle döndü. Jaeger ne olduğunu hemen anlamıştı. Paraşütünün bağlama halatlarından biri asıl tenteye karışmış ve açılmasını engellemiş olmalıydı.

Ufak da olsa fren halatlarını ya da destekleri çekip bağlama halatlarını kurtarma ihtimali vardı. Sonrasında ya tam ya da yarım bir şekilde açılan paraşütü üzerinde dalgalanacak ve belki de "kesme" mecburiyetinden ve yedek paraşütünü açmaktan kurtulacaktı.

Ama zaman Jaeger'ın lehine işlemiyordu.

Saniyeler sonra Alonzo'nun yanından hızla geçti. Şimdiye kadar en az üç yüz metre kaybetmişti. Geçen her saniyeyle, bu hızla sapasağlam bir beton gibi hissettirecek okyanusa çakılmaya daha da yaklaşıyordu. Küvete girerken yumuşacık ve huzurlu görünen su, saniyede birkaç yüz metre hızla çarpıldığında ölümün kapılarını aralıyordu.

Jaeger'ın bedeni benzinle aleve verilmiş bir orman gibi adrenalinle yanıyordu.

Halatlarını serbest bırakmak için giriştiği ümitsiz birkaç denemenin ardından, iplerin çözülemeyecek kadar birbirine geçtiğini fark etti Jaeger. Kesmekten başka çaresi kalmamıştı. Göğüs teçhizatına bağlanmış yedek paraşütün tutacağını eline aldı.

Neyin varsa gösterme zamanı, dedi kendine. *O paraşütü açma zamanı!*

76

Jaeger'ın çıkışı veya serbest düşüşü sırasında her ne olduysa bile, önünde artık tek bir eylem planı vardı. Uzanıp omuzlarındaki acil durum açma kayışlarını parçaladı ve ana paraşütün ağırlığından kurtuldu. Üzerindeki karanlığa bir anda fırlayan paraşüt saniyeler içinde ortadan kayboldu.

Bunun ardından yedek tutacağı yakaladı ve var gücüyle asılıp acil durum paraşütünü tetikledi. Hemen sonra rüzgârla dolan bir geminin yelkenine benzer bir çatırtı sesi duyuldu ve engin ipek kumaş üzerinde dalgalanmaya başladı.

Jaeger sessizlik ve dinginlik içerisinde asılı kalırken şükür dualarını sıralamaya başlamıştı. Başını kaldırıp yedek paraşütü kontrol etti, her şey yolunda görünüyordu.

Diğerlerinden dokuz yüz metre kadar aşağıda kaldığı için alçalış hızını ciddi şekilde düşürmesi gerekiyordu. Paraşüte yön veren kollara uzanıp sertçe çekmesiyle birlikte kumaşın tamamına hava doldu ve hızını düşürmek için ufak da olsa düzenlemeler yapabildi.

Başını aşağı çevirip atlayış lideri Raff'ı aradı. Atlayış kaskına takılmış gece görüş gözlüklerini açtı ve kızılötesi moduna geçirip geceyi taramaya başladı. Yanıp sönen kızılötesi ışık biriminin belli belirsiz parlamasını arıyordu.

Ama hiçbir yerde göremedi. Atlayış sırasında dördüncü olan Jaeger, serbest düşüşle ilk sıraya geçmiş olmalıydı. Onun da kaskının arkasında benzer şekilde yanıp sönen bir kızılötesi ışık vardı ve şimdiki tek ümidi diğerlerinin onu belirleyip takip etmesiydi.

GPS biriminin ışığını yakacak düğmeye bastı. Mevcut pozisyonuyla iniş yapmayı planladıkları nokta arasında uzanan kesik bir çizgi gösteriyordu. Bu irtifada -20.000 feet-, aşağıdan kimse göremeyeceği için GPS'in ışığını açık bırakabilirdi. 30 knot hızla, hâkim rüzgârla birlikte batıya doğru süzüldüğünü hesapladı. Sekiz dakika daha sonra Veba Adası'nın üzerine gelmiş olacaklardı.

Goretex YİPYAD takımının altında, Jaeger ayrıca sağlam bir de soğuk hava ekipmanı giymiş; kalın Goretex üst eldivenlerinin altına sıcak tutacak ipek eldivenlerden geçirmişti. Ama diğerlerinin kendisini yakalaması için alçalışını ayarlamaya çalışırken elleri soğuktan buz kesecek kadar üşümüştü.

Birkaç dakika sonra üzerindeki karanlık gökyüzünde beş kızılötesi noktacık belirdi, sıra tamamlanmıştı. Raff'ın en öne geçmesine müsaade etti, ardından kendi sırasına geçti ve dünyanın karanlık çatısından süzülen altı asker hedeflerine doğru ilerlemeye başladı.

Jaeger, Airlander'ın gözlem fotoğraflarına çalıştığı sırada, iniş yapılabilecek tek bir yer görmüştü; adadaki toprak pist. Bölgenin ciddi şekilde korunması bekleniyordu ama ağaçlarla kaplı olmayan tek makul yer de orasıydı.

Bu hoşuna gitmemişti. Hiçbiri bu fikri beğenmemişti. Oraya inmek, direkt düşmanın ağzına girmek gibi olacaktı ama başka çare de yok gibi görünüyordu.

Sonra Kamishi, inişin ardından ölümcül derecede önemli aksiyon planını açıklamıştı ve yüzler bir kez daha düşmüştü.

İndikten sonra, üzerlerindeki yüksek irtifadan atlayış takımı YİPYAD kıyafetlerini çıkarıp bir başka hayatta kalma takımı olan dördüncü seviye biyolojik tehlike bölgesine uygun uzay kıyafetlerini giyebilecekleri bir yer bulmaları gerekecekti. Tüm bunlar da muhtemelen arı kovanının tam ortasına daldıktan sonra olacaktı.

Kalın YİPYAD kıyafetleri, hayatta kalmalarını sağlayan sıcaklıkla oksijeni temin etse de böylesi bir biyolojik tehlike karşısında çok az koruma sunuyordu. Ekibin havayı filtreleyen solunum cihazlarıyla uzay kıyafetlerini giyebileceği güvenli bir alana ihtiyacı vardı.

Giyecekleri takımda bulunan, Leticia Santos'u kurtarırken de kullandıkları FM54 maskeler, S şeklinde bükülmez bir hortum aracılığıyla pille çalışan filtrelere bağlanıyor; her birinin sırtında uzay çağındanmış gibi görünen çantalara dönüşüyordu. O filtre birimi daha sonra kimyasal maddelere dayanıklı Viton kauçuk üst tabakayla Nomex kumaşından geliştirilmiş oldukça ağır zeytin yeşili Trellchem EVO 1B uzay kıyafetlerine temiz hava pompalayacaktı.

Kısa süre içerisinde yüksek irtifa paraşütçülerinden sıcak bölge askerlerine dönüşürken, takım ciddi şekilde savunmasız kalacağı için uçuş pistini iniş noktası olarak kullanma seçeneği ortadan kalkmıştı. Bu da geriye tek bir ihtimal bırakıyordu, adanın güney kıyısında uzanan el değmemiş bembeyaz dar sahile ineceklerdi.

Gözlem fotoğraflarına bakıp "Copacabana Sahili" ismini verdikleri yer kıl payıyla iniş yapmaya müsait görünüyordu. Denizin alçaldığı zamanlarda, ormanın bittiği ve denizin başladığı yer arasında kumsal en fazla on beş metre uzanıyordu. Her şey yolunda giderse kıyafetlerini orada değiştirip ormana girecek, karanlık ve sakin geceden hiç beklenmedik bir şekilde çıkıp Kammler'in tesisini vuracaklardı.

En azından plan bu şekildeydi.

Ama bir kişinin sahilde kalması gerekiyordu. O kişinin görevi, fırçalama takımlarıyla birlikte el yapımı bir arındırma çadırını da içeren "ıslak temizlik hattı" kurmaktı. Takım görevini tamamlayıp ormandan çıktıktan sonra kıyafetlerini virüsleri öldüren etkili kimyasal EnviroChem katılmış deniz suyuyla dolu kovalarla yıkamaları gerekecekti.

Kıyafetler sterilize edildikten sonra hepsini çıkarıp ikinci kez fırçalanacak, bu sefer çıplak gövdelerinden olası bir kimyasal tehlikeyi arındıracaklardı. En son ise kirli hattan çıkıp CBRN takımlarını geride bırakarak virüs bulaşmamış evrene adım atacaklardı.

O hattın bir tarafında dördüncü seviye biyolojik tehlike bölgesi yatacaktı.

Diğer tarafın, dalgaların yıkadığı açık sahilin ise güvenli ve hastalık bulaşmamış olmasını umuyorlardı. En azından teoriler bu yöndeydi. Takımın CBRN uzmanı Kamishi de doğal olarak temizlik hattını kuracak kişi olarak belirlenmişti.

Jaeger, Veba Adası'nın uzandığı batıya doğru baktı ama hâlâ hiçbir şey göremiyordu. Paraşütü kuvvetli bir rüzgârla sarsılırken yağmur damlaları açık cildine minik birer bıçakmış gibi saplanıyordu.

Endişelenmeye başlamıştı, çünkü soğuk ve aşılmaz karanlıktan başka bir şey göremiyordu.

77

Raff'ın çizdiği rotada süzülürken Jaeger'ın zihninde Ruth ile Luke'un görüntüleri dolanıyordu. Önündeki birkaç saat her şeyi sonuca kavuşturacaktı. İyisiyle, kötüsüyle...

Geçen üç yıldır peşini bırakmayan tüm sorular çok yakında cevap bulacaktı. Ya dışarıdan imkânsız gibi görüneni başarıp Ruth ile Luke'u kurtaracak ya da dehşet verici gerçeği keşfedip birini veya ikisini de ölü bulacaktı.

İkinci seçenek doğru çıkarsa kime döneceğini biliyordu.

Şimdiki görevleriyle Narov'un hikâyeleri -karanlık ve travmatik aile geçmişi, Jaeger'ın merhum dedesiyle bağlantısı, otizmi, aralarındaki bağlılık- Jaeger'ı tehlikeli bir şekilde kadına yaklaştırmıştı.

Narov'un güneşine çok yakın uçması hâlinde yanıp kül olacağını da adı gibi biliyordu.

Jaeger ile paraşütçü savaşçı dostları hâlâ süzülüyordu ve bilinen hiçbir savunma sistemi onların izini süremezdi. Radar dalgaları bir uçağın metal kanatları ya da helikopterin pervaneleri gibi katı, açılı nesneler üzerinden sekiyor ama insan bedenlerinde bükülüp kesintiye uğramadan devam ediyordu. Uçuş sırasında neredeyse hiç ses çıkarmadıkları için etraftan duyulma riski de en düşük seviyedeydi. Ek olarak baştan ayağa siyaha bürünmüşlerdi, siyah paraşütlerin altında simsiyah kıyafetlerle yerden görünmeleri imkânsızdı.

Denizde alabildiğine uzanan, yüksekçe bir bulut kütlesine yaklaşıyorlardı. İnişin önceki safhasında ıslak bir buluttan uçmuşlardı zaten ama bunun kadar yoğun ve güçlü değildi. İçinden geçmekten başka çareleri yoktu.

Yoğun, gri su buharına kaymalarıyla birlikte bulut da kör edici şekilde yoğunlaştı. Jaeger bu mat kütlede süzülürken her geçen saniye daha fazla donmuş su damlacığı çıplak bedeninde sıvılaşıp yüzünden akıyor ve minik derecikler oluşturuyordu. Bulutun diğer tarafından çıktığında buz kesecek kadar üşümüştü. Çıktığı gibi Raff'ı gördü; kendisiyle aynı hizada, biraz öndeydi. Ancak arkasını dönüp baktığında Narov'dan hiçbir iz göremedi. Hatta başka hiç kimse yoktu.

Pervane akımının bitmek bilmeyen şekilde uğuldadığı serbest düşüşün aksine, paraşütlerin altında süzülürken telsizden konuşmak mümkündü. Jaeger uzanıp mikrofonuna dokundu ve konuşmaya başladı.

"Narov ben Jaeger. Neredesin?"

Aynı çağrıyı birkaç sefer daha tekrarlasa da Narov'dan bir yanıt alamadı. Raff ile sıranın kalanını kaybetmiş ve şimdiye kadar muhtemelen telsiz menzilinden de çıkmışlardı.

Raff'ın sesi soğuk havada duyuldu.

"Biz yolumuza bakalım. İN'de yeniden organize oluruz."

İniş noktası anlamına gelen İN, bu görev için Copacabana Sahili'ydi.

Raff haklıydı. Sıranın kalanıyla irtibatı kaybetme konusunda yapabilecekleri hiçbir şey yoktu ve gereğinden fazla telsiz trafiği de tespit edilmelerine yol açabilirdi.

Birkaç dakika sonra Jaeger, Raff'ın dik bir şekilde aşağı doğru dönme hareketine başlayarak hızlandığını fark etti. Aşağıdaki adaya, o küçük kumsal parçasına ilerliyordu. Sağlam bir güm sesiyle karaya ayak bastı. Üç yüz metre yukarıda Jaeger, sırt çantasını serbest bırakmak için metal kollara vurdu. Altı metre aşağısına kadar düşüp durdu.

Ağır çantanın yere çarpınca çıkardığı sesi duymuştu.

Alçalma hızını yavaşlatmak için paraşütünü genişletti ve saniyeler içerisinde, ay ışığında gözle görmese inanmayacağı bir mavi-beyaz renginde parlayan kumsala ayak bastı. Arka tarafında kalan geniş kumaş parçasının da zemine değmesi için birkaç adım ileri koştu, ardından deniz kenarında birbirine dolanmış bir yığınla durdu.

Hemen sağ omzunda asılı duran MP7'sini çıkardı ve fişek yatağına bir mermi yerleştirdi. Raff'tan on on beş metre uzaktaydı ve güvenli bir şekilde inmişti.

"Hazır," diye fısıldadı telsizine.

İkisi de hızla toplanma noktasına ilerledi. Kısa bir süre sonra karanlık geceden Hiro Kamishi göründü ve yakında bir noktaya iniş yaptı. Ama Jaeger'ın takımının kalanı hiçbir yerde görünmüyordu.

78

Hank Kammler bir şişe 1976 mahsulü Le Parvis de la Chapelle söyledi. Çok şaşaalı değildi ama yine de kaliteli bir Fransız kırmızısıydı. En iyi şampanyalarından bir şişe açma isteğine karşı çıkmıştı. Kutlayacak çok şey vardı ama erken başlamayı hiçbir zaman sevmemişti.

Ne olur ne olmaz.

Dizüstü bilgisayarını açıp çalıştırdı. Ekran yüklenirken gözleri hemen aşağıdaki manzaraya daldı. Su birikintisinde büyüleyici bir kalabalık vardı. Hipopotamların kambur, yuvarlak ve yağlı gövdeleri çamurda keyifle tembellik yapıyordu. Demir kırı renginde endamlı antilop sürüsü... Yoksa samur rengi miydi? Kammler aradaki farkı ayırt etmeyi hiçbir zaman başaramamıştı ama antilop sürüsü timsahlardan korka korka bulanık suya burun sokmaya devam ediyordu.

Cennette her şey yolunda görünüyordu. Zaten oldukça keyifliydi ama manzarayı seyrettikçe daha da coşkun bir ruh hâline büründü. Bilgisayarının tuşlarına bastı ve daha birkaç gün önce Jaeger'ın giriş yaptığı aynı taslak e-posta hesabını açtı. Kammler düzenli bir şekilde burayı kontrol ediyordu. Jaeger'ın hangi mesajlara, ne zaman baktığını görebiliyordu.

Gördüğü gibi kaşları çatıldı.

Steve Jones ile birlikte son bıraktıkları mesajlar daha açılmamıştı. Kammler birine tıkladı, karanlık hamlesini bir kez daha görmenin keyfini çıkarsa da baş düşmanının buna henüz bakmaması biraz canını sıkmıştı.

Fotoğraf açıldı. Kendine özgü tıraşıyla Jones, Jaeger'ın karısıyla oğlunun arkasında çömelmiş, dev kollarını omuzlarına atmış ve yüzünde iğrenç bir gülümsemeyle poz vermişti.

Fotoğrafın altında şu kelimeler yazıyordu, *Eski bir arkadaştan sevgilerle.*

Yazık, diye düşündü Kammler. Jaeger'ın bu görüntünün tadını çıkaramamasına üzülmüştü. Mükemmel bir darbe olacaktı. Bu düşünceler, Kammler'in Jaeger ile takımının şu an nerede olabileceğini merak etmesine yol açtı.

Saatine baktı. Bir misafir bekliyordu. Tam vaktinde, Steve Jones'un iri kıyım gövdesi direkt karşısındaki sandalyeye oturarak Kammler'in manzarasını büyük ölçüde kapattı.

Tam da heriften beklediği gibiydi. Ancak bir dinozorun hassasiyetine sahipti. Kammler şarabına baktı. Sadece bir kadeh istemişti.

"İyi akşamlar. Sanıyorum Tusker içersin?"

Tusker, turistlerle buraya yolu düşen büyük bir kesim arasında popüler olan bir Kenya markasıydı.

Jones'un gözleri kısıldı.

"Ağzıma bile sürmem! Afrikalı değil mi? Sidik gibidir o şimdi! Pilsner istiyorum."

Kammler birayı söyledikten sonra, "Evet, dinliyorum," dedi.

Jones birasını bardağa döktü.

"Senin adam, Falk Konig ilacını aldı. Pek istekli görünmüyordu ama karşı çıkmadı."

"Başka? Çocuk mevzusunda bir gelişme var mı?"

"Görünüşe göre buraya bir çocuk hakikaten gelmiş. Altı ay kadar önce kargo uçaklarından birine kaçak olarak binmiş. Acayip de bir hikâye anlatmış ama bana sorarsan saçmalığın daniskası!"

Kammler'in donuk, soğuk ve yırtıcı gözleri Jones'a kilitlendi.

"Sana saçmalık olarak gelebilir ama dinlemek istiyorum. Hepsini!"

Jones birkaç gün kadar önce Konig'in Jaeger ve Narov'a anlattığı hikâyeye benzer bir öykü anlattı. Sonuna geldiğinde Kammler, çocuğun adı dâhil olmak üzere her şeyi biliyordu. Aynı zamanda hikâyenin yüzde yüz doğru olduğuna dair de en ufak bir şüphesi yoktu.

Belirsizliğin, bu son dakikada uğrayan korkunun soğuk pençeleri göğsünü parçalıyormuş gibi hissetti. Aynı hikâye Jaeger'ın kulaklarına gittiyse ne öğrenmişti? Nasıl bir sonuca varmıştı? Ve cevaplar onu nereye götürmüştü?

Çocuğun hikâyesinde Kammler'in asıl planını ortaya çıkaracak bir şey var mıydı? Hiç sanmıyordu. Nasıl olabilirdi ki? Yedi uçak daha önce seçilen konumlarına varmıştı bile. Kargolar indirilmişti ve Kammler'in haber aldığına göre primatlar karantina salonlarında beklemeye geçmişti.

Bu da cinin şişeden çıktığı anlamına geliyordu. Bir daha kimse onu yerine koyamazdı.

Hiç kimse şimdi bile yayılmasını sürdüren şeyden dünya nüfusunu kurtaramazdı.

Görülmemiş, keşfedilmemiş, hatta şüphe bile edilmemişti.

Birkaç haftaya kadar çirkin yüzünü göstermeye başlayacaktı. İlk belirtiler grip gibi olacaktı. Kimse endişe bile etmeyecekti. Ama sonra kanamaların ilki başlayacaktı.

O zaman gelmeden çok önce ise dünya nüfusu tamamen bu hastalığa yakalanmış olacaktı. Virüs dünyanın dört bir köşesine yayılacak ve durdurulamayacaktı.

Sonra aklına geldi.

Bu ani farkındalık o kadar güçlüydü ki içtiği şarap boğazına takıldı ve öksürmeye başladı. Gözleri yerinden çıkacak gibi oldu, akla hayale sığmayacak düşünceyi zihninde canlandırdıkça nabzı fırladı. Bir mendil alıp dalgınca çenesine değdirdi. Çok zordu. İmkânsıza yakındı. Ama yine de ufak da olsa bir ihtimal vardı.

"İyi misin?" diye sordu bir ses. Jones konuşuyordu. "Cin çarpmışa döndün."

Kammler elinin tersiyle havayı iteleyip, "Sus!" diye haykırdı. "Sessizliğe ihtiyacım var. Düşünmem lazım."

Dişleri birbirine kilitlendi ve gıcırdamaya başladı. Zihni her geçen saniye daha da korkunç bir hâl alan düşüncelerin girdabında dönüyor, bu yeni ve hiç beklenmedik tehlikeyle nasıl savaşacağını çözmeye çalışıyordu.

Sonunda bakışlarını Jones'a çevirdi.

"Sana verdiğim bütün emirleri unut. Artık sadece tek bir göreve odaklanacaksın. O çocuğu bulmanı istiyorum. Neye mal olursa olsun, nereye gitmen gerekirse gereksin, hangi adamları toplayacaksan topla *ama o aşağılık çocuğu bul* ve sonsuza kadar çenesini kapat!"

"Anladım," dedi Jones. Bunun Jaeger'ın peşine düşmekle pek bir ilgisi yoktu ama en azından bir insan avlayacaktı artık. En azından o sırada meşgul olacağı bir uğraş olacaktı.

"İlerleyebilmek için bir şeye ihtiyacım var; bir başlangıç noktası, bir ipucu."

"Hepsi sağlanacak. Bu varoş sakinleri, hepsi cep telefonu kullanıyor; mobil cihazlar, mobil internet. Elimizdeki en iyi adamlara onları dinleteceğim. Arayacaklar. Hackleyecekler. İzleyecekler. Ve nihayetinde çocuğu bulacaklar. Buldukları zaman da sen gidip ağzını açmasına müsaade etmeden öldüreceksin! Anlaşıldı mı?"

Jones acımasız bir gülümsemeyle, "Eksiksiz bir şekilde!" diye karşılık verdi.

"Tamam, şimdi git ve hazırlıklara başla. Seyahat etmen gerekecek, yüksek ihtimalle Nairobi'ye. Yardıma da ihtiyacın olacak. Yanına adam bul. Ne gerekiyorsa teklif et ama bu işi bitir."

Jones yarılamadığı bira bardağını eline alıp masadan kalktı. Kammler yeniden bilgisayarına dönmüştü. Parmakları klavyenin üzerinde gezdi, IntelCom'dan bir arama gerçekleştirdi. ABD'nin doğu kıyısındaki Virginia'nın kırsal bölgesindeki gri ormanların etrafını sarıp sarmaladığı, gri duvarlarla örülmüş karmaşık binalardan oluşan bir komplekse saklanmış, alelade gri bir ofise yönlendirildi.

Ofisin içerisinde dünyanın en gelişmiş sinyal engelleme ve takip teknolojileri yer alıyordu. Giriş kapısının hemen yanındaki duvarda küçük bir levha vardı. Üzerinde ise şu kelimeler yazıyordu, *CIA-Asimetrik Tehdit Analiz Bölümü (DATA)*.

Bir ses yanıt verdi.

"Harry Peterson."

"Benim," diye duyurdu Kammler. "Sana belirli bir kişiye ait bir dosya gönderiyorum. Evet, Doğu Afrika'daki tatilimle ilgili... Eldeki tüm imkânları; internet, e-posta, cep telefonları, seyahat rezervasyonları, pasaport bilgileri, *ne olursa* kullanıp onu bulacaksın. Görüldüğü son yer, Kenya'nın başkenti Nairobi'deki Mathare gecekondu mahallesi..."

"Anlaşıldı efendim."

"En yüksek önceliği buna vereceksin Peterson. Adamlarınla birlikte her şeyi, tekrar ediyorum her şeyi bırakıp bu göreve odaklanacaksınız! Anlaşıldı mı?"

"Anlaşıldı efendim."

"Bir şey bulduğun gibi bana haber ver. Günün ya da gecenin hangi saati olursa olsun, ânında bana ulaş!"

"Anlaşıldı efendim."

Kammler aramayı sonlandırdı. Nabzı artık nispeten daha normal bir hızla atıyordu. *Abartmayalım bunu da*, dedi kendi kendine. Tüm tehditler gibi bu da yönetilebilir, ortadan kaldırılabilirdi.

Gelecek hâlâ her şeyiyle onun avuçlarındaydı.

79

Jaeger'ın kulaklığından bir çatırtı geldi. Mesaj alıyordu.

"Bulutta sizi kaybettik." Narov konuşuyordu. "Üç kişiyiz ama birbirimizi bulmamız biraz zaman aldı. Uçak pistine indik."

"Anlaşıldı," diye yanıt verdi Jaeger. "Sakın kimseye görünmeyin. Konumunuza doğru geliyoruz."

"Bir şey diyeceğim. Burada hiç kimse yok."

"Anlamadım?"

"Pisti diyorum. Terk edilmiş."

"Tamam, yine de kendinizi göstermeyin. Kızılötesi ışıkları açık bırakın."

"İnan bana, burada tek bir ruh bile yok," diye tekrar etti Narov. "Sanki bütün ada... Terk edilmiş."

"Geliyoruz."

Jaeger ile Raff, Kamishi'yi temizlik hattını koruması için sahilde bırakarak harekete geçmeye hazırlandı.

Jaeger, Veba Adası'ndaki uzay yürüyüşünde kullanacağı malzemeleri kuma yatırdı. Trellchem kıyafetin kalın, kimyasal maddelere dirençli malzemesi ay ışığında uğursuzca parıldıyordu. Onun yanına kauçuk üst botlarıyla yine kauçuktan kalın eldivenlerini koydu. Yakınlardaki bir taşın üzerine ise en önemli aracı olan siyah bant rulosunu bıraktı.

Raff'a bakıp, "Önce ben!" dedi.

Raff yardımcı olmak için yaklaştı. Jaeger önce ayaklarını sokmak üzere kıyafetin içine girdi. Koltukaltlarına kadar çektikten sonra kolları ve omuzlarının üzerinde silkeleyerek oturttu. Raff'ın yardımıyla kendini içeriden fermuarla kilitleyip kafasını tamamen kaplayacak yuvarlak başlığı geçirdi.

Siyah bandı işaret ettikten sonra ellerini uzattı. Raff kıyafetin bilek kısmını eldivenin kauçuğuna yapıştırdı, ardından aynısını ayak bileklerinde botlar için de yaptı.

Bu bantlı koruma ilk savunma hattını oluşturuyordu.

Jaeger bir düğmeyi çevirip solunum cihazını güçlendirilmiş taze hava modunda devreye soktu. Belli belirsiz bir vızıltının ardından elektrikli motorlar temiz, filtrelenmiş havayı kıyafetin sertleştirilmiş lastiği kaskatı kesilene kadar içeri üflemeye başladı. İçerisi zaten çok sıcak, hantal ve boğucu hissettiriyordu; şimdi buna bir de her hareket ettiğinde çıkan gürültü eklenmişti.

Kamishi de Raff'ın giyinmesine yardımcı olduktan sonra ormana ilk adımı atmaya hazır hâle gelmişlerdi.

Bir anlığına Raff tereddüt edip vizörünün arkasından Jaeger'a baktı. Başlığının altında, yüzü FM54 maskeyle kapanmıştı; aynı Jaeger gibi... Bu sayede savunma hattını iki kat güçlendirmişlerdi.

Jaeger, Raff'ın dudaklarının oynadığını gördü. Ancak kelimeler kulaklığında yankılanırken boğuk ve uzaktan geliyormuş gibiydi.

"Narov doğru söylüyor. Burada kimse yok. Hissedebiliyorum. Bu ada... Terk edilmiş."

Jaeger karşı çıkıp, "Bilemezsin onu," dedi. Hava akışının gürültüsünden sesini duyurabilmek için biraz bağırması gerekmişti.

"Burada hiç kimse yok," diye tekrarladı Raff. "Karaya indiğimizde tek bir ışık bile gördün mü? Bir parlama ya da bir hareket? Hiçbir şey gördün mü?"

"Yine de adayı temizlememiz gerekiyor. Önce pist, sonra Kammler'in laboratuvarları... Her yeri elden geçireceğiz."

"Evet, biliyorum ama inan bana, burada kimse yok."

Jaeger vizörlerin arkasından Raff'ın gözlerine bakmaya çalıştı.

"Oldu ki haklısın diyelim, peki bu ne anlama geliyor?"

Raff başını iki yana sallayıp, "Bilmiyorum ama iyiye işaret olamaz," dedi.

Jaeger da aynı şekilde hissediyordu ama zihnini kemiren bambaşka bir şey vardı; ciddi ciddi midesini bulandıran, kusmak istemesine yol açan bir şey.

Ada terk edildiyse Kammler, Ruth ve Luke'u nereye götürmüştü?

Önlerindeki karanlık ormana doğru astronotlar gibi yavaşça yürüyerek harekete geçtiler ama uzayda işleri kolaylaştıran ağırlıksız ortam burada yoktu. Bekleyen ormana tuhaf adımlarla girerken ikisinin de boynunda öfkesini kusmaya hazır yarı makineli MP7 tüfekler asılıydı.

Orman örtüsünün altına girmeleriyle birlikte karanlık da hâkimiyetini artırdı. Ağaçlar zemine ulaşacak tüm ortam ışıklarını engelliyordu. Jaeger MP7 silahına takılmış feneri açtı ve lambasının ışınları, önünde uzanan kasveti delip geçti.

Yolun devamında, geçilmesi imkânsız gibi duran bitki örtüsü görünüyordu. Orman sarmaşıklar dışında dev pervanelere benzeyen palmiye yaprakları ve insan bacağı kadar kalın asmalarla doluydu. Neyse ki piste ulaşmak için buna sadece birkaç yüz metre katlanmaları gerekiyordu.

Jaeger daha karanlık orman örtüsünün altında birkaç hantal adım atabilmişti ki üzerinde bir hareket sezdi. Toplu görünen, yabancı bir form, gölgelere saklanmış ağaç dallarından inanılmaz akrobatik ve kıvrak hareketlerle sıçrayıp ona atladı. Jaeger iri eldivenli sağ elini kaldırıp hamleyi engellemeye çalışırken, Krav Maga öğretisinin en temel hareketlerinden birini uygulayarak sol eliyle yaratığın boğazına saldırdı.

Yumruk yumruğa dövüşte her şeyden önemlisi ani ve sert darbeler indirmek, düşmanın ilk sırada boğazın yer aldığı en hassas bölgelerine ardı ardına saldırılar gerçekleştirmekti. Ama bu canavar artık her neyse, inanılmaz çevik olduğunu göstermişti. Belki de Jaeger'ın hareketleri dev kıyafeti yüzünden kısıtlanıyordu. Öyle ya da böyle, Jaeger vıcık vıcık bir çamura saplanmış bir şekilde dövüşüyormuş gibi hissediyordu.

Saldırganı ilk yumruklardan kurtulurken, Jaeger bir anda kıyafetin koruduğu boynunda güçlü bir şeyin kıvrıldığını hissetti. Yakalayan şey hemen ardından sıkmaya başlamıştı.

Yaratığın gücü boyutları düşünüldüğünde inanılmazdı. Jaeger, dört güçlü uzuv başının etrafında gücünü artırarak kıyafetini buruşturup bükerken, tüm bedeninde pompalanan adrenalini hissetti. Başını saranlardan kurtulmak için elleriyle savaşmaya çalıştığı sırada, bir anda, korkunç bir şekilde gözlerinin önünde kırmızı gözlü, öfkeden kudurmuş, bağırıp çağıran bir yüz belirdi. Yaratık hiç durmadan sararmış uzun köpek dişleriyle atağa geçip Jaeger'ın sağlam vizörüne darbeler indirmeye başlamıştı.

Sebebi bilinmez ama primatlar, uzay kıyafetleri giymiş insanları normal hâllerinden çok daha korkutucu ve kışkırtıcı buluyordu. Jaeger'ın Falkenhagen toplantılarında uyarıldığı gibi, bu kadar küçük dahi olsa bir primat dehşetli bir düşmana dönüşebilirdi.

Tabii beyni böyle aklıyla oynayan virüslerle yakıldığında çok daha tehlikeli bir hâl alıyordu.

Jaeger, vücudun en hassas noktalarından biri olan gözlerine hamle yaptı. Eldivenli parmakları temasa geçtiği gibi başparmaklarını içeri sokmaya başladı. Önemli bir çeviklik veya hız gerektirmeyen, klasik bir Krav Maga hareketiydi bu.

Parmakları kaygan, yağlı ıslaklıkta kayıp süzüldü; eldivenin arkasından bile hissedebiliyordu. Hayvanın göz yuvalarından kan akıyordu. Baş parmaklarını daha da derine itip canlı bir göz küresini çıkardı. Maymun sonunda mücadeleyi bırakıp acı içerisinde çığlıklar atarken

Jaeger'ın üzerinden atladı. Jaeger'ın boynuna dolanıp sıkıca sarmaya başlayan kuyruğunu da çektikten sonra serbest kalmıştı.

Korunmak için çaresiz bir hamle yapsa da yaralı ve umutsuz bir şekilde pek mesafe katedemedi. Jaeger MP7'sini kaldırıp ateş etti, tek bir mermi yetmişti. Maymun orman zeminine yığılıp kaldı.

Jaeger incelemek için yaklaştı, fenerinden çıkan ışığı artık hareketsiz yatan gövdesine tuttu. Seyrek saçlarının altında primatın derisi, şişmiş kırmızı lekelerle kaplıydı. Merminin gövdesini yarıp geçtiği yere baktığında ise Jaeger bir kan gölünün oluştuğunu görebiliyordu. Ama bu gördüğü normal kana benzemiyordu.

Siyah, iğrenç ve pıhtı pıhtıydı.

Âdeta ölümcül bir virüs çorbasıydı.

Uzun, karanlık bir tünelde bacasından buhar tüte tüte geçen bir tren gibi Jaeger'ın kulaklarında hava gürledi. Bu virüsle yaşamanın nasıl olacağını merak ediyordu.

Ölüyorlardı ama neden öldüklerine dair hiçbir fikirleri yoktu.

Beyinleri öfke ve nefretle bir lapaya dönüşüyordu.

Organları ciltlerinin altında eriyordu.

Jaeger irkildi. Burası cehennemdi!

"İyi misin evlat?" diye sordu Raff telsizden.

Jaeger belirsizce başını sallayarak onayladı, ardından ilerleyecekleri yolu gösterdi. Harekete geçtiler.

Bu lanetli adadaki maymunlarla insanların ortak tarihleri binlerce yıl geçmişe dayanıyordu. Şimdiyse ölümüne savaşmak zorunda kalmışlardı. Ama çok daha eski, tarihöncesi çağlardan kalma bir yaşam gücü ikisinin de peşine düşmüştü.

Minicikti, görünmezdi ama hepsinden daha güçlüydü.

80

Donal Brice en yakınındaki kafesin parmaklıklarından içeri bakıp gergin bir şekilde sakalını kaşıdı. İri kıyım, hantal bir adam olarak Washington Dulles Havalimanı'ndaki karantina bölgesinde işe yeni girmişti ve sistemin nasıl yürüdüğü konusunda hâlâ soru işaretleri vardı.

Yeni eleman olduğu için payına düşenden çok daha fazla gece vardiyasına kalmıştı. Aslında bunu hak ettiğini düşünüyordu ve işi olduğu için de mutluydu. Bu dönemde iş bulmak pek kolay olmamıştı. Kendinden hiçbir şekilde emin olamayan Brice, bu özgüvensizliğini odayı inleten, sağır edici kahkahasıyla bastırmaya çalışıyordu.

Bu da sanki kasten yapıyormuş gibi hep yanlış zamanlarda kahkahaya boğulduğu için iş görüşmelerinde pek yararına olmamıştı. Sonuç olarak, maymun evinde bir iş bulduğu için mutluydu ve işini iyi yapmaya kararlıydı.

Ama şimdi gördüğü şeyin pek de iyiye işaret olmadığını anlamıştı. Maymunlardan biri çok hasta görünüyordu. Kıvranıyordu.

Neredeyse mesaisi bitmek üzereydi ve sabah yemeklerini vermek için daha demin maymun evine girmişti. Çıkış kartını basıp evine gitmeden önce son görevi buydu.

Kısa süre önce havalimanına gelen hayvanlar sürekli parmaklıklara vurup kafeslerinde dönüp duruyor, çığlıklar atarak dehşet verici bir curcuna çıkarıyorlardı. Ama bu ufaklık farklıydı.

Brice içgüdülerine güvenip eski dünya maymununu yakından incelemeye karar verdi. Kafesin arka tarafında çömelmiş hayvan kollarını kendi etrafına sarmış; normalde şirin görünen yüzüne tuhaf, donuk bir ifade yerleşmişti. Zavallı yaratığın burnu kanıyordu. Ufaklığın iyi hissetmediği her hâlinden belliydi.

Brice hemen hafızasına başvurup hasta bir hayvan gördükleri zaman uygulanacak prosedürü hatırlamaya çalıştı. O hayvan ana tesisten çıkarılacak ve hastalığın yayılmasını engellemek için karantinaya alınacaktı.

Brice aynı zamanda ümitsiz bir de hayvan âşığıydı. Hâlâ ailesiyle birlikte yaşıyordu ve evlerinde bir sürü hayvan vardı. Burada yaptığı iş de ona tuhaf bir şekilde çelişkili duygular hissettiriyordu. Maymunların yakınında olmak hoşuna gidiyordu, orası kesindi ama hayvanların buraya tıbbi testler için gelmesi canını sıkıyordu.

Depodan çıkıp hasta bir hayvanı taşımak için gereken takımı aldı. Bir ucunda şırınga bulunan uzun bir çubuktan oluşuyordu bu. Şırıngayı doldurup kafese döndü, çubuğu içeri itti ve elinden geldiğince nazik bir şekilde iğneyi maymuna vurdu.

Hayvan buna bile tepki veremeyecek kadar hâlsizdi. Çubuğun kendi tarafındaki kolunu itti ve bir ilaç karışımı hayvanın vücuduna girdi. Daha bir dakika bile geçmeden de Brice, bir kenarında ihracatçı firma Katavi Rezervi Primatları damgası bulunan kafesin mandalını açıp içeride baygın bir şekilde yatan hayvanı almak için uzandı.

Hayvanı karantina birimine taşıdı. Primatı taşımak için ellerine bir çift cerrah eldiveni geçirmiş ama bunun dışında bir koruma yöntemine başvurmamıştı. Deponun kenarına yığılmış maskelerle takımları giymekle uğraşamazdı. Maymun evinde şimdiye kadar hiçbir hastalığa rastlanmamıştı, bu yüzden giymesine gerek de yoktu.

Bilinçsiz hayvanı bir izolasyon kafesine yatırdı ve tam kapısını kapatmak üzereyken, oradaki dost canlısı işçilerden birinin söylediği bir şeyi hatırladı. Bir hayvan hasta olduğunda, bunu genellikle nefesini koklayarak anlamak mümkündü.

Şimdi de bir fırsat doğduğu için bunu denemeye karar verdi. Belki bu sayede patronundan bir aferin alabilirdi. İşçinin nasıl yapacağını anlatışını hatırladıktan sonra kafesin içine eğildi ve bir elini sallayarak maymunun nefesini kendi burun deliklerine doğru getirdi, birkaç sefer derince içine çekti. Ama duyabildiği ayrı bir koku yoktu. Sadece kafesteki bayatlamış idrarla yemeklerden kalan belli belirsiz bir koku vardı.

Omuzlarını silkip kapıyı kapattı ve kilitledi, ardından saatine baktı. Vardiya değişimi için birkaç dakika geçmişti bile. Hem Brice'ın bugün acelesi vardı. Cumartesi günü gelmişti ve şehir merkezinde AwesomeCon çizgi roman konferansı yapılacaktı. Bu geek'lere özel hafta sonuna katılmak ve Power Rangers Dörtlü VIP etkinliğine girmek için biletlere hatırı sayılır miktarda para ödemişti.

Acele etmesi gerekiyordu.

Bir saat sonra Walter E. Washington Kongre Merkezi'ne ulaştı, arada ise hızla eve uğrayıp iş kıyafetlerini çıkarmış ve kostümünü giymişti. Ailesi gece vardiyasından sonra yorgun olduğu için dinlenmesini söylemiş ama akşam geldiğinde hemen yatacağına söz vererek evden ayrılmıştı.

Arabasını park edip içeri girdi. Kocaman havalandırma birimlerinden çıkan gürültü, şimdiden dolan dev kongre merkezinin içindeki sohbet ve kahkahaların altına huzur veren bir vızıltı katıyordu.

Hiç durmadan kahvaltı salonuna doğru yol aldı. Açlıktan ölüyordu. Karnını doyurup suyunu içtikten sonra soyunma odasına yöneldi ve birkaç dakika sonra artık Brice değil, bir *süper kahramandı*.

Çocuklar ânında Hulk'ın etrafını sardı. Filmlerde gördüklerine nazaran çıplak gözle çok daha güler yüzlü ve eğlenceli duran bu güçlü çizgi roman idolü Hulk ile fotoğraf çektirmek için sıraya girmişlerdi.

Donal Brice, yani Hulk, bütün hafta sonunu en sevdiği şeyi yaparak geçirecek; hiç kimsenin ona karşı kullanmayacağı, hatta herkesin çok seviyormuş gibi göründüğü o gürül gürül kahkahasını haykırıp duracaktı. Bütün günü gülüp nefes alarak, nefes alıp gülerek geçirecek; güçlü havalandırma sistemine vücudundan ayrılan her molekülü emanet edecekti.

Ve dahası kendi nefesini hiçbir şeyden haberi olmayan on binlerce insanın nefesine katacaktı.

81

"Bir şey bulmuş olabiliriz," diye duyurdu CIA'in Asimetrik Tehdit Analiz Bölümü Direktörü Harry Peterson.

"Söyle!" diye emretti Kammler.

Sesinde tuhaf bir yankı vardı. Bir tanecik savaş uçağı BV222'nin yakınlarında yer alan sayısız mağaralardan birine oyulmuş bir odada oturuyordu. Ortam pek gösterişli değildi ama Yanan Melekler Dağı'nın en derinlerinde yatan, muazzam kaya duvarların içinde bir yere göre gayet iyi donatılmıştı.

Hem ele geçirilmesi imkânsız bir kale hem de en gelişmiş teknolojilerle dolu bir komuta merkeziydi. Yaklaşan kıyameti uzaktan izlemek için kusursuz bir yerdi.

"Şimdi, Chucks Bello isminde biri bir e-posta göndermiş," diye açıkladı Peterson. "DATA bunu isim denetleme kombinasyonlarına dayalı anahtar kelimeleri kullanarak buldu. İnternette birden fazla Chuck Bello var ama dikkatimizi çeken bu oldu. Nairobi varoşlarında da farklı bölgeler var. Ama içlerinde biri, Mathare, bu Chuck Bello'nun mesajlarıyla doluydu."

"Yani?" diye sabırsızca üsteledi Kammler.

"Aradığınız adamın bu olduğuna yüzde doksan eminiz. Chucks Bello, Julius Mburu diye birine bir e-posta göndermiş. Adam; Mburu Vakfı isminde, Mathare varoşlarında hayır işleri yapan bir tür sosyal eylem programı yürütüyor. Çocuklarla çalışıyor. Büyük çoğunluğu da yetim... E-postayı size ileteceğim. Dediğim gibi aradığınız adamın bu olduğuna eminiz."

"Bir yer belirleyebildiniz mi peki? Herhangi bir konum var mı?"

"Var. E-posta ticari bir hesaptan gönderilmiş, misafir@amanisahi-loteli.com. Nairobi'nin takribi yedi yüz kilometre güneyinde Amani Tatil Köyü diye bir yer var. Hint Okyanusu kıyısında oldukça lüks, üst kesime hitap eden bir otel..."

"Harika! İletişim zincirini bana yönlendir. Araştırmaya da devam edin. Aradığımız adamın bu olduğuna yüzde yüz emin olmak istiyorum."

"Anlaşıldı efendim."

Kammler IntelCom bağlantısını kesti. Google arama motoruna "Amani Tatil Köyü" yazıp karşısına çıkan siteye girdiğinde büyüleyici turkuaz suların yıkadığı el değmemiş bembeyaz bir kumsalın fotoğraflarıyla karşılaşmıştı. Sahilin bittiği noktaya yerleştirilmiş hafifçe parlayan, billur gibi bir yüzme havuzu, şemsiyeli şezlonglar ve büyükçe bir barla tamamlanmıştı bu kompleks. Geleneksel kıyafetler giymiş Afrika yerlileri, asil yabancı misafirlere kaliteli yemekler getiriyordu.

Varoşlardan çıkan hiçbir çocuğun böyle bir yere uğrama ihtimali bile yoktu.

Çocuk gerçekten Amani'deyse onu başka biri oraya götürmüş olmalıydı. Bunu da Jaeger ile takımından başka kimse yapamazdı. Arkasındaki sebep ise gayet açıktı, çocuğu saklamak istiyorlardı. Onu korumaya almalarının da tek bir açıklaması olabilirdi, Afrika varoşlarından çıkan çulsuz bir çocuğun tüm insanlığa vadettiği o imkânsız umudu *fark etmişlerdi*.

Kammler e-postasını açtı. Peterson'dan gelen mesaja tıklayıp Simon Chucks Bello'nun e-postasını okumaya başladı.

> Bu Dale denen herif bana *maganji* verdi. Deli gibi para harcıyor, ciddi *maganji*. Jules, dostum, hepsini geri ödeyeceğim. Her şeyi sana borçluyum. Sonra da ne yapacağım biliyor musun dostum? Dev bir jet kiralayıp içine kumarhaneyle yüzme havu-

zu koyduracağım. Burayı dünyanın her yerinden; Londra'dan, Paris'ten, Brezilya'dan, Rusya'dan, Çin'den, Mars'tan ve hatta Amerika'dan kızlarla dolduracağım. Evet, otobüs dolusu Amerika güzeli getirteceğim. Hepinizi de uçağıma çağıracağım, çünkü siz benim *kardeşlerimsiniz*. Sonra şehrin üzerine yaklaşıp boş bira şişelerini falan aşağı atacağız, herkes ne kadar efsane bir parti verdiğimizi anlayacak. Uçağın arkasında da kocaman bir brandada şöyle yazacak, MOTO'NUN DEV DOĞUM GÜNÜ PARTİSİ – DAVETİYEYLE GİRİLİR!

Mburu ise şöyle yanıtlamıştı:

Oldu canım. Daha yaşını bilmiyorsun Moto, doğum gününün ne zaman olacağını nereden bileceksin? Hem o kadar parayı nereden buluyorsun bakalım? O jeti kiralamak için bayağı çok *maganji* gerekecek. Sen keyfini çıkar ve *mzungu*'nun dediği gibi ortalıkta görünme. Her şey bittiğinde parti yapacak çok vaktimiz olacak.

Görünüşe göre, "Moto" çocuğun takma adıydı. Aynı şekilde hayırsever *mzungu*'su -Kammler'in çok iyi bildiği bir kelime- tarafından gönlünün hoş tutulduğu da belliydi. Hatta o kadar keyfi yerindeydi ki çocuk bir doğum günü partisi planlıyordu.

Tüh be Moto, şansına küs! Bugün benim partim var.

Kammler IntelCom bağlantısını açıp öfkeli parmaklarla Steve Jones'un numarasını girdi. Birkaç kes kısa kısa çaldıktan sonra Jones cevap verdi.

"Dinle şimdi, bir konum yakaladık," diye gürledi Kammler. "Takımınla oraya gidip tehdidi yok etmeni istiyorum. Desteğe ihtiyaç duymanız hâlinde yukarıda bir de Reaper olacak. Ancak karşınızda varoş bir çocukla koruyucusu kimse o olacak. Bütün iş çocuk oyuncağı. Yersen!"

"Anlaşıldı. Ayrıntıları bekliyorum. Hemen yola çıkıyoruz."

Kammler, tatil köyünün sitesini de içeren kısa bir e-posta yazıp Jones'a gönderdi. Ardından Google'da "Amani" kelimesini arattı. Svahili dilinde "huzur" olduğunu öğrenince hafifçe gülümsedi.

Artık çok az kalmıştı.

O huzur yerle yeksan olacaktı.

82

Jaeger, damarlarında alev alan bir asit gibi hissettiren o birikmiş öfkesiyle topladığı bütün gücünü omuzlarına vererek son kapıyı da kırıp açtı.

Bir an duraksadı; hantal uzay kıyafeti kapı çerçevesine takılmıştı, kurtarıp içeri girdi. Silahıyla birlikte güçlü feneri karanlık odayı taradı. Işık, Jaeger'ın ne olduklarını bilmeyi aklından bile geçiremeyeceği bir sürü bilimsel malzemenin bulunduğu raflardan yansıdı.

Laboratuvar terk edilmişti.

İçeride tek bir ruh bile kalmamıştı.

Aynı kompleksin kalanında olduğu gibi...

Ne bir koruma ne de bir bilim adamı...

Takımıyla birlikte silahlarını sadece hastalıkla kudurmuş maymunlar üzerinde kullanmışlardı.

Burayı böylesine tenha bir şekilde bulmak son derece rahatsız edici, hatta tüyler ürperticiydi.

Jaeger kendisini acımasızca aldatılmış hissediyordu. Tüm zorluklara rağmen Kammler'in inini bulmuşlardı. Ancak Kammler ile adamları adalet ve intikam üzerlerine binmeden yuvadan kaçıp gitmişti.

Ama bu boşlukta, bu cansızlıkta Jaeger'a en büyük işkence tamamen özel bir sebepten kaynaklanıyordu; Ruth ile Luke'a dair hiçbir iz bulamamışlardı.

Odada birkaç adım attı, içeri giren son kişi arkasından kapıyı kapattı. Hastalığın bir odadan diğerine bulaşmasını engellemek için aldıkları bir önlemdi bu.

Kapının kapanmasıyla birlikte Jaeger çok keskin, sağır edici bir tıslama duydu. Hemen üzerindeki kapı çerçevesinden gelmişti bu ve bir kamyonun hava frenlerini boşaltması gibi bir ses çıkmıştı. Sıkıştırılmış hava patlamasına benziyordu.

Aynı anda, bir sürü iğnenin cildine saplandığını hissetti. FM54 maskenin kalın kauçuğu altında sağlam bir şekilde korunan başıyla boynunda bir sorun yoktu, güçlü filtre birimi de sırtına kalkan olmuş gibiydi.

Ama kolları ve bacakları alev alev yanıyordu.

Başını eğip kıyafetine baktı. Her yanında ufak ufak delikler açılmıştı. Bir tür bubi tuzağı cihazıyla vurulmuş olmalıydı, o da Trellchem'in kumaşını delip geçmişti. Takımın kalanının da aynı şekilde yara aldığını düşündü.

"Bantlanın!" diye bağırdı. "Delikleri kapatın! Herkes yanındakine yardım etsin!"

Panikatağın sınırlarında bir telaşla Raff'a döndü ve uzun uzun bantlar kopararak iri Maori'nin kıyafetinde açılan ufak delikleri kapattı. İşi bittiğinde, Raff da aynısını ona yaptı.

Jaeger tüm bu süreç boyunca kıyafetindeki basıncı takip etmişti. Neyse ki pozitif değerlerde kalmıştı. Filtre çantası otomatik olarak temiz hava pompalıyor, bu sayede kumaşta açılan deliklerden kirli havanın girmesini engelliyordu. Dışa dönük basınçla virüsler uzak tutulmuştu.

"Durum raporu!" diye bağırdı Jaeger.

Takım üyeleri birer birer raporlarını verdi. Hepsinin kıyafetleri delinmişti ama etkili bir şekilde açılan yerleri kapatmışlardı. Takım üyelerinin kıyafetleri içerisindeki hava basıncı da güçlendirilmiş hava birimleri sayesinde pozitif kalmıştı.

Ama Jaeger yine de kıyafetini delip geçen şeyin derisini kestiği yerde güçlü bir karıncalanma hissediyordu. Artık buradan çıkma zamanının geldiğine karar verdi. Sahildeki ıslak temizlik hattına dönüp zarar teftişi yapmaları gerekiyordu.

Tam emri vermek üzereydi ki hiç beklenmeyen bir şey oldu.

Belli belirsiz bir vızıltı duyuldu ve laboratuvarı kör edici bir halojen ışıkla aydınlatan elektrik bütün tesise can verdi. Odanın diğer ucunda kocaman bir düz ekran televizyon açıldı ve bir tür canlı bağlantıyla bir adam göründü.

Kim olduğu aşikârdı.

Hank Kammler.

"Beyler daha yeni geldiniz, nereye böyle?" Kollarını iki yana genişçe açarken sesi laboratuvarda yankılanıyordu. "Hoş geldiniz, dünyama hoş geldiniz! Alelacele bir şey yapmadan hemen açıklayayım. Az önceki bir sıkıştırılmış hava bombasıydı. Minik cam parçaları ateşledi. Patlayıcı yok. Cildinizde hafif bir karıncalanma hissedeceksiniz. Camların kestiği yerler işte... Normalde insan cildi tüm hastalıklara karşı mükemmel bir engel teşkil eder ama delindiği zaman aynısını söylemek mümkün değil. Patlayıcı olmaması kuru virüsün de zarar görmeden canlı bir şekilde kalması anlamına geliyor. 400 bar basınçla ateşlenen camlar cildinize girerken durağan virüsü de yanında taşıyordu. Yani anlayacağınız, hepinize bulaştı. Sanıyorum şu noktada size nasıl bir patojen olduğunu söylememe gerek yok."

Kammler uzun uzun güldü.

"Tebrik ediyorum, ilk kurbanlarımdan biri oldunuz! Şimdi önünüzdeki bu mükemmel açmazı her yanıyla takdir etmenizi rica edeceğim. Bu adada kısılıp kalmanın en doğrusu olduğuna karar verebilirsiniz. Çünkü oradan ayrılıp dünyaya adım atarsanız binlerce insanın katili olacaksınız. Hastalıklısınız. Şimdiden birer veba bombası oldunuz. Bu yüzden tek seçeneğinizin orada kalıp ölmeyi beklemek olduğunu düşünebilirsiniz. Bunu seçerseniz tesisin çok sayıda gıdayla dolu olduğunu görmek sizi memnun edecektir."

Kısa bir sessizlik olmuştu.

"Ancak tabii ki *Gottvirus* çoktan yola çıktı," diye devam etti Kammler. "Yoksa *salındı* mı desem? Biz konuşurken dahi dünyanın dört bir yanında yayılmasını sürdürüyor. Bu yüzden bir diğer seçenek olarak bana yardım edebilirsiniz. Nasıl derler; ne kadar taşıyıcı, o kadar yakıcı! Dilerseniz dünyaya çıkıp virüsün yayılmasına yardımcı olabilirsiniz. Tercih tamamen size ait... Ama şimdi rahatınıza bakın, size bir masal anlatacağım."

Kammler nereden konuşuyorsa, şu an hâlinden inanılmaz keyif alıyormuş gibi görünüyordu.

"Bir varmış bir yokmuş, iki SS bilim adamı donmuş bir ceset bulmuş. Kadın altın sarısı saçlarına kadar kusursuz bir şekilde korunmuş. Babam, SS General Hans Kammler, ona 'sevgili' anlamına gelen İskandinav tanrıçası Var'ın ismini vermiş. Var, Aryan halkının beş bin yıllık atasıymış. Ama ne yazık ki bir hastalığa yakalanıp ölmüş. Kendisine gizemli bir patojen bulaşmış.

Berlin'deki Deutsche Ahnenerbe'de kadını çözüp temizlemeye başlamışlar, sonuçta Führer'in huzuruna çıkacak hâle getirmeleri gerekiyormuş. Ama ceset çözüldüğü gibi içeriden çökmeye başlamış. Organları, karaciğeri, böbrekleri, akciğerleri, kadının cildi nefes alırken bile içeride çürüyüp ölmüş gibi görünüyormuş. Beyni bir lapaya, çorbaya dönmüş. Yani buzul yarığına düşüp helak olmadan önce hortlaklara benziyormuş.

Onu Aryan atası ismine yaraşır bir şekilde kusursuz hâle getirmekle görevli adamlar ne yapacaklarını bilememiş. Sonra içlerinden biri, Herman Wirth adında kendince arkeolog ve bilim adamı olan adam, çalışırken kayıp düşmüş. Kendini kurtarmak için uzandığı sırada, hem kendini hem de Deutsche Ahnenerbe'den çalışma arkadaşı Otto Rahn isimli efsane avcısını küçük bir cam teftiş sürgüsüyle kesmiş. Kimse üzerine düşmemiş ama iki adam da hastalanıp ölmüş."

Kammler çok uzaklardaki seyircilerine ürkütücü bir karanlıkla dolan gözlerini dikmişti şimdi.

"Yüzlerinde korkunç bir ifadeyle vücutlarındaki tüm boşluklardan kalın, siyah, iğrenç kanlar kusarak ölmüşler. Ne olduğunu anlamak için kimsenin otopsi yapmasına gerek yokmuş. Beş bin yıllık ölümcül bir hastalık Kuzey Kutbu'ndaki buzulların içinde donmuş bir şekilde varlığını sürdürmüş ve o an da yeniden can bulmuş. Var ilk kurbanlarını almış. Ardından Führer bu patojene *Gottvirus* ismini vermiş, çünkü daha önce böyle bir şey görülmemiş. Onun tüm virüslerin atası olduğu anlaşılmış. Tüm bunlar 1943 senesinde yaşanırken, Führer'in adamları sonraki iki yılı *Gottvirus*'ü geliştirmeye adamış. Bunu Müttefik sürülerini püskürtmek amacıyla kullanmak istiyorlarmış. Ama ne yazık ki başarılı olamamışlar. Zaman onları yenmiş. Ama artık işler değişti. Şimdi, şu an sizlerle konuşurken bile zaman tamamen bizim yanımızda..."

Kammler gülümsedi.

"Bu yüzden beyler ve bir bayan, artık tam olarak nasıl öleceğinizi öğrendiniz. Önünüzdeki seçeneklerden de bütünüyle haberdarsınız. Ya adada kalıp ses çıkarmadan ölür ya da dünyaya armağanımı sunmama yardım edersiniz. Siz İngilizlerin hiç anlamadığı şey şu, Reich'ı yenmeniz mümkün değil. Aryan ırkını yenemezsiniz. Yetmiş yıl sürse de geri döndük. Fethetmek için direndik, hayatta kaldık. *Jedem das Seine* dostlarım! Herkes hak ettiğini bulur!"

Kammler canlı bağlantıyı kesmek için uzandı ama sonra durdu.

"Az kalsın unutuyordum. Bir şey daha var. William Jaeger muhtemelen karınla çocuğunu adamda bulmayı umuyordun, değil mi? Artık rahatlayabilirsin, çünkü gerçekten oradalar. Uzunca bir süredir misafirperverliğimin keyfini çıkarıyorlardı. Sonunda onlarla yeniden buluşma zamanın geldi. Ancak tabii ki onlar da senin gibi bu hastalığa yakalandı. Zarar görmediler ama virüs bulaştı bir kere. Birkaç hafta önce iğnelerini yaptık. Sırf sen ölmelerini seyret diye... Yani mutlu bir aile olarak birlikte ölmenizi istemedim. Hayır, onlar önce ölecek; sen de çıplak gözle seyredeceksin. Ailen ormana asılmış bir bambu kafesinde bulabilirsin. Sanıyorum ki şimdiye kadar kendilerini biraz hasta hissetmeye başlamışlardır."

Ardından omuzlarını silkti.

"Bu kadar... *Auf Wiedersehen* dostlarım! Artık söyleyecek tek bir şey kaldı, *Wir sind die Zukunft.*" Dişleri mükemmel bir gülümsemeyle parladı. "Gelecek gerçekten de biziz."

83

Biri Jaeger'a saldırdı, ucu bilenmiş bir bambu çubuğunu yüzüne yüzüne itmişti. Kendi etrafında dönüp elindeki ilkel silahı bir gladyatörün mızrağını kullandığı ustalıkla çevirip küfürler savurdu; acımasız küfürler, Jaeger'ın en vahşi rüyalarında bile söyleyebileceğini hayal edemeyeceği sözler.

"GİT BURADAN! UZAK DUR! PARÇALARIM ULAN SENİ! ŞEREFSİZLER! OĞLUMA ELİNİ SÜRERSEN O KARARMIŞ KALBİNİ SÖKÜP ATARIM!"

Jaeger ürperdi. Âşık olduğu kadını, son üç yılını onu arayarak geçirdiği kadını neredeyse tanıyamıyordu. Saçları uzamış ve rastalı gibi kalın yığınlar hâline gelmişti. Bitap düşmüş yüzünün hatları vahşileşmiş ve elbiseleri omuzlarından kirli birer paçavra gibi sarkmıştı.

Tanrım! Onu ne zamandır böyle tutuyorlardı?

Bir hayvan gibi ormanda bir kafese hapsedilmişti.

Jaeger ilkel bambu silahının önünde kadını rahatlatmak için tekrar tekrar aynı şeyleri söyleyerek çömeldi.

"Benim, Will! Kocan! Söz verdiğim gibi geldim işte, sizi kurtarmaya geldim! Buradayım!"

Ancak her cümlesi, acı dolu yüzüne savrulan yeni bir hamleyle karşılanıyordu.

Kafesin arka tarafında, Luke'un bir deri bir kemik kalmış bedenini gördü. Ruth var gücüyle düşman sandıklarından onu korumaya çalışırken muhtemelen bilincini yitirmiş bir şekilde yatıyordu. Bu görüntü Jaeger'ın kalbinde bir yara açtı.

Her şeye rağmen karısını mümkün olduğundan bile daha çok seviyordu şimdi. Özellikle de oğlunu korumaya çalışan bu cesur, öfkeli ve çaresiz hâlini gördükten sonra... Ama aklını mı kaybetmişti? Yılların tutsaklığı ve virüs artık onu yenmiş miydi?

Jaeger emin olamıyordu. Tek istediği, karısını kollarına alıp artık güvende olduklarını söylemekti. En azından *Gottvirus* devreye girip beyinlerini yakana kadar...

"Benim Ruth, benim Will!" diye tekrarladı. "Hep sizi aradım. Sonunda buldum. Luke ve seni kurtarmaya geldim. Eve götüreceğim sizi. Artık güvendesiniz!"

"Şerefsiz! Yalan söylüyorsun!" Ruth şiddetle kafasını iki yana sallarken elindeki bambuyla bir hamle daha yaptı. "Sen o acımasız Jones'sun! Evladımı almaya geldin..." Tehditkâr bir şekilde silahını bir kez daha savurdu. "LUKE'A ELİNİ SÜRERSEN..."

Jaeger kadına doğru uzandı ama tam o sırada nasıl göründüğünü hatırladı; uzay kıyafeti, vizörü ve kalın eldivenlerin içinde kalmıştı.

Tabii ya! Kim olduğunu nereden bilecekti?

Kendisini tanımasına imkân yoktu.

Bu şekilde giyindiği için ona işkence edenlerden biri olabilirdi. Ayrıca maskenin hoparlör sistemi yüzünden sesi muhtemelen bir robot gibi çıkıyordu, sesini çıkarması da mümkün değildi.

Uzanıp başlığını arkaya doğru çekti. Kıyafetindeki temiz hava dışarı fışkırıyordu ama Jaeger'ın umurunda değildi. Virüs bulaşmıştı zaten. Artık kaybedecek hiçbir şeyi yoktu. Titreyen parmaklarıyla solunum cihazının kayışlarını çözdü, sonra kafasından çıkardı.

Yalvaran gözlerle karısına bakıp, "Ruth, benim! Gerçekten benim!" dedi.

Kadın kalakaldı. Bambu çubuğunu artık eskisi kadar sıkı tutmuyordu. Jaeger'ı tanıdığı, bakışlarından alev alev belli olsa bile başını şüpheyle iki yana salladı. Sonra kalan son enerjisiyle bedenini kafesin kapısına atarak yere yığılıp Jaeger'ın kalbini paramparça eden boğuk bir çığlık attı.

Ardından çaresizce, hâlâ inanmaya inanmaya kocasına uzandı. Elleri Jaeger'ın elleriyle buluştu. Parmakları birbirine geçti. Başları birbirine dayandı. O sevgi dolu dokunuşa, o sıcaklığa aç bedenleri bir araya geldi.

O esnada Jaeger'ın yanında biri belirdi, Raff'tı. Elinden geldiğince tedbirli bir şekilde kafesi dışarıdan kilitli tutan sürgüleri çıkardı, sonra onları yalnız bırakmak için geri çekildi.

Jaeger içeri uzanıp karısını kendine çekti. Sarıldı. Sımsıkı sarılırken, yara bere içinde kalmış, yıpranmış bedenine daha fazla acı çektirmemeye çalışıyordu. Karısının ne kadar sıcak olduğunu hissetti, hastalığın ateşi damarlarında yanmaya başlamış olmalıydı.

Ruth bir ömür gibi geçen süre boyunca titreyip ağlarken, ona sıkı sıkı sarılan Jaeger da gözyaşlarının akmasına müsaade etti.

Raff olabildiğince nazik bir şekilde Luke'u kafesin arkasından aldı. Jaeger bir kolunu oğlunun çok cılız kalmış bedenine sararken diğeriyle de Ruth'u tutarak onun yere yığılmasını önlüyordu. Üçü birden ağır ağır dizlerinin üzerine çöktü, Jaeger üç yılın ardından ailesine sarılıyordu.

Luke tüm bunlar olurken hiç tepki göstermedi, Raff tıbbi bakım çantasını getirirken Jaeger da oğlunu yere yatırdı. İri Maori, çocuğun bilinçsiz bedeninin üzerine eğildiği sırada Jaeger adamın gözlerinde yaşlar gördü. İkisi birlikte Luke'un tedavisini gerçekleştirirken Ruth da hıçkırarak konuşuyordu.

"Bir adam vardı, Jones. Şeytan gibiydi. Tam bir şeytan! Bize neler yapacağını söyledi. Neler de yaptı! Başta seni o sandım." Korku dolu gözlerle etrafına baktı. "Hâlâ burada olamaz, değil mi? Lütfen burada olmadığını söyle!"

Jaeger karısına sarılıp, "Burada bizden başka kimse yok," dedi. "Kimse bir daha dokunamayacak size. Güven bana. Kimse bir daha asla size zarar veremeyecek."

84

Wildcat helikopter hızla göğe tırmanırken şafak doğuyordu.

Jaeger helikopterin çelikten soğuk zeminine yatırılmış bir çift sedyenin başında çömelmiş, karısıyla oğlunun ellerini sımsıkı sarmalamıştı. İkisi de korkunç derecede hastaydı. Ruth'un kendisini tanıdığından hâlâ tam olarak emin olamıyordu.

Karısının gözlerinde bulanık, uzaklara dalmış bir ifade vardı. Izdıraplarını sona erdirmeden önce maymunların gözlerinde tanık olduğu ürkütücü bakışların gözleri ele geçirmesinden hemen önceki safhaya geçmişti artık.

Berbat bir yorgunluğun yanına karanlık bir umutsuzluk hissi de eklenmiş, fiyasko niteliğindeki başarısızlığın ağır vurgunuyla bir araya gelen tükenmişlik çökmesine sebep olmuştu.

Yolun her santiminde Kammler onların bir adım önündeydi. Önce tüm takımı tuzağına çekmiş, ardından canlılığını yitirmiş kuru kabuklar gibi tükürüp atmıştı. Jaeger içinse olabilecek en büyük intikamı hazırlamış, son günlerini hayal dahi edemeyeceği bir dehşetle geçirmesini sağlamıştı.

Jaeger acıyla felç olmuş gibi hissediyordu. Bütün bedeni kıvranıyordu. Ruth ve Luke'u üç uzun yıl boyunca aramış ve sonunda bulmuştu. *Ama ne hâlde?*

Hayatında ilk kez olmak üzere aklından korkunç bir fikir geçti; *intihar.* Ruth ve Luke'un böyle ağza alınmayacak, kâbus gibi bir şekilde hayata gözlerini yummasını seyretmek zorunda kalacaksa en iyisi onların yanına katılmaktı.

Jaeger yapacağı şeyin bu olduğuna kesin karar verdi. Karısıyla oğlu, bu sefer sonsuza kadar olmak üzere ikinci sefer ellerinden alınırsa, erkenden ölmeyi tercih edip beynine bir mermi saplayacaktı.

En azından bu sayede Kammler'in nihai zaferine bir darbe indirebilirdi.

Takımıyla birlikte Veba Adası'ndan ayrılma kararını vermeleri pek uzun sürmemişti. Orada yapabilecekleri hiçbir şey yoktu. Ne Ruth ve Luke için ne kendileri için ne de yavaş yavaş kıyamete yaklaşan insanlık için...

Kendilerini de kandırmıyorlardı ama. İyileşmeyeceklerini biliyorlardı. Bambaşka bir dünyadan gelen beş bin yıllık bir virüsün çaresi yoktu. O helikopterdeki herkes, gezegende nefes alan insanların büyük kısmıyla birlikte son günlerini sayıyordu.

Kırk beş dakika kadar önce Wildcat, adanın sahiline iniş yapmıştı. Helikoptere binmeden önce bütün takım üyeleri ıslak temizlik çadırından geçmiş, baştan ayağa yıkanıp uzay kıyafetlerini çıkarmış ve sonra da EnviroChem karışımlı suda bir kez daha yıkanıp cam parçalarını vücutlarından atmıştı. Tabii hiçbiri bulaşan hastalıktan kurtulabileceklerini düşünmüyordu. Kammler'in dediği gibi artık hepsi birer virüs bombasıydı. Hastalığa yakalanmayan herkes için ağızlarından ayrılan her bir nefes potansiyel bir idam hükmüydü.

Bu yüzden FM54 maskelerini çıkarmamaya karar verdiler. Solunum cihazları yalnızca içeri giren havayı filtrelemekle kalmıyor, Hiro Kamishi'nin usta elleri sayesinde yaptığı ayarlamalar neticesinde verdikleri nefesi de filtreleyebiliyordu. Böylece virüsü yaymaları bir nebze engellenebilirdi.

Kamishi'nin hızlı çalışması gayet pratikti, kendine has riskleri olsa da ellerindeki tek seçenek buydu. Hepsi standart cerrah maskelerine benzeyen bir partikül filtresini solunum cihazının çıkış bölümüne yapıştırmıştı. Bu sayede çok daha güçlü bir direnç sağlanırken, ne yazık ki akciğerlerin virüsü çıkarıp temizlenmesi imkânsız oluyordu.

Dışarı çıkamayan *Gottvirus*, solunum cihazının etrafında, yani gözlerde, ağız ve burunda toplanıyordu. Bu da nihayetinde semptomların ortaya çıkma hızında inanılmaz bir artışa sebep oluyor; virüsün yüklenmesini, başka bir deyişle enfeksiyonun yayılmasını hızlandırıyordu. Kısacası bütün takım başka insanlara virüsü bulaştırmamak için iki katı zehirlenmeyi göze almıştı. Yine de bütün insanlık uçurumun kenarında olduğu için pek önemli değilmiş gibiydi bu.

Jaeger omzunda rahatlatıcı bir el hissetti, Narov'du. Gözlerinde acı dolu bir boşlukla kafasını kaldırıp kadına baktı, sonra yeniden başını çevirip Ruth ve Luke'a döndü.

"Onları bulduk. Ama her şeyden sonra o kadar çaresizim ki..."

Narov hemen yanına eğildi; o çarpıcı, pırıl pırıl, buz mavisi gözleri Jaeger'ın gözleriyle buluştu.

"Olmayabilirsin." Sesinde şiddetli bir gerginlik vardı. "Kammler bu virüsü nasıl dünyaya yaydı? Düşünsene biraz. Virüsün çoktan *salındığını* söyledi. 'Biz konuşurken dahi dünyanın dört bir yanında yayılmasını sürdürüyor.' Yani bir şekilde silahlaştırdı. Peki bunu nasıl *başardı*?"

"Ne önemi var? Salınmış bile! İnsanların kanına girdi bile!" Jaeger bakışlarını karısı ve çocuğunun üzerinde gezdirdi. "*Onların* kanına girdi bile! Ürüyor. Ele geçiriyor. Nasıl yayıldığının ne önemi var?"

Narov, Jaeger'ın omzunu daha da güçlü sıkarak başını iki yana salladı.

"Düşün. Veba Adası terk edilmişti. Sadece insanlar da değil, bütün maymun kafesleri bomboştu. Primat yuvalarını boşalttı. Virüsü tüm dünyaya bu şekilde, o KRP kargolarıyla ihraç etti. İnan bana, bundan eminim. Daha erken hastalık belirtisi gösteren hayvanları da ormana bıraktı."

Kısa bir duraklamanın ardından, "Ratcatcher o maymun ihracat uçuşlarının izini sürebilir," diye devam etti. "Maymunlar hâlâ karantinada olabilir. Virüsü tamamen durduramayacaktır bu ama maymun evlerini patlatabilirsek en azından yayılmasını durdurabiliriz."

"Ama ne önemi var?" diye tekrarladı Jaeger. "O uçaklar hâlâ havada değilse ve bir şekilde onları durduramazsak virüs dünyayla tanıştı demektir. Evet, bize biraz zaman kazandırabilir. Belki birkaç gün... Ama tedavisi olmadan sonuç aynı kalır."

Narov'un ifadesi karanlık bir hâl aldı, suratı asılmıştı. Bir parça umut bulup tutunmuştu ama aslında kuruntudan başka bir şey değildi bu.

Mırıldanıp, "Kaybetmekten nefret ediyorum!" dedi.

Saçlarını atkuyruğu bağlamak için ellerini uzattı, sanki yeni bir mücadeleye hazırlanacaktı ama sonra solunum cihazının yüzünde olduğunu fark etti.

"Denemek zorundayız. *Mecburuz.* Bizim işimiz bu Jaeger!"

Denemek zorundaydılar, evet ama şimdiki soru bunu nasıl yapacaklarıydı. Jaeger bütünüyle mağlup hissediyordu. Virüsün her geçen saniye ağır ağır da olsa yok ettiği Ruth ve Luke yanında böyle uzanmış yatarken, artık savaşmaya değecek hiçbir şey kalmamıştı âdeta.

Düşmanları ailesini ellerinden aldığı ilk seferde onları koruyamamıştı. Daha sonra onları bulup kurtarma, bir telafi bulma umuduna sarılmıştı. Şimdi yeniden ailesine kavuşsa bile kendini artık tamamen güçsüz, her şeyiyle aciz hissediyordu.

"Kammler... *Kazanmasına izin veremeyiz.*" Narov'un parmakları, Jaeger'ın omzunda daha da derine battı. "Yaşam varsa umut da vardır. Birkaç gün bile büyük bir fark yaratabilir."

Jaeger boş gözlerle Narov'a baktı.

Narov sedyelerde yatan Ruth ve Luke'u gösterip, "Yaşam varsa umut da vardır. Bize önderlik etmen, harekete geçmen lazım. Sen Jaeger! *Sen!* Benim için... Ruth ve Luke için... Nefes alan, seven, gülen herkes için harekete geç Jaeger! Ölürsek de savaşarak ölelim!" dedi.

Jaeger tek bir kelime etmedi. Dünya durmuş gibiydi, zaman hareketine son vermişti. Sonra ağır ağır Narov'un omzundaki elini sıkıp ayağa kalktı. Erimiş gibi hissettiren bacaklarını zorlayıp tökezleyerek kokpite ilerledi. Pilot ile konuşurken sözleri FM54'ün hoparlöründen soğuk ve yabancı geliyordu.

"Airlander'daki Miles'ı bağla bana."

Pilot söyleneni yaptı ve telsizi Jaeger'a iletti.

"Ben Jaeger. Helikopterdeyiz." Çelik gibiydi sesi. "İki sedye vakası getiriyoruz, ikisi de enfekte olmuş durumda... Kammler primatları adadan göndermiş. Maymunlarla virüsü yayıyor. Rat'ı işin başına koyun. Uçuşların izini sürsün, maymun evlerini bulun ve hepsini havaya uçurun."

"Anlaşıldı," diye yanıtladı Miles. "Halledeceğim, bana bırak."

Ardından Jaeger, Wildcat pilotuna döndü.

"Airlander'a acilen ulaştırmamız gereken yaralılar var, şu aletin ne kadar hızlı gidebildiğini göstersene biraz."

Pilot gaz kumandalarını ileri itti. Wildcat daha da yükseklere tırmanıp hızlanırken Jaeger içinde büyüyen bir kıpırtıyı hissediyordu.

Savaşarak ölelim.

Bu savaşı vereceklerdi. Belki kaybedeceklerdi ama çocukken izci başının, izciliğin kurucusu Baden-Powell'dan alıntı yaparak söylediği gibiydi; *ölene kadar öldüm deme.*

Jaeger'ın elinde ailesini ve tüm insanlığı kurtarmak için artık haftalar vardı.

85

Airlander'ın aydınlatılmış ambarında insanlar bir o yana bir bu yana koşuşturdu. Sesler yankılandı, bağıra çağıra verilen emirler Taranis drone'ların pürüzsüz çizgilerinden sekti. Hepsinin üzerinde, pilot motoru kapatmaya hazırlanırken Wildcat'in pervaneleri sesini alçaltıyordu.

Tıbbi bir takım devreye girmiş, şimdiden Ruth'u taşınabilir hasta karantina ünitesi Isovac 2004CN-PUR8C'ye götürmeye başlamışlardı. Bütün sistem; tekerlekli bir sedye üzerine yerleştirilmiş, içerisinde dairesel beş kemerin bulunduğu şeffaf bir plastik silindirden oluşuyordu.

Dördüncü seviye bir patojen bulaşmış hastaların karantinaya alınmasına yararken aynı zamanda doktorların müdahalelerine de olanak sağlıyordu bu. Şu an ise Ruth ve Luke'un bulabildikleri tüm tedaviye ihtiyaçları vardı.

Karantina ünitesinin iki yanına kauçuktan sert cerrah eldivenleri monte edilmişti. Doktorlar dışarıdan ellerini bu eldivenlere sokuyor, hiçbir bulaşma riski olmadan hastalarla ilgilenebiliyordu. Sistemde ayrıca ilaçların verilmesini sağlayan vakum kilidi de bulunuyordu. Ek olarak bir de hastaya serum ve oksijen takviyesi yapmak için gövde kısmına denk gelen girişler vardı.

Luke çoktan karantina ünitesine koyulup sıkıca kilitlenmiş ve gövde girişlerine bağlanmıştı. Ruth ise kendi karantinası için Wildcat helikopterden kaldırılıyordu.

Jaeger için şu an yaşadığı en karanlık günün en kötü dakikaları olmuştu. Öyle ki daha yeni bulduğu karısıyla evladını bir kez daha kaybediyor gibi hissetmişti.

Kafasında kurduğu dehşet verici benzetmeyi aklından çıkaramadı. Karantina ünitelerini Ruth ve Luke'un ceset torbasıymış gibi düşündü. Sanki çoktan ölü ilan edilmiş ya da en azından kurtarılamaz sınıfına alınmış gibiydiler.

Karısının yarı baygın bedenini taşıyan takımla helikopterden çıkarken durmak bilmeden dönen karanlık bir boşluğa çekiliyor gibi hissetti.

Ruth'un, pompalı bir tüfeğin arka ucundan namlusuna itilen bir mermi gibi ayaklarından üniteye alınmasını seyretti. Er ya da geç elini bırakması gerekecekti, karısının hiçbir tepki vermeyen elini.

Son dakikaya kadar bırakmadı, parmakları Ruth'un ellerini kavradı. Sonra tam bırakmak üzereyken bir şey hissetti. Hayal mi kurmuştu; yoksa karısının uzun parmaklarında bir bilinç, bir yaşam belirtisi mi vardı?

Bir anda kadının gözleri açıldı. Jaeger kalbinde pompalanmaya başlayan inanılmaz bir ümit kıvılcımıyla bakakaldı. Neredeyse o ürkütücü bakış kaybolmuş, karısı sanki bir anlığına geri dönmüştü. O vahşi, deniz yeşili gözlerinde bir kez daha uçuşan kendine özgü altın benekleri tekrar görmüştü.

Jaeger, karısının gözleri dört bir yanı tararken seyretti. Her şeyi zihnine alıyor, her şeyi anlıyordu. Dudakları oynadı. Jaeger duyabilmek için yaklaştı.

"Daha da yaklaş sevgilim," diye fısıldadı.

Jaeger, karısının dudaklarını öpecek mesafeye inene kadar eğildi.

"Kammler'i bul. Seçilmişleri bul," diye mırıldadı. Gözlerinde anlık bir alev parlaması oluştu. "Kendisi gibi aşı yaptıklarını bul."

Bununla birlikte bir anlık uğrayan berraklık da yok oldu. Jaeger, karısının gözleri bir kez daha çırpınıp kapanırken, parmaklarının da elini terk ettiğini hissetti. Doktorlara dönüp başıyla onayladı ve Ruth'un tamamen üniteye alınmasına müsaade etti.

Karantina ünitesi kapatılırken bir adım geri çekildi. Birkaç saniye de sürse, o muhteşem, kıymetli kısacık anda kendisini tanımıştı.

Jaeger'ın beyni durmadan çalışıyordu. *Kammler'i ve aşı yaptıklarını bul.*

Aklına sağlık be Ruth! Kalbinin makineli tüfek gibi atmaya başladığını hissetti. Belki, çok ufak bir ihtimal de olsa tarifi imkânsız bir ümit doğmuştu.

Biricik ailesine son bir bakış attıktan sonra Jaeger, sedyelerin Airlander'daki revire götürülmesine izin verdi. Sonra takımını yanına çağırıp zeplinin ön kısmına koştu.

Uçuş güvertesinde bir araya geldiler. Jaeger hâl hatır sormadı. Hiç zamanı değildi.

"Dinleyin şimdi. Çok iyi dinleyin! Birkaç saniye de olsa karımın bilinci yerine geldi. Unutmayın, çok uzun bir süredir Kammler'in inindeydi. Her şeyi gördü." Takıma göz gezdirdikten sonra bakışları yaşlı Miles'ın üzerinde durdu. "Bana şunu dedi; 'Kammler'i bul. Kendisi gibi aşı yaptıklarını bul.' Yani onlardan bir tedavi çıkarabileceğimizi ima etti. Ama bunun imkânı var mı? Bilimsel açıdan soruyorum, bu yapılabilir mi?"

"Aşılılardan çıkarıp bir tedavi sentezlemek mi? Teoride yapılabilir," diye yanıtladı Miles. "Kammler'in kendi sistemine enjekte ettiği panzehir ne olursa olsun, kopyalayıp kendimize enjekte etmemiz mümkün... Zamanında yeterince ilaç üretmek zor olacaktır ama birkaç haftaya yapılabilir. Yani muhtemelen. Asıl sorun onu ya da yakınındakilerden birini bulmak... Ancak bunun için hiç zamanımız yok. Hemen başlamak..."

"Tamam, haydi o zaman!" diye sözünü kesti Narov. "Kammler bunu düşünmüş olacak. Bize hazırlanacak. Onu bulmak için dünyanın altını üstüne getirmemiz gerekecek."

"Daniel Brooks'a olanları hemen aktaracağım," diye duyurdu Miles. "CIA ile dünyanın tüm istihbarat örgütleri bizimle birlikte arayacak. Sonra..."

"Ağır olun biraz, ağır!" Jaeger sessizlik için ellerini kaldırdı. "Bir saniye!"

Kafasını toparlamak için başını iki yana salladı. Az önce hayatının en berrak anlarından birini yaşamıştı ve buna sımsıkı tutunması, daha da pırıl pırıl bir hâle getirmesi gerekiyordu.

Takımına bir bir baktı, bakışlarında inanılması güç bir heyecanın alevi parıldıyordu.

"Zaten elimizde var. İlacı diyorum. En azından kaynağı var."

Herkesin kaşları çatıldı. Jaeger kafayı mı yemişti?

"Çocuk, varoş çocuk, Simon Chucks Bello. Hayatta kaldı. Kammler'in adamları ona aşı yaptığı için hayatta kaldı. Çocuk *muaf*! Kanında bağışıklık var. O da bizim yanımızda... En azından Dale'in yanında... Onun üzerinden bağışıklığın kaynağını çıkarabilir ve seri üretebiliriz. *Her şeyin cevabı o çocuk!*"

Jaeger neden bahsettiğini anlamalarıyla birlikte tüm takımın gözlerinde yeniden yanan o alevi görmüştü ve vücudunda daha önce hissetmediği bir enerji patlamasıyla karşılaştı.

Miles'ın gözlerine kilitlendi.

"Wildcat'i yeniden uçurmamız lazım. Dale'e ulaşın. Çocuğu uçup alabileceğimiz bir yere götürmesini söyleyin. Tüm kalabalık kumsallardan ya da kolayca erişilebilecek toprak parçalarından uzak dursunlar."

"Anlaşıldı. Direkt buraya getireceksiniz, değil mi?"

"Evet ama onlara saklanmalarını söyleyin, Kammler izliyor olabilir. Başından beri hep bir adım önümüzdeydi. Bu sefer izin veremeyiz."

"İki Taranis'i de uçuracağım. Dale'in konumu üzerinde dolanacaklar. Bu sayede korumanız da olur."

"Kesinlikle! Öğrendiğiniz gibi onları alacağımız konumu telsizle bize bildirin. Amani'den kuzey ya da güneye sahil hattında bir mesafe verseniz bile yeter, biz ineceğimiz yeri buluruz. Ayrıca Dale'e söyleyin, gözümüzün akını görene kadar başını bile çıkarmasın."

"Anlaşıldı, ben hallederim."

Jaeger hızla takımını Airlander'ın ambarına götürdü. Wildcat'in pilotunu yakaladı.

"Aleti buradan döndürmen gerekiyor. Ras Kutani isminde bir bölgeye gideceğiz. Buranın neredeyse direkt batısında olması lazım. Amani isminde bir tatil köyünden alacağımız kişiler var."

"Beş dakika ver bana," diye yanıtladı pilot, "sonra uçmaya hazırız."

86

Üç Nissan Patrol model 4x4 araç güney yönünde tozu dumana katarak ilerlerken, dev lastikleri el değmemiş sert toprak yolun tırtıklı yüzeyinde makineli tüfekler gibi sarsılıyordu. Hemen arkalarında bıraktıkları koca toz bulutu kilometrelerce öteden görülebilecek düzeydeydi, tabii bir izleyenleri varsa.

En öndeki aracın ön yolcu koltuğunda Steve Jones'un iri yarı cüssesi kendine yer bulmuş, adamın tıraşlı kafası sabah güneşinde parlamaya başlamıştı. Cep telefonunun titrediğini hissetti. Havalimanından ayrılalı belki otuz kilometre olmuştu ama neyse ki telefonlar hâlâ çekiyordu.

"Jones."

"Amani'ye ne kadar kaldı?" diye sordu bir ses. Kammler'di.

"En fazla yirmi dakika."

"Çok!" diye bağırdı. "O kadar bekleyemez!"

"Ne bekleyemez?"

"Üzerinizde bir Reaper drone var ve bir Wildcat helikopterin geldiğini gördü. Çok hızlılar. Belki beş dakika. Bir şey çıkmayabilir ama risk alamam."

"Ne öneriyorsun yani?"

"Oteli vuracağım, Amani'yi. Wildcat için de ilk Hellfire'ı ayıracağım."

Steve Jones bir an durakladı. Az önce duyduğu şey karşısında o bile hayrete düşmüştü.

"Ama çok az kaldı. Zorlarsak on beş dakikaya bile varabiliriz. Helikopteri vur yeter."

"Risk alamam."

"Ama direkt bir tatil köyünü vuramazsın. Bir sürü turist vardır."

"Senin tavsiyeni istemiyorum!" diye çıkıştı Kammler. "Olacaklara dair uyarıyorum sadece."

"Yedi ton bombayı kafama düşüreceksin be!"

"O zaman hızla girip çık. Çocuğu ve yoluna çıkan herkesi öldür. Unutma, burası Afrika... Afrika'da polislerin gelmesi uzun zaman alır, o da zahmet ederlerse tabii. İşini düzgün yaparsan gördüğün en büyük maaşı alacaksın. Başaramazsan sadece Reaper bana yeter."

Arama sona erdi. Jones biraz kaygılı gözlerle etrafına bakındı. Güç delisi bir manyak için çalıştığını düşünmeye başlamıştı. CIA'in Direktör Yardımcısı olsun olmasın, Kammler kafasına ne eserse onu yapıyordu.

Ama para iyiydi. Şikâyet edemeyeceği kadar iyi...

Hayatında hiçbir zaman bu kadar az iş yapıp bu kadar çok para kazanmamıştı. Hem Kammler ölüm kanıtı getirirse, yani çocuğun öldüğünü ispatlayabilirse kendisine iki katı para vereceğini söylemişti.

Jones hepsini kazanmaya kararlıydı.

Zaten Kammler muhtemelen haklıydı. Afrika'nın bu kadar uzaklarında kim kalkıp soruşturma açacaktı ki? Birileri olay mahalline gelene kadar adamlarıyla çoktan gitmiş olacaklardı.

Sürücüye döndü.

"Patron aradı. Hızlanıyoruz. Koyduğumun yerine dün varmamız lazımdı, dün!"

Şoför gaz pedalını yere değdirdi. İbre yükselip 100 km/s'e kadar çıktı. Toprak yolun engebeli yüzeyinde tam gaz ilerleyen dev Nissan sanki parçalara ayrılacak gibiydi.

Jones'un ise umurunda değildi. Onu ilgilendirmiyordu, zaten kiralamıştı.

87

Rüzgârın dövdüğü okyanustan püsküren buharları delip geçen Wildcat, nemli kumun üzerine iniş yaptı. Dalgalar çekiliyordu ve sahil de suyla sırılsıklam olduğu yerde en sağlam hâldeydi.

Jaeger, Narov, Raff, James, Kamishi ve Alonzo helikopterden atlarken pilot pervaneleri açık bıraktı. Gördükleri en büyüleyici manzaralardan birinin dibine inmişlerdi. Dale, çocuğu alıp tatil köyünden görülmelerini engelleyecek burunu geçene kadar güneye doğru ilerlemişti. Buradaki alçak falezler birden denizle buluşuyor, dalgaların şekil verdiği kızıl kayalar göz alıcı şekillere bürünüyordu.

Takım iner inmez savunma pozisyonu alıp su yüzeyine çıkan kayaların arkasına saklandı. Jaeger hemen öne atıldı. Onu karşılamaya koşan bir adam görmüştü. Dale ile yanında kendine özgü fiziğiyle çocuk vardı; Simon Chucks Bello, an itibariyle dünyanın en aranan adamı.

Amani'de geçen birkaç günün ardından çocuğun kum, deniz ve tuzla buluşup sertleşen saçları daha da vahşi görünüyordu. Üzerinde kendisine iki beden büyük olduğu bariz rengi solmuş bir şortla Dale'den aldığı belli olan bir güneş gözlüğü vardı.

Simon Chucks Bello hakikaten havalı bir elemandı. Şu an insanlık tarihi için ne kadar önemli olduğuna dair ise en ufak bir fikri yoktu.

Jaeger çocuğu kucaklayıp elli metre ötede bekleyen helikoptere koşmak için hamle yaptığı sırada ensesinden başlayıp beline kadar inen bir ürpertiyle kalakaldı.

Wildcat'in pervaneleriyle püsküren okyanus suyunun yarattığı sisi parçalaya parçalaya yaklaşan, alçaldıkça yükselen çığlığı Jaeger'ın beynini yakan bir şey vardı.

Füze, Wildcat'in tepesini yarıp geçerken çatısındaki metali konserve kapağı gibi rahatlıkla deldi. Kör edici bir parlamayla patladı; ateş saçan şarapnelleri helikopteri delik deşik ediyor, ikiz yakıt tanklarını parçalarına ayırıyordu. Tanklar alev aldı, tuzla buz olan helikopter gövdesinden ölüm saçan bir ejderhanın nefesi püskürdü.

Patlamanın çıkardığı duman bulutu helikopterin dört bir yanına süzülürken çıkan ses kulaklarını sağır etmiş, sahil şeridini boydan boya dolanmıştı. Jaeger ise kımıldayamadan seyretmişti.

Her şey bir saniye bile sürmemişti.

Füzeden çıkan bu oldukça tiz, işkence gören bir kurdun ulumasına benzeyen sesi tanıyacak kadar Hellfire saldırısı görmüştü. Şu an da takımı ve Simon Chucks Bello ile bir füzenin hedefi olmuşlardı, yani yukarıda bir Reaper vardı.

"HELLFIRE!" diye bağırdı. "Çekilin! Ağaçların altına!"

Çocukla Dale'i yanında sürükleyerek ağaçların yoğun olduğu tarafa koştu. Doğal olarak Simon Chucks Bello'nun korkuyla donmuş gözleri ardına kadar açılmış, gözbebekleri mümkün olanın ötesinde genişlemişti.

"Çocuğu sakın bırakma!" diye bağırdı Dale'e. "Sakinleştir! Ne yaparsan yap, *sakın o çocuğu kaybetme!*"

Jaeger yuvarlanıp bir ağaca sırtını dayadı, pantolonunun cebine uzanıp Thuraya uydu telefonunu çıkardı ve hızlı aramadan Airlander'ı aradı. Miles daha çalmadan cevap verdi.

"Helikopter vuruldu! Üzerimizde bir Reaper var sanırım."

"İlgileniyoruz. Taranis ile bir Reaper gökyüzünde pis bir dalaşa girdi."

"Kazanın o zaman! Yoksa ölürüz!"

"Anlaşıldı. Bir şey daha var. Tatil köyüne doğru gelen üç tane 4x4 gördük. Çok hızlılar, ön kapıya varmalarına beş dakika var. İyi bir amaçla geldiklerini sanmıyorum."

Kahretsin!

Kammler drone'ların yanına bir de kara kuvveti eklemiş olmalıydı. Böyle yapması da mantıklıydı zaten. Çocuğu 10.000 feet yüksekteki doğrulanmamış bir Reaper'a bırakacak kadar özensiz bir adam değildi.

"Drone'ları yok ettikten sonra Taranis'i konvoya yönlendirebiliriz," diye devam etti Miles. "Ama o zamana kadar yanınıza gelecekler."

"Tamam, buradaki iskelede duran birkaç tekne var," dedi Jaeger. "Birini alıp çocukla açılacağım. Airlander'ı sudan bizi alacak şekilde indirebilir misiniz?"

"Bir dakika, pilota veriyorum."

Jaeger, Airlander'ın pilotuyla kısa bir konuşma yaptı. Kurtarma planı yapıldıktan sonra harekete geçmek için hazırlandı.

"Benimle!" diye bağırdı telsizine. "Herkes benimle birlikte!"

Tüm takım birer birer toplandı. Hepsi iyi bir şekilde saklandığı için Hellfire saldırısından zarar görmemişti.

"Tamamdır, haydi gidelim. Hızla!"

Ardından, hemen arkasında takımıyla birlikte Jaeger sahilde koşmaya başladı. Hepsi bir açıklama beklemeyecek kadar durumun farkındaydı.

"Çocuğu aramızda tutun!" diye bağırdı Jaeger omuzlarının üzerinden. "Ateşten koruyun! Çocuk her şeyden önemli!"

88

Sahilin birkaç yüz metre ötesinden, tatil köyünden makineli tüfek ateşinin kısa patlamaları duyuldu. Amani'nin korumaları vardı ve belki onlar savunmaya geçmiş olabilirdi. Ama Jaeger'ın buna inanası yoktu.

Ateşler muhtemelen Kammler'in kara kuvvetinin yolunu açmasıyla alakalıydı.

Jaeger, Dale ile çocuğu bota yerleştirdi. Büyük, gayet şık bir okyanus teknesiydi ve Jaeger kalkışa hazır şekilde yakıtının dolu olması için dua ediyordu.

"Motoru çalıştır!" diye bağırdı Dale'e.

Gözlerini ustaca tasarlanmış ahşap iskeleye çevirdi. Olası bir kovalama hâlinde kullanılabilecek en az on tekne vardı. Hepsini etkisiz hâle getirmek mümkün değildi, Kammler'in kara kuvveti her geçen saniye yaklaşıyordu.

Takımına savunma pozisyonlarından ayrılmalarını emretmek üzereyken tatil köyünden koşarak açık kumlara ulaşan ilk adamlar görüldü. Jaeger altı kişi saydı, dahası da geliyordu.

Silahlarıyla sahili taradılar ama Raff, Alonzo, James ve Kamishi daha hızlıydı. MP7 silahları gürledi ve uzaktaki adamlardan ikisi yere yığıldı. İlk karşı ateş hemen duyuldu. Sahil her yana sıcak kumlarını saçarken uzun patlamalar Jaeger'ın ayaklarının altındaki suda sona eriyordu.

Narov açılan ateşten korunmak için eğilerek Jaeger'ın yanına koştu.

"Haydi çıkın!" diye bağırdı. "Haydi! Haydi! Haydi! Biz onları tutarız. Gidin!"

Jaeger bir anlığına tereddütte kaldı. Tüm içgüdülerine, aldığı yıllar süren eğitimlere ters bir şeydi bu. Hiçbir zaman kimseyi arkada bırakmamıştı. Takımı söz konusuydu, kendi adamları. Onları terk edemezdi.

"HAYDİ BE!" diye çığlık attı Narov. "ÇOCUĞU KURTAR!"

Jaeger tek kelime etmeden kendisini zorlayarak takımına arkasını döndü. İşaret vermesiyle Dale hemen tekneye gaz verdi ve arkalarında kopan mermi fırtınasıyla iskeleden uzaklaştılar.

Jaeger'ın gözleri Narov'u aradı. İskele boyunca koşuyor, MP7'sinden bağlanmış teknelerin motorlarına öfke kusuyordu. Kammler'in adamları çocuğu takip edemesin diye hepsini etkisiz hâle getirmeye çalışıyor ama bunu yaparken de cehennemden yağan mermilerin hedefi oluyordu.

Tekne iskelenin ucundan dönerken Narov da son nefesiyle hızlanıp sıçradı. Bir saniyeliğine havada süzüldü, kolları hızlanan tekneye uzandı ve suya değdi.

Jaeger uzanıp onu gömleğinin yakasından yakaladı ve güçlü kollarıyla Narov'un sırılsıklam bedenini tekneye çekti. Kadın botun üzerinde uzanıyor, yuttuğu deniz suyunu öksürerek kusuyor ve bir tutam nefes için mücadele veriyordu.

Tekne ilk resife yaklaştı. Kısa süre içerisinde isabetli bir atış ihtimalini sıfıra indirecek kadar uzaklaşmıştı. Jaeger, Dale'in dıştan takmalı ağır motoru kaldırıp yan yatırmasına yardım etti; böylece sudan çıkmıştı. Gölgelerde seke seke hızla ilerleyen tekne, mercanların arasındaki dar bir aralıktan geçti ve hemen ardından açık denizlere doğru yol aldı.

Dale gazı kökledi. Bot artık karanlık, dumanla örtülmüş sahilden uzaklaşıyor; Wildcat'in daha alevleri sönmemiş enkazıyla çoktan hayatını kaybetmiş mürettebatını geride bırakıyordu. Jaeger her şeye rağmen takımının çoğunun sahilde kapana kısılıp hayatlarının savaşını verdikleri gerçeğini aklından atamıyor, acı çekiyordu.

Narov yüzünü döndü.

"Deniz tatillerini hiç sevmedim zaten!" diye bağırdı, güçlü motorun sesini bastırmaya çalışıyordu. "Çocuk hayatta... Bunu düşün, takımı değil!"

Jaeger başıyla onayladı. Narov her zamanki gibi aklını okumuştu. Bu durum pek hoşuna gitmiyordu.

Gözleri Simon Chucks Bello'yu aradı. Çocuk botun en alçak noktasına çömelmiş, gözleri korkuyla açılmıştı. Artık o kadar da havalı görünmüyordu. Yeniden yetim çocuk olmuş, aslına dönmüştü. Hatta beti benzi atmıştı. Jaeger, gecekondu mahallesinden çıkan bu çocuğun savaş filmlerini andıran bir çatışmaya tanık olmak bir yana, daha önce tekneye bile binmediğinden emindi.

Her şey düşünüldüğünde çocuk aslında gayet iyi dayanıyordu. Jaeger, Falk Konig'in söylediklerini hatırladı; *varoşlardan çıkan çocuklar sağlam oluyor.*

Gerçekten sapasağlamdı.

Jaeger, Konig'in şimdi nerede olduğunu merak etti; neye sadık kalmıştı acaba? Etin tırnaktan ayrılmadığı söylenirdi ama yine de Falk'ın meleklerle aynı tarafta olduğunu düşünüyordu. Tabii buna rağmen insanlığın geleceğini ona emanet edemezdi.

Narov'a dönüp bir parmağını çocuğa doğru uzattı.

"Onunla ilgilen. Sakinleştir biraz. Ben alınacağımız yeri çözeceğim."

Thuraya uydu telefonunu çıkarıp hızlı arama tuşuna bastı. Peter Miles'ın sakin sesini duymasıyla tüm vücudunda bir rahatlık hissetmişti.

"Çocukla birlikte teknedeyim!" diye bağırdı. "30 knot hızla doğu yönünde ilerliyoruz. Gördünüz mü?"

"Taranis ile sizi izliyoruz. Reaper drone'ların da artık var olmadığını bilmek hoşuna gidecektir."

"Harika! Bana bizi alacağınız doğrultuda bir şebeke ver."

Miles sahilden otuz kilometre ötede, uluslararası sularda bir yerin GPS koordinatlarını söyledi. Airlander'ın 10.000 feet'ten su seviyesine ineceği düşünüldüğünde en makul buluşma noktası da orasıydı.

"Takımımın yarısı sahilde son çatışmasını veriyor. Drone'ları oraya yönlendirip Kammler'in adamlarını vurabilir misiniz?"

"Elimizde sadece bir Taranis kaldı, onun da füzesi bitti. Reaper'a karşı harcadık. Ama Mach 1 hızında alçak uçuş yaparak kumları yakabiliriz."

"Yakın! Gözünüz takımın üzerinde olsun. Biz güvendeyiz, çocuk güvende! Tüm desteği onlara verin."

"Anlaşıldı."

Miles, drone operatörüne söyleyip Taranis'i sahilin hemen üzerine indirecek; gövde gösterisi niteliğinde tekrar tekrar uçuracaktı. Bu sayede Kammler'in adamları savunmaya geçmek zorunda kalacaktı. Alçak uçuşların yaratacağı şaşkınlıkla Jaeger'ın takımı da kaçma fırsatı yakalayacaktı.

Jaeger artık derin bir nefes alıp rahatlayabilirdi. Botun bir kenarına sırtını dayayıp her yanını sızlatan yorgunluğun darbeleriyle savaştı. Aklına Ruth ve Luke gelince zihnen buradan uzaklaştı. Hâlâ hayatta oldukları için şükretti, Simon Bello'yu da unutmadı.

Çocuğu teknede güvenli bir şekilde kurtarmaları bir mucizeydi.

Her şeyden önemlisi de çocuk, Jaeger'ın ailesini yaşatacak olandı.

89

Okyanusta hızla ilerlemeye devam ederken Jaeger, Wildcat'in müret-
tebatını düşündü. Kesinlikle nahoş bir ölüm olmuştu ama en azından
acı çekmemişlerdi. Bütün insanlığı kurtarmak için kendilerini feda
etmişlerdi, hepsi birer kahramandı ve Jaeger onları unutmayacaktı.
Artık bu fedakârlığın karşılığını vermekten başka bir amacı yoktu.
Bir de Raff, Alonzo, Kamishi ve James'in o sahilden canlı ayrılmasını
sağlamalıydı.

Jaeger kendine sürekli hepsinin birer elit asker olduklarını hatırlattı.
En iyinin de iyisiydiler. O sahilden çıkabilecek birileri varsa o da
Jaeger'ın takımıydı. Ama göz alabildiğine uzanan açık sahilde sığı-
nacak pek bir yer yoktu ve düşman üç kat daha kalabalıktı. Orada
olmayı, takımıyla omuz omuza savaşmayı isterdi.

Sonra aklı tüm bu ölüm ve acıların mimarına, şeytanın dünyadaki
sureti Kammler'e kaydı. Artık ellerinde onu tekrar tekrar hapse attı-
racak kadar delil vardı. Patronu Daniel Brooks yasal yollardan peşine
düşmeye başlardı artık. Hatta o av çoktan başlamış olmalıydı.

Ancak Narov'un uyardığı gibi Kammler yüksek ihtimalle hepsini
öngörmüş ve kimsenin kendisini bulamayacağını düşündüğü bir yerde
saklanmıştı.

Thuraya'nın zil sesi Jaeger'ın zihnini âna geri getirdi. Telefonu açtı.

"Ben Miles. Korkarım bir misafiriniz var. Arayı hızla kapatan bir
yat gördük. Kammler'in adamları bir şekilde Amani'den çıkmışlar."

Jaeger okkalı bir şekilde küfrettikten sonra, "Onları geçebilir miyiz?" diye sordu.

"Sunseeker Predator 57 model, 40 knot hıza ulaşabiliyor. Sizi yakalayacaklar, hem de çok yakında."

"Taranis halledemiyor mu?"

"Füzesi kalmadı," diye hatırlattı Miles.

Anlık bir fikir Jaeger'ın zihninde belirdi.

"Dinle! Kamikaze uçuşlarını bilirsin. Japon pilotlar İkinci Dünya Savaşı'nda uçaklarını kasten Müttefik gemilerine uçuruyordu. Drone operatörü de aynısını yapabilir mi? Füzesiz bir drone saldırısıyla Sunseeker'ı havaya uçurabilir mi? Kalan son Taranis'i Mach 1 ile içinden geçirebilir mi?"

Miles bu soruların cevabını ararken beklemesini söyledi. Birkaç saniye sonra yeniden hattaydı.

"Evet, alışılmadık bir yöntem... Eğitildikleri bir konu değil ama yapılabileceğini düşünüyor."

Jaeger'ın gözleri parladı.

"Harika! Ama bu durumda sahildekileri tamamen terk etmiş oluyoruz, yukarıdan sıfır destek."

"Doğru ama başka seçeneğimiz yok. Hem önceliğimiz çocuk... Buna mecburuz."

"Biliyorum," dedi Jaeger gönülsüz bir biçimde.

"Tamamdır, Taranis'i yeniden görevlendiriyoruz. Ancak Sunseeker hızla yaklaşıyor, onu ateşle karşılamaya hazırlanın. Drone'u olabildiğince hızlı şekilde çevireceğiz."

"Anlaşıldı," dedi Jaeger.

"Bir de çocuğun güvende kalacağından emin olmak için zepline bindiğiniz gibi iki F-16 eskortu da bize katılacak. Brooks en yakın

Amerikan üssünden kalkmalarını sağladı. Kammler olayını da her şeyiyle açığa çıkarmaya hazırmış."

"Zamanı gelmişti."

Jaeger aramayı sonlandırıp MP7'sini hazırladı, Narov'a da aynısını yapması için bir işaret verdi.

"Misafirimiz var, hızlı bir takip teknesi. Her an karşımıza çıkabilir."

Bot var gücüyle ilerliyordu ama Jaeger'ın korktuğu oldu ve püsküren sularla belirgin beyaz burun dalgası görüş açılarına girdi. Narov ile botun küpeştesine diz çökerek pozisyon aldılar, MP7'ler su hattının hemen üzerinde ateş kusmaya hazırdı. Tam olarak böyle zamanlarda Jaeger, daha uzun ve daha cömert bir menzille tasarlanmış bir silahı olmasını diliyordu.

Sunseeker'ın keskin hatlı burnu bir bıçak gibi denizi yarıyor, motorları hemen arkasında bembeyaz bir girdap bırakıyordu. Güvertesindekiler, MP7'nin iki katına denk gelen 350 metrelik aktif menzile sahip AK-47 tüfeklerle silahlanmıştı.

Ama hızla ilerleyen bir tekneden isabetli atış yapmak en iyi nişancılar için bile çok zor bir görevdi. Ek olarak Jaeger, Kammler'in adamlarının silahlarını bölgeden çözmesini umuyordu. Durum böyleyse, silahların adamakıllı sıfırlanmış olma ihtimalleri imkânsıza yakındı.

Sunseeker süratle aradaki farkı kapattı. Jaeger artık birkaç adamı seçebiliyordu. İkisi yatın sivri uçlu ön bölgesinde konuşlanmış, hedefi gösteren silahları Sunseeker'ın parmaklıklarından destek almıştı. Teknenin üst tarafıyla kıç bölgesinde ise üç silahlı adam daha vardı.

Pruvadakiler ateş açtı, süratli botun arkasından mermi yağdırıyorlardı. Düşmanın hedef almasını zorlaştırmak amacıyla Dale, rastgele yönlerde ani manevralar yaptı ama hem zaman hem de seçenekleri sona ermek üzereydi.

Jaeger ve Narov silahlarını hedefin üzerinde tutsa da hâlâ ateş açmamışlardı. Sunseeker daha da yaklaştı. Mermiler artık botun iki yanında okyanus yüzeyinden sekmeye başlamıştı.

Jaeger bir anlığına arkasına döndü. Simon Bello ufak boşlukta kıvrılmış titriyor, gözleri korkuyla açılıyordu. Jaeger, Sunseeker'ın gövdesinde birkaç iz bırakan kısa atışlar yaptı. Hızlanan tekneye pek bir etkisi olmuş gibi görünmüyordu. Sinirlerini gevşetip nefesine odaklanmak için kendini zorladı, diğer tüm düşünceleri kafasından atması gerekiyordu. Narov'a döndü ve birlikte ikinci bir ateş açtılar.

Jaeger mermilerden birinin Sunseeker'ın pruvasındaki adamlardan birini vurduğunu gördü. Adam silahının üzerine yığıldı. Jaeger hâlâ onu izlerken, silahlı bir diğer adam neredeyse hiç güç harcamadan vurulan adamı kaldırdı ve tekneden aşağı attı.

Kelimenin tam anlamıyla merhametsiz bir hareketti ve bu şekilde izlemek de tüyler ürperticiydi.

Silahlı adam, dev omuzlarıyla kollarından aldığı güçle cesedi denize bırakmıştı. Bir saniyeliğine Jaeger'ın aklı geçmişinden bir âna döndü; silahlı adamın yapısı, cüssesi ve hareketleri rahatsız edici bir şekilde tanıdık gelmişti.

Sonra hatırladı.

Saldırının olduğu gece... Karısı ve çocuğunun kaçırıldıkları gece... Dev, iri yarı adam ve gaz maskesinin ardındaki acımasız sözler...

O adamla şimdi teknede duran aynı kişiydi!

Sunseeker'ın pruvasındaki adam Steve Jones'tu, SAS seçmeleri sırasında az kalsın Jaeger'ı öldürmeyi başaracak adam.

Bir anda, içgüdüsel bir farkındalıkla tüm parçalar yerine oturmuştu.

Karısı ve evladını ellerinden alan adam Steve Jones'un ta kendisiydi!

90

Jaeger, botun dibinde yatarak birkaç santim üzerinde kopan çatışmadan korunan çocuğa, o kıymetli yetime uzandı. Simon Chucks Bello yattığı yerden hiçbir şey göremiyordu ama Jaeger, çocuğun hem fiziksel hem de zihinsel olarak ne kadar acı çektiğini görebiliyordu. Bir sefer kustuğunu bile duymuştu.

"Biraz daha dayan kahraman!" diye bağırdı çocuğa, yüzünde ufak bir gülümseme vardı. "Ölmene izin vermeyeceğim, sana söz!"

Yine de Sunseeker hızla yaklaşıyordu. Botun kıçıyla arasında artık 150 metre bile kalmamıştı ve açılan ateşten korunmalarını sağlayan tek şey güçlü okyanus dalgalarıydı.

Ama bu da pek uzun sürmeyecekti.

Biraz daha yaklaştıktan sonra Jones ile yardakçılarının yağdırdığı mermiler hedefi bulacaktı. Daha da kötüsü Jaeger'ın cephanesi tükenmek üzereydi.

Narov ile birlikte altı şarjör boşaltmış, toplamda iki yüz kırk mermi yağdırmışlardı. Kulağa çok fazla gelse de bu, iki kısa menzilli silah kullanarak hızla yaklaşan bir takip teknesindeki silahlı adamları geri püskürtmeye çalışırken yeterli bile değildi.

Botun facia niteliğinde bir isabet alması artık an meselesiydi.

Jaeger Thuraya'sını alıp Miles'ı aramak, Taranis saldırısı için yalvarmak istiyordu. Ama ne süngüsünü düşürebilir ne de hedefini gevşetebilirdi. Sunseeker görüş mesafesine girdiği anda, şimdiye kadarkilerin iki katı güçlü ve isabetli bir şekilde vurmaları gerekiyordu.

Kısa bir süre sonra motor yeniden görüldü, güçlü gövdesi okyanusu yarıp geçiyordu. Jaeger ile Narov vahşi ateşe ateşle karşılık vermişti. Jones'un bariz cüssesinin yükseldiğini ve otomatik tüfekle ateş açtığını gördüler. Mermiler su yüzeyinde yarıklar açıyo ve direkt botu hedef alıyordu. Hiç şüphe yok ki Jones silah kullanmasını iyi biliyordu ve atışları birazdan onları bulacaktı.

Ama son anda Dale botu güçlü bir okyanus dalgasının zirvesine doğru hızlandırdı ve bir anda görüş açısından kayboldular, ateşler artık hemen yukarıdaki göğü deliyordu.

Sunseeker'ın devasa motorlarından çıkan uğultu rahatlıkla duyulabilir olmuştu. Jaeger silahına daha sıkı sarıldı, teknenin bir sonraki hamlesini yapacağı ufku tarıyordu.

Sonra duydu. Sanki okyanusun derinlerinde meydana gelen bir deprem su yüzeyini ortadan ayırıyormuş gibi göğü dolduran, yeri yerinden oynatan, sağır edici o muazzam sesi duydu. Kalan tüm sesleri bastırıyor, maviliklerde öfkeyle yankılanıyordu.

Hemen ardından ok benzeri bir şekil cennetleri yarıp geçti; üzerindeki tek Rolls-Royce Adour turbofan jet motorundan aldığı güçle, afallatıcı bir 1300 km/s hızla süzülüyordu. Sığ bir dalışla hemen üzerlerinde çizgisini çizdi, bir sağa bir sola kıvrılırken drone operatörü Taranis'in uçuş rotasını düzeltip hedefinin üzerinde tutmaya çalışıyordu.

Jaeger, Sunseeker'ın olduğu taraftan sağır edici silah seslerinin yükseldiğini duydu; teknedekiler yaklaşan drone'u havadayken patlatmaya çalışıyordu. Jones'u MP7'sinin nişangâhında sabitledi, baş düşmanı vahşi bir ateş açarken kısa kısa atışlarla karşılık veriyordu. Hemen yanında Narov da son mermilerini tüketmekle meşguldü.

Sonra hissetti Jaeger.

Kulakları insan etine saplanan yüksek hızlı merminin o yumuşak, korkunç çatırdamasını yakaladı. Narov'dan çıt çıkmadı. Vakit de yoktu zaten. Merminin etkisiyle arkaya fırladı ve saniyeler içerisinde bottan denize düştü.

Kanlı gövdesi dalgaların içinde kaybolurken, hızlanan Taranis'in ok benzeri şekli ufukta göründü. Kör edici bir ışık parlamasını, okyanusun her yanına uzanan sağır edici bir patlama takip etti ve dört bir yandan atomlarına ayrılmış enkaz parçaları yağmaya başladı.

Jaeger'ın teknesi okyanusta yoluna devam ederken, Sunseeker'ın harap olmuş gövdesinden alevler yükseliyordu. Hızlı motor kıç bölgesinden vurulmuş, alevlerle duman bütün gövdesini içine almıştı.

Jaeger hemen arkasını dönüp çaresiz gözlerle Narov'u aramak için geriye baktı ama hiçbir iz yoktu. Bot ulaşabileceği en yüksek hızla uçuyordu ve Narov'u kaybetmeleri an meselesiydi.

"Döndür tekneyi!" diye bağırdı Dale'e. "Narov vurulup düştü!"

Dale yolculuğun başından beri sürekli değişen dev okyanus dalgaları arasında korkunç bir rotaya yön verirken gözlerini bir kez olsun çevirmemişti. Neler olduğundan haberi yoktu. Dönüş hazırlığı yapmak için botun hızını kestiği sırada Thuraya'ya bir arama geldi.

Jaeger hemen yanıtladı. Miles arıyordu.

"Sunseeker vuruldu ama devre dışı değil. Birkaç kişi hâlâ hayatta ve silahları da ellerinde..." Duraksadı. Sanki gözlem yerinden bir şey görmüş gibiydi ve ekledi. "Ne için yavaşladığınızı bilmiyorum ama hemen dönüp randevu noktasına ilerleyin. *Çocuğu kurtarmak zorundasınız.*"

Jaeger bir yumruğunu botun siperine geçirdi. Narov'u kurtarmak için Sunseeker'ın alev almış enkazına geri dönerlerse çocuğun vurulma riski de yüksek olurdu. Bunu biliyordu.

Ailesi için, insanlık için tek doğrunun ilerlemek olduğunu biliyordu. Şu an almak zorunda bırakıldığı karar yüzünden kendisine küfürler etti.

Dale'e bağırıp, "Yeniden rotaya dön!" dedi. "Çabuk! Randevu noktasına!"

Kararın arkasındaki mantığı daha da güçlendirirmişçesine, uzaklardan açılan güçlü bir ateşin sesi geldi. Kammler'in bazı adamları, muhtemelen Jones ile birlikte savaşmadan ölmeyecek gibi görünüyordu.

Jaeger teknede bir o yana bir bu yana geçti. Simon Bello'yu rahatlatmaya çalışarak kendini meşgul ediyor; bir taraftan da Airlander'ın dev, yuvarlak kütlesini görmek için gökyüzünü tarıyordu. Başka ne yapacağını bilemez bir hâldeydi.

"Dinle çocuk. Sakin ol artık, tamam mı? Bir şey kalmadı. Seni bu felaketten çıkaracağız."

Ama Simon'ın yanıtı, için için öfke ve hüsranla yanan Jaeger'ın kulaklarına ulaşmadı.

Dakikalar geçti ve eşi benzeri görülmemiş bir şeye imza atarak deniz seviyesine alçalan koca zeplinin beyaz gövdesi ufukta belirdi. Pilot muazzam aracı havada duracak şekilde kusursuz bir biçimde ayarlamış, santim santim denize doğru indirmeye başlamıştı. Her biri gövdesinin bir köşesine yerleştirilmiş beş kanatlı dev motorlar, Airlander'ın kızakları dalgalara temas ederken deniz suyundan hortum püskürtüyordu.

Kargo rampasının bir ucu okyanus dalgasına batana kadar pilot alçalmasını sürdürdü. Zeplini hiç kımıldamadan tutarken türbinler gürledi, oluşan aşağı akım bottaki iki adamı deniz suyuyla yıkadı.

Artık teknenin kontrolü Jaeger'ın ellerindeydi. Biraz sonra yapmaya kalkışacağı manevrayı, daha önce sadece genç bir denizci eriyken eski komando dümencisinin yaptığını görmüştü. Doğru bir şekilde yapmak için adam yıllarını harcamıştı ama Jaeger'ın kusursuz bir iniş için tek şansı vardı.

Baş tarafı direkt ambarı gösterecek şekle gelene kadar botu döndürdü. Kabin görevlisi Airlander'ın açık rampasından onay verdi ve Jaeger karşılık olarak dıştan takmalı motoru sonuna kadar gazladı. Motor gürleyip botu uçuşa geçirirken geri atılıp dümen koltuğuna yapıştı.

Artık her an Airlander'ın açık rampasına son hızla gireceklerdi ve Jaeger her şeyi doğru yapmış olmak için bildiği tüm duaları sıralıyordu.

91

Çarpışma noktasına saniyeler kala Jaeger, motoru neredeyse tamamen sudan çıkacak kadar kaldırdı ve ardından gücü kesti. Dev zeplin artık gökyüzünü kaplıyordu. Botun rampaya değmesiyle birlikte ani bir sarsıntı yaşandı; sonra tekne yukarı sıçrayıp korkunç bir gümbürtü çıkararak zemine çakıldı ve döne döne ambarda ilerledi.

Yan dönen tekne uçuş güvertesine doğru hızla kaydıktan sonra son kez sarsıldı ve olduğu yerde kaldı.

Girmişlerdi!

Jaeger, kabin görevlisine başparmağını kaldırarak onay verdi. Motorlar büyük bir gürlemeyle tam güç alarak çalıştı; muazzam zeplin artık yeni kargosuyla birlikte inanılmaz kütlesini sudan kaldırmaya hazırlanıyordu.

Dev okyanus dalgaları kızaklarını yutmaya çalışırken Airlander hafifçe yükseldi.

Jaeger dönüp Simon Chucks Bello'nun saçlarını okşadı.

Çocuğu kurtarmışlardı, evet ama insanlık da kurtulmuş muydu? Ya da Ruth ile Luke?

Kammler, çocuğun peşine düşeceklerini öngörmüş olmalıydı; yoksa avcı kuvvetini, savaş köpeklerini göndermesinin hiçbir manası yoktu. Simon Bello'nun her şeyin yanıtı ve tek çaresi olduğunu o da anlamıştı.

Jaeger kalbinin derinlerinde çocuğun bütün dünyayı kurtaracağına ikna olmuştu. Ama şu an ne bir keyif ne de başarı hissediyordu. Narov'u bottan uçuran o korkunç görüntü aklına kazınmıştı.

Onu kaderine terk etmek canını acıtıyordu.

Kargo rampasından dışarı baktı. Okyanus yüzeyi öfkeyle her şeyini göğe püskürtüyordu. Motorlar maksimum güçle çığlık atıyordu ama zeplin bir anlığına olduğu yerde kaldı. Jaeger ambarın diğer tarafına karanlık bir bakış attı ve gözleri Airlander'ın cankurtaran sallarından birine geldiğinde durdu.

Ânında yeni bir plan netlik kazanmıştı.

Jaeger bir saniye bile tereddüt etmedi. Dale'e çocuğu güvende tutması için bağırdıktan sonra bottan atladı, cankurtaran salını çözüp indirdi ve Airlander'ın rampasına koşup yeni uçurumun kenarına geldiği gibi durdu.

Kabin görevlisinin kullandığı telsizi alıp Miles'ı aradı.

"Bu şeyi hemen uçurun ama 50 feet'in altında kalın. Batıya yönelip ağır ağır ilerleyin."

Miles mesajı doğruladı ve Jaeger dört dev motorun çok daha güçlü bir uğultuyla devir aldığını hissetti. Uzunca birkaç saniye boyunca Airlander olduğu yerde asılı kaldı; motorları iki yandan havayı kesiyor, okyanus dalgaları gövdesine bitmek bilmeyen darbeler indiriyordu.

Sonra muazzam zeplinin her bir karışı sertçe sarsıldı ve son bir çabayla kendini sarıp sarmalayan denizden kurtuldu. Birden göğe yükselmişlerdi.

Dev canavar dönüp dalgaların üzerinde batı yönünde sakin yolculuğuna başladı. Jaeger GPS'iyle Sunseeker'ın alev almış enkazını referans noktası olarak kullanarak okyanus yüzeyini taradı.

Sonunda görmüştü.

Dalgaların arasında minik bir beden...

Zeplin ondan yüz metre kadar uzaktaydı. Jaeger hiç tereddüt etmedi. Atlayışın on beş metrenin biraz üzerinde olduğunu hesapladı. Yüksekti ama suya düzgün bir şekilde girerse hayatta kalabilirdi. Asıl önemli olan, cankurtaran salını bırakmaktı. Onu başaramazsa sanki tuğladan bir duvara bodoslama giriyormuşçasına salın kaldırma kuvvetiyle çakılıp kalırdı.

Jaeger salı bıraktı, birkaç saniye sonra da kendisi atladı; okyanusa doğru çakılıyordu. Çarpışmadan hemen önce klasik dalma pozisyonunu aldı; parmak uçları yeri gösterir şekilde bacaklar sımsıkı birbirine bağlı, kollar göğsün üzerinde çapraz vaziyette ve çene de iki bileğinin arasında.

Düşüşle birlikte kendinden geçer gibi oldu ama dalgaların arasında batarken hiçbir yeri kırılmadığı için şükretti. Saniyeler sonra yüzeye çıktı, cankurtaran salının kendi kendine şişerken çıkardığı eşsiz tıslamaya kulak verdi. Suya temas hâlinde otomatik olarak tetiklenen dâhilî bir sistemi vardı.

Başını kaldırdı. Airlander göğe doğru güçleniyor ve değerli kargosuyla tehlikeden uzaklaşıyordu.

"Cankurtaran salı" ifadesi Jaeger'ın şişme aracına haksızlık ediyordu. Havayla doldukça salın da bir çift kürekle birlikte fermuarlı örtüsüne kadar az önceki botun ufak bir eşleniği olduğu anlaşıldı.

Jaeger sala tırmanıp yönünü doğuya çevirdi. Eski bir Kraliyet Deniz Piyadesi olarak, karada olduğu kadar denizde de kendini evinde hissedecek kadar rahattı. Narov'u son gördüğü konumu kafasında sabitledi ve kürek çekmeye başladı.

Beş dakika geçmemişti ki bir şey gördü. Bir insan olduğu kesindi ama Narov yalnız değildi. Jaeger'ın gözleri, su yüzeyini keserek kadının kanlı bedeni etrafında daireler çizen o kendine özgü V şeklindeki sırt yüzgecine takıldı. Kumsalları bu avcılara karşı güvenli tutan resiflerin sağladığı korumadan çok uzaktaydılar.

Karşısında bir köpek balığı vardı ve Narov'un başı büyük dertteydi.

Jaeger suyu taradığında sivri uçlu bir yüzgeç daha gördü, sonra bir tane daha. Kendini zorlayarak daha da hızlı kürek çekmeye çalışırken sızlayan omuzları acıdan çığlık atıyordu. Jaeger çaresizce Narov'a ulaşmaya çalışıyordu.

Sonunda yeterince yakınlaştı ve kürekleri sudan çekti. Ardından suya uzanıp Narov'un kanlı gövdesini güvenli tarafa çekti. Tek bir beden olup yığıldılar; cankurtaran salının dibinde sırılsıklam, bitap düşmüş bir yığın. Narov uzunca bir süredir suyla cebelleşiyor ve durmadan kan kaybediyordu. Jaeger hâlâ bilincinin yerinde olmasını mantığına sığdıramadı.

Narov salda uzanmış, gözleri sımsıkı kapalı bir şekilde bir tutam nefes almak için mücadele verirken Jaeger da yaralarıyla ilgilendi. Tüm iyi cankurtaran sallarında olduğu gibi bunda da ilkyardım seti dâhil olmak üzere hayatta kalmak için gereken her şey vardı. Mermi kadının omzuna isabet etmişti ama Jaeger'ın gördüğü kadarıyla eti delip geçmiş, kemiğe değmemişti.

Şeytan tüyü, diye düşündü. Kanamayı durdurup yarayı sardı. Artık en önemlisi Narov'un bünyesine su kazandırmaktı. Bolca su içip kaybettiği kanı telafi etmesi gerekiyordu. Bir şişe uzattı.

"İç. Ne kadar kötü olursan ol içmen lazım."

Narov şişeyi alıp birkaç yudum su içti. Gözleri, Jaeger'ın bakışlarıyla buluştuğunda duyulmayan birkaç kelime söyledi. Jaeger eğilip biraz daha yaklaştı. Fısıltının biraz üzerinde bir sesle Narov tekrar etti.

"Epey sürdü. Neyle uğraşıyordun?"

Jaeger başını iki yana salladı, sonra gülümsedi. Bu kadın... İnanılmazdı!

Narov boğulma pahasına güldü. Sulu bir öksürük olarak çıkmıştı bu. Yüzü acıdan buruşmuştu. Jaeger'ın bir an önce adamakıllı bir yardım bulması gerekiyordu.

Kürekleri alıp bir kez daha çekmeye başlayacağı sırada bir şey duydu. Sesler batıdan geliyordu ama Sunseeker'ın yanan enkazından süzülen kalın duman bulutu yüzünden tam olarak nereden geldiği anlaşılmıyordu.

Yine de Jaeger karşısında kim olduğunu ve ne yapması gerektiğini biliyordu.

92

Jaeger bir silah bulmak için etrafına bakındı. Cankurtaran salında hiçbir şey yoktu ve Narov'un MP7'si de okyanusun derinlerine doğru yol alıyor olmalıydı.

Sonra gözüne takıldı. Her zamanki gibi göğüs kınına bağlanmıştı; Narov'un o özel komando bıçağı, Jaeger'ın dedesinin hediye ettiği bıçak. Jilet gibi keskin on yedi santimlik bıçak, Jaeger'ın kafasındaki plan için kusursuz bir silahtı.

Uzanıp Narov'un göğsüne bağlı kılıfı çıkardı ve kendi etrafına sardı. Ardından Narov'un sorgulayan bakışlarına yanıt vermek için eğildi.

"Burada kal. Kımıldama. Halletmem gereken bir şey var," dedikten sonra salın bir tarafında ayağa kalktı ve sırtı dönük biçimde kendini denize bıraktı.

Suya girdikten sonra Jaeger bir saniye durup dalgalara tırmanan ince dumanların arasından kulaklarına kadar uzanan seslere göre kendisini konumlandırdı.

Uzun, güçlü kulaçlar atarak yüzmeye başladı; denizin üzerinde sadece başı görünüyordu. Kısa bir süre sonra duman onu da yuttu. Artık sadece kulaklarına güvenip yön bulacaktı. Aradığı ses ise belliydi, Jones'un kaba ama tiz ses tonu Jaeger'ı yanına çekiyordu.

Sunseeker'ın cankurtaran salı, üzerinde bir yağmurlukla altıgen olarak tasarlanmış büyükçe bir şişirilebilir bottu. Jones ile hayatta kalan üç silah arkadaşı, kapağı açık salın içerisine yerleştirilmiş malzemelere bakıyordu.

Jones muhtemelen atışının Narov'a isabet ettiğini, kadını denize uçurduğunu görmüştü. Ne vazgeçecek ne de pes edecek bir adam olmadığı için tamamlaması gereken bir iş olduğunun farkındaydı.

Ama her şeye son noktayı Jaeger koyacaktı.

Yılanın başını kesmek zorundaydı.

Cankurtaran salı, denizde sadece kafası görülen yalnız bir yüzücüye nazaran çok daha bariz bir şekilde görünüyordu. Jaeger salın arkasına ulaştığında durdu ve ufak hareketlerle olduğu yerde kaldı, sadece gözleriyle burnu su yüzeyindeydi. Bir saniye kendine gelmek için bekledi, ardından derin bir nefes alıp yüzeyden kayboldu.

Salın altına dalıp kapağın açık olduğu yere doğru sessizce süzüldü. Jones'un heybetli cüssesinin salın bir tarafında ağırlık yaptığını görebiliyordu. Güçlü bir tekmeyle hemen hedefinin arkasından su yüzeyine çıktı ve şimşek gibi bir hareketle sağ kolunu korkunç bir güç kullanarak adamın boynuna dolayıp çenesini yukarı ve sağa doğru itti.

Aynı anda sol kolunu şiddetle savurup sıkıca tuttuğu bıçağı adamın köprücük kemiğinden geçirip kararmış kalbine doğru sürdü. Saniyeler sonra iki adamın bir olmuş kütlesi dalışa geçmişti.

Bıçakla birini öldürmek zordu. Jones kadar güçlü ve deneyimli bir savaşçıyı öldürmek ise büyük çaba gerektiriyordu. Okyanusun derinlerine batarken iki adam bir oraya bir buraya döndü, debelendi, kıvrandı ve savaştı. Jones, Jaeger'ın ölüm tutuşundan kurtulmaya çalışıyordu. Uzun saniyeler boyunca tırnakladı, dirseklerini geçirdi, tekmeler savurdu ve çaresiz bir kurtulma mücadelesi verdi. Derin bıçak yarasına rağmen olağanüstü bir şekilde güçlüydü.

Jaeger onun ne kadar kuvvetli olduğuna inanamıyor, sanki bir gergedana bağlanmış gibi hissediyordu. Tam daha fazla tutamayacağını düşünmeye başlamıştı ki yan tarafında süzülen zarif, ok başlı bir şekil dikkatini çekti. Keskin, V şeklindeki yüzgeci suyu ikiye bölüyordu.

Köpekbalığı kan kokusuna gelmiş olmalıydı, Steve Jones'un kanı. Jaeger köpekbalığının olduğu tarafa bir bakış attı ve büyük bir şokla en az bir düzine balığın etraflarında daireler çizdiklerini fark etti.

Tüm gücünü topladı, kolunu gevşetti ve bulabildiği bütün kuvvetle Jones'u tekmeleyip uzaklaştı. Dev adam kendi etrafında döndü, kaslı kolları suyun altına süzülen ürkek ışıkta Jaeger'a uzandı.

O anda Jones da onun varlığını hissetti.

Varlıklarını...

Köpekbalıklarını...

Jaeger, adamın gözleri korkudan fal taşı gibi açılırken bir süre onu seyretti.

Jones'un yarası denize durmaksızın kan bulutları pompalıyordu. Jaeger güçlü tekmesiyle uzaklaşırken, ilk köpekbalığının burnuyla Jones'a sert bir darbe geçirdiğini gördü. Jones, hayvanı gözünden yumruklayarak karşı koymaya çalışsa da köpekbalığı bir kez kanının tadına bakmıştı artık.

Jaeger deniz yüzeyine çıkmak için çaresizse çırpınırken suda süzülen gri bedenlerin arasında Jones'un yok oluşunu gördü.

Göğsünü acıtacak kadar nefessiz kalmıştı ama yukarıda kendisini neyin beklediğini biliyordu, Jones'un silahlarıyla suyu tarayan adamları. Toplayabildiği son enerjisini de toplayıp salın altına yüzdü, Narov'un bıçağını kullanarak şişirilebilir botun alt tarafını boydan boya yardı.

Salın tabanı çöktü, içindeki üç adam bir anda suyla buluşmuştu. Birlikte suya düşerken adamlardan birinin savurduğu güçlü bir tekme Jaeger'ın kafasına isabet etti. Jaeger'ın gözleri kaydı ve bir anlığına bayılacak gibi oldu. Saniyeler sonra bir eli salın hava kaçıran kesilmiş kenarlarından birini yakaladı ve kendini yukarı çekmeyi başardı.

Başıyla omuzlarını botun arkasından su yüzeyine çıkardı, ciğerini dolduran birkaç derin nefes aldıktan sonra bir kez daha daldı. Güçlü tekmelerle yoluna devam ederken Narov'un bıçağının elinden düştügünü fark etti. Bu konuyla daha sonra ilgilenmeye karar verdi, şimdiki önceliği buradan canlı ayrılmaktı.

Kendi cankurtaran salının olduğu yere doğru yüzdü. Suya düşen silahlı adamlar onu görmüş olabilirdi ama hepsi şu an kendi canlarının derdindeydi. Kullanılamaz hâle gelen botlarında can yelekleri olmalıydı ve her şeyden önce kendilerini kurtarma mücadelesine girmişlerdi. Jaeger onları denizle köpekbalıklarının merhametine bıraktı. Burada işi bitmişti. Hemen uzaklaşması, Narov'u güvene alması gerekiyordu.

Dakikalar sonra sırılsıklam bir vaziyette Airlander'ın cankurtaran salına çıktı. Bitap düşmüş bir şekilde uzanıp hızlı hızlı nefesler alırken Narov'un kalkıp küreklere uzandığını gördü. Kadını durdurmak için fiziksel bir müdahalede bulunması gerekti.

Jaeger yerini alıp kürek çekmeye başladı, katliamdan uzaklaşarak sahile sürüyordu.

Okyanusta küreklerle cebelleşirken dönüp Narov'a baktı. Yorgunluktan tükenmiş bir hâldeydi, şok bu sefer güçlü bir darbe indirmişti. Bilincinin açık kalması, sürekli su içmesi ve üşümemesi gerekiyordu ve adrenalin yavaş yavaş bedenlerinden atılırken ikisinin de enerjiye ihtiyacı olacaktı.

"Bak bakalım ne erzak koymuşlar. Acil durum malzemeleri var. Yolumuz uzun ve senin de sürekli su içip bir şeyler yemen lazım. Kürekleri ben çekerim ama yaşayacağına söz verirsen."

"Söz," diye mırıldandı Narov, sesi neredeyse sayıklar gibi çıkmıştı. Sağlam koluyla uzanıp neler olduğuna baktı. "Benim için geri döndün sonuçta."

Jaeger omuzlarını silkip, "Takımımın bir üyesisin sonuçta," dedi.

"O zeplinde karın vardı, ölmek üzere. Denizde ben vardım, ölmek üzereyim. Ama sen benim için geri döndün."

"Karımla ilgilenen bir doktor ekibi var. Sana gelirsek... Balayına çıkmıştık, unuttun mu?"

Dalgınca gülümsedi Narov.

"Schwachkopf!"

Jaeger'ın Narov'u konuşturması ve odağını bir noktaya toplaması gerekiyordu.

"Acı ne durumda? Omzun nasıl?"

Narov omuz silkmeye çalıştı. Hareketi yüzünü ekşitmesine yol açmıştı.

"Ölmem."

Bravo sana, diye düşündü Jaeger. İnatçı, pervasız ama sonuna kadar dürüst...

"O zaman arkana yaslan da yolculuğun keyfini çıkar. Küreklerin ucunda ev var."

93

Jaeger'ın kürek çeke çeke Airlander'ın cankurtaran salını kıyıya sürüp Narov'u en yakın hastaneye ulaştırmasının üzerinden beş hafta geçmişti. Tüm bu uğraşlar dayanma noktasının sınırlarına kadar zorlanmasına yol açmış ve kendisini birkaç sene yaşlandırmıştı. En azından Narov'un yorumu bu şekildeydi.

Cerrah maskesine uzandı, burnuyla ağzını kapatacak şekilde yüzüne taktı ve aynısını yanında duran çelimsiz çocuğa da uyguladı. Geçen birkaç hafta boyunca Simon Chucks Bello'nun yanında olmadığı bir gün bile yoktu ve aralarındaki samimiyet her gün daha da artıyordu.

Sanki dünyayı kurtaran çocuk, Jaeger'ın ikinci evladı gibi olmuştu.

Jaeger başını kaldırdığında birini görüp gülümsedi.

"Harika, sonunda gelmişsiniz!"

Beyaz cerrah önlüğü giyen adam Dr. Arman Hanedi omuzlarını silkip, "Sanki haftalardır burada değilim. Biraz yoğun geçti de... Sanıyorum karımla çocuklarımın nasıl göründüğünü unuttum," dedi.

Jaeger gülümsedi. Luke ve Ruth'un doktoruyla arası gayet iyiydi ve haftalar geçtikçe adamın hikâyesini dinleme fırsatı bulmuştu. Dr. Hanedi aslen Suriyeliydi. Birleşik Krallık'a 1980'lerdeki ilk mülteci dalgası sırasında çocukken gelmişti. Kaliteli bir eğitim aldıktan sonra tıp alanında hızla yükselmiş, büyük bir başarı elde etmişti. Seçtiği alana duyduğu aşk her hâlinden belliydi, son birkaç hafta boyunca dünyanın gördüğü en korkunç salgınla mücadele ederken de bu aşkına tutunmuştu.

"Atlattı mı? Bilinci açıldı mı?" diye sordu Jaeger.

"Atlattı. Otuz dakika kadar önce uyandı. Karınız inanılmaz güçlü çıktı. Böylesi bir virüse bu kadar uzun süre maruz kalıp üzerine bir de yaşamak... Mucize demek yetersiz kalır."

"Peki Luke? Dün gece daha rahat uyuyabildi mi?"

"Açıkçası oğlu da babasına çekmiş gibi... Savaşmak kanında var." Hanedi, Simon Bello'nun saçlarını okşadı. "Hayatını kurtardığın binlerce yeni insana daha selam vermeye hazır mısın ufaklık?"

Çocuğun yanakları kızardı. En basit ifadesiyle basından gördüğü ilgiyi kaldırmakta çok zorlanıyor, her şey çok abartı geliyordu. Tek yaptığı ise birkaç damla kan bağışlamaktı.

"Benlik sıkıntı yok ama asıl işi Jaeger yaptı. Ben bir halt yapmadım!"

Simon koyun gibi gözlerle Jaeger'a baktı. Yeni arkadaşı bir süredir diline dikkat etmesi için uğraşıyordu ama bu konuda pek başarılı olduğu söylenemezdi.

Herkes güldü.

"Takım çalışması diyelim o zaman," diye mütevazı bir öneri getirdi Hanedi.

Çift kanatlı kapıyı itip açtılar. İçeride yastıklara gömülmüş bir kişi yatıyordu. Perileri andıran kusursuz yüzünün üzerinde yumak olmuş simsiyah kalın saçları yastıkları boyuyor, altın benekli kocaman deniz yeşili gözleri yaşamla parıldıyordu. Yeşilden çok mavi miydi yoksa? Aslında maviden çok yeşile kayıyor gibiydi. Jaeger hiçbir zaman karar verememişti buna, hem ışık hem de ruh hâliyle sürekli değişiyormuş gibi görünüyorlardı.

Karısının göz alan olağanüstü güzelliği karşısında bir kez daha vuruldu. Bulabildiği her saati Ruth ve Luke'un yanında geçirmiş, ailesini seyre dalarken ellerini bir an olsun bırakmamıştı. Her seferinde de

424 | BEAR GRYLLS

aynı düşünce beynini esir almıştı; *böylesi bir sevgi nasıl var olabilir? Beni böyle savunmasız bırakan bir şey daha yok.*

Ruth zayıf bir gülümsemeyle kocasını karşıladı. Virüsün bedenini ele geçirip o karanlık girdabına çektiği, Jaeger'ın karısını Airlander'ın ambarındaki taşınabilir karantina ünitesine teslim ettiği zamandan bu yana bilincinin açık olduğu ilk andı.

Jaeger gülümseyip, "Hoş geldin! Nasılsın?" diye sordu.

"Ne zamandır bununla... Savaşıyorum?" diye sordu Ruth, kafası karışıktı. "Sanki bir ömür geçti."

"Birkaç hafta oldu ama artık aramızdasın." Jaeger, çocuğa döndü. "Her şey de onun sayesinde... Simon Chucks Bello. Tanışmak istersin diye düşündük."

Ruth bakışlarını çocuğa çevirdi. Gözleri gülüyordu. Ruth'un gözleri güldüğünde bütün dünya da onlarla birlikte gülerdi. O eşsiz gülüşüyle, büyülü gülüşüyle bulunduğu yeri her zaman aydınlatan mucizevi bir yeteneği vardı. Jaeger'ın kalbini de bu sayede çalmıştı.

Bir elini uzatıp, "Çok memnun oldum Simon Chucks Bello. Anladığım kadarıyla sen olmasan hiçbirimiz nefes alamazmışız. Sağlam çocukmuşsun!" dedi.

"Teşekkür ederim efendim. Ama ben pek bir şey yapmadım. Sadece bir iğne yedim."

Ruth keyifle başını iki yana salladı.

"Ben öyle duymadım ama. Kötü adamlar kovalamış seni, bir tekneye atlayıp kaçmışsın, korkunç bir deniz yolculuğundan sağ çıkmışsın, sonra da filmlerde görülmeyecek bir sahneyle zepline uçmuşsun. Kocamla yaşama hoş geldin. Dünya tatlısı ama bir o kadar da tehlikeli Will Jaeger!"

Herkes gülerken, "İşte Ruth bu," diye düşündü Jaeger. Hep sakin, hep nazik ve hep haklı...

Bitişikteki odaya açılan kapıyı işaret edip, "Luke'un yanına geç istersen. Satranç oynarsınız. Bunu senin de istediğini biliyorum," dedi.

Simon Bello bir omzuna astığı çantaya hafifçe vurup, "Hepsi burada! Hem biraz abur cubur da getirdim. Geceye hazırız," der demez aradaki kapıdan kayboldu. Luke'un bilinci artık bir haftadır açıktı ve Simon ile aralarında hatırı sayılır bir bağ oluşmuştu.

Varoşlarda elektronik eğlence namına pek bir şey bulmak mümkün değildi. Evlerin çoğunda bilgisayar bir tarafa, televizyon bile yoktu ve yetim çocuklar çok daha azıyla yetinmek durumunda kalıyordu. Bu yüzden çoğunu buldukları karton parçaları ve diğer çöplerin bir araya gelmesiyle kendi kendilerine geliştirdikleri masa oyunlarına merak salmışlardı.

Simon Chucks Bello satrançta canavar gibiydi ama. Luke bildiği tüm teorileri ve kitaplardaki taktikleri kullansa da Simon daha on beş dakika geçmeden kendisini mat ediyordu. Luke ise deliye dönüyordu. Babasının rekabetçi huylarını da taşıyordu belli ki. Kaybedenlerin eksik olmadığı bir soydan geliyordu nihayetinde.

Ruth yatağa hafifçe vurdu. Jaeger hemen yanına oturdu ve bir daha birbirlerini bırakmak akıllarından geçmiyormuşçasına sarıldılar. Jaeger karısının geri döndüğüne inanmakta hâlâ zorluk çekiyordu. Geçen haftalar süresince onu bir kez daha kaybetme korkusunu iliklerinde hissettiği birçok an olmuştu.

Ruth mırıldanıp, "Acayip çocukmuş gerçekten," dedikten sonra Jaeger'a baktı. "Sana da şunu söyleyeyim, acayip bir babasın gerçekten."

Jaeger'ın bakışları dondu.

"Ne düşünüyorsun?"

Ruth gülümsedi.

"Çocuk dünyayı kurtardı sonuçta. Bizi de kurtardı. Hem Luke hep bir kardeş istemişti."

Kısa bir süre sonra Jaeger ile Simon hastaneden ayrıldı. Dışarı çıktıklarında Jaeger cep telefonunu açtı. Gelen mesaj bildirimini görünce dokunup açtı.

Babam dağın altındaki sığınağında saklanıyor, Yanan Melekler Tepesi. Ben masumum. Babam delirdi.

İmza gerektirmeyen bir mesajdı.

Falk Konig sonunda ortaya çıkmış, Jaeger'a tam da aradığı ipucunu vermişti.

SONSÖZ

Okyanustan kurtarılmasını takip eden birkaç gün içerisinde Simon Chucks Bello; Atlanta, Georgia'daki Hastalık Kontrol ve Önleme Merkezi'ne götürüldü.

Bağışıklığının kaynağı kanından çıkarıldı. Ardından hâlâ virüsten etkilenmeyen kişilerin bağışıklık kazanması için seri üretimi sağlanabilecek bir aşıya sentezlendi.

Tedavinin geliştirilmesi daha uzun sürse de *Gottvirus*'e maruz kalanların büyük kısmını kurtaracak kadar hızlı bir şekilde hazır edildi. Salgın sonucunda hayatını kaybedenlerin sayısı bin üç yüz kişiden daha azdı. Bu yine büyük bir trajedi olsa da Hank Kammler'in asıl niyetine kıyasla bir hiçti.

Salgının zirveye ulaştığı noktada bütün dünya küresel bir iflasın eşiğine geldi. Zaten o kadar insan caddelerde panik hâkim olmadan ölemezdi. Ancak bu korkunç kaosun en kötü safhasına meydan verilmemişti. Bir kez olsun tüm dünya devletleri virüsün tam olarak ne olduğu ve nereden geldiği konusunda kamuoyuyla her şeyi paylaştı. Dünya halkları arasında güvenin yeniden sağlanması için böyle bir dürüstlüğe ihtiyaç vardı.

Buna rağmen Birleşmiş Milletler Dünya Sağlık Örgütü'nün salgının sona erdiğini ilan etmesi için birkaç ay geçmesi gerekti. O zamana kadar Simon Chucks Bello çoktan İngiliz vatandaşı olmuş, Jaeger ailesine katılmıştı.

Çocuğa aynı zamanda Amerika ile dünya barışının güvenliğine yönelik sağladığı olağanüstü katkılardan ötürü en yüksek onur madalyası olan Amerikan Başkanlığı Hürriyet Madalyası verildi. Fakat madalyayı takdim edecek kişi ABD Başkanı Joseph Byrne olmadı. İstihbarat merkezli korkunç skandalın ortasında yapılan bir oylama neticesinde başkanlığı elinden alınmıştı. Neyse ki!

Jaeger'ın Amani sahilindeki takımı; Raff, Alonzo, Kamishi ve James yoğun ateş altında birkaç hafif yara aldı ama Taranis'in sağladığı korumayla kaçmayı başardılar ve hepsi hayatta kaldı. Yine de Jaeger'a "övgü delisi" diye hitap ettiler ve onları sahilde bıraktığını sürekli hatırlatmak için ellerinden geleni yaptılar.

Irina Narov hem virüs hem de aldığı yaralardan tamamen kurtuldu. Ama tabii ki Jones ile mücadelesi sırasında kaybettiği değerli komando bıçağı için Jaeger'ı suçlamayı sürdürdü.

Kitabın kaleme alındığı sırada eski CIA Direktör Yardımcısı Hank Kammler hâlen kaçak statüsünü koruyor, nerede olduğu bilinmiyordu. Doğal olarak artık dünyanın en çok aranan adamı olmuştu.

Bu süreçte Jaeger, Ruth, Luke ve yeni ismiyle "Bellows" bir kez daha aile oldu. Jaeger, Narov için yeni bir bıçak ısmarladı.

Bıçağın jilet gibi keskin olması için de özel bir ricada bulunmaktan geri durmadı.